天津师范大学学术出版基金资助出版

俄罗斯诗歌研究

Study of Russian Poetry

曾思艺 著

北京大学出版社
PEKING UNIVERSITY PRESS

图书在版编目(CIP)数据

俄罗斯诗歌研究 / 曾思艺著 . —北京:北京大学出版社,2018.1
(文学论丛)
ISBN 978-7-301-29122-1

Ⅰ.①俄… Ⅱ.①曾… Ⅲ.①诗歌研究-俄罗斯 Ⅳ.① I512.072

中国版本图书馆 CIP 数据核字(2017)第 328713 号

书　　名	俄罗斯诗歌研究 ELUOSI SHIGE YANJIU
著作责任者	曾思艺　著
责 任 编 辑	朱房煦
标 准 书 号	ISBN 978-7-301-29122-1
出 版 发 行	北京大学出版社
地　　址	北京市海淀区成府路 205 号　100871
网　　址	http://www.pup.cn　新浪微博:@北京大学出版社
电 子 信 箱	zhufangxu@yeah.net
电　　话	邮购部 62752015　发行部 62750672　编辑部 62754382
印 刷 者	三河市博文印刷有限公司
经 销 者	新华书店
	720 毫米×1020 毫米　16 开本　37 印张　762 千字 2018 年 1 月第 1 版　2018 年 1 月第 1 次印刷
定　　价	98.00 元

未经许可,不得以任何方式复制或抄袭本书之部分或全部内容。
版权所有,侵权必究
举报电话: 010-62752024　电子信箱: fd@pup.pku.edu.cn
图书如有印装质量问题,请与出版部联系,电话: 010-62756370

目　录

前　言 …………………………………………………………… 1

第一章　俄国古典诗歌研究 ………………………………… 1

　第一节　反对个人英雄　宣扬集体团结　表现爱的力量
　　　　——关于《伊戈尔远征记》……………………………… 1
　第二节　现实生活中的人之歌
　　　　——杰尔查文的诗歌创作 ………………………………… 12
　第三节　生命的信仰
　　　　——茹科夫斯基的诗歌 …………………………………… 22
　第四节　复调的声音
　　　　——试论莱蒙托夫抒情诗中的象征诗 …………………… 32
　第五节　对俄国叙事诗的推进与发展
　　　　——试论莱蒙托夫叙事诗 ………………………………… 53
　第六节　颇具超前意识的反人类中心主义诗篇
　　　　——屠格涅夫散文诗《对话》赏析 ……………………… 61
　第七节　和谐宁静的俄罗斯乡村风景风情画
　　　　——屠格涅夫散文诗《乡村》赏析 ……………………… 65
　第八节　朴实鲜活的俄罗斯农民之歌
　　　　——试论柯尔卓夫的农民诗歌 …………………………… 69

第二章　俄国唯美主义诗歌研究 …………………………… 98

　第一节　情景·画面·通感
　　　　——试论费特抒情诗的艺术特征 ………………………… 98

第二节 爱情·人生·艺术
——费特抒情诗的分类及其特征 …………………………………… 109

第三节 希腊式思想 希腊式风格
——迈科夫的古希腊罗马风格诗歌 ………………………………… 142

第四节 现代主义诗歌的先驱
——波隆斯基抒情诗的艺术特色 …………………………………… 160

第五节 民歌风格的唯美主义诗歌
——阿·康·托尔斯泰抒情诗的艺术特色 ………………………… 184

第六节 在唯美与现实之间
——尼基京的诗歌 …………………………………………………… 193

第三章 普希金诗歌研究 …………………………………………………… 214

第一节 从模仿到超越
——试论普希金的"南方叙事诗" …………………………………… 214

第二节 个人与国家
——试论《波尔塔瓦》………………………………………………… 223

第三节 个性·自由·责任
——试论《叶甫盖尼·奥涅金》……………………………………… 229

第四节 颂歌与挽歌
——试论《铜骑士》…………………………………………………… 247

第五节 在对比中揭示人性深度和历史真实
——论《鲍里斯·戈都诺夫》………………………………………… 253

第六节 回归中的提升
——普希金的晚期童话诗 …………………………………………… 258

第七节 自由的斗士 爱情的歌手
——普希金与20世纪中国诗歌 …………………………………… 265

第四章 丘特切夫诗歌研究 ………………………………………………… 281

第一节 俄罗斯诗心与德意志文化的交融
——侨易学视角下丘特切夫慕尼黑时期诗歌创作 ………………… 281

第二节 诗与宗教的融合
——丘特切夫的宗教思想及其诗学意义 …………………………… 293

第三节 现代生态文学的先声
——丘特切夫自然诗的生态观念 …………………………………… 303

第四节　独特的结构方式
　　——丘特切夫诗歌的多层次结构 …………………………………… 315

第五节　回归文化传统　激活诗歌艺术
　　——试论丘特切夫诗歌中的古语词 …………………………………… 321

第六节　诗与哲学在现代形式中的交融
　　——丘特切夫诗歌的现代意识 ………………………………………… 326

第五章　俄国现代派诗歌研究 …………………………………………… 334

第一节　原始思维与现代观念的融合
　　——叶赛宁诗歌风格探源 ……………………………………………… 334

第二节　双重革命的作品
　　——试论诗剧《普加乔夫》 …………………………………………… 358

第三节　对传统的继承与创新
　　——叶赛宁与俄国19世纪诗歌传统 ………………………………… 367

第四节　俄罗斯诗坛的帕格尼尼
　　——巴尔蒙特及其诗歌 ………………………………………………… 384

第五节　在荒诞的生存中创造神话
　　——试论索洛古勃的诗歌主题 ………………………………………… 402

第六节　爱情诗艺术手法的创新
　　——试论阿赫玛托娃的早期诗歌 ……………………………………… 415

第七节　独特的"长诗"
　　——也谈阿赫玛托娃的《安魂曲》 …………………………………… 439

第八节　20世纪的苦难：诗的见证
　　——也谈《没有主人公的叙事诗》 …………………………………… 448

第九节　浪漫的灵魂　客观的形式
　　——试论古米廖夫的诗歌创作 ………………………………………… 457

第十节　如火的激情　大度的跳跃　灵活的修辞
　　——试论茨维塔耶娃抒情诗的艺术特色 ……………………………… 473

第六章　俄国诗歌纵横谈 …………………………………………………… 496

第一节　积累　成熟　深化　衰落
　　——俄罗斯抒情诗的发展历程 ………………………………………… 496

第二节　"我的俄罗斯啊，我爱你的白桦！"
　　——谈谈俄罗斯诗歌中的白桦形象 …………………………………… 526

第三节 从冷落走向热潮
　　——俄国白银时代现代主义诗歌在中国 …………………… 532

第四节 翻译与评述
　　——郭沫若与俄罗斯诗歌 …………………………………… 541

第五节 自然风光与农民的命运
　　——彭燕郊早期诗歌与俄罗斯诗歌 ………………………… 550

第六节 复制原诗韵脚的重要性
　　——也谈俄语诗歌翻译中的格律问题 ……………………… 561

后　记 ………………………………………………………………… 585

前　言

在整个世界文学史上，俄罗斯的诗歌（本书指的是文人创作的诗歌，不包括民间诗歌）历史相对来说不算太长。即便从中世纪的《伊戈尔远征记》算起也不足一千年，如果从第一个真正的职业诗人谢苗·波洛茨基（1629—1680）算起，更是只有三百多年历史。但在这不足一千年里，尤其是在最近的三百多年里，俄罗斯诗歌的发展经历了四个阶段：19世纪以前的积累阶段、约19世纪的成熟阶段、19世纪90年代初至20世纪20年代中后期的深化阶段、20世纪30年代至今的衰落阶段。在此期间，俄罗斯诗歌创造了世界性的辉煌，涌现了灿若群星的世界级诗歌大师，并且对世界各国的诗歌发展产生了积极的影响。本书挑选了一些颇具代表性的诗人及诗歌进行研究，时间跨度将近一千年，在某种程度上形成了重点突出而又较为全面的俄罗斯诗歌研究。

本书分为"俄国古典诗歌研究""俄国唯美主义诗歌研究""普希金诗歌研究""丘特切夫诗歌研究""俄国现代派诗歌研究""俄国诗歌纵横谈"六个部分，全面、系统地研究了俄罗斯古典诗歌和现代派诗歌，并且探讨了中俄诗歌的关系（主要是中国对俄国诗歌的译介，以及俄国诗歌对中国诗歌的影响）。其中有许多研究是填补中国俄罗斯诗歌研究的空白之作，如关于莱蒙托夫叙事诗的艺术特色，关于迈科夫、波隆斯基及其作品等；即便是对中俄多有研究的诗人及作品也提出了全新的见解，如关于普希金的《奥涅金》，关于丘特切夫、费特、叶赛宁等。

本书的各章由笔者在不同时期完成，经过重新润色整合而成，内容包罗齐全，力求比一般的诗歌史更为深入、比单纯的诗歌分析更为系统，以期为读者呈现一个较为完整而又清晰的俄罗斯诗歌发展脉络，对现有的俄罗斯诗歌研究起到一定的概括和补充的作用。书中不足、疏漏难免，还望同行不吝赐教，读者批评指正。

第一章

俄国古典诗歌研究

本章主要研究20世纪以前一些经典的俄罗斯诗歌和俄罗斯诗人。

第一节 反对个人英雄 宣扬集体团结
表现爱的力量
—— 关于《伊戈尔远征记》

《伊戈尔远征记》(1185—1187),是欧洲中古四大英雄史诗之一,其巨大的艺术成就已得到广泛的承认。它在结构上包括三个部分:序诗、正诗、结尾。序诗提出有两种写作方法:一种是"遵循这个时代的真实"(亦译"今天的真情实况"),即要严格符合事件的实际历程,像历史那样记述事件;一种是按照11世纪下半叶到12世纪初著名的俄罗斯武士兼歌者鲍扬的方法,这是一种自由地、创造性地加工材料的方法。史诗采用的是第一种方法。正诗是史诗的主要部分,也可分为三个部分:第一部分描写伊戈尔率军征讨波洛夫人(又译波洛伏齐人、波洛威茨人或波洛韦茨人)——第一天初战告捷,第二天惨败被俘,以及战败的可悲后果:波洛夫人乘胜侵入罗斯国土,大肆烧杀抢掠;第二部分描写基辅大公预言性的梦,他的忧伤,他"含泪的金言"——沉痛谴责伊戈尔的个人英雄行为,庄严号召全罗斯各王公团结对敌;第三部分先写伊戈尔的妻子雅罗斯拉夫娜在普季夫尔城头的"哭诉",然后写在她哭诉的感召下,伊戈尔逃出敌人的魔爪,重返祖国。结尾,作者宣布荣誉属于往昔和现在的王公和武士(包括伊戈尔),因为他们"卫护基督教徒、反对邪恶的军队"。

史诗的情节比较简单，但关于史诗的主题，至今尚未有统一意见。以往大多数俄中学者都一致认为，史诗表现了爱国思想或讴歌了爱国主义精神，其依据主要有：一、"号召诸侯团结起来共同防御外侮，——这就是远征记的基本思想"①。二、"首次通过诗的形式以惊人的力量热情洋溢地描绘了罗斯大地一个爱国者的形象……当时整个罗斯都为因战败而献身的军人们哀悼，后来又为伊戈尔获救、从波洛维茨人战俘营中脱险而感到庆幸。祖国大地的自然界也与人民休戚相关，甘苦与共；风雨、雷电、乌云、太阳、阴霾、晨雾、黄昏、河流、海洋、山脉和草原以及岗丘构成了一幅宏伟的背景，《远征记》就在这幅背景上开始演出。而这些自然景象又使每场演出情绪不断激化，而且往往直接参与事件，帮助主人公同敌人斗争"②，"《远征记》的中心形象乃是为人民所热爱的祖国的形象。正是在这个形象中，在广阔无垠的俄罗斯大地的生动形象中，作者极其清楚地表达出这个思想：祖国的土地必须统一，必须消灭祖国土地上的政治割据现象"③。三、马克思曾谈到这个问题："这部作品是对当时社会生活里一些最迫切、最尖锐的问题与事件的生动反映。事情涉及了保卫俄罗斯国土和抵御外国侵略者与压迫者。事情涉及了俄罗斯人同草原游牧民族的连绵不断的斗争"，"基辅大公斯维雅托斯拉夫的著名的'金言'在作品里占据着一席中心地位。用利箭堵住敌人进攻罗斯的道路，踏上金的马镫，'为今天的耻辱，为俄罗斯国家，为勇猛的伊戈尔·斯维亚托斯拉维奇的失败'复仇，——《远征记》作者在斯维亚托斯拉夫的演说中插进了这样一段热烈的号召"，"这个联合俄罗斯一切有生力量来同外敌斗争的号召里面，也就包含着《远征记》的基本爱国思想。马克思在1856年给恩格斯的信上用下面的话概括了这个思想：'这部史诗的要点是号召俄罗斯王公们在一大帮真正的蒙古军的进犯面前团结起来'"④。这种爱国主义主题的观点影响深远，20世纪90年代以来，俄中不少学者依然强调史诗表现的是这一主题：《伊戈尔远征记》"号召罗斯——人民的罗斯和罗斯-国家统一，国家的统一"，"对祖国的爱使它超越了自己的时代，将它变成不朽的和全人类的作品"⑤；《伊戈尔远征记》是一部全俄罗斯性的作品，其中没有地域特征。它表明其作者具有崇高的爱国主义，善于超越其公国利益的狭隘性，达到全俄罗斯利益的高度。《远征记》中的中心形象是俄罗斯国家的形象。作者热切地呼吁王公们停止内讧，在外来危险面前团结起来，以便'为原野设岗'，捍卫'罗斯国家'，守住罗斯的南部边疆"⑥；"全诗洋溢着豪迈的英雄主义气概和强烈的爱国主义精神"⑦。

---

① ［俄］季莫费耶夫主编：《俄罗斯苏维埃文学史》，殷涵译，上海文艺出版社，1962年，第21页。
② 苏联科学院历史所列宁格勒分所：《俄国文化史纲（从远古至1917年）》，张开等译，商务印书馆，1994年，第36页。
③ ［俄］季莫费耶夫主编：《俄罗斯苏维埃文学史》，殷涵译，上海文艺出版社，1962年，第21—22页。
④ ［俄］布罗茨基主编：《俄国文学史》，上卷，蒋路、孙玮译，作家出版社，1957年，第32—33页。
⑤ ［俄］利哈乔夫：《解读俄罗斯》，吴晓都等译，北京大学出版社，2003年，第169、174页。
⑥ ［俄］泽齐娜、科什曼、舒利金：《俄罗斯文化史》，刘文飞、苏玲译，上海译文出版社，1999年，第30页。
⑦ 杨蓉：《〈伊戈尔远征记〉中自然途径的人文意蕴》，《中国俄语教学》2006年第11期。

不过,近些年来,也有一些学者对此提出了不同看法。

刘文孝坚决反对这一长期以来相沿成习的说法,认为伊戈尔发动的战争并非保家卫国而是侵略扩张,并反驳了"爱国主义说"。他指出:其一,尽管史诗描绘了俄罗斯辽阔的国土、娇美的江山,并对俄罗斯盛衰的历史进行了回顾,有热爱祖国河山、热爱祖国历史的思想,但不能说这就是爱国主义。"爱自己的山河,难道就该侵略异族的土地?爱自己的历史,难道就该踩蹦异族,特别是弱小种族?我的就是我的,你的也是我的,这叫什么'爱国主义'呢?"其二,史诗号召团结对敌,这是好事,但主张"团结对敌"不一定就是爱国主义。"'团结'的目的是什么?是团结起来反对别人的侵略呢,还是团结起来去侵略人家?""被侵略者需要'团结',侵略者也需要'团结'。而且,在一定意义上可以说,侵略必须以内部'团结'为前提……《远征记》的作者鼓吹'团结',不就是要'团结'起来去征服异族吗?这叫哪一门的爱国主义呢?"其三,马克思对史诗的评说,不能当作史诗"爱国主义"思想的论据,因为马克思从来没有用过"爱国主义"这样的字眼。至于马克思说的"这部史诗的要点是号召俄罗斯王公们在一大帮真正的蒙古军的进犯面前团结起来"这句话,"是马克思对《远征记》的中心思想的分析和概括,至多也只能说马克思指出这在客观上能给俄罗斯王公们提供一条教训"。所以,从马克思这句话里引出反侵略的爱国主义思想,是没有说服力的。至于马克思说"全诗具有英雄主义和基督教的性质",同样不能证明作品的爱国主义思想。马克思所说的"英雄主义"和"基督教"不是两个词,中译文应该是"基督教-英雄主义性质",这说明,这种英雄主义是从属于基督教的,是实行基督教扩张的"英雄主义",而并非今天人们理解的爱国主义。①

青年学者朱洪文则认为,《伊戈尔远征记》的主题,既非单纯的"爱国主义",也非单一的"扩张主义",而是"爱国主义与扩张主义的二重奏":"纵观整个作品,其内容的核心关键词应该是'内讧',没有内讧,就不会有远征的失败,波洛夫人的侵入(与之相对应的是,基辅大公号召王公们团结起来抗击波洛夫人)以及民生凋敝的惨况。'扩张主义'说的持论者往往只注意到了'远征'这一事实,而无视后两个事实(即团结起来抗击波洛夫人和作者对民生凋敝的惨况所怀抱的同情),因而由远征的非正义性而认定'《伊》是扩张主义的'。'爱国主义'说的持论者则将关注的目光投向了后两个事实,并且因着这种'关注'的执著而产生了同化前者的愿望且付诸实践,因而将作品定性为'是爱国主义的'。"他指出,所谓消除内讧(团结)具有双重功能指向,"也就是说,作者呼吁王公们团结,不仅仅是为了卫国,同时还指向扩张。只有这样,才能合理解释作品中这种二律背反现象:作者一方面呼吁王公们团结起来保卫国家,另一方面却对这场灾难的罪魁祸首大加礼赞,而对他的责备只不过是因为他没有与其他王公团结起来以致招致失败。鉴于团结的双重功能指向在

---

① 刘文孝:《〈伊戈尔远征记〉"爱国"辩》,《昆明师院学报》1982年第3期。

作品中同时得到了体现,我们认为《伊》的主题应该是'爱国主义与扩张主义的二重奏'"①。

20世纪90年代后半期俄国学者对《伊戈尔远征记》产生的背景进行了多视角的研究,学者们提出各种假说,其中影响最大的观点就是认为伊戈尔不是去远征波洛夫人,而是去为儿子娶妻。А. Л. 尼基京认为,伊戈尔是一位地道的中世纪封建主,他首先关心的是自身的利益、公国边界的安全和巩固家族的势力。按照尼基京的意见,伊戈尔行动的目的是到他的亲家,以前的忠实盟友康恰克那里去作客,遵守业已签订的协议为自己成年的儿子与康恰克汗的女儿操办婚事。戈格什维利认为,把伊戈尔远征认定为操办婚事,可以解答把"伊戈尔远征"解释为"爱国-英雄主义"时所产生的难题。按照尼基京的说法,毫无疑义,伊戈尔终究要走向康恰克的游牧部落联合所控制的领土。伊戈尔的行军路线大概是通过康恰克与戈扎克所控地盘的边界。1184年,伊戈尔和符塞伏洛德在第聂伯河左岸强盗式的袭击使戈扎克蒙受屈辱。那么,从封建道德观点出发,戈扎克有充分的"法律"依据在俘虏伊戈尔后进攻其控制的领土。伊戈尔自行其是的政策引起基辅方面的极大震惊,伊戈尔同康恰克结盟后其政治和军事力量的加强是对基辅王公们和贵族利益的现实威胁。许多研究者推测,戈扎克及时收到了基辅方面关于伊戈尔行动目的的密告。尼基京将这种推测变为无可争议的事实:戈扎克收到来自基辅的关于伊戈尔带着大量彩礼为儿子操办婚事的密信。这一说法源自一份特殊的文献资料,其中很简单地提到伊戈尔把"俄罗斯黄金"沉入卡雅拉河底,戈扎克做好充分准备迎战欺侮过自己的人。还有人对尼基京的假说做了补充,认为符拉季米尔与康恰科夫娜结婚可以使伊戈尔家族"夺取特穆托罗康城"的打算变为现实,因为伊戈尔可以提出继承祖宗遗产的要求,这样特穆托罗康城可能会作为康恰科夫娜的陪嫁而得以收复。再则伊戈尔与康恰克联合起来后,会大大改变俄罗斯军事政治舞台上的力量配置,有效地保障车尔尼科夫斯基和诺夫戈罗德-塞威尔斯基公国在第聂伯河上的商业利益。

雷巴科夫的考证与以上的假说完全吻合。他认为,伊戈尔不是侵犯康恰克,康恰克没有组织围攻伊戈尔;康恰克是最后来到卡雅拉河边的,当时俄罗斯军营已被围攻;在战场上康恰克为被俘的伊戈尔(自己的亲家、康恰科夫娜未婚夫的父亲)担保;战胜塞威尔斯基的军队后,康恰克拒绝参加消灭已缴械的塞威尔斯基公国的战斗;康恰克让伊戈尔过着自由舒适的俘虏生活;最后在伊戈尔逃跑后,康恰克拒绝杀死作为人质的伊戈尔的儿子;符拉季米尔与康恰科夫娜结了婚,1187年,伊戈尔与康恰克有了共同的孙子。相信"婚礼说"的人还用下列事实来证明其说的可靠性:1.伊戈尔远去草原带上了自己所有的儿子,其中包括年幼的奥列格和斯维雅托

---

① 朱洪文:《爱国主义与扩张主义的二重奏——关于〈伊戈尔远征记〉的主题》,《俄罗斯文艺》2002年第4期。

斯拉夫,同时带了很多的礼品和黄金给儿子的未婚妻和自己的亲家。从逻辑上判断,这些财物会落入戈扎克之手。因为戈扎克知道伊戈尔的行程时间和目的。2.史诗中记述伊戈尔的宫廷歌手(其中有熟知《尼伯龙根之歌》的歌手)责备伊戈尔"把财帛沉溺在波洛夫人的卡雅拉河底,向河里倾倒了俄罗斯的黄金"(《远征记》中的诗句)。向河里沉溺黄金这个情节与德国史诗《尼伯龙根之歌》中因娶亲受阻而将黄金沉溺河里的情节相似。我国学者王人法赞成这一观点,并且进而提出:《伊戈尔远征记》中译本书名与俄文原文不对码。书名的俄文是 Слово о полку игореве,而 полк(古俄语拼写为 пълку)并无"远征"之意。1957 年莫斯科国家外语和民族语出版社出版的《俄语词典》和 1985 年商务印书馆出版的《大俄汉词典》的释义为"团""团队"或"军队"。史诗中也多次用到 полк 这个词,也无"远征"之意。可见中译本的译名是错误的。从 полк 的本意及以上介绍的最新的考证看来,书名应译为《伊戈尔团队记》。这个译名一是表明不是"远征",二是表明伊戈尔是去迎亲,只带了少量的军人,是"婚礼车马队"。由此可以得出这样的结论:《外国文学作品选》说史诗"歌颂了为祖国而战的伊戈尔",这是不符合历史事实的,因为史诗的作者知道伊戈尔远行的真正目的,知道激烈的战斗替代了亲家们原先准备的喜宴;刘文孝先生咬定这场战争是由伊戈尔挑起的,这也不符合历史事实,因为这场战争是由基辅大公暗中策划挑起的;鲍良俊先生说伊戈尔的出征多少带有自卫还击的性质,也同样不符合历史事实,因为伊戈尔是带队迎亲,不是出征,是在遇到复仇者戈扎克攻击时才展开自卫还击。①

俄国当代学者、联合国教科文组织教授、哲学博士格奥尔吉耶娃认为:"《伊戈尔远征记》的中心思想就是:当罗斯面临外来侵略的威胁时,所有的罗斯王公必须采取统一行动,即采取'一致对外'的政策。而影响这种统一行动的主要障碍就是王公之间的纠葛和内讧,而且《伊戈尔远征记》的作者也不是维护国家统一的支持者,他认为,罗斯就应该分成若干个公国,各公国均应有自己的主权。因此,本书作者的倡导并不是为了维护国家的团结,而是追求内部的和平和行动的统一和谐。"②

上述几种观点,大都有理有据。只是"婚礼说"或"迎亲说"论据不足,可以存疑。对此,俄国学者已有论述。如有些俄国研究家指出,尼基京把《远征记》中描写的第一场冲突解释为抢婚风俗的表现是错误的。因为从 1185 年"远征"的领导人组成看,抢婚并未列入伊戈尔的行动计划。另外,从俄罗斯的编年史上看,常常记载俄罗斯王公与波洛夫公主结婚的事,但只字未提抢夺未婚妻的风俗③。更重要

---

① 以上俄国学者观点等,均见王人法:《关于〈伊戈尔远征记〉的主题问题》,《安康师专学报》1999 年第 2 期。
② [俄]格奥尔吉耶娃:《俄罗斯文化史——历史与现代》,焦东建、董茉莉译,商务印书馆,2006 年,第 48 页。
③ 王人法:《关于〈伊戈尔远征记〉的主题问题》,《安康师专学报》1999 年第 2 期。

的是，我们研究文学作品固然必须知人论世，但首先得一切从文本出发。综观《远征记》的整个文本，根本没有提到伊戈尔是带儿子去"迎亲"或举行"婚礼"。因此，即使历史上实有其事，也不能由此推理出某种想当然的结论，文学作品毕竟是一种艺术创造，它表现的是作者对历史、世界和人的思考，对历史事实必然精心挑选，有一定的加工改造甚至虚构或背离。

《伊戈尔远征记》这部俄国中古最杰出的作品，的确是根据历史史实加工而成，我们只有深入考察当时的历史，并且紧扣住这部英雄史诗，才能做出实事求是的评判。

据历史记载，1184年，基辅大公斯维雅托斯拉夫率领俄罗斯各诸侯对虎视眈眈的南方草原游牧民族波洛夫人进行了征讨，大获全胜，并俘虏了他们的柯比雅克汗，诺夫哥罗德-塞威尔斯基大公伊戈尔·斯维亚托斯拉维奇未能参加这次征讨。1185年，伊戈尔大公背着基辅大公斯维亚托斯拉夫，擅自率领三个大公——兄弟符塞伏洛德·斯维亚托斯拉维奇、儿子符拉基米尔、侄子斯维亚托斯拉夫·奥列戈维奇，贸然远征波洛夫人，最初获胜，接着惨败，整个军队只有15人生还，所有大公包括伊戈尔全都被波洛夫人俘虏。后来，伊戈尔虽然侥幸逃回，但波洛夫人乘胜追击，把战火几乎燃遍了俄罗斯大地。这就是史诗据以描写的历史事实。单纯地从上述这段历史记载和史诗的情节来看，的确是伊戈尔率军侵入波洛夫人的地盘。然而，我们可以把眼光放得更长远一些，看看这个故事前前后后的几百年历史情况。

根据俄罗斯人记载的历史事实来看，从915年到1036年，罗斯各王公与波洛夫人之间发生了较大规模的战争共16次，从1061到1210年，波洛夫人对罗斯进犯46次，并且，波洛夫人的进犯，是基辅衰落的主要原因。当然，从这个角度来看，这部史诗表现了一定的抵御外敌侵略的爱国思想。然而，作为一个旁观者，尤其是作为当今"地球村"的一个村民，我们不能也不应该完全站在俄罗斯人的立场上，而应该采用全球性的眼光或人类历史的视野来看待这一问题。因为客观公正地说，罗斯从小到大最终发展成庞大的俄罗斯帝国，罗斯人的侵略扩张也是有目共睹的。这样，罗斯人与波洛夫人之间在这两三百年间的战争，从人类发展的历史来看，只是游牧民族和定居民族之间在历史上为争夺生存空间和物质、财富而进行的长期斗争，今天你打我，明天我征你，正应了中国的那句老话"春秋无义战"，无所谓正义不正义。当然，史诗的作者作为俄罗斯人，自然会有自己强烈的情感性和鲜明的倾向性，尽管他在序诗中提出创作这部史诗要"遵循这个时代的真实"，即要严格符合事件的实际历程、像记述历史那样记述事件，而不采用鲍扬的方法——一种自由地、创造性地加工材料的方法。然而，史诗中基辅大公"含泪的金言"——沉痛谴责伊戈尔的个人英雄行为，庄严号召全罗斯各王公团结对敌，以及结尾作者公开站出来现身说法，宣布荣誉属于往昔和现在的王公和武士（包括伊戈尔），因为他们"卫护基督教徒、反对邪恶的军队"，却表现了对罗斯的深挚感情，从而使这部史诗充分表现出只有俄罗斯人的历史真实而绝无波洛夫人的历史真实（假如这是波洛夫人写的史诗,那么,它一定竭力宣扬自己是保家卫国、自卫还击）。由上可见,史诗主题的爱国主义说依据不够充分,而且带有狭隘的民族主义成分。而且,综观整部史诗,这部史诗的主题不是单一的,而是比较丰富的。我们认为,这部史诗的真正主题应该包括紧密相连的三个部分,这就是：反对个人英雄,宣扬统一行动,表现爱的力量。

"追求个人光荣是伊戈尔的基本动力。"[①]史诗首先就写到,伊戈尔是"为无比的刚勇激起了自己的雄心","王公的理智在热望面前屈服了",想要"用自己的头盔掬饮顿河的水",打进波洛夫人的领地,为自己建功立业,赢得不朽名声。作者后来又再次强调："俄罗斯人以红色的盾牌遮断了辽阔的原野,为自己寻求荣誉,为王公寻求光荣",这说明伊戈尔的行动完全是个人英雄主义行为。这一行为的后果是虽然初战告捷,但接着便远征惨败,并让波洛夫人把战火燃遍罗斯大地。因此,基辅大公在"含泪的金言"中一再沉痛地谴责这一点,先是说道："你们过早地用宝剑把烦恼加给/波洛夫的土地,/去为自己找寻荣誉。"后来再次说道："但你们说道：'让我们自己一逞刚勇,/让我们自己窃取过去的光荣,/让我们分享未来的光荣！'"两者都强调伊戈尔是为了自己的荣誉而擅自采取作战行动。这既是当时历史的真实反映,也从更深的层面折射出具有浓厚东方色彩的俄罗斯人的群体观念。当时的罗斯,并非后来大一统的俄罗斯帝国,而是诸侯林立,有着许多各自独立的小公国,因此,一方面这些诸侯之间因为利益互有矛盾,另一方面,面对非我族类而且总是虎视眈眈的波洛夫人,他们团结起来则力量强大,不同心同德统一行动,则容易被波洛夫人各个击破。与此同时,作为东方色彩浓厚的民族,俄罗斯人像东方所有民族一样,特别重视群体,强调个人对群体的责任感,强调个人的利益应该服从于群体的利益,特别反对置群体于不顾的个人英雄主义行为。"作者认为,与游牧人作战失败的原因,罗斯蒙受灾难的原因……在于奢望个人荣光的王公们的个人主义策略。"[②]史诗通过伊戈尔征战的失败和基辅大公"含泪的金言",鲜明地表现了反对个人主义和把个人置于群体或集体之上的主题,而这一主题后来成为俄罗斯文学一个重要的基本主题,在普希金、丘特切夫、陀思妥耶夫斯基、托尔斯泰等的作品中得到继承与深化,在20世纪的苏联文学中更是得到大力张扬。

面对波洛夫人把战火燃遍罗斯大地,基辅大公一方面沉痛谴责伊戈尔的个人英雄式的行动,另一方面回顾历史,指出以前之所以取得胜利,是由于各王公们团结一心,统一行动：

　　与车尔尼戈夫的贵族们在一起,

[①] [俄]季莫菲耶夫主编：《俄罗斯苏维埃文学史》,殷涵译,上海文艺出版社,1962年,第23页。
[②] [俄]泽齐娜、科什曼、舒利金：《俄罗斯文化史》,刘文飞、苏玲译,上海译文出版社,1999年,第29—30页。

> 与军司令们在一起，
> 与达拉特人在一起，
> 与谢尔比尔人在一起，
> 与托普恰克人在一起，
> 与列武加人在一起，
> 与奥尔别尔人在一起。
> 而这些人发扬着祖上的光荣，
> 不带盾牌、只配靴刀
> 光凭呐喊便能战胜敌军。①

而今，每位王公各有主张，相互内讧，"他们自己给自己制造了叛乱，而那邪恶的人便节节胜利地从四面八方侵入俄罗斯国土"。基辅大公严正地指出，"正是由于你们的内讧，暴力/才从波洛夫人的国土袭来"，因此，他庄严号召各王公统一行动，一致对敌："请用你们的利箭/堵塞边野的大门吧，/为了俄罗斯的国土"②，从而宣扬了各独立自主的罗斯王公应该结束内讧，团结起来，统一行动，一致对敌的主题。因此，我们赞成格奥尔吉耶娃的观点，史诗并非为了维护国家的团结，而是强调一致对外。这样，这部史诗的又一主题便是顺接上一反对个人英雄主义行为而来的号召统一行动，一致对敌。

但我们还要看到，这部史诗还有一个重要的主题，那就是表现爱的力量。这种爱表现在两个方面。首先，是雅罗斯拉夫娜对丈夫的爱（详后）。其次，是雅罗斯拉夫娜对出征士兵的关爱，她哭诉道：

> 哦，风啊，大风啊！
> 神啊，你为什么不顺着我的意志来吹拂？
> 你为什么让可汗们的利箭
> 乘起你轻盈的翅膀
> 射到我丈夫的战士们身上？……
> 光明的、三倍光明的太阳啊！
> 你对什么人都是温暖而美丽的：
> 神啊，你为什么要把你那炎热的光芒
> 射到我丈夫的战士们身上？
> 为什么在那无水的草原里，
> 你用干渴扭弯了他们的弓，
> 用忧愁塞住了他们的箭囊？③

---

① 《伊戈尔远征记》，魏荒弩译，人民文学出版社，1983年，第16—17页。
② 同上书，第16—22页。
③ 同上书，第25页。

俄罗斯学者进而指出:"在雅罗斯拉夫娜的哭诉中,听得出来这不仅是一个贤惠妻子的悲伤,而且是一个爱国者的悲伤,她为全体人民的苦难而痛心,甚且悼念着在波洛威茨草原上阵亡的俄罗斯军队。她不仅为自己丈夫伊戈尔公的负伤伤心,还为与波洛威茨人作战而尸横沙场的俄罗斯兵士而哭泣。"①然而,关于史诗的这一爱的主题尤其是爱的力量的主题,以往中俄学者很少专门谈到,尽管大家都意识到,伊戈尔能够逃脱,是由于其妻子的哭诉——"在第三篇里,作者重又说到伊戈尔公,叙述他怎样从波洛威茨人的囚禁中逃回祖国。这次脱逃据说应该归功于伊戈尔的妻雅罗斯拉夫娜的哭诉和祈祷。她祈求自然界的力量——风、第聂伯河与太阳——把她丈夫伊戈尔'送来'给她,使她不再向远处的海洋挥洒眼泪。这祈求生了效,伊戈尔终于逃出囚禁了"②,"在雅罗斯拉夫娜之哭诉的感召下,伊戈尔终于逃出敌营,回到了罗斯"③。可是,从没有人把它上升到主题的高度,因为大家都过分关注爱国主义这一主题。我们认为,雅罗斯拉夫娜是俄国文学中最早一个完美而动人的妇女形象,她的忠贞不二和情深似海,尤其是她的人道主义情怀,赋予这一形象一种特别的深度和艺术魅力。其实,细读原作就会发现,雅罗斯拉夫娜的哭诉不仅是全诗最精彩的部分也是全诗的高潮,而且,它决定了伊戈尔能从敌营逃出,并且和伊戈尔的出逃在史诗中占据了五分之一强的篇幅,所以,雅罗斯拉夫娜的哭诉是史诗表现的又一主题:表现爱的力量。作为一个东方色彩浓厚的民族,俄罗斯人像东方一样重视家庭、重视亲人间的感情,爱护和心疼出征的战士,因此表现爱的力量是很自然的。

由上可见,这部史诗的含蕴丰富,其主题的确包含了紧密相连的三个部分:反对个人英雄,宣扬统一行动,表现爱的力量。

顺便谈谈这部史诗的艺术特色。史诗的艺术特色主要包括三个方面。

一是抒情色彩浓厚。史诗本是叙事诗歌,但《伊戈尔远征记》却具有强烈的抒情性,整部史诗浸透着深厚的感情,几乎从头到尾都是抒情的。"这并非一篇平静而循序地记述事件进程的故事,却是一首似乎自发地从作者激动的心灵中一涌而出的抒情兼叙事的史诗",这种抒情性或浓厚抒情色彩的形成,主要在于整部史诗"都采用生动的演说形式,这演说是直接对那些被歌者称为'兄弟们'的听众而发的。不仅作者,连登场人物符赛伏洛德、雅罗斯拉夫娜、基辅大公斯威雅托斯拉夫也发表了生动热情的演说。他们对于进行中的事件各有各的感受,但他们全都深深地受到震撼,于是就用抒情的、动人的演说去泄露自己的感情"④。此外,作家对罗斯大地和自然的热爱,并且把它拟人化,参与各种行动,也使史诗具有抒情性。

史诗中最精彩的抒情片断是雅罗斯拉夫娜的哭诉:

---

① [俄]季莫菲耶夫主编:《俄罗斯苏维埃文学史》,殷涵译,上海文艺出版社,1962年,第26页。
② [俄]布罗茨基主编:《俄国文学史》,上卷,蒋路、孙玮译,作家出版社,1957年,第32页。
③ 刘文飞、陈方:《俄国文学大花园》,湖北教育出版社,2007年,第8页。
④ [俄]布罗茨基主编:《俄国文学史》,上卷,蒋路、孙玮译,作家出版社,1957年,第40—41页。

这是雅罗斯拉夫娜的声音,
这声音能传到多瑙河畔,
就像一只无名的杜鹃,
在呻吟般地发出呼唤:

"我愿清早就飞去,
在多瑙河畔飞翔,
我要在卡雅拉河水里
蘸湿我白色的丝袖,
给王公擦一擦
他负伤的身体上
那一处处滚烫的伤口!"

雅罗斯拉夫娜清早就在呻吟,
在普季夫尔的城墙上哭诉:

"哦,风儿,大风啊!
你为何迎面吹向我们的武士?
你为何让异教徒的利箭
插上了轻盈的翅膀?
难道你不曾多次吹来,
在白云下的山巅吹拂,
把蓝色大海上的船儿爱抚?
神啊,你为何要把
我的欢乐都吹进草丛?"

雅罗斯拉夫娜清早就在呻吟,
在普季夫尔的城墙上痛苦地哭诉:

"哦,光荣的第聂伯河啊!
在波洛夫的土地上,
你打穿了一座座石山!
你一直流到科比雅克营地,
背负着斯维亚托斯拉夫的战船!
神啊,请把我的夫君
送到我的身边来啊,

好让我别在一清早
就把眼泪洒进你的波涛,
奔着夫君向大海流去!"

雅罗斯拉夫娜清早就在呻吟,
在普季夫尔的城墙上哭诉:

"光明的、闪亮的太阳啊!
你在爱抚所有的人,
可你为何要把那滚烫的光芒
投射在我夫君的武士们身上?
要在那干涸的原野里,
用干渴扭弯他们的弓,
用忧伤塞满他们的箭囊?"[①]

她向着辽远的海洋、向着伊戈尔被囚禁的地方挥洒自己的眼泪,向风、向第聂伯河、向太阳祈求把丈夫从敌营释放出来。

二是人物形象鲜明。史诗塑造了好些形象鲜明的人物形象。其中最突出的是伊戈尔大公的形象。首先,他是一个热爱荣誉、奋不顾身的王公,具有昂扬的斗志,军人的勇敢和激情。他主动出击,既是为了荣誉,也是为了罗斯,即使出征前目睹了日食的凶兆——《往年纪事》(Пловесть временных лет)记载了这次日食,而且据史家考证,这次日食在俄国历史上确有其事,它发生在 1185 年 5 月 1 日下午 3 点 25 分,时间在伊戈尔 4 月 23 日率兵出征之后,作者有意把它提前,是为了突出伊戈尔意志的坚强和荣誉心之强,并且也有加强史诗的悲剧意味的作用——也毫不动摇。被俘后他一直怀念祖国,伺机逃走,最后终于逃回国土。其次,也谴责了他贪图功名的个人英雄主义思想,写出他为了追求个人的荣誉,不联合其他王公就采取单独行动,不仅损兵折将,使自己身陷敌狱,而且给罗斯大地带来了巨大灾难。在基辅罗斯的历史上,斯维雅托斯拉夫并非一个很有作为的大公,但史诗却把他塑造成一位威名远震的王公,他曾像暴风雨一样击溃波洛夫人,活捉了柯比雅克汗;同时他又是一位目光远大的英明的国务活动家,号召全体罗斯王公统一行动,一致对外。由此也可见史诗对人物形象塑造的成功。雅罗斯拉夫娜的形象也很成功。在她的哭诉里,我们发现她不仅是一个贤惠深情的妻子,而且是一个难得而且在俄国文学史上较早出现的人道主义者,她不仅为自己的丈夫挂怀、伤心,而且为尸横疆场的罗斯士兵担忧、哭泣。

三是民间特色突出。俄罗斯学者指出,这部史诗"广泛运用了民间创作所爱用

[①] 刘文飞、陈方:《俄国文学大花园》,湖北教育出版社,2007 年,第 8 页。

的手法,例如否定性的比拟('先知鲍扬不是放出十只苍鹰去捕捉一群天鹅,而是把他那灵巧的手指按在活的琴弦上'),常用的形容词('快捷的战马''快刀''广阔无边的原野''灰狼''深蓝的鹰'),哀哭的形式(雅罗斯拉夫娜的哭诉),描写符塞伏洛德的武功时的民间英雄歌手法('你的金盔闪着亮光,你这野牛跑到哪里,哪里就有波洛维茨人的邪恶的头颅落下')。①"《远征记》与民间诗歌的内在联系,还表现在对自然界的描写上。自然界在《远征记》中,也像在民间口头诗歌作品中一样,与人物的感情相通,同情人物的悲哀,与人物同欢乐,预告危险。当伊戈尔准备就绪,催兵出征波洛维茨时,太阳以阴影阻住他的道路,黑夜以风暴呻吟等等——整个大自然都在警告伊戈尔。而当他从敌营中逃跑出来时,太阳光芒万丈地在天空中照耀,啄木鸟以啄木声向他指示到河边的道路。顿尼茨河以自己的波浪爱抚他,夜莺用欢乐的歌声通知着黎明的来临。"②

第二节　现实生活中的人之歌
——杰尔查文的诗歌创作

加甫里尔·罗曼诺维奇·杰尔查文(1743—1816),被普希金称为"俄罗斯诗人之父",后世评论家则认为他是俄罗斯第一个真正意义上的诗人,是近代俄罗斯诗歌的奠基者,是19世纪俄罗斯诗歌繁荣局面的开拓者和先驱者。他一生创作较多,最重要的作品主要有《费丽察》《大臣》《致君王与法官》《纪念梅谢尔斯基公爵之死》《钥匙》《上帝》《致叶甫盖尼——兹万卡的生活》等。但我国至今尚未见有一篇文章论述杰尔查文的诗歌,这不能不令人感到遗憾。本文拟综合所能见到的有关资料,对其创作进行初步探讨,以抛砖引玉。我们认为,杰尔查文诗歌创作最重要的特点是:现实生活中的人之歌。

人,是杰尔查文诗歌创作的动力,也是其诗歌的中心主题。他一生最关注的便是人。他积极了解当时农民起义的原因,愤怒揭露宫廷文武百官的腐败、政府的专横和各地贪污的现象,甚至吁请叶卡杰琳娜女王用仁慈的态度对待敌人:"女王啊!敌人也同样是人!"他尤其重视有个性的人。在代表作——长诗《费丽察》中,他一反罗蒙诺索夫在诗中把女主人公伊丽莎白塑造成女神形象的做法,而把自己的女主人公费丽察-叶卡杰琳娜塑造成一个真正有个性的人,她是卓越、聪明、热诚的,但又宽容、朴素,关心民众的幸福,富于人性:

你不像你的穆尔查,
你常常是徒步而行,
在你的餐桌上

---

① [俄]布罗茨基主编:《俄国文学史》,上卷,蒋路、孙玮译,作家出版社1957年版,第43—44页。
② [俄]季莫费耶夫主编:《俄罗斯苏维埃文学史》,殷涵译,上海文艺出版社1962年版,第30页。

常常是最普通的食品；
你不珍惜你的安宁，
在小桌上又读又写；
从你的笔下流泻着
给所有的人们的幸福；
仿佛你根本不会玩牌，
朝朝暮暮就像我们一样。①

与此同时，他又善于从现实生活尤其是日常生活的角度出发，表现人物，抒发感情，从而大大超越了以前的古典主义诗歌对现实生活尤其是日常生活的排斥。这样，就形成了杰尔查文诗歌独特的现实生活中的人之歌。具体而言，杰尔查文这种现实生活中的人之歌，体现在以下几个方面。

第一，炽烈的公民精神。人，在很大程度上是社会性的生物。作为一个社会性的生物，他必须遵守社会通行的法则，自觉维护社会的合理秩序，为促进社会的繁荣发展而努力奋斗。中国古人所说的"天下兴亡，匹夫有责"，就是此意。而在西方的近现代意识中，这表现为公民精神。公民精神体现了人的主体意识，也表现了人对现实的热切关注，充分展示了现实生活中人的意义，而炽烈的公民精神是俄罗斯诗歌的优良传统。其奠基者是康捷米尔(1708—1744)。"按照这位作家的意见，必须教育人们意识到每一个人的生活目的就是为祖国服务。而为祖国服务就是意味着和一切阻碍祖国顺利前进的东西作斗争。一个作家没有权利作无动于衷的旁观者。他是一个公民，是一个作为社会裁判员的公民"，他骄傲地回答其敌人："我现在来回答派我充当裁判员的人们所要知道的最后的一个问题：我仍要写作，——按照一个公民的职责来写作，我要消灭那一切可能危害我的同胞的东西。"对此，前苏联学者库拉科娃评论道："康捷米尔是第一个明确地谈到诗人作为一个公民的义务和作为一个社会裁判员的权利。同时，他还指出，迫害不可避免地会随时随地降临到一个作为普通公民的诗人头上来的。但是，他教导人们勇敢，他坚决主张必须彻底履行对社会应尽的职责。"②文学史家布拉戈依也指出："康捷米尔最早体现了俄罗斯文学的战斗精神和公民气质。"③此后，经过罗蒙诺索夫、苏马罗科夫、杰尔查文、拉吉舍大等人的继承和发展，到19世纪，俄国公民诗终于形成蔚为壮观的局面，出现了普希金、涅克拉索夫以及雷列耶夫等为代表的"十二月党人"诗人的作品构成的公民诗歌，在社会上产生了巨大的反响。

俄国的公民诗歌实际上包括两个方面的内容：第一，强调履行公民职责，歌颂尽忠报国，描写有益于国家和人民的重大事件；第二，"和一切阻碍祖国顺利前进的

---

① 转引自[俄]库拉科娃：《十八世纪俄罗斯文学史》，北京俄语学院科学研究处翻译组译，北京俄语学院印，1958年，第181页。
② 同上书，第33—34页。
③ [俄]布拉戈依：《从康捷米尔到今天》，莫斯科，1972年，第29页。

东西作斗争",具体表现为关心人间苦难,抨击社会乃至宫廷里的专制与黑暗。

前者以罗蒙诺索夫(1711—1765)为代表,他的诗歌颂英雄业绩,为国家的重大事件而创作:或赞颂军事上的胜利(如《攻克霍丁颂》),或献给加冕典礼、登基周年纪念、女王的命名日、王位继承人的婚礼(如《伊丽莎白·彼得罗芙娜1742年从莫斯科到彼得堡颂》《彼得·费多罗维奇与叶卡杰琳娜·阿列克谢耶芙娜1745年举行婚礼颂》《伊丽莎白·彼得罗芙娜1746年登基日颂》《伊丽莎白·彼得罗芙娜女皇1747年登基日颂》《伊丽莎白·彼得罗芙娜1752年登基日颂》),或颂扬俄国内外政策,谈论战争与和平,表达对祖国—母亲的热爱(如《颂1747年》、《彼得大帝》)。从《攻克霍丁颂》的一些片断中,我们即可领略这些颂诗的特点:

> 松林、山谷和溪流齐声欢唱,
> 歌唱胜利,俄国的胜利!
> 敌军拼命逃亡,
> 连他们的踪迹都怕见到,
> 月亮见他们逃跑,
> 都替他们害臊,
> 在云层后把脸孔掩藏。
> 夜空中荣耀在翱翔,
> 号声嘹亮,响彻在大地上,
> 俄国人来了,敌人闻风胆丧。①

这是歌颂彼得大帝统帅的俄国军队的强大威力,又如:

> 振奋人心的捷报令人陶醉,
> 胜利的喜讯传到高山之巅,
> 树林里的风忘却了喧嚣;
> 山谷里一片宁静。
> 日夜奔腾的山泉沉默不语,
> 它在侧耳倾听。
> 月桂绕起花冠,
> 喜讯传遍四面八方,
> 田野上的烟云
> 向远处飘荡。②

后者以拉吉舍夫(1749—1802)为代表,他在其政论性文学作品《从彼得堡到莫斯科旅行记》尤其是附于其后的诗歌《自由颂》中,对阻碍祖国顺利前进的各种社会问题

---

① 转引自徐稚芳:《俄罗斯诗歌史》,北京大学出版社,1989年,第22页。
② 同上书,第21页。

（如农奴制及官僚机构的黑暗、贵族的腐化、商人的道德堕落等等，几乎涉及专制独裁的俄国的每一角落）都进行了无情的分析和大胆的抨击，并把矛头直指沙皇与教会：

> 沙皇的权力保护宗教，
> 宗教确认沙皇的权力；
> 他们联合起来压迫社会；
> 一个为束缚理性费尽心机，
> 一个力图把自由消灭；
> 两者都说：为了公共利益……①

号召人们充分利用大自然赋予的复仇权力，追求自由，推翻专制。

杰尔查文的创造性在于，他把二者结合起来，一方面，"诚实正直地为社会服务这个基本思想，鲜明地贯穿着杰尔查文的全部创作……构成了他的信仰与生活的本质"②，这样，他极力歌颂当时俄国社会的一切重大事件，尤其是俄国的军事胜利——当时，正值叶卡杰琳娜执政时期（1762—1796），是俄国的盛世，俄国依靠强大的武力，在鲁缅采夫、苏沃洛夫等杰出的军事统帅领导下，对外扩张征服其他民族，取得辉煌胜利，俄国的版图得以大大向外推移——总之，社会上一切重大事件都在杰尔查文的诗歌里得到了反映，他歌颂了重要历史人物，如叶卡杰琳娜二世、波将金、鲁缅采夫、苏沃洛夫等等，也较早地赞扬了俄国英勇的士兵，俄国军队的胜利则是其歌颂的重点。正因为如此，别林斯基宣称："杰尔查文是一个伟大的天才的俄罗斯诗人，他的作品是俄罗斯人民生活的忠实的回音，是叶卡杰琳娜二世时代的忠实的反映。"库拉科娃则称他的诗为俄国"18 世纪的诗歌体裁的编年史"："他写过奥恰科夫的围困，伊兹马伊尔的占领，神奇的阿尔卑斯山进军，杰尔宾特的征服和俄罗斯人民打退拿破仑的斗争……这些颂诗是庄严的，有些还比较长，都是用高级体的语言写成的……在杰尔查文的颂诗中除了统帅们的肖像以外，我们还可以看到许多动人的诗句，它们描写着取得胜利的真正英雄——俄罗斯的士兵和俄罗斯的人民。"③另一方面，杰尔查文为人正直，疾恶如仇，以强烈的公民责任感，揭露官吏的无能、政府的腐败，如其名作《致君主与法官》：

> 全能至高的上帝已经醒来，
> 对地上的群神公开审判；
> 罪孽与邪恶已然汇流成河，
> 还待宽容你们到何月何年？

---

① ［俄］拉吉舍夫：《从彼得堡到莫斯科旅行记》，汤毓强等译，外国文学出版社，1982 年，第 234 页。
② ［俄］布罗茨基主编：《俄国文学史》，上卷，蒋路、孙玮译，作家出版社，1957 年，第 138 页。
③ ［俄］库拉科娃：《十八世纪俄罗斯文学史》，北京俄语学院科学研究处翻译组译，北京俄语学院印，1958 年，第 191 页。

你们的职司就是维护法律，
面对强暴不可迁就姑息；
对那些无依无助的孤儿寡妇，
你们不能置之不理。

　　你们的职司是救民水火，
对不幸的人们给以庇护；
保护弱小不受强权欺凌，
使天下受苦人解脱桎梏。

　　他们竟充耳不闻！视而不见！
贿赂已经把两眼蒙蔽，
累累罪行震撼着大地，
虚伪谎骗触动了天宇。

　　帝王们！我曾把你们奉若神明，
谁也不能对你们品评非议，
但你们同我一样也有七情六欲，
也同我一样迟早终须一死。

　　如同枝头落下的枯叶，
你们也将凋残萎谢，
如同死去的卑微的奴隶，
你们也将那样悄然寂灭。

　　苍天啊，显灵吧！正义的上帝！
听取众生祈祷的声音：
愿你降临，审判惩处奸佞，
愿你是人世间唯一的圣君！①

　　全诗的锋芒直指神圣的帝王，先是教诲他们善待民众，保护弱小，但他们置之不理，于是诗人愤怒地宣称他们跟卑微的奴隶没有区别——同样会被死亡带走，并且祈求正义的上帝显灵，审判惩处奸佞，以致叶卡杰琳娜二世称本诗为"雅各宾党人的话"。《大臣》一诗也是如此。因此，苏联学者波斯彼洛夫、沙布略夫斯基指出："18世纪的诗歌中，没有比杰尔查文的《大臣》《致君王与法官》之类的颂诗更有力、

————————
① 《俄诗精粹》，李家午、林彬译，安徽文艺出版社，1987年，第3—4页。

更富于勇敢的公民热情的作品。要有高度的公民的勇气,才能公开地说出杰尔查文在这些诗中所说的话,才能那样有力地刻画出虚伪与罪恶,使所有的人都能从诗中认出他们那时代的有权有势的人物。"①

这样,杰尔查文就独创性地把颂诗变成了公民诗,并且与现实生活紧密相连,甚至在一首颂诗中,像别林斯基指出的那样,把康杰米尔的讽刺与罗蒙诺索夫的歌颂结合起来,如《费丽察》一方面歌颂了叶卡杰琳娜二世的贤明与博大胸襟,另一方面讽刺性地通过日常生活细节描写了"我"及所有上流人的睡懒觉、好玩、胡闹与放荡,如:

> 可是我睡到晌午才起,
> 然后是吸烟又喝咖啡;
> 我把工作当作假日,
> 我让我的思维沉湎在幻想里:
> ……
> 或者我带上狗、侍从小丑或朋友,
> 坐着金色英式轿车驰骋,
> 四马并驾,壮观绝顶;
> 或者,我带上个什么美人,
> 在秋千下款款而行;
> ……
> 或者,终日胡闹待在家,
> 我同妻子一块儿玩"傻瓜";
> 一会儿和她爬到鸽舍上,
> 一会儿蹦蹦跳跳捉迷藏……

然而,不只"我"一人如此:

> 费丽察啊,我是如此放荡!
> 但所有的上流人都和我一样。②

在《大臣》一诗中,他一面树立正面形象,一面讽刺大臣们的愚顽:

> 一个大臣,他应当有
> 健全的头脑,文明的心灵;
> 他应当处处用自己的行为
> 证明他的称号十分神圣……
> 如果精神高尚,我才是个公爵,
> 如果热情蓬勃,我才是个主人;

---

① [俄]布罗茨基主编:《俄国文学史》,上卷,蒋路、孙玮译,作家出版社,1957年,第139页。
② 朱宪生:《俄罗斯抒情诗史》,陕西人民教育出版社,1993年,第35页。

> 如果关心众人,我才是个贵族……
> 但驴子终究是一匹驴子,
> 尽管你给他挂满了勋章;
> 假如需要它动一动脑筋,
> 它只会把耳朵摇得乱响。①

杰尔查文的这种极具创造性的公民诗,对当时和后世产生了颇大的影响。"拉吉舍夫、十二月党诗人雷列耶夫,以及18世纪末和19世纪初俄罗斯社会及文学界的一切进步与优秀的人物,都很尊崇杰尔查文的高度的公民精神,和表现这些精神时的勇敢态度。拉吉舍夫曾经把自己的著作《从彼得堡到莫斯科旅行记》寄给杰尔查文,雷列耶夫也曾经把自己的一篇《沉思》献给他。杰尔查文的公民诗歌对克雷洛夫和普希金创作中的公民主题都起了影响。"②

第二,抒情的哲理诗歌。俄国的诗歌有表现哲理、探索生命意义的传统,这就是俄国哲理诗。其源头在文人创作中可追溯到俄国第一位职业宫廷诗人、俄语音节诗体的创始人谢苗·波洛茨基(1629—1680)。他的诗集《多彩的花园》,被称为俄国文学史上第一部诗集。集中收有许多哲理诗,如《酒》《节制》等等。其《酒》写道:

> 对于酒,不知该称赞还是责难,
> 我同时把酒的益处和害处分辨。
> 它有益于身体,却受控于本能的淫邪力量,
> 刺激起有伤风化的种种欲望。
> 因此做出如下裁判:少喝是福,
> 既促进健康,又不带来害处,
> 保罗也曾向提摩太提出类似建议,
> 就在这一建议中蕴含酒的奥秘。③

波洛茨基的这种哲理诗具有开拓意义,对以后也有一定的影响,但从艺术上来看,还只停留在人生经验的简单总结或表面的哲理探索,而且说教过多,诗味不足,缺乏诗的情感因素。

把俄国哲理诗推进一步的,是罗蒙诺索夫。他的名诗《朝思神之伟大》《因见壮丽的北极光而夕思神之伟大》,把科学知识与哲理诗结合起来,进而思考自然的规律和一切生命的终极,如《因见壮丽的北极光而夕思神之伟大》:

> ……大自然,你的规律在哪儿?
> 竟然从北方升起朝霞?

---

① 转引自[俄]布罗茨基主编:《俄国文学史》,上卷,蒋路、孙玮译,作家出版社,1957年,第140—141页。

② 同上书,第141页。

③ 顾蕴璞、曾思艺主编:《俄罗斯抒情诗选》,曾思艺译,商务印书馆,2017年,第2—3页。

莫非太阳在那里留下了自己的宝座,
还是冰海闪出了火花?……
关于周围的许多事物,
你们还能否说出宇宙是怎样广阔?
那些最小的星星之外是什么?
你们可知道一切生命的终极?
你们能否说出上帝是多么伟大?①

罗蒙诺索夫还只是试图把科学知识、激越的感情与哲理诗结合起来,探究自然的规律、宇宙的奥秘。显然,情感与哲理也未能融合一体。

杰尔查文开始把生命的思索与饱满的激情较好地结合起来,并把哲理诗由向外探寻自然规律转向通过人自身的生命来追寻宇宙生命的奥秘。他强调,在卓越的抒情诗中,每句话都是思想,每一思想都是图画,每一图画都是感情,每一感情都是表现,或者炽热,或者强烈,或者具有特殊的色彩和愉悦感。这样,他就不仅从理论上,而且从实践上,把俄国的哲理诗发展成为哲理抒情诗,并初步奠定了俄国哲理抒情诗的基础。杰尔查文的哲理抒情诗最关注现实生活中人的生死问题,感叹人生短暂,青春不再,试图思考生死的奥秘。但他不是像波洛茨基似的直接说出自己的思考,而是把感情与形象灌注于哲理诗中,透过感情与形象显示哲理,写出了现实生活中人人共同感知却又十分害怕的问题,生动形象,攫人心魂,如其《午宴邀请》一诗中的诗句:

我们的一生只是过眼烟云;
孩提时代刚刚过去,
老年时期就已逼至,
死亡早已隔着栅栏在把我们窥伺……②

又如《纪念梅谢尔斯基公爵之死》中的诗句:

死亡,躯体的颤抖和恐怖!
我们是骄傲和悲惨的结合;
今天是上帝,而明天是尘土;
今天诱人的希望将我们迷惑,
而明天,人啊,你又在何处?
时光刚刚流逝,
沉入无底深窟的混沌立即消失,
你的整个一生有如梦境,转瞬即去。

---

① 《俄罗斯抒情诗选》,上册,张草纫译,上海译文出版社,1992,第16—18页。
② 曾思艺译自《杰尔查文诗集》,第一卷,圣彼得堡,1864年,第667—668页。

> 有如梦境,有如甜蜜的幻想,
> 我的青春也早已消逝……①

而其《时间的长河飞流急淌……》更是相当成熟的哲理抒情诗:

> 时间的长河飞流急淌,
> 带走了人们的所有功业,
> 使民族、国家和帝王,
> 全都在遗忘的深渊里湮灭。
> 即便留下一星半点东西——
> 通过竖琴和铜管的乐音,
> 也会被永恒之口吞噬,
> 无法逃脱普遍的命运!②

杰尔查文的哲理抒情诗对后来的俄国哲理诗,尤其是丘特切夫的诗歌,有着颇大的影响,对此,笔者在《丘特切夫诗歌研究》一书中已有论述③,此处不赘。

第三,俄国的自然风景。俄罗斯的大自然有一种独特的非同寻常的美,法国作家莫洛亚指出:"俄罗斯风景有一种神秘的美,大凡看过俄罗斯风景的人们,对那种美的爱惜之情,似乎都会继续怀念至死为止。"④然而,18世纪很长一段时间里,由于俄国古典主义统治文坛,而俄国古典主义深受法国古典主义影响,主要描绘义务与情感的冲突,表现公民精神,对自然很少关注,即使描绘到自然景物,也往往是古典主义的假想风景,最多也只能像罗蒙诺索夫一样,把它当作科学认识的对象,如《朝思神之伟大》之描绘天空:

> 那里火浪滚滚,
> 看不到涯岸,
> 那里烈焰翻卷,
> 持续了亿万年;
> 那里的岩石像水一样沸腾;
> 那里的热雨哗哗不断。⑤

18世纪后期兴起的俄国感伤主义的一大贡献,便是重视自然风景,并且以一种审美的眼光欣赏大自然的一切,同时把它与人的心灵结合起来。该派的领袖卡拉姆津(1766—1826)认为:"大自然和心灵才是我们该去寻找真正的快乐、真正可

---

① 曾思艺译自《18世纪俄国诗歌》,莫斯科,2009年,第104—105页。
② 同上书,第156页。
③ 参见曾思艺:《丘特切夫诗歌研究》,人民出版社,2012年,第191—194页。
④ [法]莫洛亚:《屠格涅夫传》,江上译,台湾志文出版社,1975年,第26—27页。
⑤ 《俄罗斯抒情诗选》,上册,张草纫译,上海译文出版社,1992年,第13页。

能的幸福的地方,这种幸福应当是人类的公共财产,却不是某些特选的人的私产;否则我们就有权利责备老天偏心了……太阳对任何人都发出光辉,五光十色的大自然对于任何人都雄伟而绚丽……"①俄国感伤主义以此为指针,在诗歌创作中把自然景物的变化(自然的枯荣)与人的生命的变化结合起来,对生命进行思索,如卡拉姆津的《秋》②把自然的衰枯繁荣与人心的愁苦欢欣联系起来,并面对自然的永恒循环,深感人之生命的短暂。不过,他们的自然风景一般还是普遍的风景,俄国的色彩不太明显。

受俄国感伤主义尤其是卡拉姆津的影响,杰尔查文在后期的创作中大大增加了对俄国自然风光的描绘,以致自然风景描写在其晚期乃至整个创作中占据一个显要的位置。他的自然风景描写,往往和日常生活的描绘结合起来。如《致叶甫盖尼——兹万卡的生活》,就把对俄国地主日常真实生活的描写与对俄国自然风光的欣赏融为一体。他善于用颜色传神地描写日常生活的细节,如《兹万卡的生活》中描写餐桌上的食物的一段:

> 紫红色的火腿,碧绿的菜汤加蛋黄,
> 绯红焦黄的点心,白嫩的牛油,大虾
> 像树脂与琥珀一样通红,还有鱼子酱,
> 斑斓的梭鱼配上淡青的葱叶——多么漂亮……③

他更善于通过视觉和听觉的形象来把握和理解自然,如《瀑布》:

> 宝石之山从高而降,
> 像四堵断崖巉壁,
> 像无底的珍珠与白银,
> 它在下面沸腾翻滚,
> 又向上掀起一堆堆小丘;
> 从飞沫中升起一座蓝色的丘陵,
> 远处的林中听来咆哮如雷鸣。④

杰尔查文的一大贡献是把有个性的人带进俄国诗歌,从而打破了古典主义用国家、集体窒息人的局面,使人的情感、个性得以发展,他在诗中不仅表现自己刚直不阿的独特个性,而且描写自己的生活琐事、情感经历,使诗歌富有自传性。他用有个性的眼光来观察自然,结果发现了俄国极富特色的自然风景。库拉科娃指出:"杰尔查文最先把真正实在的自然景色放到诗歌中,用真正实在的俄罗斯风景来代

---

① 转引自[俄]布罗茨基主编:《俄国文学史》,上卷,蒋路、孙玮译,作家出版社,1957年,第152页。
② 参见《俄罗斯抒情诗选》,上册,张草纫译,上海译文出版社,1992年,第92—93页。
③ 转引自[俄]布罗茨基主编:《俄国文学史》,上卷,蒋路、孙玮译,作家出版社,1957年,第145页。
④ 转引自[俄]库拉科娃:《十八世纪俄罗斯文学史》,北京俄语学院科学研究处翻译组译,北京俄语学院印,第195页。

替古典主义的假想的风景。杰尔查文看到全部色彩和自然界的全部丰富的色调,他听到各种声音。在描写乡村的早晨时,他听到牧人的号角、松鸡的欢悦的鸣声、夜莺的宛转娇鸣、奶牛的鸣声和马的嘶叫。……杰尔查文不仅最先在俄罗斯诗歌中描述了真实的风景,而且他还让风景具有极为鲜明的色彩。……当杰尔查文谈到自然景色时,他的诗歌中经常闪耀着珍珠、钻石、红玉、绿宝石、黄金和白银。"①

杰尔查文对俄国诗歌的贡献,还表现为较早地歌颂个人的情感,如他曾宣称:

> 我将尽情享受人生的欢乐,
> 频频地同我的爱人亲吻,
> 常常地倾听夜莺的歌声。②

杰尔查文还主动向民间文学学习,把民间的谚语、生动的口语等等带进了俄国文学。可以说,在杰尔查文这里,已初步具备了后来俄罗斯诗歌发展的各个方向,他的确不愧为普希金所说的"俄罗斯诗人之父"。

第三节 生命的信仰
——茹科夫斯基的诗歌

茹科夫斯基(1783—1852)是俄国第一位浪漫主义大诗人,也是优秀的翻译家。他是俄国一个富有的地主布宁(1933年获诺贝尔文学奖的布宁就是出生在同一家族)和土耳其女俘——女管家萨里哈的私生子,出生在图拉省古老的贵族领地米辛斯科耶。穷贵族茹科夫斯基寄居在布宁家,成了他的教子,未来的姓氏由此而来。茹科夫斯基从小在乡村美丽的大自然中长大,受过良好的教育。当时著名的教育家波克罗夫斯基是他的启蒙老师,他告诉学生"只有在乡村的愉快的幽居中才能使纯真与幸福的祭坛不受损毁",并且在这方面发展学生的文学志趣。14岁,茹科夫斯基就读于莫斯科大学附属的贵族寄宿学校。离开学校后,他曾一度参加工作。但他不喜欢办公室工作的单调乏味,翌年后辞去职务,回到故乡,醉心于文学工作,陶醉于懒散而冥想的生活。1805年,他开始为两个外甥女教课,久而久之,他对其中的一个——当时12岁的玛丽亚产生了发自内心的爱慕,并很快发展为爱情。1811年,他向玛丽亚的母亲——同父异母的姐姐表示了求婚的意愿,遭到了拒绝。这段无望的爱情,持续了很多年,影响了诗人个人的全部生活,并且在一定程度上还影响了他的创作(1823年玛丽亚病故,他十分悲痛,又写了多首诗表示悼念)。乡居6年时间里,茹科夫斯基大量阅读俄国和外国文学作品,并且创作了20来首诗,还翻译了一些外国诗歌,其中发表在卡拉姆津主编的《欧罗巴导报》上的诗歌

---

① [俄]库拉科娃:《十八世纪俄罗斯文学史》,北京俄语学院科学研究处翻译组译,北京俄语学院印,第194—195页。
② 转引自朱宪生:《俄罗斯抒情诗史》,陕西人民教育出版社,1993年,第39页。

《乡村墓地》使他一举成名。1808 年,他接受卡拉姆津的邀请,迁居莫斯科,在《欧罗巴导报》当编辑,并且勤奋创作,经常发表诗作。从 1815 年起,茹科夫斯基进宫廷任职,先是担任保罗一世皇后的伴读。1825 年,他被任命为皇太子、未来的沙皇亚历山大二世的老师,这使他成为一位德高望重的宫廷诗人。他利用自己的身份和地位,提携、保护了一些需要提携和保护的诗人,如谢甫琴科、普希金。1840 年,他辞去宫廷职务,并与艺术家列伊特伦的女儿结婚。但妻子身体不好,他不得不从一个疗养地迁居到另一个疗养地,他一生中最后十年是在国外度过的,1852 年逝世于国外,遗体运回俄国后安葬在彼得堡公墓,在他的导师和朋友卡拉姆津的墓旁。

别林斯基指出:"茹科夫斯基,不可能使所有的和任何年龄的人喜欢;他的作品只是对那些具有一定年龄的生活或有着一定情绪的人和心灵来说,才是清晰明白的叙述。这就是茹科夫斯基诗歌的真正意义,也是他的诗歌永远具有的意义。但除此之外,一般地说茹科夫斯基对于俄罗斯诗歌还具有伟大的历史意义;茹科夫斯基以浪漫主义的因素强化了俄罗斯诗歌,使它为社会所理解,并且还给它开辟了发展的可能性。如果没有茹科夫斯基,我们就不可能有普希金。"①普希金也曾这样描写茹科夫斯基的诗:"他的诗篇的引人入胜的甜蜜/将流传到令人羡慕的长远的年代,/青春听见这样的诗,就会为光荣而太息,/无言的悲愁一得到安慰/就会想起无忧的乐趣。"②这些话,指出了茹科夫斯基的特点和地位。我们认为,茹科夫斯基诗歌的突出特点是:生命的信仰。它包括以下几个方面的内容。

首先是心灵。别林斯基指出,茹科夫斯基给"俄罗斯诗歌以心灵",也就是说他首先在俄罗斯诗歌中极力表现自己的个性和情感,展示自己的内心感触和心理印象,淋漓尽致地写出自己的喜怒哀乐。在此以前,俄国的诗歌主要受古典主义和启蒙思想的影响,更多地强调公民意识和社会职责感,而且都是把客体的人、事、物作为对象进行描述,有主观态度但无明显个性,更难见诗人隐秘的内心和情感。感伤主义强调个性和情感,但主要表现在小说方面,在诗歌领域里,流行的依然是抽象的感情和公民化(一般化、普遍化)的人物。茹科夫斯基发展了卡拉姆津的感伤主义,并把浪漫主义对个性的推崇引入俄国诗歌,在诗歌中由此前的侧重外在描写,转向内心情绪的宣泄,尽情地写自己的希望与失望、欢欣快乐与忧愁悲哀等等心绪,当然,由于早年的爱情经历,诗人写得更多的是忧伤哀愁的情感。别林斯基谈道:"茹科夫斯基是罗斯的第一个其诗歌是从生活中来的诗人。在杰尔查文与茹科夫斯基之间,这方面的分歧是多么大。杰尔查文的诗歌是冷漠无情的,而茹科夫斯基的诗歌却是感动人的。因此,庄严的崇高是杰尔查文的诗歌最主要的特点,而同时,悲伤和痛苦则是茹科夫斯基的诗歌的灵魂。在茹科夫斯基之前,在罗斯,没有

---

① 转引自[俄]季莫费耶夫主编:《俄罗斯古典作家论》,程代熙等译,人民文学出版社,1958 年,第 235 页。
② 同上。

一个人会想到,人的生活可以同他的最好的传记紧密地联系在一起。那时候人们愉快地生活,因为他们过的是外部生活,并不向自己内心作深刻的观察……而茹科夫斯基,他主要是一个浪漫主义者,在罗斯他是悲伤的第一个歌手。他的诗歌是以他深重的损失以及伤心已极的痛苦作为代价而取得的;茹科夫斯基不是从节日灯彩中,不是在报纸的战绩报告中找到它的,而是在他的受折磨的内心的深处,在他的受到隐秘的痛苦的胸怀深处找到它的。"①并且,他进而指出其浪漫主义的特点:"这是什么样的浪漫主义?这是愿望、企图、冲动、情感、叹息、呻吟,是对于没有实现的无名希望的抱怨,是对只有上帝晓得的已经失去的幸福的悲叹;这是一个和任何现实情况都格格不入的世界,是一个住着幽灵鬼怪的世界,当然是住着迷人而又可爱的、并且是不可捉摸的幽灵鬼怪的世界;这是一个忧愁的缓慢流动着的永无止境的现在,它悲哭过去而看不见将来;最后,这是爱,是忧愁滋养着的爱,并且是假如没有忧愁就不会继续存在下去的爱。"②

值得一提的是,诗人甚至还把情感和大自然拟人化,苏联学者指出:"《春天的感情》《遗训的精华》《致飞过的熟悉的天才》《拉拉·鲁克》《诗的出现》《幻影》《海》《神秘的造访者》《意向》……在这些诗篇中诗人把人的感情和大自然现象加以高度的人格化,他把大自然描写成像具有自己精神生活的生物,一种能够使人认识这种生活的生物,一种能使人以自己的感情去了解这种生活,以及好像从而扩充了自己本来存在的境界的生物。"③

正因为如此,徐稚芳指出:"茹科夫斯基的浪漫主义主观性在俄国抒情诗发展中是一大进步。他摆脱了古典主义在描写人物感情上的抽象性和一般化毛病。他的抒情诗总是具体地描写人的感情,描写感情的细微变化;他的抒情主人公不是十八世纪抽象的理性精神的化身,他与古典主义理性诗学彻底决裂,力求唤醒人身上真正的人性,描写具体的活生生的人,刻画活人的思想感情。茹科夫斯基表现了浪漫主义流派对人的个性的重视,体现了个性解放的思想。"④

其二是信仰。茹科夫斯基在某种程度上把英国感伤主义尤其是"墓畔派"诗歌对生命的重视、对感情的推崇,与德国浪漫派尤其是耶拿派(如诺瓦利斯)对宗教的推崇,以及俄国东正教重视信仰等等结合起来,形成了自己诗歌独具的特点:生命的信仰。他从宗教的高度关注人的生存和生命的意义和价值,探索生命的哲理,强调人的精神生活。在他看来,生活充满了苦难,但人不应该抱怨,而要加强自己的修养,尤其是要充实自己的心灵,要有虔诚的信仰,服从万能的上帝的旨意,顺从命

---

① 《别林斯基选集》,第四卷,满涛译,上海译文出版社,1991年,第138—139页。
② [俄]卡普斯金:《十九世纪俄罗斯文学史》,上,北京大学俄语系文学教研室译,高等教育出版社,1958年,第8—9页。
③ [俄]季莫费耶夫主编:《俄罗斯古典作家论》,程代熙等译,人民文学出版社,1958年,第225—226页。
④ 徐稚芳:《俄国诗歌史》,北京大学出版社,1989年,第50页。

运的安排。

在《捷昂和艾斯欣》这首诗中,诗人借希腊人捷昂和艾斯欣这对好朋友的经历,表现了高度重视心灵和精神生活的思想,探讨了什么是个人幸福的问题。艾斯欣回到了自己的家乡,他是一个不满足于现状的人,受酒神和爱神的控制,为了寻找幸福——荣誉和财富以及人生的物质享乐,他外出追寻,在漫长的人生路上晃悠,"可幸福总捉摸不着,就像影子一样",结果,酒神和爱神,还有荣誉和财富,"把他的心志搅得疲惫不堪;/枯萎的心灵,被摘去了生命的菁英;/他失去了希望,只剩下厌倦",他回到了故乡。家乡的"阿尔费河在静静地流淌,它那鲜花/盛放的河岸,启开了他心灵的明窗;/那早已流失在悠悠逝波中的/锦瑟华年,又浮现在他眼前"。于是,他找到了儿时好友捷昂。捷昂"没有奢望,也不作/非分的妄想,他守在自己家神的/屋里,留在阿尔费的河岸上",幽居在乡村里,修身养性。两位朋友交谈了分别后的一切,捷昂告诉艾斯欣,他心爱的妻子死了,但自己内心的爱情永存,自己死后将与妻子在天国里永不分离,他对生命的感悟是:"为了幸福,上帝赐给我们生命——/可是悲哀总追随着生命,如影随形",但自己不抱怨,因为"依我看,尘世的幸福,/既不可存有妄想,也不应轻易地满足","世上那些理该不属于我们的,/命运在反掌之间就能把它们毁掉,/只有心灵才是永恒的财宝","我深信,我尘世道路的目标,/是为了走向美好与崇高",并且开导朋友:"一切都是上天的给予,朋友,/一切都是通向懿美伟大的道路;/无论是欢乐是悲忧——都指归于一个目的:/赞美你,生命的赋予者——宙斯!"诗人通过这个故事,宣扬人的幸福在于人的自身,在于内心有信仰,在于精神的充实,而不在外部世界,更不在吃吃喝喝,尽情恋爱,追求物质和荣誉,因此,应该使自己的内心世界更加完美。

茹科夫斯基尤其强调信仰的重要性。在这方面,我们通过他的三首叙事名作来分析。

《柳德米拉》写女主人公柳德米拉苦等参军外出作战的未婚夫,但长久长久地毫无音信,知道爱人已战死他乡,因此希望破灭,从而对上帝满怀怨言:"我们求天天不应,/上帝已把我们忘记干净……/难道他没曾对我许诺过幸福?/而诺言应验在何处?/哪里又有神圣的主?/不,上帝并不仁慈;/完了,一切都已结束。"尽管母亲一再开导,并且告诉她,"柳德米拉,抱怨是有罪的;/哀伤——是上帝的给予;/上帝不施恶德;/怨言不能救活死者","生命中这一痛苦只不过是短暂的一瞬;/天堂——是奖赏,赐予温顺的人,/地狱——给那些叛逆的灵魂;/你应当知命而温顺",她仍然顽固地宣称:"我内心已失去信仰","地狱的折磨有什么可怕"[①],继续抱怨上帝。于是,在某个万籁俱寂的半夜时分,她的爱人骑着马回到家乡,告诉她:自己的狭窄的居所在遥远的纳列夫河畔,并要求她和自己一起去那里,她希望等到

---

① 《十二个睡美人——茹科夫斯基诗选》,黄成来、金留春译,上海译文出版社,1990年,第70—72页。本文引用的所有茹氏诗句,未注明的均出自该书,不再一一注明。

夜晚过去白天来临再去,但未婚夫催着她和自己一起上马。他们骑着马一路飞奔,跑过山谷、丘陵和平原,她这才知道爱人真的已经死去,但她感情深挚,一点也不害怕:"死人又怎样?坟墓又何妨?/死者的屋宇就是大地的内脏。"黎明时分他们到达了未婚夫的家,那是数不清的石碑、十字架和坟墓,马儿和骑手砰的一声栽进了新建的坟墓,棺材开启,她发现自己的屋子是棺材,未婚夫是尸骸,它招手示意柳德米拉赶快过来,柳德米拉顿时两眼暗了下去,血液冷却,死了,倒在爱人的尸体上。这时,成群的死人从坟墓里探过身来,齐声哀号:"凡人的抱怨有多轻狂;/公正的裁判自有那至高的上苍;/主听到了你的怨詈,/死亡的报应临到你的头上。"诗歌的主题就是希望人们不要对自己的命运不满,任何对自己命运的不满都是罪过,要受到惩罚,应该相信上帝,因为命运是由万能的、仁慈的上帝给人注定的。

《斯维特兰娜》讲述了主显节①的时候,姑娘们都在占卜,但可爱的斯维特兰娜却沉默而忧伤,不愿参加这类活动,因为"世界因他而美丽"的恋人已经整整一年"音讯毫无"了。在朋友们的劝说下,她对着镜子和蜡烛以及两幅餐具开始占卜,希望窥见自己的命运。她独自对镜端坐,忽然觉得锁匙开启,发现心爱的人就在自己身边,并且动员她和自己一起到教堂去举行婚礼。于是,她和恋人坐上雪橇,在黑漆漆的原野里飞奔,可爱人坐在她身边一声不吭,使她更加胆战心惊。他们经过一个教堂,一大群人在那里举行葬礼,而拉雪橇的马儿不停足地疾奔,并且突然刮起了风暴,大雪成团降落,黑乌鸦声声报凶信。他们终于来到田野中一处荒僻的地方——雪堆下掩着的一所茅房,可转眼之间,情人、雪橇和马匹仿佛从未有过的一般,突然失去了踪影,只留下孤零零的女郎,被抛在这四周风雪茫茫的可怕地方。但她不怨天尤人,而是"划着十字",一边敲扣茅房的门一边祷告,进门后她借着燃亮的蜡烛发现一口棺材,棺材中死尸的脚那头是一个圣像。她跌倒在圣像前的尸骸上,向上帝祈祷呼告,而后手持自己的十字架,瑟瑟缩缩地躲在圣像下。一只雪白的鸽子带着闪光的眼睛,飞了进来,落在她的胸口,用翅膀拥抱住她。那死尸突然发出声音,并向斯维特兰娜伸开冰冷的双手。在这危急时刻,鸽子猛力飞向死人,使它重又躺下。但斯维特兰娜发现:她的爱友,竟然是死人!就在这时,她忽然醒了,发现自己是在做梦,这时天已经亮了,周围的一切清明辉耀,但她却因梦境而烦扰,不知这个梦预兆她的未来是吉是凶。然而,上午一人骑马飞奔来到她家门前,来客气宇轩昂,登上了台阶,这就是她的新郎。诗人最后点明这首诗的用意:"我们生活的最好支持,/莫过于相信天意。/造物主的法律是善良的:/不幸——只是虚幻的噩梦一场;/而幸福——就在于从梦中醒转。"但其前提是要笃信上帝,有真诚的信仰,要忍耐、顺从,而不要抱怨上帝和命运。诗歌的主题依然是宣扬人要

---

① 在旧历一月六日,主显节前后是一年中最冷最黑的时节,俄罗斯习俗,在主显节夜里俄罗斯未婚男女尤其是女孩子喜欢猜命运。少女们往往占卜,预测自己的爱情命运,她们把自己的鞋子脱下丢到大门外,拾到鞋子的人的名字,就将是姑娘未来夫婿的名字,或者认为鞋子着地后鞋尖指向哪个方向就将嫁往哪个方向。

相信上帝,要相信并安于自己的命运,但与《柳德米拉》表现的角度不一样:前者着重从反面着笔,写上帝万能,抱怨者必受惩罚;这篇则从正面着笔,写虔信者相信预言,相信上帝,获得了幸福。

《十二个睡美人》则综合了上述两首诗的主题,并且更为丰富复杂。这是一首由两个故事组成的长诗,也是茹科夫斯基写得最长,我个人认为最好的叙事诗。

第一个讲的是格罗莫鲍依的故事。穷得上无片瓦、下无插针之地的格罗莫鲍依在寂静的夜半,坐在第聂伯河旁,心事重重,烦恼不已,正打算纵身跳入奔腾的河水。突然魔鬼出现,让他"快忘掉你的上帝——来向我祷告",并许诺给他"数不尽的黄金、力量和荣耀",满足他的一切欲望:"你要的、想的/都会出现在你眼皮下",只是得以他的灵魂作抵押,期限是整整十年。格罗莫鲍依盘算了半天,最后为金钱背弃了信仰,与魔鬼定下了盟约。从此,他大富大贵,想要什么就有什么,并且为所欲为,作威作福。他还抢来十二个女郎,生下了十二个美丽的女儿。但他"视女儿如同陌路人,/哪怕是神圣的骨肉血亲都不承认"。可"强掳者留下的孩子,/自有天使庇护"。十二个孩子跟随母亲,住在圣洁的修道院里,"用无罪的双唇哀诉,/赞美天上的主","从摇篮中的最初时日,/到金色的青年时代,/她们只看到神恩的光彩,/只懂得善德的功绩"。然而,十年期限到了,魔鬼就要来到,格罗莫鲍依"由于死亡的烦扰而痛苦难宁","为了免于地狱的苦刑","不信神的格罗莫鲍依/乃向圣像求情"。但他最终在稍经犹豫后,还是为了自己,接受了魔鬼的又一建议:以他十二个女儿的灵魂作抵押,换取自己在世的一时自由和幸福,一个女儿可得一年宽限。尽管获得了十二年的生命,依然是想要什么就有什么,然而,现在他感到"人活着,灵魂已毁",因为:"你再没有任何指望,/你心里已永远失去了欢畅;/呵!无论是美好的人间,/或是自己的生命,他都废然厌倦;/在人群中他伶仃孤苦,在家庭里他无依无靠"。于是,他幡然悔悟:"上帝启示我们:/'在忏悔中得救'。/愿罪人的呻吟祈求,/上达霄九……"他把自己的住房改成忏悔的庙堂,而且广行善事,救助一切,"以基督救主的名义,用乐善济众的手施舍黄金"。十二年就要过去,他得了重病,已无力再拜谒上帝的神殿,但他"仰望天空,眼神虔敬而顺从"。在他临终的那一天,女儿们聚拢在他的床边,用她们纯洁的祈祷祈求上帝,他自己也一再请求:"请赦罪吧,震怒的主"。于是,超度天使降临,带着和解的微笑,而一个不相识的长老更是来到床边,用他的衣襟轻触十二个少女,让她们全都进入梦境,并接受了他临死前的忏悔和祈祷,还奋力击退前来践约的魔鬼,让花岗岩墙壁和大片森林陡然出现,使这块地方变得荒凉可怕,以保护十二个睡美人,让她们在甜蜜宁静的睡梦中等着上帝安排的救星。

第二个讲的是瓦吉姆的故事。瓦吉姆是诺夫哥罗德的勇士,以自己的"勇敢、漂亮和内心的真诚赢得了所有人"。20岁那年,他在一次外出打猎中,意外地发现了一个神奇的白袍老人,他告诉他:"瓦吉姆,你所期待的在远方;/温顺地等待吧,你要信赖上苍;/世上的一切都变幻莫测,/惟天国才是永恒"。接着,一个美好的少女的幻影在蔚蓝色的远方出现,以手示意,召唤瓦季姆随她而去。一连三个早晨,都是如此。于是,瓦吉姆下定决心,说服了极力留住自己的父母,策马飞奔向远方。在人所不知的道路上,他也曾一度犹豫,但他想到:"为什么犹豫?信念——岂能怀疑,/朝前走,以上帝的名义;/我该怎么走?走向何处?/我的领路人比我更清楚。"经过长久的奔驰,终于在某一天来到了第聂伯河畔茂密幽暗而荒凉的森林,他用剑砍伐出道路,朝着林中发出凄厉呼告的地方走去。他发现一个庞然巨人抢了一个年轻美貌的姑娘,正在飞奔,而姑娘一边哭喊一边奋力抗争。他冲上前去,与巨人搏斗,杀死了巨人,救下了姑娘。原来这是基辅大公心爱的女儿。她讲述了自己被抢的经历,感谢他的救助,并且说:"上帝保护弱者,/至高无上的神助人制胜险恶。"他们遇到了大雷雨,为了保护公主免遭巨雷和大火的伤害,瓦吉姆把她搂在怀里,结果两人产生了青春的激情,热烈地亲吻在一起。然而就在这幸福的陶醉中,以前在路上一旦他失去方向就叮当响起的"熟悉的铃声/又响起在远方",而且"仿佛有个倩影飞临,/似曾相识却看不分明;/那眼光满含幽怨的思念,/在面纱下隐现;/薄纱轻如空气,/隐隐透出她的哀哀叹息"。他把公主送到她父亲的身边,基辅大公当众对他说:"是上帝把你给了我,/我要把你当作亲生骨肉⋯⋯/由于你的勇敢与高尚,/将得到我的女儿为嘉奖。/一待我晏驾薨亡,/你更将得到国家的/至高权力和继承/大公冠冕的无上荣光。"在热烈的宴庆中,瓦吉姆心乱如麻,郁郁寡欢:"他每走一步——就听到铃声,/每一举目——蒙着谙熟面纱的空中幻影/就在他上面飘忽;/当他侧耳细听——就有人谆谆叮咛:/瓦吉姆,走吧,毋忘前行!"于是,他听从这神和心灵的召唤,悄悄来到河边,坐上一条向他飘来的小船,向远方划去。当他思绪万千,茫然端坐的时候,小船自动滑行,朝向河岸,并且停泊在水边。瓦吉姆刚一登上岸,小船马上就自动掉头离去,不见踪影。他感到困惑愕然,在这样一个怪异荒凉、密密层层的松林高耸的河岸上,只有"月亮朦胧的晕光/洒落在冥晦的山峰上"。但"一股神秘的力量支配着他",使他沿着断崖,攀援而上,来到了极其阴森荒凉的山巅,发现一座古老的教堂,教堂旁边有一座坟墓,一双干枯的手突然打开墓石,一个面色苍白的人从坟墓里站了起来,毫无活气的眼睛闪了闪,便举目向天,边祈祷边走向教堂,并且开始敲叩那紧闭的大门,但大门不为他而开,他只好一边发出悲叹的声音,一边消失在远处的灌木丛中⋯⋯瓦吉姆目睹了这一切,并且随着他的身影,发现了树林后岩石间的一座城堡。在黎明时分,他看见:

> 城墙上自东至西,
> 有个少女,蒙着宛若云雾的纱巾,
> 如孤独的幻影,
> 踽踽踱躞;另一位姑娘迎她而去,
> 迨至行近相会,
> 即握手唏嘘,
> 嗣后,便接替前者,

继续沿墙姗姗向西；
而高墙上下来的少女，
则向着城堡，悠然离去。

瓦吉姆跟随高墙上下来的少女，发现她行到围墙边，转过身影，便悄然不见。他只好转向东方，又看见了另一位女郎，这时，朝阳初生，在耀眼的光芒中，女郎发现一位勇士站在自己面前！当他们的目光相遇在一起的时候，奇迹出现了：大门上的巉岩崩裂，门闩自动打开，他们互相迎上前去：他们终于相逢了！其他的睡美人也纷纷走了出来，眼睛如星星般闪烁，鲜艳的脸庞上"透露着欢乐、青春的娇媚和赎了罪的美"。神殿也突然打开，祈祷声从里面传出来，他们去到那里，瓦吉姆和其中的一个在圣坛前举行了婚礼，并且听从神秘声音的召唤，来到格罗莫鲍依的墓旁，带着眼泪伏地叩拜，祈求上帝的宽恕。上帝宽恕了格罗莫鲍依，人与人、人与上帝、人与自然，都处于一片和谐美满之中……

诗歌既有格罗莫鲍依从受诱惑抛弃信仰到最后幡然醒悟、虔诚信教、广行善事的描写，又有他的女儿笃信宗教从而最终救了他的描绘，更有瓦吉姆听从心灵和命运的神秘召唤、抵制了美女和权力的种种诱惑、实现神的意志的传奇故事，从而表现了不相信上帝者必受惩罚、虔信上帝者终得奖赏的主题。具体说来，在这首长诗中，诗人"力图证明人生就是天堂与地狱两种力量斗争的场所；上帝、圣徒是善的力量的体现，魔鬼与它的地狱则是罪恶的化身；人生的种种诱惑使人灵魂堕落而陷入魔鬼的手掌，唯有皈依上帝才是出路，诚则灵，用祈祷忏悔才能洗净罪孽得到拯救"①。这对后来的陀思妥耶夫斯基应该是有所启示的。

生命的信仰，是心灵和情感的事情，比较难于表达，甚至具有某种神秘性，因此茹科夫斯基的诗歌中经常出现神秘的事件（从上述叙事诗中可略见一斑）和神秘的东西。由此，他认为美是神秘的、瞬间的、难以表达的。他曾谈道，美是一种高于尘世的东西，是一种"纯洁的精灵"，它来自天国，抚慰世人，提升其精神境界：

为了在阴暗的尘世之上，
心灵能知道天堂的存在，
有时它让我们透过帷幕
去注视那一片地方。
只在生活最纯洁的瞬息，
它才会降临到我们面前，
并且给我们的心灵带来
上天的有益的启示。②

---

① 《十二个睡美人——茹科夫斯基诗选》，黄成来、金留春译，上海译文出版社，1990年，译序，第3页。
② 转引自[俄]布罗茨基主编：《俄国文学史》，上卷，蒋路、孙玮译，作家出版社，1957年，第215—216页。

由此，他认为一切真正的美、理想、爱情、希望乃至诗都是神秘的，像幻影一样只有瞬间的显形，这样我们独特的感受、真实的情绪以及大自然的美都是语言所难以表达的。在《难以表述的》一诗中他写道："在不可思议的大自然面前，我们尘世的语言能有何作为？"在被别林斯基称为"茹科夫斯基最典型的诗歌"的《神秘的造访者》中，他写到希望、爱情、思绪，从"不可知的神秘的地方"翩翩降临，又缄默无言地"悄然离去"，"无情地昭示甜美欢乐的短暂"。《幻影》一诗更是写出了美、理想、希望的瞬间性的存在。

但茹科夫斯基最终找到了传达神秘的美的办法，那就是运用象征手法。我们知道，诗人非常喜欢大自然，他的诗几乎离不开大自然，正是大自然给他提供了众多而美好的象征。他往往把自己抽象的思想和无形的情绪，借用自然景象，用象征的手法表现出来，如《友谊》：

> 橡树遭到雷霆轰击，
> 遗骸从高山之巅滚落下去，
> 缠绕橡树的常春藤和它在一起……
> 啊，友谊，这就是你！①

进而，他使神秘与现实、主观与客观合一，化平庸为神奇，让大自然与自己的思绪合二而一，如其著名的诗歌《大海》中的"海"，既是客观的，又是主观的，在描绘海的运动的过程中，寄寓了诗人的思想和感情，究竟是大海还是诗人的心灵，已不可区分：

> 静沉沉的大海，蓝漾漾的大海，
> 面对你的深渊我心驰神往。
> 你生气勃勃；你汹涌澎湃，
> 骚动的爱情使你满怀惊惶。
> 静沉沉的大海，蓝漾漾的大海，
> 请把你深藏的秘密向我敞示：
> 是什么使你无垠的海面巨浪纷至沓来？
> 是不是那远蒙蒙、亮澄澄的蓝天，
> 牵引你挣脱大地的桎梏向上飞升？……
> 你活力四射，神秘而安恬，
> 蓝天的纯净使你透骨纯净。
> 你摇漾着它那亮溶溶的碧韵，
> 燃炽起早晨和傍晚的满天霞光，
> 你爱抚着它那金灿灿的流云，

---

① 《俄罗斯名诗300首》，谷羽译，漓江出版社，1999年，第11页。

欢快地灼耀着它的繁星点点。
当黑压压的乌云密密聚拢，
试图抢夺你明艳艳的蓝天，——
你掀腾，你咆哮，你翻起巨浪腾空，
你怒吼着撕扯与你为敌的重重黑暗……
黑暗消失，乌云也散若轻烟；
然而，既往的惊悸仍在你心胸里萦回，
你久久地掀腾起惊惶的巨浪，
就连复原的天空那甜蜜的清辉，
也无法让你完全恢复安详；
你表面的平静只是假象：
你宁静的深渊里潜藏着狂乱，
你恋慕着蓝天，为它心摇魂荡。①

由于这种生命的信仰，茹科夫斯基的诗歌中还常常出现双重结构，它们往往由彼岸与此岸、天国与人间等等构成，如《一八三二年三月十九日》：

你站在我面前，
多么温静。
你忧郁的目光
充满感情。
它使我想起
过去的亲切情景……
这是在人间最后一次
看见你的眼睛。
你离开了，
像天使一样轻盈。
你的坟墓
像天堂一样安静。
在那里，尘世的一切，
都成了回忆。
那里只有
关于天堂的奥秘。
天空的星星，
静静的夜！……②

---

① 曾思艺译自《茹科夫斯基诗集》，列宁格勒，1956年，第252—253页。
② 《俄罗斯抒情诗选》，上册，张草纫译，上海译文出版社，1992年，第165页。

这里有过去与现在、天堂与尘世、过去的相爱与现在的孤独等等的双重对照，尤其是诗人刻意先写此岸、现实的人间最后一次相见，然后再写恋人的死去、她的坟墓，并设想到天堂，描写到天空，从而使这天空和人间等等的双重对照构成了诗歌的内在结构，表达了诗人把自己的爱恋不是单纯放在个人情感的位置上，而是放在宗教的大背景上，透过个人的情感而思考生命的意义、奥秘乃至生命的永恒等大问题……

在艺术上，茹科夫斯基的叙事诗除了具有象征、双重结构外，它还具有一些独到的特点，这就是俄国学者所指出来的："简短的仅仅涉及事件最主要场面的情节；这些场面均贯穿着抒情的情调；感情充沛的语言和生动的韵律。"①

第四节 复调的声音
—— 试论莱蒙托夫抒情诗中的象征诗

在人们的心目中，莱蒙托夫在小说方面以其著名长篇小说《当代英雄》的思想和艺术的某些超前而富有现代性，但其诗歌尤其是抒情诗却更多的是浪漫主义的：或直抒胸臆，或内心独白，缺乏现代诗所具有的那种含蓄蕴藉、富有多义性。然而，这只是其抒情诗创作的一个方面，莱蒙托夫的抒情诗还有颇为重要的另一个方面，那就是他在创作中已开始有意追求含蓄蕴藉、耐人寻味。当然，这跟诗人当时屡遭流放的命运和尼古拉一世时期专制的高压有一定的关系。莱蒙托夫这种艺术追求的具体表现，就是他创作了一定数量的象征诗，并且取得了较大的艺术成就，达到了一定艺术的高度。但国内外对此尚未有足够的重视，还没有一篇文章对此进行研究，因此，本节拟作引玉之砖，希望将来推进和深化对此方面的研究。

19世纪欧美浪漫主义诗人虽然大多直抒胸臆，但有时也因为热爱自然，情与景合，在诗歌创作时往往在无意中形成了象征，但数量不多。从法国著名诗人、象征主义的先驱波德莱尔开始，西方诗歌逐渐转向象征主义进而走向现代主义。波德莱尔综合诗人们的创作实践与瑞典神秘主义哲学家斯威登堡的理论，提出了系统的"通感论"（又译"交感论""应和论"），它集中、精练、形象地体现在其名诗《应和》中：

> 自然是座庙宇，那里活的柱子
> 有时说出了模模糊糊的话音，
> 人从那里过，穿越象征的森林，
> 森林用熟识的目光将他注视。
>
> 如同悠长的回声遥遥地汇合

---

① [俄]季莫费耶夫主编：《俄罗斯古典作家论》，程代熙等译，人民文学出版社，1958年，第222页。

在一个混沌深邃的统一体中，
广大浩漫好像黑夜连着光明——
芳香、颜色和声音在互相应和。

有的芳香新鲜若儿童的肌肤，
柔和如双簧管，青翠如绿草场，
——别的则朽腐、浓郁、涵盖了万物，

像无极无限的东西四散飞扬，
如同龙涎香、麝香、安息香、乳香
那样歌唱精神和感觉的激昂。①

这首诗全面而系统地总结并升华了"通感论"，被称为"象征派的宪章"，在两个方面对后世影响深远。

第一，它总结了西方诗人的长期实践，揭示了人的各种不同感觉之间的相互应和、沟通关系，完整而形象地提出了一切感觉相通的观点——"芳香、颜色和声音在互相应和"，为现代诗歌的"通感"理论打下了坚实的基础。

第二，更重要的是，它上升到哲学的高度，提出了人与自然的应和或相通，不仅奠定了感觉沟通理论的坚实哲学基础，而且为诗人们创作诗歌尽力追求客观对应物（象征）提供了理论基础。诗歌以一种近乎神秘的笔调，描绘了人与自然的"应和"关系。自然是一种有机的生命，其中的万事万物都是彼此联系的，以种种方式显示各自的存在。它们互为象征，组成一座象征的森林，并向人发出信息，而人心的每一次颤动，人的每一缕情思，都可在自然中找到对应的象征，也就是说，大自然的物质世界与人的精神实在是相互感应，互相沟通的。因此，诗歌创作可以而且应该把自然与人的精神结合起来，通过自然物象暗示人的精神现象。

在此影响下，象征主义诗歌普遍注重暗示、联想、对比、烘托等艺术手法，特别强调要寻找"对应"（波德莱尔）、"对应物"（庞德）或"客观的关联物"（艾略特），认为人的精神、五官与世界万物息息相通，可见的事物与不可见的精神互相契合，从而出现了追求象征、表现丰富内心世界和复杂内蕴的现代诗歌。因此，大量使用象征构成内蕴的丰富性乃至多义性，是现代诗歌的突出特点之一。

当然，时至今日，学者们对象征依旧有着不同的理解，王先霈、王又平主编的《文学理论批评术语汇释》指出，象征在近现代具有多种不同的理解：韦勒克指出，象征"这一术语较为恰当的含义应该是，甲事物暗示了乙事物，但甲事物本身作为一种表现手段，也要求给予充分的注意。"除了一部分公共象征或传统象征以外，一般说来，象征具有暗示性、多义性、不确定性等特征，这也是浪漫主义和象征主义诗

---

① 见［法］波德莱尔：《恶之花》（插图本），郭宏安译评，漓江出版社，1992年，第13页。

人尤其看重象征的原因之一。柯勒律兹说,象征"是在个性中半透明式地反映着特殊种类的特性,或者在特殊种类的特性中反映着一般种类的特性……最后,通过短暂,并在短暂中半透明式地反映着永恒"(《政治家手册》)。歌德说:"象征把现象转换成观念,又把观念转换成意象,这个观念始终在意象中保持其无限的活跃性,难以被捕捉到,即使采用各种语言来表达它,也无法表达清楚。"(《格言与感想》)荣格也认为,真正的象征"应理解为一种无法用其他的或更好的方式而定形的直觉观念的表达。例如,当柏拉图以他的洞穴之喻来说明知识理论的整个问题时,当耶稣用譬喻表达他的天国观念时,那都是真实的、真正的象征,即试图表达某种尚不存在恰当的语言概念能表达的东西"(《论分析心理学与诗的关系》)。罗兰·巴特还从符号学的角度发挥道,在象征一词广为流行的时期,"象征具有一种神话的魅力,即所谓'丰富性'的魅力:象征是丰富的,为此人们不能把它归结为一种'简单的符号';形式经常由于强有力的和变动的内容而被超出其中的限度;因为,实际上对于象征意识来说,象征更多的是一种参与的(情感)工具,而不是一种传递的(编码)形式。""象征意识内含有一种深度的想象;它把世界看作某种表层的形式与某种形形色色的、大量的、强有力的深层蕴含之间的关系,而形象则笼罩着一种十分旺盛的生机;形式与内容的关系不断地被时间(历史)重新提到议事日程上来,表层结构中充斥着深层结构,而人们却永远无法把握结构本身。"(《符号的想象》)①

日本竹内敏雄等学者对象征的理解比较简明,深得笔者赞同。他们认为,象征一词来源于希腊语 $\sigma \nu \mu \beta \alpha \lambda \epsilon \iota \nu$(接合),本来意义为符契,后又作为用一定的表征表示某种意义的形象,现在通常是指在感觉形象的本来意义上附加了非本来意义的情况而言。作为艺术表现上的一种方法,象征使各种感觉形象体现出它本来不具有的内容。它分为观念象征和气氛象征(一译情绪象征)。观念象征指在被直接表现出来的对象本身的意义内容之外,还象征一定的抽象观念(有时是其他具体对象的表象),例如,以阴森森的孤岛象征"死"(勃克林),以蓝鸟象征"幸福"(梅特林克)。在这一点上,象征类似于寓意,但不是只通过单纯的类比关系使形象和意义相结合,而是以更紧密而又隐晦的内在关系,通过形象本身暗示出与比自身更广大的内容,使之能够被直观地看到。通过它,个别对象被提高为具有普遍意义的对象,单个人物形象被启示为一定的人的类型,或更进而为人性本身永恒的原型,像这样的观念象征就成了所谓高级象征(费舍尔)或类型化象征(福克尔特)。气氛象征是与"象征性移情作用"对应的东西,是指把本来是无感觉的抽象形式或非人类对象当作内含一定情感气氛的对象来加以体验。这种意义上的气氛象征作为提高作品的情感效果的有效方法,特别为近代艺术所爱采用。在象征主义的抒情诗和现代抽象美术里可以看到其显著例证。②

---

① 王先霈、王又平主编:《文学理论批评术语汇释》,高等教育出版社,2006年,第289—290页。
② [日]竹内敏雄主编:《美学百科辞典》,刘晓路等译,湖南人民出版社,1988年,第194—195页。

根据上述观点,本文所理解的象征,主要是指通过一事物暗示了另一事物,增加了该事物原本没有的意义,并具有暗示性、多义性、不确定性,这是现代诗歌的突出特点之一。莱蒙托夫的抒情诗中,有着一定数量的象征诗,对此,已有学者进行过简要论述。如顾蕴璞先生认为,莱蒙托夫的抒情诗一个显著的特点是"复调的声音",其表现之一是:"莱蒙托夫的诗受黑暗的时代的限制,不能写得都那么明朗如《诗人之死》,而是在字里行间藏匿暗示或象征,必须细心捕捉才能发现它们所发出的朦胧信息。如《帆》表面上写的是与自然风暴搏斗的孤帆,但诗的深邃意境在于,诗人并不是从自然的风暴中寻找宁静,而是从社会的、心灵的风暴中寻找宁静。又如《悬崖》中悬崖和彩云这两个意象,好像在象征两个恋人的一见成梦或人际关系的过眼云烟,但实际上,诗人是在抒发对人生理想怀恋、无奈而难忘甚至是无悔的情思。这便是附加的朦胧信息或弦外音。"[①]

通观莱蒙托夫的全部抒情诗,其象征诗大约有二十余首,根据其艺术上的表现,大约可以分为以下三种类型。

一、与比喻难分的象征诗。这主要产生在其创作的早期。这类诗往往由一个比喻拉长、展开,形成相对出现的本体和喻体,并且往往曲终奏雅,点明主旨。

具体地看,这类诗如果从喻体角度来区分,大体上可以分为两种类型。

第一种是明喻式的,即用文字直接而明确点出喻体和本体,如《诗人》(1828):

> 拉斐尔在灵感冲动之下,
> 把出神入化的彩笔挥洒,
> 正要把圣母的面容绘完,
> 却倒在画幅前愕然惊讶,
> 暗暗赞赏起自己的技法,
> 但这股昙花一现的激情,
> 很快在年轻的心中消减,
> 他精疲力竭,默不作声,
> 忘却了天赐的感情烈焰。
> 诗人的创作啊也是这样:
> 当着灵感刚在心中闪现,
> 他便奋笔倾吐他的情怀,
> 激越的竖琴声扣人心弦;
> 他飘飘欲仙,忘怀一切,
> 歌唱你们——他心中的偶像!
> 突然间炽热的双颊变凉,
> 心灵的波澜渐渐地消散,

[①] 顾蕴璞:《莱蒙托夫》,华夏出版社,2002年,第49页。

　　　　幻象也随着逃出了心房!
　　　　但他心里久久地保存着
　　　　那初试锋芒留下的印象。①

全诗直接而明确地点出诗人的创作也像拉斐尔作画一样,以拉斐尔作为诗人的比喻(拉斐尔是喻体,而诗人是本体)而拉长、展开,指出诗人心中的偶像——美丽的女性也像拉斐尔的圣母一样,给他们灵感,使他们在激情的烈焰中如神附体,创作出出神入化的作品,从而使这种拉长、展开的比喻类似于象征。

《希伯来小调》(1830)一诗也是如此:

　　　　有时我看见夜间的星星
　　　　　　在明镜般的港湾里闪烁,
　　　　银色的水尘也在激流中颤抖,
　　　　　　逃离开星星,在四下散落。

　　　　你别贪图去理解和捕捉,
　　　　　　光线和波浪都是假象。
　　　　你的阴影方才还落在波上,
　　　　　　你一走开——星星就闪亮。

　　　　亮丽的欢乐的不安幻影
　　　　　　也这般诱我们入阴冷的昏暗;
　　　　你想抓住它——它嬉笑着躲开,
　　　　　　你受骗了——它又在你眼前。②

夜间的星星、明镜般的港湾、银色的水尘所构成的假象(喻体)与亮丽的欢乐的不安幻影的欺骗性(本体)如出一辙,通过这一明喻式的比喻("也这般诱我们入阴冷的昏暗")在某种程度上达到了类似象征的艺术功效,生动形象而又新颖别致地写出了亮丽的欢乐的不安幻影的欺骗性。这类诗中最出色的是《乞丐》(1830)一诗,在某种程度上已完全达到象征的高度:

　　　　在那圣洁的修道院门前,
　　　　有一个乞讨施舍的穷汉,
　　　　他瘦骨嶙峋,气息奄奄,
　　　　受尽了饥渴,备尝苦难。

---

① 《莱蒙托夫全集》,第一卷,顾蕴璞译,河北教育出版社,1996年,第9—10页。
② 同上书,第147—148页。

他只不过乞求一块面包，
　　却露出无比痛苦的眼神，
　　但有人竟拾起一块石头，
　　放在他那伸出的掌心。

　　我也似这样祈求你的爱，
　　满怀惆怅，泪流满面；
　　我的那些美好的情感，
　　也这样永远为你所骗！

　　这是莱蒙托夫给女友苏什科娃的一首即兴赠诗。诗人早年曾一度热恋这位女性，而她却无法理解诗人，没有报以相应的感情，因此诗人的爱是热烈而痛苦的。一次，莱蒙托夫和苏什科娃等几个年轻人结伴，徒步到一所修道院去玩。修道院门口有个瞎眼的乞丐，听到他们扔给他的钢币后说："善良的人们，上帝给你们赐福！不久前，也有一些老爷到这里来，是年轻人，调皮鬼，他们捉弄我：在我杯子里装满了石子儿。"从修道院回家途中，仅在小饭馆等吃饭的工夫，莱蒙托夫就蹲在一张凳子旁一气呵成写就此诗，逼真而形象地表达了他对苏什科娃的复杂心情。① 俄国学者尼科列娃更具体地分析道："《乞丐》一诗是莱蒙托夫诗章中的珍品。诗人是在才气和灵感洋溢的瞬间挥笔而就的。令人诧异的是，对一个偶然的场面，他却能如此敏捷地赋予它如此的意义，而且写得如此真挚，如此深刻。你们看到了一个在肉体上和精神上备受痛苦折磨的人，你们也看到了那些轻佻而冷酷的阔少对他的贫困的残忍侮辱。在最后一个诗段里，莱蒙托夫把乞丐的痛苦和自己个人的痛苦两相比较，使社会的主题和个人心理感受的主题交融在一起，这样一来，它们获得的是何等的力量和何等的深度啊！一位活灵活现的乞丐的形象和他的全部痛苦，一位少年诗人和他最美好的感情受到的侮辱，在这短短的即兴诗里，都给栩栩如生地写出来了，那情景就像浮现在我们的眼前。"② 然而，他们都没有点明，这首诗之所以获得成功并且寓意深刻、包容量极大，主要是类比和象征手法的功劳，正是类比（乞丐乞求面包与"我"祈求你的爱）把个人与社会沟通起来，而两者合起来所构成的象征则赋予诗歌的内涵以丰富性和多义性，使短短十二行的小诗蕴含着从多角度理解的可能性。

　　第二种是暗喻式的，即不明确点明本体和喻体，而直接让喻体和本体并列出现构成暗喻，形成类似于象征的关系。如《星》（1830）：

---

　　① 《莱蒙托夫全集》，第一卷，顾蕴璞译，河北教育出版社，1996年，第223—224页。或见[俄]谢·瓦·伊凡诺夫：《莱蒙托夫》，克冰译，上海译文出版社，1993年，第159—160页。
　　② [俄]尼科列娃：《决斗的流刑犯——莱蒙托夫传》，刘伦振译，湖南文艺出版社，1993年，第58—59页。

辽远的星啊，你放点光明吧，
　　好让我夜夜都看到你的晶莹；
　　你的微光在同黑暗的搏斗中，
　　给我这患病的心灵唤来憧憬；
　　我的心常常朝着你高高飞翔，
　　它摆脱了牵挂，舒畅而轻盈……

　　我见过一种炽热如火的目光，
　　它早已不肯再入我的眼帘，
　　我却如朝你那样朝着它飞去，
　　明知不能——还想看它一眼……①

夜空中辽远的星星在黑暗中大放光明，使得患病的心灵产生了憧憬，舒畅而轻松地朝它飞去（喻体），姑娘那炽热如火的目光也使抒情主人公产生同样的憧憬，并展翅向它飞去，尽管那目光现在已不肯相见（本体），两相对比，更好地体现了抒情主人公的痴情。《波浪和人》（1830—1831）也是这样：

　　波浪一个接一个向前翻滚，
　　　　轻轻幽咽而又哗哗喧响；
　　卑微的人们在我眼前走过，
　　　　也是一个跟一个熙来攘往。
　　对波浪，奴役和寒冷更可贵，
　　　　胜似那正午骄阳的光芒，
　　人们却想要心灵……结果呢？——
　　　　他们的心灵比波浪还凉！②

　　诗人以波浪一个接一个向前翻滚与卑微的人们一个跟一个熙来攘往构成暗喻，进而以波浪更需要奴役和寒冷而人们需要心灵、心灵却因社会的高压变得比波浪还凉形成象征，通过自然界与人类社会的对照，含蓄而深刻地揭示了尼古拉一世统治下世人的冷酷无情、碌碌无为。

　　而从诗歌表达的内容来看，这类诗也可以分为两种类型。

　　一种是喻体与本体基本一致，抒情诗所表达的意旨或思想顺着喻体的方向发展，如《斯坦司》（1830—1831）：

　　我由造物主命定要爱到入土，
　　　　但照同一个造物主的旨意，

---

① 《莱蒙托夫全集》，第一卷，顾蕴璞译，河北教育出版社，1996年，第146页。
② 同上书，第298页。

凡是爱我的一切都必定毁灭,
　或也像我痛苦到最后一息。
我的自由令我的希望感到讨厌,
我爱人,又怕反过来受人爱恋。

春天在那荒秃秃的悬崖之上,
　勿忘草独自烂漫地怒放,
任狂风和暴雨的频频打击,
　依旧像往常屹立在崖上;
但美丽的小花已失去光华,
它已被狂风吹折,被冰雹扼杀。

我也是这般,在命运的打击下,
　像悬崖一样巍然昂首,
但谁也休想经得起这场搏斗,
　假如他想握一握我的手;
我不是感情而是行动的主人,
就让我不幸好了——独自不幸。①

　　诗歌首先以荒秃秃的悬崖与烂漫地怒放的勿忘草构成喻体,并让悬崖与勿忘草两相对比,以后者的脆弱反衬前者的坚强,接着便展开本体——"像悬崖一样巍然昂首"的"我",一任命运的狂风和暴雨频频打击,并紧接喻体的悬崖的坚强而展开本体,而舍弃了脆弱的勿忘草,以突出"我"面对狂暴的命运的坚强。
　　《太阳》(1832)一诗也是这样:

冬天的太阳多么漂亮,
当它在灰云中间徜徉,
它徒劳无益地给雪地
投下它那微弱的光芒……

年轻的姑娘啊也是这样,
你的丰姿在我眼前闪亮,
你的秋波预示着幸福,
但岂能复苏我的心房?——②

---

① 《莱蒙托夫全集》,第一卷,顾蕴璞译,河北教育出版社,1996年,第317—318页。
② 《莱蒙托夫全集》,第二卷,顾蕴璞译,河北教育出版社,1996年,第6页。

诗歌先写冬天的太阳虽然漂亮,但只能给雪地投下徒劳无益的微弱光芒(喻体),接着便写年轻姑娘的丰姿也像冬日的太阳一样闪亮,尽管其秋波预示着幸福,但已无法复苏"我"那雪地般的心房(喻体),诗歌巧妙地以冬天微弱的阳光比喻恋人薄情的目光,把失恋者的内心剖析得惟妙惟肖。

《小舟》(1832)更是这方面最具代表性的作品:

> 受了奇异的力量的捉弄,
> 我被逐出了情爱的王国,
> 像一只毁于风浪的小舟,
> 暴风雨抛它上沙岸停泊;
> 纵然潮水百般抚慰着它,
> 残舟对诱惑已无心问津;
> 它自知对航海已无能为力,
> 假装出它正在瞌睡沉沉;
> 任谁也不会再托付给它
> 装运自己或珍宝的重任;
> 它不中用了,却很自在!
> 它死了——却得到安宁!①

全诗以"我"被逐出情爱王国,"像一只毁于风浪的小舟"这一比喻拉长、展开,并顺着这一方向深发开去:小舟已被暴风雨抛上沙岸,对潮水的百般诱惑无心问津,虽不中用了却感到无比自在,虽死了却得到了渴望已久的安宁。

这类诗在诗人早期的抒情诗创作中较多,上述之《诗人》《希伯来小调》《乞丐》都是如此,兹不赘述。

另一种则是本体表达的意思与喻体不一致,或与喻体构成对比,如《乌黑的眼睛》(1830):

> 夏的夜空里星星十分多,
> 为什么您身上只有两颗,
> 南国的眼睛!乌黑的眼睛!
> 咱俩相会在不祥的时刻。
>
> 无论谁询问,黑夜的星星
> 回答的只是天国的幸福;
> 乌黑的眼睛,在你们的星星里
> 我找到心的天国和地府。

---

① 《莱蒙托夫全集》,第二卷,顾蕴璞译,河北教育出版社,1996年,第93—94页。

南国的眼睛,乌黑的眼睛,
从你们身上我读出爱被判刑,
对我来说从此你们就变成
白日的星星和黑夜的星星!①

这首诗是写给诗人早年一度热恋的苏什科娃的,因苏什科娃有"黑眼睛小姐"的雅号。全诗以夏夜的星星和南国的眼睛构成暗喻,但夏夜的星星回答的是天国的幸福,而南国的眼睛却带来了心灵的天国和地府,并且使抒情主人公的爱被判刑,也就是说给他带来的有欢乐但更多的是痛苦,两相对比,生动而深刻地写出了对苏什科娃的爱给抒情主人公带来的心灵痛苦。

或让喻体与本体两者构成反衬关系,如《星》(1830):

天边有一颗星,
总是金光灿灿,
时时刻刻都在
把我心魂召唤,
还在我的心中,
勾起遐思幻想,
从上倾泻欢乐,
注入我的心房。
她那脉脉秋波,
也如星光一般,
我竟爱那目光,
直把命运埋怨;
总是望而不见,
有如那一颗星,
离我十分遥远;
我倦极的眼皮,
久久不能合上,
眼里望这目光,
心中感到失望。②

天边的星星金光灿灿,时时刻刻召唤我的心魂,勾起心中的遐思奇想,并且把欢乐倾注进"我"的心房(喻体),姑娘那脉脉秋波也像星光一般,但由于离"我"太远,却使我心中感到失望(本体),从而以喻体所体现的幸福形象生动地反衬了本体

---

① 《莱蒙托夫全集》,第一卷,顾蕴璞译,河北教育出版社,1996年,第260—261页。
② 同上书,第264—265页。

(抒情主人公)所具有的失望与痛苦。

总体来看，与比喻难分的象征诗在某种程度上还是很不成熟的象征诗，不少诗还仅仅是一个比喻的拉长与展开，象征的意味很淡，有点类似于象征主义的"客观对应物"，但又不尽然，与丘特切夫的"对喻"①有点相似，但往往又没真正构成象征，如上述之《诗人》《星》《太阳》等诗就是如此。当然，一些诗在某种程度上达到了丘特切夫"对喻"的高度，具有一定的象征意味，是优秀的抒情诗，如《乞丐》《波浪和人》《小舟》。不过，相对于直抒胸臆和内心独白来说，这已是相对含蓄也更富形象意味的诗歌了，就连象征主义的先驱波德莱尔，尽管提出了"应和"理论，但在创作中也还写有不少这种类型的诗歌，如《信天翁》《人与海》等②。

二、借民间传说或外国诗来构成通体象征的象征诗。在某种程度上来说，通体象征或通篇象征在艺术上更具完整性和丰富性，难度也更大一些，因而是颇为成熟的象征诗。莱蒙托夫在这方面也进行了一定的艺术探索。

他或者借用民间传说来构成通体象征，如《两只鹰》(1829)：

> 在那亚速海岸的附近，
> 有一片碧绿绿的草原，
> 西天光熄，夜幕降临，
> 一阵旋风滑过丘陵间。
> 旷野上一只灰色的鹰
> 抖一抖翅膀悄悄落定，
> 它的兄弟箭一般飞来，
> 呼叫一声忙对它答应。
> "老兄，你看见了什么？
> 快点告诉我你的见闻。"
> "啊，我恨透了这人世，
> 也恨透残酷无情的人。"
> "在那里你见到什么坏事？"
> "我看见一堆石样的心：
> 情郎惆怅少女只觉得好笑，
> 孩子眼里暴君竟然是父亲。
> 少女们拿真实眼泪的痛苦，
> 像玩游戏似的作乐消遣；
> 青年人一群一群地死在

---

① 关于丘特切夫的对喻，详见曾思艺：《丘特切夫诗歌研究》，人民出版社，2012年，第154页。
② 详见[法]波德莱尔：《恶之花 巴黎的忧郁》，钱春绮译，人民文学出版社，1994年，第17—18、40—41页。

很爱面子的人们的跟前!……
老兄!你看见了些什么?
快点告诉我你的见闻。"
"我也恨透了这个人世,
也恨透反复无常的人们。
那暗中受骗的沉重负担
压得青年们心头沉甸甸,
那毒害心灵的痛苦回忆
伴随着郁郁寡欢的老年。
那傲慢,你相信我吧,有时
会被美好的时光忘掉;
但热情少女对你的背叛
是你心灵的永久一刀!……"①

  鹰是俄国民间文学中常见的意象,全诗除采用民间文学中的这一常见意象外,更是采用传统民歌形式,以两只鹰相互对话的形式,在某种程度上构成了一定的象征关系,揭露了当代社会的道德沦丧:人们冷酷无情、死爱面子、反复无常、欺骗和背叛风行。但由于创作这首诗时还是开始创作不久的早期,诗人还太年轻(15岁)且创作经验不够丰富,因此未能构成成熟的象征。相隔一年的《勿忘我》(1830)象征手法同样不够成熟,诗歌用童话故事的形式讲述一个高贵的武士为美丽的姑娘摘取鲜花陷入沼泽死去,从而使这鲜花得名"勿忘我",已经很有寓意和很大的想象空间了,但结尾却一定要写上:"我的故事讲完了;您猜猜:/是真情实事,还是纯属虚构。/女郎是有罪还是没有过错——/对她准是良心才会告诉!"②从而,破坏了整首诗的含蓄蕴藉,破坏了通体象征的完整性。
  晚期的《海宫公主》(1841)则构成了颇为成熟的象征:

王子在大海里给马洗澡;
忽听得:"王子,你快朝我瞧!"

马儿喷鼻息,把耳朵扇起,
打着水,拍着浪,向前游去。

王子听见喊:"我是公主!
你可愿和我把良宵共度?"

---

① 《莱蒙托夫全集》,第一卷,顾蕴璞译,河北教育出版社,1996年,第74—75页。
② 同上书,第133—136页。

于是一只手从水中露出,
把马笼头上的丝缨揪住。

一个少女的头探出水面,
有几根海草缠住了发辫。

蓝眼里燃起情火的烈焰,
颈上的水滴似珍珠忽闪。

王子寻思:"太好了!等一下!"
他眼疾手快抓住她辫发。

杀敌的手可有劲,捏住了她,
她又哭泣,又哀求,又挣扎。

勇士毫无惧色地泅向海岸,
上了岸就大声呼唤起伙伴。

"喂,骁勇的朋友们,快来呀!
看我的捕获物是怎样挣扎⋯⋯"

"你们干吗都站着发窘?
莫非没见过这等美人?"

王子转过身朝后一看,
哎哟!得意的眼神就暗淡。

他看见一只绿尾巴的海怪,
躺在金色的沙滩露了丑态;

尾巴上挂的蛇鳞忽闪,
屏息蜷缩着不停抖颤;

额上滴淌下的水珠成串,
两眼笼罩着濒死的昏暗。

> 那苍白的双手抓着细沙,
> 嘴里嘟哝出难懂的责骂……
>
> 王子沉思地骑着马离开。
> 见公主的奇遇永记心怀!①

顾蕴璞先生指出:本诗采用民歌民谣惯用的显露原形的手法写美人鱼的传统题材,把奥秘、爱和死三者熔于一炉,因而比较隐晦。但寓意是深刻的:真理总是在假象的掩盖之下,但它不以伪装者的愿望为转移,总逃不过"老练的"眼光。上当受骗的人对此难以忘怀,一如王子对海怪的神态。② 而全诗在艺术上最大的成功是通过民间故事的纯客观叙述,构成了通体象征,包容了丰富的甚至多义的内涵,人们对此诗还可以根据自己的接受屏幕提出更丰富的理解。

诗人有时甚至借外国诗来构成通体象征,他往往对外国诗加以创造性的翻译(或者说改写),以通体象征表达自己复杂的心绪,如《在荒凉的北国有一棵青松……》(1841)就是通过对海涅抒情诗的创造性翻译而达到此一目的的:

> 在荒凉的北国有一棵青松,
> 　　孤寂地兀立在光裸的峰顶,
> 它披着袈裟般的松软白雪,
> 　　摇摇晃晃渐渐地进入梦境。
>
> 它总是梦见:在辽远的荒原,
> 　　在那太阳升起的地方,
> 有一棵美丽的棕榈树,
> 　　在愁苦的崖上独自忧伤。

俄国学者伊凡诺夫指出:"在初稿中,诗歌比较接近原作:在寒冷而光秃秃的山顶,/孤独地兀立着一棵苍松。/它打着盹……披着松软的雪,/摇晃着,睡意蒙眬。//它梦见遥远的东方大地——/有一棵美丽的青棕榈,/在炽热的沙土峭壁上,/静静地、忧郁地投下倩影。最后一稿则远离原稿,但,无疑却胜过原作和初稿。"③顾蕴璞先生更具体地指出:"这是莱蒙托夫对海涅抒情诗《一棵松树孤零零……》的意译,他在第二次修改后离原诗更远,变成纯粹的创作。海涅的主题是恋人的离别,莱蒙托夫的主题则是人与人之间的隔膜。大雪压身的松树与阳光朗照的棕榈虽然天各一方,素昧平生,却同样地孤独而忧伤。在德语中松树(语法属阳性)和棕榈(语法属阴性)之间的区别在莱蒙托夫诗(俄语)中已失去性别的象

---

① 《莱蒙托夫全集》,第二卷,顾蕴璞译,河北教育出版社,1996年,第329—331页。
② 同上书,第329页注释。
③ [俄]谢·瓦·伊凡诺夫:《莱蒙托夫》,克冰译,上海译文出版社,1993年,第158页。

征意义。"①

三、自创的通体象征诗。这类诗是诗人创作中最具独创性也最有艺术价值的作品。如《雷雨横穿大海喧闹不停……》(1830)：

> 雷雨横穿大海喧闹不停，
> 船舰在狂浪支配下驰骋，
> 平静的只有航海家一人，
> 额头上留着深思的印痕。
> 那暗淡的目光举向乌云——
> 无人知他到底是何许人！……
> 当然，他曾在人间生活，
> 从内心深处懂得了人生；
> 呼叫、哀求和缆索的声响
> 不能惊破他的默不作声。②

全诗以雷雨横穿大海喧闹不停，船舰被狂浪支配，而航海家却十分平静，因为他曾在人间生活，从内心深处懂得了人生，因此呼叫、哀求和缆索的声响都无法打破他的沉默和平静，而构成通体象征，形象而含蓄地表明了诗人自己冷静面对人世的狂风暴雨、惊涛骇浪的人生态度。又如《人生的酒盏》(1831)：

> 一
> 我们紧闭着双眼，
> 　　饮啜人生的酒盏，
> 却用自己的泪水，
> 　　沾湿了它的金边；
>
> 二
> 待到蒙眼的遮带，
> 　　临终前落下眼帘，
> 诱惑过我们的一切，
> 　　随遮带消逝如烟；
>
> 三
> 这时我们才看清：
> 　　金盏本是空空，

---

① 以上诗和论析均见《莱蒙托夫全集》，第二卷，顾蕴璞译，河北教育出版社，1996年，第293页。
② 《莱蒙托夫全集》，第一卷，顾蕴璞译，河北教育出版社，1996年，第145页。

> 它盛过美酒——幻想,
> 　但不归我们享用。

顾蕴璞先生指出:这是一首寓意诗。用空空的酒盏寓意指空虚的人生,用美酒象征美丽的幻想,用含泪饮苦酒比喻忍受生活的折磨。短短十二行诗,却把在尼古拉一世残酷统治下心灵空虚、蹉跎年华、空怀幻想的一代青年的感受刻画得入木三分,揭示了深刻的生活哲理,暴露了黑暗的统治。① 实际上,这首诗以我们畅饮人生的酒盏而这金杯却是空的构成通体象征,表现了青年时期满怀理想,但却因社会和环境多方面原因,理想落空的普遍惆怅心态。

更值得一提的是,在"俄国文学之父""俄罗斯诗歌的太阳"普希金的笔下,大多是客观的白描和主观的抒情,即使在诗歌中运用某物作象征,也仅仅像一颗流星,在全诗中一闪即逝,并未构成通体象征,在他的某些诗中,如《致大海》《囚徒》《毒树》等,象征虽出现于全文,但象征手法不够成熟,过于显露,并未构成多层次结构。茹科夫斯基喜欢用象征,他的诗作充满了朦胧的幻想,但他的象征也较为明显(如其名诗《人海》),很少能构成多层次结构。莱蒙托夫则有所发展,在他那里已有颇为成熟的通体象征或多层次的诗,如《帆》(1832):

> 在那大海上蓝幽幽的云雾里,
> 一叶孤零零的风帆闪着白光。
> 它寻找什么,在遥远的异域?
> 它撇下什么,在自己的家乡?
>
> 波涛怒涌,狂风劲呼,
> 桅杆弓着腰喀喀直响;
> 唉! 它并非在寻找幸福,
> 也不是远避幸福的光芒!
>
> 下面是比蓝天更莹澈的碧波浩渺,
> 上面是金灿灿的阳光弄晴,
> 而它,不安分地祈求着风暴,
> 仿佛在风暴中才有着安宁!②

尼科列娃指出:"9月2日,莱蒙托夫寄给洛普辛娜一首在海边写的诗。这首诗是诗人激荡不安的心灵的绝妙形象。"③的确如此。全诗表面上描绘的是雾海孤帆、怒海风帆、晴海怪帆三种画面,实际上,它所构成的通体象征象征性地表达了

---

① 《莱蒙托夫全集》,第一卷,顾蕴璞译,河北教育出版社,1996年,第421—422页。
② 曾思艺译自《莱蒙托夫选集》,第一卷,莫斯科,1988年,第143页。
③ [俄]尼科列娃:《决斗的流刑犯——莱蒙托夫传》,刘伦振译,湖南文艺出版社,1993年,第106页。

18岁的青年诗人渴望行动、渴望创造(抛下家乡远行在外、期盼风暴)但又深感前景朦胧,因而既孤独傲世又苦闷迷惘的复杂情感与抽象意绪。这本是一种难以言喻的情绪,诗人却通过"帆"这一象征性形象优美生动地传达出来。高尔基指出:"在莱蒙托夫的诗里,已经开始响亮地传出一种在普希金的诗里几乎是听不到的调子——这种调子就是事业的热望,积极参与生活的热望。事业的热望,有力量而无用武之地的人的苦闷——这是那些年头人们所共有的特征……"① 由于通篇象征运用出色,"帆"的象征意义超越了个人超越了时代,概括了一切时代渴望冲破平庸与空虚的宁静生活、力求有所行动有所创造的人们的共同特征。如果说这首诗的象征手法还显得不够纯熟、稍嫌显露的话,那么,在莱蒙托夫稍后创作的名篇《美人鱼》(1832)中,则象征手法已用得相当纯熟:

一

美人鱼在幽蓝的河水里游荡,
　　身上闪着明月的银光;
她使劲拍打起雪白的浪花,
　　想把它溅泼到圆月的脸颊。

二

河水回旋着,哗哗流淌,
　　把水中的云影不停地摇晃;
美人鱼轻轻启唇——她的歌声
　　飞飘到陡峭两岸的上空。

三

美人鱼唱着:"在我所住的河底上,
　　白日的光辉映织成幻象;
这儿,一群群金鱼在嬉戏、游玩,
　　这儿,一座座城堡水晶一般。

四

"这儿,在闪亮细沙堆成的枕头上边,
　　在浓密的芦苇的清荫下面,
嫉妒的波涛的俘虏,一个勇士,
　　一个异乡的勇士,在安息。

---

① [俄]高尔基:《俄国文学史》,缪灵珠译,上海译文出版社,1979年,第273页。

五

"我们喜欢,在沉沉的黑夜里
　　把一绺绺丝一般的卷发梳理,
正午时分,我们总是频频地亲吻
　　这美男子的前额和双唇。

六

"但不知为什么,对我们的狂热亲吻
　　他一言不发,总是冷冰冰,
他只沉睡,即使躺在我的怀里
　　还是既不呼吸,也无梦呓……!"

七

满怀莫名的忧伤,
　　美人鱼在暗蓝的河上歌唱,
河水回旋着,哗哗流淌,
　　把水中的云影不停地摇晃。①

全诗把诗人那孤独傲世而又苦闷迷惘的复杂情感,借美人鱼和死去勇士的形象,非常巧妙、含蓄、生动地传达出来,在艺术上更富感染力,难怪别林斯基要称之为"俄国诗歌中不可多得的珍珠"。

1839 年的《三棵棕榈(东方故事)》通体象征也十分成熟,尼科列娃认为:"在《三棵棕榈》中,我们感受到的将不仅是诗人的天才,而且是绘画家和雕刻家的天才——阿拉伯沙漠和绿洲的画面是如此非凡地鲜明、清晰、生动,关于这首诗,别林斯基致函 A. A. 克拉耶夫斯基写道:'莱蒙托夫的诗《三棵棕榈》,是绝妙的神奇之作。我的天哪!多么丰富的天才啊!真的,其中隐藏着某种伟大的东西……'"②顾蕴璞先生指出:"此诗逼真地描绘了阿拉伯沙漠(指叙利亚)的自然景物和风土人情。诗人笔下的棕榈是渴求行动以施展抱负的人的象征。它好容易盼来了报效于人的机会,反遭到了杀身之祸,绿洲又变成沙漠。这寓指 19 世纪 30—40 年代俄国进步的贵族知识分子的生不逢辰。也可以从美与死这个永恒主题的角度加以理解,在《塔玛拉》一诗中美可以致命,在此诗和《海宫公主》《争辩》等诗中则美可被毁坏,两者都是悲剧。但与《塔玛拉》《海宫公主》等诗不同,《三棵棕榈》所表现的不是爱的主题,而是行动与功勋的主题,棕榈树招致焚身之祸的原因,除人向自然的进军外,也许还有棕榈本身好大喜功、怨天尤人等弱点。此诗怀疑的情调象征着当代人'踌躇不定'(别林斯基语)的认识特点。由此可见,莱蒙托夫对他的同时代人持

---

① 曾思艺译自《莱蒙托夫选集》,第一卷,莫斯科,1988 年,第 145—146 页。
② [俄]尼科列娃:《决斗的流刑犯——莱蒙托夫传》,刘伦振译,湖南文艺出版社,1993 年,第 206—207 页。

'哀其不幸,怒其不争'的态度。"①

诗人晚期创作的名篇《云》《悬崖》《叶》通体象征更显成熟,也十分成功。如《云》(1840):

> 天上的行云,永不停留的漂泊者!
> 你们像珍珠串飞驰在碧空之上,
> 仿佛和我一样是被放逐的流囚,
> 从可爱的北国匆匆发配到南疆。
>
> 是谁把你们驱赶:命运的裁判?
> 暗中的嫉妒,还是公然的怨望?
> 莫非是罪行压在你们的头上,
> 还是朋友对你们恶意地中伤?
>
> 不,是贫瘠的田野令你们厌倦……
> 热情和痛苦都不关你们的痛痒;
> 永远冷冷漠漠、自由自在啊,
> 你们没有祖国,也没有流放。

这首诗写于莱蒙托夫第二次流放高加索动身之前。当时,友人们在卡拉姆津家聚会和他告别,他站在窗前,仰望着涅瓦河上空的流云,有感于自己的身世,即兴成诗。②顾蕴璞先生认为,这首诗以云为象征,将云拟人,移情于景,以碧空飞云之景,抒发惨遭流放之情,又以"永远冷漠,没有祖国"之景,烘托自己因热爱祖国而遭厄运的悲愤之情,情景相生,浑然一体。但这首诗更成功的是,以云构成通体象征,用云的永远冷漠、没有祖国反衬自己对祖国的一腔热爱,以云的自由自在反衬自己的没有自由、将被流放。

《悬崖》(1841)的通体象征更是具有极大的想象空间:

> 一朵金光灿灿的彩云,
> 投宿在悬崖巨人的怀里,
> 清晨它便早早地赶路,
> 顺着碧空欢快地飘移;
>
> 但在悬崖老人的皱纹里,

---

① 《莱蒙托夫全集》,第二卷,顾蕴璞译,河北教育出版社,1996年,第205—208页。
② 诗和背景介绍见上书,第264—265页。这首诗的写作背景亦可见[俄]谢·瓦·伊凡诺夫:《莱蒙托夫》,克冰译,上海译文出版社,1993年,第160—161页,以及[俄]尼科列娃:《决斗的流刑犯——莱蒙托夫传》,刘伦振译,湖南文艺出版社,1993年,第231—232页。

留下一块湿漉漉的痕迹。
悬崖独自屹立着沉思,
在荒野里低声地哭泣。

这是莱蒙托夫晚期所写用象征手法进行讽喻或揭示哲理的寓意诗之一。孤独的主题从两方面得到挖掘:两个恋人的难舍难分,人与人之间的关系如过眼云烟,稍纵即逝。但此诗格调并不悲凉:通过悬崖的象征表现坚强和自信,通过"痕迹"的形象暗示抒情主人公有所行动。① 的确,全诗所构成的通体象征,还可以让人想到两个恋人类似"金风玉露一相逢,便胜却人间无数"的偶然,也可以进而深发到人间关系的有聚有散、来去匆匆,具有多义性和丰富的想象空间,正如顾蕴璞先生前面所说的,悬崖和彩云这两个意象,好像在象征两个恋人的一见成梦或人际关系的过眼云烟,但实际上,诗人是在抒发对人生理想怀恋、无奈而难忘甚至是无悔的情思。

《叶》(1841)的通体象征显得更为凝重和成熟:

一片橡叶脱离了它的故枝,
在暴风驱赶下向着旷野飘行,
因为严寒、酷暑和悲伤而枯萎,
最后一直飘落到了黑海之滨。

黑海边长着一棵年轻的悬铃树,
微风抚摩着绿枝,在互诉衷肠,
极乐鸟在枝头轻轻摇晃着身子,
把海中那妙龄女皇的荣耀歌唱。

飘叶贴到了高耸的悬铃树的根上,
哀婉动人地乞求个栖身的居处,
并说道:"我是一片可怜的橡叶儿,
在酷寒的祖国过早地长大成熟。

"我早就孤独彷徨地东飘西颠,
没有遮阴、无眠和不宁使我枯萎。
你就把我这异乡客留在翠叶间吧,
我知道不少故事,都离奇而优美。"

"我要你干吗?"年轻的悬铃回答,

---

① 诗和评析均见《莱蒙托夫全集》,第二卷,顾蕴璞译,河北教育出版社,1996年,第303页。

"你又黄又脏,跟我的鲜叶儿难做伴,
你见多识广,可我何必听你的神话?
我连极乐鸟的歌声都已经听厌。

"你再往前走吧,漂泊者!不认识你!
我受太阳的钟爱,为太阳争春;
这里我自由地伸出漫天的枝叶,
清凉的海水正洗涤着我的树根。"

全诗通过漂泊的橡树叶及其遭到悬铃树拒绝的经历,构成了十分成熟而含义丰富的通体象征。顾蕴璞先生指出:"这是一首寓意十分丰富的景物诗。诗中塑造了两个相互对立的主要形象:长途漂泊而倦于奔波的橡叶和蜗居一隅而志得意满的悬铃。橡叶在命运风暴的驱赶和严寒酷暑的摧残下走投无路,直至海滨,不得已而去向悬铃树求靠,但悬铃树对橡叶漠然处之,让它继续往前走,前面已是茫茫大海,只有死路一条。此诗通过景物的拟人化形象,鲜明地表现了莱蒙托夫愤世嫉俗的抒情主人公与周围世界的矛盾冲突。与早期的抒情诗不同,此时的抒情主人公已表现出对平静与忘怀的追求。"①尼科列娃更详细地分析道:"在《叶》一诗里,被放逐的诗人借一片离开了枝头,为无情的风暴追逐到黑海之滨的橡树叶,表达了在他一生最后那些事件影响下的感受和沉思。离开了枝头的一片孤叶的形象,也见于莱蒙托夫以前的诗章,例如在《童僧》里,诗人就把'一片被雷雨打下的树叶'这一比喻用于童僧这一叛逆者形象。但是,在任何一首诗里,这一形象也不曾沁透着因孤独而脱离生活而激起的如此深重的走投无路的苦闷。……迫不得已的漂泊,扼杀了莱蒙托夫自由的希望,也扼杀了他更接近地从事文学创作和社会工作的计划。漂泊使他遭遇到的是漫长的孤独和军务的奴役,他也像那象征着他的命运的树叶一样,为了更充分地显露出自己无可穷尽的创作力,他需要的是光明和自由发展的空间。"②

综上所述,莱蒙托夫所创作的象征诗,尽管只有 20 余首,占其全部诗歌创作 400 余首的很小一部分,但达到了较高的艺术水平,并且在这种手法成熟后还广泛运用于叙事诗(如《童僧》《恶魔》)和小说(如《当代英雄》)创作中,对其叙事诗和小说创作有一定的影响,更由于其独特的艺术成就和在某种程度上与象征主义乃至现代主义的诗歌相通,不仅具有由此观照诗人创作发展轨迹的诗人本身创作的研究意义,而且在文学史上也具有独特地位。可以说,自茹科夫斯基、普希金以来,莱蒙托夫和丘特切夫是较早较大量、较超前地创作象征诗的诗人,对俄国此后诗歌的

---

① 诗和评析均见《莱蒙托夫全集》,第二卷,顾蕴璞译,河北教育出版社,1996 年,第 324—325 页。
② [俄]尼科列娃:《决斗的流刑犯——莱蒙托夫传》,刘伦振译,湖南文艺出版社,1993 年,第 307—308 页。

发展,提供了出色的文学范本,和很好的启迪。

第五节 对俄国叙事诗的推进与发展
——试论莱蒙托夫叙事诗

叙事诗是诗歌的一种体裁,用诗的形式讲述故事刻画人物,通过叙事写人来抒发情感,往往有由一系列事件构成的比较完整的故事情节和人物形象,有一定的人物性格刻画和生活环境描绘,借一系列事件来表现人与人之间的关系,以及人物性格成长发展的历史。但与小说和戏剧相比,它不以故事的离奇曲折取胜,总是回避复杂情节,情节一般比较简单,并且用精炼的诗句勾勒人物的性格特征,对环境的描写也力求简练,从而寓丰富于单纯之中。叙事诗有诗的形式和体裁,又有故事、人物等小说的内容,而且比较注意情感的抒发,叙述故事情节和描绘人物形象,都有颇为浓厚的抒情成分,往往在叙事中抒情,在抒情中叙事,甚至使情景相互交融,因而兼有抒情诗和小说的特点。总体看来,叙事诗情节相对完整而集中,往往在层次清晰的生活场面中塑造性格鲜明、突出甚至典型的人物形象,既有简练的叙事,又有浓厚的诗意。

俄国叙事诗的历史颇为久远,早在中世纪,就出现了与法国的《罗兰之歌》、西班牙的《熙德之歌》、日耳曼人的《尼伯龙根之歌》并称为中古欧洲四大英雄史诗的《伊戈尔远征记》(1185—1187)。这部史诗通过伊戈尔征战的失败和基辅大公"含泪的金言",鲜明地表现了反对个人主义和把个人置于群体或集体之上的主题,而这一主题后来成为俄罗斯文学一个重要的基本主题,在普希金、丘特切夫、陀思妥耶夫斯基、托尔斯泰等的作品中得到继承与深化,在20世纪的苏联文学中更是得到大力张扬。史诗的艺术特色主要包括三个方面。一是抒情色彩浓厚。史诗本是叙事诗歌,但《伊戈尔远征记》却具有强烈的抒情性,整部史诗浸透着深厚的感情,几乎从头到尾都是抒情的,其中最精彩的抒情是雅罗斯拉夫娜的哭诉。二是人物形象鲜明。史诗塑造了好些形象鲜明的人物形象。其中最突出的是伊戈尔大公的形象。首先,他是一个热爱荣誉、奋不顾身的王公,具有昂扬的斗志,军人的勇敢和激情。其次,史诗也谴责了他贪图功名的个人英雄主义思想,写出他为了追求个人的荣誉,不联合其他王公就采取单独行动,不仅损兵折将,使自己身陷敌狱,而且给罗斯大地带来了巨大灾难。三是民间特色突出。史诗广泛采用了民间文学多种手法,如比喻、拟人乃至否定性的比拟等。①

到18世纪,特列佳科夫斯基不仅把法国的小说翻译成叙事诗(如翻译费纳龙的传奇小说《忒勒玛科斯》),还自己创作了哲理叙事诗《费奥普基亚》;赫拉斯科夫

---

① 详见曾思艺:《反对个人英雄 宣扬集体团结 表现爱的力量——也谈〈伊戈尔远征记〉的主题》,《邵阳学院学报》2010年第1期。

创作了英雄叙事诗《罗西雅达》；瓦·迈科夫借用民间文学手法，创作了讽刺叙事长诗《叶利塞依》；鲍格达诺维奇则创作了轻快、优美的爱情叙事诗《杜申卡》。19世纪，俄国叙事诗迎来了自己的黄金时代。茹科夫斯基、普希金、莱蒙托夫、涅克拉索夫等创作了不少叙事诗的名篇佳作，就连最擅长纯艺术抒情诗的唯美主义诗人费特、迈科夫、波隆斯基、阿·康·托尔斯泰也忍不住到叙事诗领域一试身手，写出了一些颇为出色的叙事诗，从而把俄国叙事诗推向高峰。

在19世纪俄国诗歌史上，只活了27年的莱蒙托夫（1814—1841）不仅以抒情诗著称，而且以叙事诗闻名。在短暂的一生中，他创作了27首叙事诗（其中25首较为完整）：《契尔克斯人》（1828）、《高加索的俘虏》（1828）、《海盗》（1828）、《罪人》（1829）、《禁宫二女郎》（1830）、《朱利奥》（1830）、《忏悔》（一译《自白》，1831）、《最后一个自由之子》（1830—1831）、《杀手》（1830—1831）、《阿兹莱厄》（一译《阿兹拉伊尔》，1831）、《死亡天使》（1831）、《海上闯荡者》（1832）、《伊斯梅尔-贝》（1832）、《立陶宛女郎》（1832）、《巴斯顿支山村》（一译《巴斯通志村》，1833—1834）、《哈志·阿勃列克》（1833）、《大贵族奥尔沙》（1835—1836）、《萨什卡》（1835—1836）、《蒙戈》（1836）、《沙皇伊凡·瓦西里耶维奇，年轻的近卫士和骁勇的商人卡拉希尼科夫之歌》（1837）、《坦波夫的司库夫人》（一译《唐波夫的财政局长夫人》，1837—1838）、《逃兵》（1838）、《童僧》（1839）、《为孩子们写的童话》（1839—1840）、《恶魔》（1829—1841），以及两首未完成的长诗《奥列格》《两兄弟》。这27首叙事诗中有不少诗在艺术上有突出成就，在俄国诗歌史尤其是叙事诗史上拥有一席颇为重要的地位。然而，国内学界目前对此整体关注很少，大多集中于《童僧》《恶魔》等几首叙事诗的探析。本文拟抛砖引玉，以推动、深化对其所有叙事诗的研究，尤其是对其叙事诗的整体把握。总体来看，莱蒙托夫的叙事诗具有以下几个突出的艺术特点。

第一，传奇为主的题材。莱蒙托夫深受浪漫主义文学的影响，而浪漫主义文学的突出特点之一，就是传奇性的题材。这表现为主要写奇人异事，尤其是写异国情调。雨果的《巴黎圣母院》是奇人异事的榜样，拜伦则提供了写异国情调的典范作品《东方故事诗》，以及描写海上历险、残酷战斗、皇宫恋爱等的诗体长篇小说《唐璜》，普希金则在此基础上有所变化和发展，他一方面写异国情调的《巴赫奇萨拉伊的喷泉》，一方面又较早地在俄国文学史中创作了异域色彩的范例《高加索的俘虏》《茨冈》，另一方面又创作了老少恋及俄国与瑞典等大战的出色叙事诗《波尔塔瓦》。莱蒙托夫在其叙事诗中综合融汇了浪漫主义的各种影响，尤其是把拜伦与普希金的影响综合起来。他既写异国情调的叙事诗，如《禁宫二女郎》描写的是被掳进伊斯兰教苏丹王宫的两位女性——希腊的扎伊拉和西班牙的玖丽娜——的遭遇和经历；诗体小说《朱利奥》讲述的是意大利男子朱利奥抛弃了深爱自己的女郎劳拉而在异国漫游的忏悔；《海盗》则述说一个西欧男子在弟弟死后跑到希腊一带当上了海盗；《死亡天使》则主要写年轻的逃犯佐雷姆在黎巴嫩与当地姑娘阿达相爱，而阿达被死亡天使夺去生命，他伤心欲绝终于感动死亡天使让阿达复活，但佐雷姆为了不甘平庸向往荣誉离开阿达投奔战场终于战死的故事;《立陶宛女郎》更是直接与俄国和立陶宛的战争相关。他也写富于传奇性的民间传说、宗教传说和历史题材,如《罪人》《恶魔》《最后一个自由之子》《阿兹莱厄》《大贵族奥尔沙》《沙皇伊凡·瓦西里耶维奇,年轻的近卫士和骁勇的商人卡拉希尼科夫之歌》,或取材于民间传说,或以宗教传说为题材,或从历史题材中发掘浪漫主义所需要的反专制争自由的思想。他更是大量以高加索为题材来创作叙事诗,在他现存完整的25首诗中,以高加索为题材的共有《契尔克斯人》《高加索的俘虏》《忏悔》《杀手》《伊斯梅尔-贝》《巴斯顿支山村》《哈志·阿勃列克》《逃兵》《童僧》9首,占其全部完整的25首叙事诗的三分之一强,再加上他最著名的代表作、以高加索为背景的长篇小说《当代英雄》,大大推进了普希金开始的高加索题材,使高加索题材从此在俄国文学中占据重要的地位,进而发展成俄国文学中的一个重要主题。总体来看,在莱蒙托夫较为完整的25首叙事诗中,只有《萨什卡》《蒙戈》《坦波夫的司库夫人》三首诗是描写现实生活的,而且不像其他诗那样富于传奇性,其他22首诗都特别富于传奇性,因此,可以说莱蒙托夫叙事诗的一个显著特点是传奇为主的题材。

第二,较为丰富的结构。叙事诗由于情节比较简单,结构也因之相对较为单一,拜伦的叙事诗大都如此,茹科夫斯基的著名叙事诗如《柳德米拉》《斯维特兰娜》也是如此,普希金的叙事诗也基本上不例外。受他们的影响,莱蒙托夫的叙事诗也有一些结构单一的作品,如《海盗》《罪人》《禁宫二女郎》《忏悔》《杀手》《蒙戈》等都是单一的情节单一的线索,因此也是单一的结构。"不过,即便是在普希金的浪漫主义叙事诗中,莱蒙托夫也想看到更加尖锐的情节,更加紧张的感情冲突。正是由于这个缘故,莱蒙托夫在自己的《高加索的俘虏》中,一方面,在许多地方,效仿普希金,转述了其中的许多片断,几乎按照相同的层次加以铺陈;另一方面,莱蒙托夫又像是跟自己的导师在进行较量,按照自己的意思把情节的发展加以复杂化,增添了'浪漫主义化的'情节——契尔克斯姑娘的父亲杀死了俘虏,从而把女儿自杀的罪责加在了父亲的头上,使其承受后悔的重负。"①

在他所创作的第一首叙事诗《契尔克斯人》中,他就开始探索在结构上力破单一,而有所变化:首先是双线——先一方面写契尔克斯人准备进攻,与此同时另一方面又写哥萨克人(俄国人)的防守生活;然后,双线合一,两边展开激战,以契尔克斯人的失败告终。《巴斯顿支山村》与此类似。诗歌先写高加索山区巴斯顿支山村的两个亲兄弟的家庭生活;他们没有亲人也没有朋友,哥哥阿克布拉特威武而又剽悍,整个五峰城里找不到对手,而弟弟谢里姆从小生得文弱,而且性格内向厌恶争斗与流血,但两兄弟感情很好,十分亲近。然而,年轻的契尔克斯美女扎拉嫁给哥哥为妻后,兄弟俩的感情起了变化——弟弟爱上了年轻的嫂嫂并向哥哥祈求把扎拉让给自己,但阿克布拉特很爱自己的妻子,并且认为这是上帝赐给自己的,不能

---

① [俄]马努伊洛夫:《莱蒙托夫》,郭奇格译,北京出版社,1988年,第45—46页。

转让。于是,谢里姆离家出走,叙事诗由此出现双线结构:一条线索写谢里姆的浪游乃至偷偷追求扎拉;另一条线索写阿克布拉特为妻子的惨死复仇。《大贵族奥尔沙》更是采用了多人物多线索的结构,这里有贵族老爷奥尔沙及其女儿,也有奴仆阿尔谢尼亚等人,他们构成一主一辅两条线索:主线是"显贵的同微不足道的奴仆的重要冲突",辅线是奥尔沙的"女儿与阿尔谢尼亚的故事"①。《伊斯梅尔-贝》则采用了俄国中短篇小说常用的大故事套小故事的结构:首先是"我"遇到车臣老人,然后是车臣老人给我讲述原来在俄国军队服役后来为了民族独立而奋起反抗沙皇俄国的伊斯梅尔-贝的故事。而《萨什卡》《童僧》则采取事后主人公倒叙精彩故事的倒叙式的结构手法。由此可见,相对于拜伦、茹科夫斯基、普希金等叙事诗颇为单一的结构来说,莱蒙托夫叙事诗结构的确可说是较为丰富一些。

　　第三,有所变化的视角。叙事诗顾名思义,应以叙事为主。既然叙事,就必然有叙事视角。受浪漫主义文学尤其是拜伦诗歌的影响,莱蒙托夫的叙事诗带有很强的自传性和抒情性,有俄国学者指出:"莱蒙托夫熟悉了拜伦的'东方的'叙事诗(《异教徒》《阿比多斯的新娘》《海盗》《莱拉》),这就最终决定了莱蒙托夫少年时期叙事诗的体裁和风格——不单是叙事,更主要的是抒情,篇幅短小,人物不多,并具有反抗周围环境的叛逆英雄"②,并且往往把自己反抗专制争取自由的斗志和渴望冲破死水一潭的现实而建功立业的雄心壮志糅合进去,对此,俄国学者多有论述。尼科列娃指出:"在童僧这一形象里,诗人鲜明而有力地表现了对生活的渴望,对自由的渴望,对为自由而斗争的渴望。""莱蒙托夫把自己从少年时代开始到最近时日为止的心情,都注入了反抗者童僧的感受——这便是对被压迫的俄罗斯千篇一律、无所作为的生活的不满,这便是对英雄事业和为对祖国的幸福而斗争的渴望。长诗概括了诗人经历过的一切英雄主义的激情、思索和贯穿在他创作中的内心痛苦。"③安德朗尼科夫进而谈到,在《伊斯梅尔-贝》中,他更是"发展了俄罗斯文学中的新主题:他描绘了山民同沙皇政府的战争,以及他们的争取自由与独立的战斗……莱蒙托夫以前,任何人也没有带着这样的同情写过高加索各民族反对沙皇的专制政治的斗争"④。因此,他的叙事诗的叙事视角颇为固定,大多数采用第三人称全知视角,如《契尔克斯人》《最后一个自由之子》《哈志·阿勃列克》《坦波夫的司库夫人》《逃兵》《恶魔》等莫不如此。不过,莱蒙托夫在这方面也有某些探索和变化,如《高加索的俘虏》总的来说运用的是全知视角,但在诗歌中间,又出现了有限视角——契尔克斯人,出现了骑马人基莱。不过,莱蒙托夫往往更喜欢采用第一人称有限视角(叙述者"我"同时是故事中人物),如《海盗》《朱利奥》《萨什卡》等都是

---

① [俄]谢·瓦·伊万诺夫:《莱蒙托夫》,克冰译,上海译文出版社,1993年,第168页。
② [俄]马努伊洛夫:《莱蒙托夫》,郭奇格译,北京出版社,1988年,第22页。
③ [俄]尼科列娃:《决斗的流刑犯——莱蒙托夫传》,刘伦振译,湖南文艺出版社,1993年,第193、203页。
④ [俄]安德朗尼科夫:《莱蒙托夫传》,朱笋译,时代出版社,1954年,第42—44页。

叙述者"我"讲述自己的故事。在此基础上,莱蒙托夫采用全知视角再加有限视角:或者首先是全知的叙述者讲述故事,然后引出"我"这故事情节的参与人讲述自己的故事,如《忏悔》首先讲述年老的神父去寺院的牢房看望年轻的囚徒,然后是这囚徒讲述自己的故事;或者先是全知视角展开故事,然后在一定程度上以故事中的某个人物的眼光去看世界和人物,从而构成有限视角,如《巴斯顿支山村》首先是全知叙述者讲阿克布拉特兄弟两人的故事,然后就用谢里姆的眼光去看扎拉等。有时,莱蒙托夫也采用双重有限视角,即首先是第一人称"我"讲述故事展开大故事,然后由大故事中的某个人讲述与标题相关的故事,如《伊斯梅尔-贝》就是如此。综上可见,莱蒙托夫叙事诗的视角并非单一、固定的,而是有所变化的。

第四,性格突出的人物。拜伦把自己强有力的个性赋予自己叙事诗中的人物,因而其叙事诗的人物都有突出的性格。受拜伦影响,普希金叙事诗中的人物也是性格突出的。在拜伦、普希金的影响下,再加上叙事诗本身的自传性、抒情性,莱蒙托夫绝大多数叙事诗中的人物性格也是十分突出的,这从其叙事诗创作伊始就出现了:"在大学期间,莱蒙托夫写作了几首长诗,除了……《最后的自由之子》,还有《自白》《阿兹拉伊尔》《死神》《卡勒》《巴斯通志村》和篇幅浩大的《伊斯梅尔-贝》……所有这些长诗的主人公,都是桀骜不驯、热爱自由的强者。在命运的打击下,他们不仅不妥协,反而反抗得愈顽强。"①进而,他塑造了更有社会积极意义的人物性格,如《伊斯梅尔 贝》的主人公伊斯梅尔不能容忍单调平庸的生活,他在京都的上流社会里度过了自己的青年时代,受惯了欺骗,不再相信人。他还有另一突出特点:他意识到了自己在生活中的崇高使命,为了实现它,他坚忍不拔,毫不动摇;他满怀激情地献身于争取祖国独立的斗争。②《最后一个自由之子》中的瓦吉姆也是为自由而斗争而献身的英雄,也有着强有力的个性。在《沙皇伊凡·瓦西里耶维奇,年轻的近卫士和骁勇的商人卡拉希尼科夫之歌》中,莱蒙托夫更是"塑造了一个刚强的、善于维护自己荣誉的俄罗斯人的形象。关于商人卡拉希尼科夫,别林斯基写道:'他是一个具有弹性的强大的性格的人,只有当环境没有把他激动起来的时候,他才是文静的,温顺的;他是一个具有钢铁般坚强天性的人,他受不住委屈,要以打击还打击。'卡拉希尼科夫的忠贞的妻子阿丽娜·德米特里耶芙娜也同他相称。在这个形象中反映了俄罗斯最优秀的民族特点。"③莱蒙托夫进而尝试在叙事诗中塑造比较复杂的人物性格,如《海盗》中的海盗具有明显的双重性格:一方面痛苦、孤独、厌倦生活,另一方面又追求自由、勇于抗争、不乏英雄气概;《大贵族奥尔沙》中奥尔沙的性格更是复杂:一方面他生性淡泊,厌恶阿谀逢迎,同时又是一个慈爱的父亲,十分疼爱自己的女儿,另一方面他又性情阴沉,暴烈专横,一旦发现女儿与奴仆相爱,不惜拆散他们,甚至逼死心爱的女儿。

---

① [俄]尼科列娃:《决斗的流刑犯——莱蒙托夫传》,刘伦振译,湖南文艺出版社,1993年,第94页。
② 同上书,第94—95页。
③ [俄]马努伊洛夫:《莱蒙托夫》,郭奇格译,北京出版社,1988年,第129页。

第五，大量出色的风景。莱蒙托夫的叙事诗，当然也像所有叙事诗一样，具有突出的抒情性，对此俄国学者已有所论述，如："1835年，是莱蒙托夫的创作硕果累累的一年。春天，他完成了长诗《萨什卡》……长诗里有不少抒情插叙，它们几乎都带有自传性质，反映了莱蒙托夫在军校最后一年的沉重心情，其中有不少地方就其情调而言与诗人致玛·亚·洛普辛娜的那些信件非常吻合。"①也有对日常生活的细致描绘，如在《沙皇伊凡·瓦西里耶维奇，年轻的近卫士和骁勇的商人卡拉希尼科夫之歌》中，"诗人创造了伊万雷帝和他的近卫士们宴饮的历史准确的图景，描绘了宽阔的市场：店铺林立，货物丰盛，再现了莫斯科河南区古旧的生活风俗，展示了莫斯科好汉们在莫斯科河边的勇敢的拳斗"②。《唐波夫的财政局长夫人》更是"十分真实地描绘了外省社会的风俗习惯和生活方式。外省一个偏僻城镇的日常生活画面，在诗人笔下显得如此令人叹服地鲜明、活脱，真使人有身临其境之感"③。

但更重要的是，莱蒙托夫的叙事诗像风景抒情诗一样，有着大量出色的风景描写，而且写得最多也最为出色的是高加索的自然风景，它更多的是异常雄伟壮观，如：

> 我看见连绵不断的山岭，
> 稀奇古怪，有如幻梦，
> 一座座高峰矗入青霄，
> 在霞光中像千百个祭坛，
> 上面时有青烟缭绕，
> 一片片白云追逐不息，
> 离开自己神秘的宿夜地，
> 迈开大步向东方迅跑，
> 有如一群白色的候鸟，
> 来自异国他乡的远道，
> 透过弥漫的云雾我看见：
> 在金刚石般闪耀的雪山中，
> 白头的高加索正屹立不动。④

也不乏优美清新，如：

> 一片火红燃烧着东方，
> 忙碌的白昼渐渐发亮，
> 云中的月牙已经隐没，

---

① ［俄］尼科列娃：《决斗的流刑犯——莱蒙托夫传》，刘伦振译，湖南文艺出版社，1993年，第124—125页。
② ［俄］马努伊洛夫：《莱蒙托夫》，郭奇格译，北京出版社，1988年，第129页。
③ ［俄］尼科列娃：《决斗的流刑犯——莱蒙托夫传》，刘伦振译，湖南文艺出版社，1993年，第132页。
④ 顾蕴璞主编：《莱蒙托夫全集》，第3卷（长诗），河北教育出版社，1996年，第617—618页。

>   雄鸡在村里高声鸣唱。
>   平静的朝霞辉映丘陵，
>   也为松林镀一层金黄；
>   一番较量击败了昏暗，
>   山后迸发出灿烂阳光，
>   一柄柄镰刀收割禾穗，
>   禾捆成排横在田野上。
>   一切都在呼吸，晨风
>   撩拨捷列克河的波浪，
>   卷起的沙尘轻轻飞扬。
>   长空碧蓝安逸而纯净；
>   澄澈的河水送来清凉，
>   嫩叶沐浴着春之气息，
>   仿佛揉进奇妙的芳香。
>   四周的丛林苍莽茂密，
>   万籁俱寂无一丝声响；
>   白昼的光束偷偷射穿
>   枝叶纵横交织的暮网，
>   给树冠树根点缀金黄，
>   一片树叶被轻风吹落，
>   飞旋飘舞，闪闪发光。①

有时,这种高加索的自然风景甚至观察得相当细致入微,如：

>   在那里②,当傍晚落日余晖
>   为山峰穿上浅红色的衣衫，
>   荒漠的蛇从岩石下爬出来，
>   昂着头扭动身躯戏耍游玩；
>   它身上布满斑点状的鳞片，
>   闪闪烁烁仿佛是银色波澜，
>   又像是一柄折断了的利剑，
>   被阵亡者抛弃在草丛里面。③

对此,俄国学者已有精当的论述,马努伊洛夫指出："是在莱蒙托夫少年时期的叙事诗里,出现的是诗人自幼那样深深爱上了的高加索这块荒野的色调鲜艳的风

---

① 顾蕴璞主编：《莱蒙托夫全集》,第3卷（长诗）,河北教育出版社,1996年,第8—9页。
② 即《巴斯顿支山村》一诗中所说的高加索地区马舒克和贝什图两山之间地带。
③ 顾蕴璞主编：《莱蒙托夫全集》,第3卷（长诗）,河北教育出版社,1996年,第338页。

景,而不是拜伦着力刻画的地中海的异国风光。"①德国学者鲍丁什杰德对莱蒙托夫叙事诗乃至小说中的高加索风景描写,有颇为全面而深刻的总结:"莱蒙托夫完成了一项艰难的任务——使自然学家和美学家同时得到满足。他在我们面前描绘出群峰萃聚的高加索大山,在那里,举首仰望,雪云茫茫,低头俯瞰,深渊无底;或者是山间湍流,漩涌在麋鹿生畏的巉岩峭壁之上,'有如弯曲的玻璃'亮闪闪地泄落到深渊,在那里同新的溪流汇合,重新流向人间;他为我们描写山村和达格斯坦草原,或者是鲜花遍布的格鲁吉亚山谷;他指点那奔驰在'青色的草原,珠玑般的山脉'上的云朵,赞颂森林神秘的静寂或狂暴的啸鸣的鏖战——他总是在各方面都保持大自然的真实可信,直至最微小的细节。所有这些画面都以栩栩如生的鲜明形象呈现在我们面前,同时,由此生出某种神秘的诗意美,仿佛是这些山峰、花朵、草地、树林的馨香和清新。"②

必须指出的是,这些大量出色的风景描写,不仅仅造成了叙事诗的风景美、诗意美,而且在某种程度上可以烘托气氛推动情节甚至影响人物的情绪、心灵。如尼科列娃曾具体谈到,在整个《伊斯梅尔-贝》的铺叙中,"主人公们的日常生活风貌,心理状态,性格特点,始终以细腻、优美的纹理与战斗画面交织在一起。对高加索自然风光的描写,长诗的每一行都达到了完满的地步。还没有任何一位诗人像莱蒙托夫这样,善于与大自然融成一片,并使之生机盎然。在莱蒙托夫看来,自然风光会使人高尚起来、振作起来。自然风光给伊斯梅尔的是怎样的影响,莱蒙托夫在长诗第1章的第19节里表现得十分明显"③。

值得一提的是,莱蒙托夫的叙事诗,其诗体还具有多样性:一般性的长诗(其中又包括常见的长诗、诗人称之为"道德长诗"的长诗、戏谑长诗等),如《契尔克斯人》《高加索的俘虏》《海盗》《禁宫二女郎》《忏悔》《大贵族奥尔沙》《沙皇伊凡·瓦西里耶维奇,年轻的近卫士和骁勇的商人卡拉希尼科夫之歌》《童僧》《萨什卡》(道德长诗)、《蒙戈》(戏谑长诗)等;传奇故事或故事、传说,如《杀手》《死亡故事》《伊斯梅尔-贝》《恶魔》《立陶宛女郎》《逃兵》等;还有诗体小说,在具体作品中诗人又往往称之为诗体小说和诗体中篇小说,前者如《朱利奥》《坦波夫的司库夫人》等,后者如《罪人》《最后一个自由之子》等。其中,诗体小说《坦波夫的司库夫人》,把普希金的《努林伯爵》和《科洛姆纳的小屋》等的戏谑诗体小说和诗体长篇小说《叶甫盖尼·奥涅金》的奥涅金诗节巧妙地结合起来,在19世纪俄国诗歌史上,是普希金"奥涅金诗节"传统的唯一继承者。

正是以上几个方面的有机结合,使莱蒙托夫的叙事诗成就非凡,而且独树一帜,是对俄国叙事诗的推进与发展,在俄国文学史上占有颇为重要的一席地位。

---

① [俄]马努伊洛夫:《莱蒙托夫》,郭奇格译,北京出版社,1988年,第22页。
② 转引自[俄]谢·瓦·伊万诺夫:《莱蒙托夫》,克冰译,上海译文出版社,1993年,第299页。
③ [俄]尼科列娃:《决斗的流刑犯——莱蒙托夫传》,刘伦振译,湖南文艺出版社,1993年,第96页。

第六节　颇具超前意识的反人类中心主义诗篇
——屠格涅夫散文诗《对话》赏析

《对话》这首简短而深刻的散文诗是屠格涅夫的名作之一，通过两座山峰——少女峰和黑鹰峰的对话，简洁、含蓄地表达了作家颇具超前意识的反人类中心主义思想。

散文诗正文前的题词，既点出了少女峰和黑鹰峰这两座山峰，又概括地表明了作品的主题："无论是少女峰还是黑鹰峰，都还没有印上人类的足迹。"少女峰和黑鹰峰是瑞士阿尔卑斯山的两个著名高峰。少女峰海拔4158米，在瑞士南部伯尔尼州和瓦莱州交界处，如白衣少女亭亭玉立于云雾中，故名。黑鹰峰海拔4274米，是阿尔卑斯山的最高峰，山上有冰川。关于这句题词的来源，有三种说法。一说源于拜伦的著名诗剧《曼弗雷德》，第一幕第一场写到黑鹰峰，称它为"群山之王"，"坐在岩石的宝座上，穿着云袍，戴一顶白雪的王冠"；第一幕第二场、第二幕第三场的故事都发生在少女峰上，并提到"在凡人的脚从来没有践踏过的白雪上"。一说源于俄国著名作家和历史学家尼古拉·卡拉姆津的《俄国旅行家书简》，在1789年8月29日的书简里有这样的描写："银灿灿的月光照耀在少女峰的峰顶，它是阿尔卑斯山的最高峰之一，千百年来都是雪盖冰封。两座白雪皑皑的山峰，就像少女的乳房，这是它的王冠。任何凡人的东西都不曾触及过它们；就连风暴也无法搅扰它的宁静；只有明媚的阳光和柔丽的月光亲吻着它们温柔的圆顶；永恒的静谧笼罩着它们的四周——这里是凡俗之人的止境。"一说还受到俄国诗人莱蒙托夫的诗《争辩》、法国作家塞南古的小说《奥贝曼》、缪塞的诗《致少女峰》、意大利作家莱奥帕尔迪的对话体散文《赫拉克勒斯与阿特拉斯》《宅神与守护神》等的影响。

这首散文诗表面上写的是少女峰和黑鹰峰的几次对话，但是通过他们对话的内容，却含蓄深沉地表达了作家反人类中心主义的颇具超前意识的思想。

首先，极力渲染大自然的宁静、纯净和庞大、冷漠，并通过时间的无始无终，表现了大自然的永恒。作品的题词就特别强调了少女峰和黑鹰峰十分宁静和纯净：都还没有印上人的足迹，从而定下了作品的基调。接着，整个作品对此一再进行描写和渲染。开头从天空到地面两个方面，一再描绘两座山峰所处环境的宁静、纯净："绵绵群山上面，是蓝云云、亮晶晶、静凝凝的天空"；地面的山峰和峭崖更是宁静、纯净——这里只有"硬邦邦的积雪闪闪发光"，放眼远望，只见"一块块险峻威严的巨石破冰而出，直插云霄"。在此基础上，通过黑鹰峰的话："无论是你，还是我，他们都还没有一次亵渎咱们的身体呢"，呼应题词，说明两座山峰迄今远离人世喧嚣，没有受到人迹的污染。进而，通过黑鹰峰的回答，展示了一个类似《红楼梦》所说"落了片白茫茫大地真干净"的永恒宁静和纯净场景：到处是皑皑白雪，是万古不变的冰天雪地，是清清爽爽的白茫茫的一片。结尾，更是真正的宁静与纯净："两座极天际地的大山睡着了;亮悠悠、绿汪汪的天空,在永远沉寂的大地上空,也睡着了。"与此同时,作品还写出了大自然的庞大与冷漠。两座山峰庞大无比:"两座极天际地的大山,两位摩天巨人,巍然耸立在天宇的两旁",他们置身于阿尔卑斯山连绵起伏的重峦叠嶂、崇山峻岭之中,对人世的变幻全然无动于衷,不管人们把世界搞得"五光十色,支离破碎",或是使水面变得极窄,使森林锐减,还是最终灭绝,留下一片白茫茫的大地,他们几乎都漠然置之,甚至为人类的消亡感到轻快:"现在好了,安安静静了。"作品还通过时间的无始无终,突出了大自然的永恒:一开始就是存在了不知多少年的阿尔卑斯山群峰,然后是一连五个"几千年过去了",更是写出了时间的无穷无尽,从而很好地表现了大自然的永恒。

其次,通过两座山峰的对话,写出了人的渺小、短暂,及其对大自然的破坏。少女峰和黑鹰峰对话的中心议题,实际上就是人类——他们称之为"两足动物"。在这两个庞然大物眼里,人非常渺小,"许多小虫子在蠕动不休","还有什么东西在爬来爬去";也非常短暂,对两座山峰来说,几千年过去了,只是"俯仰之间"而已,而人类在几千年之间,早已逝去无数代了。而且,绵绵无尽的时光之流水残酷无情,两座山峰几千年又复几千年,却风采依旧,永恒依旧,人类则越来越少,最后历经千万年之后,终于从大地上销声匿迹了,只留下万古不变的冰天雪地。与此同时,作品还写到,在两座山峰眼里,人类对于大自然毫无贡献,有的只是破坏:把大地弄得"五光四色,支离破碎",让"水面变得窄溜溜的","森林变得稀疏疏的",搞得山谷里到处是"斑斑点点",亵渎了山峰,亵渎了河流,亵渎了整个大自然……

由上可见,这首散文诗表现了相当鲜明的反人类中心主义思想。为了更形象生动、深刻有力地表现这一思想,它别出心裁地运用了以下一些突出的艺术手法。

第一,拟人法与对话法。《对话》构思巧妙,设想出奇:首先,采用拟人手法,让少女峰和黑鹰峰像人一样具有生命、意识和语言,并以他们为主人公,用他们的眼光来看人类和世界;接着,运用对话手法,通过他们的对话,表现了他们自身的纯净、永恒,以及人类的渺小、短暂,及其对大自然的破坏。

第二,反复法。《对话》出色地运用了反复的手法。在短短的千把字里,五次出现了"几千年过去了——俯仰之间",并且贯穿全篇,从而使它产生了相当独特的艺术效果。首先,它就像音乐中的主旋律,反复出现,不断变奏,形成作品强烈的音乐感,形成作品诗的韵律,使作品成为真正的散文诗;其次,它在作品中五次出现,而且贯穿始终,不仅构成了作品的节奏,而且成为了作品的结构,使整个作品仿佛就是以"几千年过去了——俯仰之间"为线索而发展和铺开;其三,由此,它还使作品有一种逐步展开、渐渐深入的哲理层次感。

第三,对衬法。主要表现在两个方面。一是以人的渺小、短暂对衬出大自然的伟大、永恒,对此上面已有分析,此处不赘。二是以短暂的动对衬出永恒的静。作品开头,即带有以动衬静的性质,一方面描写了阿尔卑斯山连绵起伏的崇山峻岭和其头顶"蓝云云、亮晶晶、静凝凝的天空",一方面又写到偶起的"狂风劲吹"——偶起的狂风的呼啸,更加反衬出连绵起伏的崇山峻岭、闪闪发光的硬邦邦积雪、冰封雪盖的峭崖、破冰而出直插云霄的巨石等所构成的永恒宁静,其艺术功效与"蝉噪林愈静,鸟鸣山更幽"相似,但其艺术境界更为深沉、阔大。接着,全诗通过两座山峰的五次简短对话,以这短暂的、发出"雷鸣般的隆隆"声响的"动",进一步反衬出大自然永恒的宁静,那是一种无边无际的沉寂:两座山峰极天际地,整个大地辽阔无垠,还有亮悠悠、绿汪汪的漫漫天空,都浸泡在无穷无尽的宁静之中。作品结尾,这些庞然大物更是或者沉沉入睡,或者悄然无声……永恒的宁静完全统治了世界!

《对话》不以人为主人公,而以少女峰和黑鹰峰为主人公,并且通过他们的对话,表现了人的渺小、短暂和自然的伟大、永恒,从而明确向世界宣布:自然才是这个世界的真正主宰,而人不过是匆匆过客!这是一种相当鲜明的反人类中心的思想,在当时具有较强的超前意识,在今天看来,仍然具有突出的现代意识。

众所周知,"二希"文化是西方文化的源头。整个古希腊文化的核心就是个体性。在社会关系上,古希腊人认为,凡是不能支配自己和由人摆布的人都是奴隶,在哲学上,则提出了以质点、个体为特征的原子论思想,力求探索自然的奥秘。这种重视个体性的思想随着文明的进步、科技的发展,在人与自然的关系上也必然表现出来,普罗泰戈拉宣称:"人是万物存在的尺度,是存在事物存在的尺度,也是不存在的事物不存在的尺度。"[①]这种思想确立了人在宇宙中的中心地位,强化了主客二分("主体—客体")的传统,把自然当作苦苦探究的客体对象。亚里士多德在其《政治学》中进一步确立了人的中心地位:"植物的存在是为了给动物提供食物,而动物的存在是为了给人提供食物——家畜为他们所用并提供食物,而大多数(即使并非全部)野生动物则为他们提供食物和其他方便,诸如衣服和各种工具。由于大自然不可能毫无目的、毫无用处地创造任何事物,因此,所有的动物肯定都是大自然为了人类而创造的。"[②]而古希伯来文化和基督教的经典《圣经·旧约》更是强调人类中心、人与自然的对立甚至人对自然的征服,如《创世纪》中上帝就公开宣布让人"管理海里的鱼、空中的鸟、地上的牲畜和全地,并地上所爬的一切昆虫",并明确指示人:"我将遍地上一切结种子的菜蔬和一切树上所结有核的果子,全赐给你们做食物","凡地上的走兽和空中的飞鸟,都必须惊恐、惧怕你们;连地上一切的昆虫并海里一切的鱼,都交付你们的手。凡活着的动物,都可以作你们的食物,这一切我都赐给你们,如同蔬菜一样"。因此,美国学者怀特指出:"与古代异教及亚洲各种宗教(也许拜火教除外)绝对不同,基督教不仅建立了人与自然的二元论,而且还主张为了其自身的目的开发自然是上帝的意志。"[③]因此,自"二希"文化合流的文艺复兴以后,人们普遍盲目自大地认为,人是"宇宙的精华,万物的灵长",形成了突

[①] 转引自北京大学哲学系外国哲学史教研室编译:《古希腊罗马哲学》,生活·读书·新知三联书店,1957年,第133页。
[②] 转引自何怀宏主编:《生态伦理——精神资源与哲学基础》,河北大学出版社,2002年,第338页。
[③] 转引自余谋昌:《生态哲学》,陕西人民教育出版社,2000年,第168页。

出的人类中心观念，进而把古希腊开始的对自然的穷究发展为征服自然、主宰自然。弗兰西斯·培根就公开宣称："如果我们考虑终极因的话，人可以被视为世界的中心；如果这个世界没有人类，剩下的一切将茫然无措，既没有目的，也没有目标，如寓言所说，像是没有捆绑的帚把，会导向虚无。因为整个世界一起为人服务；没有任何东西人不能拿来使用并结出果实。星星的演变和运行可以为他划分四季、分配世界的春夏秋冬。中层天空的现象给他提供天气预报。风吹动他的船，推动他的磨和机器。各种动物和植物创造出来是为了给他提供住所、衣服、食物或药品的，或是减轻他的劳动，或是给他快乐和舒适；万事万物似乎都为人做人事，而不是为它们自己做事。"① 此后的文学作品也一再表现这一主题。其中，最有代表性的有两部作品。一部是笛福的《鲁滨孙漂流记》。这部长篇小说宣扬的主要就是流落荒岛的鲁滨孙不怕艰难，凭借自己顽强的劳动，征服自然，用自己的双手创造了一个取之于自然的新天地，极端肯定了人对大自然的征服。另一部是歌德的《浮士德》。它更是高度赞扬了人对大自然的征服：浮士德一生五个阶段的探寻，前四个阶段均以悲剧而告终，但最终却找到了正确的途径——发动群众，移山填海，并且得出了智慧的最后的断案："要每天每日去开拓生活和自由，然后才能做自由与生活的享受。"而这种开拓，在某种程度上就是对大自然的开拓与征服，是指人迫使大自然献出更大的空间、资源乃至财富供其占有，从而获得生活的享受，活得更加自由。因此，斯宾格勒在其名著《西方的没落》中把西方近代文化称为"浮士德文化"，并且指出这种文化的特点是："一种掌权的意志嘲弄一切时空的极限，把无边无限之物作为己任，它使五洲屈服，最后以交通和新闻业的形式包围全球，并通过实际能量的威力和异乎寻常的技术方法使它转变……"②

正是在上述一系列观念的影响下，19 世纪的人们乃至当今的人们都比较普遍地认为，自然只是一个没有生命的资源宝库，是人征服的客体，而人是自然的主人，主宰着并能随心所欲地享用自然的一切。而屠格涅夫却逆当时的社会主流而动，宣称人只是宇宙的匆匆过客，大自然才是真正的主人，人在短短的生存期间，对大自然甚至只有破坏。这是一种相当超前的观念，与现代生态思想的某些观念吻合，因而具有相当的现代特色。

当今生态伦理学积极反对古典的人类中心主义，而提倡人是大自然中的一个组成部分，应该顺应自然，尊重自然。深层生态学更是认为，自然是一个有机的整体，整个生物圈乃至宇宙是一个生态系统，这一系统中的一切事物都是相互联系、相互作用的，人类只是这一系统也即自然整体中的一个部分，既不在自然之上，也不在自然之外，而在自然之中。③ 美国学者弗·卡特、汤姆·戴尔通过对尼罗河谷、美索不达米亚、地中海地区、克里特、黎巴嫩、叙利亚、巴勒斯坦、希腊、北非、意

---

① 转引自何怀宏主编：《生态伦理——精神资源与哲学基础》，河北大学出版社，2002 年，第 279 页。
② 同上书，第 274—275 页。
③ 详见雷毅：《生态伦理学》，陕西人民教育出版社，2000 年，第 165、157 页。

大利与西西里、西欧、印度河流域、玛雅、中国等世界上数十种古代文明的兴衰所进行的详细分析，发现"文明人主宰环境的有时仅仅只持续几代人。他们的文明在一个相当优越的环境中经过几个世纪的成长与进步之后迅速地衰落、覆灭下去，不得不转向新的土地，其平均生存周期为40—60代人（1000—1500年）。大多数的情况下，文明越是灿烂，它持续存在的时间就越短。文明之所以会在孕育了这些文明的故乡衰落，主要是由于人们糟蹋或毁坏了帮助人类发展文明的环境"，并且断言："文明人跨越过地球表面，在他们的足迹所过之处留下一片荒漠。"①更是以确凿的证据仿佛在为屠格涅夫这首《对话》作一个相当扎实的注脚。

综上所述，《对话》确实具有相当鲜明的反人类中心思想，而且在艺术上相当成熟，尽管在某种程度上它表现了作家晚年的某些消极情绪，但从今天的眼光来看，它的确具有颇为突出的超前意识和现代色彩，能够警醒至今仍陶醉在人是"宇宙的精华，万物的灵长"的神话中并不断掠夺大自然、尽情消费的某些现代人……

第七节　和谐宁静的俄罗斯乡村风景风情画
——屠格涅夫散文诗《乡村》赏析

对祖国的爱，永远是世界各国诗人诗歌创作永不枯竭的动力和源泉。在世界诗歌中，有不少歌颂祖国的名篇佳作，从不同的角度表达对祖国的热爱。诗人们或者直接赞颂祖国，如俄国19世纪天才诗人莱蒙托夫的《祖国》淋漓尽致地抒发了对祖国的热爱，蒙古现代诗人纳楚克道尔基的《我的祖国》歌颂了祖国自然风光的美丽，抒发了保卫祖国的豪情；或者身处异国和异乡，深情抒发对祖国和故乡的思念，形成世界诗歌中相当普遍的"乡愁诗"，如19世纪德国诗人海涅的《在可爱的故乡》、艾兴多尔夫的《思乡》《月夜》，法国诗人拉马丁的《密利或家乡》，英国诗人华兹华斯的《我曾在海外的异乡漫游》，20世纪意大利诗人翁加雷蒂的《乡思》、夸西莫多的《岛》等等。乡愁诗在中国古代尤为历史悠久而又历久常新，因为中国几千年来一直是个农业大国，人们热爱土地，安土重迁，重视亲情，感情深挚，再加上中国地域广大，交通不太发达，出门在外归家不易，联系不便。因而，几千年来，乡愁之歌不绝于耳，代有新曲。最早奠定我国乡愁诗基础的，是《诗经》。如《卫风·河广》："谁谓河广？一苇航之。谁谓宋远？跂予望之。"谁说黄河广阔，一束芦苇便可渡过。谁说宋国路远，踮起脚尖就能望见。这是一个客居卫国的宋人思念家国之作。以屈原为代表的楚辞，大部分融注了浓浓的乡怀乡愁，如《离骚》："陟升皇之赫戏兮，忽临睨夫旧乡。仆夫悲余马怀兮，蜷局顾而不行。"升到光明的高空，居高临下，忽然看到了故乡，随从的人们心中悲伤，我的马儿也浑身蜷缩，回头张望，不肯

---

① ［美］弗·卡特、汤姆·戴尔：《表土与人类文明》，庄崚、鱼姗玲译，中国环境科学出版社，1987年，第3页。

前行，表现了深深的迷恋家乡之情。班彪的《北征赋》写到"游子悲其故乡，心恨怆伤怀"，张衡的《归田赋》更是大力倡导由思乡而还乡。这样，乡愁的主题在中国越来越受到重视，历代诗人都从不同角度加以抒写。或闻雁而思乡，如唐代韦应物的《闻雁》："故园眇何处，归思方悠哉。淮南秋雨夜，高斋闻雁来。"或因音乐声而动思乡之情，如李白的《春夜洛城闻笛》："谁家玉笛暗飞声？散入春风满洛城。此夜曲中闻《折柳》，何人不起故园情！"或因秋声或虫声引发思乡心绪，如宋代姜白石的《湖上寓居杂咏》其一："荷叶披披一浦凉，青芦奕奕夜吟商。平生最识江湖味，听得秋声忆故乡。"或见月而思乡，如李白《静夜思》之"举头望明月，低头思故乡"。

　　19世纪的俄罗斯也是一个地大物博的农业大国，具有浓厚的东方色彩，人们热爱大地母亲，热爱祖国，因此，对祖国和故乡，像中国人一样，有一种极其深厚的感情。著名作家屠格涅夫因其特殊人生经历，对祖国的感情更深于绝大多数俄国人。

　　有突出成就的人的一生中，总有那么一个时间段是决定其命运的关键时期。对于屠格涅夫来说，1843年就是如此。这一年，有两个人改变了他以后的命运或者说生活历程。就在这一年，他出版了长诗《巴拉莎》，但大多数文章"对屠格涅夫的评价很勉强，甚至有些轻视"①，以致在德国柏林大学研究哲学并获得哲学硕士学位的屠格涅夫一度打算放弃文学创作，而努力成为莫斯科大学的哲学教师。恰在此时，当时大名鼎鼎而又令人生畏的批评家别林斯基在刊物上发表长篇评论文章，从思想、风格甚至立意、取材等方面热情洋溢地高度评价了这首长诗，并认为其作者"具有敏锐的观察力，从俄罗斯生活的细微处提取深邃的思想，优雅而细腻的讽刺隐含着强烈的同情心"②。从此两人交往甚密，建立了深厚的友谊，屠格涅夫也坚定了文学创作的信心，并终生把别林斯基视为自己的良师。这一年的11月1日，屠格涅夫认识了到彼得堡来巡回演出的法国女歌唱家波丽娜·维亚尔多，并且对她一见钟情，但她已有丈夫和孩子，而且夫妇感情甚笃，家庭生活幸福，不可能和屠格涅夫结合。而屠格涅夫多情而深情，且深情得痴情，为她长期侨居国外直至病死，为的是守在她的身边，每天见到她。哪怕他在"别人的安乐窝旁"凄凉寂寞甚至痛苦，他也不改初衷，只因为"她是我惟一爱过的、而且将永远热爱的女人"③。

　　居住在国外的屠格涅夫晚年身体多病，十分想念自己的祖国。1856年下半年，他在给好友鲍特金的一封信中说道："不管别人怎么说，俄罗斯对我来说重于世上的一切。只有在国外，我才深切地感到这一点。"④1872年2月，诗人创作了著名的散文诗《乡村》，把自己深切的思乡之情和浓浓的爱国热情，用生动的形象显形出来，为我们描绘了一幅和谐宁静的俄罗斯乡村风景风情画。

---

①　[法]亨利·特罗亚：《世界文豪屠格涅夫》，张文英译，世界知识出版社，2001年，第27页。
②　同上。
③　同上书，第88页。
④　同上书，第85页。

首先,《乡村》描绘了一幅美丽动人的乡村风景画,主要从时间和空间两个方面来着笔。

时间,凝聚在"六月的最后一天"。这是俄罗斯刚刚辞别春天的初夏时节,自然风光正是十分美丽的时候。而且,每年的6月24日是俄罗斯人的桦树节,这个节日表示春天的逝去和夏天的开始。按照俄罗斯习俗,人们在桦树节里尽情歌颂家乡的美景和劳动的光荣。因此,诗人特意把时间选定在6月的最后一天,既指明了这是俄罗斯自然风光很美的时候,又暗示出自己将按俄罗斯人的习俗,来歌颂家乡的美景和人们的劳动生活。

空间,从远到近:从漫漫一千俄里之内的俄罗斯大地,到一个美丽的小乡村。诗人的眼光像电影中的镜头一样不断摇动,从天空到地面,再由近向远。先是典型的初夏的天空:"茫茫长空匀净地碧悠悠","只有一片白云——仿佛是在轻轻飘浮,又似乎是在袅袅融散",观察细致,表现细腻。然后由天空逐渐降到空中和地面:微风敛迹,天气暖洋洋的,空气像刚刚挤出的牛奶一样新鲜,云雀在歌唱,鸽子在叫唤,燕子在掠飞,大麻枝繁叶茂,郁郁青青……接着是一个特写镜头:一条坡度平缓的深深峡谷。两边的坡上长着几排爆竹柳,树冠似盖,枝叶婆娑;谷底潺潺流淌的小溪,波光粼粼、清澈见底的溪水底的小石子——诗人不直接写溪水如何清澈,而只用"似乎可见水底的小石子在微微颤动"一句,就含蓄而简洁地写出了溪水的清澈见底,其艺术手法和美学效果类似我国柳宗元《小石潭记》中的"潭中鱼可数百头,皆若空游无所依。日光下澈,影布石上"。最后,又由近向远,摇向天边的地平线:"天地合一的地方,一条大河就像连接天地的一道蓝莹莹的花边"。这一段描写,艺术上不仅采用了类似电影镜头的移动方法,而且注重了颜色、气味和声音的表现。在颜色上,蓝、绿、白这些深沉和富于生命力的色彩占主导地位,有"碧悠悠"的天空,还有淡淡的白云,郁郁青青的大麻叶,绿莹莹的爆竹柳,白亮亮的小溪,和像"蓝莹莹的花边"一样连接天地的天边的大河;在气味上,则有像刚挤出的牛奶一样新鲜的清新空气,有夹杂着一丝焦油味与皮革味的烟火味和青草味,还有大麻发出的"一阵阵香烘烘、醉陶陶的气味";在声音上,有云雀的悠扬歌唱,鸽子的咕咕叫唤,马儿喷的响鼻,小溪的潺潺流淌……

在此清新动人、美丽多姿的自然风光的背景中,诗人着力描绘了一幅俄罗斯乡村的风情画,主要扣住乡村的生活方式、风俗习惯和乡村的人来加以描写。

乡村的一切,房舍、装饰、生活和风俗习惯,都是典型的俄罗斯式的。房舍是木板铺顶的松木农舍,还有"整洁的小粮仓"和"双门紧闭的小库房";装饰是"凹凸不平的窗玻璃","护窗板上信手涂画着一个个插满鲜花的带把高水罐","每一家的小门廊上都钉着一匹鬃毛直竖的小铁马";生活和风俗习惯则表现为"每一家的屋顶上都高高竖着一根挂着椋鸟笼的竿子","每一间农舍前都端端正正地摆着一条完好无损的小长凳",屋前是摊开的干草和一个个的干草堆;更表现为亚麻色头发的小伙子"穿着干干净净、下摆上低低束着腰带的衬衣","蹬着笨重的镶边皮靴",老大娘"身穿一件崭新的家织方格呢裙子,脚蹬一双新崭崭的厚靴子","系着一条带红点的黄头巾",脖子上绕着"空心大珠子串成的一条项链",她手里那罐牛奶是直接从地窖里取出来的、未脱脂的。就连各种动物都是俄罗斯乡村常见的:咕咕叫唤的鸽子,喷着响鼻的马儿,默默站着摇着尾巴的狗儿,自在嬉耍的小狗崽,羽毛蓬松的母鸡,咯咯大叫的公鸡,关在栏里的小牛犊,以及"像线团那样蜷缩在墙根附近的土台上"的一只只猫——俄罗斯人特别喜爱猫,认为猫有灵性,甚至有巫术,是巫师的化身,它那尖利的爪子能够打退魔鬼的攻击,并且和家神——相当于中国民间传说中的灶神——是好朋友,能把家神驮进新居;猫还象征着安逸舒适、治家有方、事事顺心,因而是家庭幸福的象征。俄罗斯谚语"爱猫的人也会爱妻子""猫和婆娘守家,爷们和狗在外",说明了俄罗斯人对猫的看重,因此俄罗斯民间习俗有:乔迁新居时,第一个进屋的不是主人,而是猫。俄罗斯人让猫第一个跨进新居的门槛,希望它给家庭带来幸福和美满。至今,猫仍然是俄罗斯家庭的宠物。以上这一切,细腻入微而又生动形象地描画了俄罗斯乡村的生活方式和风俗习惯,构成了和谐宁静的俄罗斯乡村的生活方式和风俗画面。

诗人进而描写了俄罗斯乡村中的人,从而赋予这幅画面以灵魂和精神。这里的人是轻松自在的:"孩子们那头发卷曲的小脑袋,从每一个干草堆里纷纷钻出来";也是活泼欢快富于幽默感的:小伙子们"靠在一辆卸了马的大车上,在伶牙利齿地相互取笑";妇女们也健壮而勤劳,"一个少妇正用一双健壮有力的手,从井里提上来一只湿淋淋的大水桶"。更重要的是,这里的人保存着淳朴的古风,十分热情地把路过的陌生人当作客人招待——主动送来牛奶和面包,并且非常诚恳地请求:"吃吧,随便吃点儿呀,过路的客人!"

这优美清新的自然风景画和淳朴宁静的乡村风情画完美地结合在一起,构成了一幅和谐宁静的俄罗斯乡村风景风情画,不仅表现了诗人心中汹涌的对祖国的热爱之情,而且也体现了诗人对俄罗斯大自然和俄罗斯人民的细致入微的了解,更显示了诗人把深厚的爱国之情形诸文字的出色的艺术才华。

但在柏林大学研究过多年哲学而且对人生有丰富的经验和深入思考的晚年屠格涅夫,并不仅仅满足于此。他在结尾进一步画龙点睛,让作品上升到更高的哲理层面。首先,他面对如此清新优美宁静和谐的俄罗斯乡村风景风情画,情不自禁地由衷地感叹:"哦,自由自在的俄罗斯乡村生活,是多么富庶、安宁、丰饶啊!哦,它是多么的宁静和美满!"在此基础上,他画龙点睛,使这首散文诗上升到颇高的哲理层面:"我不禁想到:皇城圣索菲亚大教堂圆顶上的十字架,还有我们城里人费尽心血所追求的一切,在这里又算得了什么呢?"皇城指君士坦丁堡,是东罗马帝国(又名拜占庭帝国)的首都,即今土耳其的伊斯坦布尔。城内圣索菲亚大教堂原为拜占庭帝国东正教的宫廷教堂,1453年土耳其人占领后改为伊斯兰教清真寺。此处指1878年的俄土战争,当年1月,俄军占领阿德里安堡后又准备进军君士坦丁堡,准备重新让东正教的十字架挂在圣索菲亚的大教堂上。这里隐喻着人们为了宗教而进行征战,甚至借宗教之名而力求建功立业的功名之心。而"城里人费尽心血所追求的一切"指的是财富和声名。城里人一般是比较开化的人,受文明熏陶尤其是西方文明熏陶较多的人,他们孜孜不倦地追求的是财富和声名,一生为名利而紧张劳碌。因此,城市是繁荣而又喧嚣的,它充满机会引发竞争,带给人们诸多物资方面的享受和扬名立威的可能,但也往往使人身陷物欲之中,失去自我失去本真,失去内心的和谐与宁静,失去人与人之间的温情与关爱。从童年到青年生长在美丽宁静和谐的俄国乡村斯巴科耶的屠格涅夫对乡村生活有真切的感受,后来因为维亚尔多夫人而出国,主要住在现代城市里,对城市生活又有了深刻的了解,因此,在本文中,他像个浪漫主义者一样,把乡村和城市作为自然与文明的代表,并且表明了自己推崇和谐宁静的自然生活而鄙弃追名逐利、紧张不已的城市生活的态度:乡村的生活是富庶、丰饶、宁静、美满也自由自在的,那追名逐利、紧张兮兮的城市生活跟它相比,又算得了什么呢?

《乡村》观察细腻(如猫儿在阳光下"竖起透明的耳朵"、看山七十来岁的老大娘"当年是一个美人儿"等等,最为突出),文字优美,既有清新、宁静的俄罗斯乡村风景风情画,又有奠基于此的哲理思索,从而融哲理于散文诗中,使这首散文诗有情有理,而又洋溢着浓厚的诗情画意,自然而然地成了俄罗斯诗歌史乃至世界诗歌史上的一首百读不厌的名作。

第八节　朴实鲜活的俄罗斯农民之歌
——试论柯尔卓夫的农民诗歌

阿列克谢·瓦西里耶维奇·柯尔卓夫(1809—1842),生于沃隆涅日一个牲畜商人家庭,仅在县立学校学习不到一年,便被父亲叫回,帮他料理生意,一直到逝世。他是靠着自己对知识和诗歌的热爱,在艰辛的环境中,刻苦努力,自学成才的。在长年的经商过程中,他经常出入俄罗斯的大自然(尤其是草原)、农村,和俄罗斯农民生活在一起,十分了解他们的日常生活、风俗习惯、精神面貌乃至喜怒哀乐,也十分熟悉民间的民歌民谣及其歌谣曲调。而他天生又具有诗人的素质,因此,一旦这种生活的激情迫使他不吐不快,他就自然而然地运用民间歌谣形式,唱出了一系列朴实鲜活的俄罗斯农民生活之歌,并且成为其诗歌创作中最具特色、最有独创性、艺术成就也最高的一类作品(此外,他还写过一些感怀的哲理诗,此处不赘)。俄国当代学者通科夫指出:"由于经常在大小村庄穿梭往来,他接触到农民的生活,听到了各种民歌、传说、轶事……与人民的真实联系,对民间口头创作的熟知,对故乡大自然的亲近,给了柯尔卓夫的精神生活极为积极有益的影响,增强了他的精神力量,帮助他发展了敏锐、透彻的观察力方面的才能,催发了其诗歌天赋的喷发。"①

在柯尔卓夫以前,也有一些诗人运用民间歌谣的形式创作过诗歌,如梅尔兹利科夫、杰尔维格等。但他们的这类诗歌所表达的不是真正的农民的感情,而是他们想象的,甚至有点矫揉造作的农民的感情,因为他们没有真正深入农民的生活,根本不了解农民的心理和情感。杜勃罗留波夫认为:"在他们的歌谣中所表现的感情,不是属于那些生活得比较接近自然,谈吐朴实无华的平常人,而是属于那些故意拼命远离开自然的人们。"②只有柯尔卓夫,由于自己独特的生活经历,唱出了反映俄罗斯农民思想感情乃至精神面貌的生活之歌。这就像我国古代白居易、苏东坡等人创作的拟陶诗不是真正的农民生活的反映,而陶渊明《归园田居》其二的"时复墟曲中,披草共来往。相见无杂言,但道桑麻长。桑麻日已长,我土日已广。长恐霜霰至,零落同草莽",其三的"种豆南山下,草盛豆苗稀。晨兴理荒秽,带月荷锄归。道狭草木长,夕露沾我衣。衣沾不足惜,但使愿无违"以及其他许多诗歌,才反映了真真实实的农民生活和感情一样。柯尔卓夫的农民诗歌运用并加工提升了俄罗斯民间歌谣的形式,广泛真实地反映了俄国农民的生活风习、思想情感尤其是精神面貌,具有很高的艺术成就,以致乌斯宾斯基因此而宣称:"俄罗斯文学中有一类作家,除了称他们为农事劳动诗人外,不可能再有别的称谓,这就是柯尔卓夫。"③

作为最下层的人们,农民首要的任务是生存,因此,他们的一切都与生计有关:喜怒哀乐,爱情,大自然,甚至对世界的思考。而生计需要辛勤的劳动,辛勤劳动才能获得收获,才能拥有生存所需的食物和金钱。因此,柯尔卓夫往往通过劳动来表现农民的喜怒哀乐。

《农夫之歌》既写了农民愉快的劳动,又写出了农民祈求丰收的心态,并明确指出"粮食是我的财宝":

> 喂!拉啊,我的马,
> 田野多么宽广,
> 润湿的泥土
> 磨得铁犁闪白光。
>
> 朝霞美人儿
> 在天上燃放着火焰,
> 密密的树林后面,
> 升起暖融融的太阳。

---

① [俄]通科夫:《柯尔卓夫》,莫斯科,1959年,第4页。
② 《杜勃罗留波夫选集》,第一卷,辛未艾译,上海译文出版社,1983年,第18页。
③ 转引自《俄国文学史》,第二卷,列宁格勒,1981年,第397页。

多么快活啊在田野上,
喂!拉啊,我的马!
咱俩在一起,
一个仆人,一个东家。

我高高兴兴
掌着犁,拿着耙,
我收拾大车,
我倾倒粮食。

我高高兴兴
望着草垛,望着打麦场,
我打麦,我簸粮……
喂!拉啊,我的马!

我同我的马儿
大清晨耕种在田地上,
我们编起神圣的摇篮,
让谷粒儿在里面生长。

潮湿的大地母亲,
给它吃,给它喝,
田野长出青青的禾苗——
喂!拉啊,我的马!

田野长出青青的禾苗——
长啊,长啊,长出了穗儿,
穗儿成熟了,
穿上金黄的衣裳。

我们的镰刀在这儿闪闪亮,
我们的镰刀在这儿沙沙响,
到休息的时候了,
多美啊,躺在沉沉的禾捆上!

喂!拉啊,我的马!

　　　　我把你喂得饱饱，
　　　　用清凉的甘泉
　　　　为你作饮料。

　　　　我耕耘，我撒种，
　　　　心头暗自祷告：
　　　　上帝啊，为我长出粮食来吧，
　　　　粮食是我的财宝！①

　　《收获》也写了农民祈祷的两个心愿："头一个念头是：/从仓库搬出存粮，/装进一个个麻袋，/再把大车收拾停当。//第二个念头，他们这样想：把马儿套上车辕，/按时驶出村庄。"也写了他们辛勤的劳作："黎明刚刚来临，/人们各自走出家门，——/一个跟着一个，/在田里漫步行进。//有的抓起谷粒，/一把把撒在田间；/有的掌着犁头，把土地耕翻。//弯弯的木犁，/翻耕着土地，/木耙的齿钉，/把大地的头发梳理。"更写了农民们收获庄稼的场景："人们一户又一户，/开始收割庄稼，/把高高的黑麦，/连根儿割倒在地下。//麦秸一捆又一捆，/堆成高耸的草垛；/从黄昏到黎明，/大车奏着音乐。/场上堆着草垛，/一个个好似亲王，/昂起高傲的头，/威风凛凛地坐在地上。"还写到农民的宗教习俗，丰收后对圣母的感谢："乡里人/把蜡烛点燃，/恭恭敬敬，/放到圣母像前。"②

　　劳动给人带来富足的生活，而懒惰则使人一无所有，忍饥挨饿，在《庄稼人，你为什么还睡》中，诗人满怀深情地以辉煌的过去与穷困的现状、街坊的富足与庄稼人的贫寒相对照，一再劝告，试图唤醒懒惰的庄稼人：

　　　　庄稼人，你为什么还睡？
　　　　春天已经来到门庭，
　　　　你的邻里街坊，
　　　　活儿都干了许多时辰。

　　　　醒来啊，快起来，
　　　　看看自己从前怎样？
　　　　如今成了什么样子？
　　　　你身边还有什么东西？

　　　　场上没有一捆草，
　　　　仓里没有一粒粮，

---

① ［俄］柯尔卓夫：《两度别离》，张孟恢译，上海译文出版社，1991年，第20—23页。
② 同上书，第36—40页。

院子里空空荡荡，
庄稼地什么也没长。

家神拿着笤帚，
在储藏室打扫尘埃；
马儿牵到了邻人家，
抵偿你高筑的债台。

箱子翻了个儿，
躺在条凳旁，
木房子弯腰驼背，
好似佝偻的老人。

想象你自己的时光：
像一条金色的河，
流过田野，
流过草场！

流出院子和打谷场，
流在宽阔的大路上，
流过村庄与城镇，
流过买卖人的身旁！

无论什么地方，
大门都为他敞开；
荣誉席上，
有你一处地方！

如今你同贫穷一起，
守在窗户旁，
整天睡着闷觉，
躺在坑头上。

田里庄稼没人收割，
像孤儿没爹没娘。
风儿吹刮谷粒！

鸟儿啄食食粮!

庄稼人,你为什么还睡?
夏日已经过去,
秋天穿过篱笆,
又来到门庭。

跟在秋天背后,走来了
穿着暖和皮衣的隆冬老人,
道路铺盖着白雪,
在雪橇下响着吱溜的声音。

街坊驾着雪橇,
把粮食运去出售,
他们换来金钱,
喝着瓦罐里芳香的酒。①

农民的爱情也往往与劳动有关,如《年轻的收割女》:

高高的天上,
悬着太阳,
骄阳似火,
烤着大地母亲。

田间有位姑娘,
她愁闷,她忧伤。
黑麦结着穗儿,
也没心思割它。

火热的田野
把她浑身灼烧,
白净的脸庞
闪着红红火光。

她垂着头,

---

① [俄]柯尔卓夫:《两度别离》,张孟恢译,上海译文出版社,1991年,第138—141页。

低垂在胸前，
割来的麦穗儿，
从手里掉到地上……

姑娘的心事谜一样，
说她收割可又不像，
呆呆地站在那里，
失神地望着一旁。

唉，多么痛苦啊，
她那可怜的心，
她心里钻进了
不曾有过的事情！

昨天一整日，
她什么事都没做，
独自走进林子，
采撷山莓果。

迎面向她走来
一位翩翩少年，
他不是头一回
同姑娘会面。

少年对她躲躲闪闪，
这不像他的心愿，
他站立在那里，
愁苦地看着姑娘的脸。

他一声长叹，
唱起一支忧伤的歌，
歌声在林里荡漾，
向远方飘扬。

歌儿在姑娘心底，
深深发出回响，

> 荡漾回旋,
> 永远留在她心上……
>
> 姑娘在火热的田里,
> 又愁闷,又忧伤,
> 黑麦结着穗儿,
> 也没心思割它……①

年轻的收割女无心劳动——收割成熟的黑麦,因为她的恋人昨天已经被迫无奈地和她分手了(也许,是为生活所迫,要远走他方,也许是听从父母之命另找一个富有的女子)。

人首先得生存,然后才可能恋爱、结婚,因此,农民的爱情、婚姻往往与劳动尤其是劳动所得关系密切。如果劳动所得甚少,家境贫寒,那么在严酷的现实生活中,就很难和你心爱的人结合,甚至只能因此而流浪天涯,《楼房》写道:

> 那地方有座楼房,
> 我常常爱去闲逛,
> 在美丽而芬芳的五月,
> 在寂静和明亮的晚上!
>
> 这楼房有什么可爱?
> 为什么令我如此神往?
> 它不是新的富丽宅第,
> 只是橡木建成的木房!
>
> 唉,这简朴的楼房内,
> 有一间整洁的小房,
> 那彩漆的窗户里,
> 住着我心爱的姑娘!
>
> 有一次我和她相见,
> 目光没离开她的容颜;
> 可是美丽的姑娘不知道,
> 为谁激荡啊,我的心泉。

---

① [俄]柯尔卓夫:《两度别离》,张孟恢译,上海译文出版社,1991年,第48—51页。

裂开吧,我的胸膛!
新郎不是我,那是富家的青年:
我没有栖身的茅屋,
整个世界是我的家园!

先知的心对我说:
孩子,你要好好儿生活,
不是同年轻的妻子,
而是同天涯海角……①

《村灾》更是写了一位青年,爱上了一个姑娘,但"村长不顾我心上人的死活,/为儿子说媒定了亲;/他有数不清的金钱,/什么都会听他命令",小伙子一怒之下,在心上人举行婚宴那天,放了一把火,把村长富丽的房屋变成了"一堆焦黑的断垣残壁",并从此同贫困携了手,在异地他乡颠沛流离。②

尽管不少流行的小说、戏剧描写美丽的姑娘敢于冲破世俗之见,嫁给贫寒的小伙子,那往往更多的是浪漫主义的虚构和幻想,在现实生活中毕竟是少而又少的事情。现实生活是实在而严酷的,人们为了生存,也为了活得更好更幸福,需要较好的物质生活,因此,如果拥有一定的物质条件,婚姻就会比较顺利,《巴威尔的婚礼》这样写道:

巴威尔爱上一位姑娘,
送给姑娘许多礼品:
两张美丽的条纹花布,
一双高跟鞋,一条头巾,

还有一段中国棉布,
一顶金灿灿的花冠;
姑娘成了艳装的美女,
像是富商家的名媛。

她出门去外面跳舞,
跳得人人说不出的高兴;
她高声唱着歌儿,
像美酒一样醉人。

---

① [俄]柯尔卓夫:《两度别离》,张孟恢译,上海译文出版社,1991年,第3—4页。
② 同上书,第102—106页。

>年轻人站在一旁,
>他们说着这样的话:
>"我们都在追求你,
>你将做谁人的妻?"
>
>随你们说吧。可巴威尔
>只顾套着两匹骏马,
>他承运了一批货物,
>要去外地度过冬天。
>
>辛勤汗水换来金钱,
>春天他回到家里;
>邀亲朋来做客,
>请姑妈当媒人……
>
>巨额彩礼交给姑娘父亲,
>年轻小伙得到了宝贝。
>欢欢喜喜举行婚礼,
>筵席连摆了两个星期。①

《割草人》也是写了一个小伙子,肩膀比爷爷还宽,身强力壮,干活能干。他爱上了村长的女儿,请人去说媒,可家财万贯的村长固执己见,就是不答应,尽管女儿也非常爱这个小伙子,为他"哭得多么悲伤"。于是,小伙子买了一把崭新的镰刀,把它磨得极其锋利,来到顿河旁辽阔的草原,拼命割草,拼命劳动,从哥萨克那里得到了"大把钱币",然后回到村里,径直去找村长,因为他已经领悟到:"从前我的贫穷/没有引起他的怜悯,/如今我用宝贵的钱财/去打动他的心!……"②在《黑麦,你不要喧嚷》一诗中,年轻的小伙子明确宣称,自己不是无缘无故积蓄财富,也不是无缘无故地想做富翁,而只是为了自己"心爱的姑娘"!

当然,生活不总是这样简单和美满,诗人也清醒地看到,有时父母贪图钱财,把女儿嫁给自己不爱的年老的丈夫,导致了她后半生的悲剧:孤零零一个人过隆重的节日,虽然随身带来丈夫的礼品,但却脸上忧愁,心头苦闷!(《俄罗斯的歌》)而另一首《俄罗斯的歌》则写到一对恋人被贫困所逼,万分痛苦,不得不理智地考虑分手的事情,尽管心底里万分不愿,然而,"在异乡我俩怎样生活,/怎样用劳动换取钱财?"既然在异乡无法用劳动换取钱财,而他们又不愿"让贫穷毁坏美",那么,两人

---

① [俄]柯尔卓夫:《两度别离》,张孟恢译,上海译文出版社,1991年,第45—47页。
② 同上书,第52—58页。

的相爱和共同生活就没有可能,因此心情沉重,愁绪满怀,一筹莫展!

柯尔卓夫还写到农民的其他生活以及农民们的精神追求。如《农家宴》:

> 木板门儿开了,
> 骑着马儿,
> 乘着雪橇,
> 客人们一一来到。
> 主人夫妇俩,
> 毕恭毕敬,
> 在门旁躬身弯腰。
> 他们带领客人
> 穿过院子,
> 走进明亮的客堂。
> 客人在基督像前
> 做过祈祷,
> 坐上松木长椅,
> 围在摆满酒菜的
> 橡木餐桌旁。
> 烤鸡烧鹅
> 放在餐桌上面,
> 馅饼火腿
> 把盘子堆得满满。
> 年轻的主妇
> 打扮得花枝招展,
> 眉毛乌黑乌黑,
> 穿着带缨的薄纱衫。
> 她同女友亲吻,
> 把幸福的酒
> 分赠客人。
> 男主人跟在她身后,
> 端着雕花酒壶,
> 斟上家酿美酒,
> 款待众位亲朋。
> 主人的闺女儿
> 带着姑娘的温存,
> 把甜甜的蜜酒,
> 递给围坐着的客人。

>　宾客们吃着,喝着,
>　不断地又讲又谈:
>　谈庄稼,话收成,
>　说往事,讲旧闻;
>　神灵与上帝,
>　会不会给我们丰收?
>　播在地里的种子,
>　能不能绿满田畴?
>　宾客们喝着,吃着,
>　多么快活啊,
>　多么高兴,
>　从薄暮黄昏,
>　到夜深人静。
>　村里的雄鸡,
>　发出了啼声,
>　谈话与喧闹
>　已在黑暗的屋里平静。
>　在大门口拐弯的地方,
>　白雪映照分外分明。①

全诗写的就是农村日常生活的冬天摆酒请客,这种风俗画式的细致客观真实的描写,往往是小说的内容,是以往的诗人几乎未曾涉及的,柯尔卓夫却把它写得生动迷人。又如《勇敢的人》:

>　一个勇敢的人,
>　一个英俊少年,
>　难道能在火炉旁
>　度过寒冷的冬天?
>
>　我去割草?
>　我去种田?
>　我打燕麦
>　把烘房烧暖?
>
>　田地不是我的朋友,

---

① [俄]柯尔卓夫:《两度别离》,张孟恢译,上海译文出版社,1991年,第13—15页。

镰刀是我的后娘，
善心的人啊，
不是我的街坊。

英俊少年，
但愿有个漆黑的夜晚，
有一座阴暗的森林，
有匹骏马，有把长剑！

我给马儿备上马鞍，
我磨利我的长剑，
披上哥萨克大氅，
打马奔到森林里面！

我在森林里生活，
像一只自由的鸟，
做一个勇敢的人儿，
让威名远近传扬。

我走在大路上，
如果有谁同我相见，
都会摘帽打躬，
向英俊的少年！

我抢商人的货物，
我杀老爷的头颅，
为了几个毛钱，
害了愚蠢的庄稼汉！

但是，为了财物，
把人家的性命伤害，
上帝会不会怪罪，
向我问罪，对我降灾？

牧师伊凡
在教堂里对人谈，

> 恶人的鲜血
> 要用灵魂偿还……
>
> 最好是做一名兵士,
> 为皇上的江山,
> 为基督的子民,
> 把头颅抛在疆场上面!……①

英俊勇敢的农家少年,不甘寂寞,不甘平庸,希望出人头地,浮想联翩,渴望到森林里当绿林好汉,抢劫商人,杀死为非作歹的老爷,但又想到上帝的惩罚,于是最终决定去当一名士兵,到战场上去奋战,马革裹尸,为国捐躯。这是非常真实的勇敢而有才的农家子弟想法,诗人以生花妙笔把它形诸笔墨。《乡曲》更是写出了俄罗斯青年独特的漫游大地的精神:

> 健壮结实,年纪轻轻,
> 没有快乐也快活,
> 不呼唤幸福,
> 自有幸福走来。
> 风吹雨打,漫天阴霾,
> 把帽儿往头上一戴,
> 牧师,老爷,走你们的,
> 我们不懂你们一根毫发!
>
> 只是我的脑瓜皇上,
> 有些心事,有些想法:
> 我要遍游大千世界,
> 无忧无虑过生涯;
> 我要走进人间社会,
> 试试自己的勇敢和力气,
> 免得回首青年时代,
> 脸面无光,感到羞耻。②

此外,《老人之歌》写了一位夕阳西下的老人渴望回到骑马奔驰的青年,赢得漂亮姑娘的爱情;《行乐时刻》表现了俄罗斯人对现实生活的热爱和享乐;两支《卷发少年之歌》表现了俄罗斯无忧无虑的碰运气的精神;《同生活算账》写出了俄罗斯人

---

① [俄]柯尔卓夫:《两度别离》,张孟恢译,上海译文出版社,1991年,第27—30页。
② 同上书,第171—172页。

敢于同命运抗争的斗志。

对以上这些,别林斯基和杜勃罗留波夫都有精彩的论述。别林斯基指出:"柯尔卓夫了解而且喜爱实际存在状态的农民生活习俗,不加以装饰,也不把它诗化。他从这种习俗本身中找到诗意……他的许多歌谣的基调时而是需求和贫乏,时而是为戈比而奋斗,时而是经历过的幸福,时而是怨诉后娘般的命运。"①杜勃罗留波夫则进而谈到:"柯尔卓夫的确能够体会一切跟他厮熟的东西。他不但十分了解俄罗斯生活,还了解俄罗斯人民的性格,善于在歌谣中把他们表现出来。例如,在他的歌谣里,俄罗斯人奔放的任性,就得到了出色的表现,这是一种敢于奔赴一切,对一切都满不在乎的泼辣……除了泼辣之外,在柯尔卓夫的诗歌里,还十分忠实地表现了一种无忧无虑的精神,这是一种真诚的'碰运气'的愿望,俄罗斯人就抱着这种精神去迎接悲哀和欢乐。"②

除此之外,柯尔卓夫还创作了一些与劳动、财富没有关系的爱情诗和哲理诗,这些诗也非常朴实地表现了下层农民的所思所想。

爱情诗在柯尔卓夫的诗歌创作中占据相当重要的地位,其数量超过劳动诗,重要性仅次于劳动诗,以致高尔基说:"柯尔卓夫的主题是劳动和爱情。"③爱情诗除了上述劳动、财富方面的内容外,还相当真挚、朴实地写到恋爱的多种情形。

《眼睛》写了单相思的矛盾、复杂心理——既害怕心上人乌黑眼睛对自己的灼伤,又渴望沉醉于其眼波里:

> 你那乌黑的眼睛,
> 把我伤害,把我折磨,
> 比太阳还炽热,
> 里面燃着神火!
>
> 眼睛啊,你暗淡吧,
> 对我冷漠!
> 眼睛啊,你的欢乐
> 不属于我,不属于我!……
>
> 不要这样看我!
> 啊,别再把我折磨!
> 你闪射着爱的火花,
> 比风暴雷雨还可怕!

---

① 《别林斯基选集》,第六卷,辛未艾译,上海译文出版社,2006年,第315页。
② 《杜勃罗留波夫选集》,第一卷,辛未艾译,上海译文出版社,1983年,第85页。
③ [俄]高尔基:《俄国文学史》,缪灵珠译,上海译文出版社,1979年,第326页。

不，看我吧，眼睛啊，
燃烧吧，眼睛啊，
燃起你的神火，
烧我的心窝！

让爱的饥渴折磨我吧，
我燃烧着，可是在烈火里，
我永远希望
复活过来，然后死去。

乌黑的眼睛啊，
我要怀着爱和你相见，
一次又一次受苦，
一次又一次受难。①

《俄罗斯的歌》写出了年轻恋人希望两人一起过自由幸福的生活：

心儿快要冲出
年轻的胸膛！
它希望自由，
它要求另一种生活！

多好啊，如果咱俩
一块儿荡舟河上，
眺望葱绿的草原，
观赏美丽的花！

多好啊，如果咱俩
一同欢度冬日的夜晚，
用火热的手
把朋友紧搂在胸前。

清晨，红霞满天，
拥抱送别，
黄昏，去到门旁

---

① [俄]柯尔卓夫：《两度别离》，张孟恢译，上海译文出版社，1991年，第41—42页。

再把他等候!①

另一首《俄罗斯的歌》则写出了年轻人结婚的渴望和对幸福美满家庭生活的憧憬：

茂密潮湿的松林啊，
请你向夏日的旷野，
冬天的大风雪，
说声再见,道声永别!

孤零零的我和你，
过活实在烦闷，
独自徘徊在路旁，
直到黎明时分。

我起身
走进自己的茅屋，
我要过
家庭的生活。

在那里我要娶一个
年轻的妻子，
我同她一起生活，
日子美满又幸福……②

《歌》写了两个相爱者,更写出了热恋中的姑娘的心理：

我深深地爱他，
比白昼和火更炽热；
别人永远不可能对他
这样恋恋不舍!

我只愿同他一个人
一起共度生涯，
我的心是属于他的，
我把生命也给了他!

---

① ［俄］柯尔卓夫：《两度别离》,张孟恢译,上海译文出版社,1991 年,第 149—150 页。
② 同上书,第 167—168 页。

多好的夜晚,月色,
我等待着自己的朋友!
我脸色苍白,我寒冷,
紧张,浑身发抖!

他来了,嘴里唱着:
"你在哪里,美人?"
他拉住我的手,
亲热地和我接吻!

"亲爱的朋友,不要
这样和我接吻!
在你身边,不接吻,
我的血也在沸腾;

"在你身边,不接吻,
我脸上已升起红霞,
我的胸部起伏,
我的眼睛发亮,
就像天上的星星!"①

另一首《歌》则写了远在异乡的小伙子对家乡情人的深情思念:

夜莺啊,夜莺,
别在我窗前歌唱,
飞到树林去,
飞往我的故乡!

请你去爱恋
我心爱姑娘的小窗,
用你婉转的歌喉,
把我的思念向她讲讲;

你对她说:没有她,
我憔悴,我枯黄,

---

① 《俄罗斯抒情诗选》,上册,张草纫译,上海译文出版社,1992年,第471页。

像秋天来临时，
原野里的草儿一样。

没有了她，
夜间的月儿就不明亮，
晴空里的太阳，
没有暖和的光。

没有了她啊，
谁能给我抚爱？
我休息的时候
头伏在谁的胸怀？

没有了她啊，
谁的话语引我欢笑？
谁的歌声，谁的问候，
让我的心儿欢畅？

夜莺啊，夜莺，
为什么要在我窗前歌唱？
飞去吧，飞去吧，
飞到我心爱姑娘的身旁！①

《最后一吻》写了小伙子即将离开姑娘，回到家乡去见父母，约定半年后再来举行婚礼，恳求恋人拥抱自己，热烈地吻自己。《离别》则写出了一对恋人离别前的痛苦。

《未婚妻变心》写了未婚妻变心给小伙子带来的巨大的打击和极度的痛苦：

夏日的晴空赤日似火烧，
我，年轻的小伙感不到温暖；
未婚妻变了心，我心儿全僵冷，
就像生活在严寒的冬天。

忧愁和思念千斤重，
沉甸甸压在我悲伤的人儿肩上；

---

① ［俄］柯尔卓夫：《两度别离》，张孟恢译，上海译文出版社，1991年，第24—26页。

致命的痛苦撕裂着我的心,
心儿要冲出我的胸膛。

我祈求人们给我帮助,
人们含着讥笑转身躲开;
我去到父母坟前呼喊,
他们没有应声站起来。

世界在我眼里开始昏暗,
我倒在草丛失去了知觉……
喑哑夜间一场狂风暴雨,
又在坟上搀扶起了我……

我在夜间的风暴中套好马,
出发走上不见道路的旅途;
颠沛流离,同凶狠的命运算账,
让生活给我慰藉,给我欢乐……①

《八行诗》则写了爱情冷却后,不希望情人再纠缠自己:

我求你离开我,
我对你的爱已经冷却,
心灵里没有了往日的火,
我求你离开我。
不认识你,我快活,
认识了你,我失去欢乐,
我求你离开我,
我对你的爱已经冷却。②

《两度别离》更是写出了生活中常见的爱情悲剧——他爱我,而我不爱他,我爱另一人,而另一人又不爱我:

"美丽的姑娘,
你就这样
忽然失去
两个青年。

---

① [俄]柯尔卓夫:《两度别离》,张孟恢译,上海译文出版社,1991年,第94—95页。
② 同上书,第9页。

告诉我,你怎样
和第一个分手,——
说一声别了,
就永不相见?"

"我很愉快
和他分开,
含笑对他说:
咱们别了……
可是他,
那可怜的人啊,
却把头
伏在我胸上,
一句话不讲,
伏了好长时光;
一滴滴热泪
浸湿了头巾……
他对我说:好吧,
愿上帝保佑你平安。
他就拉着马儿,
登程上路,
去他乡异地,
度过一生。"

"你是在
讥笑他?
不相信
他的眼泪?
现在你再说说,
聪明的姑娘,
你又怎样
和另一个青年分开?"

"另一个不是那样……
他没有流泪,
可现在

却是我天天哭泣。
唉,他拥抱我,
是那么冷淡,
同我讲话,
那样干巴巴:
我来啦,
只有短暂时间,
往后咱俩
还会见面,
咱们可以
哭他个够。
这样的问候
你心里舒服?
他挥挥手,
不弯腰点头,
也不看我的脸,
就扬长而去,
快马加鞭。"

"美丽的姑娘啊,
你的心上,
哪一个
最难忘?"

"当然,第一个
我很抱歉,
但我爱的
是后一位青年。"①

《村庄》则写出了对爱情不忠导致的悲剧:一位年轻的寡妇和一位英俊的少年儿郎相爱,然而她又接受了渔夫和商人的勾引,于是英俊儿郎怒火燃烧,从此后村子就无人居住。

哲理诗也从多个方面表现了农民们对生活道路、生命的思索。《乡下人的沉思》写出孤独的青年农民对自己孤独的感受以及如何度过这种孤寂、穷苦生活的朦胧思索:

---

① [俄]柯尔卓夫:《两度别离》,张孟恢译,上海译文出版社,1991年,第71—74页。

坐在桌旁，
我心里思量，
一个人孤零零，
怎么活在世上？

年轻小伙子，
没有年轻的妻，
年轻小伙子，
没有忠实的友人，

没有金银钱财，
没有温暖的住房，
没有犁，没有耙，
也没有耕田的马；

除了贫穷困苦，
只有浑身的力气，
这是父母对我
唯一的恩赐。

可是穷苦的生涯，
却把我身上的力气，
为一个个陌生人，
消耗得一干二净。

坐在桌旁，
我心里思量，
一个人孤零零，
怎么活在世上？①

《路》则是一个富有的农民在即将步入老年时对自己的人生进行的总结，没有坚强意志去到异地他乡见识广大的人间，但面临灾祸能够保卫自己，还能笑对不幸，并且打算像夜莺一样唱着歌走向死亡。《苦难》进而思考这世上深重的苦难何以来到这世间，它种在哪里，长在何方，为何要让人们颠沛流离，把毒药投进欢宴的酒杯，做一个谁也不愿见的客人。《问题》则表现了对生存的意义和价值的迷惘：

---

① [俄]柯尔卓夫:《两度别离》，张孟恢译，上海译文出版社，1991年，第66—67页。

你能不能
向太阳高声喊：
听着，太阳！
站住，不许动！
不要在天空
行走，
不要把大地
照亮！

站到海岸上，
望着大海，
你能不能
使海水冻僵，
把它变成
坚硬的石头？
要多大
英雄壮士的力量，
才能停住
这宇宙的圆球，
不让它旋转？
不让它行走？
如果只有运动，
而没有希望，
我如何生存
在这个世界上？
我怎样处置
大胆的意愿，
炽热的欲望，
罪恶的思想？

上天的神力，
把生命投进
这硕大无朋的
坚硬土块，
它生活在这里，
像一位女皇！

从摇篮，
到坟墓，
精灵和大地
一直在争斗；
大地不愿
做它的奴隶，
可是没有力量
卸下肩上的重荷；
天上的精灵
也不可能
同这坚硬的土块，
结为姻亲……

多少时光
已经飞逝？
多少时光
还在前头！
这场争斗，
什么时候完结？
谁争得这个地盘？
知道的只有上天！
这个神话的旨意，
隐藏得严严实实，
要预知神的事业，
我的解释毫无意义……

坟墓里面
话语没有音响，
远方穿着
永恒的黑暗衣裳……
我将生活在
无底的大海？
我将生活在
遥远的天上？
我记不记得：
从前我在哪里？

> 我心目中的人
> 是什么样？……
>
> 或者在棺木里
> 一切我都遗忘，
> 我丧失了
> 技艺和思想？……
> 创世的主，
> 自然的王啊，
> 到了那时
> 我会怎样？……①

《坟》面对坟墓，展开想象，在永恒静谧的自然中表现对死亡的感受与思索：

> 这是谁的坟墓，
> 这样孤寂，这样宁静？
> 原野寂静无人，
> 周围没一条路径？
> 谁的生命结束了，
> 谁走完人生的旅程？
> 是野蛮的鞑靼人，
> 深夜漆黑，
> 在这里行凶杀人，
> 把鲜红的热血
> 浇洒上
> 俄罗斯的土地？
> 是村子里
> 年轻的收割妇，
> 手里抱着
> 天使般的孩子，
> 为他的死亡
> 伤心哭泣？
> 明朗的天穹下，
> 广阔无边的原野里，
> 矢车菊花丛中，

---

① [俄]柯尔卓夫：《两度别离》，张孟恢译，上海译文出版社，1991年，第75—79页。

埋葬着孩子。

风在坟头上吹，
狂暴的风啊，
穿过坟墓，
翻滚过了田畴，
卷起枯草，
带走"满地滚"。
自由的风儿在喊叫，
喊叫，可是叫不醒
不毛的荒野，
坟墓中安宁的梦！……
一幕幕幻景
出现在孤独的心灵！……①

除此之外，哲理诗还从另一方面对人和人的斗志进行了歌颂。《人》既写出了人自身的矛盾，更赞美了人本身强大的力量和人的美：

大千世界一切造物
是这样美，这样好！
可是大地上没有东西
比人更美丽！

他一会儿憎恶自己，
一会儿珍贵自身，
他一会儿爱，一会儿不爱，
为瞬间的生命战栗终生……

如果给希望以自由——
鲜血会浇灌土地；
如果让雄心随意施展——
大海会在他脚下翻腾。

但是意向改变了，
智慧显露出光芒——

---

① [俄]柯尔卓夫：《两度别离》，张孟恢译，上海译文出版社，1991年，第59—61页。

他以自己的美，
　　叫世上万物黯然无光。……①

《最后的斗争》则写出了人在信仰和爱情双重保护下所具有的坚强的斗志和力量：

　　风暴在头上怒号，
　　雷电在天空轰鸣，
　　命运吓唬无力的智慧，
　　寒冷刺透了心。

　　我没有在苦难中倒下，
　　昂首挺胸迎受着锤打，
　　我把希望保存在心灵里，
　　心儿存着热，躯体存着力量！

　　是毁灭！是得救！
　　都随它去吧，反正一样！
　　上帝的神圣旨意，
　　是我长久以来的信仰！

　　这信仰我没有怀疑，
　　它是我整个的生命！
　　它有无穷无尽的憧憬！……
　　它有静谧，它有安宁……

　　命运啊，不要以灾难威胁，
　　不用呼唤我战斗，
　　我决心同你拼搏，
　　你别想制服我！

　　我心房里有热血，
　　我心灵中有力量，
　　十字架下是我的坟墓，
　　十字架上是我的爱情！②

---

① ［俄］柯尔卓夫：《两度别离》，张孟恢译，上海译文出版社，1991年，第43—44页。
② 同上书，第111—112页。

柯尔卓夫的农民诗歌具有极大的独创性和很高的艺术成就,在俄国诗歌史上占据了独特的一席地位,受到了充分的肯定。杜勃罗留波夫对其作出了高度评价:"在他的诗歌里,我们第一次看到了怀着俄罗斯灵魂、怀着俄罗斯感情、跟人民的生活风习有亲切认识的纯粹的俄罗斯人,看到了亲身体验着人民的生活,对这生活怀着充分同情的人。他的歌谣,就其精神来说,是有许多东西和民间歌谣相像的,不过他的歌谣却更有诗意,因为在他的歌谣中有着更多的思想,这些思想是用更巨大的艺术手腕、力量以及复杂多样性表现出来的,因为他的感情更加深厚,更加富于自觉,而且愿望本身也显得更加高尚而肯定。"[①]别林斯基评价更高:"柯尔卓夫的才能在俄罗斯歌谣中表现了他的全部丰满性和力量","柯尔卓夫是为他所创造的诗歌而生的。他是人民这个词的充分意义上的人民之子……柯尔卓夫是在草原和庄稼人之间成长的。他不是为了寻章摘句,不是为了美丽辞藻,不是以想象、以梦幻,而是以灵魂、以内心、以热血爱着俄国的自然以及在俄国农民天性中作为萌芽和可能性而存在的一切美好的东西。他不是在言论上,而是在实际上同普通人民共忧伤同欢乐和享受。他了解他们的生活风习,他们的需求、悲苦和欢愉,他们生活中的散文和诗情。他不是通过道听途说,不是从书本上,不是经过研究,而是由于他凭天性和处境都是一个十足的俄罗斯人。他身上包孕着俄罗斯灵魂的一切因素,特别是在痛苦和欢乐中的一种可怕的力量,一种发狂地投身到悲戚和欢乐中的本领……"[②]屠格涅夫则宣称:"柯尔卓夫是地地道道的人民诗人,——是真正的当代诗人。……柯尔卓夫有二十来首小诗,它们将与俄语一起流传千古。"[③]

[①]《杜勃罗留波夫选集》,第一卷,辛未艾译,上海译文出版社,1983年,第20页。
[②]《别林斯基选集》,第六卷,辛未艾译,上海译文出版社,2006年,第303页,312—313页。
[③]《屠格涅夫选集》,第11卷,莫斯科,1956年,第362页。

第二章

俄国唯美主义诗歌研究

由于多方面原因,俄国唯美主义诗歌在俄国尚无系统研究,本章对其颇具代表性的诗人及其诗歌进行了初步的研究,以期抛砖引玉,深化对俄国唯美主义诗歌的研究。

第一节 情景·画面·通感
——试论费特抒情诗的艺术特征

费特(1820—1892)是俄国19世纪一位著名的天才诗人,是纯艺术派(又称"唯美派")的代表人物。费特在19世纪40年代初即开始发表诗作,创作生涯长达50年左右,留下了颇为丰富的文学遗产,光是抒情诗就多达800余首。费特的诗在他生前就已得到一批文学家、批评家的高度评价。别林斯基早在1843年就指出:"在莫斯科所有的诗人中,费特先生是最有才气的。"车尔尼雪夫斯基认为费特"有很多短诗,写得很可爱。谁若是不喜欢他,谁就没有诗歌的感觉"。杜勃罗留波夫则认为他"善于捕捉寂静的大自然的瞬息间的变化,善于真实地表现大自然给人的朦胧的、微妙的印象"。谢德林称赞费特的"大多数诗篇新颖别致,而浪漫曲几乎盛行全俄",涅克拉索夫则指出:"普希金之后的俄罗斯诗人之中,还没有哪一位像费特先生这样给人以如此之多的诗意的享受。"列夫·托尔斯泰是费特的至交及其诗歌的爱好者,他们保持了长达约四分之一世纪的友谊,托尔斯泰盛赞费特才智过人,感谢费特为自己提供了精神食粮,并指出:"我不知道有比你更新、更强的人,正因为如此,我们相互爱慕,因为我们都是像你所说的用心灵来思考的。"他甚至在给鲍特金的信中称:"这样大胆而奇妙的抒情笔法,只能属于伟大的诗人,这个好心肠的胖军官从哪儿来的这种本领呢?"屠格涅夫、陀思妥耶夫斯基、丘特切夫等对费特的诗歌也评价很高。但与此同时,也不时飞来一些斥责乃至诋毁之声,这一是由于费特那不讨人喜欢的个性,二是由于他那唯美的艺术观及某些政治见解,三是由于他创作题材较为狭窄。象征派兴起后,把费特和丘特切夫奉为自己的先驱,受到他们较大的影响。20世纪中期,在苏联尽管人们对费特的评价毁誉参半,但费特的影响不容忽视,著名的"静派"诗歌,更是深受费特的影响。时至今日,费特在俄国已是最伟大的诗人之一。人们公认"俄罗斯诗歌有过黄金时代,它是由普希金、丘特切夫、莱蒙托夫、巴拉丁斯基、费特等等诗人的名字来标志的。有过白银时代——这就是勃洛克、安年斯基、叶赛宁、古米廖夫、别雷、勃留索夫等等诗人的时代"[①]。俄国当代著名评论家科日诺夫更具体地指出:"诗人的荣誉是件非常复杂的东西。比方说,普希金在其创作的前半期里是受到异常广泛的推崇的,那时他跟十二月党人有所交往。但一旦普希金上升到世界诗坛的高峰时,他却失却了'普及性'。至于巴拉丁斯基、丘特切夫和费特等一些卓越诗人,他们是在去世之后过了许多年才真正被人承认为伟大诗人,与普希金并立而无愧。"[②]由于多方面原因,我国至今对费特诗歌的翻译、研究还不够深入,尽管人民文学出版社出版的《致大海——俄国五大诗人诗选》一书已把费特列入五大诗人之一,徐稚芳先生的《俄罗斯诗歌史》、朱宪生先生的《俄罗斯抒情诗史》也对费特作专章专节的介绍,但费特的诗歌至今尚无单行译本(补白:此文写于1995年,1997年上海译文出版社出版了张草纫先生翻译的《费特诗选》,收费特诗共107首),对费诗的研究也几乎还是一个空白。本文拟对费诗的艺术特征初步探索,以期抛砖引玉,为促进费诗的翻译和研究稍尽绵薄之力。

作为唯美派的代表人物,费特十分重视诗歌的艺术形式,在这方面进行了多方面的探讨,如注意选择词的音响,注重音响的变化,利用语言和词的重复来增加诗歌的韵味,达到极佳的音乐效果,对此,俄国著名作曲家柴可夫斯基感叹道:"费特在其最美好的时刻,常常超越了诗歌划定的界限,大胆地迈步跨进了我们的领域……这不是一个平平常常的诗人,而是一个诗人音乐家。"由于长期对艺术形式的探索与追求,费特在其诗歌创作中形成了独具的艺术特征,达到了较高的境界,并且有突出大胆的创新:

一、情景交融,化景为情。费特曾在大学时期醉心于谢林及黑格尔哲学,这种哲学是浪漫主义的哲学,它展开后是一种泛神论,再加上丘特切夫自然诗的影响,费特在其诗歌创作中便形成了一种情景交融的手法,表现为——把自然视为一个活的有机体,把自然界人化,并且让自己每一缕情思都和自然界遥相呼应。如《第一朵铃兰》:

[①] [俄]瓦·科日诺夫:《俄罗斯诗歌:昨天·今天·明天》,张耳节译,《外国文学动态》1994年第5期。
[②] 同上。

啊，第一朵铃兰！白雪蔽野，
你就已祈求灿烂的阳光；
什么样童贞的欣悦，
在你馥郁的纯洁里深藏！

初春的第一缕阳光多么鲜丽！
什么样的美梦将随之降临！
你是多么令人心醉神迷，
你，燃起遐思的春之礼品！

仿佛少女平生的第一次叹息，
为了她自己也说不清的事情，
羞怯的叹息芳香四溢，
抒发青春那过剩的生命。①

  诗人把铃兰拟人化，让她祈求阳光，深藏欣悦，进而引发春的遐思，最后一段，是写铃兰还是写少女，已浑然不可区分。又如《蜜蜂》一诗写了大自然使诗人抛弃了忧郁和懒惰，人与物的情景交融、息息相通更为明显：

忧郁和懒惰使我迷失了自己，
孤独的生活丝毫也不招人喜欢，
心儿疼痛不已，膝儿酸软无力，
芳香四溢的丁香树的每一细枝，
都有蜜蜂在嗡嗡歌唱，缓缓攀缘。

让我信步去到空旷的田野间，
或者彻底迷失在森林中……
在荒郊野外尽管处处举步维艰，
但胸中却似乎有一团熊熊火焰，
把整个心灵燃烧得炽热通红。

不，请等一等！就在此时此地，
我与我的忧郁分手。稠李睡意酣畅，
啊，蜜蜂又成群地在它上方飞集，
我怎么也无法弄清这个谜：

---

  ① 曾思艺译自《费特诗歌全集》，列宁格勒，1959年，第138页；或见《费特抒情诗选》，曾思艺译，香港《大公报》1998年4月8日第7版。

它们究竟嗡嗡在花丛,还是在我耳旁?①

在此基础上,诗人大胆推进一步,化景为情,让大自然的一切都化作自己的情感,成为描写自己感受的手段,从而达到类似于中国诗圣杜甫那"感时花溅泪,恨别鸟惊心"的艺术境界。如《又是一个五月之夜》:

> 多美的夜景! 四周如此静谧又安逸!
> 谢谢你呀,午夜的故乡!
> 从严冰的世界中,从暴风雪的王国里,
> 清新、纯洁的五月展翅飞翔!
>
> 多美的夜景! 漫天的繁星,
> 又在温柔而深情地窥探我的心灵,
> 伴随着夜莺的歌声,夜空中,
> 到处飘漾着焦虑和爱情。
>
> 白桦等待着。它那半透明的叶儿,
> 羞涩地撩逗、抚慰我的目光。
> 白桦颤抖着,仿如新婚的少女
> 对自己的盛装又是欣喜又觉异样。
>
> 夜啊,你那温柔又缥缈的容姿,
> 从来也不曾让我如此的着魔!
> 我不由得又一次唱起歌儿走向你,
> 这情不自禁的,也许是最后的歌。②

在这里,天上的星星、地上的白桦都已具有人的灵性,充满诗人爱的柔情,景已化为情。

二、意象并置,画面组接。中国古典诗歌中,有一种以意象并置和画面组接所构成的诗。所谓意象并置,是指纯以单个单词构成意象,并让一个个意象别出心裁地并列出现,而省略其间的动词或连接词,如"枇杷橘栗桃李梅"(汉武帝君臣《柏梁诗》)、"鸦鸱雕鹯鸲鹆"(韩愈《陆浑山火和皇甫湜用其韵》)、"朱张侯宛李黄刘"(柳亚子《赠姜长林老友一首》)。所谓画面组接,系借用电影术语,指以实体性的名词组成名词性词组构成画面,并让一个个画面巧妙地组接,产生新颖别致的艺术功

---

① 曾思艺译自《费特诗歌全集》,列宁格勒,1959年,第136—137页;或见《自然·爱情·人生·艺术——费特抒情诗选》,曾思艺译,中国友谊出版公司,2013年,第41页。
② 曾思艺译自《费特诗歌全集》,列宁格勒,1959年,第138页;或见《费特诗九首》,曾思艺译,台湾《葡萄园》诗刊2000年春季号(总第145期)。

效,如"妖童宝马铁连钱,娼妇盘龙金屈膝"(卢照邻《长安古意》)、"云里帝城双凤阙,雨中春树万人家"(王维《奉和圣制从蓬莱向兴庆阁道中》)、"浮云游子意,落日故人情"(李白《送友人》)、"日月笼中鸟,乾坤水上萍"(杜甫《衡州送李大夫七丈勉赴广州》)、"雨中黄叶树,灯下白头人"(司空曙《喜外弟卢纶见宿》)、"凫雁野塘水,牛羊春草烟"(温庭筠《渚宫晚春寄秦地友人》)、"楼船夜雪瓜洲渡,铁马秋风大散关"(陆游《书愤》)、"烟柳画桥,风帘翠幕"(柳永《望海潮》)、"杏花春雨江南"(虞集《风入松·寄柯敬仲》)。但在实际运用中,往往让意象并置、画面组接混合出现,而以画面组接为主。

这种手法的关键在于"语不接而意接"(清·方东树《昭昧詹言》),即在一系列表面上似乎全然无关的并置意象与组接画面间,以情意作为线索,一以贯之,使意象与意象、画面与画面之间似断而实连。如"鸡声茅店月,人迹板桥霜"(温庭筠《商山早行》),以代表10种景物的10个名词——鸡、声、茅、店、月、人、迹、板、桥、霜,构成6个实体性的名词组合——鸡声、茅店、月,人迹、板桥、霜,而以"道路辛苦,羁愁旅思"(宋·欧阳修《六一诗话》)这种情意贯穿始终,使它既"不用一二闲字,止提缀出紧关物色字样,而音韵铿锵,意象俱足"(明·李东阳《怀麓堂诗话》),具有名词的具体感,意象的鲜明性,又简洁紧凑,密度很大,具有内涵的暗示性,审美的启发性——"状难写之景如在目前,含不尽之意见于言外"(《六一诗话》),引发读者强烈的美感与不尽的遐思。进而,中国诗人以意象并置与画面组接构成整首作品,不过,这在中国诗史上为数不多。较早的有王维的《田园乐七首》其五:"山下孤烟远村,天边独树高原。一瓢颜回陋巷,五柳先生对门。"最著名的当推马致远的《天净沙·秋思》:"枯藤老树昏鸦,小桥流水人家,古道西风瘦马。夕阳西下,断肠人在天涯。"他们主要采用两种组合方式。一种是异时空意象跳跃组合,构成大跳跃强对照,突显主题与情意,如元好问《杂著》:"昨日东周今日秦,咸阳烟火洛阳尘。百年蚁穴蜂衙里,笑煞昆仑顶上人。"一种是同时空意象并置,反复渲染,强化感情,如白朴的《天净沙·春》:"春山暖日和风,阑干楼阁帘栊,杨柳秋千院中。啼莺舞燕,小桥流水飞红。"这种手法在20世纪初期远渡重洋,对英美意象派产生了较大影响。他们对此大加运用,并称之为"意象叠加",如庞德的名作《地铁车站》:

  人群中这张张幽灵般的脸孔;
  湿漉漉黑树干上的朵朵花瓣。①

但在中国新诗创作中,却殊少继承和发展,迄今为止,似还只见到贺敬之《放声歌唱》中有片断的表现:"……春风。/秋雨。/晨雾。/夕阳。/……轰轰的/车轮声。/踏踏的/脚步响。/……/……/五月——/麦浪。/八月——/海浪。/桃花——/南方。/雪花——/北方。"

---

① 庞德这首名作,国内有多种译文,但大多出现动词,此处特根据英文原作,由曾思艺译出,以显示其"意象叠加"的神韵。

这种方法,超越了语言的演绎性和分析性,省略了有关的关联词语(如介词、连词之类),语言表现形态上往往打破常态的逻辑严密,有时甚至完全不合一般的语法习惯与规范,而仅以情意贯穿典型的意象与画面,充分体现了意象的鲜明性、暗示性与内涵的含蓄性,因而更符合诗歌的审美本质,但写作难度极大。超脱于呆板分析性的文法、语法而获得更完全、更自由表达的中国语言如此写作已属十分不易,由前可知,令人称道的名句佳作寥寥无几,而且以句为主,整首作品极少,甚至这极少的作品中还有些出现了动词,如马致远《天净沙》中有动词"下""在",元好问《杂著》中则有"笑煞"。向以逻辑严密著称的西方语言要用此法难度更大。

英美意象派是在20世纪初受中国古典诗歌影响而采用此法,但在俄国,19世纪中后期就已有两位著名诗人——丘特切夫、费特,在完全无所师法的情况下,根据表达的需要,立意创新,向语言规范与传统习惯大胆挑战,独具匠心地创作无动词诗,并且达到了颇为纯熟的境地,大获成功。

1851年,丘特切夫创作了名诗《海浪和思想》:

绵绵紧随的思想,滚滚追逐的波浪,
——同一自然元素的两种不同花样:
一个,小小的心胸,一个,浩浩的海面,
一个,狭窄的天地,一个,无垠的空间,
同样永恒反复的潮汐声声,
同样使人忧虑的空洞的幻影。①

全诗无一动词,主要以名词性词组构成意象,让"绵绵紧随的思想,滚滚追逐的波浪"两个主导意象动荡变幻——时而翻滚在小小的心胸里,时而奔腾在浩瀚的海面上,时而是涨潮、落潮,时而又变为空洞的幻象。丘特切夫的诗,往往使人感到,他仿佛把事物之间的界限消除了,他常常极潇洒自由地从一个意象或对象跳转到另一意象或对象,似乎它们之间已全无区别。在本诗中,由于完全取消动词,而让"思想"和"海浪"两个意象既并列出现,平行对照,又相互交错,自由过渡,更突出了这一特点。在普希金的诗歌中,写某一意象或某一事物仅仅就是这一意象或事物本身,当他写出"海浪"这个意象时,他指的只是自然间的海水。但在丘特切夫笔下,"海浪"这一意象就不仅是自然现象,同时也是人的心灵,人的思想和感情——这与谢林的"同一哲学"关系极大。丘特切夫深受德国哲学家谢林的影响。谢林的"同一哲学"认为,自然是可见的精神,精神是不可见的自然,自然与人的心灵是一回事。这样,丘特切夫在本诗中就让自然与心灵既对立又结合——"海浪"与"思想"这两个意象的二重对立,造成诗歌形式上的双重结构,二者的结合则使"海浪"与"思想"仿佛都被解剖,被还原,成为彼此互相沟通的物质,从而含蓄地表达了诗

---

① 曾思艺译自《丘特切夫选集》,顿河罗斯托夫,1996年,第140页。

人对人的思想既强大又无力的哲学反思：像海浪一样，人的思想绵绵紧随，滚滚追逐，潮起潮落，变幻万端，表面上似乎自由无羁，声势浩大，威力无比，实际上不过是令人忧虑的空洞幻影。为了与意象组合的跳跃相适应，这首短短 6 行的诗竟然 3 次换韵——每两句一韵，构成一重跳跃起伏。第一重开门见山，写出"海浪"与"思想"两者的对立与沟通，第二重则分写其不同，第三重绾合前两重，指出其共通之处，从而使这首小诗尽变幻腾挪之能事，极为生动深刻。

如果说丘特切夫创作无动词诗还只是偶一为之的话，那么，比他稍晚的费特则在创作中一再探索运用这种手法。这主要是因为两方面的原因。一是费特属于那种极富创新意识的诗人，终生都在进行新的艺术探索。二是费特的诗主要捕捉瞬间印象，传达朦胧感受。在普希金、莱蒙托夫、丘特切夫之后，费特另辟蹊径，力求表现非理性的内心感受，善于用细腻的笔触描写那难以言传的感觉，善于表现感情极其细微甚至不可捉摸的变化，因此，同时代诗人葛里高利耶夫称他为"模糊、朦胧感情的诗人"。的确，费特从来不想把一件东西、一个感受表现得过于清晰，而竭力追求一种瞬间的印象，一种朦胧的感受。因此，科罗文指出"力求借助瞬间的抒情迸发来表达'无法表述的'东西，让读者领会笼罩着诗人的情绪，这是费特诗歌的根本特性之一。"① 而要传神地表现这种瞬间印象、朦胧感受，必须有高超的艺术技巧和大胆的艺术创新。费特大胆地舍弃动词（苏霍娃指出："费特常常不只是避免行为的动词表达，直至进行了完全无动词的'实验'。"②），而以一个个跳动的意象或画面，组接成一个完整的大画面，让时间、空间高度浓缩，把思想、情绪隐藏在画面之中，以便读者自己去捉摸、去回味，然后甜至心上，拍案叫绝！这种大胆的艺术创新，从费特创作伊始即已出现，并且保持终生。

1842 年，费特创作了两首这样的诗，其中一首是《这奇美的画面……》：

  这奇美的画面，
  对于我多么亲切：
  白茫茫的平原，
  圆溜溜的皓月，

  高天莹莹的辉耀，
  闪闪发光的积雪，
  远处那一辆雪橇，
  孤零零的奔跃。③

---

① ［俄］科罗文：《19 世纪俄国诗歌》，莫斯科，1997 年，第 184 页。
② ［俄］苏霍娃：《俄罗斯抒情诗大师》，莫斯科，1982 年，第 87 页。
③ 曾思艺译自《费特诗歌全集》，列宁格勒，1959 年，第 157 页；或见《费特自然诗选》，曾思艺译，《诗歌月刊》2008 年第 8 期下半月刊（总第 93 期）。

这是一般俄国诗歌选均会挑选的名作。全诗由"白茫茫的平原""圆溜溜的皓月""高天莹莹的辉耀""银光闪闪的积雪"等趋于静态的意象构成优美清新的画面，然后再在其中置入一个跳动的意象——远处奔跃的雪橇，化静为动，让整个画面活了起来，产生了画龙点睛的艺术功效。这可能是费特最初的大胆探索，虽然全诗基本上未出现动词，全由名词构成（"奔跃"的俄文"бег"属动名词，兼有名词与动词双重功效，但以形容词"孤零零的"（одинокий）修饰，则完全名词化了），但还是出现了"对于我多么亲切"这样的句子。同年的另一首诗《夜空中的风暴……》则成熟些：

夜空中的风暴，
愤怒大海的咆哮——
大海的喧嚣和思考，
绵绵无尽的忧思——
大海的喧嚣和思考，
　浪更比一浪高的思考——
层层紧随的乌云……
愤怒大海的咆哮。①

这是为俄国形式主义理论家津津乐道的一首名作。全诗以"风暴""大海""乌云"等意象组成一个跳动的画面，无一动词。诗人通过取消动词，而让人的思考与夜幕下暴风雨中大海的奔腾喧嚣并列出现又相互过渡，融为一体，强调、突出了人的思考气势之盛、力量之大，与丘特切夫的《海浪和思想》方法相似，思想相反。

到1850年，这种艺术手法在费特手里已运用得得心应手，自由潇洒，并臻炉火纯青之境，如其名作《呢喃的细语，羞怯的呼吸……》：

呢喃的细语，羞怯的呼吸，
夜莺的鸣唱，
朦胧如梦的小溪
轻漾的银光。

夜的柔光，绵绵无尽的
夜的幽暗，
魔法般变幻不定的
可爱的容颜。

弥漫的烟云，紫红的玫瑰，

---

① 曾思艺译自《费特诗歌全集》，列宁格勒，1959年，第168页；或见《俄罗斯抒情诗选》，曾思艺译，山西教育音像出版社2006年版，第27—28页。

琥珀的光华，
　　频频的亲吻，盈盈的热泪，
　　啊，朝霞，朝霞……①

　　俄国学者苏霍娃认为这首诗体现了这个时候诗歌创作的新特点：抒情情绪的强烈主观色彩、善于让词语充满鲜活的具体性同时捕捉新的泛音与意义上若隐若现的有细微差别的色彩或音调、敏锐地感受音乐的作用、情感发展的结构。她以此为据，进而对这首诗进行了相当详细的分析。②

　　但我们认为，费特这首诗的突出的艺术特色是意象并置、画面组接。全诗俄文共有36个词，其中名词23个，形容词7个，前置词2个，连接词"和"重复了4次（译时省略）。最引人注目的是一个动词也没有，有15个主语，却无一个谓语！一个短语构成一个画面，一个个跳动的画面构成全诗和谐优美的意境！这是一首怎样的杰作呀！列夫·托尔斯泰称之为"大师之作"，是"技艺高超的诗作"，"诗中没有用一个动词（谓语）。每一个词语——都是一幅画"。③ 俄国文学史家布拉果依曾写专论《诗歌的语法》特别论述这首诗。他认为本诗是俄国抒情诗的珍品，全诗未用一个动词，却写出了动的画面。全诗是一个大主格句，用一系列名词写出了内容丰富的画面：诗人未写月色，但用"轻漾的银光""夜的柔光""阴影"让读者体会到这是静谧的月夜。进而指出，费特写爱情也像写月光，不特别点明，但读来自然明白。全诗意境朦胧，但一切又十分具体。小小一首诗，从时间角度看，仿佛只是瞬间，而实际上却从月明之夜一直写到晨曦初露，包括入夜到黎明整个夜晚，这正流露恋人的心情：热恋的人沉醉于爱河，不觉得时光的流逝。他论定费特的技巧高超在于：他"什么也没有说，又一切都已说出，一切都能感觉到"④。苏联著名评论家列夫·奥泽罗夫则认为费特此诗及此类诗的技巧"实际上向我们的文学提供了用文字表现的写生画的新方法"——赋予作品以更多动感的点彩法，并具体指出，费特对个别的现象一笔带过（呢喃的细语、羞怯的呼吸、夜莺的鸣唱），但这些现象却汇合在一个统一的画面中，并使诗句比费特以前其他大师作品中的诗句有更多的动感。他还指出："费特的语言使整个句子具有深刻的内涵，就像点彩画家的色点和色块一样……费特像画家一样工作。他绞尽脑汁，要让'每一个短语'都是'一幅图画'。诗人力求以最凝练的手法达到最为生动的表现。"⑤这从另一角度——绘画的角度充分肯定了费特大胆、独特的艺术创新。但我们认为，费特的这种艺术创

---

①　曾思艺译自《费特诗歌全集》，列宁格勒，1959年，第211页；或见《俄罗斯抒情诗选》，曾思艺译，山西教育音像出版社，2006年，第35—36页。
②　[俄]苏霍娃：《俄罗斯抒情诗大师》，莫斯科，1982年，第102—107页。
③　转引自徐稚芳：《俄罗斯诗歌史》，北京大学出版社，1989年，第294页。
④　[俄]布拉果依：《从康捷米尔到我们今天》，转引自徐稚芳：《俄罗斯诗歌史》，北京大学出版社，1989年，第294—295页，文字稍有改动。
⑤　[俄]列夫·奥泽罗夫：《诗和画的语言——评论阿·阿·费特的诗〈呢喃的细语，羞怯的呼吸〉》，周如心译，《俄苏文学》（山东）1990年第2期与1991年第1期合刊，副标题及文字稍有改动。

新以意象并置、画面组接来概括更符合诗歌规律,也更大众化一些。

而1881年晚期所写的《这清晨,这欣喜……》一诗更被誉为"印象主义最光辉的杰作",它举重若轻,技巧圆熟,恰似庖丁解牛,游刃有余,郢匠斫垩,运斤成风,不愧为大师的扛鼎之作:

> 这清晨,这欣喜,
> 这白昼与光明的伟力,
> 这湛蓝的天穹,
> 这鸣声,这列阵,
> 这鸟群,这飞禽。
> 这流水的喧鸣,
>
> 这垂柳,这桦树,
> 这泪水般的露珠,
> 这并非嫩叶的绒毛,
> 这幽谷,这山峰,
> 这蚊蚋,这蜜蜂,
> 这嗡鸣,这尖叫,
>
> 这明丽的霞幂,
> 这夜村的呼吸,
> 这不眠的夜晚,
> 这幽暗,这床笫的高温,
> 这娇喘,这颤音,
> 这一切——就是春天。①

在这里,各种意象纷至沓来,并置成一个个跳动的画面,时间、空间融为一体,无一动词,而读者的感觉却是如行山阴道中,目不暇接。那急管繁弦的节奏,一贯到底的气势,充分展示了春天丰繁多姿、新鲜活泼的种种印象对人的强烈刺激以及诗人在此刺激下所产生的类似"意识流"的鲜活心理感受。"这……"一气从头串联至尾,既形成大度的、频繁的跳跃,又使全诗的意象以排比的方式互相连成一体,既是内在旋律的自然表现,又是从外部对它的加强。本诗的押韵也极有特色(译诗韵脚悉依原作):每一诗节变韵三次(第一、二句,第三、六句,第四、五句各押一种韵),体现了全诗急促多变的节奏,而第三、六句的韵又把第四、五两句环抱其中,则又在急促之中力破单调,相互衔接,使多变显得有序(试换成一二、三四、五六各押一韵,

---

① 曾思艺译自《费特诗歌全集》,列宁格勒,1959年,第493页;或见《俄罗斯抒情诗选》,曾思艺译,山西教育音像出版社,2006年,第68页。

则过于单调多变)。全诗三节,每节如此押韵,就更是既适应了急管繁弦的节奏,又使诗歌音韵在整体上多变而有规律,形成和谐多变的整体动人韵律,并对应于充满生机与活力、似多变而和谐的大自然的天然韵律,使音韵、形式、内容有机地融合成完美的整体。这首诗充满了光明与欢乐,充分表现了自然万物在春天苏醒时欣欣向荣的生机与活力,格调高昂,意境绚丽,意象繁多而鲜活,画面跳跃又优美,韵律多变却和谐,是俄国乃至世界诗歌中的瑰宝。

与前述中国无动词诗相比,丘特切夫与费特尤其是费特的无动词诗具有更显著的特点:一是篇幅更长,跳跃度更大,更加复杂多变;二是技巧纯熟,意境优美,哲理深刻,具有颇高的艺术水平;三是大胆挑战传统语法,立意创新,有意为之。因此,他们这类作品对俄国象征派产生了较大影响,引出了不少同类精品。

三、词性活用,通感手法。当费特之时,普希金、莱蒙托夫、巴拉丁斯基、丘特切夫等几位大师已达俄国乃至世界诗歌的高峰,在抒情与哲理、自然与人生乃至诗歌技巧方面取得了令人瞩目的艺术成就。而在文学艺术的王国里,低能儿和循规守旧者是毫无立足之地的。要想在文学史上留下一席之地,必须大胆创新。费特从创作伊始,即已有较为明确的创新意识。是他,把情景交融推进一步——化景为情,在自然界人化这一点上比丘特切夫更大胆;是他,独具匠心地运用意象并置、画面组接构成优美的意境,凝练而含蓄地传达自己的瞬间印象和朦胧感受以及难以捉摸的情思。也是他,在语言上勇于创新,大量运用词语活用,通感手法。

费特在诗中多处活用词性,或故意把词的本义和转义弄得模糊不清,让人猜测,以增加诗歌的韵味,如"那细柔的小手暖烘烘,那眼睛的星星也暖烘烘"(《是否很久了,我和她满大厅转动如风》),"她的睡枕热烘烘,慵倦的梦也热烘烘"(《熠熠霞光中你不要把她惊醒》),或大胆采用一些人所不敢用的词语修饰另一些词语(如形容词、名词、动词),从而达到出人意料的目的,如"童贞的欣悦","馥郁的纯洁","羞怯的哀伤","郁郁的倦意","响亮的花园","如此华丽地萧飒凄凉"。费特也常常采用通感手法,把外部世界与内心世界融为一体,把各种感觉糅合起来,如"温馨的语言",化听觉为感觉;"消融的提琴",化听觉为视觉;"脸颊红润的纯朴",化无形为有形。费特还往往把词性活用与通感手法结合在一起,如《给一位女歌唱家》:

> 把我的心带到银铃般的悠远,
> 　　那里忧伤如林后的月亮高悬;
> 　这歌声中恍惚有爱的微笑,
> 　　在你的盈盈热泪上柔光闪耀……

整个这一节,通感手法与词性活用交错糅合,达到水乳不分的境地。"忧伤如林后的月亮高悬",既是通感(化无形为有形,心觉变视觉),又是词性活用("忧伤高悬"),而第一句中此手法应用得更是出神入化:"银铃般的悠远",既属词性活用(以"银铃般的"修饰"悠远")与通感手法(把"悠远"化为"银铃般的",变无形为有形),又非常生动地把主客体融为一体——歌唱家的歌声是如此优美动人,听者沉醉其中,只觉茫茫时空、人与宇宙均已融合为一种"悠远"("悠远"既可指时间长,也可指空间广),当然这"悠远"因歌唱家歌声之圆润优美而是"银铃般的"。于是听者摆脱了滚滚红尘中千种烦恼、万般苦闷,进入了艺术与美的殿堂,进入了人与宇宙合一的境界。在那里,忧伤也美得好似月亮一般,忧伤与微笑、热泪与柔光和谐地统一在一处。又如:"但有些日子也这样:/秋天在金叶盛装的血里,/寻觅着灼灼燃烧的目光,/和炽热的爱的游戏。"(《秋天》)在这里,利用词性活用与通感手法,把"金叶盛装的林"说成"金叶盛装的血",把秋天还有的夏日余温说成秋天在"血"里寻觅"炽热的爱的游戏",寻觅"灼灼燃烧的目光",从而使主客观完全契合,并深入非理性的世界,直探进秋之生命的深处,也触动了人的灵魂深处。

综上所述,费特作为纯艺术派(即俄国唯美派)的代表人物,创造了不少美的艺术精品,并且在艺术形式方面多有创新,影响了俄国象征派、叶赛宁、普罗科菲耶夫以及"静派"等大批诗人。费特不愧为俄国乃至世界诗坛的一位诗歌大师,对他的译介和研究应更进一步深入。

第二节 爱情·人生·艺术
—— 费特抒情诗的分类及其特征

作为俄国诗坛"纯艺术派"的代表人物,费特在论文学的一些文章和创作的诗歌中明确提出了自己的唯美观点。他认为"对艺术家来说事物只有一个方面:即它们的美才是珍贵的",并声称"我无论如何也不能理解,艺术能对美以外的什么事物感兴趣"[①],甚至强调:"艺术不可能有其他的目的。具有某种说教倾向的作品纯属垃圾。"[②]在《每当面对你浅笑盈盈……》一诗中他更是提出:

> 每当面对你浅笑盈盈,
> 每当触到你秋波如醉,
> 我就把爱情的歌儿唱颂,
> 不是为你,而是为你迷人的美。
>
> 据说每当日暮,夜的歌唱家,
> 就用一往情深的歌唱,
> 把芬芳花圃里的玫瑰花,
> 不知疲倦地颂扬。

---

① 《19—20世纪俄国文学史》,第1卷,莫斯科,2001年,第338页。
② [俄]普拉什克维奇:《诗人音乐家——费特》,详见《在星空之间——费特诗选》,谷羽译,台湾人间出版社,2011年,第191页。

> 这年轻的花园女王纯洁又娇媚，
> 却总是保持沉默：
> 只有歌才需要美，
> 而美却从来无须歌。①

费特真是唯美得厉害，即便在爱情中，面对美丽可爱的恋人，他也敢于直说自己唱颂爱情歌曲不是为对方，而是为对方迷人的美，进而宣称："只有歌才需要美，／而美却无须歌。"就是《金刚石》，他也从超功利的唯美角度来加以赞赏：

> 不作女皇头上的点缀，
> 不去切割坚硬的玻璃，
> 那七彩虹霓的光辉，
> 在你周身亮丽地熠熠。
>
> 不！在短暂生命的更替中，
> 在光怪陆离的现象里，
> 你总是那么璀璨晶莹，
> 你这永恒之纯美的忠诚卫士！②

金刚石不做女皇头上的点缀，不去切割坚硬的玻璃，超脱于世俗之上，总是那么永恒，总是那么璀璨晶莹，因此，诗人称它是"永恒之纯美的忠诚卫士"。

他陶醉于春天自然界那多彩多姿的瞬间美，也往往是希望自己能"紧紧依偎那一幕幕美的幻象"，如《沿着春草萋萋的河湾……》：

> 沿着春草萋萋的河湾，
> 我骑着马儿慢慢前行，
> 春天的云彩倒影于河面，
> 映射出一片火红的云影。
>
> 从那解冻的片片田野，
> 清爽的薄雾袅袅升起，
> 朝霞，幸福，幻觉——
> 使我的心充满甜蜜！
>
> 面对这片金灿灿的影子，

---

① 曾思艺译自《费特诗歌全集》，列宁格勒，1959年，第296—297页；或见《自然·爱情·人生·艺术——费特抒情诗选》，曾思艺译，中国友谊出版公司，2013年，第215页。
② 曾思艺译自《费特诗歌全集》，列宁格勒，1959年，第318页；或见《自然·爱情·人生·艺术——费特抒情诗选》，曾思艺译，中国友谊出版公司，2013年，第221页。

> 我柔情满怀,心潮激荡!
> 我的心多么希望紧紧偎依
> 这些转瞬即逝的美之幻象!①

综观诗人的诗集,费特所追求的美不是别的,是来自于生活又高于生活的一份灵气和诗意,它与自然、爱情、艺术、心灵、人性、人生等等紧密相连,具有较为深厚的情感内容和比较高尚的道德内涵,纯洁健康,能给人以诗意的美的享受,能净化人的心灵,陶冶人的情操,应充分肯定,不能因题材狭窄而偏颇地加以否定。费特诗歌中美的内容主要包括四个方面:自然、爱情、人生、艺术。这些,都是人类永恒的主题,能够体现永恒的人性。费特曾宣称:"人,虽然生死有期,/人性,却亘古不变!"(《整个大千世界……》)正是基于这种认识,他在诗中一再歌颂自然、爱情、人生、艺术,反映并探索亘古不变的人性,从而使其诗大体可以此分为自然诗、爱情诗、人生诗(哲理诗)、艺术诗四大类。

一、自然诗。这是费特诗中比重最大的一类诗,也是其成就最高的一类诗。苏联著名诗人马尔夏克对费特的自然诗十分倾倒,他认为费特笔下的自然景物,就像刚刚被发现那样新颖别致,他指出,"费特能够聪颖、直接、敏锐地领悟自然界的奥妙",并称:"费特的抒情诗已进入了俄国的大自然,成为它不可分割的一部分。"②纵观费特的自然诗,大约有如下特点。

一是组诗化。费特描写大自然的面非常广泛,作品也非常多,远远超过了此前或此后的诗人,而且,他这些描写大自然的诗,往往按照所描写的对象,划分成各种大型组诗,如《春》《夏》《秋》《雪》《海》《黄昏和黑夜》等,每一组诗中均为同一题材的不同变奏(不同时候不同特征的表现),从而形成其自然诗鲜明突出的组诗化特征,而这也是此前或此后一般诗人创作中极其罕见的。此处仅以内容颇为接近的关于秋天一些诗为例,看看他是如何对同一题材从不同角度进行描写的。如《秋天——阴雨绵绵的日子……》:

> 秋天——阴雨绵绵的日子,
> 抽烟吧——却似乎总不过瘾,
> 读书吧——才过一会儿,
> 就无精打采,浑身乏劲。
>
> 灰色的日子懒洋洋地爬游,
> 墙上的挂钟
> 以不知疲倦的舌头

---

① 曾思艺译自《费特诗歌全集》,列宁格勒,1959年,第286—287页;或见《自然·爱情·人生·艺术——费特抒情诗选》,曾思艺译,中国友谊出版公司,2013年,第61页。
② 转引自徐稚芳:《俄罗斯诗歌史》,北京大学出版社,1989年,第289—290页。

在没完没了地唠叨不停。

在热烘烘的壁炉旁,
心儿仍渐渐冷似冰,
稀奇古怪的思想,
在病痛的头脑里翻腾。

慢慢冷却的茶杯上,
依然热气蒙蒙,
感谢上帝,仿佛黑夜飞降,
我已渐渐入梦……①

全诗写的是秋天的阴雨绵绵时间过长,影响了人的情绪,抽烟总感觉不够过瘾,读书没一会就无精打采浑身乏劲,总觉得一天太长且过得太慢,人就像患了病一样,头脑也有了病痛,病痛的脑子里翻腾着各种稀奇古怪的思想。又如《秋天》:

燕子飞走啦,
昨天清早,
飞来一群白嘴鸦,
网眼般密密麻麻
在山顶上空飞绕。

黄昏后一切都已入睡,
院子里一片黑漆漆。
枯叶纷纷飘坠,
夜里寒风大发淫威,
对着窗户嘭嘭敲击。

倒不如雪暴风横,
反使我心胸舒畅!
仿佛是惊魂未定,
鹤群在长空唳唳悲鸣,
飞向南方。

你情不自禁地向外拔脚,

---

① 曾思艺译自《费特抒情诗选》,莫斯科,2003年,第114页;或见《自然·爱情·人生·艺术——费特抒情诗选》,曾思艺译,中国友谊出版公司,2013年,第24页。

> 心情沉重,潸潸泪流!
> 看,那风滚草
> 扑腾着在田野滚飘,
> 好似一团团绒球。①

此诗又名《秋天》,写的是枯寂的深秋。此时,燕子飞往温暖的南方,白嘴鸦成群地飞了过来,悲戚的"哇哇"声使得天空和人心更加寒冷。到了夜里,寒风大作,枯叶飘坠,肃杀冷寂,透骨寒心,使人深感反不如雪暴风横,来得酣畅痛快,抒情主人公不禁心情沉重地跑向野外,去欣赏那在田野随风扑腾、滚飘的风滚草。又如《秋天》:

> 当闪闪发亮的蛛网
> 散布明亮白昼的丝线,
> 祈祷前的钟声从遥远的教堂,
> 飘送到农舍的窗前。
>
> 我们没有忧伤,只是惊惶,
> 为那冬日临近的嫩寒,
> 而逝去的夏日的音响,
> 我们领会得更加周全。②

这首诗写的是秋末,冬日即将临近,因为诗中有"冬日临近的嫩寒"。秋天的日子,只要晴朗,就会十分透明亮丽,诗歌巧妙地把太阳晶莹亮丽的光线比作"闪闪发亮的蛛网"在满天空散布,这么透明亮丽的秋天即将逝去,使人感到惊惶,因为那冬日的嫩寒正在临近,由此,人们也更思念那失去的可爱的夏日时光。再如《秋天》:

> 静寂寂又寒凛凛的秋天,
> 阴沉沉的日子多么凄清!
> 它们带着郁闷的倦慵,
> 请求进入我们的心房!
>
> 但有些日子也这样:
> 秋天在命叶锦衣的血里,
> 寻觅炽热的爱的游戏,
> 寻觅灼灼燃烧的目光。

---

① 曾思艺译自《费特抒情诗选》,莫斯科,2003年,第336页;或见《自然·爱情·人生·艺术——费特抒情诗选》,曾思艺译,中国友谊出版公司,2013年,第36—37页。
② 曾思艺译自《费特抒情诗选》,莫斯科,2003年,第295页;或见《自然·爱情·人生·艺术——费特抒情诗选》,曾思艺译,中国友谊出版公司,2013年,第75页。

> 羞怯的哀伤默默无语，
> 只听见一片挑衅的声音，
> 如此华丽地全然消陨，
> 已没有什么需要怜惜。①

这首诗写的也是秋天，但内容颇为丰厚。一方面，它写了寂静而寒冷的日子，像《秋天——阴雨绵绵的日子》一样，使人深感凄清、郁闷（诗人不直接这样说，而是非常高妙地倒过来说，秋天带着郁闷的倦慵请求进入我们的心里）；另一方面，写了阳光灿烂、红叶似火的秋日时光，他燃起人们心中的激情和爱意（诗人也不直说，也很有技巧地反过来说秋天在金叶锦衣的血里，寻觅灼灼燃烧的目光和炽热的爱的游戏）。

由上可见，费特确实是一个观察细致入微、感受细腻独特，而且具有高超的艺术表现技巧的诗人，就像一个极其高明的音乐家，能够把同一题材变成多彩多姿的各种不同的变奏曲。

二是运动化。在费特的笔下，大自然的一切：花草虫鱼，烟石云霞，春夏秋冬，白天黑夜，无不获得生动的生命。这主要源于两个方面。第一，他经常以拟人的手法描写大自然，使大自然的一切获得生命，如前述之《第一朵铃兰》就把铃兰拟人化了，这是泛神论影响的结果，前文已多有论述，此处不赘。第二，费特喜欢也善于捕捉并描绘大自然的运动。他善于把握自然在黎明、黄昏等时候的细微变化，如《黎明》：

> 从黑夜的前额，
> 柔软的烟雾轻盈地降落；
> 一条阴影从茫茫田原
> 蜷缩到附近的房舍下面；
> 燃烧起一片亮丽的渴望，
> 朝霞却羞羞答答不肯亮相；
> 冰凉，明亮，银白，
> 鸟儿把双翅抖开；
> 太阳虽不曾升起，
> 心里却早已幸福盈溢。②

费特也善于描写季节交替时大自然万物的特征，如《春天那芬芳撩人的愉悦……》：

> 春天那芬芳撩人的愉悦，

---

① 曾思艺译自《费特抒情诗选》，莫斯科，2003年，第61页；或见《俄罗斯抒情诗选》，曾思艺译，山西教育音像出版社，2006年，第69—70页。

② 曾思艺译自《费特抒情诗选》，莫斯科，2003年，第195—196页；或见《自然·爱情·人生·艺术——费特抒情诗选》，曾思艺译，中国友谊出版公司，2013年，第89页。

还没有降临到人间大地，
山谷里仍铺满皑皑白雪，
一辆马车，碾过冰屑，
车声辚辚，沐浴着晨曦。

直到中午才感觉到艳阳送暖，
菩提树梢头一片胭红，
白桦林点点嫩黄轻染，
夜莺，还只敢
在醋栗丛中轻唱低鸣。

翩翩飞回的鹤群，双翅
捎来了春的喜讯，
草原美人儿亭亭玉立，
凝望着渐渐远去的鹤翼，
脸颊挂着泛紫的红晕。①

三是意境化。费特是罕见的富有东方尤其是中国诗歌神韵的俄国诗人，其诗极富意境美。大自然的一切，被其妙笔摄来，构成了优美的意境。可以说，他使笔下的大自然完全意境化了。意境化的方式主要有：或如前文所述情景交融、化景为情，意象并置、画面组接；或善于捕捉自然中为人所习见而未被注意的美和诗意，并以轻柔、优美的笔调描绘出来，如《夏日的黄昏明丽而宁静……》：

夏日的黄昏明丽而宁静，
看，杨柳是怎样睡意沉沉；
西边的天空白里透红，
河湾的碧流波光粼粼。

微风沿着树梢轻快滑移，
滑过一个又一个树顶，
你可听见峡谷里声声长嘶？
那是马群在振蹄奔腾。②

费特更善于描绘大自然的各种色彩和不同声音，并以这些声光色影构成美妙

---

① 曾思艺译自《费特诗歌全集》，列宁格勒，1959年，第136页；或见《费特自然诗选》，曾思艺译，《诗歌月刊》2008年第8期下半月刊（总第93期）。
② 曾思艺译自《费特诗歌全集》，列宁格勒，1959年，第210页；或见《费特抒情诗选》，曾思艺译，香港《大公报》1998年4月8日第7版。

的画面,展示优美和谐的意境,如《傍晚》:

>   明亮的河面上水流淙淙,
>   幽暗的草地上车铃叮当,
>   静谧的树林上雷声隆隆,
>   对面的河岸闪出了亮光。
>
>   遥远的地方朦胧一片,
>   河流弯弯地向西天奔驰,
>   晚霞燃烧成金色的花边,
>   又像轻烟一样四散飘去。
>
>   小丘上时而潮湿,时而闷热,
>   白昼的叹息已融入夜的呼吸——
>   但仿若蓝幽幽、绿莹莹的灯火,
>   远处电光清晰地闪烁在天际。①

这里有颜色,碧水、青草、红霞、金边、蓝光、绿闪,可谓色彩纷呈;这里有声音,水流"淙淙"、车铃"叮当"、雷声"隆隆",还有白昼的"叹息"和夜的"呼吸",称得上众声齐发。这一切,构成傍晚美妙的画面,展示了一个静谧的境界。费特尤其喜欢描写夜,并且往往采用以动写静的方法,营造夜的柔美宁静的意境,如《湖已沉睡……》:

>   湖已沉睡;青黛的森林一片寂静;
>   一条雪白的美人鱼飘然悠悠出游;
>   好像一只小天鹅,月儿滑过天穹;
>   向着自己那水中的倒影不时凝眸。
>
>   渔人们酣睡在昏昏欲睡的灯火旁;
>   淡白的船帆未曾漾起一丝皱褶;
>   芦苇边时有肥大的鲤鱼哗啦击浪,
>   荡起大圈的涟漪在水面层层远播。
>
>   多么静谧……我听得清每一种声响;
>   但它们并未打破夜的沉寂,——
>   让夜莺的啼转热烈而嘹亮,

---

① 曾思艺译自《费特诗歌全集》,列宁格勒,1959 年,第 212—213 页;或见《费特抒情诗选》,曾思艺译,香港《大公报》1998 年 4 月 8 日第 7 版。

美人鱼把水草轻摇成一段韵律。①

美人鱼的出游、摇动水草，鲤鱼的哗啦击浪，夜莺的啼转，更显出无风的夜（"船帆未曾漾起一丝皱褶"）的沉寂，其艺术效果近似我国古典诗歌中的名句"蝉噪林逾静，鸟鸣山更幽"。

二、爱情诗。爱情诗和自然诗在费特的整个创作中占据极其重要的地位，最能体现诗人的个性及创作特色。费特认为爱情"永远是诗歌构思的种子和中心"（1888年11月12日致波隆斯基信），因此，他一辈子都未曾中断爱情诗的创作。其爱情诗大约有如下特色。

其一，抽象性。费特创作爱情诗，往往去掉爱情的个性特点，并且描写了爱之旅的各个环节，这使其爱情诗极具抽象性，又富有普遍性。费特继承了普希金《致凯恩》等爱情诗的优良传统，往往只写爱情本身，而少对所爱对象形貌的具体描绘，并且像丘特切夫早期写自然诗一样，大多省略爱情产生的具体时间和特定地点，也不注意抒情主人公"我"的个性特点和心理活动。这样，他的爱情诗便能集中笔墨只写抽取出来的爱情本身，从而使这种纯真的爱情具有普遍性。如《多么幸福：又是深夜，又是我俩……》：

多么幸福：又是深夜，又是我俩！
河流似镜，辉映着璀璨群星；
而那儿……你抬头看看吧，
天空多么深湛，又多么纯净！

啊，叫我疯子吧！随你叫什么都行，
此时此刻，我的理智已如此脆弱，
爱情的洪流在我心中澎湃汹涌，
我无法沉默，不能也不愿沉默！

我痛苦，我痴迷：爱之深苦之极，
哦，听我说，理解我，我已无法掩藏激情，
我要向你表白：我爱你，——
我只爱也终生只爱你一人。②

这里，只有较为抽象的爱情本身，而我们从其中感觉到自己青春时的爱情——深深爱一个人，而一直难以表白，在长久的痛苦折磨中，终于不顾一切地向对方表

---

① 曾思艺译自《费特诗歌全集》，列宁格勒，1959年，第231—232页；或见《费特自然诗选》，曾思艺译，《诗歌月刊》2008年第8期下半月刊（总第93期）。

② 曾思艺译自《费特诗歌全集》，列宁格勒，1959年，第264页；或见《俄罗斯抒情诗选》，曾思艺译，山西教育音像出版社，2006年，第38页。

白!类似的诗还有《浪漫曲》等。

其二,爱情之旅。费特的爱情诗从青年一直写到晚年,尤其是对拉兹契的爱情终生不变,直到临死前不久还为她写诗。因而,他的爱情诗,既有难忘的初恋,也有最后的爱情;既有热恋的欢欣与柔情,也有深深的悔恨与苦闷,比较完整地展示了人生的爱情之旅,几乎每一个年龄层次的读者,都能在其中体会到自己所曾经历的情感。在这里,有尚处于进入初恋前心灵微妙阶段的《柳树》:

> 让我们坐在这柳树下憩息,
> 看,树洞四周的树皮,
> 弯曲成多么奇妙的图案!
> 而在柳树的清荫里,
> 一股金色水流如颤动的玻璃,
> 闪烁成美妙绝伦的奇观!
>
> 柔嫩多汁的柳树枝条,
> 在水面弯曲成弧线道道,
> 仿如绿莹莹的一泓飞瀑,
> 细细树叶就像尖尖针脚,
> 争先恐后,活泼轻俏,
> 在水面上划出道道纹路。
>
> 我以嫉妒的眼睛,
> 凝视这柳树下的明镜,
> 捕捉到心中那亲爱的容颜……
> 你那高傲的眼神柔和如梦……
> 我浑身颤栗,但又欢乐融融,
> 我看见你也在水里发颤。①

这里,有刚刚进入初恋的爱情游戏的《花语》:

> 我这束鲜花露珠闪闪,
> 我的哈里发仿若宝石一样;
> 我早已想和你倾心交谈,
> 用这齿颊留香的诗行。

---

① 曾思艺译自《费特诗歌全集》,列宁格勒,1959年,第269页;或见《俄罗斯抒情诗选》,曾思艺译,山西教育音像出版社,2006年,第38—39页。

每一朵鲜花都是一个暗语，——
我的表白请你用心领悟；
或许，这一整束花儿
将为我们开辟一条幽会的通途。①

这里，有初恋中朦胧而纯洁的欲求，如《人们已入睡……》：

人们已入睡；我的朋友，
让我们一起走到绿树浓荫的花园。
人们已入睡；只有星星在把我们窥探。
不过它们看不见躲在繁枝密叶中的我们，
它们也听不见我们——能听见的只有夜莺……
甚至夜莺也听不见我们——它正声若玉石，
也许能听见我们的只有心灵和手儿：
心灵听见，大地是多么心满意足，
我们给这儿带来了何等的幸福；
手儿听见，并告诉心灵，
那人的手发热发抖在自己掌中，
自己这手也因此而发抖发烫，
一个肩膀情不自禁地贴向另一个肩膀……②

这里，也有初涉爱河的陶醉，如《我带着祝福来把你探望……》：

我带着祝福来把你探望，
告诉你旭日已经升起，
它那暖洋洋的金光，
在一片片绿叶上嬉戏。

告诉你森林已经苏醒，
浑身焕发着初醒的活力，
百柯齐颤，万鸟争鸣，
一切都洋溢着盎然的春意。

告诉你，我又来到这里，
满怀昨天一样的深情，

---

① 曾思艺译自《费特诗歌全集》，列宁格勒，1959年，第444页；或见《自然·爱情·人生·艺术——费特抒情诗选》，曾思艺译，中国友谊出版公司，2013年，第116页。
② 曾思艺译自《费特诗歌全集》，列宁格勒，1959年，第257页；或见《俄罗斯抒情诗选》，曾思艺译，山西教育音像出版社，2006年，第36页。

心魂依旧在幸福里沉迷,
　　随时准备向你奉献至诚。

　　告诉你,无论我在什么处所,
　　欢乐总从四方向我飘然吹拂,
　　我还不知道应歌唱什么——
　　可歌儿早已从心底里飞出。①

全诗把真情与自然美景尤其是充满活力的春天美景结合起来,情景交融地表达了自己沉醉的爱恋之情。高尔基在《列夫·托尔斯泰》中写道:"他说:'真正的诗是朴素的。费特写着"我还不知道应歌唱什么——/可歌儿早已从心底里飞出"的时候,他已经表示出了一般人对于诗的真正的感觉。农人也并不知道自己唱的是什么,可是,啊,唯,呀,哎——这便是一首直接从灵魂中发出来的真正的歌,就跟小鸟的歌一样。'"②

也有恋爱中的甜蜜等待,如《我等待着……》:

　　我等待着……从波光粼粼的河上,
　　夜莺的歌声阵阵回荡,随风散播,
　　月色溶溶,青草似钻石闪着幽光,
　　和兰芹丛中燃起了点点萤火。

　　我等待着……深蓝的天空中,
　　大大小小的繁星灿若银河,
　　我听见自己心跳怦怦,
　　也听见手和脚在哆哆嗦嗦。

　　我等待着……南方微风轻吹,
　　无论走或停,我都深感暖意融融,
　　一颗亮星,在渐渐西坠,
　　再见,再见,啊,金星!③

恋人约会,总要等待,因此等待成为描写恋爱的重要手段之一。我国《诗经》中的《静女》早已写到恋爱中的等待:"静女其姝,俟我于城隅。爱而不见,搔首踟蹰。"

---

① 曾思艺译自《费特诗歌全集》,列宁格勒,1959年,第254页;或见《俄罗斯抒情诗选》,曾思艺译,山西教育音像出版社,2006年,第28—29页。
② [俄]高尔基:《文学写照》,巴金译,人民文学出版社,1978年,第9—10页。
③ 曾思艺译自《费特诗歌全集》,列宁格勒,1959年,第206页;或见《自然·爱情·人生·艺术——费特抒情诗选》,曾思艺译,中国友谊出版公司,2013年,第108页。

但费特这首诗的等待却甜蜜激动得多,也许这是姑娘第一次答应抒情主人公晚上出来约会吧,抒情主人公非常耐心、十分幸福、心潮澎湃地等待着,心跳怦怦,手和脚都在哆嗦,尽管都已金星西坠快要天亮寒意颇重了,他依旧幸福无比,而且深感暖意融融。美丽的自然景致更增强了抒情主人公的幸福感:河面波光粼粼,夜莺的歌声阵阵回荡,月色溶溶,花草都镀着银光,点点萤火在和兰芹丛中燃起,深蓝的天空中大大小小的繁星灿若银河,可谓情景交融。

这里,还有进入热恋唯恐失去爱情,转而要求恋人在感情上与自己更心心相印的《请不要离开我……》:

> 请不要离开我,
> 我的朋友,和我在一起!
> 请不要离开我,
> 和你在一起,我快乐无比!
>
> 我们应更加心心相印,——
> 我们总不能两心如一,
> 我俩的相爱相亲,
> 总不能更纯真,更动人,更深挚!
>
> 哪怕你在我面前静立,
> 头儿低垂,愁眉深锁,
> 和你在一起,我仍然快乐无比,
> 请不要离开我!①

这首诗写得情真意挚,而且富有音乐美,因此当时就由俄国作曲家瓦尔拉莫夫(1801—1848)谱成抒情曲,风行全俄。后来又被柴可夫斯基(1840—1893)谱成抒情曲。

以及热恋中的纯真举动:"我们手儿紧握,眼里光彩熠熠,时而声声叹息,时而喜笑盈盈,/嘴里尽是些无关紧要的傻言傻语,/但我们四周响彻了激情的回声。"②(《当我幻想回到往昔的良辰……》)

还写到恋爱中的两人驾船夜游,如《湖上的天鹅把脖颈伸入苇丛……》:

> 湖上的天鹅把脖颈伸入苇丛,
> 　森林仰倒在粼粼碧水,
> 它把起伏的峰梢沉入霞层,

---

① 曾思艺译自《费特诗歌全集》,列宁格勒,1959 年,第 167 页;或见《俄罗斯抒情诗选》,曾思艺译,山西教育音像出版社,2006 年,第 26—27 页。
② 曾思艺译自《费特诗歌全集》,列宁格勒,1959 年,第 82 页;或见《俄罗斯抒情诗选》,曾思艺译,山西教育音像出版社,2006 年,第 30 页。

　　　　在两重天空之间弯腰弓背。

疲惫的心胸快乐地吸吐
　　　　清新的空气。暮霭纷纷，
到处弥漫。——我夜间的道路
　　　　在远处的树木间一片红晕。

而我们——两人一起在船上落座，
　　　　我大胆地使劲划动船桨，
你默默地掌握听话的船舵。
　　　　船儿轻摇，我们就像在摇篮一样。

你孩子般的小手驾驶着船儿，
　　　　让它驶向鳞波闪闪的地方，
沿着昏昏欲睡的湖面，像金色的蛇儿，
　　　　一条小溪，飞速流淌。

繁星已开始在天空闪烁……
　　　　我不记得，为何放下了船桨，
也不记得，彩旗在低语些什么，
　　　　而流水把我们漂送到了何方！①

　　这对恋人在天鹅安睡、宁静美丽的傍晚，坐在船上，驾驶着小船在昏昏欲睡的湖面上漂游，陶醉于夜晚宁静的美景中，陶醉在双方悄悄的情话和炽热的恋情中……
　　更有热恋中的迷醉，如《白天和黑夜》：

对于我黑夜是多么亲切，在幽幽黑暗中，
我臂弯里的你欣喜若狂，醉意醺醺，
柔情脉脉地把火热的面颊向我挨拢，
用你的樱唇寻找着我的嘴唇！

而我，随兴所之地用手触摸
你的酥胸和它那甜蜜的激动；
但垂靠我胸前的你白天却闪闪躲躲，
在阵阵热吻中双颊火红——

------

　　① 曾思艺译自《费特诗歌全集》，列宁格勒，1959年，第259页；或见《俄罗斯抒情诗选》，曾思艺译，山西教育音像出版社，2006年，第37—38页。

白天对于我更加亲切……①

由于拉兹契的爱情悲剧,费特也写了不少关于爱的不幸的诗。他写过一厢情愿的无望的爱,如《无须躲避我……》:

无须躲避我,我不会用滚滚泪珠,
也不会用隐藏着痛苦的心哀求你,
我只想听凭满腔忧愁的摆布,
我只想再一次对你说:"我爱你!"

我只想迅飞疾驰来到你身边,
就像在浩瀚海面奔驰的波浪,
去亲吻那冷冰冰的花岗岩,
吻一吻——然后就死亡。②

抒情主人公爱着对方,但她并不爱他,因此,他痴情地宣布:不会死乞白赖地纠缠她,只愿像海面飞驰的波浪奔向礁岩那样一闪即回地再一次说声:"我爱你!"

也写过爱情产生阴影的时候,如《在树林中……》:

在树林中,在荒野里,
午夜的暴风雪吵吵嚷嚷,
我和她坐着,相互偎依,
枯枝在火焰里吱吱作响。

我们两人的巨大身影,
躺卧在红红的地板,
我们心中不曾迸发一星激情,
没有什么能驱散这一份黑暗!

墙外,白桦林在吱吱呀呀,
乌青的云杉枝啪啪直响……
哦,我的朋友,你怎么啦?
我早已知道,我是何症状!③

---

① 曾思艺译自《费特诗歌全集》,列宁格勒,1959年,第391页;或见《自然·爱情·人生·艺术——费特抒情诗选》,曾思艺译,中国友谊出版公司,2013年,第101页。
② 曾思艺译自《费特诗歌全集》,列宁格勒,1959年,第299页;或见《自然·爱情·人生·艺术——费特抒情诗选》,曾思艺译,中国友谊出版公司,2013年,第143页。
③ 曾思艺译自《费特诗歌全集》,列宁格勒,1959年,第172页;或见《自然·爱情·人生·艺术——费特抒情诗选》,曾思艺译,中国友谊出版公司,2013年,第105页。

树林、荒野、午夜吵吵嚷嚷的暴风雪,凄冷而又嘈杂的环境,象征着恋人的心境。也许,他们刚刚才吵过架,也许他们早已因为过多的吵架再也没有一星激情!尽管他们还坐在一起,相互依偎,但已经没有什么能驱散这一份黑暗,爱情已产生了太过浓厚的阴影。

写得更多的是失去爱情的悔恨与痛苦,这占据了费特此类爱情诗的多数,如《一扎旧信》:

> 久已遗忘的旧信,蒙上了一层细尘,
> 我眼前又浮现出那珍藏心底的笑靥,
> 在这心灵万分痛苦的时分,
> 倏然复活了久已失却的一切。
>
> 眼里燃烧着羞愧的火焰,又一次
> 面对这无尽的信任、希望和爱情
> 看着这些充满肺腑之言的褪色字迹,
> 我热血沸腾,双颊火红。
>
> 我心灵的阳春和严冬的见证人,
> 在无言的你们面前,我确有罪过。
> 你们依然如此美丽、圣洁、青春,
> 一如我们分手的可怕时刻。
>
> 而我竟听信那背叛的声音——
> 似乎在爱情之外还有别的幸福!——
> 我粗暴地推开了写下你们的人,
> 我为自己判决了永久的离分,
> 冷酷无情地奔向遥远的道路。
>
> 为何还像当年那样动情地微笑着,
> 紧盯我的双眼,细细倾诉爱情?
> 宽恕一切的声音无法使灵魂复活,
> 滚滚热泪也不能把这些诗行洗净。①

很多年后,诗人突然发现了拉兹契的旧信,尽管字迹都已褪色,但都是她的肺腑之言,充满着无尽的信任、希望和爱情,依旧显得那样美丽、圣洁、青春,诗人不禁

---

① 曾思艺译自《费特抒情诗选》,莫斯科,2003年,第31页;或见《俄罗斯抒情诗选》,曾思艺译,山西教育音像出版社,2006年,第48—49页。

热泪滚滚,深感羞愧,并反省了当年的罪过——听信背叛的声音,为自己判决了永久的离分。

又如《你已脱离了苦海……》:

你已脱离了苦海,我还得在其中沉溺,
命运早已注定我将在困惑中生存,
我的心战战兢兢,它竭力逃避
去把那无法理解的神秘追寻。

曾有过黎明!我记得,我常常回忆,
那绵绵情话,朵朵繁花,午夜月华,
沐浴在你回眸秋波的亲切闪烁里,
洞察一切的五月怎能不怒放鲜花!

秋波已永逝——我不再恐惧大限临头,
你从此沉寂无声,反倒让我羡慕,
我不再理会人世的愚昧和冤仇,
只想尽快委身于你那茫茫的虚无!①

在这首诗里,诗人甚至羡慕拉兹契已脱离了苦海,而自己还得在其中沉溺,还得在一而再再而三的回忆和忏悔中承受无尽的痛苦,想起那绵绵情话、朵朵繁花和动人秋波,因此他特别希望能尽快委身于茫茫虚无,早日与拉兹契相会于天堂。

再如《又一次翻到了这亲切的几页……》:

又一次翻到了这亲切的几页,
我重又心潮澎湃,浑身震颤,
唯愿风儿或他人的手别碰跌
这只有我熟悉的枯萎的花瓣。

唉,这算得什么!她付出了整个生命,
这激情盈溢的牺牲和神圣的殉情,——
我孤伶伶的心中只有隐秘的哀痛,
以及这些干枯花瓣的苍白幻影。

---

① 曾思艺译自《费特诗歌全集》,列宁格勒,1959年,第96页;或见《俄罗斯抒情诗选》,曾思艺译,山西教育音像出版社,2006年,第63页。

但这些花瓣都珍藏在我的记忆深处；
　　没有它们，往昔的一切不过是残酷的梦呓，
　　没有它们，只剩下责备，没有它们，只剩下痛苦，
　　没有它们，就既没有宽恕，也没有慰藉！①

　　其三，把爱情与自然结合起来写。费特往往把爱情放在自然的背景中加以表现，爱情因美妙的自然更动人，自然因有这爱情更丰富，这样，他的这类诗便既是自然诗，又是爱情诗，独具魅力，分外动人心魂，达到了相当的艺术高度，如《在皓月的银辉下》：

　　让我们一同出去漫行，
　　身披这皓月的银辉！
　　那神秘的寂静，
　　使心灵久久地迷醉！

　　池塘似钢铁闪着幽光，
　　青草痛哭得满脸珠泪，
　　磨坊，小河，还有远方，
　　全都沐浴着皓月的银辉。

　　我们能不伤感，能不活着，
　　面对这迷人心魂的美？
　　让我们悄悄流连不舍，
　　身披着皓月的银辉！②

　　在宁静而美丽的月夜，皓月朗朗，银辉遍洒，一切都镀上了一层诗意的银白，池塘闪着幽光，青草上露珠闪烁，如此迷人心魂的美，令人陶醉得甚至有点伤感，再加上是一对情投意合的恋人，就更是流连忘返了。同类的诗还有如前所述的《柳树》《我等待着……》《湖上的天鹅把脖颈伸入苇丛》以及后面将要谈到的《呢喃的细语，羞怯的呼吸》等。

　　三、人生诗（或哲理诗）。在《整个大千世界》一诗中，费特表示：

　　整个大千世界，从美，
　　从茫茫星空到细细沙粒，
　　你都要把起因穷追，

---

① 曾思艺译自《费特诗歌全集》，列宁格勒，1959年，第109页；或见《俄罗斯抒情诗选》，曾思艺译，山西教育音像出版社，2006年，第72页。
② 曾思艺译自《费特诗歌全集》，列宁格勒，1959年，第195页；或见《俄罗斯抒情诗选》，曾思艺译，山西教育音像出版社，2006年，第76页。

那真是枉费心力。

什么是一天,或一个世纪,
相比而言,什么是无限?
人,虽然生死有期,
人性,却亘古不变!①

在他看来,整个大千世界太过丰富多彩,你不可能把一切起因追究,然而,"人,虽然生死有期",但"人性,却亘古不变"。因此,他试图从哲学的高度来探索人性,创作了不少人生诗或曰哲理诗。这类诗可分为两个时期。早期主要试图探寻宇宙与生命的奥秘,思考生命与生命、生命与宇宙之间的关系。不过,这类诗为数极少,而且不够成熟、深沉,也未形成独特的哲学见解。稍好者,如《繁星》:

为什么天空中纷纭的繁星,
排列成行,静止如棋,
是因为它们相互尊敬,
而不是彼此倾轧、攻击?

有时一颗火星化作一溜白光,
向另一颗星疾飞猛冲,
你便马上知道它即将消亡:
它已变成陨石——流星!②

表达了生命之间应相互敬爱而不能互相倾轧、攻击的哲理。又如《我静静地久久伫立……》:

我静静地久久伫立,
凝望着远空的星星,——
冥冥之中在我和星星之际,
某种联系悄悄萌生。

我沉思……但不知沉思什么,
我聆听着神秘的合唱歌声,
星星们在轻轻轻轻地颤烁,

---

① 曾思艺译自《费特诗歌全集》,列宁格勒,1959 年,第 497 页;或见《俄罗斯抒情诗选》,曾思艺译,山西教育音像出版社,2006 年,第 77 页。
② 曾思艺译自《费特诗歌全集》,列宁格勒,1959 年,第 404 页;或见《俄罗斯抒情诗选》,曾思艺译,山西教育音像出版社,2006 年,第 28 页。

> 从那时起我就迷恋上星星……①

描写了人与宇宙的神秘联系，人对宇宙（星空）的关注赢得了宇宙的回应。费特中年，继续深化这种人与宇宙的神秘联系，写得更成熟、深沉些，如1857年所写《南方的夜……》：

> 南方的夜，我躺在干草垛上，
> 仰头凝望着幽幽的苍天，
> 生动、和谐的宇宙大合唱，
> 弥漫四周，在闪烁，在震颤。
>
> 沉寂的大地，就像模糊的梦痕，
> 无声无息地匆匆泯灭，
> 我，仿佛天国的第一个居民，
> 孤独地面对着茫茫黑夜。
>
> 是我朝这午夜的深渊滑溜，
> 还是无数的星星在向我潮涌？
> 似乎有一只强有力的手，
> 把我倒悬在深渊的上空。
>
> 我惶惶不安，心慌意躁，
> 用目光测量着这个深渊，
> 我觉得自己每一分每一秒
> 都在一去不返地往下坠陷。②

抒情主人公躺在干草垛上，不仅感受到了生动和谐的宇宙大合唱，而且发觉了人在浩瀚宇宙中的渺小和惊恐不安，甚至感到自己在被这无垠的深渊吞噬（坠入这无垠的深渊）。俄国作曲家柴可夫斯基在书信中称这首诗是"天才的作品"，"可以与艺术中最崇高的作品并列"，还"打算什么时候把它谱成乐曲"③。

到了晚年，费特对诗与哲学的结合产生了浓厚的兴趣，并大量阅读和翻译叔本华的哲学著作，尤其是翻译、出版了叔本华的代表作《作为意志与表象的世界》，并深受其影响。由于受德国哲学尤其是叔本华哲学的影响，诗人形成了对世界的悲

---

① 曾思艺译自《费特抒情诗选》，莫斯科，2003年，第130页；或见《自然·爱情·人生·艺术——费特抒情诗选》，曾思艺译，中国友谊出版公司，2013年，第17页。
② 曾思艺译自《费特诗歌全集》，列宁格勒，1959年，第213页；或见《俄罗斯抒情诗选》，曾思艺译，山西教育音像出版社，2006年，第47—48页。
③ 详见《费特诗选》，张草纫译，上海译文出版社，1997年，第85页注释①。

观看法。他认为人生是悲惨的,现实生活使人痛苦,只有艺术是欢乐的。他不相信科学进步,不相信人的完善。但他又不甘完全任虚无摆布,试图进行抗拒。这样,他晚期便创作了不少哲理诗(或称人生诗)。不过,这种哲理诗在观念上往往有明显的矛盾,展示了诗人悲观而又不愿屈服的复杂心理,风格凝重,艺术上达到了炉火纯青的境地。最早的一首成熟的哲理诗,大约是1876年的《在繁星中》:

纵然飞驰,也像我一样,屈服于瞬间,
奴隶呵,这是你们和我天生的命运,
但只要朝这闪闪发光的天书看上一眼,
我就能从其中领悟博大精深的意蕴。

你们就像哈里发们头戴钻石皇冠,
一片华光,却救助不了人世那可怜的贫寒,
又仿若象形文字,蕴含坚定不移的理想,
你们说:"我们属于永恒,你却属于瞬间。

"我们无数,而你以极度的渴望,
徒然地追寻那思想的永恒的幻影,
我们在这茫茫漆黑中闪闪发光,
以便你拥有永恒白昼的光明。

"所以,当你深感举步维艰,
你就会从黑暗而贫瘠的大地,
兴冲冲地朝我们抬头观看,
凝视这华丽而明亮的天宇。"①

以繁星的永恒、璀璨、自由自在反衬出人的短暂和人世的黑暗、贫瘠,十分生动而深刻地写出了人的悲剧。列夫·托尔斯泰读后,于当年12月6—7日致信诗人:"这首诗不仅无愧丁是您写的,而且它写得特别好,那种哲理性的诗,我总算从您那里盼到了。最妙的是繁星在讲这些话。最后一节写得特别好。"②

依据其最重要的观念,费特晚期人生诗可分为以下几类。

第一,关于永恒、死亡。诗人深感人生短暂、自然永恒(如后述之得到托尔斯泰高度赞扬的《五月之夜》),而死亡又时时刻刻威胁着人,因此,他准备向死投降,甚至悲观地认为死才是永恒,如《死》:

---

① 曾思艺译自《费特诗歌全集》,列宁格勒,1959年,第97页;或见《费特抒情诗选》,曾思艺译,《大公报》1998年4月8日第7版。
② 《托尔斯泰文学书简》,章其译,湖南人民出版社,1984年,第503页。

"我想活!"他勇敢无畏,声如洪钟,
"即使被欺骗!啊,就让我受欺诳!"
他没有想到,这是瞬刻即化的冰,
在它下面却是无底的海洋。

跑?跑往何处?哪里是真,哪里是假?
哪里是双手可以倚靠的支撑?
不管鲜花烂漫,还是笑满双颊,
潜伏在它们之下的死总会大获全胜。

盲人寻路,却徒劳地凭依
瞎眼的领路人导向;
如果生是上帝的喧哗的集市,
那么唯有死才是他不朽的殿堂。①

诗人深感,尽管人不想死而想活,但这只是一厢情愿而已,死神时刻在窥伺着人,最终会大获全胜,因此,生只不过是上帝喧哗的集市,喧嚣一时,十分短暂,死才是他不朽的殿堂。《微不足道的人》一诗进而写道:

我不认识你。我带着痛苦的哭喊
呱呱降生到你的世界。
人世生活的最初驿站,
对于我是那样痛苦又粗野。

希望透过婴儿的泪珠,
以骗人的微笑照耀我前额,
从此一生只是一个接一个的错误,
我不停地寻求善,找到的却只是恶。

岁月不过是劳碌和丧失的轮换交错,
(不全都一样吗:一天或许多时光)
为了忘掉你,我投身繁重的工作,
眨眼间,你又带着自己的深渊赫然在望。

你究竟是谁?这是为什么?感觉和认识沉默无语。

---

① 曾思艺译自《费特诗歌全集》,列宁格勒,1959年,第97页;或见《俄罗斯抒情诗选》,曾思艺译,山西教育音像出版社,2006年,第62页。

有谁哪怕只是瞥一眼致命的底层？
你——毕竟只是我自己。你不过是
对我注定要感觉和了解的一切的否定。

我究竟知道什么？是该认清宇宙事物的背景，
无论面向何处，——都是问题，而非答案；
而我呼吸着，生活着，懂得在无知之中
只有悲哀，没有惊险。

然而，即便陷入巨大的慌乱之中，
失去控制，哪怕只拥有儿童的力量，
我都将带着尖喊投入你的国境，
从前我也曾同样尖喊着离岸远航。①

诗歌称自己是微不足道者，看透了人生的短暂和劳碌、痛苦（"岁月不过是劳碌和丧失的轮换交错"），即便你投身于繁重的工作，死亡也丝毫不会放过你，因此表示愿"带着尖喊"投入死亡。但他又十分希望能溶入永恒，获得不朽，如《五月之夜》：

掉队的最后一团烟云，
飞掠过我们上空。
它们那透明的薄雾，
在月牙旁柔和地消融。

头戴晶莹的繁星，
春天那神秘的力量统治着宇宙。——
啊，亲爱的！在这忙碌扰攘的人境，
是你允诺我幸福长久。

但幸福在哪里？它不在这贫困的尘世，
瞧，那就是它——恰似袅袅轻烟。
紧跟它！紧跟它！紧跟它凌空御虚——
直到与永恒溶和成一片！②

---

① 曾思艺译自《费特诗歌全集》，列宁格勒，1959年，第101页；或见《自然·爱情·人生·艺术——费特抒情诗选》，曾思艺译，中国友谊出版公司，2013年，第190—191页。
② 曾思艺译自曾思艺译自《费特诗歌全集》，列宁格勒，1959年，第143页；或见《俄罗斯抒情诗选》，曾思艺译，山西教育音像出版社，2006年，第57页。

列夫·托尔斯泰在1870年5月11日致诗人的信中畅谈了对此诗的感受:"我激动得忍不住热泪,这是一首罕见的诗篇,它不能增删或改动任何一个字。它是活生生的化身,十分迷人,它写得如此优美……"托尔斯泰还把这首诗背熟,时常回想它。据谢尔盖延科回忆,若干年之后,他曾在托翁家中,当托翁朗读这些诗句时,"声音常被眼泪打断"①。然而,溶入永恒只能是瞬间,死亡依旧不可免,这样费特便公开反抗死亡,如《致死亡》:

>我曾在生活中昏迷不醒,了解这种感受,
>那里结束了一切痛苦,只有甜蜜的慵倦醉意;
>所以我毫不畏惧地把您等候,
>漫漫难明的黑夜和永恒的床具!
>
>哪怕你的魔爪已触及我的发尖,
>哪怕你从生命簿上勾除我的姓名,
>只要心在跳动,在我的审判面前,
>我们旗鼓相当,可我将大获全胜。
>
>你时时刻刻仍须遵从我的主张,
>你是无个性的幽灵,我脚下的影子,
>只要我一息尚存——你不过是我的思想,
>和郁闷幻想的不可靠的玩具。②

他宣称自己已看透了死亡,不过是漫漫难明的黑夜和永恒的床具而已,因此挺身反抗,并且觉得自己会大获全胜,死亡仍得时刻遵从自己的主张。

第二,关于生活的意义。由于人生短暂,自然永恒,而死亡又时时可能夺去人的生命,费特对生活感到颇为悲观,在《花炮》中他认为人的一切努力像花炮飞腾到空中炸响一样只是徒劳,人追随理想最终却落入死之黑暗,生活的意义是虚无:

>我的心柱自熊熊燃烧,
>却无法照亮漫漫黑夜,
>我只在你面前腾冲云霄,
>一路疾飞如箭,轰鸣不绝。
>
>追随理想,却落入死之黑暗,
>看来,我的命运便是紧抱幻想,

---

① 《托尔斯泰文学书简》,章其译,湖南人民出版社,1984年,第430、431页注释②。
② 曾思艺译自《费特诗歌全集》,列宁格勒,1959年,第104页;或见《俄罗斯抒情诗选》,曾思艺译,山西教育音像出版社,2006年,第73—74页。

在高空，我浩然一声长叹，
化作点点火泪，洒向四方。①

　　但他又深感如此悲观，生活便会毫无意义，因此，在《蝴蝶》一诗中他反对在生活中像蝴蝶那样无目的、不努力地活着，而力求赋予生活以积极的意义：

你说得对。我这样可爱，
就凭空中飞舞的姿态。
我全身的丝绒流光溢彩，
全靠双翅的节拍。

不要问我：来自何处？
又去向何方？
我轻轻地在这朵花上暂驻，
看，我在吸吮芳香。

既无目的，又不努力，
我这样活着，能否长久？
你看你看，身子一闪，张开双翅，
我又四处悠游。②

　　在《我还在爱，还在苦恼……》一诗中，他更是宣称："听命于太阳的金光，/树根扎进坟墓的深处，/在死亡那里寻求力量，/为的是加入春天的歌舞。"③表现了积极的生活观。

　　第三，关于自由。受西欧启蒙思想的影响，费特讴歌自由，赞美自由，在《诅咒我们吧……》一诗中，他宣称："自由是我们的无价奇珍"，在《致普希金纪念碑》一诗中他又借歌颂普希金表达了对自由的追求，称颂了自由的价值，但把希望寄托在沙皇身上：

自由诗篇的光荣作家，
我们听到了你的祈祷，人民的朋友；
沙皇一声令下，便会升起朝霞——自由，
红日东升，更将为你的青铜桂冠增添光华。④

---

① 曾思艺译自《费特诗歌全集》，列宁格勒，1959年，第317—318页；或见《俄罗斯抒情诗选》，曾思艺译，山西教育音像出版社，2006年，第79页。
② 曾思艺译自《费特诗歌全集》，列宁格勒，1959年，第303页；或见《俄罗斯抒情诗选》，曾思艺译，山西教育音像出版社，2006年，第74页。
③ 《费特抒情诗选》，莫斯科，2003年，第90页。
④ 曾思艺译自《费特诗歌全集》，列宁格勒，1959年，第515页；或见《自然·爱情·人生·艺术——费特抒情诗选》，曾思艺译，中国友谊出版公司，2013年，第214页。

由于当时俄国社会的黑暗、专制,自由遭到压制甚至扼杀,费特深感自由来之不易:"你看——我们现在多自由,/但是,自由必须付出代价;/为了每一瞬间的放任自流,/我们付出了生命的代价"(《自由和奴役》)①。进而,他甚至站在保守派的立场上嘲笑试图冲出牢笼、追求自由的人,如《鹌鹑》:

> 愚蠢的鹌鹑,你看,
> 一只山雀就在你身边,
> 它已完全习惯于铁笼,
> 安安静静,神态悠然。
>
> 可你却总是把自由渴想,
> 用脑袋往铁笼上猛撞,
> 你不见,那铁柱上,
> 紧紧绷着一张网。
>
> 小山雀早已歌声悠悠,
> 它丝毫不再为铁刺犯愁,
> 可你却仍然得不到自由,
> 只是跳撞出一个秃头。②

诗中的鹌鹑就是试图冲出牢笼、追求自由者的象征,诗人以讥诮的笔调,嘲弄他们只能像鹌鹑一样撞出一个秃头,而无法获得自由,倒不如像笼中的小山雀那样安于命运。

四、艺术诗。费特创作了不少题赠诗,其中许多涉及文学和艺术,这些诗权且称为"艺术诗",它们不仅在诗艺上技巧高明,而且也体现了诗人对文艺的审美感受、美学观点、艺术趣味乃至独特的见解。依其内容,大约可以分为关于文学、艺术、语言三类。

首先,关于文学。如《致列·尼·托尔斯泰伯爵——值长篇小说〈战争与和平〉出版之际》:

> 辽阔的大海啊,曾几何时,
> 你以自己那银灰色的法衣,
> 自己的游戏,使我心醉神夺;
> 无论波平浪静还是雨暴风横,
> 我都珍惜你那溶溶蔚蓝的美景,

---

① 《费特诗歌全集》,列宁格勒,1959年,第450页。
② 曾思艺译自《费特诗歌全集》,列宁格勒,1959年,第495页;或见《俄罗斯抒情诗选》,曾思艺译,山西教育音像出版社,2006年,第72—73页。

珍惜你在沿岸礁岩上溅起的飞沫。

但如今，大海啊，你那偶然的闪光，
就像一种神秘的力量，
并不总使我感到喜欢；
我为这倔强刚劲的美惊奇，
并面对这自然的伟力，
诚惶诚恐地浑身抖颤。①

作为一个"纯艺术派"的领袖，费特虽然并不喜欢《战争与和平》所有的一切，尤其是其"倔强刚劲的美"与自己的柔美观念迥然不同，但他的艺术敏感告诉他，这是一部代表"自然的伟力"的杰作，因而，他较早地如实写出了对这一长篇巨著的感受——"诚惶诚恐地浑身抖颤"，充分表现了这一巨著丰厚复杂而又特别强大的艺术魅力。费特对文学不仅有独特的感受，而且有着超前的预见性，体现了一个艺术家敏锐、深邃的眼光，如《写在丘特切夫诗集上》：

这一份步入美之殿堂的通行证，
是诗人把它交付给我们，
这里强大的精神在把一切统领，
这里盈溢着高雅生活之花的芳馨。

在乌拉尔高原一带看不到赫利孔山，
冻僵的月桂枝不会五彩缤纷，
阿那克瑞翁不会在楚科奇人中出现，
丘特切夫决不会成为兹梁人。

但维护真理的缪斯
却发现——这本小小的诗册
比卷帙浩繁的文集
分量还沉重许多。②

全诗首先大量铺垫不可能的事情：在俄罗斯的乌拉尔一带无法看到远隔数千里的希腊赫利孔山，冻僵的月桂树枝头当然不会开满鲜花，古希腊的著名诗人阿那克瑞翁更不会出现在俄国的少数民族楚科奇人中间，本来就是俄罗斯人的丘特切

---

① 曾思艺译自《费特诗歌全集》，列宁格勒，1959年，第61—62页；或见《俄罗斯抒情诗选》，曾思艺译，山西教育音像出版社，2006年，第99页。
② 曾思艺译自《费特诗歌全集》，列宁格勒，1959年，第363—364页；或见《俄罗斯抒情诗选》，曾思艺译，山西教育音像出版社，2006年，第70页。

夫不可能成为俄国的少数民族兹梁人,然后笔锋一转,让这些铺垫作为反衬:丘特切夫的小小诗集其分量却能远远重于卷帙浩繁的文集,从而相当有力地表现了丘特切夫诗集的艺术分量和重要价值。这首诗写于 1883 年 12 月,当时丘特切夫只在上层文学圈里有一定的影响,并未赢得广大的读者,时至今日,相隔 100 多年,公正的时间以事实证明了费特的预见:丘特切夫仅以 400 来首小诗,成为与普希金、莱蒙托夫齐名的俄国三大古典诗人,并且于 1993 年获得联合国教科文组织授予的"世界文化名人"的殊荣。可见,费特当时的眼光是何等的敏锐与深邃。

由上可知,费特关于文学方面的诗主要体现了他作为一个艺术家对艺术和美的敏锐感觉,以及惊人的超前预见性。

其次,关于艺术。这类诗主要写诗人对艺术和美的一种独特、细腻的感受,洋溢着诗人对艺术与美的热爱乃至崇拜之情。如《给一位女歌唱家》:

把我的心带到银铃般的悠远,
　　那里忧伤如林后的月亮高悬;
这歌声中恍惚有爱的微笑,
　　在你的盈盈热泪上柔光闪耀。

姑娘!在一片潺潺的涟漪之中,
　　把我交给你的歌声多么轻松——
沿着银色的路不停地向上浮游,
　　就像蹒跚的影子紧随在翅膀后。

你燃烧的声音在远处渐渐凝结,
　　如同晚霞在海外溶入黑夜——
却不知从哪里,我真不明白,
　　一片响亮的珍珠潮突然涌来。

把我的心带到银铃般的悠远,
　　那里忧伤温柔得好似微笑一般,
我沿着银色的路不停地飞驰,
　　仿佛那紧随翅膀的蹒跚的影子。①

这首诗反复抒写了女歌唱家的歌唱带给自己的美的感受:它把诗人带到"银铃般的悠远","沿着银色的路不停地向上浮游",并且起伏摇曳,动人心魄。其中,"你燃烧的声音在远处渐渐凝结,/如同晚霞在海外溶入黑夜——/却不知从哪里,我真

---

① 曾思艺译自《费特诗歌全集》,列宁格勒,1959 年,第 182 页;或见《费特诗九首》,曾思艺译,载台湾《葡萄园》诗刊 2000 年春季号(总第 145 期)。

不明白,/一片响亮的珍珠潮突然涌来。"其艺术手法类似我国唐代诗人白居易《琵琶行》中的一段:"大弦嘈嘈如急雨,小弦切切如私语。嘈嘈切切错杂弹,大珠小珠落玉盘。间关莺语花底滑,幽咽泉流冰下难。冰泉冷涩弦凝绝,凝绝不通声渐歇。别有幽愁暗恨生,此时无声胜有声。银瓶乍破水浆迸,铁骑突出刀枪鸣。"不仅化听觉为视觉(融入黑夜的晚霞和珍珠潮),更有由"无声胜有声"的凝结和停歇到"响亮的珍珠潮"的高潮。又如《狄安娜》:

> 我穿过河水,在明净的水面上
> 看见了这位女神滚圆的躯体,
> 她全身赤裸,庄严而美丽。
> 她高高地抬起宽大的前额,
> 有一双细长的浅色的眼睛,
> 她一动不动,屏息凝眸,
> 这敏感的石雕少女倾听着
> 怀着沉痛的少女们的祈求。
> 但早晨的清风穿过树叶——
> 女神明净的脸庞在水面上一晃;
> 我等待着——她带着箭袋走来,
> 在树木之间闪动着雪白的胸膛,
> 注视着昏睡的罗马,古老的光荣城市,
> 水色混浊的台伯河,-行行列柱,
> 一动不动地呈现在我面前,洁白而肃穆。①

狄安娜在古希腊神话中称为阿尔忒弥斯,是希腊、罗马神话中的月亮女神和狩猎女神,整个希腊神话中,只有她保持着清纯的处女之身。这首诗细致生动地描写了狄安娜女神的雕塑之美,同时代人很喜欢这首诗,对其评价很高。涅克索拉夫认为:"这首诗令人赏心悦目,对它的任何评价都不过分。"屠格涅夫宣称:"这首诗是杰作。"②陀思妥耶夫斯基指出:"这首诗的最后两句充满了强烈的生命力、苦痛和那种我们找不到任何比我们俄罗斯诗歌中更有力量、更有生命力的东西的想法。"③

《米洛的维纳斯》写雕塑更是出色,而且使之具有普遍意义:

> 圣洁又无羁,
> 腰以上闪耀着裸体的光辉,
> 整个绝妙的躯体,

---

① 《费特诗选》,张草纫译,上海译文出版社,1997年,第38—39页。
② 同上书,第39页注释①。
③ 《陀思妥耶夫斯基全集》(30卷),第18卷,列宁格勒,1978年,第73、97页。

> 绽放一种永不凋谢的美。
>
> 精巧奇异的衣饰，
> 微波轻漾的发卷，
> 你那天仙般的脸儿，
> 洋溢着超凡绝俗的安恬。
>
> 全身沾满大海的浪花，
> 遍体炽烈着爱的激情，
> 一切都拜伏在你的脚下，
> 你凝视着自己面前的永恒。①

全诗描绘了举世闻名的古代雕塑《米洛的维纳斯》，表达了对美的无比崇拜之情，结尾尤妙，它不仅指出美是永恒的，而且"面前的永恒"又暗含着这一美把眼前的欣赏者也提升到了永恒的境界。费特在旅行随笔《国外》(1856—1857)中，讲述了他在卢浮宫面对维纳斯雕像时令人惊叹的印象："至于艺术家的想法，这里是没有的。艺术家不存在了，他已完全变成了一个女神。无论哪里也看不到蓄意的影子；您不经意间感受到的只有大理石在歌唱，女神在细语，而不是艺术家。只有那样的艺术才是纯粹而神圣的，其余的都是对艺术的亵渎。"②艺术家在创作时，变成了女神。欣赏者在欣赏时同样也被这惊人的美一瞬间惊呆成女神，从而进入了美的永恒。

再次，关于语言。在俄国诗歌中，茹科夫斯基较早认识到，语言难以传达独特、真实的感受以及大自然那无可名状的美，在《难以表述的》一诗中他写道："在不可思议的大自然面前，我们尘世的语言能有何作为？"③丘特切夫在《沉默吧》等诗中发展了茹诗对语言的思考，进一步从哲学的高度思考了语言的局限性问题，并指出"说出的思想已经是谎言"。费特对此也表示了应和。早年，他已写到"语言苍白无力"，无法表达对恋人的深爱，"只有亲吻万能"(1842年《我的朋友，语言苍白无力……》)。1844年，在《就像蚊蚋迷恋黄昏……》一诗中他希望"假如无须言辞，而用心灵诉说"。在此基础上，他进行了长久的思考与探索，最后找到了弥补或突破语言局限的一些方法。第一，是音乐：

> 请分享灵验的美梦，
> 对我的心细诉热忱，

---

① 曾思艺译自《费特诗歌全集》，列宁格勒，1959年，第209页；或见《俄罗斯抒情诗选》，曾思艺译，山西教育音像出版社，2006年，第44—45页。
② 转引自[俄]罗森布吕姆：《费特与"纯艺术"美学》，《文学问题》(莫斯科)2003年第2期。
③ 《十二个睡美人——茹科夫斯基诗选》，黄成来、金留春译，上海译文出版社，1989年，第50页。

如果用语言无法表明，
就用乐音对心灵低吟。①

第二，是诗人那富有弹性与象征意蕴的诗的语言：

我们的语言多么贫乏！所思所想难以言传！
对朋友的爱，对仇敌的恨，都有口难言，
一任它在胸中惊涛般雪浪卷云崖。
永恒的苦恼中心儿徒劳地困兽犹斗，
面对这命定的荒谬，
智者也只能把年高望重的头低下。

诗人，唯有你，以长翅的语言
在飞翔中突然捕获并栩栩再现
心灵模糊的梦呓和花草含混的气味；
就像朱比特的神鹰为了追求无限，
离弃贫瘠的山谷，忠实的利爪间
携着一束转瞬即逝的闪电，向云霄奋飞。②

此外，费特还运用象征的方式，来表达自己的艺术观点，如《山巅》：

高出云表，远离了山冈，
脚踏郁郁苍苍的森林，
你召唤世人必死的眼光，
追寻晶蓝天穹的碧韵。

你不愿用银白的雪袍
去遮蔽那朽壤凡尘，
你的命运是矗立天涯海角，
绝不俯就，而是提升世人。

衰弱的叹息，你无动于衷，
人世的愁苦，你处之漠然；
绵绵白云在你脚下漫漫飘萦，

---

① 曾思艺译自《费特诗歌全集》，列宁格勒，1959年，第447页；或见《俄罗斯抒情诗选》，曾思艺译，山西教育音像出版社，2006年，第34页。
② 曾思艺译自《费特诗歌全集》，列宁格勒，1959年，第308—309页；或见《俄罗斯抒情诗选》，曾思艺译，山西教育音像出版社，2006年，第78页。

>　　好似香炉升起的袅袅香烟。①

　　1876年5月3日诗人在致列夫·托尔斯泰的信中宣称："为了要成为艺术家，哲学家，一句话，要站在高度上，就必须成为一个自由的人。"②这首诗中的山巅就是永恒的美的象征，也是自由的艺术家的象征，他站在一定的高度上，远离凡俗红尘，对人世那些世俗的愁苦无动于衷，他的使命是提升世人，让他们必死的眼光去追寻永恒的蓝天和美妙的天外世界。

　　又如《我讨厌老是空谈崇高和优美……》：

>　　我讨厌老是空谈崇高和优美，
>　　　　这些议论只会引起我的厌烦……
>　　我离开了这些学究，我的朋友，跑来同你闲谈，
>　　　　我知道，你的眼睛，乌黑、聪明的眼睛，
>　　比千万部鸿篇巨制更加优美，
>　　　　我知道，我从你殷红的嘴唇吸取甜蜜生活。
>　　只有蜜蜂能知道花朵中隐藏的蜜，
>　　　　只有艺术家能在一切事物中感受美的踪迹。③

　　这首诗表达了费特的两重意思：第一，讨厌空谈美，而强调亲身去感受美、欣赏美甚至创造美；第二，突出强调了艺术家对美的敏感：只有他能在一切事物中感受美的踪迹。

　　诗人在大自然中也随时发现和珍惜美，如《一棵忧郁的白桦……》：

>　　一棵忧郁的白桦，
>　　在我的窗前伫立，
>　　严寒妙笔生花，
>　　装扮她分外美丽。
>
>　　仿佛葡萄嘟噜，
>　　枝梢垂挂轻匀，
>　　全身如雪丧服，
>　　让人悦目欢心。
>
>　　我爱看那霞光，
>　　在她身上嬉戏，

---

① 曾思艺译自《费特诗歌全集》，列宁格勒，1959年，第311页；或见《俄罗斯抒情诗选》，曾思艺译，山西教育音像出版社，2006年，第77—78页。
② 《托尔斯泰文学书简》，章其译，湖南人民出版社，1984年，第492页。
③ 《费特诗选》，张草纫译，上海译文出版社，1997年，第16页。

真怕鸟儿飞降，
　　抖落这枝头俏丽。①

　　白桦是俄罗斯广袤的国土上最常见的一种树，也是很美很可爱的一种树：既有杨柳的娇柔与婀娜多姿，也有青松的秀直与刚劲挺拔，阴柔美与阳刚美和谐完美地统一于它一身。它那秀劲挺拔的树干上，诗意般地围裹着一层厚厚的、白光闪闪的银色。就像中国人喜欢松竹梅、日本人热恋樱花、加拿大人钟情红枫，俄罗斯人酷爱白桦。他们在文学作品尤其是诗歌中从各个方面、不同角度一再地描绘白桦，歌咏白桦，赞美白桦，让白桦成为美的象征，成为俄罗斯的象征，成为具有多重人生意蕴的丰美形象。但白桦作为独立形象在俄罗斯诗歌中出现，费特功不可没，可以说正是本诗使白桦这一形象在俄诗中熠熠生辉，本来既婀娜多姿又秀劲挺拔的白桦经过严寒着手成春的装扮，再加上朝霞的锦上添花，更是美不胜收，以致诗人深恐鸟儿飞降，破坏了这一份难得的俏丽。全诗以自然清新的笔调允分表现了白桦的美，以及诗人的爱美深情。从此，白桦成为美的化身，频繁地出现于俄罗斯诗歌之中。诗人们或者直接歌咏白桦之美，或者让它作为一种象征，既美又富于人生意蕴。② 值得一提的是，本诗对叶赛宁的名作《白桦》影响极大：

　　在我的窗前，
　　有一棵白桦，
　　仿佛裹上银装，
　　披着一身雪花。

　　雪绣的花边，
　　缀满毛茸茸的枝杈，
　　一串串花穗，
　　如洁白的流苏垂挂。

　　在朦胧的寂静中，
　　伫立着这棵白桦，
　　在灿灿的金辉里，
　　闪着晶亮的雪花。

---

① 曾思艺译自《费特诗歌全集》，列宁格勒，1959年，第156页；或见《俄罗斯抒情诗选》，曾思艺译，山西教育音像出版社，2006年，第22页。

② 详见曾思艺：《"我的俄罗斯啊，我爱你的白桦！"——谈谈俄罗斯诗歌中的白桦形象》，《名作欣赏》1997年第6期，或见曾思艺：《文化土壤里的情感之花——中西诗歌研究》，东方出版社，2002年，第200—207页。

> 徜徉在白桦四周的
> 是姗姗来迟的朝霞，
> 它向白雪皑皑的树枝，
> 又抹一层银色的光华。①

当然，叶赛宁的白桦更加乐观，更具斗霜傲雪的俄罗斯性格。

费特有时还颇为大胆地描写当时人们还难以接受的一些生活中的美，如女性的裸体美，他的《女浴者》就颇为超前地大胆描写了女性的裸体美：

> 河里顽皮的溅水声使我脚步停留。
> 透过幽暗的树枝，我在水面发现
> 她那快乐的面孔——在缓缓浮游，
> 我看清了她头上沉甸甸的发辫。
>
> 我一眼就认出了那白色的衣料，
> 心里深感羞窘而惊恐，
> 而美人儿，天真无邪的小脚
> 踩进平沙，扯下了透明的披风。
>
> 顿时她全部的美展现在我眼前，
> 全身轻微而羞怯地颤栗。
> 羞涩的百合花的柔韧花瓣，
> 就这样在朝露上散发出寒气。②

男方因无意中撞见女方赤身裸体在河里游泳而深感羞窘而惊恐，女方发现后反倒颇为大方，走上岸来，扯去透明的披风，让自己裸体的美全部展现在对方眼前。

由上可见，费特确是一位颇有开拓和创新的唯美诗人。

第三节 希腊式思想 希腊式风格
——迈科夫的古希腊罗马风格诗歌

阿波罗·尼古拉耶维奇·迈科夫(1821—1897)，俄国19世纪著名诗人和画家，俄国"纯艺术派"的代表人物之一。但他在我国的译介和研究，几乎还是一个空白。迄今为止，还只有《苏联文学》1985年第6期发表的《迈科夫抒情诗选》6首和一些俄国诗选中的寥寥几首译诗，论文更是连一篇都没有。本节试图对其创作中

---

① 《叶赛宁诗选》，顾蕴璞译，译林出版社，1999年，第24页。
② 曾思艺译自《费特诗歌全集》，列宁格勒，1959年，第294—295页；或见《俄罗斯抒情诗选》，曾思艺译，山西教育音像出版社，2006年，第55页。

最有代表性、成就也最高的古希腊罗马风格诗歌进行初步研究。

迈科夫很早就对古希腊罗马文学十分痴迷,我国有学者认为"他热爱古希腊罗马文学"①,有学者指出"他崇拜古希腊罗马文学"②,俄国学者斯捷潘诺夫更具体地谈道:"1837年迈科夫进入彼得堡大学法律系学习。在这里他曾兴致勃勃地在古希腊和古罗马历史上狠下过一番工夫,并且钻研了拉丁语和一些古典诗人的作品(贺拉斯、奥维德、普罗佩提乌斯等等)。"③苏霍娃也认为:"在大学迈科夫勤奋学习历史,但他更深深地被古希腊罗马的艺术迷住。"④因此,1842年,他出版的第一部诗集《阿波罗·迈科夫诗集》,就主要是一部古希腊罗马风格的诗歌,别林斯基为它专门写了一篇评论,称之为"俄国的巨大成就,俄罗斯诗歌发展史上的一个重要现象",并认为"马伊科夫(即迈科夫——引者)君充分掌握着艺术武器——那就是诗句,他的诗句令人想起俄国诗坛上第一流诗人们的作品;这便是伟大的、带来最美好希望的征兆!诗歌中的诗句,正犹如散文中的文体一样,有文体,这本身就说明了有才华,并且是不平凡的才华……",在这里有"许多首诗都显示出真正的、卓越的才禀,预示着有发展前途的某种东西"。他还更具体地指出,这本诗集中的诗歌"自然而然地分成了两类,这两类之间没有任何共通之处,唯一共通之处只是好的诗句……按照古代精神写成的古希腊罗马体裁的诗应该被列入第一类。这是马伊科夫君诗歌的精华,他的才能的胜利,发展前途寄予希望的理由。属于第二类的是这样一些诗,作者在这些诗里想成为现代诗人,这些诗的最好的一面只是好的诗句而已"⑤。在1844年的《弗·费·奥陀耶夫斯基公爵的作品》一文中,别林斯基再次谈道:"我们时代最杰出的诗人之一的马伊科夫君的优秀的诗是属于古典抒情诗这一类的,因此他比我们所有老一派诗人都更伟大,他有资格被称为古典派诗人。"⑥

1842—1844年,迈科夫游历了意大利、法国。留下丰富古罗马文化遗迹的意大利的游历对其诗歌和艺术意义重大。"1842年底迈科夫第一次来到意大利做短期旅行。意大利的一切早已深深吸引着他:作为诗人,他热爱古希腊罗马文化;作为艺术家,他梦想看到它那壮美的风景。迈科夫把自己对意大利的印象记录在了自己的《罗马随笔》(于1847年出版)中。"⑦这些诗歌虽然带有速记意大利的风光人情的特点,但仍然属于古希腊罗马风格的诗歌(一译"古希腊罗马风诗歌"或"古希腊罗马风情诗歌")。因此,本节说的古希腊罗马风格的诗歌,主要包括迈科夫在19世纪30和40年代的此类诗歌。

---

① 徐稚芳:《俄罗斯诗歌史》,北京大学出版社,1989年,第277页。
② 朱宪生:《俄罗斯抒情诗史》,陕西人民教育出版社,1993年,第294页。
③ [俄]斯捷潘诺夫:《迈科夫》,见《迈科夫作品选》,列宁格勒,1957年,第7页。
④ [俄]苏霍娃:《生命的天赋》,莫斯科,1987年,第93页。
⑤ 《别林斯基选集》,第三卷,满涛译,上海译文出版社,1982年,第351、328、331页。
⑥ 《别林斯基选集》,第五卷,辛未艾译,上海译文出版社,2005年,第458页。
⑦ [俄]斯捷潘诺夫:《迈科夫》,《迈科夫作品选》,列宁格勒,1957年,第15页。

综观迈科夫的古希腊罗马风格诗歌,其总体特点是希腊式思想希腊式风格,具体来看,大略有如下几个颇为突出的特点。

第一,异域性。这种异域性表现为:具有古希腊式的世界观,"用希腊人的眼睛看生活",并且主要写古希腊、罗马题材,在诗歌中大量运用古希腊罗马神话典故。

在 30、40 年代,迈科夫相当难得地具有一种古希腊式的世界观,能够"用希腊人的眼睛看生活",对此,别林斯基早有论述:"请看,在他的诗里有着多少古希腊的东西,古希腊罗马风的东西;可以把他的任何一首诗都当作希腊诗的卓越译文看待;可以把任何一首诗,都当作希腊诗,从俄文译成外国文字,只要译文是优雅的,富有艺术性的,任何人就都不会争论这首诗的希腊起源问题……古希腊的观照构成着马伊科夫君的才能的基本因素;他用希腊人的眼睛来看待生活,并且……他不可能再用别的眼光来看待生活。"① 俄国当代学者斯捷潘诺夫对此阐发道:"别林斯基在论述迈科夫诗歌的文章中首先指出,'古希腊罗马式的直观'是其诗歌创作和世界观的基本要素,因为诗人是在'用希腊人的眼睛看生活'。'与古希腊罗马缪斯相似',别林斯基写道,'迈科夫的缪斯汲取了来自大自然的温柔、宁静、童真的灵感',与之相似的是在兴奋和激情中依旧是那一颗婴儿般纯净的心,迈科夫的缪斯用自己的心灵直接感受自然的氛围,为自己芳香、和谐、自然、优雅的歌找到了取之不尽的内容。评论家在年轻的诗人诗中看到了对古典精神的热忱,这种热忱也同样表现在普希金的古希腊罗马抒情诗风格的诗中和歌德的《罗马哀歌》中。"②

正因为如此,迈科夫此时期在诗歌中用希腊人的眼睛看生活,大量以古希腊、罗马的文化或生活为创作题材,其《赫西俄德》《巴克斯》《奥维德》《奥林波斯山的女神缪斯》《酒神女祭司》《萨福》《贺拉斯》《阿那克瑞翁》《古罗马》等诗歌直接以古希腊人名、地名等为标题并且表现了古希腊罗马的生活或情状,颇为出色地再现了希腊人的思想与生活观念。如《赫西俄德》:

> 在那些逝去的日子,那些怡然自得的快乐日子,
> 牛奶和蜜从神山潺潺流淌,
> 流到神圣的奥尼亚柔滑的谷底,
> 这神赐的玉液以神奇的力量,
> 哺育了幼儿时期的众神;
> 于是一群年轻的女神,
> 轻捷地离开金色的群星闪耀的赫利孔山,
> 手臂交叉,放在宁静的摇篮前,
> 环绕它歌舞,用玫瑰花冠加冕,
> 在瀑布轰鸣的繁茂橡树林中,

---

① 《别林斯基选集》,第三卷,满涛译,上海译文出版社,1982 年,第 339 页。
② [俄]斯捷潘诺夫:《迈科夫》,《迈科夫作品选》,列宁格勒,1957 年,第 10—11 页。

孩子们把神赐的美味佳肴尽情享用,
他们的幼年时光其乐融融……
歌手早早弹起了竖琴:
树林和瀑布听得停止了歌吟,
泉水女神浮出水面,羞怯地凝神细听,
金色的雄狮也在歌手的脚下垂头静聆。①

全诗描写了希腊众神孩提时代的生活,再现了希腊人在自然中自由自在的精神,展示了一种古希腊式的"静穆的伟大"。《古罗马》则描写了古罗马昔日的丰功伟绩与壮丽辉煌以及而今的破败不堪、满目凄凉。而《芦笛》《回声与寂静》《浅浮雕》《啊,多么奇妙的天空》等则借古希腊罗马的神话题材表现希腊人的生活、思想或描写希腊罗马的风光之美。如《芦笛》描写了森林之神潘制造芦笛的故事以及芦笛音乐的美妙,具有一种"高贵的单纯":

这是干燥但声音响亮的芦苇……
善良的潘!小心翼翼
用细线重新编配
把它制成一支芦笛!
手指依次缓缓移动,
让我分享悠扬的乐声,
他们的思想和感觉霞飞云腾,
不断下降又上升,
在炎热的金色午时,
为了我,让树林和山岭入睡,
水泉女神也离开林间小溪
被接入岩洞内。②

《啊,多么奇美的天空……》则描写了罗马风光的美妙及其中所蕴含的古希腊罗马文化:

啊,多么奇美的天空,在这真正古典的罗马上方!
　　置身这样的天空下,人都会情不自禁地变成艺术家。
自然和人在这里完全是另一番模样
　　仿佛古埃拉多斯诗选中卓越诗歌的图画。
啊,请看:白色的石头上仿如悬挂的斗篷或帷幔,

---

① 曾思艺译自《迈科夫作品选》,列宁格勒,1957年,第66页;或见《迈科夫抒情诗选》,曾思艺译,中国友谊出版公司,2014年,第5—6页。
② 曾思艺译自《费特诗歌全集》,列宁格勒,1957年,第66页;或见《迈科夫抒情诗选》,曾思艺译,中国友谊出版公司,2014年,第10页。

漫长的常春藤枝繁叶茂就像篱笆,
在两行柏树中间,是蓝中透黑的壁龛,
　　从那里可以看见特里同丑陋无比的脸颊,
冰凉的口水从嘴里哗哗流下,跌落地面。
　　靠近雪白的喷泉(啊,阴影遮蔽了它的部分光华!
一如红色紧身衣衬出那美好的体态!)
　　放着带把的高水罐,一动不动地等待,
水会很快注满它,
　　用手抱起带把高水罐
它全身洒满了熠熠晚霞……
　　艺术家(应该是德国人)
赶紧对它们进行赏心悦目的描画,
　　以便由此给绘画提供意外的情节,
他完全不假思索,而我此时只画下
　　这一片奇美的天空,绿油油的常春藤,
雪白的喷泉,和特里同凶狠丑陋的脸颊,
　　甚至整个的他本人,从头顶到脚下!①

罗马风光之所以迷人首先是因为它本身很美(天空奇美、自然风景也美),其次在某种程度上因为它是真正古典的罗马,保留着诸多古罗马时期的建筑与雕塑,使人如置身古希腊罗马时代卓越诗歌所展示美妙的图画中,情不自禁地变成诗人。

迈科夫还在诗歌中大量运用古希腊罗马神话典故,如古希腊神话中的复仇女神厄默尼德、翠鸟哈尔库俄涅、夜莺菲罗墨拉、酒神狄俄尼索斯的老师西勒诺斯、最早的太阳神赫利俄斯、海洋女神忒提斯、古罗马森林之神西尔瓦努斯、森林和田野之神、畜群和牧人的庇护者浮努斯、森林和田野女神浮娜、果树女神波摩娜、科学和艺术之神嘉米娜、酒神巴克斯、古意大利的女农神赛里斯,等等。如短短几行的《在约定的时间……》就用了翠鸟哈尔库俄涅、晨光女神厄俄斯的情人——俊美猎人刻法罗斯等两个典故:

　　在约定的时间,我在山洞等你。
　　直到天色渐渐黯淡;头睡意沉沉地摇晃,
　　白杨沉沉入睡,哈尔库俄涅也不再发出声响,——
　　徒劳无益!……月亮升起,银光闪闪,又消逝;
　　夜色渐淡;刻法罗斯的情人
　　把臂肘支在新的一天

---

① 曾思艺译自《迈科夫作品选》,列宁格勒,1957年,第110—111页;或见《迈科夫抒情诗选》,曾思艺译,中国友谊出版公司,2014年,第32—33页。

鲜红的大门上，从自己的发辫里
纷纷掉落一颗颗珍珠般的金粒，
散落在蓝闪闪的森林和谷地，——
而你，仍然没有出现……①

第二，自然性。主要指诗人喜爱和平宁静的大自然，尤其是希腊式的田园风格，往往静观自然，并生动地描写自然。对此，别林斯基已有初步论述："大自然不仅对于个别的人是诗歌的摇篮：通过古代希腊人作为代表，大自然也是整个人类的诗歌的高尚感动力。就这一点来说，马伊科夫君的诗才在其起源上是跟古希腊的诗才相接近的；它像古希腊的诗才一样，从大自然中汲取其柔和的、安谧的、贞洁的、深刻的灵感；它像古希腊的诗才一样，在还是幼稚而明朗的灵魂里，还在大自然怀抱中直接地感觉到自己的一颗心灵里，找到永无穷竭的内容，来编写芬芳而又谐婉、朴实而又优雅的歌谣。"②斯捷潘诺夫也进而谈到："诗人梦想'逝去的日子，欢乐怡然的日子'，那时流淌着源自神山的乳和蜜（《赫西俄德》）。迈科夫把这种关于古希腊生活的田园风格的想象带入现实生活。甚至俄罗斯风景和北方的大自然也被他以古希腊的艺术形式呈现出来：堆满草垛的金黄色的庄稼地，湖面上稠密的芦苇，缥缈的白色雾气，——一如古代埃拉多斯的风景一样，获得了透明、宁静和雕塑般的表现力。"③如《梦》不仅描写了美丽、宁静的大自然，更出现了希腊神话中安详和蔼的女神，带来了和谐的宁静：

当阴影像一团团透明的云烟
在堆满干草垛的金灿灿田地里漫延，
在蓝幽幽的森林里，在湿漉漉的草地上漫延；
当水汽柱在湖面上白光闪闪，
天鹅在稀疏的芦苇丛中慢悠悠地摇晃，
披着轻睡的衣裳，倒映在水面上，——
这时，我走进自己心爱的草房，
金合欢和橡树在四周围成高墙；
就在那里，在约定的时刻，安详的女神，
和蔼的微笑溢满双唇，
头戴闪烁的星星和暗色虞美人草编成的花冠，
从神秘高空，沿着空中道路翩翩降临到我面前，
她把淡黄的光辉洒满我头顶，

---

① 曾思艺译自《迈科夫作品选》，列宁格勒，1957年，第68页；或见《迈科夫抒情诗选》，曾思艺译，中国友谊出版公司，2014年，第17页。
② 《别林斯基选集》，第三卷，满涛译，上海译文出版社，1982年，第338页。
③ [俄]斯捷潘诺夫：《迈科夫》，《迈科夫作品选》，列宁格勒，1957年，第11—12页。

又用手轻轻蒙住我的眼睛，
撩起头发，头朝我下倾，
轻轻地吻我的嘴唇和眼睛。①

别林斯基对这首诗赞不绝口："富有奇妙诗意和华美艺术性的短品《梦》"，"这恰好是这样的一首艺术作品，它那种温柔的、纯洁的、锁闭在自身内的美，俗众对之完全是无动于衷的，觉察不到的，而在懂得艺术创作秘密的人看来，它却显得格外明白，耀眼地突出，多么柔和、温存的画笔，多么技艺高超的、显示出坚强力量和艺术方面富有经验的手腕的雕刻刀！多么富有诗意的内容，多么婀娜多姿的、芬芳馥郁的、谐婉优美的形象！只要写出一首这样的诗，就已经足够证明作者拥有着卓越的、超乎寻常的才禀。就连普希金写出这样的诗来，也将是他的最好的古希腊罗马风短品之一。在这首诗里，艺术显得是真正的艺术，婀娜多姿的形式非常明晰地充满着生动的概念"②。多年后，他在《罗马哀歌》一文中再次谈到："一个不著名、但却卓有才思的诗人写过一首古希腊罗马风味诗，描写在五月瑰丽黄昏散步之后的梦幻，或者宁可说是昏睡的魅力：你读一读它，你自己就会比任何解释都更加清楚地懂得，诗歌是不可言喻的思想的表现，隐秘的事物的披露——是表达静默而且迷茫的感觉的鲜明的、明确的语言！"③《啊，黎明的清新气息……》也清新而生动、和谐而宁静：

啊，黎明的清新气息
飘进窗来，令我心神顿爽。
于一片玄谧的宁静中，
眺望着朝霞辉映的万千景象；
远处那一片松林，
头戴桂冠，送来阵阵树脂香，
东方的天际像一块朱红的壁毯，
羞怯的司晨女神，点燃了漫天霞光，
她那殷红的倩影倒映在水面上，
那一排排黑云杉林中，
海湾静卧在海岸的怀里，无限安详。④

宁静的黎明，朝霞辉映，松林茂密，树脂香阵阵飘传，水面平静如镜，倒映着漫

---

① 曾思艺译自《迈科夫选集》（两卷集），第1卷，莫斯科，1984年，第44页；或见《迈科夫抒情诗选》，曾思艺译，中国友谊出版公司，2014年，第3—4页。
② 《别林斯基选集》，第三卷，满涛译，上海译文出版社，1982年，第332页，333页。
③ 《别林斯基选集》，第五卷，辛未艾译，上海译文出版社，2005年，第49页。
④ [俄]什克洛夫斯基等：《俄国形式主义文论选》，方珊等译，生活·读书·新知三联书店，1989年，第96页。

天霞辉,景色美丽动人。司晨女神即希腊神话中的黎明女神 Аврора,汉译"奥罗拉"或"阿芙罗拉",她的出现,则使全诗带有希腊风味。《冬日的清晨》则让俄国的大自然也披上了古希腊色彩:

> 天气寒冷。雪吱吱地响。田野上空白雾弥漫。
> 茅屋上升起了一团团清晨的炊烟,
> 在天空似火红霞的琥珀色余辉里氤氲。
> 我沉思地看着光秃秃的树林,
> 初雪像毯子覆盖了所有屋顶,
> 凝固的河面平滑如镜,
> 冉冉升起了红艳艳的太阳。
> 雪的白银闪射出紫红的光;
> 结晶的霜花,就像雪白的绒毛,
> 缀满死灰色的枝梢。
> 我喜欢凝视玻璃上奇美的花纹,
> 用每一幅新的图画爽目怡神;
> 我喜欢静静地欣赏,乡村
> 怎样快乐地迎接冬天的清晨:
> 在平坦的冰层和光滑的河面,
> 冰刀尖声吱吱作响,闪耀出金星点点;
> 猎人们滑雪急急奔向茂密的森林;
> 茅屋里干树枝噼啪燃烧,满屋如春,
> 渔夫坐在火边修补撕破的渔网,
> 他望着坑坑洼洼密布的玻璃窗,
> 忆起了甜蜜的往日情景——
> 伴着朝霞初升,天鹅发出阵阵叫声,
> 伴着雨暴风横,水面波翻浪卷,
> 伴着夜深人静,在庄稼地保护下的海湾,
> 收获了鱼儿满舱,令人欣幸,
> 一直到月亮露出她沉思的眼睛,
> 给沉睡的无底海面镀上一片金光,
> 照亮了渔夫正在升起的大渔网。①

美丽多姿的冬日清晨,人们的生活、劳动都自然而平静,俄罗斯的大自然、农

---

① 曾思艺译自《迈科夫选集》(两卷集),第 1 卷,莫斯科,1984 年,第 54—55 页;或见《迈科夫诗选》,曾思艺译,《中国诗歌》2014 年第 2 卷;亦可见《迈科夫抒情诗选》,曾思艺译,中国友谊出版公司,2014 年,第 9—10 页。

村,一切的一切,都充满了美,充满着生机,但又像古希腊一样和平、和谐而宁静。

正因为上述作品和特色,梅列日科夫斯基认为:"迈科夫的生活是平静的艺术家的生活,就好像他不属于我们这个时代。命运让迈科夫的生活道路平坦而光明,没有战争、没有痛苦、没有敌人、没有压迫。"①

第三,现实性。古希腊罗马文学突出的特点是重视人,热爱现实生活,追求现世享受。受古希腊罗马文学影响,迈科夫的古希腊罗马风格诗歌的现实性表现为:关心人,热爱现实生活,追求现实生活的欢乐,有一定的享乐主义倾向。

"古希腊罗马艺术的人道主义,它关注和谐与出色的人。"②古希腊人更是有一种德国著名学者温克尔曼说的"高贵的单纯,静穆的伟大"③。由此,迈科夫认为古希腊罗马人是智慧、高雅、大气同时又单纯、感性、稳重的。因此,其抒情诗中的人物往往是憨厚的渔夫、艺术家、快乐的姑娘等,他们任何时候都不会对自己的多舛命运像怨妇般抱怨、喋喋不休,也不会违背自然的培育和教导,而是从自然中汲取灵魂所需的勇气,而自然也在挫折和劳动中帮扶他们。如《在这个用可怜的苔草加冕的荒僻海岬……》:

> 在这个用可怜的苔草加冕的荒僻海岬,
> 覆盖着衰朽的灌木林和翠绿的松林,
> 悲伤的梅尼斯克,年迈的老渔夫安葬了死于非命的儿子。
> 大海吞噬了他的生命,
> 把他纳入自己宽阔的怀抱,
> 僵硬的尸身被小心翼翼地冲回水湄。
> 在枝繁叶茂的柳树下,痛哭亡儿的父亲,
> 为儿子挖好了坟墓,还用石头砌好四围,
> 柳条编制的鱼篓挂在柳树上——
> 这就是令人伤心的贫寒简陋的纪念碑!④

年迈的渔夫的儿子死于非命,但大海一方面吞噬了他的生命,另一方面也"小心翼翼地"把尸身冲回岸边,送交给父亲。年迈的父亲尽管悲痛欲绝,但只是"痛哭亡儿",并未埋天怨地,更没有喋喋不休,而是为儿子挖好坟墓,并用石头砌好四周,用鱼篓当做纪念碑。

更重要的是,"迈科夫的诗歌不仅仅体现在对古希腊罗马风情的诗歌的形式种

---

① [俄]梅列日科夫斯基:《永恒的旅伴:陀思妥耶夫斯基、冈察洛夫、迈科夫》,圣彼得堡,1908年,第66页。
② [俄]斯捷潘诺夫:《迈科夫》,《迈科夫作品选》,列宁格勒,1957年,第8页。
③ 温克尔曼认为:"希腊杰作有一种普遍和主要的特点,这便是高贵的单纯和静穆的伟大。"详见[德]温克尔曼:《希腊人的艺术》,邵大箴译,广西师范大学出版社,2001年,第17页。
④ 曾思艺译自《迈科夫作品选》,列宁格勒,1957年,第69页;或见《迈科夫诗选》,曾思艺译,《中国诗歌》2014年第2卷;亦可见《迈科夫抒情诗选》,曾思艺译,中国友谊出版公司,2014年,第14页。

类的转向,而且还有内容,即转向神话,转向古希腊罗马多神教的,伊壁鸠鲁的世界观。他力图冲破缠绕生命的重重矛盾而沉浸于快乐和谐的美,从而获得真正的清醒,人与自然生命的理想的平衡,在希腊罗马艺术均衡、单纯的形式中找到自己的表达形式"①。而"伊壁鸠鲁式的享乐主义生活哲学是迈科夫'古希腊罗马风抒情诗'的基础,它追求美的享受,远离现实问题和时代风波。享受艺术、大自然、爱情和美酒——这就是诗人心目中'生活的智慧'"②。如《巴克斯》就表现了陶醉现世、纵情美酒和人生欢乐的享乐主义生活态度:

> 在那个葡萄覆盖的昏暗山洞里,
> 宙斯的儿子被托付给倪萨的山岳女神们抚育。
> 他从人间消失,也瞒过了众神,
> 在溪水的潺湲和芦苇的沙沙中长大成人。
> 只有温和的森林之神用神奇的芦笛
> 愉悦摇篮里安静的婴儿……
> 在森林女神们甜蜜的关怀下他多么快乐!
> 僻静的岩洞突然变得生气勃勃。
> 在那里,他身着雪豹皮,就像穿着帝王的紫袍,
> 带上提姆班,拿着手杖,尽显神的风貌。
> 时而,滑稽地用啤酒花和常春藤缠住犄角,
> 逗得森林女神和萨提尔哈哈大笑,
> 时而,从弯曲的藤蔓上摘下一嘟噜葡萄串,
> 把它们编成花冠戴在头上为自己加冕,
> 或者笑着亲手挤榨琼浆玉液,
> 从金色的嘟噜中滴进响声银白的杯爵,
> 当四溅的野果汁射进
> 他的眼睛,他感到十分开心。③

汉密尔顿指出:"快乐地生活,认识到世界的美好和生于其中的无限乐趣,是希腊迥然不同于以前所有的社会的一个特点。这个特点至关重要……生活永远是奇妙的、令人欣喜的,世界永远是美好的,而他们,永远为生于其中而欢歌。……甚至日常生活中的点点滴滴的乐趣,在希腊人看来也是真切的享受。荷马这样写道:'盛筵、琴音、舞蹈、更衣、沐浴、爱和酣睡,这些对我们来说永远弥足珍贵。'"④迈科

---

① [俄]斯捷潘诺夫:《迈科夫》,《迈科夫作品选》,列宁格勒,1957年,第9—10页。
② 同上书,第13—14页。
③ 曾思艺译自上书,第79页;或见《迈科夫抒情诗选》,曾思艺译,中国友谊出版公司,2014年,第11页。
④ [美]汉密尔顿:《希腊精神——西方文明的源泉》,葛海滨译,辽宁教育出版社,2003年,第13—15页。

夫这首诗突出地体现了希腊人的这种人生观,生活充满欢乐,满足于日常生活的点滴欢乐。《阿那克瑞翁》既肯定了古希腊人外出征讨、建功立业的人生目标,也写出了希腊人在家里安享人生,沉醉于美酒的另一种人生态度:

> 就让年老的爷爷
> 为敏捷的孙子们自豪吧,
> 这些勇士,带了大群俘虏回家,
> 还有战利品,证明大捷;
> 大海波涛起伏的美——
> 如飞向前的帆船;
> 民族的荣誉——是长老的智慧圈
> 闪耀着权力的光辉;
> 我的朋友,可对于我来说,
> 更可爱的是,在暴风雨和阴雨天,
> 在茅屋的温暖火炉边,
> 把橡树的大块树墩塞进炉里,
> 手拿沉重的大高脚酒杯,
> 一杯杯喝醉,话语也带着醉意。①

不过,"古希腊是一个崇尚英雄主义和社会活动的时代……在古希腊人的观念中,行动和事业重于一切"②,"希腊人迫切地渴望拥有荣誉和应得的赞美。他过去、现在都必定争强好胜、雄心勃勃,热切地为一己之事而行动"③。神话与史诗中的希腊英雄宁肯马革裹尸地追求战场上的声名,也不愿长命百岁无声无息地活下去(如阿喀琉斯)。希腊悲剧中的主人公大多是敢于行动,极力完成自己事业的英雄。《被缚的普罗米修斯》中,普罗米修斯盗火给人类,并且为了人类敢于做一个伟大的殉道者,忍受非凡的苦难。《俄狄浦斯王》中,俄狄浦斯为了替城邦消灾、给人民造福,排除一切阻拦,追查杀死老王的凶手。《美狄亚》中的美狄亚为了报复忘恩负义地遗弃自己的伊阿宋,接二连三地采取了报仇的行动。"用希腊人的眼睛看生活"的迈科夫,有不少的诗歌表现了这类希腊式的生活态度和人生追求。

《沉思》表现了与安享人生相反的人生态度——不愿过平静富足的生活而愿"在不安分的斗争中变得坚强",享受搏击人生风波的进取之乐:

> 家神庇佑下的人快乐无忧,
> 他引领着时代潮流!

---

① 曾思艺译自《迈科夫作品选》,列宁格勒,1957 年,第 95 页;或见《迈科夫抒情诗选》,曾思艺译,中国友谊出版公司,2014 年,第 31 页。
② 蒋培坤、丁子霖:《古希腊罗马美学与诗学》,山西人民出版社,1987 年,第 164 页。
③ [英]基托:《希腊人》,徐卫翔、黄韬译,上海人民出版社,1998 年,第 321—322 页。

众神赐予他丰富的礼物：
他的牧场处处腾绿，赛里斯使他的田地富足；
围抱着房屋的是枝繁叶茂的金合欢和橄榄，
池塘上方竖立着金字塔形的花环，
浓密的白杨冒出茸茸嫩芽，闪着银光，
葡萄藤每年临近秋天都会被多汁的果穗压弯身膀：
巴克斯赐福它们……
对他来说，厄默尼德毫不阴森：
他毫无惧意地等待厄瑞玻斯的恐怖；
而现在他的手毫不踌躇
把祭天神坛上的鲜果、琥珀色的蜂蜜推翻，
环绕它们的，是玫瑰花串和桃金娘枝叶编成的花冠……
但我不愿过这种平静无波的生活：
它那节奏均匀的水流使我深感难过。
我隐痛在心，并时常渴求
既有暴风雨，也有惊慌和珍贵的自由，
让我的精神在不安分的斗争中变得坚强，
张开像鹰一样宽阔的翅膀，
面对普遍的恐怖，飞临山顶的冰雪上空，
坠入深渊，并隐没在天蓝之中。①

另一首《沉思》进而明确表示要远离和平宁静的生活，而希望雷雨交加，惊恐不安，以此享受"春天大雷雨的全部华丽"，体会真正生活应有的苦涩而甜蜜的眼泪：

和平宁静的生活——是灿烂美好的光阴；
惊恐不安的生活——是初春的大雷雨。
那边——阳光闪耀在炎热的橄榄树荫，
而这边——雷声隆隆，电光闪闪，泪珠滴滴……
啊！给我春天大雷雨的全部华丽，
还有那绵绵的眼泪，既苦涩又甜蜜！②

第四，艺术性。这里的艺术性指的是热爱美热爱艺术，思考艺术问题，大量描写艺术和美。

古希腊文化和文学的突出特点之一是重视和谐，热爱美热爱艺术，有人甚至认为，当帕里斯面对雅典娜许诺的世界上最伟大的战士（荣誉）、赫拉许诺的亚洲最伟

---

① 曾思艺译自《迈科夫作品选》，列宁格勒，1957年，第62页；或见《迈科夫抒情诗选》，曾思艺译，中国友谊出版公司，2014年，第15—16页。
② 同上书，第82页；或见《迈科夫抒情诗选》，曾思艺译，中国友谊出版公司，2014年，第19页。

大的君王(权势)、阿佛洛狄忒许诺的天下第一美人(美),毅然选择了美而舍弃了荣誉与权势,这就是希腊人的选择。正因为如此,古希腊才给后世留下了具有永恒艺术魅力的美的作品——神话、史诗、抒情诗、戏剧以及各种绘画尤其是雕塑。

而"对于迈科夫来说,大自然和人的生命是一个融成一片的和谐统一体。……在他的诗歌中,古希腊人的形象、浮雕、古希腊雕塑般的精神和谐的神和女神,作为真正美的形象出现了。刻着普里阿普雕像的枝繁叶茂的山毛榉遍布的花园,黑暗岩洞旁裸体的酒神女祭司,身着柔软的天鹅绒的苍蝇,姑娘把嗡嗡响的水罐浸入其中的山泉,——这些就是迈科夫诗中一目了然的形象"①。

更重要的是,迈科夫在诗歌中较多地思考艺术问题,大量描写艺术和美。如《八行诗》:

> 诗歌的和谐中有天神的秘密,
> 智者的书籍也无法猜破这个谜:
> 在静谧的河岸边独自徘徊,
> 心灵突然听见芦苇的低语,
> 橡树的交谈;感觉并捕获
> 它们那特殊的音响……于是
> 音调优美、节奏和谐的八行诗句
> 就自然流出,一如森林的欢歌。②

有学者对此阐述道:"迈科夫非常推崇和热爱古希腊罗马文学,他仿照其体裁和内容进行创作的古风诗被认为是他创作中的精华部分。诗人走向古典,走向原始的追求带有明显的浪漫主义色彩。驱使他本人去寻觅古希腊罗马时代的自然与和谐之美。迈科夫的艺术观倾向于'纯艺术派',他力图在静观自然与陶醉于艺术中回避矛盾重重的社会现实的冲突与斗争。名篇《八行诗》较充分地反映出他的美学观。在他的心目中,理智是软弱无力的,他倡导从大自然中获取灵感,以心灵去贴近和捕捉大自然的形象、色彩和音响,谛听芦苇的低吟,橡树的絮语,由此获得和美流畅的诗句。"③的确,这首诗表现了诗人那种只要远离理性,到大自然中去用心感受、捕捉、体会,自然而然就会创作出好的诗歌的美学观念。《Е. П. М》也写到只要沉浸在大自然中,潜心感受,细心体会,哪怕当时没有艺术创作,但这种体会已深入心灵,只要时机一到,它就会自动变形为诗歌:

> 我喜欢整日在山岭和岩石间度过……
> 不要以为此时我会思索

---

① [俄]斯捷潘诺夫:《迈科夫》,见《迈科夫作品选》,列宁格勒,1957年,第11页。
② 曾思艺译自《迈科夫作品选》,列宁格勒,1957年,第61页;或见《迈科夫诗选》,曾思艺译,《中国诗歌》2014年第2卷;亦可见《迈科夫抒情诗选》,曾思艺译,中国友谊出版公司,2014年,第15页。
③ 飞白主编:《世界诗库》,第5卷,花城出版社,1994年,第199页。

上天的仁慈,自然的庄严,
在这一种和谐中,我开始构思诗歌。
我漫不经心地观看
林中湖水静寂的水面和松林茂密的枝柯,
黄色的峭壁沉浸在忧郁的沉默里,
我漫无目的,懒洋洋地看着
大雁、仙鹤和野鸭列队从田野飞过,
欢叫着潜入水底,
我下意识地望着水流对钓鱼竿轻抚慢拨,
忘记了散文和诗歌……

然而,远离这可爱的场景,
在深夜,我感到,这些可爱的幻影
浮现在我眼前,五光十色,云飞烟腾,
我向这些幻影致敬,
于是我了解了森林、梯形的远山茫茫,
湖泊……这时,我听到了
血液如何燃烧,神圣的喜悦如何在心中沸腾,
诗歌怎样定型,思想如何生长……①

《艺术》进而写到只要具备艺术条件、艺术修养,时机一到,自然就会产生优美的艺术:

我在喧嚣的海滨为自己砍下一根芦苇。
被遗忘的它沉默地躺在我简陋的茅舍里,
一次一个过路老人顺便借宿住在茅舍,
看见了这根芦苇。(他深感惊异,
在我们这种偏远地方竟有如此奇异的东西。)
他截下一段,凿出几个小孔,让它紧贴唇边,
生气勃勃的芦苇突然歌声飞起,
有时,海边活跃起来是多么神奇,
只要微风在水面轻轻荡起涟漪,
苇秆就会摇晃,乐声在海滨四溢。②

关于《八行诗》《艺术》这两首诗,别林斯基有颇为精彩的论述:"在这两首诗里,

---

① 曾思艺译自《迈科夫作品选》,列宁格勒,1957 年,第 92 页;或见《迈科夫诗选》,曾思艺译,《中国诗歌》2014 年第 2 卷;亦可见《迈科夫抒情诗选》,曾思艺译,中国友谊出版公司,2014 年,第 29—30 页。
② 曾思艺译自《费特诗歌全集》,列宁格勒,1957 年,第 73 页;或见《迈科夫抒情诗选》,曾思艺译,中国友谊出版公司,2014 年,第 18 页。

美丽的内容表现在以技艺高超的修饰见长的美丽形式里。至于讲到内容,那么,它在这里是作者的这样一种美学的基本命题、基本原则,即:大自然是诗人的导师和鼓舞者;他首先开始向大自然学习在艺术方面编写甜美诗歌;在嘹亮的八行诗、谐婉的六音步诗和芦苇的低叹、槲木林的絮语之间,有着相互关系,血缘关系……这是一种富有深刻生命力的、诗情的真实的原则!"① 斯捷潘诺夫更具体地指出:迈科夫的第一部诗集沉浸在自己的世界里,其中尽是古希腊的形象,雕塑,相对的美与和谐的大自然,诗人平静地沉思的美。在这些诗中艺术和诗的主题占重要地位。这一主题也正反映了诗人对生活的理解。在《艺术》一诗中迈科夫谈论了音乐和旋律的产生。"过路老人"用剪断的芦苇秆做成的长笛吹奏出响彻四周的乐声,充满人的激情的芦苇传达出大自然单纯而美好的心灵。艺术对迈科夫来说,是对大自然忠诚的表达,是亘古不变的美,艺术是远离尘嚣的,是消极的、旁观的。艺术是独立于人而自发产生的,人无法猜测它的秘密。艺术家只能捕捉生活中短暂的瞬间,找到表达"天神的秘密"的和声的诗歌形式,把它们变成艺术的创造。在《八行诗》中,迈科夫充分表达了自己的美学观点。诗歌对于他来说是不可思议的理性的开始,是大自然亲自对诗人悄悄提醒的神秘和声:"诗句的和谐中有天神的秘密,/智者的书籍也无法猜破这个谜",只有"橡树林的交谈""芦苇的低语"才能暗示出诗歌的谐音和它们"音调优美、节奏和谐的八行诗句"。②

在《诗人的思想》一诗中,迈科夫更是明确认为,诗人的思想自由无羁,冲决一切束缚,它自己为自己制定法则,但又是那么和谐匀美:

> 哦,诗人的思想!你自由无羁,
> 仿若哈尔库俄涅的自由之歌,
> 你自己为自己制定法则,
> 你本身就和谐匀美如一!
> 是谁要告诉闪电:
> 不要把夜幕撕成片片飘萍,
> 是谁要告诉山鹰:
> 不要在空中展翅盘旋,
> 不要自豪地仰望太阳,
> 也不要沐浴着玫瑰色的霞光,
> 抖开自己黑色的翅膀
> 在海面哗哗击浪?③

---

① 《别林斯基选集》,第三卷,满涛译,上海译文出版社,1982年,第336—337页。
② [俄]斯捷潘诺夫:《迈科夫》,《迈科夫作品选》,列宁格勒,1957年,第12—13页。
③ 曾思艺译自《迈科夫作品选》,列宁格勒,1957年,第78页;或见《迈科夫抒情诗选》,曾思艺译,中国友谊出版公司,2014年,第6页。

《诗》则强调艺术女神嘉米娜这一艺术的象征,使生活变得丰富多彩,让人们变得异常可爱,让这个世界到处都充满了诗意:

> 热爱吧,热爱嘉米娜,为她把神香点起来!
> 因为她,生活变得丰富多彩;因为她,我们才变得异常可爱;
> 天空的景象,异教色彩的忒提斯,
> 法利诺硕果累累的葡萄园,
> 派斯同的玫瑰,在赤日炎炎的日子,
> 布兰杜济的水晶,那个世界十分凉爽,
> 还有古罗马神圣的庞大殿堂,
> 以及萨宾人村庄清晨的袅袅炊烟。①

《怀疑》驳斥了世人的谬见——"诗歌是梦想""诗歌的世界空幻而虚假""美——就是模糊的空中楼房",以一种过于唯物、过于实用的眼光看待大自然,没有诗意,没有奇思异想,然而,大自然的一切——包括树叶的沙沙、小溪的潺潺、大海的絮语,乃至太阳、月亮等等,都是大自然的神秘语言,能使领悟者感受到生活之美:

> 就让人们去说——诗歌是梦想,
> 热病中的心灵说出的毫无意义的梦话,
> 诗歌的世界空幻而虚假,
> 美——就是模糊的空中楼房;
> 就让航海家的远航中
> 没有危险的女妖塞壬;
> 茂密的森林中
> 没有护林女神;
> 清澈透明的小河中
> 没有金发的女河神;
> 就让宙斯掌中没有
> 战无不胜的闪电,
> 赫利俄斯也没有
> 夜间去往忒提斯的紫红宫殿;
> 但愿如此!然而,正午时分,
> 树叶的沙沙声是如此满蕴神秘,
> 小溪的潺潺声是如此优美动人,

---

① 曾思艺译自《迈科夫作品选》,列宁格勒,1957年,第90页;或见《迈科夫抒情诗选》,曾思艺译,中国友谊出版公司,2014年,第7页。

> 大海的絮语声是如此富含深意,
> 白天的太阳满怀爱意
> 亲抚着大海的深渊,
> 月亮的面影却如此神秘,
> 心灵凝神细参
> 这所有的神秘语言;
> 你会情不自禁地把这些见闻
> 点化为生活之美,
> 你是否还不相信
> 这些可爱的谬悖!①

被别林斯基称为"古代诗才的谐婉、淳朴的范本"②的《奥林波斯山的女神缪斯……》一诗,则通过希腊神话中福玻斯和潘吹奏长笛的故事,表现了艺术需要天赋和技巧的观念:

> 奥林波斯山的女神缪斯,
> 把两只嘹亮的长笛
> 交给了森林的保护神潘和光明之神福玻斯。
> 福玻斯吹响神笛,
> 无生命的苇秆中
> 神奇的声音飞溢。
> 四周温顺的河水凝神细听,
> 不敢用淙淙水声惊扰乐声。
> 风儿在古老橡树的叶子间沉沉入梦,
> 绿草鲜花树木被乐声感动,
> 纷纷泪流满面;
> 害羞的森林女神听到这乐声,
> 怯生生地藏到西尔瓦努斯和浮努斯中间。
> 歌者结束了演奏,驾起火红的马儿驰骋,
> 披着红紫紫的霞光,坐在金灿灿的马车上面。
> 可怜的森林保护神极力回想这神奇的乐声,
> 并让它们在自己的长笛中重现,但只枉然:
> 他吹奏出一个颤音,但却是浊世的颤音!
> 他愁闷满胸……

---

① 曾思艺译自《迈科夫作品选》,列宁格勒,1957 年,第 83 页;或见《迈科夫抒情诗选》,曾思艺译,中国友谊出版公司,2014 年,第 7—8 页。
② 《别林斯基选集》,第三卷,满涛译,上海译文出版社,1982 年,第 342 页。

> 伤心的狂人啊！你可是打算
> 让天堂复活在这凡间？
> 请看：森林女神和浮努斯笑盈盈，
> 带着嘲弄的目光在倾听。①

福玻斯具有真正的音乐天赋，是艺术天才，用自己的心灵、自己的风格在演奏，而且懂得吹奏的艺术技巧，所以他能把芦笛吹得美妙无比，让绿草鲜花树木感动得泪流满面；而潘在这里是缺乏艺术天赋的人的象征，他不仅缺乏艺术天赋，而且没有自己的东西，只是一味地模仿别人，因而吹奏出的只是浊世的颤音，只能受到听众的嘲弄。

值得一提的是，迈科夫的古希腊罗马风格诗歌在当时具有某种矫正时弊的作用。"从最初的诗歌作品来看，迈科夫是以古希腊罗马抒情诗传统继承者的身份进入文坛的。这种诗歌的代表作家曾经有：普希金、杰尔维格、巴丘什科夫、格涅季奇。转向古希腊罗马抒情诗是 19 世纪初俄罗斯诗歌史上意义重大又极富个性的现象。俄罗斯诗人复活了古希腊罗马文化中的人道主义，并且坚决主张与保守反动的沙皇专制政策悖逆的人道主义和仁爱。此时转向古希腊罗马的文化与艺术，充实了俄罗斯诗歌的艺术表现力，增强其古希腊罗马艺术的雕塑式的明晰。……迈科夫开始从事创作时文学界正刮起一阵摒弃普希金创作方法和传统之风。普希金及其同时代诗人的诗歌作品的鲜明性和雕塑式的深长意味被以霍米亚科夫、舍维廖夫为代表的形而上学的、抽象的哲学抒情诗，以及宣扬诗人精神的圣彼得堡大臣别涅季克托夫创作的索然无味的抒情诗所替代。在这种情况下转向古希腊罗马的传统具有原则性的意义，即延续普希金的原则。"②而这，也为诗人自己的相关论述所充分证明。1850 年，迈科夫为诗人谢尔宾纳的诗集《希腊诗歌》写了一篇评论。在评论中，他充分肯定了谢尔宾纳的古希腊罗马风格诗歌的价值和意义："近来欧洲和俄罗斯文学中的古希腊风情诗歌，在我们看来，起到了不断提醒我们摒弃诗人那朦胧的幻想和空洞的希望的作用，这种诗歌不断提醒我们那些经常被诗人们忽略的大自然之美，这种美贯通了古代世界，但常常被我们的诗人们遗忘，要么被私人化的我吞没，要么经常被变成让人着迷又令人失望的浪漫主义时代召唤的表达。"③而这在某种程度上，也说出了诗人自己此类诗歌在当时的重要价值和意义。

---

① 曾思艺译自《迈科夫作品选》，列宁格勒，1957 年，第 74—75 页；或《迈科夫抒情诗选》，曾思艺译，中国友谊出版公司，2014 年，第 22—23 页。
② [俄]斯捷潘诺夫：《迈科夫》，《迈科夫作品选》，列宁格勒，1957 年，第 8—9 页。
③ 《迈科夫作品选》，列宁格勒，1957 年，第 9 页。

第四节　现代主义诗歌的先驱
——波隆斯基抒情诗的艺术特色

雅科夫·彼得洛维奇·波隆斯基(1819—1898),是19世纪俄国出色的诗人,早年与唯美倾向突出的格里戈利耶夫和费特是好友,并且这种友谊持续了几十年,深受他们的影响,所以很自然地成为了"唯美主义"诗人。但他因在早期曾受到别林斯基、涅克拉索夫的赞赏,再加上青年时代饱尝生活的艰辛,一度倾向于革命民主主义的现实主义。这两种不同的倾向使得他很是矛盾,痛苦不堪,而"所有的这一切都在波隆斯基——一个摇摆于内心的焦虑和公民的忧患之间的诗人的抒情诗中得到体现(根据他自己的表述)"①。不过,到19世纪八九十年代,他完全脱离公民题材,而转到唯美主义方面,成为"纯艺术派"诗歌的重要代表之一。波隆斯基的诗歌在内容和形式上很有现代感,对"白银时代"现代主义诗人尤其是象征主义诗歌大师勃洛克有很大影响。然而,我国对其译介极少,几乎还没有研究文章。本文拟对其诗歌的艺术特点进行初步探讨,以期抛砖引玉,推动对波隆斯基诗歌的译介和研究。

总体来看,波隆斯基的诗歌大约具有以下几个颇为鲜明的艺术特点。

第一,异域题材。这是波隆斯基创作一个较为明显的特点,他的诗歌和小说有不少描写的是异域题材,有南国特色的敖德萨,也有异域风情的高加索,更有西欧。

波隆斯基大学毕业后,1844年曾在富有异国情调的敖德萨呆过,敖德萨对其诗歌创作有较大的影响:"带着强烈的好奇心,作者去了忙碌又杂乱的敖德萨。在《骑马闲游》这首诗中,作者描绘了一个嘈杂的南方城市:所有的窗户大开、街道上到处是半醉半醒的人。郊外也是这样的景象:一群虔诚祈祷的老妇、放风筝的孩子、年迈的残疾人。诗中的小人物展现了人们的人性、思想、情感最真实的一面。《骑马闲游》这首诗也描绘了城市美丽的风景:绿色的草地、蓝色的山顶。'感受不到强烈的目光,只有我敏锐的耳朵在听,有如呼吸,有如滴露……'艺术家波隆斯基非常热爱自由与光明,无垠的、耀眼的地平线,令人陶醉的、南方的傍晚,这种景象美不胜收。'我的心境如此广阔!'诗人的这声呼喊表达了其对自由与无拘无束的向往。可以说,这座南方城市给予了他创造力。自《骑马闲游》这首诗后,波隆斯基的创作发生了转变。"②

1845—1851年,波隆斯基在高加索地区工作多年,结识了一些格鲁吉亚和阿塞拜疆的诗人、学者,熟悉了不少异民族民间文学,创作的题材更丰富了:"波隆斯基在此期间也熟识了一些格鲁吉亚和阿塞拜疆的诗人、学者。一来到梯弗里斯,波

---

① [俄]艾亨巴乌姆:《波隆斯基》,《波隆斯基诗选》,列宁格勒,1954年,第21页。
② [俄]穆欣娜:《波隆斯基的诗歌和散文》,《波隆斯基选集》(两卷本),第1卷,莫斯科,1986年,第7—8页。

隆斯基马上进入了一个新的社交圈子,在这里他的诗歌热情被焕发……他也熟识格里鲍耶陀夫和屈谢尔贝克尔的朋友阿赫威尔多娃。波隆斯基的文献中的很多材料都可以见证他对阿塞拜疆民间文学的浓厚兴趣,如民谣、谚语、地方语言。《扎哈尔女士之歌》的翻译是在阿塞拜疆诗人、学者巴基汉诺夫的帮助下完成的,也是在他的详细说明下,波隆斯基完成了《鞑靼歌谣》的创作。在此期间,波隆斯基也结识了阿塞拜疆著名的诗人和学者米尔扎·法达利·安宏多夫,他当时也在梯弗里斯居住,而且也在行政长官的办事处工作。这样,波隆斯基与格鲁吉亚和阿塞拜疆文学领域的杰出人物结下了深厚的友谊,他也仔细研究了高加索地区人民的文学创作。在此基础上,他才出版了一系列的作品,如《在伊麦列京人中》《达玛拉和她的歌唱家绍塔·路斯达威尔》,他还创作了一部诗体史诗《伊麦列京[①]女皇,达丽让娜》。"[②]尤其是他因为工作需要,几乎走遍梯弗里斯各地,这为他全面、深入地了解当地的风景和风俗民情提供了充足的条件:"在行政长官办公室工作期间,他曾被委派统计梯弗里斯所有城市和县城的数量,这就要求他必须出行收集资料,虽然这项工作比较麻烦,但还蛮有意思:'1848年,从4月11号到9月16号,我似乎就没有从马背上下来过(如果我没记错的话)。'"[③]这样,"高加索令人心旷神怡的空气、惊险陡峭的山路、充满神秘色彩的东方习俗,这些与波隆斯基之前遇到的一切都那么的不同,还有格鲁吉亚悠久的文化气息——所有的这一切都让诗人的诗歌创作灵感飞向顶峰。几年之后,1849年,波隆斯基发行了一部关于高加索的诗歌集,其中记载了高加索的历史与文化现象,也描绘了这个热爱自由的民族的风土人情。……后来,波隆斯基离开了梯弗里斯。1851—1853年他满怀着对高加索不可磨灭的感受,继续写着能够引起对格鲁吉亚历史与文化追思的诗歌:《萨达尔》《萨亚特-诺瓦》《达玛拉和她的歌唱家绍塔·路斯达威尔》《双唇的选择》《在伊麦列京人中》《老萨赞达利乐师》等等。"[④]

在波隆斯基的高加索题材创作中,颇为出色的抒情诗,如《格鲁吉亚女郎》:

　　昨天,在铺着地毯的屋里,
　　　　你第一次见到了格鲁吉亚女郎,
　　她穿着丝绸服装,绣满金银边饰,
　　　　透明的薄纱在后背轻扬。
　　今天,头戴雪白的披纱,可怜的女子,
　　　　沿着山间小路轻盈如风地向前,
　　穿过墙上的豁口,走向小溪,

---

① 这是居住在格鲁吉亚西部的一个部族,也是当地的地名。
② [俄]艾亨巴乌姆:《波隆斯基》,《波隆斯基诗选》,列宁格勒,1954年,第15—16页。
③ 同上书,第14页。
④ [俄]穆欣娜:《波隆斯基的诗歌和散文》,《波隆斯基选集》(两卷本),第1卷,莫斯科,1986年,第8—9页。

头上顶着带花纹的高水罐。
但请勿急着紧随她，我疲惫的同伴——
切莫迷恋不切实际的幻影！
海市蜃楼无法消除酷热中折磨人的渴盼，
也不能带来水声潺潺的美梦！①

诗人描写了第一次见到格鲁吉亚女郎的新鲜感：她住在铺着地毯的屋里，穿着绣满金银边饰的丝绸服装，还有透明的薄纱在后背轻扬。她们头戴雪白的披纱，辛勤劳动：头上顶着带花纹的高水罐，沿着山间小路轻盈如风地向前，穿过墙上的豁口，走向小溪，去打水。这在俄罗斯内地是很难见到的，特具异域情调，所以特别新鲜动人。又如《格鲁吉亚之夜》：

格鲁吉亚之夜——我沉醉在你的芬芳里！
在凉沁沁的屋檐下我心花怒放，
我躺在软柔柔的地毯上盖着毛茸茸的斗篷，
听不到狗的吠叫，也听不到驴的嘶鸣，
在弦乐忧伤的哀诉中没有任何野性的歌声。
我的主人睡熟了——高挂的铁长柄勺里灯芯熄灭了。
瞧那月亮！——我多么高兴
我们乡村的油灯已烧尽了芝麻油。
其他的灯燃起来了，我听到另一种和谐之声。
啊，上帝！多么和谐的共鸣！听！多好的一种鸟——
沼泽地的夜鸟在远处啼鸣——
它的啼声就像长笛，断断续续，清澈纯净，
带着哭腔的啼声——总是一次又一次
重复同一个音调——令人沮丧地轻轻哼哼，
难道它不让我安睡！难道它
要唱得我满心伤悲！我闭上眼睛，
万千思绪纷纷涌现绵绵不断，
仿如从山上奔向狭谷的浪波层层，
但层层浪波随后沿着狭谷奔流
以便奔到尽头融入无垠的沧溟！
不！到达大海以前
它们在山谷奔流，灌溉葡萄藤
和庄稼——这溪边古老民族的希望。

---

① 曾思艺、王淑凤译自《波隆斯基诗选》，列宁格勒，1954年，第98页。

可你们，我的思绪！——你们飞向永恒，
在飞行中穿透了无数重世界！——你们
请告诉我，在这异乡的土地，
在这被太阳热爱并且被太阳烧毁的土地，
难道你们要枉自捕风捉影？①

诗歌描写了芬芳凉爽的格鲁吉亚之夜，那里屋里虽然铺着软柔柔的地毯，却盖着毛茸茸的斗篷，在高挂的铁长柄勺里点着灯芯，夜空中飘荡着忧伤的弦乐和沼泽地夜鸟像长笛那样但又带着哭腔的啼声，断断续续而又清澈纯净。这确是很有异域情调的夜间景象。

波隆斯基高加索异域风情的诗歌在当时的文学史上很有意义："波隆斯基高加索时期的诗歌创作具有独特的诗风，与他以前的诗歌作品风格迥异。对高加索地区人民生活的深入研究，使他能够密切地接触该地区的历史和政治生活，他诗歌的题材也因此更加广泛了。在普希金和莱蒙托夫之后，高加索文学似乎被冰冻，特别是50年代的俄国文学。20年代的文学发展和新时代的要求之间的差距正在疾呼文学重新回归到过去的风格和题材。对于高加索来说，这种需求不仅是生活本身决定的，更是历史要求的。几乎和波隆斯基同时，列夫·托尔斯泰也开始创作有关高加索的题材——希望能出现一种崭新的、更贴近现实的、而非诗意的新形式来替代传统旧俗。"②

1857年春天，波隆斯基出国，先后去过德国、瑞士、意大利、法国，1858年8月年回国。一年多的异国生活，使波隆斯基对外国有了一定的了解，并且在自己的创作中引入异国题材，较好地表现异国生活。《意大利海岸》就是如此，又如《索伦托之夜》：

迷人的仙境！索伦托进入梦乡——
思绪漫飘——心儿摇荡——
塔索的灵魂开始歌唱。
月亮银光闪闪，大海声声召唤，
夜把自己银光灿灿的网
随着海浪拉向远方。

海浪慢慢滑游，拱门下水声潺潺，
渔夫把自己的火把点燃，
沿着海岸边向前航行。
女主角，那不是你的歌声

---

① 曾思艺、王淑凤译自《波隆斯基诗选》，列宁格勒，1954年，第105—106页。
② [俄]艾亨巴乌姆：《波隆斯基》，《波隆斯基诗选》，列宁格勒，1954年，第16—17页。

从高高的阳台飘飞到大海上空，
悠扬婉转，敲击着午夜，慢慢散入海风？

出卖良心的闹钟，
冰冷铜件拖长的撞击声，
你不会唤醒任何人！
一个无知的人在这里拜谒，
他相信一切，倾听一切，
但什么都是一团混沌。

可女主角，为什么你的歌声
由于午夜当当的钟鸣
而突然中断顿时喑哑？
我的夫人，你在等候谁呢？
哦！你不正是塔索歌唱的
埃列奥诺娃！

是谁吸着雪茄穿过黑暗，
走到弹奏吉他的你身边？
为什么你挥挥手，又唱
——靠着栏杆，
低下头，垂着发卷——
"啊，我的偶像！"

激动与热情拥抱着我，
我感到，意大利热情似火，
的确是言之有理。
月亮银光闪闪——大海进入梦乡——
思绪漫飘——心儿摇荡——
塔索的灵魂在为爱情哭泣。①

索伦托是意大利南部城镇，位于索伦托半岛北岸，濒临那不勒斯湾，城市建筑于海滨的峭壁上，四周环绕着橘子、柠檬、油橄榄与桑树，景色绮丽。索伦托是意大利文艺复兴时期著名诗人塔索（1544—1595）的故乡。这首诗描写了索伦托迷人的仙境般的夜景，月亮银光闪闪，大海声声召唤，更有塔索所歌唱的那种美女，热情似

---

① 曾思艺译自《波隆斯基选集》（两卷本），第 1 卷，莫斯科，1986 年，第 127 页。

火,使诗人深感塔索的灵魂在这美丽的夜晚,面对可爱的美人,在为爱情哭泣和歌唱。这样,全诗就不仅写出了索伦托自然风景的美丽,更写出了其人文美的神韵,令人久久难忘。

第二,叙事色彩。波隆斯基抒情诗大多数都有一个显著的特点,那就是具有相当浓厚的叙事色彩,这在其他诗人那里,是颇为罕见的。在普希金、莱蒙托夫、丘特切夫、费特、迈科夫等诗人那里,偶尔也会有些诗有一定的叙事色彩,如普希金的《致凯恩》、莱蒙托夫的《美人鱼》、丘特切夫的《啊,我记得那黄金的时刻》、费特的《柳树》、迈科夫的《遇雨》等,但他们的大多数抒情诗还是以抒情为主的,而波隆斯基则恰恰相反,大多数抒情诗都具有浓厚的叙事色彩,这大约主要是因为:"波隆斯基诗歌的抒情来源是以特写的、天然的现实素材为背景而存在的。在抒情叙事的前提下,它可能来源于写生画、浪漫诗、戏剧或者'短篇悲剧'。"① 而《极地的冰》《鲜花》《道路》《最后的叹息》《奇维塔-韦基亚》《再见!……哦,是的,再见! 我心如刀割……》《茨冈女郎之歌》《车铃》《冬天的道路》《相遇》《女隐士》《同貌人》等等,每首诗中都有一个大致的故事情节,叙事色彩相当突出。再如《老太婆,到我这儿来吧……》:

老太婆,到我这儿来吧,
我已等你很久。——
一个茨冈女人来到她面前,
衣衫褴褛,蓬发垢首。
——我告诉你全部真相;
只要让我看看你的手:
小心点,你那亲爱的人儿
已有欺骗你的图谋……

于是她在空旷的田野里
为自己摘下一朵鲜花,
边扯下每一片白色花瓣,
嘴里边嘟嘟囔囔咿咿呀呀:
爱——不爱——不爱——爱。
散落四周的花
用清晰又暧昧的语言说"是",
通过心灵告诉她。

---

① [俄]穆欣娜:《波隆斯基的诗歌和散文》,《波隆斯基选集》(两卷本),第 1 卷,莫斯科,1986 年,第 9 页。

她的嘴角——挂着微笑，
　　内心——却是眼泪和雷雨。
　　带着陶醉和忧伤，
　　他凝望着她的眸子。
　　她说：你的欺骗
　　我预料到了——而且我不骗你，
　　我试图对你满怀恨意，
　　可是却无能为力。

　　他就这样一直忧伤地凝望，
　　但他的脸颊却在发红……
　　他用双唇吻着她的肩膀，
　　开口细诉深衷：
　　——躲开我！——我知道，
　　我会使你凋零，
　　因为我爱你，
　　疯狂而充满激情！①

这首诗发表在《现代人》1856年6月号上时，标题是《算命》，1859年收入诗集中，诗人亲自改为以第一句为题。这是一首爱情诗，女方极爱男方，但可能对对方的某些问题已有所察觉，因而对其爱情感到疑惑，于是就去找茨冈女人看手相。尽管茨冈女人提醒她亲爱的人已有欺骗的图谋，她还是不愿相信，又走到田野里摘下鲜花，开始占卜。终于，她和所爱的人见面了，她忍不住明确告诉他，自己已看透了他的欺骗，但就是无法对其满怀恨意。男方可能属于那种恋爱时像火山爆发，一旦激情冷却就移情别恋的类型，因此也告诉她躲开自己，因为自己的爱疯狂而充满激情，很容易毁了她。苏霍娃指出，"'爱会导致毁灭'——波隆斯基就这样简短而清晰地揭示了自己作品的心理症结"，并把它与费特、丘特切夫揭示爱导致毁灭的相关诗行进行比较后，对此诗进行了较为详细的研究。②

波隆斯基还往往通过童话或寓言的方式，来构成其抒情诗的叙事色彩，如《太阳和月亮》：

　　深夜，月亮把自己的清光
　　投进幼儿的小床。
　　"月光为什么这样亮？"
　　他胆怯地向我细问端详。

---

① 曾思艺、王淑凤译自《波隆斯基诗选》，列宁格勒，1954年，第183—184页。
② [俄]苏霍娃：《俄罗斯抒情诗大师》，莫斯科，1982年，第98—102页。

太阳劳累了一整天,
于是上帝对他说:
"躺下,睡吧,紧随你做伴,
一切都将打盹,一切都要睡着。"

于是,太阳向兄弟求援:
"我的兄弟,金色的月亮,
请你点亮灯笼——夜间
绕地球一周巡望。

"谁在那里祈祷,谁在啼哭,
谁在妨碍人们睡觉,
你要把一切探听清楚——
早晨回来向我报告。"

太阳入睡了,月亮起身了,
守卫着地球的宁静。
明天大清早
弟弟就会把哥哥叫醒。

笃——笃——笃!门被敲响。
"太阳,快起床——白嘴鸦已在飞绕,
公鸡早已在喔喔歌唱,
钟声正召唤人们去晨祷。"

太阳起床,开口即问:
"怎么啦,亲爱的,我的兄弟,
上帝是怎样把你指引?
你为何这样苍白?你出了什么事?"

于是,月亮开始叙说自己的情形,
谁在指引自己,又是如何指引。
如果夜晚和平宁静,
太阳就会乐呵呵地东升。

　　　　如果正相反——太阳就会陷入浓云密雾，
　　　　风儿吹刮，雨儿淅沥沙拉，
　　　　保姆不敢去花园散步，
　　　　孩子们也不能外出玩耍。①

　　全诗以讲童话的方式，把日落月出的自然现象，通过生动活泼的故事讲得有声有色：太阳是哥哥，劳累了一天，因此请弟弟月亮晚上代自己在天上巡视一周，月亮认真而负责，以致累得脸色苍白。因此，苏霍娃认为，"波隆斯基的抒情诗鲜明地体现出童话、幻想或者魔幻的成分"②，他的"许多诗都充满童话、幻想或魔幻般的情调。真实的事件在其中往往同幻想、回忆、梦想、梦境紧紧纠结在一起"③。她还具体分析了《太阳和月亮》《冬天的道路》《车铃》等诗的魔幻特征。④

　　《夜莺的爱情》则采用了寓言的方式：

　　　　在我作为夜莺，在树枝间
　　　　　飞来飞去的那些日子里，
　　　　我喜欢以锐利的目光不时观看，
　　　　　窗内那只华丽的笼子。

　　　　在那小笼里，我记得
　　　　　曾经住着一只美人儿
　　　　她的激情不由自主地吸引她观看什么，
　　　　　习性强迫她不得不如此。

　　　　暗夜中，我泪水盈盈，
　　　　　抱着一种怡然自得的幻想，
　　　　我在幽静的林荫道上歌唱爱情，——
　　　　　声音颤抖着，如同泪珠流淌。

　　　　我甚至嫉妒月亮……
　　　　　常常羡慕梦中的女隐修士，
　　　　在风中，伴着滚滚流动的芳香，
　　　　　我发出深情的叹息。

---

①　曾思艺、王淑凤译自《波隆斯基诗选》，列宁格勒，1954年，第44—45页。
②　[俄]苏霍娃：《俄罗斯抒情诗大师》，莫斯科，1982年，第54页。
③　[俄]苏霍娃：《生命的天赋》，莫斯科，1987年，第77页。
④　[俄]苏霍娃：《俄罗斯抒情诗大师》，莫斯科，1982年，第54—55页。

朝霞常常凝神
　　细听我那告别的小夜曲，
在我的幼儿睡醒的时分，
　　她在水晶的浴盆里哗哗沐浴。

有一次一场雷雨疾驰而过……
　　突然，我看见——窗户敞开，
啊，多么高兴！笼子自己打开了，
　　以便把可怜的鸟儿放出来。

我开始呼唤美人儿，
　　在阳光下，在绿荫中——
唤她去那舒适的鸟巢里，
　　那里湿润的阴影在四周聚拢。

"离开金色的囚牢！
　　请听上帝的声音！"——
我呼喊……但只有天知道，
　　她竟放弃自由，冷漠地在笼中栖身。

我后来发现，这可怜的人儿
　　啄食着精选出来的米粒——
然后，唧唧鸣叫——我不知道她的心思——
　　那么忧伤，那么真挚！

她可是在悲戚
　　部分翅膀被绑上？
或是伤心，春天早早飞逝，
　　把我的歌声永远带向了远方？①

　　一只公夜莺爱上了一只母夜莺，那是一只美丽的夜莺，但也是一只被人关在笼中圈养的夜莺。尽管他一再歌唱爱情，向她表达一片深情，但也无法成功。好不容易有一天，暴风骤雨来了，雷雨过后，他发现鸟笼居然打开了，喜出望外，深情地呼唤美人儿赶快逃出来，一同去往自由的林中天地。然而，她却不为所动，甚至无动于衷，宁愿放弃自由，冷漠地在笼中栖身。后来，他才发现，她已经离不开笼中那精

---

① 曾思艺、王淑凤译自《波隆斯基诗选》，列宁格勒，1954年，第190—191页。

选出来的米粒。诗歌以寓言的方式讲述一个哲理：动物和人都难以挣脱习惯的环境，哪怕这是牢笼，自由之路极其艰难。

第三，印象主义特色。和丘特切夫、费特一样，波隆斯基的抒情诗也有颇为突出的印象主义特色。这一特色的形成，源于诗人对生活的理解，如《跨着无常的步伐，生活向前奔去……》：

> 跨着无常的步伐，生活向前奔去，
> 你难道理解它的意图！
> 抓住某一个瞬间，生活表现自己；
> 难道这个瞬间会由你做主？
> 生活耐心十足，喜欢不断试验——
> 它不知道终点也不急于走向终极目标。
> 诗人！不要相信它预想的忧烦，
> 只可勉强相信它那快乐的外貌。①

在诗人看来，生活是跨着无常的步伐向前飞奔的，而且总是抓住某一个瞬间来表现自己，并喜欢不断试验，因此，人很难理解它的意图，最好的办法就是把握瞬间，通过瞬间去领悟生活的本质乃至奥秘。因此，波隆斯基抒情诗的印象主义特色就主要表现为把握瞬间并通过瞬间表达满腔情思。这样，他在诗中特别注意把握乃至表现瞬间的感悟，而这是印象主义的突出特点之一，如《当我听到你悦耳动听的语声……》：

> 当我听到你悦耳动听的语声，
> 孩子，我感到，偶然飞来的微风
> 给我带来了故乡山谷的回音，
> 灌木林的沙沙，村庄熟悉的钟鸣，
> 你的声音，为我唤醒
> 和她最后离别时互道珍重的情景。②

诗歌抓住听到一个孩子说话的乡音这一瞬间的独特感受，表达了自己对故乡和曾经的恋人的深情：孩子的乡音这偶然飞来的微风，让诗人瞬间神回故乡，听到了故乡山谷的回音，灌木林的沙沙声以及村庄熟悉的教堂钟鸣声，更让他想起了与她最后离别时互道珍重的情景。这瞬间的神游，却十分生动形象并入木三分地写出了诗人对故乡和恋人的深情，印象主义特色能让诗人简短、形象、生动、有力地表达自己的思想感情。又如《月光》：

> 坐在长凳上，在轻轻呢喃的

---

① 曾思艺译自《波隆斯基选集》（两卷本），第1卷，莫斯科，1986年，第101页。
② 曾思艺译自上书，第95页。

树叶的透明阴影中,
我听见夜翩然降临,也听见
公鸡在此呼彼应。
繁星在远处闪闪烁烁,
云朵被照耀得光彩熠熠,
魔幻般迷人的月光
颤动着悄悄泻满大地。

生命中最美好的瞬间——
心中充满火热的希望,
恶、善与美
这些宿命的印象;
亲近的一切,遥远的一切,
忧伤和可笑的一切,
心灵里沉睡的一切,
在这一瞬间光华烨烨。

为何对逝去的幸福
现在我丝毫也不惆怅,
为何往昔的欢乐
仿若忧愁一般凄凉,
为何昔日的忧伤
还如此鲜活,如此明亮?——
这莫名其妙的幸福!
这莫名其妙的悲伤!①

在一个傍晚,抒情主人公坐在树荫下的长凳上,感觉到夜翩然降临,繁星在远处不停闪烁,魔幻般的月光颤动着悄悄泻满大地,云朵被照得光彩熠熠,他顿时感到这是生命中最美好的瞬间:所有的一切,包括心灵里沉睡的一切,都在这一瞬间光华烨烨,他对逝去的幸福丝毫不感到忧伤,深感往昔的欢乐像忧愁一样凄凉,昔日的忧伤却如此鲜活和明亮,一种莫名其妙的幸福和一种莫名其妙的忧伤,悄悄地袭上心头。短短一个瞬间,就把抒情主人公的人生感悟和复杂的情思生动地表现出来了。

第四,隐喻、对喻和象征。作为19世纪的诗人,波隆斯基也在一定程度上受到浪漫主义的影响,有些诗歌也采用直叙胸臆的艺术手法,如《夜》:

---

① 曾思艺、王淑凤译自《波隆斯基诗选》,列宁格勒,1954年,第69页。

> 我为何爱你,明亮的夜——
> 我如此爱你,回肠九转地欣赏你!
> 我究竟为何爱你,静谧的夜,
> 你把安宁给了别人,而不是我自己!……
>
> 我何曾需要这星星、月亮、天空、云彩——
> 它们的光影滑过冰冷的花岗石,
> 使花朵上的露珠幻化成晶亮的金刚石,
> 并且就像一条金光大道,越过茫茫大海?
> 夜啊!——我多么爱你那银灿灿的光亮!
> 它能使隐藏着泪水的痛苦变得快乐,
> 它能允诺焦渴的心灵以希望,
> 解决对重大问题的疑惑。
>
> 我何曾需要这昏睡的山冈——梦中树叶的簌簌——
> 黑沉沉大海永远喧嚣的波浪——
> 花园幽暗处昆虫的唧唧咕咕——
> 泉水叮咚出一路和谐的轻歌低唱?
> 夜啊!——我却多么喜欢你那神秘的喧闹!
> 它能降低心灵极度的狂热,
> 它能平息狂乱思想的风暴——
> 那在黑暗中更炽烈,寂静中更喧闹的一切!
>
> 我不知道,我为什么爱你,夜——
> 如此爱你,回肠九转地欣赏你!
> 我不知道,我为什么爱你,夜——
> 也许,是因为我的宁静遥遥无期!①

全诗直抒对夜的深情热爱——极其爱它,甚至回肠九转地欣赏它,只是因为它表面上有神秘的喧闹,实际上却十分宁静,能够降低心灵极度的狂热,平息狂乱思想的风暴。

不过,波隆斯基更喜欢采用的艺术手法是隐喻、对喻和象征。

隐喻方面的出色作品很多,著名的如《我的心灵》:

> 我的心是一汪清泉,我的歌是浪花滚滚,

---

① 曾思艺、王淑凤译自《波隆斯基诗选》,列宁格勒,1954年,第130页。

> 从远处降落——四散飞洒……
> 在雷雨下——我的歌,像乌云,黑沉沉,
> 　　黎明时分——我的歌中映着片片红霞。
> 假如出人意料的爱情火花突然燃起,
> 　　或者心中的痛苦越积越深——
> 我的眼泪就会与我的歌融为一体,
> 　　浪花就会赶忙带着它们向前飞奔。①

全诗通篇由隐喻"我的心是一汪清泉,我的歌是浪花滚滚"展开:当心灵雷雨交加时,歌便像黑沉沉的乌云;当心灵到了黎明时分,歌里便映着片片红霞;而当出人意料的爱情火花突然燃起或是心中的痛苦越积越深时,那么眼泪就会与歌融为一体。总之,歌来自心灵这一源泉,心灵的种种变化无不迅速、突出地在歌中表现出来,从而生动形象地说明了诗歌与心灵的密切关系。又如《题 K. Ш 的纪念册》:

> 作家,如果他是波浪,
> 那么,俄罗斯就是海洋,
> 当海洋骚动激荡,
> 他也无法不骚动激荡。
>
> 作家,如果他是
> 伟大民族的神经,
> 当自由受伤害时,
> 他也无法避免伤痛。②

全诗由多重隐喻展开:作家如果是波浪,俄罗斯就是海洋,海洋骚动激荡,作家也会动荡不安;作家如果是伟大民族的神经,那么当自由受到伤害,他也就无法避免伤痛。

受丘特切夫影响,波隆斯基也像丘特切夫一样,在抒情诗中也大量采用对喻手法。他或者让自然现象与人事和心灵形成对喻,如《蜜蜂》:

> 从最后的花瓣上死亡的蜜蜂,
> 在姐妹们的帮助下,你并非徒劳地用
> 纯琥珀色的蜂房精心装饰了蜂箱。
> 整个夏天保护你的那只臂膀,
> 你用最甜蜜的礼物进贡。

---

① 曾思艺、王淑凤译自《波隆斯基诗选》,列宁格勒,1954年,第 182 页。
② 曾思艺、王淑凤译自上书,第 292 页。

> 而我，从上帝的田地搜集带花的果实，
> 我早在黎明前就回到家乡的花园；
> 可我想找到自己的蜂箱却是枉然……
> 那里向日葵繁花盛开，荨麻遍地，
> 我们珍贵的东西没有地方放置……①

此诗创作于1855年。第一节写蜜蜂尽心尽力采蜂蜜，并和姐妹们一起用纯琥珀色的蜂房精心装饰了蜂箱，用最甜蜜的礼物进贡给整个夏天保护自己的那只臂膀；第二节则写抒情主人公从上帝的田地里收集带花的果实，辛辛苦苦，却找不到自己的蜂箱，珍贵的东西没有地方放置……蜜蜂和人形成对喻，蜜蜂的劳动终有成果反衬出人的劳动毫无结果，从而含蓄而深刻地表达了对当时专制黑暗高压社会的抗议（"带花的果实"在这里具有象征意义，象征着文学艺术创作等精神成果），以艺术的方式表达了诗人1887年给费特的信中所表现的19世纪50年代的真实思想和情绪："在尼古拉一世在位期间，写作根本就是不可能的，书刊检察机关彻底破坏了写作，我那毫无恶意的小说：《春天的雕像》和《格鲁尼娅》，以及其他的作品都被书刊检查机关禁止发表，诗也被删减了，本应该为每一个词和他们去抗争的。但我根本不可能在这种斗争中'收复失地'——因为作家是被列入监视范围之内的，人们建议谢尔宾纳在谈论中不要用到黑格尔和谢林的名字；否则人们将会对你表示不赞同，你什么也得不到。波戈金、霍米亚科夫、克拉耶夫斯基、萨马林，他们也都被怀疑过——语言上的怀疑，我在50年代就是过着这么可怕的、沉重的生活！"②又如《星星》：

> 在茫茫夜空
> 遥遥闪烁的繁星中间，
> 极地的云
> 像乳白的斑点
> 游移不定，
> 浮过天边，
> 几颗灿烂的新星，
> 悄然闪现。
>
> 你们，迷雾般的思想
> 就这样静静地疾行，
> 而无法表达的思想

---

① 曾思艺译自《波隆斯基选集》（两卷本），第1卷，莫斯科，1986年，第107—108页。
② [俄]穆欣娜：《波隆斯基的诗歌和散文》，《波隆斯基选集》（两卷本），第1卷，莫斯科，1986年，第10—11页。

暗暗请求着心灵，
　　你们就这样在我们
　　黑沉沉的坟墓上方，
　　没有机会闪闪发光，
　　一如那明亮的星星。①

　　茫茫夜空中，繁星闪闪，而在游移不定的极地的云中，又悄然闪现几颗灿烂的新星；然而，尽管迷雾般的思想也在心空中静静疾行，但无法表达的思想，却没有机会在黑沉沉的坟墓上方，像那几颗灿烂的新星一样闪闪发光。第一节星星与第二节的思想对喻，以星星能灿烂发光反衬出思想的无法表达，同样含蓄地揭露了专制社会的严酷和高压。

　　除了用自然现象作为思想感情的对喻外，波隆斯基也像丘特切夫一样，善于以心灵现象来比喻自然现象，如《莫非我的激情……》：

　　莫非我的激情
　　掀起了一场风暴？
　　可同风暴抗争
　　哪能由我主导？

　　绿油油的花园上空，
　　风暴迅飞疾驰，
　　乌云滚滚追从，
　　撒下冰雹，撒下雨滴。

　　上帝啊！花儿凋落的玫瑰
　　那一片片绿叶上，
　　不正是我们的眼泪
　　像钻石一样闪闪发光？

　　或者，大自然
　　也像生活中的心灵，
　　有时春风满面，
　　有时痛苦潮涌。②

　　首先写心灵中有宁静的时候，更有被激情掀起风暴的时候，然后再写大自然中

---

① 曾思艺、王淑凤译自《波隆斯基诗选》，列宁格勒，1954年，第181页。
② 曾思艺译自上书，第79页。

风暴迅飞疾驰过绿油油的花园,撒下冰雹,撒下雨滴,使花儿蒙受痛苦,最后指出:大自然或许也像生活中的心灵一样,有时春风满面,有时痛苦潮涌,从而使两者既对喻又沟通起来。

不过,波隆斯基在对喻上对丘特切夫有所推进,他不只是用自然现象作为心灵、思想、感情的对喻,而且擅长用事件、人等来构成思想感情的对喻,如《黑海东岸之夜》:

听!——枪声——快起来!也许,是袭击……
是否要把哥萨克叫醒?……
也许,是轮船驶进堡垒区里,
带来了对岸亲人的书信。
打开窗户!——伸手不见五指!在这样的晚上
谁能看见翘首等待的驶近的帆儿?
漫天的乌云遮蔽了月亮。——
也许是雷声?——不,不是雷声——想象的游戏……
我们为什么惊醒,唉,谁能告知周详!
没有回答,只有巨浪哀号着哗哗拍击……

而今,诗人宁静的心灵中,时常
涌现一些无形的形象,
不过,是渴望已久的形象——
一如那黎明前的船帆驶进海港。①

第一节写宁静的港湾突然喧闹起来,原来是黎明前的船帆驶进了海港;第二节写诗人宁静的心中,有时也突然涌现一些渴望已久的无形形象,搅翻了心灵的平静。第一节驶进海港的船帆打破港湾宁静这一事件对喻着第二节诗人宁静的心灵中涌现渴望已久的形象,从而颇为形象地揭示了诗歌创作过程中形象乃至整首诗歌酝酿、产生的奥秘。又如《乞丐》:

我熟知一位乞丐:影子一般
从早晨开始,老头整天
在窗户下来回奔波,
并乞求施舍……
然而,到深夜
他就把乞讨到的一切,
分送给病人、残废者和盲人——

---

① 曾思艺、王淑凤译自《波隆斯基诗选》,列宁格勒,1954年,第129页。

这些像他一样的穷人。

当代有一类诗人正是这样,
他们丧失了少年时代的信仰,
像老乞丐一样疲惫不堪,
乞求着精神的食粮。
生活施舍给他的一切东西,
他都感激地加以珍惜,
于是他就可以共享灵魂
和另一个像他一样的可怜人。①

第一节写一位乞丐从早晨开始,整天在来回奔波,乞求施舍,然后到深夜把乞讨到的一切分送给病人、残废人和盲人;第二节写当代也有类似的诗人,他们丧失了少年时代的信仰,到处乞求精神的食粮,生活施舍给他的一切,他都感激地加以珍惜,以便和另一些像他一样的可怜人共享灵魂。这就使得第一节的乞丐成为第二节诗人的对喻。再如《别人的窗户》:

记得在某地一个深夜暴雨如注,
我在别人的窗下徘徊冷得浑身簌簌;
别人的窗内灯火熠熠,
火光呼唤我——敲击玻璃……
上帝啊!腾起一片嘈杂混乱!
我使这栋高贵的房子紧张不安!
"谁敲窗户!"有人叫喊,"滚开,小偷啊!
难道你不知道,旅店在哪吗!"
对我来说,你们的心——也是别人的房子,
即使有时里边灯火熠熠,
何况我是有涵养的人——不会拿走任何东西,
只是出于绝望而把你们的心扉敲击……②

诗歌首先写自己的某次经历:去到外地,又是深夜,碰上暴雨如注,冷得浑身簌簌发抖,看到别人房子的窗内灯火熠熠,不由得敲击窗户的玻璃,试图进去躲雨,然而,人们生怕他是小偷,紧张得愤怒起来,喝令他滚开;然后,诗歌突然一转:对我来说,你们的心也是别人的房子,尽管我很有涵养,不会拿走任何东西,只是处于绝望而敲击你们的心扉,但你们毫无同情之心,断然拒绝……以雨夜被陌生人拒绝进入

---

① 曾思艺、王淑凤译自《波隆斯基诗选》,列宁格勒,1954 年,第 101 页。
② 曾思艺、王淑凤译自上书,第 253 页。

房子来对喻因为绝望而敲击别人的心扉遭到严拒,从而生动、含蓄、深刻地写出了人的绝望和孤独无助,很有现代色彩。

波隆斯基在抒情诗中还颇为纯熟地较多采用象征手法。他或者采用自然景象作为象征,如《日暮》:

> 我看见,金灰色的云堆
> 布满了整个西天;霞光熠熠
> 闪耀在云缝间;晚霞的余晖
> 照亮了多石的峭壁,
>
> 悬崖的石棱,白桦林和云杉,
> 还有下面无际无垠的海洋。
> 黑色的巨浪不停地喧嚣、激荡,
> 迅飞疾驰,挟带着昏暗。
>
> 通往海滨的小路透过灌木丛依稀可见,
> "你好!海洋!"我走向大海,并且呼喊。
> 生活和人世已把我变得冷漠消极,
> 请让我以热情的问候欢迎你!……
>
> 但巨浪撞击着礁石,
> 重重地飞速跌落,沉入泡沫,
> 喧嚣着,翻滚着,退了下去:
> "请等新浪吧,我已败缩……"
>
> 新浪飞奔而来,一路喧嚣不断,
> 我从每一巨浪中听到的都是同一种咏唱……
> 心灵充满了无穷的渴望——
> 我等着——天色越来越黑,落日渐渐暗淡。①

"我"被生活和人世搞得冷漠消极,奔向大海,想投身海洋,献出自己的全部热情。然而,在红霞辉映中,黑色的巨浪迅飞疾驰,喧嚣激荡,奋力撞击礁石,尽管它又飞速跌落,沉入泡沫,但新浪飞奔而来,一路喧嚣不断。"我"从每一巨浪中听到的都是同一种不怕失败敢于挑战的咏唱,冷漠消极的心灵突然"充满了无穷的渴望",满怀生机地等待着……在这里,大海中一浪接一浪撞击礁石的巨浪是大自然

---

① 曾思艺、王淑凤译自《波隆斯基诗选》,列宁格勒,1954年,第347页。

生命力的象征,也是敢于搏击不怕失败越挫越勇的人生的象征,无怪乎抒情主人公被其深深打动,心灵充满了无穷的渴望。

或者,他直接采用自然中的某种动物作为象征,如《老鹰》:

我又眼睛一眨不眨地凝望太阳的光辉,
我看见了远处几只幼鹰正在嬉戏——
我用贪婪的目光伴送它们起飞,
　　并且很想知道——它们飞向哪里……
但我开始变得笨重——走向衰老——不无忧伤。
我独自坐在清流旁,
在被捣毁的鸟巢外,
偶然间忘记了时光,
它们的翅膀和自由的叫声汇成遥远的声响:
　　"到这儿来,到这儿来！老头,到这儿来！"
我张开颤抖的双翅,
试图使足劲飞翔,
　　唉！徒劳的努力！
我只是张开翅膀把石头上的尘土扫光——
于是,我疲倦地合拢双眼,睡意渐浓,
并等待,山上的红日慢慢昏冥,
在我后面出现了移动的黑影,
　　那是我心爱的雌鹰……①

这首诗表现的主题类似于中国古诗中的"烈士暮年,壮心不已",但更凄凉无奈。全诗细致地描写了一只苍老的雄鹰在风烛残年的短暂经历:它已经老得无法飞起,只能每天独自坐在清流旁,看太阳在天空挪移,看幼鹰嬉戏,想象它们飞向哪里,一度受到它们叫声的鼓舞,试图使足劲飞翔,然而,翅膀只是把石头上的尘土扫光而已,于是雄心顿消,疲倦地合拢双眼,睡意渐浓……这种描写,使这只老鹰成为一种象征:象征着那些到老雄心犹存然而自然规律终不可违背,所以只能凄凉无奈地挨日子的英雄。

或者,把自然现象与人的活动结合起来构成颇为复杂的象征,如《在风暴中颠簸》:

雷声隆隆,狂风呼呼。船儿颠簸,
黑沉沉的大海在汹涌激荡,
狂风撕破了白帆,

---

① 曾思艺、王淑凤译自《波隆斯基诗选》,列宁格勒,1954年,第247页。

在缆索间啪啪直响。

天穹一片阴沉,
我把自己交托给船儿,
在狭小的船舱里打盹……
　　　　船儿摇摇晃晃——我进入梦里。

我梦见:奶娘
把我的摇篮轻轻晃推,
还轻声歌唱——
　　"睡吧,宝贝!"

枕头边灯光熠熠,
窗帘上洒满月光……
各种各样的玩具
　　全都沉入金色梦乡。

我一觉睡醒……我能做什么?
怎么啦?出现了新的风暴?——
"糟透了——桅杆断折,
舵手也被砸倒。"

怎么办?我又哪能使劲?
我把自己交托给船儿,
重又躺下,重又打盹……
船儿摇摇晃晃——我又进入梦里。

我梦见:我风华正茂,激情盈溢,
我在热恋,梦想翩翩……
一片舒爽的寒气
　　从清晨起就弥漫了花园。

很快就是深夜——云杉一片青黛……
"亲爱的,我们一起去荡秋千!"
一个声音活泼可爱,
　　在我耳边轻轻呢喃。

我用一只手紧揽
她颇为轻盈的娇躯，
摇摆的秋千板
　　驯顺地荡来荡去……

我一觉睡醒……发生了什么？——
"船舵折断；波浪嗖嗖，
从船头滚滚扫过，
卷走了水手！"

怎么办？听其自然吧！
一切听天由命：
假如死亡唤醒了我啊，
　　我不会在这儿睡醒。①

  这是勃洛克最喜欢的波诗之一，整首诗形成了颇为复杂的象征。首先，是现实与梦的对立所构成的大象征。整首诗颇有故事性，很有节奏感地写了两次入梦两次醒来。抒情主人公面对的是黑沉沉的大海，风暴袭来，狂风撕破了白帆，而他毫无办法，只能把命运托付给船儿，自己在狭小的船舱里打盹，并进入了梦中。第一次，他回到了童年时代，奶娘在边唱着儿歌边摇着他的摇篮，沐浴着银白的月光，各种各样的玩具都进入了金色的梦中。然而，他很快就醒来，知道了自己所面对的可怕局面：桅杆断折，舵手也被砸倒。他万般无奈，只好又进入梦里。这回，他回到青年时代，正在热恋中，而且和恋人一起在清爽的花园里荡着秋千。但他又很快醒来，当前的情形更加严峻：船舵折断，波浪卷走了水手。面对严酷的情势，他依旧无法可想，只好听天由命，一切听其自然。在这里，大海、风暴象征着动荡不安、极其严酷的现实，而梦象征着人间温情（奶娘）、爱情（恋人）、想象以及艺术甚至逃离现实的欲望。整首诗表现了现实与梦的对立，面对严酷的现实，人总是试图逃到梦中躲避，然而现实总是紧追不舍，你越是逃避，现实的情形可能会越发严酷。俄国学者艾亨巴乌姆指出，在诗中"心灵活动已经渗入了梦境，变成了一种自然的现象存留在回忆之中：风暴摇晃着小舟——像'奶娘摇晃着我的摇篮'。梦——成为情节的心理依据（这在波隆斯基的作品中经常出现）"②。其次，还有一些小的象征，如奶娘象征人间温情、恋人荡秋千象征自由自在的爱情，梦的意义更是丰富——既可以象征温情，又可以象征爱情，还可以象征逃避的欲望和自由自在的艺术创作。

  或者，用人的某种活动构成颇为出色的象征，如《生命的马车上》：

---

① 曾思艺译自《波隆斯基诗选》，列宁格勒，1954年，第76—77页。
② ［俄］艾亨巴乌姆：《波隆斯基》，《波隆斯基诗选》，列宁格勒，1954年，第22页。

我习惯了我的马车,
我对坑坑洼洼毫不在乎……
我只是老人般哆嗦,
当夜间寒气刺骨……
时而默默地陷入思考,
时而绝望地高声大叫:
"出发!……全力拉车奔向前途。"

然而不管怎样叫喊,哭泣或者痛骂——
白发苍苍的马车夫总是执拗地一声不吭:
他用鞭子轻轻赶一下那匹驽马,
催促它们均速地慢跑徐行;
马蹄哒哒飞溅起泥浆,
全身上下微微轻晃,
它们奔入了夜色蒙蒙。①

诗歌首先引用普希金的"一大早我们坐上马车"作为题记,然后写"我"习惯了"我的马车",希望它全力奔向前途,然而白发苍苍的马车夫却总是执拗地一声不吭,只是用鞭子轻轻地赶一下驽马,催促它均速地慢跑徐行。这种表面的写实后面,有着独特的象征,这从标题"生命的马车"可以看出。实际上,这里写的是生命的旅程——白发苍苍的时间这老马车夫是不以人的意志为转移的,他总是一声不吭,赶着生命的马车慢跑徐行。

诗人甚至可以用晚钟声声来构成象征,如《晚钟声声……》:

晚钟声声……别等待黎明吧;
然而,就在十二月的浓雾里,
有时,冷冰冰的朝霞,
给我送来一丝夏日的笑意……

我灰色的日子,你悄然离去,
对一切召唤都不搭理。
一次不会没有问候的落日……
这个阴影——也不会没有意义。

晚钟声声……这是诗人的心灵,

---

① 曾思艺、王淑凤译自《波隆斯基诗选》,列宁格勒,1954年,第344页。

你满心感激这钟声⋯⋯
它不像光的呼声,
惊飞我最好的梦境。

晚钟声声⋯⋯就在远方,
透过城市惊慌的喧鸣,
你向我预言灵感,
抑或坟墓和宁静。

但生与死的幻影,
向世界讲述着某种永恒,
不管你的歌唱得怎样喧腾,
比竖琴鸣得更响的是教堂的钟声。

也许,没有它们,甚至天才
也会像梦一样被人们忘记,——
世界将会是另一番风采,
将会有另一种庆典和葬礼。①

西方人对晚钟有很深厚的感情,有不少画家以晚钟为题材,画出了传世名画,如米勒的名画《晚钟》②,俄国著名风景画家列维坦的名作《晚钟》③;也有不少诗人写到晚钟,爱尔兰诗人托马斯·穆尔(1779—1852)写有《晚钟》一诗,后来经过俄国诗人伊万·伊万诺维奇·柯兹洛夫(1779—1840)于1828年取意修改后变成了著名的俄罗斯民歌:"晚钟嘭嘭,晚钟嘭嘭,/多少往事,来我心中。//回想当年,故乡庭院,/温馨愉快,梦萦魂牵。//背井离乡,远去他方,/唯闻晚钟,耳边回响。//童年伙伴,音讯已断,/能有几人,尚在人间!//晚钟嘭嘭,晚钟嘭嘭,/多少往事,来我心中。"④

波隆斯基这首《晚钟》不像柯兹洛夫的《晚钟》主要表达温馨的怀乡深情,而是成为比较复杂的象征:首先是宗教神圣和拯救的象征,人世因为它而有意义——它超越世俗和死亡,象征永恒和神圣;其次,它也像诗人的心灵发出的声音,是永恒的艺术的象征,它穿透城市(即世俗的象征)的惊慌的喧鸣,安抚人的灵魂。正因为有晚钟声声,有永恒的艺术和永恒的神恩,天才才能不会像梦那样很快被人忘记,这个世界才具有这诗意的风采,更有一种神圣关照下、神恩庇护下的庆典和葬礼。

---

① 曾思艺译自《波隆斯基选集》(两卷集),第1卷,莫斯科,1986年,第256页。
② 详见《爱与田园的画家——米勒》,河北教育出版社,1998年,第48页。
③ 详见《十九世纪俄罗斯风景画》,湖南美术出版社,1996年,第146—147页。
④ 《重访俄罗斯音乐故乡——俄罗斯名歌100首》,薛范编,中国国际广播出版社,2001年,第81页。

波隆斯基诗歌内容的现代感(人的孤独、异化等)和艺术手法的现代性(如印象主义特色、隐喻、象征手法),使他成为俄国现代主义诗歌的先驱之一,对后世特别是白银时代的诗人产生了较大的影响。

第五节 民歌风格的唯美主义诗歌
——阿·康·托尔斯泰抒情诗的艺术特色

阿列克谢·康斯坦丁诺维奇·托尔斯泰(1817—1875)是19世纪俄国著名诗人、剧作家兼历史小说家,在小说、诗歌、戏剧等方面都卓有建树。其诗歌描写自然,歌颂爱情,探讨人生哲理,号召追求自由,反映社会问题,在具有浓厚唯美主义色彩的同时,也能反映社会现实生活。

作为一个唯美主义诗人,阿·康·托尔斯泰有高超的艺术技巧。他的抒情诗朴实又优美,具有独特的风格。与费特、迈科夫、波隆斯基、丘特切夫不同的是,他是独具特色的一个唯美主义者,他熟谙俄罗斯民歌,并把民歌的艺术手法引入诗歌创作中,使其诗歌独具民歌特色,也使他本人成为一个民歌风格的唯美主义者。因此,其诗歌尤其是抒情诗的突出艺术特点就是民歌特色。这不仅表现在他以民间英雄歌谣的形式创作了不少故事诗,更表现为以大量的民间格律、民间手法创作了许多抒情诗。

首先,像民歌那样不拘泥于诗歌格律与辞藻。阿·康·托尔斯泰学会了民间流行歌谣的自由风格,冲破人们习以为常的诗歌格律的限制,用韵不工,以自由的格式写诗。这种不拘泥格律的用韵不工,在当时遭到很多人的指责。面对这些指责,他为自己进行了辩护。1859年他在写给友人马尔凯维奇的信中说道:"在已知的界限内用韵不工,这一点对我来说没什么,我认为这样做可以与威尼斯画派的大胆涂抹相比,他们以自己的不准确,或者,准确地说,以随意性……获得了拉斐尔在其绘画中所使用的一切纯净精确所不能企及的艺术效果。"[①]他不愿意为韵脚而束缚情感,破坏诗意的内在美。除了韵律,阿·康·托尔斯泰在诗歌中,特别是抒情诗中的用词也特别朴实,能用朴实平凡的语言写出优美的抒情诗。他不喜欢雕琢辞藻,常常以普通的词汇、修辞乃至现成的套语入诗。他的那些优秀作品完全表达出自己内心的思想与感情,这些诗虽没有华丽、雕琢的外表,用词是那么朴实平凡,但是却与诗人内在情感的真挚,甚至是儿童般的天真浑然一体,相得益彰。托尔斯泰自己也说过,"庄严"不是他诗歌的整体风格。其诗歌外在的随意、朴实与内心的奔放相辅相成,创造出完美统一的艺术境界,给人以独特的魅力。如其《风铃草》,新颖活泼,完全是民歌自由奔放不拘一格的风格特点:

我的风铃草,

---

① 《阿·康·托尔斯泰作品选》,第1卷,莫斯科,1963年,第24页。

草原的鲜花！
黑蓝的眼睛，
　　为何望着我？
在欢乐的五月
　　你丁零着什么？
在没有收割过的青草中
　　你为何频频点头？

马儿驮着我箭驰
　　在自由的原野上；
它的蹄声嗒嗒
　　把你踩在脚下。
我的风铃草，
　　草原的鲜花！
黑蓝的眼睛，
　　请你不要责怪……

没有踩着你，我多高兴，
　　从你身旁驰过我多快活。
然而缰绳无法止住
　　桀骜不驯的飞奔！
我像箭一样飞驰，飞驰，
　　只是腾起一片片烟尘；
剽悍的马儿驮着我飞奔，——
　　可去向何处？我不知道！

它没有被老练的骑手
　　在关爱中驯化，
它与暴风雪为伴，
　　在纯净的田野中长大；
你的有花纹的鞍褥
　　没有像火那样闪闪发光，
我的马儿，斯拉夫人的马儿，
　　野性的，倔强的马儿！……①

---

① 曾思艺译自《阿·康·托尔斯泰作品选》，第 1 卷，莫斯科，1963 年，第 58—60 页。

整首诗读起来朗朗上口,语言朴素,押韵相当随意,极具民歌特色。而《茨冈歌谣》等诗则直接借用了民间歌谣的形式:

  从遥远的印度飞临罗斯,
  茨冈人的歌谣
  带着草原的忧郁,
  这是他们惯有的曲调。

  自由的歌声,如小溪
  淙淙流淌,
  倾诉着与亲爱的土地
  分离的忧伤。

  我不知道,歌中的欢乐激情
  来自何方,
  但俄罗斯的豪勇
  却在歌声中跳荡!

  歌声里有自然的音响,
  歌声里有愤怒的语言,
  歌声里有美好的童年,
  歌声里有欢乐的叫喊。

  歌声中我听出
  炽热愿望的旋风,
  歌声中也有
  幸福之境的宁静。

  孟加拉的玫瑰
  南方光明的世界,
  草原的车队,
  飞翔的仙鹤行列,

  还有电闪雷打,
  淙淙流淌的小溪,
  还有你啊,玛鲁霞,

你的轻言细语。①

阿·康·托尔斯泰继承了德米特里耶夫(1760—1837)、杰尔维格(1798—1831)等人写仿民歌体诗的传统。他深深懂得民歌既守一定的格律又颇为自由的精髓，为了表现民歌的特色，他有时故意用韵不工，不严守格律，写成自由的格式，非常像民间流行的歌谣，但却自有内在的音乐美，激荡着迷人的情感律动。因此，他的很多富有民歌风格的抒情诗(70余首)被作曲家谱成歌曲，一些叙事诗和长诗也被摘取片段而入乐，有的作品甚至被多次谱曲，如柴可夫斯基、里姆斯基-柯萨科夫、穆索尔斯基、拉赫玛尼诺夫等都为阿·康·托尔斯泰的诗谱曲，在俄罗斯广为流传。柴可夫斯基曾说："阿·康·托尔斯泰是谱曲歌词的永不枯竭的源泉；他是我最亲爱的诗人之一。"②

其次，更为重要的是，阿·康·托尔斯泰在抒情诗中大量运用了民歌的艺术手法。如《我的小扁桃树……》采用了民歌常用的象征手法：

我的小扁桃树，
绽放了满树的鲜花，
内心忧伤的思绪，
不由自主地萌发：

满树的鲜花将会凋落，
不请自来的果实将挂满枝头，
树身不堪痛苦的重荷，
青枝绿叶向地面深深佝偻。③

小扁桃树具有多重象征意蕴：既可象征人的思想的丰收，也可象征人的忧伤深重。《像农夫，惊恐于可怕战争的袭击……》运用了民歌中较长的比喻，突出歌手预言的隐匿性：

像农夫，惊恐于
可怕战争的袭击，
带着宝物走入密林里，
躲避侵犯和攻击。

暗蒙蒙的寂静中，
把宝物深埋进地里，

---

① 曾思艺、王淑凤译自《阿·康·托尔斯泰作品选》(四卷本)，第1卷，莫斯科，1969年，第59—60页。
② 《阿·康·托尔斯泰作品选》，第1卷，莫斯科，1963年，第26页。
③ 曾思艺、王淑凤译自《阿·康·托尔斯泰作品选》(四卷本)，第1卷，莫斯科，1969年，第135页。

并在鳞状的松树上,
刻出带有咒语的标记。

在致命迫害的日子里,
歌手啊,你就是这样,
你以含混的话语,
隐匿了自己的预言。①

《忧伤不是像上帝的雷霆骤然猛击……》运用了民歌的否定性比喻与肯定性比喻乃至暗喻,细腻生动地表现了忧伤对青年心灵的侵蚀:

忧伤不像上帝的雷霆骤然猛击,
不像沉重的山岩纷纷飞崩,
它像细小的浮云慢慢聚集,
漫漫乌云遮住了朗朗晴空,
忧伤像细雨霏霏飘洒,
就是那秋天的蒙蒙细雨。
而它很久很久以前就开始飘洒,
淅淅沥沥地不住飘萦,
淅淅沥沥不知疲倦地飘萦,
无休无歇绵绵无尽地飘萦,
浸透了善良青年的心灵,
让他全身冷凌凌地战栗,
疟疾发作,冷热交侵,
哈欠连天,睡意昏昏。
该满足了吧,忧伤,
橡树已揪掉树叶折断细枝!
幸福毕竟只属于别人!
忧伤像暴风狂卷猛袭,
把橡树连根拔起,吹倒在地!②

《比云雀的歌声更响亮动听……》运用了民歌中活泼的连续比喻,突出新生活的大潮带来的灵感和美带来的朝气蓬勃、青春似火:

比云雀的歌声更响亮动听,
比春天的花儿更色彩艳丽,

---

① 曾思艺、王淑凤译自《阿·康·托尔斯泰作品选》(四卷本),第1卷,莫斯科,1969年,第137页。
② 曾思艺译自上书,第128页。

灵感挤满心胸，
天空中美在盈溢。

砸碎庸俗的枷锁，
挣断苦闷的链条，
新生活的大潮
高歌猛进，势不可遏。

新生力量的雄壮鼓点，
朝气蓬勃，青春似火，
仿若一张巨大的琴弦
在天地之间强劲弹拨。①

《白桦被锋利的斧头砍伤……》则综合采用了民歌的象征和反衬手法：

白桦被锋利的斧头砍伤，
泪珠顺着银白的树皮流淌；
可怜的白桦呀，你不要哭泣，不要抱怨！
伤口并不致命，到夏天就会复原，
你会穿一身翠绿，仍旧美丽多姿……
只有伤痛的心里的创伤无法痊愈！②

白桦受伤，眼泪直淌，但伤口很快就会痊愈，而人心一旦受了伤害，却无法医治，诗中拟人化的白桦不仅成为生命力强盛的永恒大自然的象征，而且还成为人心的反衬，从而深刻地表达了人与人之间应互相敬爱而不要相互伤害的哲理，使全诗含蓄耐读。

《残雪正在田野里融化……》则运用了对比、反衬手法：

残雪正在田野里融化，
地面上升腾起袅袅热气，
蓝色的睡莲绽蕾开花，
鹤群此呼彼应，传来声声鹤唳。

南方的森林，身穿绿莹莹的雾衣，
急不可耐地等待温暖雷雨的滋养，

---

① 曾思艺译自《阿·康·托尔斯泰作品选》（四卷本），第 1 卷，莫斯科，1969 年，第 143 页；或见《阿·康·托尔斯泰诗选》，曾思艺、王淑凤译，《中国诗歌》2012 年第 7 卷（总第 31 卷）。
② 曾思艺译自《阿·康·托尔斯泰作品选》（四卷本），第 1 卷，莫斯科，1969 年，第 120 页；或见《阿·康·托尔斯泰诗选》，曾思艺、王淑凤译，载《中国诗歌》2012 年第 7 卷（总第 31 卷）。

春天的一切都散发着温暖的气息，
大自然中万物都在热恋和欢唱。

早晨天空晴朗亮丽，
夜晚星星明亮晶莹，
你的心情为何如此忧郁？
你的思绪为何如此沉重？

哦，朋友，我知道你活得痛苦凄惨，
也明白你满怀的忧伤：
你毫不顾惜这尘世的春天，
只想飞回自己的故乡……①

有论者分析道："作者对初春的描写可谓细致入微，从大地蒸腾的水汽、初绽的蓝色睡莲到此起彼伏的鹤鸣，从初染绿意的森林、清晨的天空到夜晚的明星，春天如此美妙！但是作者并没有止笔于此，而是笔锋一转，利用对比反衬的手法，从旁观者的角度引出了自己的心绪与情感：'你的心情为何如此忧郁？你的思绪为何如此沉重？'是自问更是质问，最后一段给出了答案：只因远离家乡，因此生活才如此令人感伤，'你毫不顾惜这尘世的春天，只是想飞回自己的故乡……'一切皆因远离故土，一切皆因远离温暖的家乡，再美的春天也抚慰不了思乡的愁肠。这是一首能够唤起内心深处最丰富情感，引起所有天涯游子泪洒衣襟、梦回故土的情感诗篇！"②

而诗人运用得最多的是民歌中最常用的对比手法（当然，也往往结合其他民歌手法），如《并非高空飘来的清风……》：

并非高空飘来的清风，
在月夜吹得树叶沙沙作响；
而是你搅动了我的心灵——
它，像树叶那样沙沙着惊慌，
它，像古斯里琴琴声悠扬。
生活的旋风狂啸怒鸣，
致命一击，使它早殇，
琴弦全都迸裂断崩，
冷森森的雪把它埋藏。

---

① 曾思艺译自《阿·康·托尔斯泰作品选》（四卷本），第 1 卷，莫斯科，1969 年，第 95 页。
② 周立新：《流淌的心声 哲思的殿堂——俄罗斯 19—20 世纪初浪漫主义抒情诗情感诠释与评论》，北京交通大学出版社，2012 年，第 142 页，引用的诗句作了修改。

> 但你的话语是那么悦耳动听，
> 你的抚摸如此轻柔，令人怀想，
> 仿若花丛中的绒毛轻轻飘动，
> 仿若五月里的和风微微摇漾……①

全诗结合否定性和肯定性的比喻、象征手法，并运用对比来赞美爱情的神奇力量：生活用旋风使心弦崩断，还用冷森森的雪把它埋藏，可你的话语和抚摸，却使我回到五月的温暖和风中……苏霍娃认为，全诗采用了民间诗歌否定性比较（"并非高空飘来的清风"）和一个富有特征的细节——（民间常用的）古斯里琴就很好地体现了民间特色，她接着对这首诗进行了颇为详细的分析。②

又如《上帝把爱与愤怒放进我心头……》：

> 上帝把爱与愤怒放进我心头，
> 让我准备奔赴征途；
> 并且以神圣的手
> 为我指明正确的道路；
> 他用有力的话语鼓舞我，
> 使我心里力量倍增，
> 但上帝没有赋予我
> 百折不挠和严酷无情。
> 我在愤怒中消耗自己的才干，
> 爱也没能坚持到底，
> 打击徒劳地连着打击，
> 我已疲于抗击。
> 敌意的暴风雪迎面扑吼，
> 我没有铠甲投入战斗，
> 身受重伤，黯然死去。③

上帝给了我爱和愤怒，让我奔赴征程，但却没有给我百折不挠的坚定意志和冷酷无情的性格，因此无法抗击打击，只能身受重伤，黯然死去。对比手法入木三分地揭示了诗人失败、消沉的心理。再如《心儿，年复一年地燃烧着激情……》：

> 心儿，年复一年地燃烧着激情，
> 却被抛入冰水一般的世俗生活中。
> 仿若烧红的铁，心儿在冰水中沸腾：

---

① 曾思艺、王淑凤译自《阿·康·托尔斯泰作品选》（四卷本），第1卷，莫斯科，1969年，第81页；或见《阿·康·托尔斯泰诗选》，曾思艺、王淑凤译，《中国诗歌》2012年第7卷（总第31卷）。
② [俄]苏霍娃：《俄罗斯抒情诗大师》，莫斯科，1982年，第91—95页。
③ 曾思艺、王淑凤译自《阿·康·托尔斯泰作品选》（四卷本），第1卷，莫斯科，1969年，第133页。

> 生活啊，你给我制造了太多的不幸！
> 我怒发冲冠，满怀痛苦与忧伤，
> 总之，我不会变成只会闪着冷光的钢！①

一方面是心儿年复一年地燃烧着激情，另一方面是世俗生活像冰水一般浸泡着火热的心，两相对比，揭示了世俗生活对诗人的窒息。不过，诗人尽管满怀痛苦与忧伤，但决不屈服，他自豪地宣称：不会被世俗的冰水变成闪着冷光的钢。此外，科罗文还指出："阿·康·托尔斯泰的几乎所有的自然抒情诗中都有关于过去和现在的对比。"②限于篇幅，此处不赘。

诗人还喜欢像民歌那样用自然作为人的思想感情的比拟，如《你是我的庄稼，可爱的庄稼……》：

> 你是我的庄稼，可爱的庄稼，
> 不能轻率地把整体的你割光，
> 不能把你整个儿扎成一捆！
> 你是我的思想，可爱的思想，
> 不能一下子从肩上抖掉，
> 一句话也不对你讲！
> 庄稼啊，风儿在你那里快乐嬉戏，
> 让你的金穗低垂到大地的胸膛，
> 把成熟的谷粒到处抛掷！
> 思想啊，你四处散落，像庄稼一样……
> 无论什么样的思想散落在哪里，
> 那里忧郁草就会发芽生长，
> 火热的痛苦叶繁枝壮！③

自然现象中的庄稼不能轻率地整体割光，一如人的思想不能一下子彻底甩掉；庄稼成熟，谷粒四散洒落大地，思想成熟也一样四散洒落。又如《朋友，请不要相信我说的不爱你……》：

> 朋友，请不要相信我说的不爱你，
> 那是我伤心欲绝时的胡言乱语，
> 退潮时请别相信大海是在背弃，
> 满怀深情，它还会重返大地。

---

① 曾思艺译自《阿·康·托尔斯泰作品选》(四卷本)，第1卷，莫斯科，1969年，第124页。
② [俄]科罗文：《19世纪俄国诗歌》，莫斯科，1997年，第196页。
③ 曾思艺、王淑凤译自《阿·康·托尔斯泰作品选》(四卷本)，第1卷，莫斯科，1969年，第90页；或见《阿·康·托尔斯泰诗选》，曾思艺、王淑凤译，《中国诗歌》2012年第7卷(总第31卷)。

我还在思恋,昔日的激情还在盈溢,
我愿把自己的自由再一次奉献给你,
海浪重新返回,一路欢歌笑语,
从遥远的地方向心爱的岸急急奔驰。①

伤心欲绝时的胡言乱语所说的不爱你,一如退潮时海浪的离开大地,我的激情还会像海浪一样重新返回,生动的比拟形象地把诗人矛盾的心理和深挚的感情表露无遗。

阿·康·托尔斯泰虽不属于俄罗斯最伟大的作家行列,但在古典文学方面他以自己民歌风格的作品的独特魅力占有不可或缺的一席之地,是俄罗斯优秀的抒情诗人之一,其诗歌在19世纪末20世纪初产生了很大的影响,青年时期的象征主义诗人勃留索夫、勃洛克和未来主义诗人赫列勃尼科夫都很迷醉阿·康·托尔斯泰的诗,马雅可夫斯基甚至能把他的诗歌全部背诵下来。

俄国著名作家屠格涅夫把阿·康·托尔斯泰的作品奉为"美的典范",并指出:"他遗留给自己同胞的剧本、小说和抒情诗均堪称美的典范。在今后久远的岁月里,任何一个有文化教养的俄罗斯人都以不了解他的作品为耻辱。"②阿·康·托尔斯泰那些最优秀的作品一直会作为文化遗产在俄罗斯乃至全世界继续保存下来。这些作品带给我们的是情感的真正触动:发自内心的快乐、淡淡的忧伤、感慨与愤怒、对恶的讽刺与嘲笑……

第六节　在唯美与现实之间
——尼基京的诗歌

伊万·萨甫维奇·尼基京(1824—1861),是俄国19世纪一位杰出的诗人,出生于沃隆涅什一个商人家庭,在神学院受过教育,但父亲破产后被迫辍学,帮父亲经营小客栈,工作之余偷空读书、写作,全靠自学成才。在当时,他的诗尽管得到车尔尼雪夫斯基、杜勃罗留波夫等人的高度评价,但影响不是太大,以致列夫·托尔斯泰在19世纪末宣称:"我们现时还没有足够地评价尼基京,他只有将来才会被更多的评价,而且越来越多。尼基京与他的作品,比其他的诗人,生命更长久。"③20世纪以来,尼基京的影响逐渐广泛。十月革命后,列宁代表苏维埃政府,下令在城市为他建造纪念像。高尔基称他为"卓越的、颇有影响的社会诗人"④。《喀秋莎》

---

① 曾思艺、王淑凤译自《阿·康·托尔斯泰作品选》(四卷本),第1卷,莫斯科,1969年,第113页;或见《阿·康·托尔斯泰诗选》,曾思艺、王淑凤译,载《中国诗歌》2012年第7卷(总第31卷)。
② 《屠格涅夫全集》,第十四卷,莫斯科-列宁格勒,1935,第225页。
③ 转引自马家骏:《俄罗斯诗人尼基京的诗歌》,《域外文丛》第二辑,江西人民出版社,1984年,第245页。
④ 转引自[俄]别良斯卡亚:《尼基京》,《尼基京作品选》,基辅,1956年,第4页。

《红莓花儿开》的作者、著名诗人伊萨柯夫斯基声称:"尼基京是我最热爱的诗人之一,还在乡村小学读书时,我就喜爱他的作品。我永远感谢尼基京这座诗的宝库,在遥远的年代,他给我揭示了生活,使我懂得了诗。"①诗人雷连科夫、特瓦尔多夫斯基也从尼基京的诗中获益匪浅。

尼基京的作品还被翻译成各种斯拉夫语及其他民族的语言,并对一些诗人产生了影响,保加利亚文艺学家、索菲亚大学教授鲁萨基耶夫在其所著《斯拉威柯夫与俄罗斯文学》一书中,就曾指出尼基京对这位保加利亚诗人的积极影响:"尼基京以其鲜明的民主精神、现实主义、创造性的思想和朴素的艺术形式影响了斯拉威柯夫。"②尼基京的不少诗被谱成歌曲,成为俄罗斯民歌或名歌,流传世界各地。

但是,国内外关于尼基京的研究文章,至今仍然为数不多。在我国,尽管早在1921—1922年,瞿秋白就在《俄国文学史》中提到他:"尼吉金从小穷乏,——他的诗里便有穷愁的叹声;他自然成为人生派的诗人,——歌吟农民生活的苦痛,正是他自己所身受的,所以尤其显得亲切:'你,这命运的恶力,/穷愁的琐屑,可怕!/你好像雷声,不一下/便打死人;你进来呢——/地板且先微颤,/渐渐的渐渐的震颤,/那牺牲宛转咨嗟……'尼吉金是农家诗人,和自然常相陶冶,可是他处处'人化'那景物,而且死于痨瘵的成衣匠,苦于重利的农家,也老不容他专心咏叹那自然的美,逍遥自在。"③1924年,郑振铎在其《俄罗斯文学史略》也介绍他:"尼吉丁生于南俄的一个穷苦的家庭里。他的父亲沉醉于酒。他的生活因此非常悲惨。他也死得很早,但他所留下的诗却有许多可宝贵的东西。他描写民间的生活,而染以他自己所感受的不幸生活的深忧的色彩。他的风格朴质而真挚,与后来的民众作家很相似。"④1933年出版的译著——英国学者贝灵的《俄罗斯文学》也提到他,不过当时译名为"里克廷":"这时期还有一个民众诗人可以承继科尔嗟夫(即柯里佐夫——引者)的就是里克廷(Nikitin);他的题材都是直接取自人生,在克里米亚战争的时候,曾以他的爱国诗得名;但是他描写自然,旷野的落日,东方的黎明,和一些筑在磨轮的雀巢是最成功的。"⑤但很长一段时间里,他似乎被中国翻译界、学界和读者遗忘了。直到20世纪80年代后期,他才重新进入人们的视野,并为中国广大读者熟悉。徐稚芳在其《俄罗斯诗歌史》中率先列专节介绍了尼基京,此后郑体武的《俄罗斯文学简史》、任光宣主编的《俄罗斯文学简史》、曹靖华主编的《俄国文学史》上卷都分别提到这位诗人,并且也出现了关于其诗歌创作的三篇论文:马家骏的《俄罗斯诗人尼基丁的诗歌》⑥,曾思艺的《在唯美与现实之间——试论尼基丁的诗歌

---

① 转引自马家骏:《俄罗斯诗人尼基京的诗歌》,《域外文丛》第二辑,江西人民出版社,1984年,第249页。
② 同上书,第250页。
③ 《瞿秋白文集》,二,人民文学出版社,1953年,第530—531页。
④ 郑振铎:《俄国文学史略》,商务印书馆,1933年,第64页;或见该书岳麓书社2010年版,第61—62页。
⑤ [英]贝灵:《俄罗斯文学》,梁镇译,商务印书馆,1933年,第190页。
⑥ 详见《域外文丛》第二辑,江西人民出版社,1984年,第245—250页。

创作》①、《唯美诗人、社会诗人——尼基京及其诗歌》②。但翻译界对尼诗仅有零星译介,至今仍未见其诗歌单行译本问世,对其深入、系统的研究也没有摆上议事日程,这不能不令人感到遗憾。

尼基京一向被视为涅克拉索夫为代表的"人生派"或现实主义文学的重要诗人之一,以致人们认为他似乎只是反映农民生活苦难的诗人,郑振铎的介绍就是突出代表。其实,尼基京虽然生活苦难,但从小生活在农村,对大自然的美有真切的感受和细致的观察,再加上青春年华渴望爱人也渴望被人爱,因此喜欢爱情也喜爱爱情诗歌,所以早年曾经十分喜爱丘特切夫、费特等人的唯美主义诗歌,并在创作上深受其影响,而且这一影响贯彻始终。

只活了37岁的尼基京,虽然创作时间不长,创作数量也不算丰富,但他正好处于俄罗斯社会的新旧交替时期和俄罗斯文化的真正形成期。一方面,是落后的封建农奴制,另一方面,是西方资本主义的侵入;一方面,是沙皇的专制与高压,另一方面是思想的解放,改革乃至革命的呼声;一方面,是俄罗斯的文化传统,另一方面,是西欧文化的冲击;一方面,是革命民主主义者对苦难人民的爱与同情,号召人民起来革命,另一方面,是纯艺术派唯美主义徜徉于自然与爱情之中,追求人生、艺术与美的完满和谐。这样,尼基京的诗歌就不能不带有强烈的时代特征,具有一定程度上的典型意义。

尼基京创作伊始,就深受两方面的影响。一是以丘特切夫、费特等为代表的纯艺术派唯美主义者,他们以大自然与爱情为主题,以精致的语言、新颖的技巧、完美的形式,细腻地表现自然的美、爱情的诗意、人生的哲理。一是以普希金、莱蒙托夫、涅克拉索夫、谢甫琴科(1814—1861)以及尼基京的同乡、著名农民诗人柯尔卓夫(1809—1842)等为代表的公民诗人,他们注重现实,反映社会问题,表现出强烈的公民责任感,为不幸的下层人民大声疾呼,甚至鼓动人民起来斗争。前者更多地受西欧文化的影响,超脱于现实之上,在艺术形式方面追求更多;后者主要维护俄罗斯的公民文化传统,更注重内容的现实性。在早期,尼基京更多地受费特、丘特切夫等人的影响,在其1856年出版的诗集中,唯美主义的气息更浓一些。1856年,尼基京得到车尔尼雪夫斯基的指导后,更多地倾向于涅克拉索夫等人的诗。他把当时的禁诗——雷列耶夫(1795—1826)的诗歌和涅克拉索夫的《大门前的沉思》抄录下来,精心学习,公民精神得到发展,更关注现实。柯尔卓夫、谢甫琴科等对农民生活的反映更是引发了这位生活于下层的青年的深深共鸣,他们对民间口语与词汇的鲜活运用,无疑给诗坛带来了强劲的活力,这也使尼基京激动不已,在自己的诗歌创作中一再加以仿效。但唯美的一面并未消失,他不时地或者写一些纯粹歌颂自然与爱情的诗,或者把大自然与农民的生活结合起来,既展示大自然的诗意

---

① 详见《国外文学》2000年第1期,但编辑却把"曾思艺"误写成"曾思凡",幸亏还写有作者当时单位"湘潭大学中文系"为证。

② 详见《诗歌月刊》,2009年第2期下半月刊(总第99期)。

与美,又描绘充满活力与情趣的农民生活。这样,对大自然和爱情进行诗意描写的唯美倾向与具有公民精神、大胆反映现实问题的社会倾向,二者在尼基京诗中引人注目,它们或交互出现,或泾渭分明,或水乳交融,在其诗的内容、语言、风格等方面均有明显的表现。

在内容方面,尼基京的诗可分为自然诗、爱情诗、社会诗三类。自然诗、爱情诗主流是唯美的,社会诗则体现了公民精神。

尼基京被称为"俄罗斯大自然的歌手,风景画大师"[1],他的自然诗观察细致,描摹逼真,颇有意境。"在他所描绘的自然风光中,渗透着人民对于祖国的山川河流的热爱与喜悦。尼基丁善于把握大自然的美和大自然中的诗意,他的描写细致而生动,连光线的温暖、丛林的岑寂,在画面中都惟妙惟肖地显现出来。不论是辽阔的顿河草原,还是幽绿的静静回流,在尼基丁笔下,都诗意盎然。诗人故乡沃隆涅什的风景,他几乎全描绘到了,写出了这个欧俄中部地区的极富地方特色的风景。"[2]其早期地方特色不浓,自然只是得到普遍性的描写(这似与丘特切夫有关,丘氏早中期的诗描写的是普遍的、抽象的自然,尼基京曾读丘诗,受到其影响[3]),往往抒写大自然普遍的诗意与美,以及它对诗人心灵的抚慰,给他的鼓舞与力量,也与早中期的费特如出一辙。如《田野》:

> 仿若波状绸缎,田野尽情地四处伸展,
> 与天空融合成一片深蓝色的地平线,
> 在它的上空,好似透明的金色盾牌,
> 辉煌的太阳放射出熠熠的光彩;
> 风儿漫步田垄,就像在海面徜徉,
> 它给山冈穿上濛濛白雾的衣裳,
> 同小草偷偷地嘀咕着什么,
> 又在金灿灿的黑麦中放声高歌。
> 我孤独……我的心灵和思想却无比自由……
> 这里,大自然是我的母亲、老师和朋友。
> 当她允许我像婴儿一样
> 靠近她那强健、宽阔的胸膛,
> 并把一股力量注入我的心灵,
> 我深信未来的生活会更光明。[4]

---

[1] [俄]别良斯卡亚:《尼基京》,《尼基京作品选》,基辅,1956年,第4页。
[2] 马家骏:《俄罗斯诗人尼基京的诗歌》,《域外文丛》第二辑,江西人民出版社,1984年,第249页。
[3] 关于丘诗对尼基京的影响,详见曾思艺:《丘特切夫诗歌研究》,人民出版社,2012年,第325—331页。
[4] 曾思艺译自《尼基京作品选》,基辅,1956年,第18页;或见《俄罗斯抒情诗选》,曾思艺译,山西教育音像出版社,2006年,第99页。

抒写诗人在优美、宁静的田野中,感到心灵和思想无比自由,深感大自然是自己的"母亲、老师和朋友",给他力量,使他对未来充满信心。《森林》的主题也与此类似:

呼啸吧,呼啸吧,绿色的森林!
对于我,你的呼啸是雄壮的标志!
在你蓊蓊郁郁的头顶,
是你的宁静和天空的瑰丽。
从童年起我就学会了领悟
你那无言的沉寂
你那神秘的音符
所透露的某种合意的亲密东西!

在那可怕的恶劣天气里,
大自然展露一片忧郁的美景,
那时,我是多么的爱你——
你挺身与狂烈的暴风雨抗争,
当你那些高大的橡树,
一齐摇动绿油油的树顶,
千百种各异的号呼
在你的密林深处彼此呼应。

或者,当白昼的太阳
在遥远的西方闪闪发亮,
以鲜红耀眼的火光,
照耀着你的衣裳,
此时,在你那深浓的树阴间,
早已是黑夜,而在你头上,
五彩缤纷的云朵的珠链,
像五光十色的田畦缓缓伸张。

瞧,我又来到了你的身边,
带着自己那徒然的忧伤,
我又看到你的朦胧昏暗,
听到你那自由的声响。
也许,在你的密林浓荫中,
我像个自愿的活跃囚徒,

将会忘记心灵的悲痛，
和生活中寻常的苦楚。①

在森林的浓荫中，在森林的喧响里，诗人忘记了心灵的悲痛、生活的苦楚，获得了慰藉。到中后期，尼基京的诗则极具地方特色，使人如亲眼目睹其故乡沃隆涅什一带俄罗斯中部的风景，如《别再酣睡了，我的草原……》《亮丽的星光》等。如《别再酣睡了，我的草原……》：

别再酣睡了，我的草原：
冬天的王国已经无踪无影，
平地上空寂的小路也已风干，
积雪消失——又温暖，又光明。

醒来吧，快用露水把脸颊洗靓，
展露你那百看不厌的丽质，
用茸茸嫩草装饰胸膛，
像新娘打扮得娇媚入时。

看吧，到处春光融融，
仙鹤飞来了，成队成行，
白昼沉浸在亮丽的金光中，
溪流在峡谷里一片喧嚷。

在广袤碧澈的天穹，
白雪般的云彩朵朵漂游，
在你胸上，一片片阴影，
依次变幻，就像闪烁的彩绸。

不久，客人们齐集这里，
看啊，建立了多少个家庭！
众声鼎沸，歌儿呖呖，
成天成天地从黎明到又一黎明！

夏天降临……针茅草一片银白，
割草人枕着镰刀熟睡，多么酣畅！

---

① 曾思艺译自《尼基京作品选》，基辅，1956年，第19—20页；或见《俄罗斯抒情诗选》，曾思艺译，山西教育音像出版社，2006年，第100—101页。

一个个草垛高高垒起来，
割草人整夜不眠，歌声嘹亮！

秋凉时节，艳丽的朝霞，
闪耀着一片玫瑰红，
我的草原，歇息吧，
安稳地酣睡，盖着白雾蒙蒙。①

受丘特切夫、费特的影响，尼基京的自然诗也具有很强的色彩感，善于用色彩来展示大自然的美，如其名诗《田野上蓝莹莹的天空……》：

田野上蓝莹莹的天空，
镶着金边的云彩浮动；
森林上盈盈薄雾轻笼，
温煦的黄昏水晶般红。

轻轻吹来一阵阵夜的凉爽，
窄窄的田垄上麦穗进入梦乡；
月亮像一个火球冉冉东升，
树林辉映着一片片艳红。

繁星的金光柔和地闪耀，
纯净的田野静谧而寂寥；
这寂静使我仿佛置身教堂，
满怀狂喜地虔诚祷告上苍。②

天空的蓝色、云彩的金边、薄雾的洁白、黄昏的晶红组成一幅和谐、优美、动人的风景画。这种色彩有时甚至表现得细致入微，如《乡村的冬夜》："明月快乐地高照/在村庄的上空：/皑皑白雪的幽光闪耀，/好似蓝色的火星。"银色的月光与皑皑的白雪交相辉映，正是在这月光与雪色的辉映中，诗人发现了人所不易察觉的色彩——皑皑白雪折射出的像蓝色的火星一样闪烁不定，乃至随着脚步的移动一闪即逝的幽光。

受丘特切夫、费特的影响，尼基京也喜欢描写运动变化的大自然，其自然诗也具有极强的动感，当然，这与当时的社会环境和诗人自身的经历也有一定的关系。诗人所处的时代新旧交替，动荡不已，俄罗斯传统文化与西欧文化冲突正烈，而诗

---

① 曾思艺译自《尼基京作品选》，基辅，1956年，第208—209页；或见《尼基京诗选》，曾思艺译，《诗歌月刊》2009年第2期下半月刊（总第99期）。
② 同上书，第362页；或见《尼基京诗选》，曾思艺译，《诗歌月刊》2009年第2期下半月刊（总第99期）。

人的生活颇为贫困,也需时常奔波劳碌以挣钱糊口,再加上丘特切夫、费特的影响,使他喜爱运动,放声歌唱生命的活力。在《生机》一诗中他写道:

  生机像自由的草原一样蔓延……
  走吧,请细看——别疏忽大意!
  山丘那边绿莹莹的长练
  是你不愿寻找的静谧。

  最好是到处风狂雪暴,
  最好是漫天大雨倾盆,
  驾着箭似的三套车满草原迅跑,
  那该是多么的快人心魂!

  喂,车把式!快拉紧缰绳,
  干吗紧皱双眉?请纵目远方:
  天地多么宽广!自编的歌声
  最能诉说心里的痛苦忧伤。

  让那被强压心底的可恶眼泪,
  哗哗地尽情流淌,
  我和你,顶着淫淫雨威,
  向着天边,不停地纵马飞缰!①

诗中明确表示不愿寻找静谧,并且衷心希望:"最好是到处风狂雪暴,/最好是漫天大雨倾盆,/驾着箭似的三套车满草原迅跑,/那该是多么的快人心魂!"进而,他在诗中大量描写具有动感的事物特别是自然运动的过程。如著名的风景诗《早晨》:

  星光闪烁着渐渐熄灭。云霞似火。
   白蒙蒙的烟雾在草地上飘萦。
  红彤彤的朝霞盈盈洒落
   在波平如镜的湖面和繁枝茂叶的柳丛。
  敏感的芦苇睡眼惺忪。四野寂无人声。
   露水晶莹的小径隐约可见。
  你的肩头稍一触动灌木枝

---

① 曾思艺译自《尼基京作品选》,基辅,1956年,第441页;或见《俄罗斯抒情诗选》,曾思艺译,山西教育音像出版社,2006年,第135—136页。

　　　　银亮的露珠便滴滴洒上你的脸。
轻风徐吹,揉皱了水面,涟漪频荡。
　　　　野鸭们呷呷飞过,消失了踪影。
远远地,远远地隐隐传来一阵钟响。
　　　　窝棚里的渔夫们已经睡醒,
取下渔网,扛起木桨,走向小船……
　　　　东方燃烧着,火海般一片通红;
鸟儿们歌声悠悠,等待着旭日露面。
　　　　森林静静伫立,满脸笑容。
一轮朝阳离别了昨夜投宿的大海,
　　　　跃出地面,喷薄着耀眼的光芒,
万道金灿灿的光流,哗哗倾泻在
　　　　爆竹柳的梢头,田野和牧场。
农夫骑着马儿,拖着木犁,一路欢歌,
　　　　沉重的负担,落在年轻人的双肩……
　　　　心儿呀,莫难过!快从尘世的忧烦中超脱!
　　　　向太阳,向快乐的早晨道一声早安!①

　　从星光渐暗,朝雾濛濛,云霞似火一直写到旭日东升,万物醒来,人们工作。名诗《暴风雨》更是细致地表现了一场暴风雨从酝酿、始发、狂烈到平息的整个过程:

一队队的云彩五色斑斓地在蓝天飘紫,
空气透明而纯净。夕阳红霞辉映,
河那边的针叶林好似燃起一片金焰。
苍穹和河岸在波平如镜的水面照影,
柔软、细长的芦苇和爆竹柳绿莹莹。
这儿,层层涟漪和夕阳的余辉熠熠波动,
那儿,远离陡峭河岸的阴影,河水好似烧蓝的钢铁。
远处的平地像一条宽阔的彩绫,
草地绵延,群山气势飞动,蒙蒙白雾中,
小镇、村庄、森林时隐时现,天空幽蓝。
四野静谧。只有坝里的水一片喧哗,不肯安静,
好像在乞求自由,抱怨为磨坊主效力,
有时微风像隐身人悄悄掠过青草丛,
嘴里咕哝着什么,自由自在地向远方疾行。

---

① 曾思艺译自《尼基京作品选》,基辅,1956年,第190页;或见《尼基京诗选》,曾思艺译,《诗歌月刊》2009年第2期下半月刊(总第99期)。

现在,太阳已经落山。而一片绯红,
依然鲜艳在天空。这亮丽的红光,
溢满河流、两岸和森林,渐渐暗淡,溶入昏冥……
看,它再一次在昏昏欲睡的河面朦胧显形,
岸边的山杨飘落的那片枯黄的树叶,
仿如一只红蚬蝶,光彩熠熠,渐渐失去踪影。
阴影渐浓。远处的树林开始变幻成
各种怪异的形象。柳树们俯身水面,
若有所思地倾听。针叶林不知为何满面愁容,
山丘般的重重乌云,以一种无形的力量升向天空,
可怕地漂浮着汇聚,幻化出稀奇古怪的种种
坍毁城堡的塔楼和石壁层层堆叠的废墟。
呼!起风了!毛茸茸的芦苇摇头晃脑,唧唧哝哝,
野鸭们赶忙游进水草丛,不知从哪里飞来
一只惊叫的凤头麦鸡。爆竹柳的枯叶随风飘送。
多沙的道路上一股股尘土黑压压地团团飞卷,
弯弯曲曲的闪电箭一般迅速地划破云层,
灰尘越来越浓厚地漫天飞腾,
敲打绿叶的雨点好似急促激烈的鼓点齐鸣;
眨眼间,雨点变成漫天暴雨,针叶林
在狂风暴雨中猛烈哆嗦,东倒西倾;
一个巨人开始摇动自己那乱发蓬松的头颅,
一会儿嗡嗡啸叫,一会儿呜呜悲鸣,
仿佛巨型磨坊突然工作,转动轮子、翻飞石头。
刹那间一切都被震耳欲聋的呼啸罩笼,
又传来一阵古怪的轰鸣,仿佛瀑布的轰隆。
满身雪白泡沫的波浪一会滚滚扑向河岸,
一会跑离它,逍遥地在远处轻荡徐行。
一道闪电,明亮耀眼,突然照亮了天空和大地,
转眼间一切又在重重黑暗中隐身匿形,
霹雳声声轰响,好似骇人的大炮阵阵发射,
树木慢腾腾地弯身,枝梢在浑浊的水面挥动。
又一次滚过一声炸雷,岸边的一棵白桦
喀嚓倒下,熊熊燃烧,亮似红灯。
观赏暴风雨真叫人开心!此时此刻
不知为什么,血管里的血液循环奔流如风,

你双目尽赤,精力充沛,只想尽情自由酣畅!
茂密针叶林的惊恐中有某种可亲的东西,
听得见歌声,叫声,可怕话语的回声……
似乎,俄罗斯母亲那古老的勇士复活了,
在战斗中与仇敌劈面相逢,正大显神通……
……

藏青色的云彩渐渐稀薄。稀疏的雨滴
偶尔洒落湿漉漉的大地。有几角天空
星星闪烁,好像烛光。阵风渐轻,
针叶林的喧嚣渐渐平息。月亮东升,
柔和如水的银光洒满针叶林梢,
暴风雨后,到处弥漫着深沉的寂静,
天空依旧满怀爱恋地凝望雨后的人境。①

喜欢表现事物浓烈的色彩,喜欢选择自然最具运动感的过程,这也是丘特切夫和费特诗的一个突出特征,尼基京似受益于他们。但尼诗往往是以动写静。这位自学成才、在贫困生活中苦苦挣扎、努力奋斗的诗人,在经受社会大环境的动荡和个人小环境的劳碌之余,心灵深处真正渴望的,还是那一份难得的宁静。在《田野上蓝莹莹的天空……》一诗的结尾,他情不自禁地流露了心灵深处的秘密:"这寂静使我仿佛置身教堂,/满怀狂喜地虔诚祷告上苍。"

因此,他的自然诗多喜写黄昏、夜晚、清晨,并以各种具有动感的形象衬托出自然的宁静,从而收到"蝉噪林逾静,鸟鸣山更幽"的艺术功效。这样,尼诗中有不少直接以"黄昏""夜晚""深夜""早晨"为题,还有不少虽未以此为题,但以此为背景以构成静谧的境界。

尼基京的爱情诗数量不是太多,以致在人们的印象中,他只是一位社会诗人和风景大师。其实,尼基京的爱情诗虽然为数不多,但也独具特色,它们所表现的主要是初恋时那种羞怯、纯洁的感情,细腻真诚,精致动人。这里有《日日夜夜渴盼着与你会面……》一类直接展示初恋时羞怯矛盾心理的诗:

日日夜夜渴盼着与你会面,
一旦会面——却惊惶失措;
我说着话,但这些语言
我又用整个心灵诅咒着。

很想让感情自由地奔放,

---

① 曾思艺译自《尼基京作品选》,基辅,1956年,第174—177页;或见《尼基京诗选》,曾思艺译,《诗歌月刊》2009年第2期下半月刊(总第99期)。

以便赢得你爱的润泽，
　　但说出来的却是天气怎样，
　　或是在品评你的衣着。

　　请别生气，别听我痛苦的咕哝：
　　我自己也不相信这种胡言乱语。
　　我不喜欢自己的言不由衷，
　　我讨厌自己的心口不一。①

我国当代诗人公刘的《羞涩的希望》也写到初恋时的胆怯："羞涩的希望，/像苔原上胆小的鹿群，/竟因爱抚而惊走逃遁，/远了，更远了，/终于不见踪影。//只有一片隐痛，宛如暴君，/蹂躏着我的心。/莫要拷问我，我已经招认：/怯懦，这便是全部的过错和不幸。"但比较含蓄，富有韵味。尼基京这首更为细致、生动，也更为清新、晓畅，尤其是抒情主人公的矛盾心理：一方面很爱对方，急于表白，一方面却又胆怯——"说出来的却是天气怎样，或是在品评你的衣着"，写初恋时的心理如此细致入微，而又颇具典型意义，以致此后的小说戏剧、当今的影视中表现这类场面，总给熟悉这首诗的读者一种似曾相识之感。

但尼基京更多的是把人置于大自然之中，在美丽动人、和谐宁静的大自然里，表达初恋的纯洁、幸福，物我和谐，情景交融，如《幽暗的密林里夜莺停止了歌唱……》：

　　幽暗的密林里夜莺停止了歌唱，
　　一颗星星滑过莹莹的蓝空；
　　月亮透过树枝交织的绿网，
　　把青草上的露珠点得颗颗晶莹。

　　玫瑰沉睡。凉爽随风飘传。
　　有人吹起口哨，哨声戛然停息。
　　耳中清晰地听见
　　一片虫蛀的树叶轻轻落地。

　　盈盈月色下，你可爱的容颜
　　多么温柔，又多么恬静！
　　这个充满金色幻想的夜晚，

---

① 曾思艺译自《尼基京作品选》，基辅，1956年，第279页；或见《尼基京诗选》，曾思艺译，《诗歌月刊》2009年第2期下半月刊(总第99期)。

我真想让它漫漫延长,永无止境!①

《长虹在天空中七彩闪耀……》:

> 长虹在天空中七彩闪耀,
> 雨后的玫瑰姿容清丽,
> 阳光在层层绿荫中嬉闹,
> 墨绿的花园香气如潮,
> 繁枝茂叶笼罩在一片金黄里。
>
> 丛丛树干下,光明和阴影
> 像人一样不断地交替转换;
> 到处缀满星星点点的苔藓茸茸;
> 在芬芳醉人的花朵上空
> 　只只金色蜜蜂嗡嗡飞旋。
>
> 密林中歌声和各种吱吱啾啾,
> 汇合成一曲交响的乐音,
> 你就在身边,我羞涩的朋友……
> 感谢上帝! 在离别的时候
> 我捕捉住了幸福的一瞬!②

这些诗既有费特、丘特切夫等把人与自然结合起来,以构成爱情诗优美、和谐的意境的唯美传统,又独具尼基京那种近乎圣洁的初恋的纯洁与羞怯。

尼基京的社会诗,包含了深广的社会现实内容。这主要体现了涅克拉索夫等的影响。俄国文学中有一种优良的"公民诗"的传统。这一传统到"十二月党人"诗人(如雷列耶夫)和涅克拉索夫手中达到顶峰。尼基京深受影响,但也有自己的特色。他的社会诗包括以下几方面的内容。一是反映下层人民生活的贫困、不幸与苦难,对他们的遭遇表示了深深的同情,如《村中夜宿》:

> 浊闷的空气,松明的浓烟,
> 脚下,是遍地垃圾,
> 长凳布满灰尘,墙角边
> 蛛网的花纹层层结集;

---

① 曾思艺译自《尼基京作品选》,基辅,1956 年,第 367 页;或见《尼基京诗选》,曾思艺译,《诗歌月刊》2009 年第 2 期下半月刊(总第 99 期)。

② 同上书,第 348 页;或见《尼基京诗选》,曾思艺译,《诗歌月刊》2009 年第 2 期下半月刊(总第 99 期)。

> 熏得黑黝黝的高板床,
> 硬邦邦的面包就着凉水吞,
> 纺织女的咳喘,孩子们的哭嚷……
> 啊,穷困,穷困!
>
> 受苦受穷,终生劳累,
> 却像乞丐般死去……
> 在这儿就应当学会
> 信教,并善于耐穷受屈!①

这类诗为数甚多,除此诗外,著名的还有《织布女》《耕夫》《马车夫的妻子》《乞丐》《老爷爷》《铁锹掘好了深深的墓坑》等等。二是揭露、讽刺俄国的封建残余和新兴的资产阶级。如长诗《富商》塑造了一个精于盘剥、粗暴野蛮的商贩路基契的形象,对代表封建残余和新兴资产者的商人、资本家进行揭露,而在其总结性诗篇《主人》一诗中更是明确指出商人、资本家是新的掠夺者,是荒淫无耻之徒。这表明尼基京既反对封建农奴制,也反对西方资本主义文明。三是在俄国诗人中极为罕见,从而也最具创见地对俄国人民身上所保留的奴性进行了毫不留情的深刻揭露。在这方面,最有代表性的是《我们的时代可耻地消亡……》一诗:

> 我们的时代可耻地消亡……
> 继承祖祖辈辈的衣钵——
> 我们这代人多么驯良,
> 竟安恬于奴隶的沉重枷锁。
>
> 我们只配卑贱的命运!
> 我们甘愿忍受邪恶:
> 我们毫无胆量,一味安分……
> 任谁都可以把我们羞辱折磨!
>
> 我们吃奶时就已饱吸奴性,
> 我们甚至有嗜好创痛的痼疾。
> 不!父辈们从未有过初衷,
> 让我们做个公民像条汉子。
>
> 母亲也没教会我们仇恨,

---

① 曾思艺译自《尼基京作品选》,基辅,1956年,第441页;《尼基京诗选》,曾思艺译,《诗歌月刊》2009年第2期下半月刊(总第99期)。

情愿忍受暴虐者的枷楛——
　　唉！她还糊涂地领着我们
　　到教堂为刽子手祝福！

　　姐妹们为我们唱的歌，
　　从来不涉及生活的自由……
　　从未！她们深受残暴的压迫，
　　从摇篮里就压根没有自由的念头！

　　我们只好哑默。时代消亡……
　　耻辱也不曾使我们砸碎镣铐——
　　我们这一代锁链锒铛
　　还在为刽子手祈祷……①

诗中指出，由于继承祖祖辈辈的衣钵，由于父辈们、姐妹们从未想到要把"我们这代人"培养成公民，唤起我们自由的向往，我们显得"多么驯良"，竟然"安于奴隶的沉重枷锁"："我们毫无胆量，一味安分……/任谁都可以把我们折磨！"而尤为深刻的是："我们吃奶时就已饱吸奴性，/我们甚至有嗜好创痛的痼疾。"车尔尼雪夫斯基曾痛心地感叹俄罗斯民族的奴性："可怜的民族，奴隶的民族，上上下下都是奴隶。"②但尼诗比车尔尼雪夫斯基的论述更为深刻，它从心理分析角度进行深刻的透视，并且，几乎已达到现代精神分析学派心理分析的深度。奴性十足的人，逆来顺受，一味安分，苦中寻乐，创伤、疼痛过多反倒麻木不仁，甚至喜爱起创伤、疼痛来，这真有点受虐狂的味道了！诗人的独特、深刻之处还不止此，更在于揭穿这一点后，在诗歌的结尾进一步对此加以深化："耻辱也不曾使我们砸碎镣铐——/我们这一代锁链锒铛/还在为刽子手祈祷……"真是"哀其不幸，怒其不争"！四是带有强烈革命倾向的诗。这些诗诅咒黑暗暴政和专制统治，表现人民处于无权地位的忧伤和愤怒，甚至号召人民奋起反抗，拿起斧头进行斗争，如《弟兄们，我们背着沉重的十字架……》：

　　弟兄们，我们背着沉重的十字架，
　　思想被禁锢，言论遭封锁，
　　诅咒，深深埋藏心底下，
　　眼泪，在胸膛翻腾如浪波。

---

①　曾思艺译自《尼基京作品选》，基辅，1956年，第433—434页；或见《俄罗斯抒情诗选》，曾思艺译，山西教育音像出版社，2006年，第133—134页。
②　转引自许苏民：《比较文化研究史》，云南人民出版社，1992年，第533页。

> 罗斯被桎梏,罗斯在呻吟,
> 你的公民却只能无言地忧伤——
> 儿子忧思着患病的母亲,
> 偷偷哭泣,不敢哭出声响!
>
> 你没有幸福,也没有安乐,
> 你是苦难和奴役的王国,
> 你是贿赂和官僚的王国,
> 你是棍棒和鞭子的王国!①

这类诗还有《贫农之歌》《可鄙的暴政会覆亡》等等。

自然诗、爱情诗的唯美倾向与社会诗的公民精神,在当时的俄国社会里似有水火不相容之势。车尔尼雪夫斯基、杜勃罗留波夫等人对费特等人的唯美主义不仅颇有微词,甚至大加指责。而费特等人对革命民主派的社会诗也颇不以为然。但在尼基京的诗里,这两种似乎对立的倾向却得到了较为出色的结合,而且从早期直到中后期。如早期的名诗《恬静的黄昏……》:

> 恬静的黄昏,
> 笼罩着山顶,
> 如镜的湖心
> 新月在照影。
>
> 朵朵浮云缦缦
> 在荒凉的草原上空,
> 好像绵延无尽的山峦,
> 飘向未知的旅程;
>
> 宽阔的河面上空
> 暮霭在飘飞,
> 深深的寂静中
> 密林已沉醉;
>
> 清澈的河湾
> 在苇丛里闪烁,
> 静谧的田原

---

① 曾思艺译自《尼基京作品选》,基辅,1956年,第435页;或见《俄罗斯抒情诗选》,曾思艺译,山西教育音像出版社,2006年,第135页。

在旷野中安卧；

蔚蓝的星河
快乐地张望，
巨大的村落
无忧地进入梦乡。

夜的黑暗中，
只有淫乱和忧伤
未曾合眼入梦，
寂静里四处晃荡。①

　　前面大量描写黄昏大自然的美景，构成恬美动人的意境，结尾却出人意料地转到社会问题上："夜的黑暗中/只有忧伤和淫乱/未曾合眼入梦，/寂静里四处晃荡。"但由于前面主要写的是乡村的自然美景，因此结尾虽显突兀，但很真实，并因此使全诗的内涵得以大大深化。尼基京似乎由此找到了把唯美倾向与社会倾向结合起来的方法。此后，他或者在寂静、优美的自然背景里展现人们的贫苦与不幸，如《乡村的冬夜》，或者更多地在美丽、恬静的大自然里描绘农民们的劳动生活，如《早晨》《亮丽的星光……》等。尼基京的这类诗最富特色，也最挥洒自如，既优美生动，又富于现实生活气息，拥有独特的艺术魅力。

　　唯美倾向、社会倾向在尼诗的语言、风格上也有鲜明的体现。

　　唯美倾向的诗，语言比较优美、精致、文雅，风格清新、柔美、细腻，前述之《田野上蓝莹莹的天空……》《幽暗的密林里夜莺停止了歌唱……》《长虹在天空中七彩闪耀……》等即为显例。社会倾向的诗，尤其是深受柯尔卓夫和谢甫琴科影响的诗，往往采用民间的词汇和语言，比较口语化，风格颇为粗犷、豪放乃至悲壮沉郁，最典型的例子是《遗产》一诗，完全是民歌风格，放在柯尔卓夫诗集中几乎可以乱真。其他社会倾向的诗，尤其是反映下层人民的不幸、贫困、苦难与反抗的诗，虽不如《遗产》那么完全民歌化，但口语色彩，粗犷、豪放、悲壮、沉郁，则很是突出。

　　在唯美与社会倾向结合的诗里，上述两种语言、两种风格得到了较完美的统一，既具有口语的生动、灵活，又不乏诗语的优美、清新，既柔丽细腻，又粗犷豪放，如《亮丽的星光……》：

亮丽的星光，
闪烁在蓝天上；
如水的月光

---

① 曾思艺译自《尼基京作品选》，基辅，1956 年，第 15—16 页；或见《俄罗斯抒情诗选》，曾思艺译，山西教育音像出版社，2006 年，第 98—99 页。

流泻在树枝上。

湖湾水平如镜，
映着沉睡的树林；
静寂的密林中
到处黑沉沉。

欢声笑语
从树丛远播；
割草人燃起
熊熊篝火。

一匹白马夜色中
脚上的锁链哗啷，
在深深的草丛
孤独地游荡。

剽悍的歌手
唱起了歌曲。
人群里走出
一个小伙子。

把帽子往上一抛，
不用瞧随手接住，
蹲着身子舞蹈，
口哨声好似莺雏。

草地里的长脚秧鸡
随歌鸣声喈喈，
歌声远远消逝
在茫茫四野……

金黄的田坂，
莹洁的湖面，
明丽的河湾，
无边的草原……

田野上的星星，
　　幽僻的芦苇荡……
　　发自肺腑的歌声
　　情不自禁地飞出胸膛！①

　　唯美与社会倾向的有机结合，使尼基京创作出了这样一些好诗：描写的是自然景物、现实生活中的人或事物，表面上极其自然、平凡、朴实，实际上却隽永、深刻，极富象征意味，耐人寻味，发人深思。如《橡树》：

　　在干旱的不毛之地，
　　远离黑压压的森林，
　　一棵老橡树孤独地挺立，
　　仿佛这幽僻荒漠的守卫人。

　　他挺立着忧郁地遥望，
　　向着那苍穹下的绿荫，
　　他深深地思想
　　那早已熟悉的森林。

　　那里，每到深夜他的兄弟
　　便同流云软语轻言，
　　女歌手们一群群飞集，
　　环绕簇簇鲜花舞姿翩翩；

　　那里，凉风阵阵送爽，
　　美妙的歌声到处流溢，
　　片片新叶嫩绿鹅黄，
　　鸟儿们在枝柯上栖息。

　　而他，在这茫茫沙漠，
　　满身遮蒙沙尘和苔藓，
　　就像忧伤的流放者，
　　愁苦地把亲爱的故乡思念。

　　他从不知有新鲜的凉爽，

---

① 曾思艺译自《尼基京作品选》，基辅，1956年，第363—364页；或见《尼基京诗选》，曾思艺译，《诗歌月刊》2009年第2期下半月刊（总第99期）。

也从没见过天降的露滴，
他只有——最后的欢畅：
在毁灭性的暴风雨里死去。①

又如名诗《犁》：

你，犁啊，我们的母亲，
熬度痛苦贫穷的帮手，
始终如一的养育者，
永恒持久的工友。

由于你，犁，恩惠
使打谷场的粮堆更加丰满，
饱生恶，饱生善，
就漫布于大地的花毯？

向谁来回忆你……
你总是那么淡泊，默默无声，
你劳动不是为了荣誉，
唯命是从的尽职不应尊敬？

啊，健壮的，不知疲倦的
铁一般的庄稼汉的臂膀，
让犁——母亲享受安宁，
得在那没有星光的晚上。

田塍上绿草如茵，
野蒿在摇青晃翠——
莫非你悲惨的命运，
完全是野蒿汁的苦味？

谁让你老是想到，
做事永远一心一意？
养活了老老小小一大群，

---

① 曾思艺译自《尼基京作品选》，基辅，1956年，第32—33页；或见《尼基京诗选》，曾思艺译，《诗歌月刊》2009年第2期下半月刊（总第99期）。

自己却像孤儿被抛弃……①

　　表面上歌咏的是俄罗斯农村生活中最为常见的劳动工具——犁,但诗中着力描绘的是犁的默默无声,淡泊自持,一心一意地尽职工作,最后那"养活了老老小小一大群,自己却像孤儿被抛弃"的悲惨命运,却使犁这一形象大大提纯,升华成广大俄罗斯农民的象征。这类诗以小见大,由近及远,从日常生活的平凡朴实中发掘出浓郁的诗意、深刻的内涵,而且在艺术上自然生动,优美隽永,达到了相当的纯度与高度,最能体现尼基京诗歌独具的特色。当然,它得力于唯美倾向与社会倾向二者的有机结合。

　　综上所述,从尼基京的诗歌创作中,既可看到费特、丘特切夫等唯美主义的影响,也可看到涅克拉索夫等现实主义的影响,还可看到他在这二者之间的徘徊——在同一段时间,既写唯美诗,也写社会诗,以及他致力于二者的融合,由此可见,唯美主义对他的影响之大及时间之长。在尼基京的诗里,还可看到他对俄罗斯文化传统的坚持,对西欧资本主义文化的抵制。总之,从尼基京身上,可看到俄国19世纪中期社会的复杂性和文学的冲突性、交融性。因此,对尼基京的研究,不是可有可无,而是具有独特的文化意义。

---

① 曾思艺译自《尼基京作品选》,基辅,1956年,第322—323页;或见《尼基京诗选》,曾思艺译,《诗歌月刊》2009年第2期下半月刊(总第99期)。

第三章

普希金诗歌研究

本章对普希金的诗歌,主要是叙事诗、诗体小说、童话诗、诗体戏剧乃至普希金诗歌对 20 世纪中国诗歌的影响等,进行较为深入的研究。

第一节 从模仿到超越
——试论普希金的"南方叙事诗"

1820—1824 年,普希金创作了多首叙事诗,其中《高加索的俘虏》(1820—1821)、《强盗兄弟》(1821—1822)、《巴赫奇萨拉伊的喷泉》(1821—1823)、《茨冈人》(1824)大体上写于南方流放地(《茨冈人》起笔于南方,完成于米哈伊洛夫斯科耶),且都具有浓厚的浪漫主义色彩,因此被称为"南方叙事诗",或"南方组诗"。"南方叙事诗"是普希金创作的一个转折点。引起这一转折的重要原因是英国浪漫主义诗人拜伦。

流放南方之前,对普希金的创作影响最大的主要是富有古希腊诗风的巴丘什科夫、古典主义色彩颇浓的杰尔查文、来自德国浪漫主义的茹科夫斯基和一些法国作家。在叙事诗的创作方面,茹科夫斯基是普希金的第一个引路人。

到南方后,普希金阅读了拜伦的几乎全部诗歌和戏剧。拜伦以其作品的强有力的人物个性、绚丽多彩的异国情调、激情洋溢的抒情自白,以及在这一切中所表现出来的现代人的心灵世界,在普希金的面前展现了一个崭新的天地,使他猛然惊醒。"在读过拜伦的《海盗》之后,普希金才意识到自己是个诗人。"①有一段时间,他自称"因为拜伦而发了狂"。他在自己的文论和书信中一再谈到拜伦的作品。在《致大海》一诗中,他把拜伦与拿破仑相提并论,称之为"我们思想上的另一个王者"。"南方叙事诗"就是为"缅怀拜伦"而作。应该承认,拜伦对"南方叙事诗"产生了决定性的影响,但我们同时也看到,普希金又总是力图超越拜伦,经历了一段从模仿到超越的创作历程。

普希金是一位个性突出、才华横溢的诗人,他与拜伦的关系是有模仿有超越,边模仿边超越,最后走向独创。这种模仿与超越,绝不只是一些表面现象,而是在内容和形式中都有所体现,有一条比较明显的发展轨迹,贯穿于整个"南方叙事诗"中。

在内容上,普希金对拜伦的模仿与超越的第一个表现是从张扬个性、歌颂自由到反思个性与自由。

由于个人的不幸遭遇,由于时代及社会思潮的影响,拜伦十分推崇强有力的个性,并终生热爱自由、追求自由。他对丑恶庸俗的现实社会的反抗体现为对骄傲的个人主义的崇拜,号召为个性自由和各族人民的独立自由而斗争,最后甚至为希腊人民的独立自由献出了生命。歌颂自由,为自由而斗争,是贯穿于拜伦全部创作的一根红线。但正如苏联学者叶利斯特拉托娃所指出的那样:"自由的形象在拜伦笔下是以象征的手法来表现的:有时以暴风雨般不可遏制的大自然的形象出现——这时整个大自然在拜伦看来已成为自由的化身,它同社会中压迫和不平等的现象形成对照,而且这个隐藏着的潜力使他的抒情在写景方面充满了深刻的社会热情;有时它以精神自由的形象出现(《咏锡雍的十四行诗》),对于这种形象,狱吏和刽子手是无法施展自己的淫威的;有时它又以反叛的形象出现——匪徒的掠夺,海盗的袭击;有时它又以披着神话和幻想外衣的巨人形象出现,诸如普罗米修斯,该隐和卢息弗。"②追求自由与个性解放在拜伦那里是合二而一的。因为只有独立的个性、高傲的个性才能谈得上自由,也才配享受自由。这样,拜伦作品中的主人公——"拜伦式的英雄",往往桀骜不驯,具有非凡的才能和力量,异样的勇敢与热情,但他们在现实社会中却是英雄无用武之地。他们为自己才能的浪费而苦闷,因自己情感的虚耗而痛苦,于是成为孤傲的叛逆者,以不屈不挠的意志和毫不妥协的精神,高扬独立的个性,追求神圣的自由,反对社会道德及社会的专制与压迫,尽管结局是悲剧性的死亡和毁灭,也在所不惜。

强烈的个性,对自由的热爱与追求,也是普希金的特点。早在 1817 年,他就写出了反对专制、歌颂自由的著名诗篇《自由颂》。在拜伦的影响下,普希金笔下也出现了一系列个性突出的社会叛逆者形象。他们都热爱自由,向往自由,为保持自己的个性而追求自由。《高加索的俘虏》中的主人公不甘随世浮沉,离弃了所属的上

---

① [波兰]密茨凯维奇:《普希金和俄罗斯文学运动》,冯春编选:《普希金评论集》,上海译文出版社,1993 年,第 699 页。
② [俄]叶利斯特拉托娃:《拜伦》,周其勋译,上海译文出版社,1985 年,第 9 页。

流社会,奔向遥远的边疆,去寻觅自由。《强盗兄弟》,按作者原定的创作计划,是关于普加乔夫长诗的一个序曲,这说明主人公们本来就是社会的反抗者,他们对自由有着一种不可抑制的渴望,即使身陷囹圄,心灵仍然"渴望着森林,渴望着自由"。《巴赫奇萨拉伊的喷泉》中的马利亚尽管被基列伊关进后宫,但她具有坚强的意志,突出的个性,"宁为玉碎,不为瓦全",使一向冷酷凶残的基列伊心生敬意,并狂热地爱上了她,但她不为所动,只是渴望着自由。《茨冈人》中的阿列哥一出场就是社会的反抗者,弄得衙门里要捉他,为了保持个性,获得自由,他来到茨冈人中。

与一般浪漫主义作家一样,拜伦往往过分夸大个性解放的作用,在自己的创作中一味地表现强有力的个性,尽情地歌颂自由。普希金则在此基础上,对个性的膨胀与过度的自由进行了较为深入的反思。在普希金看来,过分地高扬个性,势必导致个性的极度膨胀,形成极端的个性——自私自利的个人主义,产生自恋,而不爱他人。伴随这一个性而来的自由,必然变成只为自己的自由,进而压制、扼杀他人的自由,对社会必将造成较大损害。在1821年的《拿破仑》一诗中,他已指出拿破仑这位伟大的历史人物,由于自私自利的个人主义,为了实现个人"权力的欲望",抓住绝妙的机会,使法国大革命"新生的自由变得哑然,突然丧失了它的力量",践踏了"人民的崇高希望",进而使"欧罗巴毁了",最后,他"竟然蔑视整个人类"!极端个性的危害真是触目惊心!在《叶甫盖尼·奥涅金》中,普希金更是揭穿了拜伦的浪漫主义英雄的老底:

> 拜伦爵士的想法真是巧妙,
> 他把穷途末路的自私自利
> 也装扮成忧郁的浪漫主义。①

由此可见,普希金对个性与自由的反思持续了很长一段时间,并且在抒情诗、诗体小说中均有所体现。但主要集中体现在"南方叙事诗"中。

《高加索的俘虏》中的男主人公原是一位快乐的青年,有过"火热的青春","爱过好多可爱的人",但他"被暴风雨般的生活,毁掉了理想、欢乐和憧憬",发觉了"朋友的背信弃义",发现"追求爱情原是愚蠢的梦",对人生"丧失了信心",于是,"在这荒漠的人世",他只为自己追求一件东西——自由。为了摆脱社会的桎梏,保持自己的个性,他离开自己的社会,到粗犷的高加索山民中去寻找自由,寻找幸福。这种回归自然即可得到自由与幸福的思想,源自卢梭,为拜伦和一切浪漫主义者所信奉。然而,这位年轻的俄罗斯人不仅没有得到自由,反而丧失了自由,沦为毫无自由的奴隶。一位车尔凯斯姑娘爱上了他,而他冷漠地拒绝了她的爱。这位多情的姑娘为了爱情放走了他,让他重获自由,自己则宁可投河自尽,不愿随俘虏逃走,不愿在奴役中寻求爱情。他眼睁睁地看着爱自己的人死去,全然无动于衷。对此,不

---

① 《普希金文集》,第5卷,智量译,人民文学出版社,1995年,第101页。

少人提出指责,而普希金却回答:"关于《高加索的俘虏》……你骂他作狗崽子,因为他不为车尔凯斯姑娘感到悲伤。然而他该说什么呢——'他什么都看透了'这句话就说明了一切……别人感到遗憾的是,俘虏没有跳入河中把我的车尔凯斯姑娘捞起来——可不,你试试看吧;我在高加索的许多河流中游过泳——你自己会在这里淹死,却连鬼都找不到一个;我的俘虏是一个审慎明理的聪明人,他不爱那个车尔凯斯姑娘——他不投河是对的。"①普希金是正确的,这是因为河水湍急,更因为俘虏冷漠自私——他只关心自己,只为自己寻找自由。俘虏的自由梦的幻灭,表现了普希金对追求自由的双重反思:其一,为自由而自由,过分地追求自由,必然导致自由的丧失;其二,宣告了卢梭"回归自然"理论的虚幻,对拜伦等浪漫主义诗人一味歌颂自由给予了反驳。与此同时,也表现了只爱自己的冷漠个性的可怕——对他人的生死无动于衷。这首叙事诗,是俄国文学中反思个性与自由作品的滥觞,对列夫·托尔斯泰等的创作(如《哥萨克》)产生了很大的影响。

如果说《高加索的俘虏》对个性与自由的反思还欠明确、统一,那么《茨冈人》就表达得既准确生动,又全面深入。年轻的阿列哥,由于强烈的个性,与专制社会发生了激烈的冲突,以致"法律正要把他追查"。为了寻找自由与幸福,他来到流浪群体中,打算做个"茨冈人"。他紧紧抓住泽姆菲拉的爱情,在茨冈人群中似乎获得了久已渴望的自由与幸福。然而,他这种溺水者抓救命稻草式的爱,反倒成为像天上的风儿一样自由的茨冈姑娘的沉重负担:"他的爱我只觉得讨厌,我感到寂寞,我的心渴望自由"。为了找回自由,泽姆菲拉移情别恋。此时此地,极度膨胀的个性一方面使阿列哥把泽姆菲拉看作自己的私有财产,不容他人染指,另一方面又使他过于看重自己受了伤害的自尊,从而进行凶狠无情的报复,杀死了正在幽会的泽姆菲拉及其情人。尽管他犯了杀人罪,茨冈人仍把他当人看,并不剥夺他生存的权利,而只是离他而去,让他孤零零地留下。

长诗中出现了两种自由。一种是阿列哥式的自由,这是一种自私自利的自由,茨冈老人曾一针见血地指出其实质:"你要自由,只是为了自己。"别林斯基也精辟地指出,阿列哥的一切思想、感情和行动,"是从令人惊骇的自私自利而来的,这种自私自利以自己而自豪,把这当作善行。'这个女人(阿列哥自私自利地这样议论道)向我献了身,于是我因为她的爱情而幸福,因此,我对她有永恒的和不可摧毁的权利,正像对我的奴隶有权利,正像对我的东西有权利一样。她变心了——她的爱情已经不再使我幸福:她应当以复仇的甜蜜将我灌醉。她的魅力剥夺了我的幸福,——她为此应当向我付出生命的代价。'"②这种自私自利的自由,本源于文明和私有制社会。在这一社会里:

一堆堆人被圈在围墙里头,

---

① 见《普希金论文学》,张铁夫、黄弗同译,漓江出版社,1983年,第62—63页。
② 《别林斯基选集》,第四卷,满涛、辛未艾等译,上海译文出版社,1991年,第464页。

>吸不到清晨的新鲜空气，
>闻不到草原的春天气息；
>恋爱又害羞，压制新思想，
>把自己的自由拿去拍卖，
>对着偶像，顶礼膜拜，
>求的无非是金钱和锁链。①

令人窒息，毫无自由可言。这一社会的叛逆者虽然能在极度自尊的情况下，捍卫自己的自由，但由于这一社会的劣根性已溶入血液，他们绝不会尊重他人，给别人自由。

另一种自由，是茨冈人式的自由，这种自由尊重他人，尊重神圣的生命，尊重生命的权利，"欢乐应该大家轮流享受"，一切顺其自然。阿列哥从加入这一群体起，自始至终享有来去的自由、选择职业的自由、爱的自由，没有受到丝毫的限制。普希金还用与阿列哥经历相同的茨冈老人和阿列哥进行对照，表明了自己对这两种自由的态度。当年茨冈老人的妻子玛利乌拉抛下小女儿，跟情人跑了，但老人尊重妻子感情上的自由，毫无报仇的念头，反而认为，"青春比鸟儿还自由"，"谁能对少女的心说：你只爱一个，不要三心二意"，并且提出"欢乐应该大家轮流享受"。即使唯一的亲生女儿被杀，老人所坚持的也不过是同杀人者分开，让他退出这自由结合的团体，因为杀人者已经证明了自己不能过真正的自由生活！相比之下，阿列哥显得多么猥琐可鄙，他决不放弃自己的所谓"权利"，甚至认为，"最次，也享受一下复仇的乐趣"！如果说普希金对俘虏那冷漠的自私还只表现出初步的否定，那么他对阿列哥极端个人主义的自私则进行了批判。拜伦写的只是浪漫主义的那种自由，赞美的是强有力的个性（当然，他在长诗《科林斯围攻》中通过艾尔普形象对这种极度膨胀的个性已有所警觉，初步表现了其可能造成的危害，可惜未进一步深入展开），普希金则深入、细致得多，发现了两种自由，并且对个性的极度膨胀所形成的极端个人主义所带来的恶果——践踏他人的自尊和情感，无视他人的自由选择，粗暴地剥夺他人的生命，加以彻底否定。

普希金不仅表现了两种自由，而且对这两种自由进行了深刻的反思。首先，承《高加索的俘虏》而来，反思了那种"回归自然"的浪漫主义自由的不可实现，并推进一步，批判了这种极端个人主义的自由——自己寻找摆脱锁链的自由，却企图给他人戴上奴役的锁链，自己在追求自由，却杀死了想从自己手里获得自由的亲人，从而更深化了这一主题。其次，也反思了未开化人那种顺乎自然的自由，认为这种自由也不能给人带来真正的自由与幸福——在长诗的结尾，诗人特意写道：

>但是，大自然的贫穷子孙！

---

① 《普希金文集》，第3卷，王士燮等译，人民文学出版社，1995年，第263页。

在你们中间也没有幸福。
在那破破烂烂的帐篷底下
你们做的是痛苦的梦,
你们那到处流浪的帐篷
在荒原里也未能免于不幸,
到处是无法摆脱的激情,
谁也无法与命运抗争。①

也许,在《高加索的俘虏》中普希金已朦胧地意识到未开化人也没有自由可言——车尔凯斯姑娘爱而不能得其爱,最后被迫投河自尽,不是如此吗?由于思想的逐步成熟与深刻,在《茨冈人》中诗人对这一点进行了更深入、更准确的反思。这样,普希金就得出了完全不同于拜伦和其他浪漫主义者的结论:人世间几乎没有什么自由可言,文明人没有自由,未开化人也没有自由!

值得一提的是,别林斯基对《茨冈人》也未能完全理解。这表现在两个方面。第一,他指出"《茨冈人》的整个意念集中在这部长诗主人公阿列哥的身上。……普希金想借阿列哥显示出一种人的标本,这种人把人类自尊感珍视到这样的程度,他在社会机构里到处只看到对于这种自尊感的贬损与玷辱,所以阿列哥诅咒社会,对生活冷淡无情,却要到粗野的茨冈人的意志里去找寻有教养的社会所不能给他的东西,因为这种社会是被偏见和礼节所禁锢着的,强迫自己卑躬屈节地去为黄金偶像服务。这便是普希金想通过阿列哥这个人物加以描写的东西",可是他在这一点上是不成功的,因为阿列哥对待泽姆菲拉的行为"显然跟这个意念相违背",这样,"诗人显然想用这部长诗来歌颂阿列哥,把他当作人类自尊权利的捍卫者,而结果却写成了对于他以及和他同一类的人们的可怕讽刺,对他们安下了无情的悲剧、同时又是辛辣讽刺的判决",因此,"从长诗的整个进程可以看出,普希金自己曾经想要说的不是他实际上说了的话"②。即使结论不对,但别林斯基依然体现了他的深刻、敏锐、细致,他对文学独具的慧眼!他独特地把握到了阿列哥的自尊,的确,这是阿列哥性格的重要因素。但他未准确地看出,正是这种过分张扬的个性必然走向过分的自尊,过分的自尊必然使人把自己看得特别重要,导致过分的自私——一切都只为了维护自己的自尊,一切都只是为了自己,从而无视他人的情感,践踏他人自由的权利,甚至视人命如草芥,随意毁灭他人的生命,由此可见,阿列哥的行动、思想和性格在长诗中是统一的、前后一致的。普希金也并非通过他来表现对人类自尊的捍卫,而是与《高加索的俘虏》一脉相承,对那种极度重视自尊、强调个性的个人主义进行批判。第二,别林斯基指出:"在尾声之中,诗人的反省刹那之间超越了创作的直接性,由于这样做的结果,它就变得同长诗的内容完全不切合,同长

---

① 《普希金文集》,第3卷,王士燮等译,人民文学出版社,1995年,第294页。
② 《别林斯基选集》,第四卷,满涛、辛未艾等译,上海译文出版社,1991年,第450—451页。

诗的意义明显地矛盾"①,因为,"'你寻求自由只是为了自己'——长诗全部意义就在这里,这是解答长诗的主要意念的关键"②。事实上,这个结尾与全诗完全切合,它表现了诗人对两种自由的反思。

在内容上,普希金对拜伦的模仿与超越的第二个表现是,从描绘异域色彩或异国情调上升到对两种文化相互碰撞结果的思索。

拜伦的作品,尤其是深为普希金喜爱的《东方故事诗》,以浓郁的异域色彩、异国情调俘虏了普希金。在"南方叙事诗"中,他也开始有意识地表现这些。《高加索的俘虏》生动传神地表现了高加索瑰丽的自然风光、奇风异俗;《巴赫奇萨拉伊的喷泉》则完全是拜伦式的东方情调(克里米亚色彩);《茨冈人》相当真实地再现了茨冈流浪群体的日常生活图景。拜伦作品里中,异域色彩和异国情调只是一种背景,普希金则不止于此,而是更深入一层,上升到对两种文化相互碰撞结果的思考。这在"南方叙事诗"中可分为两类:对东西方文化碰撞的思索;对文明人与未开化人融合问题的反思。

对东西方文化碰撞的思索,主要表现在《巴赫奇萨拉伊的喷泉》中。长诗讲的是克里米亚可汗基列伊对基督教徒马利亚的爱情及马利亚死亡的传说。马利亚以其基督教文明熏陶出来的风姿、人格和个性,使冷酷无情的亚洲野蛮暴君产生了全新的、充满活力、柔情、欢乐的爱情。这种爱情使基列伊从暴君变成真正的人。普希金借此不仅表现了崇高的爱情可以使一个人的本质得到改变,而且思考了东西方在精神上的优劣——在两种文化的碰撞中,具有人道主义特色的基督教文明战胜了亚洲的野蛮、不人道。

对文明人与未开化人的融合问题,与对自由的反思紧密相连,主要表现在《高加索的俘虏》和《茨冈人》中。在前一首长诗里,文明的俄罗斯青年,试图到未开化的高加索山民中寻找幸福与自由,但文明与未开化无法沟通,他成了俘虏。当车尔凯斯姑娘爱上他,两种文化的融合似乎出现了一线转机时,他却深深怀念起俄罗斯女郎(可视为文明和俄罗斯文化的象征)来,这就隐隐表明:到了关键时刻,文明人还是无法抛开自己所属的文明,而实现与未开化人的真正融合。在《茨冈人》中,这一思想得到了更深入、更成熟的表现。与俘虏一样,文明青年阿列哥来到未开化人中寻觅自由和幸福。他比俘虏幸运,在茨冈人里找到了新的职业,建立了新的家庭,并且在两年内安居乐业,与未开化人生活得十分融洽。两种文化的融合似乎已成可能。不久,泽姆菲拉移情别恋,两种文化的冲突尖锐地展开了。按茨冈人的观念,女人像天上的月亮一样自由,爱停在哪里就停在哪里,而按文明人的观念,妻子是自己的私有财产,不能失去。于是阿列哥按文明人的方式行事,结果犯下了杀人罪。这样,普希金就对自卢梭以来浪漫主义所崇奉的文明人在自然与未开化人群

---

① 《别林斯基选集》,第四卷,满涛、辛未艾等译,上海译文出版社,1991年,第469页。
② 同上书,第468页。

中寻找自由与幸福的观念予以否定，进行反思，认为未开化人不能使文明人幸福，文明人也无法抛下自己血液般流淌于周身的文化影响，而在大自然的怀抱与未开化人群中返璞归真，获得自由。

在艺术形式上，"南方叙事诗"对拜伦的模仿与超越首先表现为从抒情独白走向戏剧场景。

拜伦的诗，尤其是《恰尔德·哈洛尔德游记》《东方故事诗》，主要以抒情独白展开——主人公的抒情独白随处可见，叙述者的叙述也往往是抒情自白。普希金在《高加索的俘虏》中主要模仿拜伦，以抒情独白展开全诗——《献辞》《尾声》一首一尾是叙述者的抒情自白，正文中则以俘虏和车尔凯斯女郎的内心独白交织展开，诗中的对话实际上也是独白。《强盗兄弟》只是一个序曲，更是一首独白式的长诗，全是由独白构成。《巴赫奇萨拉伊的喷泉》虽然仍以内心独白为主，但诗人已开始注意戏剧性场景的安排，将情景和事件戏剧化，力求在形式上超越拜伦——他借助对比手法，让谦逊的马利亚和热情的莎莱玛在性格和行为上对立起来，由此产生长诗鲜明的戏剧性，他曾说过，"莎莱玛和马利亚会面的一场具有戏剧性的优点"①，这是两个性格最富戏剧性的冲突，有对话，也有行动，尽管带有某些闹剧的成分。《茨冈人》是一部接近于戏剧的作品，它基本上摆脱了抒情自白，而完全以戏剧场景展开一切——对话发展成戏剧性的对话，以便更清晰地把形象个性化。情节的高潮，通过戏剧性的对话和行动达到了十分完美的境地。无怪乎普希金自称："从《茨冈人》开始，我才感觉到我负有写戏剧的使命。"这种探索的成功，既是诗人对拜伦和自己以往创作的突破，也为以后的小说、长诗，尤其是戏剧的创作提供了有益的经验。可以夸张一点说，没有这种探索的成功，便没有以后的长诗《波尔塔瓦》、悲剧《鲍里斯·戈都诺夫》、诗体小说《叶甫盖尼·奥涅金》等杰作。

在艺术形式上，"南方叙事诗"对拜伦的模仿与超越，还表现为从浪漫主义向现实主义的过渡。

拜伦的长诗基本上是浪漫主义的（《唐璜》已转向讽刺现实主义），而普希金的"南方叙事诗"已开始实现从浪漫主义到现实主义的转折，其异域色彩、异国情调、强烈的个性、高昂的激情、对自由的歌唱等属于拜伦式的浪漫主义，而对奇风异俗乃至日常生活细致入微的描写，对人物性格的真实刻画，力求塑造典型形象，则是现实主义的。

《高加索的俘虏》虽然题材、背景、情节、人物性格均颇具浪漫主义色彩，但其具体描写已带有明显的现实主义成分。别林斯基曾指出本诗的两个主要内容："粗犷而自由的山民的诗意的生活"，"对生活感觉幻灭的心灵的感伤的憧憬"②。诗人在这两方面都作了真实、细致的描写，如高加索奇异明媚的大自然景色、古朴山民社

---

① ［俄］普希金：《对批评的反驳及对自己作品的评注》，刘敦健译，《普希金文集》第七卷，人民文学出版社，1995年，第213页。

② 《别林斯基选集》，第四卷，满涛、辛未艾等译，上海译文出版社，1991年，第429页。

会的人情风俗,描绘得具体朴实,俘虏的冷漠性格也刻画得比较成功,让人鲜明地觉察到从本质上与拜伦长诗区别开来的现实主义倾向。

《强盗兄弟》虽为片断,但它对现实主义的贡献颇大。其一,第一次把"小人物"真正引进文学中,此后的小说《驿站长》与此一脉相承,从而开俄国文学描写"小人物"之先河。其二,把新的题材引进俄国文学,在陀思妥耶夫斯基的小说《死屋手记》之前四十年,就描绘了俄国监狱的情景,通过令人瞩目的生活细节,深刻揭示了"罪犯"阴郁性格中的人性,表达了对专制暴政的愤恨,以及对这一暴政的牺牲品——贫苦的下层人们的同情。其三,接触到了当时现实生活中最尖锐敏感的农民问题。在两个反抗的农民身上依稀可见起义英雄普加乔夫的影子,这既是早期《乡村》一诗的合理发展,也是向后来的小说《上尉的女儿》《杜布罗夫斯基》的过渡。

《茨冈人》是普希金创作中一首标志着开始告别浪漫主义而转向现实主义的长诗,已初步勾勒出浪漫主义向现实主义转变的轮廓(最后在《鲍里斯·戈都诺夫》《努林伯爵》中充实和定型)。它虽然还有较浓郁的浪漫主义色彩,但现实主义成分却占了更大的比重。首先,作家并不美化茨冈人的流浪生活,而具体生动地描写了他们的贫困和清苦,真实地反映了他们穿着破衣烂衫,带着狗熊,四处卖艺,以求温饱。其二,人物的言行很合乎性格,并且与社会环境的联系更为紧密。与《高加索的俘虏》不同,在《茨冈人》中,茨冈人风俗的描写和民族风俗的细节与情节的发展密切相关,而且仿佛是对人物行为和观点的说明,人物的言行则是性格的合理、生动的体现。正是在热爱自由、尊重他人感情、尊重自由选择的茨冈民族风习中,培育了泽姆菲拉这一真诚坦率、酷爱自由的动人个性,而她爱起来热烈如火,不爱时毫不掩饰的言行,是其个性的绝妙体现。这一形象清新可爱,光彩照人,法国作家梅里美的杰作《卡门》中的同名女主人公,应该是她的发展、升华(梅里美曾翻译过《茨冈人》)。其三,塑造了阿列哥这一颇具典型色彩的形象。

拜伦作品中的人物大多是浪漫主义的"拜伦式英雄",是诗人幻想的体现、自我的异体,其性格描写是夸张的、理想化的。普希金笔下的人物虽在一定程度上是诗人自我的化身,但一般是真实的、现实主义的,而且颇具典型色彩——既富个性又概括了一代人的共同特征。《高加索的俘虏》中俘虏这一形象,尽管由于创作经验不够,致使人物行为前后矛盾,但他那冷漠的性格得到了较真实的刻画,而且概括了一代人的共同特征——普希金自己承认:"我想在他身上描绘出对生活和对生活享乐的这种冷漠态度,描绘出心灵的这种未老先衰,这些已经成了十九世纪青年的特点。"[①]正因为如此,长诗出版后获得了巨大的成功,受到普遍的欢迎。《茨冈人》更是通过特定的社会环境,真实生动地刻画了阿列哥这一极端自尊也极端自私的个人主义者形象,而且通过他的自私和残暴批判了产生这一劣根性的文明社会,深刻揭示了这一性格的社会根源。同时,也使这一形象初具"多余人"的特征,上升到

---

① 见《普希金论文学》,张铁夫、黄弗同译,漓江出版社,1983年,第60页。

典型的高度:聪明,受过良好的教育,是贵族青年中比较优秀的分子,看不惯建立在金钱与压迫基础上的人与人之间的关系,想过幸福、自由的生活,既与专制政府对立,又无法与淳朴人民融为一体,因此,只能成为无所作为的"多余人"。

"南方叙事诗"是普希金在拜伦的影响下所实现的创作生涯中的一个重大转折,它不仅突破了以往的创作,而且由浪漫主义逐步转向现实主义。普希金以独特的个性气质和强烈的创新精神,完成了对拜伦从模仿到超越直至独创的过程。

第二节 个人与国家
——试论《波尔塔瓦》

早在流放时期,普希金就对俄国历史产生了浓厚的兴趣,钻研了卡拉姆津的《俄国史》《俄国编年史》等历史著作,并且创作了悲剧《鲍里斯·戈都诺夫》,逐渐形成了对文学与历史的一些重要观点。历史家对国家命运的思考、哲学家对人和人民命运的关注、诗人的悟性与想象的灵活性三者结合,贯穿于普希金的戏剧、叙事诗和小说创作中。车尔尼雪夫斯基指出:"他希望做一个历史诗人。《鲍里斯·戈都诺夫》《波尔塔瓦》《铜骑士》《彼得大帝的黑人》《上尉的女儿》的创作,不但是由于艺术的要求,而且也是出于想表达自己对俄国历史的一定观察。"①对俄罗斯国家命运及人的命运的思考,是普希金从流放时期开始直到逝世始终不倦地探讨的一个问题。如果说,在《鲍里斯·戈都诺夫》中他思考的还主要是国家与人民意志的问题,那么到1828年写的叙事诗《波尔塔瓦》,他已开始上升到哲学的高度,探讨个人与国家的关系问题了。

在《波尔塔瓦》中,普希金首先通过家庭生活的日常冲突,刻画了两种个人主义的个人。

一种是马赛帕式极端自私的个人主义的个人。这种极端自私的个人主义把自我利益无限提高,一切都是为了满足一己的私利,完全无视道德的限制和约束,没有任何高尚的思想和正直的行为,毫无人道心和爱国心。诗中写道:

> 他并不晓得神灵和圣物,
> 他并不记得慈悲和宽宥,
> 他什么都不爱,他只准备
> 把鲜血当做水一般地流,
> 在他的眼睛里没有祖国,
> 他根本瞧不起什么自由。②

在《对批评的反驳》一文中,普希金也公开提出,这是一个令人厌恶的对象,它

---

① 见冯春编选《普希金评论集》,上海译文出版社,1993年,第370页。
② 《普希金文集》,第3卷,王士燮等译,人民文学出版社,1995年,第331页。

"没有丝毫温柔敦厚之情！没有丝毫令人宽慰的特点！诱惑、敌视、背叛、狡诈、胆怯、残暴……"①

这一极端自私的个人主义有三个特点：野心勃勃、睚眦必报、善于伪装。马赛帕野心勃勃，不满足现有的盖特曼身份，一心想做小俄罗斯的君主，他的恋人马利亚曾一语道破天机：

啊，我亲爱的，
你要做我们国家的沙皇！
在你的白发上将要戴上
沙皇的冠冕！②

大凡极端自私的人必然有一种病态的极度自尊，病态的极度自尊必然导致睚眦必报，马赛帕正是如此：

他对于细小的睚眦小怨
也怀恨终身永记心头，
傲慢的老头子老在盘算，
以后报复的罪恶的计谋。③

马赛帕更善于伪装，他的心眼越是狠毒、阴险、奸诈，他的外表越是显得坦率、随便、令人相信。他能恳切地：

对老人慨叹逝去的时光，
对爱好自由的赞美自由，
对不满现状的痛骂当局，
对含冤莫诉的淌着眼泪，
对头脑懵懂的尽量吹嘘。④

一句话，他善于以变色龙一般的伪装，时时博得别人的好感与同情，以达到自己不可告人的目的。

在总写马赛帕极端自私的个人主义的特征之后，叙事诗从私生活和社会生活两方面对其展开具体生动的描绘，进行揭露和批判。

在私生活中，马赛帕作为柯楚白的好友，作为一个白发苍苍的老头，作为马利亚的教父，为了满足自己占有小俄罗斯第一美女的欲望，竟然践踏友谊，不顾年龄悬殊，无视宗教观念，诱拐了年轻的马利亚。当对他深信不疑的彼得大帝，把一怒之下告发了他叛乱阴谋的柯楚白交由他处理时，他出于睚眦必报的心理，也为了除

---

① 《普希金论文学》，张铁夫、黄弗同译，漓江出版社，1983年，第90页。
② 《普希金文集》，第3卷，王士燮等译，人民文学出版社，1995年，第348页。
③ 同上书，第331页。
④ 同上书，第330页。

掉对手,保护自己,不顾在血与火中结下的战斗情谊,而且明知马利亚失去父亲定会痛苦终身,竟残忍地杀死了柯楚白,结果导致马利亚发疯。马利亚的失踪对他谋叛的计划毫无影响,当他最后见到疯了的马利亚时,也全然无动于衷,更入木三分地表现了这种个人主义的冷酷与极端自私!这是对南方叙事诗对自私自利的个人主义进行批判的主题的继承和发展。

在社会生活中,马赛帕为了个人的勃勃野心,出于睚眦必报的心理(他自称,曾经在一次军营饮宴中,因出言无状,被激怒的彼得揪过胡子,因此,他立誓定要复仇),利用彼得对自己的信任,暗中勾结彼得的敌人——波兰、瑞典、土耳其、顿河哥萨克等,准备共同进攻俄国。在历史的关键时刻,他置国家、人民的利益于不顾,叛变投敌,引狼入室,企图借外国的军事胜利取得最高的权力,导致国家遭殃,生灵涂炭,成为民族的败类,国家的罪人!这是对抒情诗《拿破仑》中大人物自私自利的个人主义给国家、民族带来灾难主题的进一步具体化与深化。

瑞典国王查理十二世是马赛帕的陪衬,他那极端自私的个人主义表现为用战争来获得一己荣誉。他认为"战争本身就是目的",因此,他不惜牺牲本国千百万士兵的性命,不惜公然践踏他国的权益,置各国人民于熊熊战火之中。

另一种是马利亚式个人主义的个人。马利亚号称小俄罗斯第一美人,却有着很强的个性。她像莎士比亚笔下的苔丝狄蒙娜爱上自己父亲的朋友奥赛罗一样,也爱上了一个白发苍苍的老头——自己的教父。她爱得真诚,爱得深挚,也爱得大胆,爱得彻底——为了爱情,她抛下双亲(她是独生女儿),离家出走;为了爱情,她公然蔑视世俗观念、对抗宗教规范——教女不能与教父结合。就马利亚来说,她的爱情毫无差错。作为一个人,她只要求做人的起码权利——自由地爱,自由地选择。她不仅敢爱,而且能为所爱牺牲一切。这种爱是正当的、伟大的。从离家出走的那一天起,马利亚已成为一个普通人。她只要求普通人的幸福,与自己心爱的人长相厮守,沉醉爱中。她崇拜自己的爱人,把他想象得那样伟大,以致他要发动叛乱,也得到她的衷心赞美。她坚信他会戴上王冠,登上王位。这种爱虽然有其伟大的一面,但在历史的关键时刻置国家利益于不顾,含有较大的自私成分,也属于个人主义范畴。马利亚的悲剧首先在于她所爱非人,怀里抱着的是一条极端自私自利的毒蛇;其次在于她在历史的关键时刻只为个人寻求幸福,并且卷入了政治动乱之中。所以,她的爱情梦被残酷的现实粉碎,她发了疯。然而,她那人性的正当要求,她那勇敢大胆的爱情举动,她那蔑视世俗与宗教的豪放气魄,以及愿为所爱者牺牲一切的爱心,使人尊敬,令人同情。在这里,普希金已初步表现了19世纪30年代在《铜骑士》中深入探索的一个主题:滚滚向前的历史车轮碾碎了个体既狭隘自私又合乎人性的正当要求,国家整体的利益吞灭了个人局部的利益。

与以上两类只为一己私利、缺乏崇高追求的个人主义者相反,彼得大帝是一位体现国家整体利益、代表历史发展的个人英雄。在叙事诗的第一章中,普希金写道:

> 那是个动荡混乱的时代,
> 那年轻的俄罗斯的力量,
> 正在艰苦的战斗中锻炼,
> 英明的彼得刚使它成长。……
> 经历过许多命运的打击,
> 忍受了长期惩罚的磨炼,
> 俄罗斯才日益强大起来。
> 铁锤击碎玻璃,铸成利剑。①

这里指明了彼得及其事业跟俄罗斯国家的历史发展与命运密切相关,为后文作了铺垫。于是,在通过家庭生活的日常矛盾展示两类不同的个人主义的个人之后,叙事诗浓墨重彩地通过波尔塔瓦战役,集中刻画了彼得这一从不考虑个人、一心只为国家的个人形象。

波尔塔瓦战役是一场争取整个民族生存、争取俄罗斯国家光明未来的战争。普希金在1835年写的《彼得一世的盛宴》一诗中指出:"是他打退了瑞典人,拯救了我们的祖国。"这一战争是由彼得的敌人瑞典国王查理士十二世和马赛帕发动的。彼得大帝参加战争,是为了保卫祖国,抵抗外敌,争取独立,改造国家。他是国家利益和民族意志的代表,也是天才的统帅。叙事诗通过三个有连贯性的场景来刻画这一伟大的英雄,三幅简洁的速写以令人难忘的特征勾勒出这一历史人物的全貌。

在厮杀的早晨,叙事诗这样描绘他的形象:

> 突然好像是从天上发出
> 彼得动人的、响亮的声音:
> "奋勇前进,上帝保佑我们!"
> 彼得在一群亲信围绕中
> 从帐幕里走出,目光炯炯。
> 他的容貌真是威风凛凛,
> 他步履矫健,他神采奕奕,
> 他活像一位天上的雷神。②

诗人首先采用"未见其人,先闻其声"的手法,让彼得大帝先声夺人,然后才具体展示其英姿与神采。

决战前的中午,只寥寥几笔,便写活了彼得的雄姿:

> 他在军队前面飞奔而过,

---

① 《普希金文集》,第3卷,王士燮等译,人民文学出版社,1995年,第326—327页。
② 同上书,第378—379页。

像战斗一般愉快而威严。①

接着,又以坐着肩舆、受了创伤、面色苍白、目光慌张的瑞典国王与之形成对照,更衬托出彼得的雄伟和崇高。

傍晚的庆贺酒宴,进一步刻画了彼得广阔的心胸(与马赛帕的睚眦必报又形成对比),使这一形象从形到神得到升华:

> 彼得设宴庆祝。他的眼睛
> 骄傲、明亮,又充满了光荣。……
> 他在自己的帐幕里邀请
> 自己的将领,对方的将领,
> 他在款待着可敬的俘虏,
> 并为自己战争中的老师
> 他也举起了酒杯在祝福。②

这首叙事诗既歌颂个人英雄,也歌颂全体人民。诗人不仅写到乌克兰人民不支持马赛帕的叛乱,还描写了俄国人民坚定不移、前仆后继、英勇顽强地捍卫祖国的土地,打退异国的侵略,以此更好地衬托彼得这一国家利益和民族意志体现者的伟大个人英雄。

普希金以艺术家的敏锐感受力和历史家的深刻眼光,把握到了一个独特的时代,一位伟大的英雄。别林斯基指出:"他注意到俄国历史中一个最伟大的时代——俄国伟大改革家的统治时代,并且利用了这一时代的最伟大的事件——波尔塔瓦战役,这一战役的胜利也就奠定了彼得大帝的一切劳作,一切功绩,总之,他的一切改革的胜利。"③的确,这是俄国历史上一次具有重大政治意义和文化意义的胜利,这一胜利使俄国跻身于欧洲的最前列。因此,对彼得大帝个人的歌颂与赞美也就是对俄罗斯国家利益的赞美与歌颂。这是 20 年代后半期以来,抒情诗《斯坦司》、未完成的历史小说《彼得大帝的黑人》中对彼得大帝进行歌颂主题的深化。这一主题后来在《铜骑士》一诗中得到进一步的发展。

彼得的陪衬是柯楚白和伊斯克拉,他们忠于祖国,为祖国而受难。

这样,《波尔塔瓦》就以国家与个人的关系为中心,以对国家的态度为分界线,展示了两组对立的人物系列。一组是马赛帕、查理士十二世、马利亚,他们以个人利益为重,置国家利益于不顾,甚至不惜背叛、践踏国家利益;一组以彼得大帝为代表,他们代表国家的利益,反映着历史的发展。他们的行为及其结果在波尔塔瓦战役中对比鲜明地表现出来:瑞典国王及其军队没有任何崇高目标的鼓舞,马赛帕的叛乱更是得不到人民的支持,其结果是决战不到两小时即一败涂地。而彼得及其

---

① 《普希金文集》,第 3 卷,王士燮等译,人民文学出版社,1995 年,第 379 页。
② 同上书,第 384 页。
③ 《别林斯基选集》,第四卷,满涛、辛未艾等译,上海译文出版社,1991 年,第 482 页。

军队为正义而战,为爱国主义精神所鼓舞,对胜利充满信心,在他们后面有整个俄国的支持,结果获得了理所当然的胜利。两相对照,生动、深刻地表现了作家对个人与国家关系的思索。在叙事诗的结尾,诗人进一步以最公正无私的时间对此进行检验,点醒并深化了这一主题:

> 在北方大国人民的心中,
> 在它南征北战的命运里,
> 只有你,波尔塔瓦的英雄,
> 给自己建立起一座丰碑。①

代表国家利益、民族意志的彼得不仅在历史上,而且在人民心里树起了自己的纪念碑。柯楚白等爱国者,他们的坟墓"现在依然完整",他们的故事至今仍被讲述。而那些只为一己私利的个人主义者,却被历史和人民遗忘:

> 只有破烂的亭台的残迹
> 和深深陷入地下的三级
> 长满了层层青苔的石阶
> 讲说着瑞典国王的事迹。②

同查理士十二世一样,马利亚也是"没有一点传说"。而马赛帕不仅"早已为人们忘记",他的坟墓无处寻找,而且留下了千古骂名——只有一年一度的宗教大会,"人们还大声地把他诅咒"。

综上所述,《波尔塔瓦》主要表现了普希金对个人与国家关系问题的思考,它批判了极端自私的个人主义,表现了对被历史车轮碾碎的正当个人要求的深切同情,歌颂了这样一种人——他们全心全力为祖国的利益牺牲自己,并在这种牺牲中找到了至高的幸福、高尚的品格和生命的崇高意义。

值得一提的是,包括别林斯基在内的一些批评家、学者都未曾完全理解这首长诗。他们承认本诗几乎每一处单独看来,在诗的表现力量、丰满和华丽上,都超越了以往,达到了相当高的水平,然而,"这首史诗却没有统一,它不是一个整体",因为它是通过波尔塔瓦战役来歌颂彼得大帝,而前两章却写的是马赛帕和马利亚的爱情,只在最后一章才出现波尔塔瓦战役及其英雄——彼得大帝,波尔塔瓦战役反倒似乎成了马赛帕"恋爱故事中的一段插曲"。③

我们认为这首长诗是统一的,它以个人与国家的关系为中心构成一个整体,而写史诗歌颂彼得只是其中的一个有机组成部分。普希金巧妙地把浪漫主义的新抒情长诗与旧史诗、悲剧与历史小说等等综合起来,由奇艳凄恻的爱情悲剧引出波尔

---

① 《普希金文集》,第3卷,王士燮等译,人民文学出版社,1995年,第390页。
② 同上书,第390—391页。
③ 参见《别林斯基选集》,第四卷,满涛、辛未艾等译,上海译文出版社,1991年,第474—482页。

塔瓦战役,展示了长诗的两个基本题材——抒情浪漫主义的悲剧题材和崇高的英雄主义题材,并让它们统一到个人与国家的主题下,由此走上了大胆、独创的新道路——创作历史题材的现实主义长诗。

全诗不仅在整体上是完整、统一的,在局部的个人故事上也是首尾呼应的,而且这种呼应还有着突出、深化主题的作用。其中,尤为精彩的是马赛帕与失踪的马利亚在结尾的再见,堪称点睛之笔。马利亚的再现,既和前面她的失踪与遍寻不得相呼应,使故事变得完整,脉络分明,又揭穿了马赛帕的真面目,深化了主题。在此之前,马赛帕一直是她心目中完美、伟大的英雄,而今,这个为了一己私利而里通外国、遭到惨败的马赛帕却现出了假英雄、真叛徒的丑恶本质。此外,彼得的纪念碑、柯楚白的坟墓以及查理士十二世、马赛帕的被遗忘,不仅使故事有头有尾,而且深化了贯穿全诗的主题:只为一己私利而作的一切事,都会毫无痕迹地消逝,只有为国家、为人民所创造的东西才是有意义的、永恒的,只有为祖国的伟大事业献身的英雄才能给自己建立永垂不朽的丰碑。

正因为全诗表现的是个人与国家关系的主题,而这一主题又是在波尔塔瓦战役中全面展开的,所以,普希金把原定的《马赛帕》标题恰当地改成现在的标题——《波尔塔瓦》。值得一提的是,这一主题在普希金以后一系列的小说中得到了类似的表现。1829年的小说《彼得大帝的黑人》,在个人爱欲和对祖国的社会责任感这一矛盾冲突中,表现了黑人伊卜拉欣对他新的祖国的爱和对做人的神圣职责的认识。在《暴风雪》(1830)和《罗斯拉夫列夫》(1831)中,分别描写了1812年卫国战争时期的两位贵族小姐,在个人爱情依从于爱国感情的平凡举动中,显示出她们高贵的民族气节。《上尉的女儿》(1836)既表现了"尽忠于女皇"的贵族军官格利乌夫少尉面对个人与国家问题时的情感,甚至普加乔夫本人也在个人欲念与历史使命感的冲突中。

《波尔塔瓦》是一部全新的、至今尚未完全为所有读者理解的杰作。

第三节　个性·自由·责任
——试论《叶甫盖尼·奥涅金》

《叶甫盖尼·奥涅金》是普希金流放南方时期开始创作的,从1823年5月9日在基希尼奥夫起笔到1830年9月25日在波尔金诺完成,历时7年4个月17天。这是一部呕心沥血的作品,也是他的代表作。在这部作品里,普希金融汇了各种外来影响,如法国文学中患"世纪病"的当代青年、莎士比亚笔下复杂的人物个性、拜伦的诗体长篇小说形式和抒情主人公与虚构主人公并存的叙述方式,而自铸新体,表达了自己对现实和人生的深刻思考,创造了独特的俄国诗体长篇小说,奠定了俄国现实主义文学的基础。别林斯基高度评价了这一杰作,认为它是"俄国生活的百科全书"①。

关于叶甫盖尼·奥涅金形象和作品的主题,历来存在着多种看法。在俄苏普希金学史上,关于奥涅金形象大体上有三种观点:第一种观点认为他是"多余人",第二种观点认为他是反面人物,第三种观点则把他看成十二月党人。新时期以来,我国学术界也有三种观点:一种观点认为奥涅金是一个先进贵族青年的典型,一个夭折了的十二月党人②;另一种观点从相反的角度提出,认为奥涅金不是"多余人",而是一个中间人物③;第三种观点坚持认为奥涅金是"多余人"。尽管上述观点是尖锐对立的,但大多数俄苏学者和中国学者都主张把奥涅金看成"多余人"。这种观点从社会、阶级、政治方面着眼,自有其深刻和独到之处,不过它还不能完全解释,这部作品问世以来为何至今仍在世界各国受到普遍的喜爱。显然,这部作品反映了一个具有普遍意义和人性深度的问题。

文学是人学。大凡真正伟大的作品,都具有鲜明和突出的时代意识、民族意识、人类意识,三者缺一不可。关于《叶甫盖尼·奥涅金》的时代意识、民族意识,学术界已谈得相当全面和透彻,俄国社会的"多余人"和"俄国生活的百科全书"即为最精辟的概括。而关于这部作品的人类意识(主要指对人类社会普遍存在和人们共同关心的问题进行思考与探索),则至今似乎尚未见到有人深入论述(赫尔岑关于"我们或多或少都是奥涅金"的论述,在一定程度上指出了奥涅金这一形象的普遍意义;别林斯基也注意到了奥涅金形象的普遍性,把他当作人类的代表:"奥涅金不是梅尔摩特,不是恰尔德·哈洛尔德,不是恶魔,不是一首游戏的歪诗,不是时髦的奇癖,不是天才,不是大人物,却干脆只是个'好青年,像全世界的人,像你我一样'。"④可惜他们均未就此深入下去。)

我们认为,《叶甫盖尼·奥涅金》深刻地思考了人类社会的一个普遍问题——个人与社会的关系问题。

个人总是生活于一定的社会之中。个人以单独的个体存在着,社会则以群体或整体的方式存在着。个人的诞生、存在、死亡,永远是单独自我的诞生、存在、死亡,因此,个人必须维护自我,发展自我。但个人毕竟生活于社会之中,因此,个人又必须维护社会,促进社会发展。于是出现了个人与社会的第一个矛盾——为我(个体)和为他(整体)的矛盾。个人为了发展自我,需要变化、追求;社会为了整体的稳定,则需要规矩、和谐。于是出现了个人与社会的第二个矛盾——求异与求同的矛盾。因此,个人与社会总是处于矛盾之中,这是人类自有社会以来的必然冲突。尽管在这一冲突中,单枪匹马的个体往往难与以政治权力、道德舆论、宗教观

---

① 《别林斯基选集》,第四卷,满涛、辛未艾等译,上海译文出版社,1991年,第628页。
② 见周敏显:《先进贵族青年的典型——论奥涅金》,《普希金创作评论集》,漓江出版社,1983年。
③ 见刘奉光:《是中间人物,不是"多余的人"——谈叶甫盖尼·奥涅金形象的社会意义》,《齐鲁学刊》1986年第2期。
④ 《别林斯基选集》,第四卷,满涛、辛未艾等译,上海译文出版社,1991年,第557页。

念乃至世俗习惯为铜墙铁壁的社会匹敌,但人们仍以各种各样的方式进行着各自的抗争(那种害怕冲突,把自我完全消泯于社会,让个体彻底溶化于群体之中的人不在此列,故而从略)。

有人理想高远,目标宏大,站在人类发展的高度,瞩目光辉的未来,超越了个体的自我,把一切都献给人类,为社会的发展、历史的进步而奋斗,在伟大的追求中弘扬了个体,在自我牺牲中把为个体的"小我"转化成为人类的"大我"(为他),把个体的求异与人类理想的大同融为一体,使个体自我得到更高层次的升华。

有人目光短浅,以自我为中心,把个体一己的存在看得高于一切,求异完全吞噬了求同,活在世上的唯一目的,就是千方百计地满足一己私利或从属于自己的极少数人的利益,毫无为他之心,损人利己,为所欲为,这是极端自私自利的个人主义者。

也有人介于为我与为他、求异与求同之间。他们有理想,有追求,关心国计民生,想为社会的发展、人类的进步尽一己之力,但又把自我看得较重,力求不受羁绊,活得自由自在,不愿作出过多的牺牲,于是他们总是在观望、犹疑、寻求、思考。如果环境发生巨变,他们也许有所成就;如果一切如故,他们则会终生一事无成。应该承认,这类人占据了人类的大多数。

在《叶甫盖尼·奥涅金》中,普希金所表现的就是上述第三类人。通过表现这一类人,他从哲学的高度,从个性、自由、责任这一角度,展示了个人与社会之间的冲突及其解决办法。

一

个性是个体的独立性和独特性的表现,是个人区别于他人的明显标志。个性是个人摆脱了一般的社会价值观,不是为了他人、为了社会的意愿而活着的非个体,而是为了自己、为了个人的意愿而活着的自我。个性突出的人,往往是受过良好教育,思想走在社会前面的人,有着不同于社会一般思想的价值观与人生追求。

突出个性,在西方有着悠久而坚实的哲学基础。古希腊时期即强调"认识你自己",突出个体生命的自我性,德谟克里特、伊壁鸠鲁的原子论认为世界万物都由不可分割的单个原子构成,更是为人的个性奠定了自然哲学的理论基础。随后形成的"神、人、自然相分"的传统,则进而培养、强化了人的孤独的个性——只有从自然中分裂、独立乃至超脱出去,作为独立的个体,才有希望接近神,或者与上帝合一。西方文学对个性的表现也源远流长。在荷马史诗中,个性已比较突出,尤其是《伊利亚特》中阿喀琉斯的个性,得到了作者前所未有的突出表现——"阿喀琉斯的愤怒是我的主题"。埃斯库罗斯、索福克勒斯、欧里庇得斯这三大悲剧家笔下的主人公,如普罗米修斯、俄狄浦斯和美狄亚,更是以其突出的个性与命运抗争。从此,西方文学便开始大量表现个性,以致表现个性成为西方文学区别于东方文学最显著的特征之一。

纵观整个西方文学,对个性的表现大约可以分为乐观和悲观两个时期,其分界大体上在19世纪。

19世纪以前基本上是乐观时期,个性受到热情的歌颂,表现为竭力追求个人幸福与个人利益的享乐主义,以及为个体争自由、争爱情婚姻自主权、争社会政治地位,全方位地展示了个性的核心——平等意识、自由意识、自尊意识和自立意识,强调了个人的才能,突出了个人的作用,相信个人凭一己的自立自强,就可以达到奋斗目标,实现人生理想。荷马史诗中的阿喀琉斯和俄底修斯如此,欧里庇得斯悲剧中的美狄亚如此,《十日谈》中的不少男女青年如此,《鲁滨孙漂流记》中的鲁滨逊如此,《浮士德》中的浮士德也是如此(浮士德已超越时间界限,进入了19世纪)。

18世纪后期以来,随着社会的进步和工业文明的迅猛发展,个性与社会的冲突加剧,个性在与社会的冲撞中往往以悲剧告终,这样,表现个性便进入了一个新的时期——悲观时期。此时,作家们更深入地思考了个性与社会的问题,多角度地展示了个性的悲剧。《少年维特之烦恼》中的维特,尽管个性突出,才华出众,理想高远,但在等级森严、庸俗死板的社会里却一筹莫展,一再惨遭打击,被迫以自杀来表示抗议。拜伦作品中的"拜伦式英雄"也是英雄无用武之地,只能以悲剧性的毁灭而告终。普希金所熟悉和喜爱的法国文学更是用大量的作品表现了个人与社会的悲剧性矛盾。夏多布里盎通过夏克塔斯和勒内这两个形象,较早地表现了世界已无强烈个性的容身之处,以致个人只能感叹:"人的一生,只不过是一场黄粱梦,痛苦的梦;人,只不过是为不幸而生;人,只不过是个灵魂终日忧伤,思想永远烦恼的可怜虫!"① 贡斯当的《阿道尔夫》中的同名主人公在文化修养、智力水平上大大优于周围的同类,社会却注定他无所作为。塞内古的《奥培曼》中主人公的强烈个性竟然使他感到,作为一个社会人本身就是使他痛苦的一个根由,他不知道自己是什么,不知道自己应该干什么,不知道应该把自己摆到何处,不知道自己应该走向何方。这样,19世纪文学便充满一种以孤独、忧郁、悲观、厌世为标志的"世纪病",患"世纪病"的主人公都是一些"多余人",他们表现了个人与社会的永恒冲突以及在此冲突中个人不可避免的必然悲剧性遭遇。

《叶甫盖尼·奥涅金》就产生于这普遍弥漫的"世纪病"氛围之中(诗人曾自称,奥涅金形象的本质和《高加索的俘虏》中的俘虏一样,是"19世纪青年的突出特点",奥涅金书房中的拿破仑和拜伦像、深受奥涅金青睐的《异教徒》《唐璜》及几部长篇小说,证明了这一点),但普希金以自己特有的思想深度、独特的个性气质,更哲学化地表现了个性的问题,而且前所未有地思考了个人与社会的冲突及其解决方法。

在这部诗体小说中,诗人展示了不满现实的三种独特个性,并以对比的方式,鲜明生动地突出了个性的悲剧。

---

① [法]夏多布里盎:《阿达拉·勒内》,外国文学出版社,1983年,第87页。

三种个性中最引人注目的是奥涅金的个性。这种个性既立足于现实,又远离真正的生活——自然和人民;既想有所作为,又难以振作起来;既有为他、为社会的理想,又具有颇为自私的个人主义特性。奥涅金天资聪颖,才智出众,且出身贵族,绰有余裕,仪表不凡,风度翩翩,只要他放弃自己的个性,完全可以在当时的社会里青云直上,飞黄腾达。他也确像其他贵族青年一样,在喧闹的上流社会的漩涡里随波逐流,"情场得意,战果辉煌,/花天酒地,纵情宴饮",一度成为社交界的宠儿,把大好的青春年华抛掷在舞会、剧院、恋爱、宴饮之中。但是,西欧的启蒙主义思想和19世纪20年代初俄国社会意识的觉醒,使他从花花公子的浪荡生活中醒悟过来,意识到个体的存在,决心自尊自立,追求自己的理想,寻找自己的自由。此时此地,从社会中独立出来的奥涅金,因为个性而突出了为我与求异的一面,社会却依然如故,这样:

> 当他在人家的客厅里出现,
> 波士顿纸牌,社交界的流言,
> 多情的顾盼,傲慢的叹息声,
> 任什么也打动不了他的心弦,
> 目前的一切都看不上眼。①

他对生活产生了怀疑,他"避开浮华人生,摆脱了社交界规约的重担",成为清醒的现实主义者。他的精神和追求远远高出周围的一般人们,他不满足于那种空虚无聊的生活;他心灵的热情和出众的才智招来庸人们的嫉妒;而他脱离了旧的生活轨道,却尚未找到新的生活目标,于是,他苦闷、不安、焦虑、郁郁寡欢,得了"俄国的忧郁病"。他为自己的无所事事而感到"灵魂的空虚"。他想从读书中寻找出路,可读来读去,却"什么道理也读不出"。他想通过写作来确立自己,可"不懈的劳动他感到难挨",他受不了那份苦,难以持之以恒。他去到乡下,试图在美丽的大自然和淳朴的人民中找到幸福的愿望,也告幻灭。他试图进行租役改革,为他人(农民)做点实事、好事,但因周围环境的压力,也因自己的有始无终,不了了之。与此同时,诗人通过友谊与爱情,展示了奥涅金性格中善良、高尚的一面。与连斯基的交游过程展示了他那隐藏于自私和冷漠外表里的正直和善良。当他发现连斯基年轻浪漫的强烈情感时,尽管觉得可笑,却并未冷嘲热讽,而是加以尊重。处理达吉雅娜向他吐露爱心这件事情,更展示了他心灵深处的高尚(详见后述)。

自有个性之后,自我确立了,他也孤独了,与整个世界格格不入,他不满意现实中的一切,对生活持怀疑态度,也不满意自己。他忧郁、烦恼,他思考、寻找。由于不是也无法大智大勇、大彻大悟地舍弃自我,反倒把自我看得颇重,怕吃苦受累,而又无法做到极端自私地完全为一己私利而活。这样,他一方面为自己的"无聊的闲

---

① 《普希金文集》,第5卷,智量译,人民文学出版社,1995年,第37页。

散"而"觉得难受",一方面又只能在茫无目的的追求中一事无成,成为精神上痛苦不堪、终身漂泊的"流浪者"。由此,我们可以深切体会到"我们或多或少都是奥涅金"这句话的普遍意义。

连斯基属于第二种个性。这种个性的特点是不满现实,但又沉溺于幻想或理想之中,对生活持热情的浪漫主义态度,是典型的理想主义者。诗人写到这一个性产生的根源,在于受德国文化与哲学的影响:

> 一副十足的哥廷根神气,
> 正当青春年少,相貌英俊,
> 是个康德的崇拜者和诗人。
> 他从烟雾弥漫的德国
> 把学问的果实带回家乡:
> 爱好自由的种种幻想,
> 热烈而又相当古怪的性格,
> 永远洋溢着热情的谈话,
> 直垂到两肩的黑色卷发。①

连斯基尽管遭受过人世的冷酷,目睹过社会的淫乱,但"对胸中时而涌现的怀疑,他用甜美的梦把它们打消",他的心"依然纯洁无瑕"。这是一个过多地沉于思想的哲学家,他经常思索"我们活着是为了什么目标",但又寄希望于"奇迹或许会出现"。他还是一位诗人,沉醉于自己的情感、心灵所臆造的理想与幻境之中。因而,他显得特别单纯、天真、可爱,一如青春的梦:

> 他的歌声那么清澈明朗,
> 好比婴儿枕边的甜梦,
> 好比天真的姑娘的遐想,
> 好比澄静的天际的月轮。②

连斯基与奥涅金建立了"亲密的友谊",尽管他们一个是热情的浪漫主义者,一个是清醒的现实主义者,个性迥然相异:

> 水浪与顽石,
> 冰与火,或者散文与诗,
> 都没有他们这样大的差异……③

但由于两人均有独特的个性,都热爱自由,不满现实,对人的尊严有着崇高的理解,都在探索人生,他们成了好朋友:

---

① 《普希金文集》,第5卷,智量译,人民文学出版社,1995年,第61—62页。
② 同上书,第65页。
③ 同上书,第67页。

> 一切都引起他们的思索，
> 过去种族之间的约法，
> 科学的成果，善与恶，
> 以及世代相传的偏见，
> 以及坟墓中宿命的疑难，
> 接着便是人生和命运……①

这种个性过分沉溺于理想之中，戴着理想的七彩眼镜去看世上的一切，使被看的对象笼罩上一层理想的光晕。因此，它对世上的万事万物缺乏真正的鉴别力。这特别明显地表现在连斯基对爱情对象的选择上。富有个性、拥有深邃而丰富的内心感情的达吉雅娜丝毫未引起他的注意，平庸无奇的奥尔加反倒成为他热烈追求、极力讴歌的对象。清醒的现实主义者奥涅金曾对这位浪漫的理想主义者指出：

> "要是我，就挑另一位，
> 假如我是个诗人，好比是你。"②

对此，别林斯基非常精辟地指出："这是一个能够理解一切优美而崇高的事物的人，是一个纯洁而高贵的灵魂。但同时，'他在心灵上却是一个可爱的无知者'，永远谈论着生活，却始终不理解生活。现实对他没有影响：他的快乐和悲哀只是他的幻想的产物。"③

这种个性虽然纯洁高尚，理想高远，充满激情，生气勃勃，能给世界带来一时的生机，注入短暂的活力，但根基太浅，在现实严酷的狂风暴雨中难以生存，最终将被连根拔起，随风而去（连斯基过早地死于决斗即是证明）。

达吉雅娜的个性属于第三种个性。连斯基完全脱离生活，沉溺于理想之中，奥涅金虽然经历过生活，已成为清醒的现实主义者，但他和连斯基一样，脱离真正的生活——自然与人民，因此，他们的个性缺乏土壤，是贫血的个性，苍白无力的个性，不健全的个性。达吉雅娜则是深深植根于自然和人民的土壤之中的健全个性。她的名字，令人联想到"丫头、使女，或是老一代人"，说明诗人在为她取名时已充分考虑了这一形象的平民化、普通化、生活化和传统化。在外貌上，她远不如妹妹美丽，"一点儿也不引人注意"。但她的个性非常突出，从小就喜欢"沉思默想"，而厌烦伙伴们"响亮的欢笑"以及那"轻浮喧嚣的打闹"。长大后，她更是忧郁、沉默、孤傲不群。她极其孤独，即使"在自己爹妈的身边"，也"仿佛领来的养女一般"。大自然的一切、卢梭的思想、英国感伤主义小说、奶妈及其民间故事，哺育了达吉雅娜的心灵，既给了她先进的思想、独立的个性，也给了她健全的人性、理智的精神、崇高的品质、深厚的感情。尽管如此，作为一个女性，在当时的社会里，她除了追求爱情

---

① 《普希金文集》，第 5 卷，智量译，人民文学出版社，1995 年，第 69 页。
② 同上书，第 94 页。
③ 《别林斯基选集》，第四卷，满涛、辛未艾等译，上海译文出版社，1991 年，第 578 页。

以获取婚姻的幸福、人生的美满,还能追求什么呢?而且,正如别林斯基所说:"达吉雅娜是一个特殊的人,一个深刻、充满爱心的、具有热情的天性的人,爱情对她来说,如果不是生命的最大的幸福,就一定是生命的最大的灾难,没有任何妥协的中庸之道。"① 她追求爱情而不可得,结果也只能一无所成,生活于痛苦的悲剧之中。

以上三种个性均有较高的人生目标,不满现实,对周围的一切感受敏锐,他们都生活在悲剧之中。而那些毫无个性、麻木迟钝、碌碌无为、自我满足的人却生活得自在、幸福。至于那些土头土脑的地主恶棍、全无思想的上流社会的市侩庸人,毋庸多费笔墨,这里只谈谈与上述三人形成鲜明对比而又关系密切的两位人物。

一位是达吉雅娜的妹妹奥尔加。她不仅长得美丽,而且总是那样"温和柔顺",总是"快乐得像早晨一般,纯朴得像是诗人的生命,又像爱神的吻那样香甜"。然而在精神上她却非常贫乏,毫无个性。只要"顺手拈来任何一部长篇,你准能找到她的肖像"。眼光敏锐的奥涅金一眼便看出这点,他对连斯基说:

"奥尔加的容貌缺乏生机。
跟梵·代克的圣母一模一样:
她的一张圆圆的、红红的脸,
就像是毫无韵味的天边
这轮毫无韵味的月亮。"②

她的个性更是如同千人一面、千篇一律的社会的众多成员,极其平庸。

正因为奥尔加没有个性,所以她就没有自我,没有追求,缺乏强烈的感情,缺乏真挚的爱,不会与社会发生冲突,能完全融合于社会与世俗之中,随波逐流,随环境的变化而变化(契诃夫的短篇名作《宝贝儿》中的女主人公奥尔加可能正是在此基础上的加工与升华)。没有个性的人永远不懂得爱惜自己,也不懂得真正地尊重他人,往往会在随遇而安的洋洋自得中不经意地损害他人的自尊。奥尔加与奥涅金跳舞、调情、大出风头,正是如此伤害了连斯基的感情,导致了连斯基与奥涅金的决斗。连斯基决斗死后,她"也曾憔悴,但却没有哭多久"。一位骁骑兵仅仅"用几句情场中谄媚的话",便"俘虏了她"。她"由衷地爱上了骁骑兵",并"羞答答、目光闪闪",唇边挂着"一丝轻盈的笑容",和他来到神坛前结婚了。这类人虽然单纯可爱,但却水性杨花,感情浅薄,在任何环境下,与任何人,都可以生活得幸福美满,无忧无虑。

另一位便是奥尔加的母亲拉林娜。她虽然缺乏突出的个性,但年轻时在爱情方面也还有着自己的追求。不过,当时的俄国,女人毫无自主权,"并不曾征求她的意见,姑娘就被带去跟别人结婚"。她被迫与所爱的人分离,嫁给了自己不爱的人。起初,"她也曾发怒、哭泣",甚至差点儿跟丈夫离婚。后来,"家务事占住她的心",

---

① 《别林斯基选集》,第四卷,满涛、辛未艾等译,上海译文出版社,1991年,第599页。
② 《普希金文集》,第5卷,智量译,人民文学出版社,1995年,第94页。

习惯成自然。习惯的力量,使她"变得满意",并且发现了"一个宝贵的秘密"——"专横地把丈夫管紧"。至此,她仅有的个性完全泯灭了。她与当时成千上万的女主人一样,以专横地管制丈夫取乐,为家务事四处奔跑,管理账目,送农奴去参军,亲自腌制过冬的香菌,每逢星期六洗一次澡,生了气把丫头痛打一顿……日子过得平静而幸福。

普希金在这部作品中让个性突出与毫无个性的两组人物相互对照:有个性的人物或死于非命,或不见容于社会,孤独痛苦,而没有个性的人物却其乐融融,"一切都称心如意"(易卜生《玩偶之家》中的娜拉,在没有觉悟到"首先我自己是一个人"时,感到自己生活得幸福美满,自由自在,一旦个性觉醒,她便与社会对立,深感孤独、痛苦,更集中、更突出地表现了这一主题)。这就不仅尖锐地表现了个性与社会的矛盾,而且生动地揭示了个性不幸的根源。

二

对个性与自由的反思,在"南方叙事诗"中已达到了较高的境界,但主要还是批判自私自利的个人主义(极端膨胀的个性),揭示人世间不存在所谓自由。由于与"南方叙事诗"动笔的时间相同,在《叶甫盖尼·奥涅金》中出现了与之类似的情节线索,如奥涅金的经历同俘虏和阿列哥相似,他们都是上层贵族青年,都厌恶上流社会,都来到与文明对立的大自然和淳朴的人们之中,都遇到了"自然的女儿",都发生了爱情,也同样在一定程度上揭示了自私自利的个人主义可能对他人造成的危害(如奥涅金在决斗中杀死连斯基)。但随着思想的成熟,对人生、社会、个性思考的深入,普希金已达到诗人哲学家的高度,对于个性与自由,作出了更深入、更富哲学意味、更具普遍意义的全新探索。他不再限于批判极端个性可能造成的危害,而转向个人与社会关系的哲理思索,并追寻个性悲剧产生的社会、心理根源。在"南方叙事诗"中,诗人否定了生活中存在自由的可能性(文明人没有自由,未开化人也没有自由)。在这部作品中,诗人随着自己见识的增长,客观地认识到:这个世界上,的的确确存在着自由。

普希金直觉地感到:自由并不意味着获得自己所希望得到或实现的一切,自由就是没有拘束,有多种选择,不受固定的行为进程的限制。自由的关键在于自己决定自己的希望——在一定的社会环境中,在普遍的命运中,自己自由地主宰、决定自己,谋划自身的存在,即使不能成功,也证明了个体依然保持着自身的主体自由。简而言之,自由就是选择,是个体自身在社会环境中对自己的选择。

19世纪是俄国历史上最黑暗的时期。俄国诗人丘特切夫曾在一首诗中非常贴切、极其生动地描写了这一时期的俄国社会:"这儿没有声音、色彩、活动,/生命消失了……一切都听从/命运的摆布,像已昏迷、无力,/而人,只有蜷伏着做梦。"①

---

① [俄]丘特切夫:《归途上》,《丘特切夫诗选》,查良铮译,外国文学出版社,1985年,第136页。

尼基琴柯在其《日志》中也深深感叹:"到处是暴力和暴虐,到处是约束和限制,贫乏的、不幸的俄罗斯灵魂在哪里有自由?"① 的确,在这样一个社会里,人们的一切受到了严格的控制,只有一点仍可坚持,那就是选择。自由就是选择。但有一个前提:选择的主体必须是有个性的个体。那些没有个性的软体动物,毫无意志,随遇而安,没有精神矛盾,是无须选择的。如奥尔加之嫁骁骑兵,就无须选择是忠于还是抛弃对连斯基的感情。见异思迁,随波逐流,是其本性,作品写她轻轻巧巧地被几句情场惯用的谄媚语俘虏,毫无痛苦、唇边挂着"轻盈的笑容"地结婚了,真是神来之笔,入木三分地写绝了这一人物。奥尔加的母亲稍有个性,在无法选择的情况下,被迫出嫁,起初还想作一番选择,差点离婚,后来被习惯磨去了个性,也就无所谓选择,过日子也"称心如意"了。

作为走在时代前面的个人,其突出的个性便是与众不同,自己走自己的路。这样,个人在选择时就既无既定的标准,也无现成的参照物。而人又总是生活于一定的社会之中,其选择有自由的一面,也有受社会制约的一面。因此,在选择中难免从俗、从众,出现迷误。这就是这部作品所表现的自由即选择的内涵。

强烈、突出的个性自尊自立自强,具有自主自由意识,认为人的活动就是人本身,人的活动就是自己的选择。这样,选择就是一种自我意识,是自我孤独存在的证明。人的存在和意义,除了自我选择外,别无意义。坚持个性,也就意味着自由选择。于是,面对社会,个性便坚持着自己的具体境况中的选择。

最重要的主人公奥涅金一生都处于选择之中。书一开篇,奥涅金即置身于一种带选择意味的场景之中:他一出场就因伯父病重而赶往乡下。伯父虽是亲属,但来往极少,极其陌生,未曾建立感情。在这位虽有亲属关系但极陌生的人面前,是自然地表现自己感情不深的真实一面呢,还是违背本性,扮出一副充满怜悯、情意和哀愁的亲人面孔呢?他选择了后者,但又在心里诅咒伯父早点让鬼抓去。这就初步揭示了奥涅金那既有个性又屈从于世俗(现成的宗法制关系)的性格。接着,通过几次主要的选择展示了其性格的发展、变化和基本特征。

第一次是奥涅金从醉生梦死的状态中觉醒,人生的选择展示在他面前:是继续消泯自己的个性,随波逐流,蝇营狗苟呢,还是奋起自强,改变自己,有所作为呢?选择前者,没有风险,没有斗争,只有平静而幸福的生活;选择后者,孤独、烦闷、忧郁、痛苦,将会如影随身。奥涅金选择了后者。他读书、写作,成了"十八岁的哲学家",具有"渊博的经济学知识",还在伯父遗留的庄园里进行改革,以地租制代替徭役制,减轻了农民的负担。这是他力求对社会有所贡献,使自己的生活过得有意义一些。

第二次,是他面对达吉雅娜的求爱。接受其爱,将意味着套上婚姻、家庭的枷

---

① 转引自[俄]别尔嘉耶夫:《俄罗斯思想》,雷永生、邱守娟译,生活·读书·新知三联书店,1996年,第72页。

锁,丧失自己的自由,失去自己追求理想的条件(尽管这一理想还很朦胧);拒绝其爱,将失去终身难遇的人生伴侣——他曾对达吉雅娜说:

"假如我想用家庭的圈子
来把我的生活加以约束;
假如出于幸福的命运所赐,
要我做一个父亲、丈夫;
假如家庭生活的画面
哪怕一分钟让我迷恋——
那么只有你最为理想,
我不会去另找别的新娘。
我这话决非漂亮的恋歌:
如果按照我当年的心愿,
我只有选您做终身侣伴,
陪同我度过我悲哀的生活,
一切美的东西有你都能满足,
我要多幸福……就能多幸福!"①

经过激烈的思想斗争,他选择了拒绝。这一选择是以往经历与个性合乎逻辑的发展,能展示独特的个性与人格。奥涅金一向心高气傲,个性突出,而且深受拜伦作品强有力个性的影响,在爱情方面习惯于主动出击,征服女性,而现在,却是一个女性反客为主,把他当作追求对象,这在他的心灵深处(潜意识里)是难以接受的。这样,为了自己今后的自由,也为了高傲的自尊,他拒绝了达吉雅娜的求爱。

第三次是面临连斯基提出决斗的挑战(详见后述)。

第四次是奥涅金重返彼得堡上流社会,与达吉雅娜邂逅相逢,燃起了爱情之火。求爱被拒绝之后,他该何去何从? 苏联学者德·布拉戈伊指出:"这种突如其来的、占据了他整个身心的、热烈的对达吉雅娜的钟情,不管在她心中会引起什么,却使他心头发生了良好的转变,使他的心灵重新'充满感情',使他未老先衰的灵魂变得年轻,让他空虚无聊的生活有了内容和意义:奥涅金'像个孩子样'在恋爱,甚至'差点儿没变成个诗人',像连斯基一样。达吉雅娜的最后一番话使奥涅金失去了这种生活的意义,熄灭了他对个人幸福的希望,振荡了他整个的存在。普希金也把他的主人公丢在一种极大的精神振荡的状态之下。自然会出现这样的问题——奥涅金这种内心世界的和今后生活道路的可怕振荡可能会得到怎样的反应? 别林斯基在他的《叶甫盖尼·奥涅金》的评论中把读者这一合乎规律的问题表达为:'奥涅金后来怎样? 他那为了新的、更符合人类尊严的忧患而产生的一股激情复活了

---

① 《普希金文集》,第 5 卷,智量译,人民文学出版社,1995 年,第 135—136 页。

没有？或者是，这股激情已经扼杀了他心灵中所有的力量，他的毫无慰藉的愁苦已经转变为一种僵死、冷酷的淡漠？'"①奥涅金该怎样选择？作家没有回答。在作品的结尾，他留下一个永恒的选择。这是符合生活真实和艺术真实的。因为人的选择总是一定社会和具体环境中的选择，社会和环境诸因素的变化总是促使人进行新的选择，只要这人具有自己的个性。社会和环境总是发展、变化的，因此，个性的选择也随之变动不居。一部作品不可能也不必要穷尽人的所有选择，而只需挑选出最具特色、最能体现人物个性、表现人物性格的选择即可。普希金通晓艺术的奥秘，让作品戛然而止，既符合生活真实和艺术真实，又留下悬念，引人深思，让人回味。

达吉雅娜一生中也遇到多次选择。童年时，她就面临是与小伙伴们热热闹闹地玩耍以求欢快，还是在孤身独处、沉思默想中自得其乐两种选择，她选择了后者。当奥涅金出现后，她又面临着是把爱恋之情深藏心间还是主动出击、勇敢求爱的选择。作品较为深入、细致地通过她与奶妈的对话展示了这一艰难的选择过程。奥涅金是达吉雅娜心目中的理想郎君，达吉雅娜又是一位在自然、淳朴的环境中长大，深受民间文学和卢梭思想影响的女性，她没有诡诈的心计，不会矫揉造作，而是热情直爽，敢作敢为，因此她选择了主动追求。但她毕竟是一个少女，她不能不顾虑主动追求的结果。或许会遭拒绝，那将大丢面子，甚至带来羞辱；或许侥幸成功，那将找到期待已久的心中偶像，改变自己的处境——从此，不仅将有一位志趣相投、志同道合的恋人，而且可以脱离这沉闷如一潭死水的平庸环境。尽管她费了极大力气克服了少女的羞怯心理，选择了大胆的主动追求，但这次追求还是以失败告终。这次失败给她以沉重的打击，使她的理想、希望全部破碎（如前所述，当时的妇女把唯一的生活希望寄托在爱情与婚姻上）。以致后来，在老母亲的哭求下，她不选择地嫁给了老将军。不选择其实质也是一种选择，因为这是个人选择了不选择，这是个人在心如死灰、无可奈何中的选择："对于可怜的达尼娅来说，怎么都行，她听随命运摆布……"当奥涅金重返彼得堡，对她燃起了"孩子般真诚的爱"，狂热地追求她时，她又面临着新的选择：是拒绝还是接受？她选择了拒绝（详见后述）。

选择还同个性的复杂与单纯有关。个性复杂的人，其内心矛盾重重，选择也艰难、复杂；个性单纯的人，内心相对单纯，其选择也颇为单纯。连斯基的选择因其个性十分单纯而显得比较单纯。连斯基一直生活在浪漫的理想和幻想之中。他毫不犹豫地自觉地选择了理想、高尚、纯洁和善良，而远离世俗、卑劣、污浊和丑恶（他与周围那些俗不可耐的地主们格格不入）。他非常自由、极其轻松地选择了自己心底里臆造的偶像奥尔加。面对奥涅金与未婚妻的调情，他一怒之下选择了决斗。由于性格过于单纯，在选择时他很少犹豫，更无痛苦的内心斗争，往往随心所欲，极其自由。

---

① 见《普希金文集》，第5卷，智量译，人民文学出版社，1995年，第452页。

在连斯基死后,普希金深刻地写到,如果他不死,他还将有多种人生选择:

> 他生来或许是为造福人间,
> 或者只为猎取自己的美名;
> 他的竖琴原可能铿锵几千年,
> 而如今这竖琴已哑然失声。
> 诗人在社会的阶梯上,或许,
> 本来应该占有高高的一级。①

但现实是如此严酷、平庸,连斯基又是如此年轻、浪漫,在严酷的现实中:

> 或者,也有可能如此:
> 等待诗人的是平凡的一生。
> 青春的年华会匆匆飞逝:
> 心灵的火焰会变得冰冷。
> 他可能会发生许多变化,
> 和缪斯分了手,娶妻成家,
> 他很幸福,戴上顶绿帽子,
> 住在乡下,穿一件棉袍子;
> 他会实实在在地了解人生,
> 四十岁上,他得了关节炎,
> 吃喝、发胖、衰弱、心烦,
> 到头来他会安安静静
> 死在自己床上,身边一群子女,
> 几个哭丧婆和几位庸医。②

由上可知,选择不仅与社会和环境诸因素有关,而且与各人的个性有关。这样,选择既是自由的,又有一定程度的不自由性。社会、环境、个性往往使选择不能随心所欲。有时,选择是出于身不由己,这是一种不选择的选择,如达吉雅娜之出嫁。有时,选择是一种随俗从众,这是一种为证明个性从而扭曲了个性的选择,是既从众又自私(骨子里是自私)的选择,如奥涅金之参与决斗。

任何个性都不是完全孤立的,自由即选择总是与社会、环境、他人密切相关,因此,普希金认为,个性、自由、选择还要关涉到责任。

三

如前所述,对个性与自由的反思,是自"南方叙事诗"以来,普希金创作中一个

---

① 《普希金文集》,第 5 卷,智量译,人民文学出版社,1995 年,第 228—229 页。
② 同上书,第 229—230 页。

重要主题。在"南方叙事诗"中，他既高扬强有力的个性，歌颂自由，又批判了把个性发展到极点，变得极端自私自利的个人主义。在《叶甫盖尼·奥涅金》中，他更推进一步，由"南方叙事诗"对极端个性和自由的否定，上升到提出解决个性与社会冲突的方法：个性和自由（选择）必须以责任为前提。个人生活于社会之中，要想保持、发展个性，必然与社会冲突。但一味冲突，只能导致个性的悲剧，几千年来人类社会中个人与社会的冲突悲剧触目惊心，屡见不鲜。因此，个性要想很好地发展，更高层次地升华，必须与社会保持一定的和谐。达到和谐的途径是：个人在维护个性、追求自由、作出选择时，必须意识到自己对他人的责任，妥善处理为我与为他的关系。

为了社会的发展，世界需要个性与自由。人人都有个性与自由的社会，才是真正健全的社会。但如果每个人都高扬自己的个性，追求自己的自由，凭着自己强烈的个性，随心所欲，任意选择，那就可能为所欲为，轻者损伤他人，重者祸害社会。而这，是思想成熟的普希金所不愿看到的。他认为，人可以自由选择，但也要对自己的自由选择负责。亦即每个人应基于个性中的自尊、平等意识尊重他人，对他人负责，对社会负责。责任是选择的前提条件，也是人的个性与自由有意义、有价值的保证。人的个性只有与责任连接，才具有真正人的意义，因为人在本质上是社会性动物。

责任既表现为对自己负责，也表现为对他人负责。对自己负责，主要指维护自己一贯的个性和自由，不让它们受到伤害。对他人负责，则主要指尊重他人独立的个性与自由，不让自己的行为对之造成伤害。作品生动地描写了几个有关选择与责任的事件。

首先是奥涅金拒绝达吉雅娜的求爱。奥涅金的个性已如前述，是不健全的个性，为我与为他构成经常性的矛盾与斗争。他之所以拒绝达吉雅娜的求爱，一方面是为我——维护自己的自由，维护自己一贯主动追求的个性，但更主要的，恐怕还是为他——出于对达吉雅娜的强烈的责任感。奥涅金为达吉雅娜的真情所深深感动，也充分认识到她是自己人生最理想的伴侣，因此，尽管他们不能结合，他也"不愿意欺骗一颗天真的心对他的轻信"，用上流社会的公子哥们拈花惹草、逢场作戏的方式伤害她，而是语重心长地明确表示了自己的感情和态度，显示了他那较为高尚的人性：

　　"但我却不是为幸福而生，
　　我的心和幸福了无因缘；
　　我配不上您那完美的天性，
　　您的美对于我只是徒然。
　　请您相信（良心可以担保），
　　我们结婚只会带来苦恼。
　　我，不管怎样地和您相爱，

一旦生厌，会立即把您丢开，
您会哭泣：然而您的眼泪
决不能够打动我的心，
只能激怒它、惹它气愤。"①

  奥涅金深深了解自己那总是在寻找、总是在选择的个性，在这里他说的是大实话。为了进一步说服达吉雅娜，他详细列举了他们结婚之后可能出现的悲惨情景：

"世界上有什么比这更坏：
一个家庭里，有位可怜的妻，
日夜孤单单，忧思满怀，
为了不相称的丈夫而悲戚；
烦闷的丈夫明知她的可贵
（却又诅咒命运，自叹倒霉），
老是两眉紧锁，沉默不言，
冷冷地忌妒，怒气冲天！
我就是这样。难道凭您的纯洁、
您的聪明，您给我写信，
您那颗朴实的火热的心
所要寻求的就是这些？
难道说严厉的命运之神
就给你准备下这样一生？"②

为了安慰那可怜的姑娘，他真诚地告诉她：

"我爱您，用一种兄长的爱，
而且，也许更温柔深沉。"③

并且，明智地劝诫她，对她的未来表示关心：

"将来您一定会重新恋爱：
只不过……掌握自己，这很必须；
并非人人都了解您，像我一样，
缺乏经验会造成不幸的下场。"④

  奥涅金这种选择不论对自己，还是对他人，都是负责的。他上述的话不仅真挚诚恳，而且苦口婆心，体贴入微，显示了他心灵深处高贵的人性。后来，达吉雅娜在

---

① 《普希金文集》，第5卷，智量译，人民文学出版社，1995年，第136—137页。
② 同上书，第137页。
③ 同上书，第138页。
④ 同上书，第138页。

拒绝他的追求时,也谈到他对自己的尊重:

"那时候,您至少也还可怜
我那些天真幼稚的梦想,
至少也还尊重我的年华……"①

认为他的行为是高尚的,值得自己衷心感谢:

"我并不怪您:在那可怕的时辰,
您的所作所为非常高贵,
您在我面前没做错事情:
我感谢您!用我整个的心灵……"②

就这样,普希金通过奥涅金的责任感,在他那已经熄灭的激情余灰里,揭示出隐藏其中的真正高尚的情操和炽热的激情的火花。

由于个性中为我与为他的矛盾,奥涅金在选择时偶尔也难免过于为我、从俗,而缺乏责任感,与连斯基决斗即是一例。这次决斗,本来是因为奥涅金不满连斯基骗自己来参加达吉雅娜的命名日庆贺,去向奥尔加大献殷勤以图报复而引发的。接到挑战书时,奥涅金也曾"暗暗审判自己","进行了十分严格的反省",并认识到:首先,"对羞怯、温柔的爱情",他"昨夜戏弄得那样轻率";其次,"就算诗人做得不对","他才只有十八岁";其三,更重要的是,他不仅尊敬连斯基,而且热爱他。但是,他害怕那"所谓的社会舆论"——"蠢货们的嘀咕、哄笑",会伤害自己的尊严。于是,为我战胜了为他,奥涅金屈从于世俗的压力,忘记了自己的责任,参加决斗,残忍地杀死了好朋友连斯基。

奥涅金在选择时究竟有无责任心,普希金的态度是十分鲜明的。对奥涅金拒绝达吉雅娜求爱的具有责任心的言行,诗人大加赞赏,不惜亲自站出来"现身说法",并指出人们对他的不公:

我的读者,您一定会赞成,
说在伤心的达吉雅娜面前,
我们的朋友有着可爱的言行,
他并非在这里才初次表现
他的心灵中正直的高尚,
尽管人们由于存心不良,
对他丝毫也不肯宽宥……③

后来,诗人又借达吉雅娜之口对此进一步加以肯定和赞扬。而对奥涅金杀死

---

① 《普希金文集》,第5卷,智量译,人民文学出版社,1995年,第319页。
② 同上书,第317页。
③ 同上书,第139页。

连斯基的不负责任的举动,诗人则满腔义愤,痛加谴责。首先,他写到一个人为了些微小事而杀死自己的朋友该有何等难受的感触;接着,他展示了连斯基可能建立的功勋——"他的竖琴原可能铿锵几千年";最后忍不住深深感叹,愤怒声讨:

> 唉!读者啊,沉思的幻想家,
> 这位诗人和多情的少年,
> 已经死在他的朋友的手下!①

并且,从此让奥涅金"自我流放"——受到良心的深深责备,在无限的痛苦、长久的悔恨中四处浪游,而一无所获!

达吉雅娜的个性因为深深植根于真正的生活——自然与人民之中,是健全的个性。健全的个性往往以为他为特征,具有较强的自我牺牲精神,带有浓厚的理想色彩(普希金称她为"我可爱的理想"),因而较之那种为我的个性更能引起人们的注意和喜爱。

达吉雅娜从淳朴的人们和民间文学中,从美丽和谐的大自然中,从自己所读的那些描写性格坚强、爱得深沉、富于自我牺牲精神的少女的书中,培养了强烈的责任心和道德感。人生对于她来说,首先是需要认真思考和正确解决的道德问题。在致奥涅金的信中,这位17岁的少女,幼稚而又认真、天真而又坚定地表述了自己纯洁的生活理想——做一个"忠实的贤妻"和"善良的母亲",并表明了自己的为他思想——除了做贤妻良母外,她还讲到了那些需要她去加以救助的穷人。

在这部诗体长篇小说中,达吉雅娜具有责任感的选择,主要有两次。一次是她嫁给老将军。她的出嫁既是她在心如死灰之时听天由命的一种不选择,也是出于对母亲的爱,对母亲的责任感,因为"母亲流着泪苦苦哀求我"。其时,达吉雅娜的父亲早已去世,只留下白发老母,而母亲在年老之时特别希望看到女儿有个归宿。她不能伤白发老母之心。于是,她在母亲的哀求下出嫁了。

如果说这次选择由于是一种不选择,责任感还不那么明显的话,那么她拒绝奥涅金的追求所表现出的责任感则十分明显,实现了自己早年做一个"忠实的妻子"的生活理想。她真诚而又严肃地告诉奥涅金:

> "我爱您(何必对您说谎?),
> 但现在我已经嫁给了别人;
> 我将要一辈子对他忠贞。"②

既然达吉雅娜还爱奥涅金,奥涅金此时也真诚地爱着她,她为何还要坚决地拒绝他呢?无须否认,达吉雅娜十分喜爱的卢梭的感伤主义小说《新爱洛绮丝》中婚后忠于丈夫的朱丽·伏尔玛为她树立了道德榜样,但原因更主要在其个性之中。

---

① 《普希金文集》,第5卷,智量译,人民文学出版社,1995年,第230页。
② 同上书,第320页。

达吉雅娜是一位极其严肃认真的女性,也是一个理想主义者,她宁肯在精神上恋爱,也不愿像当时众多的上流社会妇女一样把爱情当作儿戏,偷鸡摸狗,制造风流韵事。达吉雅娜很早就树立了为他的生活理想,具有极强的责任心,她不愿把自己的欢乐建立在丈夫的痛苦之上。对此,陀思妥耶夫斯基有极其深刻、精到的论析:"既然我的幸福建立在别人不幸的基础上,那么能有什么幸福可言呢?请您设想一下,您本人应该怀着造福于人,给他们以安宁的目的来建造人的命运的大厦。再请您设想一下,为此就必定而且不可避免地要使一个人痛苦,这个人也许是不怎么高尚,甚至可能是很可笑,但他毕竟不是和您毫不相干,而是一个正派的老人,年轻妻子的丈夫,盲目地相信妻子的爱情,尽管不完全了解她的心,但尊重她,为她而骄傲,由于她而感到幸福和安宁。可是如今却要使一个人丢丑,败坏他的名声,使他痛苦不堪,在这个名声扫地的老人的眼泪上建造您的大厦。在这种情况下,您还同意当这座大厦的建筑师吗?这就是问题。您想过没有?您为之建造这座大厦的那些人能够同意您所给的幸福吗?既然在这座大厦的基础里埋藏着一个无辜遭受折磨的人的痛苦,那么他们纵然接受了这种幸福,可是他们能够永远幸福吗?达吉雅娜灵魂高尚,心地受过损伤,请问,她能作出别的决定吗?不能……"①

达吉雅娜的个性被置于具有崇高道德意义的地位上面。在她身上,那种严肃慎重的对生活以及他人的态度,那种对自己行为负责的深刻责任感,那种将生活视为高尚道德事业的特点,使她成为典型的"俄罗斯灵魂"。她在道德上不可动摇的坚定性和责任感,远远超出了家庭生活的范围,它独特、深刻地表现了甘愿作出自我牺牲的一代人的崇高理想,体现了俄罗斯民族传统的道德理想,展示了俄罗斯民族的气质和巨大的道德力量,表明了诗人普希金解决个人与社会冲突的治病良方(后来的俄苏文学中浓厚的道德色彩,与此不无关系)。

总之,真挚朴实的心灵、爱梦想的智慧、深厚的感情、对理想的憧憬、道德的纯洁和坚定、对责任的忠诚,这一切使达吉雅娜的形象光彩熠熠,成为俄罗斯文学中最理想、最迷人的女性形象,也成为诗人解决个人与社会矛盾的理想典范。

在《叶甫盖尼·奥涅金》中,天资聪慧的奥涅金、忠于自己的义务与心灵的达吉雅娜、具有崇高心灵的连斯基,都有突出的个性,美好的理想,共同的追求,然而,他们最终却未能志同道合,携手共进,而是或互相残杀,或在幸福已"伸手可及"时,失之交臂,这真是造化作弄人,"人生长恨水长东"!原因何在?个性?他人?社会?令人深思,令人迷惘,令人感叹,令人惆怅……

综上所述,继"南方叙事诗"之后,普希金在《叶甫盖尼·奥涅金》中对个性与自由的问题,进行了更全面、更深刻的哲学反思。首先,充分肯定了个性与自由对于个体、社会的必要性,认为这是个体发展、社会进步的必要条件;其次,独特而深刻

---

① 《陀思妥耶夫斯基书信集》(俄文版),第 2 卷,第 292 页,转引自[德]克鲁格:《陀思妥耶夫斯基与别林斯基关于塔姬扬娜形象的争论》,《求是学刊》1991 年第 1 期。

地表明,在当时(乃至一切)社会里,所谓自由无非是在一定的社会和具体的环境中人的选择,只有选择才能证明人是独立的自我、具有个性的个体;其三,责任是使个人与社会和谐,解决个人与社会冲突的妙方,是人的个性、自由(选择)有意义的保证,也是个体生存、社会发展、历史进步的基础(陀思妥耶夫斯基后来认为:自由不是人的权力,而是义务和责任;自由不是轻而易举的,而是困难重重的①,似乎与此类似,是对此的发展与升华);其四,责任从何而来?来自健全的个性,来自真正的生活——自然与人民之中,在此,普希金通过达吉雅娜这一形象树立了责任与健全个性的典范,同时,卓有远见地呼吁俄国文化必须与真正的生活——自然和人民保持密切的联系。

当然,在这部作品中,普希金还主要只是表现责任与个性、与他人的关系,到《波尔塔瓦》《铜骑士》等作品中,则进而通过彼得大帝这一强有力的个性,把他的选择表现为对整体负责、对历史负责,从而让其责任与整体利益、社会发展、历史进步联系起来,达到了一个更新更深的高度。因此,《叶甫盖尼·奥涅金》可以说是普希金创作生涯中一部承前启后的集大成之作,也是一部独特而深邃的杰作。德国学者克鲁格认为它是"人生的象征","拥有极大的哲学深度",能激励读者"思考人生",可说是深得其中三昧。②

第四节 颂歌与挽歌
——试论《铜骑士》

1833年,普希金创作了叙事诗《铜骑士》,这是他最后一首完整的长诗。这首长诗,艺术上独具一格,极为精湛,在有限的容量(全诗481行)里,出现了鲜明生动、诗意浓郁的各种画面,包含了深邃复杂、极富哲理的思想内涵,风格灵活多样——时而庄严,时而略带古风,时而口语般朴素,却总是洋溢着盎然的诗意。因此,这首诗被称为"艺术的奇迹""诗的高峰"。但关于长诗的思想内容,则见仁见智,众说纷纭。我们认为,长诗的主题是表现历史的进步与个人的生存、国家的整体利益与个体的一己私利之间的矛盾。这一矛盾在长诗中以颂歌与挽歌的形式出现,它们既相互矛盾,又和谐统一,共同表达了作家高度哲学概括的主题。

颂歌在长诗中表现为英雄史诗,即以庄严的抒情式的颂歌对彼得这一形象及其事业进行激情洋溢的赞美。

《铜骑士》本是为了回答密茨凯维奇而创作的。这位波兰诗人在一些作品中,描写了彼得大帝,鞭挞了彼得的沙皇专制制度。尤其是在《彼得大帝的塑像》一诗中,更以诗人自己和普希金在塑像旁谈话的形式,对彼得及其事业、彼得堡,表示了

---

① 见[俄]别尔嘉耶夫:《俄罗斯思想》,雷永生、邱守娟译,生活·读书·新知三联书店,1996年,第153页。
② [德]克鲁格:《陀思妥耶夫斯基与别林斯基关于塔姬扬娜形象的争论》,《求是学刊》1991年第1期。

明显的否定。与密茨凯维奇相反,普希金认为彼得是历史的代表,彼得所实行的进步改革是"和平革命",是俄国生活中的一次变革。在1836年给恰达耶夫的一封信中,他甚至认为:"彼得大帝一个人就代表着整部世界史。"

彼得大帝是普希金历史研究的经常对象,也是他作品中备受敬爱的英雄。尽管普希金也认识到彼得的两重性,如他曾指出:"彼得大帝的国家制度和他的临时命令之间的差异,的确令人惊奇。前者是十分仁爱、贤明、丰富的智慧的果实,后者常常是残酷和顽固的,而且像是用皮鞭写成的一样。前者是属于永远的,或者至少是属于未来的,而后者却是从一个急躁、专制的地主口中迸发出来的。"①但他以一个历史家的敏锐眼光,发现了彼得改造俄罗斯的事业,这事业便是彼得历史活动的主要任务和重要功勋。这样普希金在作品中便一再赞颂彼得。

19世纪20年代后半期,随着对国家、历史了解的深入,普希金曾多次写到彼得大帝。在1826年的《斯坦司》一诗中,他指出,彼得"以真理打动了人心","以学术醇化了风习",他"勤奋而又坚定",给人以"善良的印象":

> 时而是院士,时而是英雄,
> 时而是航海家,时而是木工,
> 他以一颗包罗万象的心,
> 永远充当皇位上的劳工。②

在1827年未完成的历史小说《彼得大帝的黑人》中,他把彼得描绘成文明君主的典范和俄国民族性格的集中体现者。作为文明君主的典范,彼得热爱科学和艺术,了解人民,制定了明智的法律;作为俄罗斯民族性格的集中体现者,彼得作风民主,胸怀广阔,喜爱质朴的乐趣,好客,有着敏锐而讲求实际的智慧。在1828年写的长诗《波尔塔瓦》里,他更是把彼得塑造成一位体现国家整体利益、代表历史发展的伟大英雄。

19世纪30年代,彼得的形象继续激动着普希金。1832年3月,他开始创作《彼得大帝史》,这部著作因创作《普加乔夫史》而中断。似乎是为了弥补这一缺憾,1833年诗人创作了长诗《铜骑士》,进一步深化了20年代歌颂彼得的主题。

在长诗中,普希金描写了相距长达整整一百年的两个不同历史时期的彼得大帝形象。

第一时期,彼得以一个真实的历史人物身份出现于诗中。这是"北方战争"初期,彼得占领了芬兰湾海岸,他站在荒凉的岸上,"两眼向远方凝视"。此时此刻,彼得完全超越了庸碌的个人生活和繁琐的国务活动,"满怀伟大的思想",在庄严而安详地观察着国家未来的命运,他作出决定:

---

① 转引自[俄]布罗茨基主编《俄国文学史》,上册,蒋路、孙玮译,作家出版社,1957年,第412页。
② 《普希金文集》,第2卷,乌兰汗等译,人民文学出版社,1995年,第92页。

> 这里要兴建起一座城市……
> 上天注定,让我们在这里
> 打开一个瞭望欧洲的窗口,
> 我们要在海边站稳脚跟。①

这是俄国历史上一个具有历史意义的时刻,彼得的决定也是一个具有历史意义的、认识了历史必然性的大胆设想。因为当时俄国的地理环境(河流是最重要的交通道路)及以往历史的全部发展都表明,俄国必须开辟一扇通往欧洲的门户,必须接近并吸收欧洲先进的文化,在欧风西雨的文明熏陶中发展、强大。这是历史发展的要求,也符合国家的整体利益。彼得的伟大之处在于,他顺应了历史发展和国家进步的必然要求。正因为如此,彼得堡这座年轻的城市突然崛起,不仅成为阻挡敌人进攻俄国的坚固堡垒,成为通向欧洲的一个窗口,而且成为"北国的花园和奇迹",一派繁荣兴旺景象。

早年,普希金崇拜的是单枪匹马斗争、富于牺牲精神但注定要失败的英雄,而今,随着思想的成熟、见解的深刻,他认为,创造未来的必须是代表"历史创造精神"的英雄,他能用自己的创造精神,指挥同代人的思想和劳动,促进国家发展,推动历史进步。彼得不仅拯救了俄国,进行了改革,而且在这里高瞻远瞩地为俄国打下了坚实的基础——修建彼得堡城,是一位代表历史创造精神的真正英雄。诗人在满腔热忱地赞美这一伟大历史时刻中的彼得后,又妙笔生花地歌颂了彼得那创造精神的成果——"璀璨而瑰丽"的彼得堡城,它"从幽暗的森林和沼泽中骄傲地崛起",雄伟壮丽的宫殿和塔楼鳞次栉比,各国商船也从世界各地成群结队云集这物产丰富的港湾,这一动人景象,使得古老的莫斯科黯然失色,"犹如寡居的太后站立在刚刚登基的女皇的一侧"。历史的发展,证明了彼得是一位大自然的征服者、文明的传播者,同时又是洞烛未来的历史精神的化身。普希金在此唱出了一曲讴歌人的智慧、人的意志和人的创造性劳动的强大力量的颂歌。

第二个时期是百年之后,1824年1月间,新首都遭遇到最大一次洪水袭击的时候,彼得以一个生动有力的雕像的形式出现,他身跨跃马,一手直指远方。虽为铜像,但是:

> 他的脑中翻腾着多么深刻的思想!
> 他的身上蕴藏着多么伟大的力量!②

这种借用后代所建立的雕像或纪念碑来代替真实人物的手法,是一种把历史人物理想化并加以赞颂的写作方法,首见于《波尔塔瓦》一诗的尾声中:彼得作为波尔塔瓦战役的胜利英雄,"在北方大国人民的心中","给自己建立起一座丰碑"。在

---

① 《普希金文集》,第3卷,王士燮等译,人民文学出版社,1995年,第475—476页。
② 同上书,第495页。

本诗中这一手法更是运用得出神入化,炉火纯青。

以上两个时期的彼得形象,都是以一系列庄严的抒情诗式的颂歌展示出来的,从而使这一形象达到了英雄史诗的高度。长诗不仅生动传神地刻画了作为历史创造精神之化身的彼得大帝形象,而且对彼得作了热情的歌颂。但不能据此就认为本诗的主题仅止于此,与这颂歌相对出现又相反相成地共同表现诗人哲思的还有挽歌。

挽歌在长诗中表现为现实主义小说,即以纯朴的散文式的讲述,塑造叶甫盖尼的形象,展示这位"小人物"的悲惨遭遇。

早在南方长诗《强盗兄弟》中,普希金已初次让"小人物"登场,在1830年的小说《驿站长》中,他首次完整、深入地表现了"小人物"维林的不幸命运。叶甫盖尼形象与维林一脉相承,但却表达了更为深刻的主题思想。

在长诗中,叶甫盖尼是普通平民百姓(即"小人物")的代表。为了突出这一点,作家特意在第一章中加以点明:

> 我们不需披露他的姓氏,
> 虽然在从前的某个时刻
> 它也许曾经非常显赫
> 在史家卡拉姆津的笔下,
> 于故乡的传说中闻名遐迩;
> 可是如今无论是上流社会
> 还是街谈巷议都把它忘记。
> 我们的主人公住在科隆纳,
> 在某处当差,远远躲开显贵,
> 既不怀念长眠的祖先,
> 也不回想淡忘的往昔。①

而普希金本来写有细述叶甫盖尼谱系的长段诗句,后来又划分出去,成为一篇独立的作品,这就说明作家在长诗中是把叶甫盖尼当做普通的"小人物"来描写的,他能代表任何一个个体,他的不幸也是全体"小人物"的不幸。在第二章中,诗人在介绍叶甫盖尼的不幸——心上人被大水冲走之前,先写了普通百姓的不幸,他们在滔滔洪水中家破人亡,尸横遍地,以此进一步说明主人公是千千万万"小人物"中的一个,他的不幸是众多普通平民的不幸。

作为一个普通的平民,叶甫盖尼有许多优秀品质。他虽然"家境贫寒",但希望"取得一个独立的地位","受人尊敬",说明他自尊自强。为达到目的,他准备"含辛茹苦去经营",说明他愿意劳动,而且要用辛勤的劳动赢得"智慧和钱财"。在关键

---

① 《普希金文集》,第3卷,王士燮等译,人民文学出版社,1995年,第480—481页。

时刻,他更是具有一些令人感动的特点。当全城被洪水围困,他自己也被逼上石狮躲避,此时险浪正在冲击他的双脚,暴雨还在抽打他的面颊,而"这可怜的人"对身处的险境丝毫不觉,一心只想着远处的芭拉莎母女。一俟洪水稍退,即冒着随时被惊涛骇浪吞噬的危险,去寻找她们。作为一位平凡的普通人,他不懂国家大事,也没有任何奢望,他只是本着自己平凡的天性,依照自己善良又软弱的心灵,要求一个普通人正当的权利和起码的幸福。他梦想着和自己心爱的姑娘芭拉莎结婚,靠自己的劳动过上俭朴而美满的生活,尽管结婚"很不容易":

> 可是怕什么,我年轻力壮,
> 我可以干活,昼夜不息;
> 只要凑合着给自己安排,
> 一个简陋而普通的住处,
> 就可以让芭拉莎在那里居住。
> 再过一年两年,也许我会
> 混到一官半职,到那时
> 就把家务交给芭拉莎,
> 还让她管教我们的孩子……
> 我们就这样休戚与共,
> 风雨同舟而白头偕老,
> 让成群的儿孙给我们送终……①

然而历史是无情的,现实是残酷的。他的恋人被洪水冲走了,他失去了生活的希望和追求的目标,被剥夺了人世最可怜的一点幸福,于是他疯了。正当水灾发生一周年的那个晚上,这可怜的疯子又来到彼得纪念像面前:

> 叶甫盖尼打了个寒噤。他脑中
> 有些疑问豁然开朗。他认出
> 这里就是洪水泛滥的地方,……
> 他认出那石狮、广场和铜像,
> 就是他,在黑暗中巍然屹立,
> 昂起青铜的头凝视着远方,
> 就是他,按照他坚定的意志,
> 把都城建造在这海岸之上……②

此时此地,叶甫盖尼从一个只会抱怨命运和天灾的人,变成一个试图找出自己不幸的主要原因的人。他明白了自己的灾难与这位威严的铜骑士的关系,于是他

---

① 《普希金文集》,第3卷,王士燮等译,人民文学出版社,1995年,第482页。
② 同上书,第494—495页。

把自己最人性的谴责、最正常的抗议，愤怒地掷向铜像：

> 好哇！你这个奇迹的创造者！
> 等着瞧吧！……①

但是，个人因个体的生活受到损害而试图对抗整体力量，反抗历史创造精神，无异于以卵击石。无情的历史似乎以滚滚雷声的威势，幻化成奔马的蹄声，紧紧追赶着叶甫盖尼。他发疯似的狂奔，最终在流浪中无声无息地死去。

诗人以纯朴的散文式的讲述，展示一个"可怜的青年"极其平凡的现实悲剧，倾注了满腔的同情与深深的哀伤，甚至不惜高呼"我那可怜的可怜的叶甫盖尼"。普希金充分肯定了叶甫盖尼作为一个普通人的正常要求，认为这是人性的正当权利，又以感伤的情调、浓郁的诗意，表现了这一合理要求的彻底毁灭和叶甫盖尼的悲惨结局，从而使这一部分构成一曲哀婉动人的挽歌。

这样，代表历史创造精神的彼得大帝和代表普通个体的叶甫盖尼，在长诗中以各种形式处处形成对比：一边是实现了自己的理想、在芬兰湾海岸建造了一座新城市并被塑成铜像的伟大英雄，一边是软弱无能、最终默默死去的平民青年；一边是充满伟大理想、叱咤风云的国家建筑师，一边是胸无大志、只要求满足个人幸福和家庭舒适的普通反抗者；一边是宫殿辉煌、塔楼林立的新首都，一边是被肆虐洪水冲得东倒西歪的破旧小屋；一边是"像俄罗斯一样，巍然屹立"的彼得的城，一边是半是清醒半是疯狂的无力恐吓"等着瞧吧！"……

表现这两个人物的颂歌与挽歌构成了长诗中两条不同的线索，它们时而相互交织，时而直线向前发展。在水灾发生一周年的那个晚上，叶甫盖尼与铜像发生冲突，两条线索连接并尖锐对立起来，表现了长诗彼此矛盾的两个分主题：对顺应历史潮流、符合国家整体利益的彼得的歌颂，对只有基本的生活要求、力争起码的人权的叶甫盖尼的哀挽。这一矛盾，是历史家普希金和诗人普希金的矛盾。作为历史家的普希金，高瞻远瞩，发现了彼得事业的重大意义，并把彼得作为历史创造精神加以热烈的歌颂，开此后别林斯基、赫尔岑等赞美彼得事业的先河。作为诗人的普希金，他所具有的人道情怀和人性价值观，又使他把眼光投向下层人民，同情他们的不幸，揭示他们的悲惨遭遇。

这两个分主题虽然矛盾但并未分裂，而是对立统一于诗人哲学家对历史与个人、整体与个体关系的思考之中。早在《波尔塔瓦》中，普希金就已通过马利亚正当的爱情要求被历史发展时期的重大转折所扼杀的故事，初步表现了这一思考。在《铜骑士》中，普希金具体、深刻、形象、集中地深化了这一思考，明确指出：历史的进程往往取决于某些伟大英雄或天才人物，他们作为历史创造精神的化身，只关注未来（历史）和整体（国家），而往往忽略了庇护具体的个人。这样，历史前进的车轮必

---

① 《普希金文集》，第3卷，王士燮等译，人民文学出版社，1995年，第496页。

将碾碎普通个人的美梦,国家的整体利益必将牺牲个体的局部利益(中国元代散曲家张养浩的《山坡羊·潼关怀古》这一散曲中的"兴,百姓苦;亡,百姓苦",可以在这一层面获得新的理解)。

然而矛盾毕竟存在:推动历史的前进是必然的,维护国家的整体利益是正义的,值得歌颂;普通人的正常要求、个体的生存权利也是理所当然的,值得肯定。这一矛盾,是人类社会的一个本质问题。只要存在国家,存在阶级,这一矛盾就永远无法解决。普希金敏锐、深刻地把握到了这一矛盾,通过颂歌与挽歌既对立又统一的形式,并在《铜骑士》中以哲学概括的方式,对人类社会发展过程中的本质问题作出了超越其时代的深沉思考。

由此,关于本诗主题的纷纭众说可望澄清。别林斯基虽然看出了长诗所表达的整体与局部的矛盾,最后却仍然认定"这首长诗是对彼得大帝的最勇敢的,也是最有气魄的赞美"[①],显然尚未达到普希金已经达到的高度。而中外一些学者把以铜像形式出现的彼得大帝看作专制制度的化身,把叶甫盖尼的遭遇与反抗看作表现了专制制度与人民的矛盾,则显然不妥。

就诗歌炉火纯青的艺术成就及其思想内涵所达到的超时代的高度与深度来说,《铜骑士》的确是"诗的高峰",完全无愧于"艺术的奇迹"的赞誉。

第五节　在对比中揭示人性深度和历史真实
　　　　——论《鲍里斯·戈都诺夫》

《鲍里斯·戈都诺夫》是普希金的戏剧名作,在某种程度上也是俄国现实主义戏剧的奠基之作。国内已对它进行了一些探析,但多集中于内容的进步性和形式上以莎士比亚为师、突破古典主义"三一律",而很少对其艺术手法作具体深入的剖析。

细读剧作,我们发现,该剧在揭示人性深度与历史真实方面达到了相当的高度,而这主要得力于对比手法的大量而出神入化的运用。

普希金出色地运用对比手法塑造人物形象。

首先,是人物自身善恶好坏的动态对比。这主要通过剧作的两位中心人物体现出来。

一位是鲍里斯·戈都诺夫。他本是一位精明干练的大臣,深得沙皇的信赖,以致"沙皇看待一切都用戈都诺夫的观点,他听话也用的是戈都诺夫的耳朵"。然而,像莎士比亚笔下的麦克白一样,他权力欲熏心,终于让罪恶的念头变成了篡位流血的罪行——以阴谋诡计谋杀皇太子,双手沾满了无辜者的鲜血。从本性上看,戈都诺夫有比较仁善的一面。初登王位,他力求像上帝一样"善良和公正"。他慷慨贤

---

① 《别林斯基选集》,第四卷,满涛、辛未艾等译,上海译文出版社,1991年,第697页。

明,施博爱,行仁政,任人唯贤("我选拔将领凭才智而不看出身"),关心百姓,"太太平平统治了六个年头","想让自己的百姓丰衣足食,在强盛中安享太平,用浩荡皇恩换取他们的爱戴",以致别林斯基称他为"聪明的、有能力和有经验的沙皇"①。在家里,他又是一个温和慈爱、尊崇学问、富有远见的父亲。对失去未婚夫、沉浸于痛苦中的女儿克谢尼娅,他同情体贴,细心安慰,并且引"咎"自责:"我大概是什么时候触怒了上天,不能为你安排一生的幸福。"对勤学的儿子,他在慈爱之余,高瞻远瞩地鼓励他好好学习:"科学会缩短我们迅速流逝的生命历程",有助于"更轻松、更英明地治理你的王国"。然而,正如他自己所说的那样:

　　……假使在良心上有一个黑点,
　　偶然留下了一个黑点,
　　那就糟了!好像灵魂被瘟疫烧着,
　　好像心被毒药浇着,
　　责骂好似槌子在耳朵里敲着,
　　一切使人恶心,头昏,
　　我看到一个浑身是血的小孩……
　　你真想逃走,但是没有地方可逃……可怕呀!
　　灵魂不干净的人真可怜。②

这样,他变得神经过敏,疑神疑鬼。于是,便有了装腔作势、老谋深算的一再推辞接受皇位,直到贵族与百姓多次恳求以至哭求,他才成为顺应天命、万民挑选、由大主教亲自加冕的"合法执政皇帝"。即位后,他的疑心一天天加重,处处安插密探,随时控制人们的思想,恐怖的气氛笼罩着全国,引起了贵族与百姓的强烈不满,使得假冒为王者借机而起,乘隙而入。这使他变本加厉。他完全放弃了对百姓幸福生活的"无益的操心",宣布"骏马有时会把骑士摔下,儿子也不总是听父亲的话。我们必须时刻严加管束,才能管好百姓",甚至认为:"百姓并不感念你的仁慈:造福他们,他们也不会感谢。横征暴敛,严刑杀戮也不坏。"最后竟发展到:

　　没有一天不杀人。
　　监狱里挤满了人。
　　广场上只要有三个人聚在一起,
　　看吧,密探就过来盯着不放了,
　　皇上有空的时候,
　　亲自询问告密的人。③

---

① 转引自布罗茨基主编《俄国文学史》,上卷,蒋路、孙玮译,作家出版社,1957年,第377页。
② 《普希金文集》,第4卷,任溶溶等译,人民文学出版社,1995年,第142页。
③ 同上书,第230页。

戈都诺夫由一位英明老练的沙皇、智慧慷慨的人物、温和慈爱的父亲变成了一个心狠手辣的残酷暴君。但另一方面，他内心的善恶交战也越来越激烈，血淋淋的小皇子形象时常晃现在眼前。在假冒为王者的进攻与百姓们如火如荼的反抗面前，在内心的激剧矛盾中，他身心交瘁地倒下了。临死前，他忏悔了自己的罪恶，回复了善良的本性。

另一位中心人物是假冒为王者格里戈利。在修道院里，他早已厌倦"在净室间流浪"的可怜生活，而渴望像皮缅年轻时那样，"在战斗中得到欢乐"，"在沙皇的宴会上畅饮"。一旦听到戈都诺夫残杀太子的故事，而太子又与自己年龄相仿，他立即灵机一动，决定铤而走险，假冒为王，取戈都诺夫而代之。这"灵机一动"，使他顿时从一个富于幻想、激情满怀、纯洁善良的青年教士变为敢作敢为、机智勇敢、大胆无畏、善于把握时机的冒险家。在立陶宛边境的酒店里，他机敏灵活而又颇为卑劣地通过念诵告示嫁祸同行修士瓦尔拉姆，以求自保，开始由善变恶。到国外后，他更是利欲熏心，投机叛国，勾引外国侵略者践踏祖国。与此同时，普希金又通过他对玛丽娜热烈、真挚的爱情——为了爱情，他竟向玛丽娜说出了假冒为王这一生死攸关的秘密，甚至宣称，对皇位、"对皇帝的权柄看得十分淡漠"——展示了人性中纯真的一面。在带领外国兵侵入俄罗斯时，他也曾意识到自己的罪孽，有过瞬间的良心愧疚：

> 啊，库尔布斯基，俄罗斯的血在流着！
> 你们举刀拥护皇帝，你们是纯洁的，
> 我们却率领你去攻打同胞；
> 我却号召立陶宛去攻打俄罗斯；
> 我竟给敌人指点通向美丽的莫斯科的秘密道路！……①

在战斗中，他曾经惨败，但他毫不慌乱，甚至能以马鞍当枕头，立即入睡，"无忧无虑，像个傻乎乎的孩子"。这种表面上的"傻乎乎"正好反衬出已洞察全局，信心十足——他知道全俄国的百姓已心向着他，他的胜利指日可待。

其次，是人物之间的多种对比。

这里，有平行对比，如戈都诺夫与格里戈利，他们平行出现，贯穿作品始终。一个老谋深算、疑虑谨慎、由恶返善（尽管是直到临死才完全如此），一个是敢作敢为、热情大胆、由善变恶，而戈都诺夫的今天就是格里戈利的明天。他们的平行又统一，富有哲学意味地揭示了环境与历史的循环：在充满诱惑、遍布纷争但毕竟有宗教信仰、伦理道德的现实世界里，人性是极其复杂的，善恶之变往往在一念之间。没有纯粹的善，也不存在彻底的恶，有的可能只是一种由善变恶，又由恶变善的循环。这里，也有剧中人物的各种短暂对比，如开场的隋斯基与沃罗登斯基，诚心诚

---

① 《普希金文集》，第4卷，任溶溶等译，人民文学出版社，1995年，第207—208页。

意、哭声震天的众百姓与以葱擦眼或唾沫涂面冒充眼泪的甲、乙。又如格里戈利和玛丽娜,一个真情满怀、爱情至上,一个虚荣心重、只盯王位,而权欲熏心者反有真情,久处深闺者偏爱权势,深刻揭示了人性的复杂。这里,还有多层对比,颇为忠诚的巴斯马诺夫与圆滑投机的隋斯基等贵族大臣之间首先构成对比,他们又与戈都诺夫、格里戈利构成君臣对比,而他们君臣或残杀无辜、或叛国投机、或平时信誓旦旦而关键时刻倒戈变节的种种卑劣,又与平民百姓坚持正义、谴责邪恶的道德高尚形成鲜明对比。

　　普希金对人性有着深刻的认识。他认为:"拜伦对世界和人类的本性投之以片面的一瞥,然后便抛弃它们,沉浸于自我之中了。他给我们展示了一个自我的幽灵。他再度进行了自我创造,时而扎着叛逆的缠头巾,时而披着海盗的斗篷,时而是一个死于苦行戒律的异教徒,时而是一个行踪不定的漂泊者……归根结底,他把握了、创造了和描写了唯一的一个性格(即他本人的性格)。"[①]基于此,他十分推崇莎士比亚而不满莫里哀:"莎士比亚创造的人物不是莫里哀笔下的只有某种热情或恶行的典型,而是具有多种热情、多种恶行的活生生的人物;环境把他们形形色色的、多方面的性格展现在观众面前。莫里哀笔下的悭吝人只是悭吝而已;莎士比亚笔下的夏洛克却悭吝、敏捷,怀复仇之念,抱舐犊之情,而又机智灵活。"[②]在《鲍里斯·戈都诺夫》中,他以莎士比亚为师,通过历史环境,采用对比手法,生动传神地描绘了两位主人公身上的两重性因素,并通过人物之间的多种对比,全方位、多角度地反映了人性的复杂,力避拜伦、莫里哀的平面化,达到像莎士比亚一样丰富多彩的人性深度。

　　普希金还利用对比来安排情节结构,揭示历史真实,表达自己作为历史家、哲学家对王权与人民、国家命运的深刻思考。

　　首先,设置戈都诺夫和格里戈利两位主人公,并让他们平行出现,交错活动,相互对比,构成作品情节结构的明线。这两位中心人物不仅在一个由恶返善,一个由善变恶的对比中展示了人性的复杂、人性的深度,而且,以其攫取权位的不同方式和满足个人权欲的同一目的,展示了情节,统一了作品。戈都诺夫以阴谋暗杀排除障碍,格里戈利则直截了当,利用外国势力夺取王位。他们是矛盾争斗的双方,但欺骗、蒙蔽群众,实现个人野心这一目的又使他们趋于同一。这种对比与同一,推动了情节的发展,深刻揭示了封建专制王权愚弄人民、反人民的本质。

　　其次,以封建王权与平民百姓的矛盾对比,构成深层次的暗线,既决定情节的发展,又表达了自己深刻的思考。戏剧的开场,像莫里哀的《伪君子》一样,也是一个卓越的开场。它通过登场人物隋斯基和沃罗登斯基的讨论,既引出了中心人物之一戈都诺夫,介绍了他的谋杀,他的虚张声势、拒不即位,给读者造成悬念,又初

[①] 《普希金论文学》,张铁夫、黄弗同译,漓江出版社,1983年,第73—74页。
[②] 同上书,第95—96页。

步揭示了剧本的主题——封建王权与人民的矛盾,人民在改朝换代中的决定作用,以及他们最终只会被利用和愚弄(隋斯基认为,可"策动百姓骚乱,让他们把戈都诺夫抛到一边",而沃罗登斯基则认为已无法斗过戈都诺夫,因为他"很懂得用恩威并施的办法,并炫耀他的光荣来愚弄百姓")。

作为封建王权的代表,剧中的统治者都充分认识到民心向背的决定作用。戈都诺夫在暗杀太子、击败一切对手后,明知已大功告成,却和妹妹一起遁入修道院。他这是"欲擒故纵",要充分调动民心,让百姓们哭叫哀求,死心塌地,以牢固自己的地位。格里戈利更是深知对手的谋杀阴谋昭告天下后,早已痛恨高压强权的百姓定会一呼百应,倒戈相向,所以胜券在握,处变不惊,临败不乱。拥护他的普希金(剧中人)在劝降巴斯曼诺夫时曾一语道破天机:

你要知道,巴斯曼诺夫,我们的力量在哪儿?
并不是军队,不是的,也不是波兰的援助,
而是民意;是的! 人民的公意。
你可记得季米特里的胜利
和他的和平讨伐——
无论在什么地方,不用放一枪,
大家就顺从地向他开城投降,
众百姓把倔强的将官捆绑起来?①

然而,心虚而须仰仗平民百姓拥护的封建王权却以欺骗为手段,一次次愚弄了百姓。力量强大、能决定封建统治者命运的平民百姓,由于认识有限比较盲目(他们往往只看重眼前的实际利害),而且崇拜王权(剧中百姓说:"啊,上帝,谁来治理我们哪? 多么不幸!"),因而一再被封建王权所利用:先是激动地哭求戈都诺夫来"治理"自己,后来又转而拥戴假冒为王者——伪季米特里,高呼"父亲季米特里万岁",直到伪季米特里迫不及待地毒死太后玛丽亚·戈杜诺娃及其儿子费多尔之后,他们才"惊呆"了,意识到自己又一次上当,他们沉默以对,不愿再跟着贵族们欢呼"季米特里·伊凡诺维奇沙皇万岁"。

普希金认为,历史剧作家"不应当……耍花招,不要偏袒 面而牺牲另一面。不是他本人,不是他的政治见解,不是他的暗藏的或公然的偏私冒出来在悲剧中说话,而要让历史人物、他们的智慧和偏见自动站出来表现自己。字里行间进行控诉或为历史人物辩护,那可不是你的事"。进而提出:"戏剧诗人应该像命运那样无情无私无畏。"②他以自己的戏剧创作实践了自己提出的理论,写出了历史人物的"智慧和偏见"(如戈都诺夫仁慈而又残酷、贤明而又迷信,格里戈利善于抓住时机、热情奔放而又权欲熏心,自私自利),也写出了人民的力量强大而盲目乃至愚昧,总是

---

① 《普希金文集》,第 4 卷,任溶溶等译,人民文学出版社,1995 年,第 249 页。
② 转引自《普希金戏剧集》,戴启篁译,漓江出版社,1982 年,第 6 页。

被统治者利用、欺弄,这是符合历史真实的。当时的人民不可能有先进的历史唯物主义观点,而且大多生活在贫困、愚昧中,崇拜王权,渴望贤明君主的统治,因而极易受蒙蔽、被利用。普希金并未美化和拔高人民,他只是"像命运那样无情无私无畏"地如实描写,从而深刻地揭示了历史的真实。普希金的认识大大超越了以往历史学家、政治家们的唯英雄主宰一切论。他看到了人民群众身上蕴藏的巨大力量及其在改朝换代中的决定性作用,但又绝未达到如我们今天一些学者所说的"人民是历史的主宰者"①这样一种高度。由于历史条件的限制,普希金也不可能达到这一高度。他只是达到了类似我国唐太宗、魏征等百姓如水,"水能载舟,亦能覆舟"的认识高度。

值得一提的是,普希金在剧中借封建王权与平民百姓的矛盾对比还思考了国家的命运。在一首诗中,他曾指出"自由使罗马兴盛,奴役使罗马覆亡"。在历史剧中他通过戈都诺夫的毁灭再次展示了这一主题。从而,从反面又一次向人们宣传了反专制、争自由、健民强国的思想。

由此可见,对比手法的出色运用,确实颇为生动传神地揭示了人性深度和历史真实,表达了普希金颇为深刻的思想。

第六节　回归中的提升
——普希金的晚期童话诗

1830年至1834年,普希金创作了六部童话诗:《神父和他的长工巴尔达的故事》(1830)、《母熊的故事》(1830)、《沙皇萨尔坦的故事》(1831)、《渔夫和金鱼的故事》(1833)、《死公主和七勇士的故事》(1833)、《金鸡的故事》(1834),其中只有《母熊的故事》未曾写完,其他五部都十分完整。这些童话均取材于民间童话故事,是成熟的诗人对民间文学的一种回归。同时他又以自己的加工改造和天才的力量提升了这些来自民间的童话故事,因此可以说,这六部童话诗是普希金对民间文学的一种回归中的提升。

由于外祖母、奶母的影响,普希金从小就十分喜爱民间文学,深受其影响,并且,很早就开始创作具有民间特色的童话作品。苏联学者曾经指出:"具有俄罗斯民间特色的童话,普希金几乎是在他整个创作生涯的长时间内(从1814年到1834年)写成的。这些童话明显地分为两组:早期的(写于1825年以前)和晚期的。"②不过,"普希金早期的童话,以及用童话题材写成的叙事诗(《波瓦》《沙皇尼基塔和他的四十个女儿》)完全不具有普希金成熟作品中所特有的真正的人民性。我们从中既找不出表达人民的、农民的感情和利益的地方,也找不出有意识地吸收和加工

---

① 王远泽:《人民是历史的主宰者——〈鲍利斯·戈都诺夫〉读后》,戈宝权等著《普希金创作评论集》,漓江出版社,1983年,第133页。

② 《普希金文集》,第4卷,任溶溶等译,人民文学出版社,1995年,第495页。

民间口头创作形式和方法的地方。普希金仅仅利用了民间诗歌的个别因素：童话题材或者故事情节，童话人物的名字，以及个别具有民间风格、民间语体的短句。几乎所有的 18 世纪和 19 世纪初的作家在利用民间创作时，都采取了类似的做法"①。在写作他早期最有名、最出色也最有代表性的童话长诗《鲁斯兰与柳德米拉》时，"他不是求教于口头传说，而是求教于书籍，是根据第二手材料从事创作的"②。并不像晚期的童话诗直接取之于民间口头传说，因此，本节只论述普氏晚期的童话诗。

在流放时期，尤其是第二次流放时期，普希金的思想开始成熟起来，开始思考国家的命运、人民在历史中的作用等重大问题，戏剧《鲍里斯·戈都诺夫》表现的主题就是人民在改朝换代中起着决定性的作用，但人民由于其多方面的原因，也容易被利用和愚弄③。这样，他对人民的思想、语言乃至生活习俗等等很感兴趣，而民间故事特别是民间童话，最能体现人民的观念、思想、语言乃至习俗，于是，普希金花了不少时间和精力去搜集、钻研民间故事、民间童话。对此，外国学者多有论述。普希金的好友密茨凯维奇曾经这样谈到 20 世纪 20 年代中期的普希金："他不再贪婪地阅读那些吸引过他的长篇小说和外国杂志……现在(亦即二十年代中期)他更爱倾听民间勇士歌谣与民歌故事，并且深入研究祖国的历史……"④苏联学者则更具体地指出："20 年代中期，普希金转向现实主义，同时他对人民产生了浓厚的兴趣。年轻时对农奴制下农民遭遇的抒情悲叹('我的朋友，我能否看见，人民不再受奴役？')，对人民中缺乏革命情绪的浪漫主义的痛苦埋怨('吃你们的草吧，和平的人民！/光荣的号召不会使你们觉醒')现在转变为集中而透彻地研究人民，研究人民的生活和需求，以及人民的'心灵'。于是普希金着手认真地研究民间诗歌。他记录各种歌谣和各种民间的仪式，叫他的奶娘重新给他讲述他儿童时代起就熟悉的童话故事，——现在他用另一种方式来领会它们，寻找其中反映'人民精神'的地方，用它们来弥补'自己可恶的教育上的缺陷'。"⑤特罗亚也指出："现在叫普希金感兴趣的已不是《鲁斯兰和柳德米拉》这类英雄美女故事了，而是一代一代流传下来的民间传说。这些故事由不知姓名的人保留至今，他们都有褐色皮肤和一双勤劳的手。老奶妈只是重复他们的话，在晚上讲给别人。过去那些传奇故事，如巫婆、游侠骑士、年轻公主、金鱼和沙皇萨尔丹等故事，已无法再叫普希金发笑。他忘记了自己读过伏尔泰和帕尔尼的作品。他生活的时代是个具有讽刺意味而又有文明的时代，他对那些普通人十分尊敬。他相信他们，像天真的儿童那样怕他们、爱

---

① 《普希金文集》，第 4 卷，任溶溶等译，人民文学出版社，1995 年，第 495 页。
② [法]亨利·特罗亚：《天才诗人普希金》，张继双等译，世界知识出版社，2000 年，第 173 页。
③ 详见曾思艺：《在对比中展示人性和历史深度——读〈鲍里斯·戈都诺夫〉》，《名作欣赏》1999 年第 4 期，或见曾思艺：《文化土壤里的情感之花——中西诗歌研究》，东方出版社，2002 年，第 77—84 页。
④ 见《普希金论文学》，张铁夫、黄弗同译，漓江出版社，1983 年，第 155 页。
⑤ 《普希金文集》，第 4 卷，任溶溶等译，人民文学出版社，1995 年，第 496 页。

他们。当他自己述说这些故事时,总是一字一板地模仿老奶奶的声音,连叹息声和喘气声都和奶奶一样。他的学历使他离开了人民大众,现在他又回到了人民中间,但并没有因此而抛弃他的文化。"① 普希金自己在给弟弟列夫的信中也说道:"晚上我常听童话——借此弥补我那该死的教育的缺陷。这些童话多美啊!每一个童话都是一篇叙事诗!"②

普希金不仅大量听童话和民间故事、民间诗歌,而且大量搜集这类作品。他的同时代人一再谈到这个问题。基列耶夫斯基曾谈到:"已故的普希金送给我五十首民歌,这是他亲自从人民口中一丝不苟地采录的……大概是在普斯科夫省自己的村子里采录的。""普希金在莫斯科呆了约两个星期,前天走了……他打算尽快出版一本俄罗斯民歌集,他搜集得相当多。"雅泽科夫也说道:"普希金说,他核对了迄今出版的所有俄罗斯民歌,并对它们作了整理校勘,因为它们在出版时没有任何注释……"③ 高尔基在 20 世纪初也指出:"在旅行期间,他记下了许多民间故事和歌谣,并且把五十多篇赠给基列耶夫斯基,以供他的有名的集本之用。"④

而到 1830—1834 年,普希金写作上述六首童话诗时,他的创作风格已经基本定型——他已形成自己独特的创作个性,他的创作也已完全成熟,这个时候他却与一般由此进而尽力创作自己独特风格作品的诗人大不相同——转向童话诗的创作,而且力求用十分切近民间诗歌的方式来表述,这是他对民间诗歌的一种回归。而这种回归,不仅在于他对人民的热爱,更在于他对民间文学的认识。"普希金高度评价民间创作、歌谣、俄国民间故事和谚语,'多么美啊,涵义多么丰富啊,我们的每一个俗语都有多么巨大的教益啊。简直是金子!'诗人赞美道。他号召作家和诗人研究民间创作,研究民间诗歌的语言。"⑤ 他对童话的评价更高:"就我们的语言本身而言,在任何情况下它都不能提供像童话中的这种俄国式的广阔天地。"⑥ 正因为如此,他试图通过切近民间诗歌的童话诗创作,来回归民间文学,回归自然。这种回归,主要体现在两个方面。

首先,是主题上的回归。当然,在总的主题上,普希金与民间文学一向紧密相关,苏联学者曾指出:"普希金的诗歌与民间创作有着密切联系,充满民间诗歌的主题。在普希金的诗歌中,反映了'时而是奔放不羁的欢娱,时而是心灵的悲伤',诗人自己认为,这两种感情是俄国民间诗歌的两大主题。"⑦ 不过,此处所说的普希金童话诗对民间诗歌的回归,主要是指这些作品所表达的民间文学通常所具有的那种严肃的社会、政治主题:"普希金不同于所有的前辈,在自己的'效仿之作'里首先

---

① [法]亨利·特罗亚:《天才诗人普希金》,张继双等译,世界知识出版社,2000年,第292—293页。
② 《普希金论文学》,张铁夫、黄弗同译,漓江出版社,1983年,第51页。
③ 以上引文均见上书,第159—160页。
④ [俄]高尔基:《俄国文学史》,缪灵珠译,上海译文出版社,1979年,第169页。
⑤ [俄]切尼科夫:《欣悦的灵魂——普希金传》,曹世文等译,湖南文艺出版社,1993年,第282页。
⑥ 《普希金论文学》,张铁夫、黄弗同译,漓江出版社,1983年,第155页。
⑦ [俄]切尼科夫:《欣悦的灵魂——普希金传》,曹世文等译,湖南文艺出版社,1993年,第282页。

接触到人民生活的社会主题和政治主题……在他的童话里不止一次涉及严肃的社会主题。"①

  一方面,普希金从人民的角度揭露、讽刺僧侣、贵族乃至沙皇等统治阶级的贪婪、愚蠢、好色、残暴:"普希金的童话中涉及社会主题(贪婪的神父和惩罚他的长工,越是压迫农民,就越能给压迫者带来财富),谈到人民的道德理想(《死公主的故事》)等等问题。"②高尔基具体地谈到:"试拿《牧师和他的长工巴尔达的故事》(即《神父和他的长工巴尔达的故事》——引者)、《金鸡的故事》《沙皇萨尔坦的故事》等等为例。在所有这些故事里,人民对牧师和沙皇讽刺的、否定的态度,普希金都绝不把它隐藏,也不替它掩饰,反之,却给它加上更鲜明的色彩。"③卡普斯金更具体地指出:"在《神父和他的长工巴尔达的故事》中,普希金把聪明机灵的长工巴尔达同贪心愚蠢的神父对比,揭示出对神父及其家庭的纯粹农民的看法。《渔夫和金鱼的故事》,很清楚地再现了贵族和农民之间的相互关系;当老太婆成为贵族和女皇的时候,老头子感到了生活的全部悲哀。在《金鸡的故事》中,沙皇达顿的形象完全是从嘲笑讽刺的角度描写出来的。这是一个愚蠢好色的沙皇骗子,他完全破坏了自己的诺言而受到公正的惩罚。童话中用了一些比较粗鲁的字句,降低了沙皇达顿的身份:'国王甚至恨得要哭;沙皇吐了口唾沫……'普希金说,检查机关要求删去这些话……《金鸡的故事》在讽刺性方面是最尖锐的一篇。"④即使在没有完成的短短的《母熊的故事》中,他也不忘揭露、讽刺贵族地主:

    来客中有狼这位贵族,
    他的牙齿,随时准备咬人,
    他的眼睛,一看就知道他贪婪万分……⑤

  另一方面,普希金也表现了人民的道德和人民的理想。在《神父和他的长工巴尔达的故事》中,巴尔达不仅机智聪明,而且热爱劳动、十分能干("干起活来一顶七"),并与周围所有的人都和睦相处,体现了人民的道德观。而最能体现人民的道德和理想的是《死公主的故事》:"普希金这篇童话的主题纯粹是属于道德内容的。故事中的皇后是一个不平凡的美人儿,'身材苗条,皮肤白,聪明伶俐,有能耐',她是世上'最最可爱、最最红润、最最雪白'的人儿,可同时她比起美丽的公主,理想的姑娘的形象来,则显得傲慢自负、酷劲特大、性情古怪、为所欲为","研究者们早就注意到了这一点,即童话中这位理想的公主,特别像一位农家姑娘,谦虚、和善、受过很好的(农民的)教育,而最主要的是爱劳动,并且会劳动",童话"详细地描述了

---

 ① 《普希金文集》,第4卷,任溶溶等译,人民文学出版社,1995年,第497页。
 ② 同上书,第497页。
 ③ [俄]高尔基:《俄国文学史》,缪灵珠译,上海译文出版社,1979年,第169页。
 ④ [俄]卡普斯金:《十九世纪俄罗斯文学史》,上,北京大学俄语系文学教研室译,高等教育出版社,1958年,第168页。
 ⑤ 《普希金文集》,第4卷,任溶溶等译,人民文学出版社,1995年,第15页。

美丽的公主来到七个'红胡子'勇士家之后的情节,七勇士很快地都爱上了公主。普希金在这里展示了非凡的道德美,相互尊敬,冰清玉洁,反映了人民的道德标准"①。人民的理想还表现在《沙皇萨尔坦的故事》中吉东大公管理的海岛上,那是一个理想而幸福的海上王国,是一个美好的乌托邦世界,那里的财富是由松鼠用黄金的果壳、绿宝石的果仁创造的,那里人们都生活在富裕、和平、宁静、幸福之中:

> 榛子金壳铸成金币,
> 这种金币流通各地。
> 姑娘收集绿宝石,
> 把它们存进国库。
> 岛上的人个个富裕,
> 到处楼房,没有小屋。②

其次,是形式上的回归。主要表现为语言的回归。普希金高度重视人民的日常语言——口语,他不仅自己在生活中不断学习、大量收集、灵活运用人民的日常语言,还勉励青年作家:"倾听人民的朴实的日常语言吧,""你会从它那里学到你决不能在我们的杂志里找到的许多东西。为了完全了解俄罗斯语言的财产,研究古代的歌曲、故事等等是完全必要的;批评家对它们的鄙视是徒然的。老百姓的口语值得最认真的研究;青年作家们,阅读老百姓的故事来理解俄罗斯语言的表现可能性吧。"③正因为如此,他以自己的童话诗来实现自己回归民间语言、理解和探索俄罗斯语言表现可能性的愿望,他对民间语言的回归,主要表现在音韵、修辞手法等方面。

在音韵方面,普希金力求学会并很好地再现民间诗歌的语气、节拍、韵脚,以至他的童话诗已经消泯了自己的独特风格,几乎就像原汁原味的民间故事。他在这方面的努力,表现为:一是极力模仿通俗、顺口、能唱的民间文学的诗体、语言、风格,如《神父和他的长工巴尔达的故事》《母熊的故事》《渔夫和金鱼的故事》,前两者完全"是用真正的民间诗体写的"(如《神父和他的长工巴尔达的故事》完全用民间顺口溜的形式写成,以一个个独立的两行诗节组成全诗),后者虽然用的是诗人自己创作的诗体,但"按其结构接近于民间诗体的某些形式。诗人在这里仿佛体现了一个民间说唱艺人的角色",而且,"在这些童话里我们找不出有别于真正的民间诗歌的一句话、一个词儿"④;二是虽然使用文学中的格律诗体——带对偶韵的四步扬抑格,但在语气、节拍等等方面完全和民间故事人一样,这类作品有《沙皇萨尔坦的故事》《死公主的故事》《金鸡的故事》,科莫夫斯基早已指出,在读普希金的童话

---

① 《普希金文集》,第4卷,任溶溶等译,人民文学出版社,1995年,第502页。
② 同上书,第38页。
③ 转引自戈宝权等著《普希金创作评论集》,漓江出版社,1983年,第254页。
④ 《普希金文集》,第4卷,任溶溶等译,人民文学出版社,1995年,第497—498页。

故事时,"你会感到是别人在高声对你讲故事,完全是俄罗斯人讲故事的方式,如同催眠曲"①。而如前所述,特罗亚也曾谈到,当普希金述说奶母讲说的童话故事时,"总是一字一板地模仿老奶妈的声音,连叹息声和喘气声都和奶妈一样"。特罗亚还进而具体指出:"在《沙皇萨尔丹》(即《沙皇萨尔坦的故事》——引者)里,普希金对韵脚和节拍运用自如,把老奶妈阿丽娜·罗迪奥诺夫娜的原话都写了进去","茹科夫斯基在写故事时还是茹科夫斯基,但普希金在写故事时则变成了老奶妈阿丽娜·罗迪奥诺夫娜……多亏《沙皇萨尔丹》和普希金的其他故事,我们每个人在童年才能聆听到阿丽娜·罗迪奥诺夫娜这样的老奶奶讲述的故事"②。

普希金还大量运用拟人、反复、夸张等等修辞手法。小金鱼、镜子能说话,母熊像人一样呼唤自己的小宝贝、公熊像农村妇女一样哭诉自己失去伴侣和子女的悲痛,天鹅不仅能像人一样说话而且法力无限,这是典型的民间文学的拟人手法。《沙皇萨尔坦的故事》中关于吉东大公管理的海岛变化的多次描写和讲说者的某些话语、《渔夫和金鱼的故事》中老头子在老太婆贪得无厌的要求下一再去找金鱼的情景等等,都是反复手法出神入化的运用。而《神父和他的长工巴尔达的故事》中巴尔达弹脑门三下就弹哑了神父,《沙皇萨尔坦的故事》中公主之美的描写——"白天她使日光失色,/黑夜她又照亮大地。/月亮在她发辫下闪亮,/星星在她脑门上放光",则是明显的夸张。这些修辞手法,都是民歌中十分常见的方法,它不仅可以渲染气氛,写活事物,更重要的是,它使童话的语言更加形象化,更充满活力。

作为一个创作已经成熟的诗人,普希金不只是单纯地回归民间文学,而是在回归中以自己的天才提升了民间文学。这主要表现在以下两个方面。

一是变民间文学的单一主题为复合主题。民间文学尤其是童话,因为主要是讲给儿童听的,所以在主题上往往比较单一,普希金在创作童话诗时,对此进行了适当的改造,在一个故事中往往包含了丰富的内涵,把单一的主题变成了复合主题(仅《金鸡的故事》主题较为单一,表现的是女色的危害)。如《神父和他的长工巴尔达的故事》在民间童话故事中表现的是长工以自己的机智惩罚贪婪的神父,主题是民间文学最为常见也最喜歌颂的机智,而普希金却对此进行了加工,他"发展了长工巴尔达的形象,强调他不仅机智聪明,而且爱好劳动('干起活来一顶七'),善于赢得周围所有人的欢欣(除了神父)",尤其是他"在加工中突出了这个反神父的童话故事的社会意义,并把一切不必要的糟粕都剔除了"③,从而使这一童话故事具有复合主题:既歌颂聪明机智,又表现僧侣的贪婪,以及下层人民凭自己的聪明才智与之进行的斗争。《沙皇萨尔坦的故事》在民间童话故事中原来表现的是遭诽谤的妻子的遭遇及其结局,而在普希金笔下它具有了复合主题:"在普希金的《沙皇萨尔坦的故事》里集结着两个主题。第一个主题是民间童话故事中遭诽谤的妻子的

---

① 转引自[法]亨利·特罗亚:《天才诗人普希金》,张继双等译,世界知识出版社,2000年,第543页。
② 同上。
③ 《普希金文集》,第4卷,任溶溶等译,人民文学出版社,1995年,第499、498页。

传统遭遇，以及这种遭遇得到圆满的解决。普希金加进童话故事里的第二个主题是人民想象中理想的、幸福的海上王国的形象。"①《渔夫和金鱼的故事》则在保存民间故事中关于老太婆由于贪图财富和权力而受到惩罚的主题同时，又赋予童话全新的主题："老头儿的命运与老太婆的命运是分开的。老头儿始终是一个普通的渔民，老太婆越是沿着'社会阶梯'往上爬，对老头儿的压迫就越沉重。老太婆在普希金的故事里受到惩罚不是因为她想过上贵妇人或女皇的生活，而是因为她成为贵妇人后就扯住她的仆人的头发痛打，并派农民身份的丈夫到马厩里去干苦役；当她成为女皇后，她周围站着威武的卫士，差点儿没用利斧把她老头儿的脑袋给砍下来；她之想做海上霸王是想让小金鱼来侍奉他，听她的派遣。这赋予了普希金的童话以极深刻的进步意义。"②实际上，如果从今天生态学的角度来解读的话，这一童话还有另一主题——表现人与自然的关系：当人善待自然，自然也会善意地报答；当人的欲望无穷无尽并且无休止地向自然索取的时候，自然便会在不断变色警示人们之后（诗中海的颜色的变化），加以报复。《死公主的故事》则把女性的嫉妒、人间的友爱、道德的纯洁、执着专一的爱等等主题融合起来。

　　二是对民间童话的题材进行改造。由于上述主题的需要，也由于审美的需要，普希金在创作童话诗时，往往根据自己的创作意图对民间童话的题材进行改造，使其情节简单化或复杂化，甚至加进一些自己塑造的形象。《神父和他的长工巴尔达的故事》剔除了一些不必要的糟粕，发展了长工巴尔达的形象；《沙皇萨尔坦的故事》则对自己记录的两个不同版本予以创造性的加工，不模仿其中的任何一个，而是"使童话摆脱了情节上的混乱，摆脱了说唱艺人加进去的一些粗俗的、缺乏文艺性的细节"，并"给它增添了许多情节"③；《渔夫和金鱼的故事》则不仅把民间故事中的树、鸟或比目鱼，改换成很有美感、颇为神奇的小金鱼，而且把原来童话中老头儿的身份随老太婆地位的变化而变化的写法（贵妇人——老爷、女皇——皇帝）变成如前所述的把他两人的命运分开；《死公主的故事》则新颖地塑造了一位农家姑娘式的公主形象，并表现了人民的道德标准；《金鸡的故事》删去了原故事叙述中"繁琐的、混乱的和添枝加叶的地方"，"把它变得简单、明了，结构上具有艺术表现力"，"还把准文学的幻想形象换成了俄罗斯民间诗歌中的形象"④。

　　正因为普希金的上述努力及其所取得的艺术成就，高尔基认为："普希金是第一个注意到民间创作并且把它介绍到文学里来的俄国作家，他绝不加以歪曲以迎合官方的'人民性'这观念和宫廷诗人们的伪善倾向。他用他的天才的光辉来润饰民间歌谣和民间故事，但是无损于它们的思想和力量。"⑤

---

① 《普希金文集》，第4卷，任溶溶等译，人民文学出版社，1995年，第500页。
② 同上书，第501页。
③ 同上书，第500页。
④ 同上书，第502页。
⑤ [俄]高尔基：《俄国文学史》，缪灵珠译，上海译文出版社，1979年，第169页。

第七节　自由的斗士　爱情的歌手
——普希金与20世纪中国诗歌

普希金的诗歌介绍到中国以后,对中国诗歌产生了广泛、深远的影响。"普希金是对中国影响最大的诗人,他的作品影响了几代人,并对我国现当代文学都产生了深刻的影响。说他的创作已融入了中国新文学创作的血脉,一点不过。"①

作为一个天才的诗人,作为俄罗斯民族文学的奠基人,普希金的诗歌成就卓越,内涵丰富。而20世纪以来,中国的历史风云变幻,波翻浪卷。在不同的历史情况下,我国的诗人对普希金的诗歌,从不同的角度进行了适应时代需要的学习、借鉴,因此,普希金对20世纪中国诗歌的影响,大致可以分为三个阶段。

第一个阶段,从20世纪20年代至1949年前。这一时期,中国人民在欧风西雨的洗礼下,逐渐觉醒,以前所未有的英勇与顽强,浴血奋斗,反对帝国主义,推翻封建统治,消灭专制压迫。此时,普希金歌唱自由,高扬个性,尊崇感情,反抗压迫,抗议专制暴政的那些诗歌,在我国广为流传,产生了颇大的影响。

著名诗人彭燕郊指出:"在当时的历史条件和文化氛围下,中国需要浪漫主义。长期的帝制禁锢,沉重的礼教枷锁,甚至使人不敢有表情,喜怒哀乐都有忌讳,男人必须道貌岸然,不苟言笑,女人必须遵守的'四德',至少有一半是对感情流露的严厉限制,所谓的'笑不露齿,行不动裙',把人性紧紧地捆绑住了,人们只好习惯于做假,真诚就是罪过,必然招致杀身之祸,这时,忽然传来了普希金、拜伦个性鲜明、毫无顾忌的自由之声,人们不向他们奔去,才奇怪呢!"②

抗日救亡运动更是使普希金诗歌在中国的传播和影响,达到一个高潮。彭燕郊先生以过来人的身份回忆道:"1936年,普希金逝世100周年,我国举行了盛大的纪念活动,出版了一大批普希金作品的译本,自那以后,甚至在物资匮乏、生活艰苦的抗日战争相持阶段,桂林和重庆还出版了《叶夫盖尼·欧涅金》(即《叶甫盖尼·奥涅金》——引者)、《青铜骑士》等等名著,爱诗的朋友们宁愿少吃一餐饭也要购阅这些被认为不可缺少的精神营养。为什么普希金能够赢得中国读者的倾心和依恋,一接触他的作品就把他看作知己,看作心中人?大量介绍普希金作品的30年代中期,正是民族危机严重,中国人民奋起投身救亡运动之际,普希金反抗压迫、争取自由的崇高品格,在那风雨如晦、鸡鸣不已的年代,更能激起我们的共鸣,更使我们仰慕……普希金的《致西伯利亚》也很快就传诵一时。"③

关于普希金在这一阶段对中国文学的影响,我国学者已有所论述。中国社会科学院文学研究所理论室主任钱竞先生认为:首先,以普希金为代表的俄罗斯文学

---

① 梁若冰:《中国人的普希金情结何以这样长》,《光明日报》1999年7月1日。
② 彭燕郊:《普希金,我的心上的诗人》(未刊手稿)。
③ 同上。

是中国新文学的良师益友,因为他的诗歌的人民性,与"五四"新文化要摆脱士大夫趣味,转向对人民的关注是一致的;第二,普希金所代表的进步诗人,他们独立之思想、自由之精神与新文化运动特有的精神是相通的,也深受启发。像艾青等诗人的成长和创作就离不开这样的营养,特别是普希金的以探索人的灵魂为己任的抒情叙事诗,对于探索中的中国诗人,无论在形式上还是内容表达上都深得启发。①梁若冰先生进而认为:"中国在告别了旧体诗后,在诗歌的走向上不乏迷惘,而像普希金创作的那种具有强烈感情冲击力和纵横驰骋的想象力的方式,对于具有诗学性灵传统的中国诗人无疑是一种重大启迪。谢冕教授认为,我国在抒情诗方面受普希金的影响较大。"②

此时普氏对我国诗歌的影响,实际上主要表现在以下几方面。

第一,普希金其人其诗不仅成为我国诗人学习的榜样,而且成为他们描写的对象。

首先,普希金作为反对专制、抗议暴政的叛逆性英雄,成为我国诗人学习、讴歌的榜样。诗人杨骚指出:"普式庚虽然没有加入十二月党的秘密组织,实际地去干政治活动,但他的精神却始终没有和十二月党离开过。对沙皇的憎恶,对专制政治的不满,对自由解放的渴慕,对一切黑暗势力的反驳,他是用诗歌,用童话,用散文表现了……在他那混着黑人血的富有生活力和热情的血管中,一种反抗的革命精神,始终蕴藏着,有机会便发露出来",而"我们纪念普式庚的百年忌,不要把他这对恶势力的反抗精神忘掉!"③

这样,我国诗人较多地在诗中写到普希金。他们或者把矛头直指沙皇,歌颂普希金的叛逆精神及其对人民的爱与同情,如公刘1946年2月创作的《沙皇和普式庚》:

> 沙皇的俄罗斯是一座大监狱,
> 普式庚是叛徒。
>
> 沙皇的俄罗斯是一片大沙漠,
> 普式庚是花朵。
>
> 沙皇用鞭子抽打农权,
> 普式庚却哭着去抚摸。
>
> 沙皇命令诗人对他谄媚,跳舞,

---

① 转引自梁若冰:《中国人的普希金情结何以这样长》,《光明日报》1999年7月1日。
② 同上。
③ 杨骚:《普式庚给我们的教训——纪念普式庚的百年忌》,《光明》第二卷第5期(1937年)。

普式庚愤怒地抛出咒语和唾沫。

沙皇用流放和宪兵来恫吓，
普式庚不怕，照旧唱自己的歌。

沙皇急匆匆谋杀了普式庚，
普式庚却永远活在人民心窝。①

或者愤怒地谴责致普希金于死的决斗是沙皇及其所属宫廷策划的"阴谋的决斗"，指出普希金对俄国及全世界的重大意义，如施谊的《一百年了，阴谋的决斗》：

一百年了，阴谋的决斗：
惊心！
那公正后面的欺凌！
那笑容后面的魔影！
罪恶的黑手，那时如愿
杀死了俄罗斯伟大的诗人。
一百年了，阴谋的决斗：
欢声！
这真理之前的试金！
这时间之前的裁定！
神圣的旗，今天到处
扬起了普希金正义的歌声！……
普希金：你是无神，你是神；
你是矛盾，你是矛盾的化身；
你是贵族，你是贵族叛徒的精英。
以你的名，
完成了俄罗斯文学的中兴：
普希金永在，而沙皇早已化灰尘！
普希金：你是无神，你是神；
你是矛盾，你是矛盾的化身；
你是贵族，你是贵族叛徒的精英。
以你的名，
唤起了人类灵魂的觉醒：
以你的名，

---

① 《公刘诗选（1945—1985）》，江西人民出版社，1987年，第14页。

沟通了全世界国际的友情:

普希金永在,而沙皇早已化灰尘!……①

其次,普希金及其诗歌的人民性,成为我国诗人敬慕和学习的对象。

蒲风在1937年2月的《普式庚在中国》一文中指出:"普式庚在中国,我们需要一而再二,二而再三次地来研究,讨论,检讨,学习,并且,为此,在我,我认为最重要的有如下三项:一、青春的热力;二、民众的语言;三、自我奋斗的倔强的精神。"②

与此同时,郭沫若在《向普希金看齐!》一文中,全面地高度评价了普希金的文学地位及意义:"作为诗人,作为文艺作家,普希金是俄罗斯新文学的开山,他在俄国文学史上的地位等于意大利的但丁,英国的莎士比亚,德国的歌德。同这些光辉的名字一样,他也不单仅是俄国的大诗人,而是超越了国境了。"并且号召:"我们应该向普希金看齐!不仅在作为诗人,作为文艺工作者,在写作诗文上应该向普希金看齐,就在做人上,在立身处世上,我们尤其应该向普希金看齐。普希金和我们相隔虽然已经一百多年了,但我们今天所处的时代和普希金的时代很相仿佛,他所走过的路,他在文艺上和人格上的光辉的成就,的确是值得我们学习的。"③

杨骚则从诗情与文学语言的角度,谈到了普希金诗歌的人民性:"凡是俄国人,不管是绅士,是农夫分子,几乎没有一个不晓得唱一两首普式庚的诗歌的。这,为的是什么?这,要以普式庚是俄国近代文学之父,是俄国的诗圣这句话来解答当然也可以,但我想最大的原因,还是为着他能够运用俄国大众的语言,巧妙地把俄国的民情,大众的希望唱出来的缘故。换句话说,就是为着他的诗情是民间的,他的语言是单纯通俗的,他的音韵又是自然响亮的。"④

在诗歌创作中,诗人们一致把普希金描绘成人民的天才。

"普希金是艾青在巴黎最早接触的诗人之一,他读过《普希金诗选》。"⑤他认为普希金"用明确而又大胆的语言,诽谤俄罗斯无人性的农奴制度,攻击高利贷剥削","向一切凶恶野蛮的人民敌人挑战;用自己的心血,呕吐出人民的愿望,与不可抑制的叛乱的意志。"⑥1949年6月6日,普希金寿诞之时,艾青写诗称普希金为"俄罗斯人民的普希金",认为他是俄罗斯山河大地和文化传统培育出来的,俄罗斯人民给了他智慧、力量甚至明晰、朴素的语言,他热爱俄罗斯的大好河山,更关心、热爱俄罗斯人民,并在诗中赞颂普希金和祖国、人民的血肉感情:

勇敢的诗人,

"不畏惧侮辱,

---

① 见《光明》第二卷第5期(1937年)。
② 《蒲风选集》,下册,海峡文艺出版社,1985年,第70页。
③ 见孙绳武、卢永福主编《普希金与我》,人民文学出版社,1999年,第500页。
④ 杨骚:《普式庚给我们的教训》,载《光明》第二卷第5期(1937年)。
⑤ 张永健:《艾青的艺术世界》,华中师范大学出版社,1998年,第163页。
⑥ 艾青:《先知——普希金逝世一百零五周年纪念》,《艾青论创作》,上海文艺出版社,第224、223页。

不希求桂冠",
胸中燃烧先知的烈火,
嘴里喷出语言的火星,
这火星点亮了人民的信心,
这火星使那暴君看到发抖震惊!
普希金爱俄罗斯,
俄罗斯养大了普希金,
普希金爱俄罗斯的土地、山岗、河流和森林,
他从这儿感受到人民的忧愁和欢欣;
普希金爱米哈伊罗夫斯克村,
他从这儿听到农奴悲叹的声音;
普希金爱他的保姆阿林娜,
阿林娜会讲民间故事给他听;
普希金爱英勇的十二月党人,
十二月党人正在进行革命斗争;
普希金爱俄罗斯坚强的人民,
人民给他以智慧和力量,
人民给他以明晰、朴素的语言;
但普希金恨沙皇亚历山大,
恨皇朝的大臣,恨总督老爷,
因为这些人贪婪、残暴、欺压人民!……①

柯仲平的《歌唱人民天才普希金》更是高度赞扬了普氏的人民性:

普希金,俄罗斯人民的花,
这花宁死不愿开在帝王家。

普希金,俄罗斯人民的宝剑,
星星没有他光彩,
闪电没有他明快,
因为他就是——
俄罗斯人民的英雄气概。

普希金,俄罗斯人民天才,
他的诗,从俄罗斯人民的心,

---

① 《人民日报》1949年6月12日。

涌将出来，
像从高山里，涌出流泉，
泉流成江，
江流成海，
普希金的诗，
庄严像俄罗斯的高山，
纯洁像俄罗斯的流泉，
同俄罗斯的江一样勇敢，
同俄罗斯的海一样壮观。
俄罗斯人民的天才，
充满俄罗斯人民气派。

普希金，
他把俄罗斯人民的心歌唱出来，
像春风唱过高山，
唱过草原，
唱过江又唱过海，
唱过了一切的国界，
一切的人民，
都把心敞开，
欢迎俄罗斯人民，俄罗斯人民天才。……①

第二，普希金面对黑暗的现实，讴歌自由、抨击专制暴政的诗歌，如《自由颂》《致恰达耶夫》《致西伯利亚因徒》等，赢得了中国诗人的普遍热爱，他们纷纷从这些诗歌中学习普希金的反抗与斗争精神，并用之于诗歌创作与现实斗争。

诗人李瑛在《普希金与我》一文中谈到："我在大学读书的年代，正是我国革命处在巨大变革的历史年代，当时抗日战争刚刚结束，人民群众经过八年艰苦奋战，迫切要求和平和民主，极盼有个安定的生活环境；但不久，国民党的'和谈'阴谋粉碎了人民久已渴望的美好憧憬，内战爆发，专制和暴政重又笼罩在人民头顶。正是在这种形势下，我第一次读到了普希金的《自由颂》这首高歌要消灭专制暴君的反动统治、热情礼赞自由的诗，他'向全世界歌唱自由'，要'使王位上的恶人胆战心惊'，读后感到痛快极了；接着又读到《致恰达耶夫》，这是和《自由颂》具有同样思想、同样政治理想、又同样具有如火般激情的诗篇……它们强烈的时代色彩，鲜明的爱憎感情和巨大的艺术力量，深深地感染了我，引起我极大的共鸣……"②

---

① 《人民日报》1949年6月20日。
② 见孙绳武、卢永福主编：《普希金与我》，人民文学出版社，1999年，第5页。

邵燕祥在《我的朋友普希金》一文中也指出:"'在残酷的年代,我歌唱过自由。'就凭这一点,我得引他为兄长,为同志,我也许会陪他去西伯利亚的矿坑底层,把锋芒如雪的宝剑送到为自由而受难的囚徒手上。"①

于是,在严酷的时代,诗人们纷纷以笔作武器,像普希金一样,用诗歌唱自由,抨击暴政,反抗专制。在创作了《沙皇和普式庚》不久,公刘写下了《火焰》一诗,宣称要以诗为剑,战斗在前线:

火焰必须呼吸空气,
正像诗人必须呼吸火焰;

这火焰炼就灵感的剑,
诗人又拿剑来写他的诗篇。

诗人只会用剑,
诗人生死都在前线。②

李瑛自称:"从我开始文学创作时起,普希金和他的作品始终陪伴着我,给我营养,给我启示,教我思考。普希金是外国诗人里帮助我认识文学、又帮助我诗歌创作的为数不多的影响最大的诗人之一。"③在普希金的影响下,他创作了《石头:奴隶们的武器》《脊背》《歌》《窗》等号召革命、反对专制的诗歌。如《歌》写道:

听,巨大的声音,
像低矮的监狱的房檐
滚落下第一声春雷,
像狂涛,像风,
像喷发的火山,
那么多举着拳头的强大的行列,
在唱:
专制的暴君,
我们用爆炸的歌声同你比!
我们用肩膀靠着肩膀的力量同你比!
我们将胜利!……④

臧克家的《竖立了起来》一诗,则在歌颂普希金的同时,联系自己,联系社会现实,揭露国民党反动派的黑暗统治,表达自己的爱国热情。诗歌首先指出,一百一

---

① 见孙绳武、卢永福主编:《普希金与我》,人民文学出版社,1999年,第2页。
② 《公刘诗选》,江西人民出版社,1987年,第15页。
③ 李瑛:《普希金与我》,孙绳武、卢永福主编:《普希金与我》,人民文学出版社,1999年,第7页。
④ 《李瑛抒情诗选》,人民文学出版社,1983年,第13页。

十年前的沙皇,尽管那么威风——"把宇宙挂在一个小拇指上,/叫它旋转,/举起一只巴掌来,/可以遮盖整个的天空",但如今已"像一颗大星/没落在历史的黎明",然而:

> 一百一十年后的普希金,
> 生命开始展开,
> 把精神凝铸成铜像,
> 以世界作基地,一个又一个地树立了起来。
> 你高高地站立着,
> 给人类的良心立一个标准,
> 你随着时间上升,
> 直升到日月一般高,
> 也和日月一般光明。
>
> 你站在那儿
> 向苦难的人群招手,
> 把温暖大量的抛给;
> 你站在那儿
> 向斗争的行列指示,
> 给他们以全力的支持!
> 你站在那儿
> 像一个讽刺,
> 唾向那一张一张的面孔,
> 那些面孔就是阴险、残忍,庸俗和自私。

最后,诗人把自己的遭遇、现实社会的斗争与普希金自然生动地联系起来,既反映了当时国民党反动派的专制、黑暗,又表现了时代的发展、变化:

> 我,一个中国的诗人,
> 你生前遭受过的,
> 在我也全不稀奇,
> 刺刀和监牢向我张着大口,
> 诽笑、穷困永远跟在我后头,
> 我爱祖国的人民和土地
> 和你爱的一样深,
> 可是,这也是一样的呀,
> 这种爱在眼前的中国,
> 是犯法,而且有罪的!

> 一百一十年的时间
> 校正了一点:
> 当年,在俄罗斯,是诗人领导着人民向前走,
> 在中国,今天,人民却走在诗人的头前。①

第三,普希金诗歌对风景的观察与描绘,也引起了我国诗人的极大兴趣。他们或者觉得普希金的写景诗说出了自己的心中所想,对景生情时,脑海里情不自禁地涌出普希金的诗句。诗人纪鹏曾谈到:"我还牢记一九四八年五月,我从长春学院参军,经历解放长春、沈阳,于年末挺进平津,路过山海关初见大海的动人情景。当时我兴奋不已地背诵普希金的《致大海》的名句:'再见吧,自由的元素……/你的蓝色的浪涛在滚转,/……我多么爱听你的回响,/……我还没有热烈地拥抱你,大海,/我的诗情的波澜还没有,/随着你的浪涛跑开'……"②或者从普希金的写景诗中深受启发,并用之于自己的诗歌创作中,彭燕郊先生曾熟读普希金的不少诗篇,如《自由颂》《致大海》《秋天》《致西伯利亚的囚徒》及《茨冈》《叶甫盖尼·奥涅金》等长诗,他曾自述:"早期,除艾青、田间外,普希金的影响是最大的,《秋天·其一》和后来的《旅途上的插话》是较明显的例子。"③如《秋天·其一》不仅像普希金一样明确表示喜爱秋天,秋天能带给自己以幸福,而且,一些写法也与普希金近似:

> 忖度着切身的眷念
> 而沾恋起羸瘦的太阳的秋天
> 是从阡陌纵横的边远处,委蛇地潜行过
> 濯濯的山丘和萧萧的林莽
> 而来到此间了……
> 素艳的冰花已经放苞
> 薄霜也弥漫过
> 锯齿形的连山,而向
> 无涯际的郊外流洒了
> 秋天到底是好的呵!
> 我看到她,被从波心捧出
> 如同未绽的苞蕾
> 含苞于季候的瓶里
> 缄默地有情地
> 温存着游子的心……
> 到更远的所在去呀

---

① 《臧克家诗选》,人民文学出版社,1986年,第346—348页。
② 纪鹏:《说不尽的普希金》,孙绳武、卢永福主编:《普希金与我》,人民文学出版社,1999年,第11页。
③ 见曾思艺:《从现实关怀到终极关怀——中西融合的彭燕郊诗歌》,《湘潭大学学报》1999年第4期。

> 承恩于秋之纠缦的乡云
> 我将永远额手着
> 自称我是一个最幸福的孩子……①

第二个阶段,从 20 世纪 50 年代至 70 年代。尽管在 20 世纪 60 至 70 年代知识分子从普希金的一些哲理性的抒情中获得了极大的鼓舞,如《普希金与我》一书中,就有多篇文章谈到普氏的《假如生活欺骗了你》等诗给了自己在逆境中生活下去的力量。但此时期,真正对中国诗歌产生十分明显的影响的,主要是普希金的风景诗。当然,普氏的爱情诗、叙事诗及其他类型的诗歌,由于大多已被介绍过来,在 20 世纪 50 年代我国掀起的第二次普希金高潮中早已为人们熟悉,对我国诗歌也有一定的影响,但它们更多的是一种潜移默化的影响,如纪鹏谈到:"我在写《铁马骑士》等两部长篇叙事诗参读一些中外长诗名著中,也选读了普希金的叙事长诗,都深受教益。"②

1949 年以后,伟大的祖国旧貌换新颜,苏联更是在尖端科技方面显示了强大的力量,人民群众深受鼓舞,神州大地处处洋溢着生命的欢乐。此时,普希金在我国得到了富有时代特色的解读,这集中体现在郭沫若 1957 年 11 月创作的《在普希金铜像下》一诗中:

> 珍贵的阳光在莫斯科出现,
> 普希金也仿佛感到了温暖。
> 他把帽子都揭了,丢在身边,
> 他把右手揣在怀里,态度悠闲。
>
> 你是否在酝酿着新的诗篇?
> 歌颂四十年的苏维埃的政权,
> 歌颂头上的两颗人造卫星,
> 歌颂发射卫星的三级火箭?
>
> 你的诗歌中国人也很喜欢,
> 你唱吧,唱吧,唱出新的情感;
> 唱出你和谐的铿锵的心声,
> 让全宇宙充满永恒的诗篇!③

在此基础上,诗人们以新的方式来阅读和理解普希金的诗歌,并把其影响与当时的社会主义建设的激情结合起来。纪鹏曾谈到普希金的《致大海》等诗篇对其反

---

① 《新蜀报》1941 年 9 月 25 日。
② 见孙绳武、卢永福编:《普希金与我》,人民文学出版社,1999 年,第 11 页。
③ 《人民日报》1957 年 12 月 4 日。

映军营生活的诗集《蓝色的海疆》的影响,并指出其《我爱秋光》,"以普希金《秋天》断句为题记",受到普诗一定的影响①。孙静轩则在《海魂》一诗中,称"时而咆哮,时而沉默/时而像一个温柔的少女/时而像一个疯狂的暴君"的神秘的大海,是"一个有知的灵魂",是在"回答普希金的呼唤"②。在普希金等人的启发下,他在20世纪50—70年代创作了一系列有关大海的诗歌,它们都带有浓厚的时代色彩,组成了具有中国特色的"海洋抒情诗",其中更有一首与普希金的名篇同名的《致大海》③。

第三个阶段,从20世纪70年代末至今。在特殊的年代,普希金的诗曾给处境艰难的人们极大的鼓舞,此时,人们对普希金的感情更深了。李瑛认为:"随着年事的增长,我对普希金作品的认识和热爱,不仅未因时代的嬗变而稍减,相反,却日益深刻浓重了。"④而随着新时期的改革开放与思想解放,人们的眼界更开阔,思想更深刻。对普希金的认识与理解,越来越全面,也越来越深刻。如诗人王家新认为:"认识普希金,也就是认识某种诗歌传统,认识我们自己的历史和作为一个诗人的基本命运……只要诗歌的基本历史境遇不变,由普希金和其他前辈诗人所确立下来的诗歌的基本法则、精神或元素就依然有效;只要存在着大海、爱情、忠诚与背叛,只要存在着冰雪、权力、广阔的大地和对自由的渴望,普希金就会来到我们中间!换言之,在我们现在甚至将来的写作中,普希金就会始终是一种'缺席的在场'。"⑤这样,普希金对中国的诗歌创作,产生了多方面的影响。

首先,普希金继续成为诗人们描写的对象。邵燕祥在1949年6月写有《普希金和他的剑》一诗,1987年2月又创作了《普希金逝世150周年》:

> 是谁杀死了
> 亚历山大·普希金?
> 是你吗,丹特士?
> 是你吗,第三厅长官?
> 还是你,
> 尼古拉一世?
> 一颗黑色的子弹
> 射中俄罗斯的良心
> 俄罗斯的良心在淌血
> 俄罗斯的大地
> 在颤抖啊!

---

① 见《普希金与我》,人民文学出版社,1999年,第11页。
② 《孙静轩诗集》,中国文联出版公司,1985年,第45页。
③ 同上书,第3—48页。
④ 见《普希金与我》,人民文学出版社,1999年,第7页。
⑤ 王家新:《"另一个已化为铜像"》,同上书,第40页。

谁是杀害自由、光荣与天才的
　　刽子手？
　　你们
　　双手沾满鲜血的一群

　　你们杀害了普希金
　　你们的罪恶得逞了
　　你们以为
　　决斗
　　就此结束了吗？

　　亚历山大·普希金
　　倒在枪声血泊里
　　而历史
　　把挑战的手套
　　抛向冬宫！①

欣原则写有《赞美普希金铜像》，称普希金"始终生活在我们中间"②。

其次，普希金的一些哲理抒情诗，对我国的诗歌产生了一定的影响。如邵燕祥的《假如生活重新开头》就受到普诗《假如生活欺骗了你》的影响：

　　假如生活重新开头，
　　我的旅伴，我的朋友——
　　还是迎着朝阳出发，
　　把长长的身影留在背后。
　　愉快地挥一挥手！

　　……假如生活重新开头，
　　我的旅伴，我的朋友——
　　我们仍旧要一齐举杯，
　　不管是甜酒还是苦酒。
　　忠实和信任最醇厚！

　　假如生活重新开头，
　　我的旅伴，我的朋友——

---

① 邵燕祥：《也有快乐 也有忧愁》，作家出版社，1988年，第217—218页。
② 见《普希金与我》，人民文学出版社，1999年，第34—35页。

还要唱那永远唱不完的歌,
在喉管没被割断的时候。
该欢呼的欢呼,该诅咒的诅咒!

……时间呀,时间不会倒流,
生活却能够重新开头。
莫说失去了很多很多,
我的旅伴,我的朋友——
明天比昨天更长久![1]

诗人曾自述:"有人问,你的《假如生活重新开头》,是不是受了普希金《假如生活欺骗了你》的影响,我相信这个感觉是可靠的。"[2]

刘湛秋少年时代就熟读普希金的诗歌,后来又翻译了《普希金抒情诗选》。他认为:"普希金展现的世界是斑斓而多情的,却又带着痛苦和阴暗……但无论他咏唱什么,无论他怎样咏唱,他的基本旋律都是追求自由而和谐的生活。他的快乐和他的悲哀是交织在一起的,他的爱恋和他的忧郁常常结伴而行……但他是那样地热爱世界和人生,他宁肯用自己的芦笛更多地吹出欢乐之音,用多彩的画笔去涂染那些美丽的幻想;永远像明丽辉煌的太阳,照耀在成熟的秋天,像汹涌奔腾的大海,日夜呼唤着无尽的爱情。"并称:"普希金教会了我抒情。"[3]因此,他的诗歌创作也像普希金一样,歌颂生活的欢乐,阐发人生的哲理。如《希望》:

希望不是飘忽的风,
不是无根无蔓的流云,
希望是春天的雨水,
是秋天沉甸甸的果实。

如果心中消失了希望,
像生命的风筝断了线,
如果生活在悲观的深渊,
世界怎会变得花团锦簇?[4]

而《白色的梦一样的花……》则不仅具有普希金的秋天的意象、生活的哲理,而且,更有刘湛秋式的温柔、细腻、优美:

白色的梦一样的花

---

[1] 见谢冕、杨匡汉主编:《中国新诗萃》(50年代~80年代),人民文学出版社,1985年,第272—273页。
[2] 见《普希金与我》,人民文学出版社,1999年,第3页。
[3] 《普希金抒情诗选》,译者的话,刘湛秋译,湖南文艺出版社,1992年,第2、3页。
[4] 刘湛秋:《抒情与思考》,春风文艺出版社,1983年,第22页。

变成了金灿灿的苹果
一串串诗的意象
挂在晴朗的秋空

成熟,总是美的
哪怕还有些酸
每一棵树都是一种诱惑
现实的风吹散了虚幻

小姑娘从树下走来
把苹果样的小脸
凑近脸一样的苹果

啊,即使在最烦恼的时刻
也不要去诅咒人生
享受吧,那快乐又艰辛的耕耘①

吉狄马加认为:"作为诗人的普希金,无论他的肉体是否还存在,但他的精神所代表的却永远是俄罗斯的灵魂和良心,代表的是俄罗斯伟大的文学传统,代表的是人类的自由、正义与公正……普希金是属于俄罗斯的,但他同时也属于全人类……他的全部精神财富,把爱、怜悯、同情、善良、真诚、忍耐、自由等等都包括在了其中。"他进而认为,普氏的深刻哲理在于:"普希金的诗篇,是把民族性和人类性结合得最为完美的典范,他所表达出的俄罗斯人最真实的内心情感,是对人性的最为深刻的解释和理解。"②在普希金的启发下,他致力于把民族性与人类性结合起来,挖掘最深刻的人性,其诗集《初恋的歌》中的不少诗篇,在这方面颇为成功,如《一个猎人孩子的自白》《慈母的爱》《獐哨》《猎人的太阳》《梦想变奏曲》《黑色的河流》《致印第安人》等等③。

其三,普希金的爱情诗,也对我国的一些诗歌产生了影响。人们普遍认识到,"普希金的爱情诗无论在内容和形式上都非常丰富多彩。在这些诗里,他或者直诉胸臆,或者借物以抒怀,或者触境而生情,热情洋溢地歌颂爱情和美……诗人还把俄罗斯风光——清晨的朝晖,夜晚的幽暗,北方的庄重,南俄的绚丽,以及一年四季不同的景色都和自己的感情一齐融进了诗中"④,"普希金擅长表现爱情生活复杂而微妙的心理,诗人以春草、鲜花、清泉、彩虹描绘爱情的瑰丽,以星光、月亮、太阳

---

① 刘湛秋:《生命的欢乐》,人民文学出版社,1984年,第8页。
② 吉狄马加:《说不尽的普希金》,《普希金与我》,人民文学出版社,1999年,第13—16页。
③ 吉狄马加:《初恋的歌》,四川民族出版社,1985年。
④ 见《普希金与我》,人民文学出版社,1999年,第135页。

来赞美爱情的辉煌,以林涛和海浪来谱写爱情的乐章。把普希金称为颂扬爱情的圣手他当之无愧","真挚、优雅、高尚,是普希金爱情诗的显著特色。爱情,是他一生快乐与痛苦的直接源泉。他在诗中怀着爱与宽容,为自己祝福,也为别人祝福。即便因情感得不到相应的回报,也决不怨恨,反而为对方默默地祈祷,希望别人爱她像自己一样真诚……普希金的优美诗句如潇潇春雨,习习春风,滋润人的心田,使心灵得到净化与升华"[1]。这样,诗人们在创作爱情诗时,就不由自主地受到普希金诗歌的影响。如吉狄马加的《盼》,富有普希金爱情诗真诚、优美的情调:

如果在这里哭
那眼泪就一定
是远方的细雨
如果在这里笑
那笑声就一定
是远方的阳光
一个世上最为冷酷的谜
一个人间最为善良的梦
无论你微笑
还是哭泣
都会有一个人默默地爱着你[2]

刘湛秋的《记得那美好的夜晚》则有他所译普诗《给凯恩》的影子:

记得那美好的夜晚
我们曾相逢在海滩
你的脸上出现的红晕
像春天的桃花开满花园

幸福使我的心变得颤抖
像波浪中飘动的小船
潮水拨起爱的琴弦
海风带走我们的誓言

我们竟再也未能见面
海上的月亮缺了又圆
我忘不了那美好的夜晚

---

[1] 见《普希金与我》,人民文学出版社,1999年,第85—86页。
[2] 吉狄马加:《初恋的歌》,四川民族出版社,1985年,第78页。

> 我们曾相逢在海滩①

此外,普希金朴实、明快、简洁的诗风,对我国的诗歌也有一定的影响。如彭燕郊在创作的早期,"以自己颇具立体感的个性气质,融普希金的明快朴素、凡尔哈伦的雄壮有力、叶赛宁的温柔清新与宋词的精美细腻、艾青的忧郁深沉于一身"②。被称为中国现代主义诗人的代表的穆旦(查良铮),素以知性与感性结合、颇为深沉难懂著称,20世纪50年代在翻译了大量普希金诗歌以后,诗歌风格也受到其一定的影响,如《问》:

> 生活呵,你握紧我这支笔
> 一直倾泻着你的悲哀,
> 可是如今,那婉转的夜莺
> 已经飞离了你的胸怀。
>
> 在晨曦下,你打开门窗,
> 室中流动着原野的风,
> 唉,教我这只尖细的笔,
> 怎样聚敛起空中的笑声?③

全诗简洁、短小、朴素、易懂,十分类似普希金的诗风。

总之,普希金的诗歌对20世纪的中国诗歌有着积极、深远的影响,但大多是思想、观念、情调、风格上一种潜移默化的影响,此处只是就笔者所能掌握的资料,所能较为明确地发现其影响痕迹的诗歌,进行了初步的探讨,但愿它能成为引玉之砖,为深化这一问题的研究起一些积极作用。

---

① 刘湛秋:《人·爱情·风景》,贵州人民出版社,1987年,第25页。
② 见曾思艺:《从现实关怀到终极关怀——中西融合的彭燕郊诗歌》,《湘潭大学学报》1999年第4期。
③ 穆旦:《蛇的诱惑》,珠海出版社,1997年,第147页。

第四章

丘特切夫诗歌研究

本章对俄国与普希金、莱蒙托夫并称为三大古典诗人的丘特切夫进行颇为深入、全面的论述。

第一节　俄罗斯诗心与德意志文化的交融
——侨易学视角下丘特切夫慕尼黑时期诗歌创作

俄国19世纪天才诗人丘特切夫（1803—1873）1822—1843年在慕尼黑时期的诗歌创作，属于侨易学中典型而又特殊的"驻外现象"。

所谓"驻外现象"，是指由各类本国机构派遣或委托的具体人士较长时期在外国驻住，承担特定使命的对外交往工作。外交官的任务，显然不是以文化或知识交流为主（即便是职业文化外交官，他们的主要目的仍在于政治目标），他们主要通过自身的官方外交工作而维护和体现本国国家利益，但由于他们特殊的身份和地位，往往能够在文化交流中表现出特殊的敏锐力和功用，从而实现自己的侨易过程。[①]

所谓典型的"驻外现象"，是指丘特切夫作为俄国政府驻巴伐利亚的外交官，在当时巴伐利亚的慕尼黑生活了20多年，通过自身的官方外交工作而维护和体现俄国本国的国家利益，并写作了政论文《俄罗斯与德意志》（1844年，先在慕尼黑以《致古斯塔夫·科尔贝医生的信》为书名出版，后改为现名，该书出版后引起了人们的关注，据说沙皇尼古拉一世也颇表赞赏）,面对当时巴伐利亚及其他公国的现状乃至德意志试图统一的

---

① 叶隽:《变创与渐常——侨易学的观念》，北京大学出版社，2014年版，第113页。

困境,以及报刊上一些不利于俄罗斯与德意志友好交往的言论,"表达俄罗斯方面的观点"①,消除了当时俄国与巴伐利亚等德意志诸公国的某些误会,加强了它们之间的联系与交往,促进了两国的文化交流。

所谓特殊的"驻外现象",则是指丘特切夫以一个诗人的身份,在文化区位差较大的异国因为 20 多年长时期的物质性位移,深入德国文化中,大量阅读、钻研德国文学与文化经典,一再经历侨易过程中对侨易主体产生具有实质性影响的事件(如与海涅、谢林等德国文学与文化界大师建立友谊并接受其影响),译介了不少德国文学作品,尤其是诗歌,并且由此导致了精神上的质变现象,最后又以自己独特的个性和俄罗斯文化特性在艺术上加以选择和融汇,从而形成了自己独特的哲理抒情诗。

1822 年 6 月,19 岁的丘特切夫大学毕业后作为外交使节——俄国驻巴伐利亚慕尼黑外交使团的编外人员来到慕尼黑。在慕尼黑,丘特切夫两次结婚,娶的都是德国世袭名门望族的女子。1826 年 2 月,他和一位年轻的德国贵族寡妇艾列昂诺拉·彼得逊(1801—1838)结婚。1838 年,艾列昂诺拉在从俄国返回德国时,所乘坐的轮船起火,她勇敢地冲入火海,抢救孩子们,结果烧成重伤,不久长辞人世。1839 年 7 月,丘特切夫娶早在 1833 年 2 月认识的德国贵族少妇爱尔涅斯蒂娜·乔恩贝尔克(1810—1894)为妻。1844 年 9 月,丘特切夫奉令回国。他在慕尼黑一共生活了 20 年(其间仅 1837—1838 年在意大利都灵工作两年)。

当时的慕尼黑,被称为德国式的新雅典。尤其是 1825 年 10 月,巴伐利亚新国王路德维希一世(全名路德维希·卡尔·奥古斯特,1786—1868)——这位具有良好文艺和科学素养、热爱古典艺术的年青君主即位后,竭力提倡文艺与科学,千方百计把慕尼黑建设成一个艺术、科学、文化之城:他将当时著名的艺术家和建筑家如利奥·冯·克伦泽(1784—1864)、彼得·冯·柯内留斯(1784—1867)等招揽至慕尼黑,修建了路德维希大街和慕尼黑王宫等大量的建筑(现今慕尼黑的许多建筑都是路德维希一世时代的产物),并于 1826 年将巴伐利亚国立大学从兰茨胡特迁到了慕尼黑,大加整顿、扩充,并采取一系列措施,兴办教育,发展科学,繁荣文艺。一时之间,许许多多的作家、艺术家、哲学家、科学家纷纷迁居此地。与此同时,路德维希一世还兴建了大量的美术馆(如 1853 年兴建了新美术馆)、博物馆、图书馆,使得慕尼黑拥有出色的美术馆、博物馆、图书馆。路德维希一世还注重交通的便捷与畅通:他下令建造了德国的第一条铁路(1835 年,从纽伦堡至菲尔特),取名"巴伐利亚路德维希铁路";随后建立了第二条,从路德维希港到贝克斯巴赫的"普法尔茨路德维希铁路";他还发起了连接美因河和多瑙河的路德维希运河的修建,从而将北海和黑海连接了起来。

在富有现代气息且文化、艺术、科学气氛浓厚的慕尼黑,丘特切夫通过妻子的

---

① [俄]丘特切夫:《俄罗斯与德意志》,《俄国与西方》,莫斯科,2007 年,第 28 页。

关系，进入了当地的上流社会和文化界、艺术界，在他的客人中，有许多著名的德国诗人、学者、演员。在这样一种文化氛围中，丘特切夫大开眼界，并勤奋阅读社会科学、自然科学和人文科学方面的著作，尤其是德国的哲学和文学著作，自觉地进行文化适应，主动选择融入德国文化之中，并吸收其有益之处。他的好友加加林公爵指出："丘特切夫大量阅读，而且善于阅读，也就是说，他善于选择阅读什么，并从阅读中吸取有益的东西。"①

1828年，丘特切夫在慕尼黑结识了诗人海涅，两人结成挚友，他被海涅誉为"自己在慕尼黑的最好的朋友"②。同年，丘特切夫结识了德国著名哲学家谢林，被谢林誉为"一个卓越的、最有教养的人，和他往来永远给人以欣慰"③。但丘特切夫的德国朋友们并不知道他是一位诗人，他们喜欢的是他那深刻的思想、敏锐的智慧、独特的见解，和他对哲学、政治、科学的浓厚兴趣。然而，这却是两件颇为典型的侨易事件，正是因为丘特切夫与海涅、谢林成为朋友，时相交流，使他更好地认识、理解了海涅的诗歌和谢林的哲学，也使他成为海涅诗歌的第一个俄文译者，进而影响他整个慕尼黑时期乃至几乎整个一生的创作，更使他能够很好地接受谢林哲学的影响，产生精神质变。

"人的重要观念的形成，总是与其物质位移、精神位移息息相关，尤其是通过异质性（文化）的启迪和刺激，提供了创造性思想的产生可能。"④丘特切夫从俄国来到慕尼黑，在文化区位差较大的异地生活长达20多年，作为侨易主体具有相当明显的长时期物质位移，而身处异国，德俄文化异质相交，具有异质性的德意志文化对他产生了很大的影响，具有突出的精神位移，而他又以俄罗斯文化为接受屏幕对之进行创造性的接受，从而导致了思想和精神上的质变。

早在童年和少年时期，丘特切夫就通过自己的家庭教师——著名诗人和翻译家拉伊奇（1792—1855）熟悉了德国哲学与文学，而他敬爱的著名诗人茹科夫斯基对德国文学的翻译与改写，进一步加深了他对德国文学的感情。这些，构成了他在德国侨易的资本和侨出语境。而现在，他能长时间直接生活在德国，亲身感受德意志文化及其风俗民情，并且与德意志女性恋爱、结婚、生活在一起，与德国第一流的诗人、哲学家交往，对德国的诗歌、哲学以及文化有了更真切的感受，有了十足的侨易时间和侨易条件，这使他受到德国义化尤其是哲学与文学重大的影响，出现精神质变，从此前的古希腊式和谐转向对现代世界的矛盾对立与混乱的深刻把握，从而在青年时代到成年这段关键时段形成了自己的世界观、哲学观、美学观，并且以自己独特的个性气质铸为诗歌，形成了独特的创作风格。可见，他在德国的这一侨易过程对其影响极大，其中德国哲学和文学影响尤大。

---

① ［俄］皮加列夫：《丘特切夫的生平与创作》，莫斯科，1962年，第74页。
② 转引自《丘特切夫诗选》，查良铮译，外国文学出版社，1985年，第170页。
③ 同上。
④ 叶隽：《变创与渐常——侨易学的观念》，北京大学出版社，2014年，第22页。

德国哲学的影响,限于篇幅,此处仅以谢林为例。谢林哲学对丘特切夫的决定性影响,表现在以下几个方面。

首先,深深影响了诗人的世界观。谢林哲学决定性地打破了丘特切夫以往那种幼稚的和谐论,使他看到宇宙的永恒和人生的短暂,看到人心、世界里的一切都是矛盾的。谢林哲学使丘特切夫脱离了和谐的古典主义世界,进入骚动不已的现代世界,让他真正成熟起来,同时也使他失去了内心的平衡与和谐。从此,丘特切夫认识到,世界在整体上是和谐的,人由于个体的自我而与宇宙精神对立,进而在人与自然的不和谐中,看到现实生活及自己内心的两重性。

其次,谢林强调审美直觉,在永恒的瞬间,通过整体把握事物自身的内部,这种直觉综合了自我中有意识的东西与无意识的东西的同一性以及对这种同一性的意识,它一方面联系着自然,一方面又联系着精神,并把二者统一起来。这种直觉是一种新的、独特的把握世界的方式。丘特切夫掌握了这种新的把握世界的方式,用它来观、感外物。观、感外物的方式变了,诗风也随之大变。

再次,谢林认为,自然与人的意识是一回事,人认识主体的同时也就认识了客体,这样,人与自然就有了一种亲密无间的关系。丘特切夫接受了这种泛神论式的哲学观,但他还不满足于此,进一步追寻人、自然、生命之谜,于是便达到了他自己所说的"万物在我中,我在万物中"、"忘掉自我,和瞌睡的世界化为一体"的境界。

此外,谢林哲学强调一种无矛盾无差异的绝对同一,又充满普遍的两极对立的辩证色彩,这在丘诗的意象体系上表现出来。丘诗中经常出现"混沌""深渊""元素""夜灵""无极"等等构成体系的意象。他在自然方面,越过中古向往原始,在人性方面,追求人性底层被掩盖的东西,力求返璞归真,重返混沌。他甚至觉得,重返混沌,比起人的直觉意识来更为自由、更为广阔(如《灰蓝色的影子融和了……》)。

谢林不仅影响了丘特切夫的世界观,给了他把握世界的新武器——审美直觉,而且使他达到了审美的自然本体论阶段,从而能自由自在、轻松自如地捕捉最细微的自然、生活、心理现象,把握永恒,进入无限。谢林对丘特切夫的影响,在对自然的把握上、思想上、诗的抒情境界上、意象体系上、表现手法上、语言上,乃至对神话的重视上,都可以明显看出。①

慕尼黑时期,正是丘特切夫创作风格的探索、形成期。他精心研究歌德、席勒、海涅及德国浪漫主义的诗歌,并翻译了歌德、席勒、海涅等人的不少作品。为了形成独特的创作风格,丘特切夫不断探索,广泛学习,转益多师,博采众长。译诗,既可在忠实于原作的情况下锻炼自己的领悟能力和把握艺术的水平(指对整首诗的艺术把握及组织、表达能力),又可在较为自由的翻译中训练自己展开、深化的才能(如对歌德的诗《沙恭达罗》的扩译,主要就是练习如何把抽象的观念通过具体可感

---

① 关于谢林哲学对丘特切夫的影响,详见曾思艺:《丘特切夫的哲理抒情诗与谢林哲学》,《湘潭大学学报》1989年第4期;或见曾思艺:《丘特切夫诗歌研究》,人民出版社,2012年,第254—279页。

的意象生动形象地传达出来)。因此,德国文学中,对丘特切夫影响最大的是魏玛古典主义、德国浪漫主义。

魏玛古典主义即歌德与席勒。丘特切夫对歌德十分崇敬,曾在短短几年里,译出歌德的诗歌10余首,还翻译了《浮士德》约2000行。从歌德的作品中,首先他不仅学到了形象、直观的诗歌手法,更重要的是,他深受其诗歌形式中古典色彩的强烈熏染;其次,与谢林哲学结合,更生动形象地领悟了精神的双重性与辩证的精神(主要是通过《浮士德》)。席勒对丘特切夫的影响,主要是以美改善人性、改造世界的观念,以及对形式的高度重视。[1]

限于篇幅,德国浪漫主义此处也仅以诺瓦利斯、海涅为例。

如果说谢林为丘特切夫提供了深刻的理论指导,那么诺瓦利斯则以其生动的作品同时加强并深化了这一影响。诺瓦利斯对丘特切夫的影响,主要表现在以下几个方面:一是自然与精神同一,透过自然观察心灵;二是重视对内心的表现与探索。[2] 海涅早期的诗歌对丘特切夫产生了相当的影响,主要表现为描写内心的历史和构建精致的形式,以及对人的本质问题的哲学探讨[3]。

魏玛古典主义和德国浪漫主义有诸多相近之处,它们还共同对丘特切夫产生了其他一些影响。

第一,对古希腊文化和艺术的推崇与热爱。

在德国,温克尔曼是最早深入系统地研究古希腊艺术史的人,他于1764年出版《古代艺术史》,把古希腊造型艺术的理想美特征概括为"高贵的单纯,静穆的伟大"。他的书成为名著,在德国"掀起了崇拜希腊古典和民主政治的浪潮"[4]。受其影响,歌德和席勒代表的魏玛古典主义,以古希腊文学作为榜样,希望通过古典美使人获得全面发展,促进人性的健全。歌德在其《浮士德》中通过浮士德与海伦的结合,象征性地表现了这一思想。席勒则不仅在论文、论著(如《审美教育书简》)中,而且在诗歌中,一再宣传这一观点,如《希腊的群神》等。

"而反对希腊风,在后世看来,构成浪漫派的主要特征之一,其实这完全不是他们的旨趣所在。相反,如果把绝对不欣赏古希腊事物的蒂克除外,他们全都倾心于古代希腊,特别是施勒格尔兄弟、施莱尔马赫和谢林。他们一心想深入感觉一切人性,果然很快认识到,希腊人身上才具有最丰富的人性。他们渴望从当时人为的社会结构中逃出来,逃向自然去,可是他们也只有在希腊人身上才重新找到永恒的自然。真正的人在他们看来就是真正的希腊人。"[5]

---

[1] 关于歌德、席勒对丘特切夫的影响,详见曾思艺:《丘特切夫诗歌研究》,人民出版社,2012年,第286—289页。
[2] 详见曾思艺:《丘特切夫诗歌研究》,人民出版社,2012年,第289—291页。
[3] 详见曾思艺:《内心的历史 精致的形式——丘特切夫对海涅的借鉴与超越》,《俄罗斯文艺》1998年第4期;或见曾思艺:《丘特切夫诗歌研究》,人民出版社,2012年,第291—301页。
[4] 李醒尘:《西方美学史教程》,北京大学出版社,1994年,第266页。
[5] [丹麦]勃兰兑斯:《十九世纪文学主流》,第二分册,刘半九译,人民文学出版社,1981年,第47页。

丘特切夫早年即已熟悉并热爱古希腊罗马文学,俄国文学前辈们对古希腊罗马文学的推崇强化了他这方面的兴趣,德国文学更进一步促使他热爱古希腊文学,具体表现为:不仅在慕尼黑时期及晚期的创作中大量运用古希腊典故,而且试图进入古希腊的"混沌"世界,发现完善的人性。

第二,诗与哲学结合,探索人生人性。

席勒既是理论家,又是诗人,早年曾深受康德哲学影响,在其诗歌、戏剧、理论中以极大的热情,对人类生存的本质问题进行了极具哲学意义的探索,致力于使"亿万人民团结起来,相敬相爱如兄弟"(《欢乐颂》),所以,别林斯基称他为真正的"人类的辩护士",其诗中的热情就是"人类的感情",他的心灵"永远流出生气勃勃的、热烈而高尚的血液,那是热爱人与人类,痛恨宗教的迷信与民族的狂妄,痛恨偏见,憎恶火刑与鞭笞,因为这一切使人们决裂而教人们忘记了彼此是兄弟"①。

歌德在人们的印象中,是与荷马、但丁、莎士比亚齐名的欧洲划时代的四大文豪之一,但他同时在某种程度又是一个哲学家,其巨著《浮士德》即为哲学与诗歌联姻的结晶(席勒早在 1797 年 6 月 23 日致歌德的信中指出:"对《浮士德》的要求,既是哲学的,也是文学的。"②),其中的辩证思想尤为突出。

卡西尔指出:"把哲学诗歌化,把诗歌哲学化——这就是一切浪漫主义思想家的最高目标。真正的诗不是个别艺术家的作品,而是宇宙本身——不断完善自身的艺术品。因此一切艺术和科学的一切最深的神秘都属于诗。诺瓦利斯曾说:'诗是绝对名副其实的实在。这就是我的哲学的核心。越是富有诗意,也就越是真实。'"③德国浪漫主义十分强调诗与哲学的结合。冯至认为:"诺瓦利斯是早期浪漫主义诗人,同时在哲学史上亦占有一席之地。与其他早期浪漫主义者一样,他也把诗和哲学融合为一体。"④诺瓦利斯"把哲学定义为一种乡愁,一种以四海为家的渴求,他自己就是这样一个哲学家。他从不停留在事物表面,他的精神总是突入事物的最深处"⑤。他的诗充分表现了内心浓浓的"乡愁"及对世界与人生的哲学探索。弗·施莱格尔更是明确宣称:"现代诗的全部历史,便是对简短的哲学正文所作的无穷无尽的注解……诗和哲学应该统一起来。"⑥"浪漫诗是渐进的总汇诗。它的使命不仅在于重新统一诗的分离的种类,把诗与哲学和雄辩术沟通,它力求而且也应该把诗和散文、天才和批评家、艺术诗和自然诗时而混合起来,时而融汇于一体,把诗变成生活和社会,把生活和社会变成诗。"⑦

丘特切夫本已在古希腊罗马文化的影响下,对诗和诗学的结合颇感兴趣,外国

---

① 转引自[德]维尔蒙特:《席勒论》,《译文》1955 年第 5 期。
② 转引自董问樵:《〈浮士德〉研究》,复旦大学出版社,1987 年,第 117 页。
③ [德]卡西尔:《人论》,甘阳译,上海译文出版社,1985 年,第 198—199 页。
④ 冯至:《自然与精神的类比——诺瓦利斯的气质、禀赋和风格》,《外国文学评论》1993 年第 1 期。
⑤ 转引自周国平主编:《诗人哲学家》,上海人民出版社,1987 年,第 59 页。
⑥ 转引自伍蠡甫等主编:《西方文论选》,下册,上海译文出版社,1983 年,第 320 页。
⑦ [德]施勒格尔:《雅典娜神殿·断片集》,李伯杰译,生活·读书·新知三联书店,1996 年,第 72 页。

文学尤其是谢林哲学、德国浪漫主义、魏玛古典主义的影响,使他毕生致力于以抒情诗回答哲学的问题,从而形成了其独特的诗与哲学的结晶。

第三,热爱大自然,把大自然视为有机的生命整体。

魏玛古典主义十分重视自然。歌德尽管否认自己对于《自然颂》的著作权,但承认"《自然颂》的作者经常和他谈论所有他感兴趣的问题,而读着这些诗行,他,歌德,陶醉于它们的轻盈流畅"①。可见,《自然颂》的主要内容是为歌德认可并为他欣赏的。该颂表达了对大自然的热爱,并把大自然描绘成一个有机的生命体,把她奉为人类的"母亲"。歌德也曾说过:"整个自然界——就是十分和谐的旋律。"②大自然是一个有机的生命整体,它无所不在无所不包。歌德的不少抒情诗、叙事诗及《浮士德》《少年维特之烦恼》等作品,更是明显表达了对大自然的热爱。席勒不仅歌颂自然,而且力求让人类复归自然。他认为,人类曾是自然的一部分,但后来脱离了自然,因此,必须通过审美与艺术复归于自然:"它们是我们曾经是的东西,它们是我们应该重新成为的东西。我们曾经是自然,就像它们一样,而且我们的文化应该使我们在理性和自由的道路上复归于自然。"③

德国浪漫主义也崇尚自然,在作品中描写自然,歌颂自然。进而,他们视自然为庞大的有机整体:"对于诺瓦利斯来说,世界是一个永远在流动和运行的巨大有机体。一切既结合又裂解、既混合又离解、既联系又分割。同一性、相似性、亲和性,这些就是这个巨大有机体中一切事物的主要特征。"④施勒格尔认为:"那使我们想到自然的,激励着无限的生命充实感的,就是美的。自然是有机的、最高的美,因而是永恒的及植物性的,对于道德和爱情来说也是如此。"⑤

第四,重视直觉与瞬间。

韦勒克指出:"在大致从18世纪中叶到歌德去世的这一期间,全部德国文学都存在一种基本的统一性。这是一种要创造一种不同于17世纪法国文学的尝试,要建立一种既非基督教,也非18世纪启蒙主义新哲学的尝试。这种新观点强调人的力量整体,不仅仅是理性,也不仅仅是情感,而是直觉,'理智的直觉'、想象力。"⑥歌德极富天才,他往往凭借直觉,通过瞬间形成审美想象,并且在《浮士德》中一再使用"瞬间",如第一部第四场"书斋"中,浮士德与靡非斯特赌赛时说:"假如我对某一瞬间说,请停留一下,你真美呀!"在第二部第五幕"宫中宽广的前庭"中,又一次提到"瞬间",呼应第一部。德国浪漫主义则受谢林审美直觉的影响,而形成重视直觉与瞬间的特点。

---

① [德]艾米尔·路德维希:《歌德传》,甘木等译,天津人民出版社,1982年,第201页。
② 转引自[德]艾米尔·路德维希:《歌德传》,甘木等译,天津人民出版社,1982年,第36页。
③ [德]席勒:《秀美与尊严》,张玉能译,文化艺术出版社,1996年,第263页。
④ 冯至:《自然与精神的类比——诺瓦利斯的气质、禀赋和风格》,《外国文学评论》1993年第1期。
⑤ [德]施勒格尔:《雅典娜神殿·断片集》,李伯杰译,生活·读书·新知三联书店1996年版,第168页。
⑥ [美]韦勒克:《文学思潮和文学运动的概念》,刘象愚编,中国社会科学出版社,1989年,第147页。

丘特切夫本已在谢林哲学影响下，彻底改变了世界观，德国文学更以活生生的实例，进而强化、加深了这一影响。

第五，反功利化、反机械化及反异化。

17世纪以来，科学技术得到了飞跃发展，随之而来不断扩大的工业化，逐渐改变着人们的生活方式及生活内容。工业文明程度的提高，扩展了人类的生活，但也促进了人们对物的强烈追求，对外部世界的肆意攫取。然而，对物的追求越强烈，对外部世界的攫取越多，人类便越发感到迷惘，内在的灵性也越发减少。科学技术、工业文明反过来开始窒息人的生存价值与意义，成为一种外在的、客观的异化力量。于是，在某种程度上以对工业文明的反思和批判为重要标志的德国古典哲学便应运而生。费希特、谢林等对此作出了积极、深入的探索。诗人、戏剧家和思想家席勒，对此更是作出全面而深刻的反思。

席勒从人本主义的异化思想出发，对资本主义的工业文明从两个方面进行了批判："一方面是揭露'现代人'的利己主义，他指出'在我们的高雅的社会的胸膛里，利己主义已经建立起它的体系'；另一方面，他的重点在于批判由于专业化的社会分工，并相应通过国家实施的文化教育，在人的精神功能、心理与知识才智方面造成的单一化与片面化。这也就是完整的人异化为'碎片'。"①如他指出："现在，国家与教会、法律与习俗都分裂开来，享受与劳动脱节、手段与目的脱节、努力与报酬脱节。永远束缚在整体中一个孤零零的断片上，人也就把自己变成一个断片了。耳朵里所听到的永远是由他推动的机器轮盘的那种单调乏味的嘈杂声，人就无法发展他生存的和谐，他不是把人性刻印到他的自然（本性）中去，而是把自己仅仅变成他的职业和科学知识的一种标志。"②

面对工业文明带来的人性的分裂、人性的失落，席勒认为只有美的途径，才能达到自由，恢复人性的和谐："美可以成为一种手段，使人由素材达到形式，由感觉达到规律，由有限存在达到无限存在"③，而要实现美，必须有一种游戏冲动，"游戏的根本冲动，就在于自由活动"④，"只有当人是充分意义的人的时候，他才游戏；并且只有当他游戏的时候，他才是完全的人"，而"我们说一个人游戏，是说他审美地观照自然，并创作了艺术，把自然对象都看成是生气灌注的。在这里面，单纯的自然的必然性，让位给了各种能力的自由活动；精神自发地与自然相和谐，形式与物质相和谐"⑤。可见，这种游戏冲动是一种无功利性的审美活动。席勒把美、艺术当作恢复人性、回归自然、达到无限的手段，谢林更是强调艺术的重要性，甚至称之为"最高的人类职能"，以致黑格尔称其真正发现了"艺术的真正概念和科学地位"

---

① 毛崇杰：《席勒的人本主义美学》，湖南人民出版社，1987年，第33页。
② [德]席勒：《美育书简》，徐恒醇译，中国文联出版公司，1984年，第51页。
③ 同上书，第102页。
④ 蒋孔阳：《德国古典美学》，商务印书馆，1984年，第185页。
⑤ 同上。

(详前)。

荷尔德林等德国浪漫主义诗人则在工业化的社会里产生了"乡愁"和"无家可归感"。荷尔德林等的这种感觉不仅揭示了人的异化,其"更深一层的意义在于,他预感到,技术功利的扩展,将会抽掉整个人的生存的根基,人赖以安身立命的精神根据,人不但会成为无家可归的浪子,流落异乡,而且会因为精神上的虚无而结束自己"①。

受其影响,丘特切夫也发现了社会的专制、高压以及现代社会的发展所导致的人与人之间关系的异化,并在《杨柳啊……》《沉默吧》等诗中加以揭示。

以上是诗歌内容方面的影响,在诗歌艺术形式(包括艺术风格、形式简练、艺术手法)方面,德国古典哲学、魏玛古典主义、德国浪漫主义也有颇大影响。

慕尼黑时期,丘特切夫一共创作了一百来首诗,占其诗歌总创作400来首的四分之一。这100来首诗歌,分为两个阶段。第一阶段是1822年至1828年,诗人主要还处于模仿阶段,还未形成自己独特的风格。其间,虽然有几首稍具个性的诗,如《黄昏》《正午》《春雷》《夏晚》,但毕竟为数太少。因此,这几年只能划归第一阶段,是练笔模仿时期。从1829年开始,丘特切夫基本进入独创、成熟的第二阶段。列夫·奥泽洛夫指出:"在1829—1830年和1834—1836年之间,丘特切夫特别紧张地探索自己的诗歌风格。正是在这段时间形成了丘特切夫诗歌的独特个性。"②他还指出,有三首诗是丘特切夫从古典主义走向浪漫主义,形成自己独特风格的标志。这三首诗是:1830年的《好像海洋围抱着陆地……》、1836年的《大自然并不是你们想象的那样……》、1834—1836年的《从城市到城市……》。通观丘特切夫的诗歌,可以发现,在这些诗里,早年明朗、和谐、宁静的世界消失了,代之而出现的是一个骚动、混乱的世界。在这个骚动、混乱的世界中,人的内心激剧冲突,与自己展开争论。唯一的慰藉是大自然,它不再是图形,也不再是死板的脸,而是像人一样的生命体,能与人对话,给人安慰。

经过紧张的探索,诗人的创作发生了巨变,从模仿而又带点独创性的诗歌中超越出来,大步向前迈进。一方面,以"我"的感受、思索以及对大自然的精细观察来探究自然、人、生命、心灵的奥秘,陶醉于自然、风景、爱情、哲理之中;另一方面,更为重要的是,充分展现了现代人骚动不安的内心世界——它失去了平衡与和谐,混沌一片,充满了惊慌、不安和疯狂。有时,诗人也象征性地表现自己原始的反抗与对革命的渴望。这样,丘特切夫就完成了从古典主义向现代诗歌的转变,从追求平衡、崇高的古典主义颂歌和宁静、和谐的田园诗转向表现心灵的骚动不宁、混乱疯狂的现代诗。这种诗,调子比较低沉,显得温柔、深沉而凄凉,富于深邃的哲理,是一种独特的哲理抒情诗。它从自然中汲取灵感,把自然与人结合为一个完美的整

---

① 刘小枫:《诗化哲学——德国浪漫美学传统》,山东文艺出版社,1986年,第97页。
② [俄]奥泽洛夫:《丘特切夫的诗》,莫斯科,1975年,第50页。

体,来探讨自然、人、生命、心灵的奥秘,是风景与哲学的精美的结晶品。

尤为突出的是,丘特切夫在来德国以前所写的诗虽有感情,却不够丰富,也不够强烈,更不善于写心灵的历史和矛盾复杂的情感。本来,俄罗斯民族是一个情感激烈而丰富的民族,丘特切夫也是一个重视情感、感情奔放的人。但他从小深受古希腊罗马作家重视理性的影响,并在手法上或用干巴巴的格言警句(如《致反对饮酒者》《我强大有力……》)而剔除了感情,或洋洋洒洒地大段铺叙、富有雄辩色彩(如《春天》《泪》)而淹没了情感。到德国后,丘诗便既短小精悍,又感情丰富,善于表达复杂的心境,德国文化的影响显而易见。德国古典哲学强调天才,解放自我,使强烈感情得以释放出来。而重视情感乃至强烈的情感是所有浪漫主义,也是德国浪漫派的一大特点。德国哲学与文学不仅唤醒了丘特切夫沉睡的感情,而且为他提供了表达内心历史的范例——海涅。丘特切夫很快学会了海涅那种通过展示内心的历史而呈现复杂情绪和丰富感情的方法,并根据自己的个性和需要加以创造性的发展。丘特切夫出国前所写的作品,大多洋洋洒洒,大段铺叙,到德国后,逐渐转向短小精悍的诗歌形式,并特别喜爱运用抑扬格韵律,海涅的影响显而易见。通过大量阅读并翻译海涅的诗歌,丘特切夫不仅学到了海诗考究的韵律和抑扬格诗律,强化了自己所受古典主义(包括古希腊罗马作家和魏玛古典主义)在诗歌形式方面的影响,而且超越了海涅,形成了自己高度纯净、完整、精炼、短小的诗歌形式,简洁、自然、清新、有力的诗歌语言,诗歌特别富有音乐美,因此,不少丘诗已被谱成曲。

丘特切夫在接受了谢林哲学后,世界观发生了转折,甚至可以说出现了根本的变化,能透过表面去看世界的万事万物,发现现实与内心的两重性,但他把谢林的艺术直觉不仅用于把握世界,而且用于艺术表现,并从谢林关于自然是活的有机整体上前进一步,把它变为审美上的自然本体论,同时创造性地背离,并以自己独特的个性气质去融化谢林哲学及国内国外文学与文化的影响,终于形成了自己独特的诗与哲学的结晶品——哲理抒情诗。尤其是诗人掌握了直觉后,他的诗往往像即兴诗,"只于心目相取处得景得句"(王夫之《唐诗评选》卷三),在永恒的瞬间里,通过整体,直悟事物的内在秘密,写得短小精致,具有印象主义的特色,如《山中的清晨》《恬静》《秋天的黄昏》《阿尔卑斯》……此时,他很少以格言警句直叙哲理,也不再罗列现象,而往往通过自然本身及其瞬间来展现自然之美与哲学意蕴。

这一时期的代表作品颇多,除上述诗歌外,还有《幻影》《最后的激变》《西塞罗》《沉默吧》《春水》《秋晚》《海驹》《阿尔卑斯》《啊,我记得那黄金的时刻……》《杨柳啊……》《灰蓝色的影子融和了……》《紫色的葡萄垂满山坡……》《午夜的大风啊……》《我的心愿意作一颗星……》《喷泉》《昨夜,在醉人的梦幻里……》《春》《日与夜》……

丘特切夫为何能如此深地接受德国文化的影响?其原因主要有三:一是因为俄罗斯民族与德意志民族都有强烈的精神和道德追求,探索内心,向往永恒,并且热爱大自然,尤其是俄罗斯民族和德意志民族都特别重视形而上的宗教哲学的思考(俄罗斯民族因为东正教的影响,对无限、永恒等形而上的东西有强烈的追求,而"德国人重视哲学的思考,更关注形而上的不切实际的东西"①)。二是俄国19世纪初的大气候的影响——叶隽指出:"根据侨易学原则,'物质位移导致精神质变',所以我们需要把握在个体的一生之中的位移-质变的物质-精神相对关系,但同时也不能忽略,这种精神变化除了个体生性因素之外,必然也要受到大气候的影响,譬如所谓的'精神气候'。"②丘特切夫去德国前是在莫斯科大学读书,当时,"莫斯科大学不仅是一个重要科学中心,而且还成了重要社会生活中心"③。这里,学术空气相当浓厚,各种思想十分活跃。"在莫斯科大学,(19世纪)10年代末—20年代初产生了许多各种各样的小组和青年协会"④,"他们的宗旨是为了促进他们自己圈子里成员的精神、艺术(或文学)的知性发展"⑤,而自19世纪初期开始,以康德、谢林、黑格尔为代表的德国古典美学开始大规模地传入俄国,随后便在俄国40年代的知识阶层迅速扎根,以赛亚·伯林指出:"这些形而上学——尤其谢林——引发了人类思想一大转移,即出十八世纪的机械范畴,变为依据美学或生物学概念解释人事。对这件实事没有相当掌握,本时期的艺术与思想,至少本时期德国以及德国思想附庸东欧与俄国的艺术与思想,即不可解"⑥,因此,最后"既不是康德,也不是费希特,而正是谢林,成了俄国哲学思想的主宰"⑦。这种大的精神气候,深深影响了丘特切夫,奠定了其进一步深入接受谢林哲学影响的基础。三是缘于诗人的经历——早年通过拉伊奇的介绍、茹科夫斯基的翻译,已熟悉德国文学与哲学,后来又有20年生长在德国,能切身体会德意志的民族精神、文化氛围,面对面地与其中一些重要文化人物(如谢林、海涅等)打交道,并且,能十分方便地大量阅读和翻译德国的文学和哲学文本。因此,充满哲学和诗性特点的德国精神大气候,更是使诗人对哲学、对艺术充满了执着追求,从而使德国哲学和文学对诗人产生了巨大的影响。但诗人又是以一颗俄罗斯诗心来接受德国哲学和文学的影响的,这使他在接受的过程中既有选择,也有突破与超越。此处,也仅以海涅诗歌与谢林哲学为例,加以说明。

丘特切夫学会了海涅那种通过展示内心的历史而呈现复杂情绪和丰富感情的方法,并根据自己的个性和需要加以创造性的发展。丘特切夫的内心历史,表现为对小至沙粒、大至星空的世间万事万物的热爱,以及对各种人的爱与同情,也表现

---

① 叶隽:《变创与渐常——侨易学的观念》,北京大学出版社,2014年,第183页。
② 同上书,第209页。
③ 苏联科学院历史所列宁格勒分所编:《俄国文化史纲(从远古至1917年)》,张开等译,商务印书馆,1994年,第276页。
④ [俄]科日洛夫:《丘特切夫》,莫斯科,1988年,第71页。
⑤ [美]拉伊夫:《独裁下的嬗变与危机——俄罗斯帝国二百年剖析》,蒋学祯、王端译,学林出版社,1996年,第98页。
⑥ [英]以赛亚·伯林:《俄国思想家》,彭淮栋译,译林出版社,2003年,第164页。
⑦ [苏]阿尔森·古留加:《谢林传》,贾泽林、周国平等译,商务印书馆,1990年,第310页。

为精细地展示同一情感的细微差别和诸种综合对立的情感。它往往通过矛盾对比、直抒胸臆、运用客观对应物或象征表达出来。其中以矛盾对比，尤其是运用客观对应物来表达感情的方式，是丘特切夫以自己的个性气质、审美方式，对海涅、德国浪漫派、谢林哲学等的综合影响的融合与超越。在海涅、德国浪漫派、魏玛古典主义、谢林、拉马丁、卢梭等的综合影响下，丘特切夫在俄国诗歌史，也在俄国文学史上，第一个使自然在文学中占据独特地位，并使自然景物与人的感情完美地融合起来。他不仅赋予自然以生命、灵魂、意志、爱情和语言，而且透过自然去探索心灵、生命、宇宙的奥秘，奔向永恒与无限，达到了深邃的哲学高度，这使他远远超越了海涅。丘特切夫转益多师，博采众长，而且融哲学与诗艺于一炉，所以，丘诗在深度与技巧上都超越了海涅，更富哲理性，更深邃，更炉火纯青，也更具现代性，不仅开创了俄国诗歌史上"哲理抒情诗"一派，而且成为俄国象征派的祖师，影响广泛而深远。

俄国文化与德意志文化虽然同为基督教背景下的文化，但俄国文化毕竟还深受东方文化的影响（东正教的古希腊色彩以及蒙古统治的东方影响），因此，这两种文化之间存在着一定的差异。两种文化基督教的同源性以及丘特切夫早年对异教色彩浓厚的古希腊罗马文明和对颇具泛神论色彩的谢林哲学、异教色彩的歌德文学的熟悉，为丘特切夫全面、深入地接受德意志文化与文学的影响从而实现两种文化的融合奠定了良好的基础。但德、俄两种文化的差异性，也使接受者丘特切夫在内心中有时产生冲突，这种冲突最后集中、突出地体现为丘特切夫对谢林哲学的接受，不仅表现为体现其哲学的神韵，而且也表现为对其哲学的突破与超越。

第一，谢林强调"纯艺术论"，不能否认，丘诗在某种程度上也带有这种理论的痕迹（否则不会出现前述称他为"纯艺术派""唯美派"的说法），但他突破了这种理论，以自己的诗反映现实生活中的社会政治问题，反映道德问题。而这，正是一贯关心社会现实问题并致力于解决社会现实问题的俄国文化的体现。

第二，"丘特切夫礼赞的混沌与谢林的无差别同一，毕竟是有差别的。谢林的同一哲学要求一切矛盾复归调和，发展到后期的'天启哲学'已变成了鼓吹宗教的神学。而丘特切夫的'混沌'中却孕育着叛逆的精神。'混沌'意味着无穷的能量，无限的可能性，也意味着被压制、被封锁的'狂暴'。混沌的涌出，预示着旧的世界秩序的崩溃。丘特切夫越过中古返回原始，这是一种倒退，但又是对现存社会的一种叛逆"①。这也是反抗现存社会秩序的俄国知识分子的一贯风格。

第三，反对谢林哲学的理性主义，致力于表现非理性。丘特切夫虽然是个狂热的谢林主义分子，但他又反对谢林哲学的过于理性主义："您所从事的是一种力不胜任的工作：一种拒绝超自然的东西并且将自己的论证只是建立在理性之上的哲学，必然走向唯物主义和无神论……超自然的东西就其基础来说当然是人所固有

---

① 飞白：《丘特切夫和他的夜歌》，《苏联文学》1982年第5期。

的。与被称作理性的东西(贫乏的理性)相比,超自然的东西在人的意识中是有其深刻的根源的。而理性则只承认能理解的东西,也就是什么也不承认。"①他还在诗中大量表现梦幻、潜意识、非理性。

综上所述,作为俄罗斯民族文化的体现者丘特切夫,身处异国性的文化背景之中,充分利用自己的作为外交官的侨易优势,在自己本民族文化心理的基础上,有选择、有突破地创造性地接受了德国文化的影响,同时以自己独特的个性、气质加以融会贯通,使俄罗斯诗心与德意志文化的影响完美地融合起来,从而形成自己在俄罗斯乃至世界诗史上独树一帜的哲理抒情诗,开一代诗风,并产生了颇为深远的影响,成为与普希金、莱蒙托夫齐名的俄国三大古典诗人。

第二节 诗与宗教的融合
—— 丘特切夫的宗教思想及其诗学意义

东正教是俄罗斯的国教,也是基督教的三大派(天主教、新教、东正教)之一,对俄罗斯的文化气质和民族精神有巨大的影响。俄罗斯现代著名宗教哲学家别尔嘉耶夫指出,东正教表现了俄罗斯的信仰,"俄罗斯的民族精神主要不是被宣传和说教所培养,而是被圣餐式和深入到精神结构最深处的基督教徒慈悲的传统所培养"②。俄国当代一位神学家甚至断言:"俄罗斯民族文化是在教会里诞生的。"③

不言而喻,作为俄国诗人的丘特切夫,必然也会受到东正教的影响。而且,由于早年受母亲的影响,诗人对宗教的情感可能较一般人更深。丘特切夫的母亲叶卡捷琳娜·里沃芙娜·丘特切娃虔信宗教,并且,"对诗人的成长起决定作用的是母亲"④,受母亲的影响,丘特切夫早年对宗教颇为虔诚,甚至常常在傍晚到乡村公墓的一隅,去感受一种类似于宗教的虔诚、神秘气氛。童年、少年时期的这种影响,在某种程度上形成了诗人毕生的宗教情结。因此,尽管后来在泛神论、唯物论甚至无神论气氛浓厚的欧洲生活了二十多年,思想观念有很大变化,但细加考察,在诗人一生中,东正教的影响始终存在,只是程度有所不同而已。也就是说,诗人一生中的宗教思想是复杂的、有所变化的,而且对其创作也产生了影响,因而具有独特的诗学意义。总体来看,丘特切夫的宗教思想,大约可以分为以下三个时期。

一是泛神论时期,大约从 19 世纪 20 年代到 30 年代末。1822 年 6 月,将近 20 岁的丘特切夫作为俄国驻巴伐利亚慕尼黑外交使团人员出国赴任,从此开始了长达 22 年的国外生活,主要生活在慕尼黑,也常常到巴黎、罗马、日内瓦等地旅游。

---

① 转引自[俄]阿尔森·古留加:《谢林传》,贾泽林、周国平等译,商务印书馆,1990 年,第 320 页。
② [俄]别尔嘉耶夫:《俄罗斯思想》,雷永生、邱守娟译,生活·读书·新知三联书店,2004 年第 2 版,第 212 页。
③ 转引自任光宣:《俄国文学与宗教》,世界图书出版公司,1995 年,第 6 页。
④ [俄]科日诺夫:《丘特切夫》,莫斯科,1988 年,第 27 页。

从青年到中年的这段时期,由于长期身处无神论和唯物论气息浓厚的欧洲,更由于大量涉猎自然科学、社会科学、人文科学的著作,再加上当时欧洲盛行的浪漫主义泛神论的影响,尤其是谢林同一哲学(它认为,自然是可见的精神,精神是不可见的自然,自然与人的心灵是一回事)的影响,丘特切夫形成了泛神论思想。在其诗歌创作方面的表现是:宣称自然是有生命的有机体,试图体认自然本体,与大自然合为一体,歌颂现世生命,赞美人的创造性。

诗人突出的泛神论观念表现在《大自然并不是你们想象的那样……》一诗中:

> 大自然并不是你们想象的那样,
> 它不是图形,不是一张死板的脸——
> 它有自己的灵魂,它有自己的意志,
> 它有自己的爱情,它有自己的语言……
>
> ……
>
> 你们看看树上的枝叶、花朵,
> 难道这些都是那园丁的制作?
> 你们再看母体内孕育的硕果,
> 难道是外界异己力量的恩泽?
>
> ……
>
> 他们不会观察,也不会谛听,
> 生活在无比黑暗的小小天地。
> 他们认为,海浪中没有生命,
> 他们仅仅知道太阳不会呼吸。
>
> 光芒还没有照入他们的胸间,
> 他们心中的春天还没有开花。
> 他们四周的森林不可能交谈,
> 满天的繁星也只是一个哑巴!
>
> 河流和森林美妙神奇的语言,
> 使滂沱大雨的心房激情洋溢,
> 这大雨和善友好的夜间聚谈,
> 没有和他们细细地一起商议。

> 这不是由于他们自己的错误,
> 须知他们的器官是又哑又聋!
> 唉!即使大地母亲亲自来打招呼,
> 也不会使他们的心灵受到激动!……①

这首诗被称为丘特切夫诗歌的泛神主义宣言,是其自然诗的一首纲领性作品。它宣称大自然并非死板的图形,而是一个活生生的生命有机体,是最高的本体,有着自己的灵魂、意志、爱情和语言,并且,直接批评那些把自然视为死板的图形的大众"生活在无比黑暗的小小天地"里,不会观察,也不会谛听,"他们的器官是又哑又聋",对大自然的生命乃至生机和灵气全无感应,即使大地母亲亲自来打招呼,"也不会使他们的心灵受到激动"。诗中还有些言论可能相当激烈,以至有整整两节共八行诗被当时的书刊检察官删去了(译者以省略号代替)。进而,诗人在《灰蓝色的影子融和了……》中,表示要遗忘自我,"和安睡的世界合二而一",进入庄严而又迷人的"静穆",进入"一切在我中,我在一切中"的美好境界,以体认大自然本体。《生活中会有些瞬息……》则进而写出了人与自然和洽一体的动人境界:

> 生活中会有些瞬息——
> 难以言传,只能意会。
> 那是上天赐予尘世的良机,
> 让人怡然自得,忘乎所以。
> 我头顶上的树梢,
> 在发出阵阵喧哗。
> 只有天上的小鸟,
> 在和我交谈对答。
> 一切庸俗而又虚伪的东西,
> 离我们这样遥远。
> 一切神圣而又可爱的东西,
> 与我们这样亲切。
> 我欢愉,我甜蜜,
> 世界就在我心中,
> 我真是醺醺欲醉——
> 时光啊,请停一停!②

人与自然融合为一、和洽一体,从而深深体认到自然本体的境界,是天人合一的最高境界,这种境界十分美妙,但往往极其短暂,只有如梦似幻并且难以言传的

---

① 《丘特切夫抒情诗选》,陈先元、朱宪生译,漓江出版社,1986年,第85—86页,引用时部分地方作了改动。
② 《丘特切夫诗全集》,朱宪生译,漓江出版社,1998年,第317页。

那么一个瞬间。我国晋代的陶渊明在"采菊东篱下,悠然见南山"的瞬间,与自然和谐一体,但旋即深感"此中有真意,欲辨已忘言"(《饮酒·其五》);宋代词人张孝祥在1166年将近中秋时经过湖南洞庭湖,面对着"玉鉴琼田三万顷"的平湖秋月的浩渺景色,霎时间觉得"素月分辉,明河共影,表里俱澄澈",甚至"不知今夕何夕",但也深感"悠然心会,妙处难与君说"(《念奴娇·过洞庭》)。和陶渊明、张孝祥一样,丘特切夫这首诗也十分生动地写出了在天人合一、体认到自然本体的瞬间自己的美妙感受:一切庸俗、虚伪的东西,远远离开了;一切神圣、可爱的东西,则显得更加亲切;此时此刻,诗人深感"世界就在我心中",觉得欢愉、甜蜜,甚至忘乎所以,醺醺欲醉,并发出了类似浮士德那样的高喊:你真美啊,请停一停! 但他也指出,这美妙的瞬间,"难以言传,只能意会",这既令人满足又让人感到无比遗憾。。

在此基础上,诗人甚至有一种独特的类似多神教的思想,如《漂泊者》:

> 宙斯悦纳贫穷的香客,
> 神圣的华盖在他头上煜烨!……
> 无家可归的流浪者
> 成了天国众神的宾客!……
>
> 众神手创这奇妙世界,
> 千姿百态,气象万千,
> 就在他的面前一一展现,
> 给他以启示、教益和喜悦……
>
> 通过村庄、田野和城市,
> 他的道路无比光明——
> 整个大地任随他步行,
> 他看见一切并称颂上帝!①

漂泊者尽管物质生活十分简朴甚至极其贫穷,是"无家可归的流浪者",但他的精神生活却无比富足,他受到万物之父和众神之父宙斯的悦纳,村庄、田野、城市乃至整个大地都敞开在他面前,任随他步行,他的道路无比光明,他从这美妙大千世界的千姿百态、万千气象中,随时获得"启示、教益和喜悦"。在这里,宙斯与上帝和平共处,多神教和基督教混杂一起——真是众神创造了这奇妙世界。

与此同时,诗人还受到希腊人本主义思想的影响,这使得他在诗中歌颂现实生活,歌颂奋斗,并且力求活得充实,活得有所作为。在《好似把一卷稿纸……》一诗中,他宣称厌倦那种不死不活、单调乏味、生命忧郁地腐蚀着"每天化为烟飞去"的

---

① 《丘特切夫诗选》,查良铮译,外国文学出版社,1985年,第19页。

无聊活法,而宁愿像闪电一样,哪怕霎时间发出照亮大地的光芒即湮灭,也心甘情愿;在《树叶》一诗中,他更是认为只要在人世鲜艳、蓬蓬勃勃地活上一阵,哪怕是极其短暂的一阵,也远远胜过那一年四季"从不变黄","也从不会鲜艳",叶子羸瘦得"像刺猬的尖刺一般"的苍松和枞树。进而,丘特切夫强调通过奋斗,建功立业,以获得不朽;在《西塞罗》一诗中,他甚至认为,即使不能建功立业,只要赶上并生活在世界翻天覆地的时刻,也就与永恒、不朽有缘,成为被众神邀请的宾客,参加了神的华筵,"走进了神的座谈会","虽然活在世上,却好似神仙/啜饮着天庭的永恒之杯",堪称"幸运的人"了;他还极力赞美人的个性与独创性,在《你的眼睛里没有情意……》一诗中高喊:"创造中——没有上帝!/祈祷中——没有理性!"①用格言警句的方式指出,就像在祈祷中没有理性一样,在你现在所从事的创造中,也没有上帝——因为创造否定既成的东西,而强调人的个性与独创性!

此时期,丘特切夫的宗教观念开始淡薄,但并未放弃东正教思想,思想颇为矛盾。一方面,他受自然科学、唯物论特别是带有浓厚泛神论色彩的谢林同一哲学的影响,宗教观念趋于淡薄,创作了《灵柩已经放进墓茔……》一类诗歌:

> 灵柩已经放进墓茔,
> 人们都已聚集在墓地……
> 说话勉强,呼吸困难,
> 腐朽的气味令人窒息……
>
> 在掘开的墓穴的上方,
> 在放好的棺木的前头,
> 一位有名的博学的牧师
> 正在把祭词高声宣读。
>
> 他宣讲人生的短暂
> 罪恶,还有基督的鲜血……
> 他把众人的心深深打动,
> 用睿智而又得体的语言……
>
> 可天空永远这样明净辽阔,
> 永远地凌驾于大地之上……
> 在蓝色的天空的深处,
> 鸟儿在飞翔,在歌唱……②

---

① 《丘特切夫诗全集》,朱宪生译,漓江出版社,1998年,第178页。
② 同上书,第147页。

全诗在作为整体的永恒、强大的自然的对照下，不仅深刻地表现了人的短暂、渺小，而且表现了虔信宗教的徒劳——对牧师的轻微讥讽即是揭示人力图在宗教中求得永恒与不朽纯属幻想，从而表现了在永恒的大自然和死亡面前，宗教说教显得苍白无力的主题。但与此同时，他又写下了《最后的剧变》这类把人世的最终希望寄托在上帝身上的诗歌：

> 当世界末日的钟声当当响起，
> 地上的万物都将散若云烟，
> 洪水将吞没可见的一切东西，
> 而上帝的圣像将在水中显现！①

进行终极思考的诗人，思考到世界和人的极限以及人存在的意义问题，而这是科学和其他哲学无法解答的，于是，又回到唯一能解答这一问题的宗教上来——在世界末日到来之时，唯有上帝及其审判才是人生存的价值与意义。

这个时期，丘特切夫也一度对德国的新教产生兴趣，写下了《我喜欢新教徒的祈祷仪式……》一诗，不过，在这首诗中，他也指出了宗教信仰的崩溃，无信仰时代即将来临：

> ……可曾看见？当你们聚集在路边，
> 信仰最后一次出现在你们面前：
> 她还未跨过门槛，
> 但她的房子已经空了，徒有四壁墙垣——
> 她还未跨过门槛，
> 在她身后的房门还未关好……
> 但时间已到……快祈祷上天，
> 现在是你们最后一次祷告。②

二是转折期，大约从19世纪40年代初到50年代初。20年代末，丘特切夫逐渐萌发了泛斯拉夫主义的政治观，认为俄国是一个巨人国家，它肩负着上帝赋予的历史使命，应该发挥"世界创造者"的作用，拯救世界与基督教。到40年代，由于欧洲的革命与局势的动荡，诗人加紧了对现实的思考，正式形成了泛斯拉夫主义观点，并且从泛神论转回到东正教，重新皈依了东正教，试图在东正教的旗帜下，让俄罗斯统一整个斯拉夫民族，进而拯救西方乃至世界。他明确提出，斯拉夫各民族应该在东正教的旗帜下统一起来，在兼具东西方之长的俄国的领导下，对抗西方和革命，以宗法社会的道德和东正教的自我牺牲及忍让精神来战胜资本主义西欧自私自利的个人主义。这种泛斯拉夫主义的形成，有国内斯拉夫主义思想的影响和西

---

① 曾思艺译自《丘特切夫选集》，顿河罗斯托夫，1996年，第43页。
② 曾思艺译自《丘特切夫诗歌全集》，列宁格勒，1957年，第133—134页。

欧动荡局势以及西欧文明对俄国冲击的现实影响,也与东正教关系密切。

早在拜占庭(东罗马)帝国灭亡时,俄罗斯东正教思想家就已提出"第三罗马帝国说",鼓吹俄罗斯民族是上帝选来承担特殊使命的民族,是基督教的真正体现者和捍卫者,只有俄罗斯民族的发展和俄罗斯帝国的强大,才能使基督教复兴,才能使上帝的事业光大。最早论述"第三罗马帝国说"的是菲洛费伊。"他认为:第一个罗马帝国由于它任凭异端在早期基督教会中盘根错节而灭亡。第二个罗马(拜占庭)由于它同渎神的拉丁教徒缔结合并协定而陷落。现今,历史的接力棒已经递给莫斯科国家。它是第三个罗马,也是最后一个罗马,因为第四个罗马是不会有的。"①这一理论与东正教的千年王国说、基督论等结合,不仅对历代沙皇,而且对俄国知识分子都产生了深远影响:一方面形成了他们的大俄罗斯主义(如泛斯拉夫主义),另一方面也形成了他们特殊的历史使命感和宏阔的人类视野——俄罗斯民族负有实现社会真理,实现人类友好情谊的特殊使命,俄罗斯民族有义务实现千年王国。在19世纪,面对西欧资本主义的冲击,他们退而号召所有斯拉夫人团结起来,统一在俄罗斯的旗帜下,以对抗资本主义文明,进而实现斯拉夫人的特殊历史使命,从而形成了泛斯拉夫主义。丘特切夫成为一个泛斯拉夫主义者,与东正教的以上理论密切相关。东正教的理论,成为他泛斯拉夫主义思想的基础与核心,进而使其诗歌表现恶的肆虐、人的无助,并且把俄罗斯和斯拉夫民族的前途和命运寄托在以东正教为旗帜的泛斯拉夫主义身上。

他描写了恶的肆虐,在《致冈卡》一诗中他写道:"疯狂的敌视的种子/带来膨胀百倍的结果:/灭绝的种族不止一个,/要么就是在他乡流落";在《不要去谈论什么……》中他写道:"疯狂在四处寻觅,愚笨坐在审判台上";在《你现在还顾及不到诗歌……》一诗中,他指出:"所有的咒骂神的人/所有的不敬神的人,/都想把黑暗的王国建立,/却以光明和自由的名义"。正因为如此,人间苦难深重,而且人们都凄凉无助,如《世人的眼泪……》:

> 世人的眼泪,哦,世人的眼泪,
> 你总是早也流啊,晚也流……
> 你流得无声无息,没人理会,
> 你流得绵绵不断,无尽无休,
> 你流啊流啊,就像幽夜的雨水,
> 淅沥淅沥在凄凉的深秋。②

诗歌让思想感情(对下层人民的同情,具体意象是"泪")与自然景物(深秋幽夜的雨水)同时平行而又交错地出现,巧妙自然地相互过渡,使人分不出是情是景,辨不清是自然现象还是心灵状态。在这首诗里,雨和泪构成二重对位,同时又使二者

---

① [俄]克雷维列夫:《宗教史》,上卷,王先睿等译,中国社会科学出版社,1984年,第357页。
② 曾思艺译自《丘特切夫选集》,顿河罗斯托夫,1996年,第120页。

交织融合为一，是雨是泪，二者简直不可区分。这弥天漫地、遍布人间的雨和泪，正是下层俄国人民苦难深重的象征。这是诗人在深秋夜间回家途中目睹下层人民的苦难生活有感而作的一首即兴诗，诗歌的语言类似民歌，从而暗示哭泣的是农民或近郊的流浪者，并且把世人的眼泪与弥天漫地的雨水交织起来，充分表现了人间的悲哀与苦难像雨水一样弥天漫地，到处都有，没有尽头，从而突出了下层人民的苦难与悲哀的广大无穷，同时也表现了人的凄凉无助。与此同时，他也表现了人们的堕落、绝望与没有信仰，甚至不会求上帝帮助，如《我们的时代》：

> 如今，不是肉体而是精神在堕落，
> 而人，已陷入绝望，忧心忡忡……
> 他从黑夜的阴影中奔向光明，
> 一旦获得光明，却又抱怨声声。
>
> 失去了信仰，心灵枯竭，麻木不仁，
> 如今，他对不能容忍的也能容忍……
> 他认清自己正在走向毁灭，
> 渴望信仰……却又不去请求神灵……
>
> 无论他在被关闭的门前有多么悲伤，
> 他永远都不会热泪盈眶，不会求诉：
> "放我进去吧——我的上帝！我信，
> 可是，我却是信不足，求主帮助！"①

　　这首诗标题是《我们的时代》，揭露了那个时代在科学进步、经济发展、个人主义盛行的背景下，人们精神的麻木、空虚乃至堕落，然而尽管如此，人们却依旧没有信仰，永远都不会向上帝求诉，请上帝帮助，这就更进一步表现了人的孤独无助。

　　但是，在这个时期，诗人又把俄罗斯和斯拉夫的前途和命运的希望寄托在以东正教为旗帜的泛斯拉夫主义身上，在《致冈卡》一诗中，他认为，俄罗斯用东正教的灯在黑暗的夜晚，"把所有的地方都照亮！／整个斯拉夫世界／都出现在我们的前方"；在《预言》一诗中他更是宣称："在重新恢复的拜占庭，／又重现索菲亚教堂的拱顶，／基督的祭坛上又香火飘逸，／去顶礼膜拜吧，俄罗斯皇帝啊——／再作为整个斯拉夫的帝王站起！"

　　三是信仰时期，大约从19世纪50年代中后期到1873年诗人去世。这个时期，诗人由谢林的同一哲学完全转向神学形而上学，承认上帝是世界的创造者，其真理具有权威性乃至惩罚性，以寻求根本的解救之道，并且认为爱才是拯救世界的

---

① 《丘特切夫诗全集》，朱宪生译，漓江出版社，1998年，第270页。

法宝。其原因有二。一是亲友的不断去世（父母、兄长、恋人杰尼西耶娃、几个子女），使本已对时间流逝、人生短暂十分敏感的诗人，更想寻找一个可以依赖的精神支撑，而东正教正是最好的精神支撑。二是作为一个不断思索人生、自然、宇宙的诗人，面对人生、宇宙等等的奥秘，最终只能像维特根斯坦所说的那样："我对上帝和人生的目的究竟知道些什么？我知道这个世界存在。我知道我被置放于这个世界里，有如我的眼睛在它的视野之中。我知道有关这个世界的某些东西是捉摸不定的，而这种东西我们称之为它的意义。我知道这个意义并不存在于它之中，而是存在于它之外。……人生的意义，即世界的意义，我们称之为上帝。……去祈祷便是思考人生的意义。……相信上帝就意味着理解了关于人生意义的问题。相信上帝就意味着看到世界的事实不是事情的结束。相信上帝就意味着看到人生具有一种意义。……无论如何，在某种意义上，我们多少是有依赖性的，我们可以把我们所依赖的东西称之为上帝。"①

这样，在这个时期的诗中，诗人确认了上帝的绝对地位，并且由此探求人类的获救之道。在《教皇通谕》中，他强调了上帝真理的权威性和惩罚性；《圣山》一诗，则歌颂了宗教圣徒与宗教奇迹。他进而探求个人和人类的获救之道，试图在上帝那里消除个人、他人和社会的困苦和疑难。在《啊，我的未卜先知的灵魂……》一诗中，他明确表示要紧贴上帝，获得自己灵魂的安宁：

> 啊，我的未卜先知的灵魂！
> 啊，我的焦虑不安的心丸！
> 仿佛处在双重生活的门槛，
> 你是如此不停地来回狂奔！
>
> 你是两个世界的居民，
> 你的白天——病态而激情吐焰，
> 你的梦——朦胧而充满预言，
> 仿若神灵的启示图纹……
>
> 让致命的激情去惊扰
> 那饱经忧患的心房——
> 我的灵魂像玛丽亚一样
> 要永远紧贴基督的双脚。②

在《惩罚人的上帝……》一诗中，他更是希望东正教神圣日子祈祷的钟声，能飞越千山万水，到达异国他乡，让患病的女儿 М.Ф. 比雷列娃在基督复活的日子里，

---

① 转引自毛峰：《神秘主义诗学》，生活・读书・新知三联书店，1999 年，第 296 页。
② 曾思艺译自《丘特切夫选集》，顿河罗斯托夫，1996 年，第 173 页。

生命"完全复活"。在《穷困的乡村……》一诗中,他希望上帝给贫困的俄罗斯大地带来祝福和希望:

> 穷困的乡村,枯索的自然:
> 这景色哪有一点生气?
> 你长期以来忍受着苦难,
> 啊,你这俄国人民的土地!
>
> 异邦人的骄傲的眼睛
> 不会看到,更不会猜想
> 在你卑微的荒原的底层
> 有一些什么秘密地发光。
>
> 祖国啊,在你辽阔的土地上,
> 那背负着十字架的天主
> 正把自己化作奴隶模样
> 向你的每一个角落祝福。①

诗歌以象征的手法写出在俄罗斯卑微荒原的底层,有人性的东西、俄罗斯民族强大的生命力和创造精神在发光,同时,俄罗斯也得到了上帝的保佑与祝福,这说明,诗人把俄罗斯获救的希望寄托在上帝的祝福与拯救上面。《在这黑压压的一大帮……》一诗更明确地指出,基督会唤醒黑压压一大帮不幸的沉睡人群,疗治暴力和欺骗的疤痕,医好堕落的灵魂,给人间带来自由。② 最终,诗人认为这种宗教的拯救之道的关键在于爱,因为"我们一降临人世,/宁静与和谐就氤氲在我们之间,/你同我,我和你,画着十字,/相互庆贺,又为自己向上帝祝愿",而人类的野心、纷争、追名逐利等等,却破坏了这种和谐,因此只有爱,才能拯救世界,拯救人类。如《两种统一》:

> 从盛满上帝的愤怒的酒杯中,
> 血溢了出来,西欧沉没在血泊里,
> 血涌向你们,我们的朋友和弟兄——
> 斯拉夫的世界,联合得更加紧密……
>
> "统一",我们时代的先知者宣告:
> "或许只有用铁和血才能达到……"

---

① 《丘特切夫诗选》,查良铮译,外国文学出版社,1985年,第129页。
② 该诗详见《丘特切夫诗全集》,朱宪生译,漓江出版社,1998年,第322页。

> 但是我们将要用爱来统一——
> 那样我们看到的统一会更为牢靠……①

诗中的西欧与俄国不仅在政治上是对立的,而且在统一的方式也是对立的:一个靠"铁"和"血"来统一,一个则靠"爱"来统一,并且这种统一要"更为牢靠"。在《致亚历山大二世》一诗中,他认为亚历山大二世1861年进行的农奴制改革是秉承了上帝的爱的旨意,掌握住了大好时机,实现了爱的和谐:"把奴隶和人合在一起,/把小兄弟重新还给了大家庭。"他甚至通过摘译并加工改造歌德戏剧《哀格蒙特》中的诗歌,来表现爱的重要性:

> 在真正的享受中包孕着快乐和忧伤,
> 在永恒的激动里涌现出思想与精神,
> 天上欢乐无比,人间苦闷异常,
> 天上的欢乐愈是温馨如春,
> 人间的郁闷越发强烈难当,
> 生命的无上幸福只在唯一的爱情中蕴藏。②

这首诗写于1870年,离诗人去世不到三年,因此这里的爱情,更多的是指宗教性的博爱。这种爱,不仅能拯救世界和人类,也是每一个信教者"生命的无上幸福"。

丘特切夫与东正教,是一个值得深入研究而且很有意义的课题。俄苏学术界对此一向重视不够(主要是一些宗教哲学家在纵论宗教问题时顺便谈到),专门研究的文章少见。近些年来,稍有改观,个别学者开始把眼光转向这方面,如 B. 苏吉写有《丘特切夫的风景抒情诗里的圣母动因》一文,指出在诗人描写大自然的诗歌里,有时候基督教的动因和多神教的形象性融为一体,编织成一个完整的艺术体系,有时候大自然又完全进入基督教的价值体系之中。③ 我国则在这方面还是一个空白,本节力图填补这一空白,但由于资料和水平有限,只能权充引玉之砖。

第三节 现代生态文学的先声
——丘特切夫自然诗的生态观念

丘特切夫的诗歌创作总共有400来首,其中自然诗有110首左右,占四分之一强。自然诗不仅是其诗歌创作的一个重点,也是其诗歌创作的一个亮点。在俄国诗歌史上,丘特切夫首先以自然诗著称,其次才以爱情诗闻名。而且,正是他第一次使自然在俄国诗歌史乃至文学史上占据了一个独特的地位。在丘特切夫的110

---

① 《丘特切夫诗全集》,朱宪生译,漓江出版社,1998年,第493页。
② 曾思艺译自《丘特切夫诗歌全集》,列宁格勒,1957年,第246页。
③ 参见任光宣:《当前俄罗斯对俄罗斯文学与宗教关系研究一瞥》,《国外文学》1998年第2期。

首左右的自然诗中,有不少诗歌属于比较典型的西方早期生态文学,在这些诗歌中,诗人表现了与西方主流的传统思想观念不同的自然观或生态观。

首先,丘特切夫认为,自然像人一样,是一个有着自己的灵魂、独立的生命的活的有机整体,如前述之《大自然并不是你们想象的那样……》。这首诗被称为丘特切夫诗歌的泛神主义的宣言,是其自然诗的一首纲领性的作品,它宣称大自然并非死板的图形,而是一个活生生的生命有机体,有着自己的灵魂、意志、爱情和语言,并且,直接批评那些把自然视为死板的图形的大众"生活在无比黑暗的小小天地"里,不会观察,也不会谛听,"他们的器官是又哑又聋",对大自然的生命乃至生机和灵气全无感应,即使大地母亲亲自来打招呼,"也不会使他们的心灵受到激动"。面对当时普遍盛行的西方传统社会思想浪潮,丘特切夫挺身而出,在这首诗里以高昂的热情、激烈的言论,与占主流地位的传统思想观念——人类中心、把自然视为被征服的无生命的客体——展开争论,而且有理有据,义正词严,有很强的说服力与艺术感染力。在《春水》一诗中,他更是以生动形象的语言写出了大自然的活的生命:

> 田野里还闪着积雪,
> 春天的河水已在激荡——
> 流啊,流啊,它唤醒了
> 沉睡的两岸,边流边唱:
>
> "春天来了,春天来了!
> 我们是新春的先锋,
> 她派我们先来通报。"
> 果然,紧随着这片喧声,
>
> 文静、温和的五月
> 跳起了欢快的环舞,
> 闪着红面颊,争先恐后
> 出现在春水流过的峡谷。①

在这里,春天的河水是新春派来的先锋,它在新春到来之前,先行一步,以歌声向人们通报春天的到来,而五月(即新春——俄罗斯天寒地冻,到五月才出现新春)简直像健康美丽的淑女,她"文静、温和","闪着红面颊","跳起了欢快的环舞"。被当时的人们视为冰冷的水的春水以及仅仅代表着一个季节的春天,在此是以生机盎然的生命形式出现的。由上可见,丘特切夫眼中的自然,既非古希腊人那样是众神的殿堂,也不是基督教中上帝这宇宙的唯一创造者的神庙,而是一个生气勃勃的

---

① 《丘特切夫诗选》,查良铮译,外国文学出版社,1985年,第33页。

生命有机体。苏联学者布拉戈伊指出:"在丘特切夫的意识里,自然没有任何静止的、僵死的东西,一切运动着,一切呼吸着,一切生活着。"①因此,作为一个生命有机体的大自然的一切,都为丘特切夫热爱,也在其笔下得到了广泛的描绘。列夫·奥泽罗夫在论述丘特切夫及其诗歌时指出:"他喜爱尘世的一切,喜爱现实生活的丰富多彩,渴望用自己的整个生命去了解它们。他喜爱春天的雷雨和初萌感情的汛滥,喜爱太阳下闪光的白雪和群山的顶峰,喜爱骑兵队似的海浪和当'万物在我中,我在万物中'的黄昏时候神秘的宁静,喜爱一端架在森林上,另一端隐在白云中的彩虹,喜爱天空中飞翔的鸟群和'在悠闲的犁沟里'闪闪发光的'蛛网的细丝'。世界的一切元素对他敞开:大地,水,火,空气。"②因而,"'奇异的生机'的闪光,早晨的宁静,夜的沉入幻想的宽广,春天的繁荣,'微笑在一切中,生命在一切中'的时候,夏天的正午,凉爽的灌木林,风平浪静的大海,令人狂喜的蓝色海湾,'一颗颗喷泉的珠玉',往远处浮游的白云,所有这一切充满了丘特切夫的诗"③。

  进而,丘特切夫认为自然能给人以力量,能提升人的精神境界,人是自然的一部分,应该顺应自然,加入大自然的和谐之中。在《不,大地母亲啊……》一诗中,他表达了对大地母亲的无比热爱和热烈赞美,也写到大地母亲能给自己以力量,使自己精神轻松,充满幻想。在《曾几何时……》一诗中,他进而写到大自然对自己精神的提升:

    曾几何时,啊,在幸福的南方,
    曾几何时,我与你面对着面——
    你可是像敞开的伊甸园,
    让我这个游子举步欲前?
    尽管我还没有心醉神迷——
    可心儿却被新的情感侵占——
    对着面前的伟大的地中海,
    我凝神倾听它波浪的歌声!④

  面对美丽、伟大的地中海,诗人有了新的感触,不禁油然产生了新的情感,精神发生了变化。在《你,我的大海的波涛……》一诗中,他进一步抒写了大自然变幻的美以及心灵在其静美中的沉醉:

    你,我的大海的波涛,
    我的任性无羁的波涛,
    像在安息,又像在嬉戏,

---

① [俄]布拉戈伊:《文学与现实》,莫斯科,1959年,第447页。
② [俄]奥泽洛夫:《丘特切夫的银河系》,《丘特切夫诗选》,莫斯科,1985年,第5页。
③ 同上书,第16页。
④ 《丘特切夫诗全集》,朱宪生译,漓江出版社,1998年,第189页。

你的生命充满着奇妙！

有时你对着太阳微笑，
倒映出那高高的苍穹；
有时你又骚乱不安，
把这野性的深渊搅动。

你的呢喃使我感到甜蜜，
它里面充满温存和爱情，
那暴怒的怨言我也能听懂，
它是一种预言性的呻吟。

即使在狂暴的自然中，
你时而阴沉，时而明朗，
但在你的蓝色的夜晚，
你要把捕获的东西珍藏。

我投进你胸膛之中的，
不是作为礼品的戒指；
我藏在你心脏之中的，
不是晶莹剔透的宝石。

不，在这命定的时分，
我迷恋于你神秘的美，
我把心，一颗活的心，
埋葬在那深深的海底。①

  大海是大自然和整个宇宙最生动的形象和象征。这神秘深沉的大海，安静时风平浪静，温和秀丽，近处浅绿，远处碧蓝，以富于变化和层次感的颜色使人领悟大自然的神奇；愤怒时汹涌咆哮，白浪滔天，惊涛拍岸，卷起千堆雪，以宏大的气势、雄伟的力量让人在强烈的震撼中拓展心灵。因此，诗人称它"任性无羁"，认为它既有"充满温存和爱情"的甜蜜的轻轻呢喃，又有暴怒的预言性的呻吟——而它们，都能使热爱大海的人在精神上有所收获。但诗人更喜爱更陶醉的是，在那宁静的蓝色夜晚，大海一碧万顷，晶莹纯净，宁静茫茫，神秘漫漫，茫茫的宁静中漫漫的神秘与纯净的美在袅袅升腾在薄雾般弥漫，使诗人陶醉得竟然让心灵不知不觉间沉入了

---

① 《丘特切夫诗全集》，朱宪生译，漓江出版社，1998年，第290—291页。

深深的海底。这就极其生动形象地写出了大海的美对自己精神的提升,以非常巧妙的方式为大海的美唱了一首颂歌。正因为自然之美能慰藉人的心灵,提升人的精神境界,使人陶醉于迷人的美中,因此,诗人在不少诗中一再希望人能摆脱这虚幻的自我,融入作为整体的大自然之中,如《灰蓝色的影子融和了……》:

> 灰蓝色的影子融和了,
> 声音或沉寂,或变得喑哑,
> 色彩、生命、运动都已化做
> 模糊的暗影,遥远的喧哗……
> 蛾子的飞翔已经看不见,
> 只能听到夜空中的振动……
> 无法倾诉的沉郁的时刻啊!……
> 一切在我中,我在一切中!……
>
> 恬静的幽暗,沉睡的幽暗,
> 请流进我灵魂的深处;
> 悄悄地,悒郁地,芬芳地,
> 淹没一切,使一切静穆。
> 来吧,把自我遗忘的境界
> 尽量给我的感情充溢……
> 让我尝到湮灭的存在,
> 和安睡的世界合而为一!①

丘特切夫认为,西欧高扬个性与自我,使整个社会过分追求个性与独立,最终发展成为极端的自我主义。这种极端的自我主义追求的是一种个人虚幻的自我,这种自我不仅使人与人之间的关系紧张,更使人把自然当作僵死的物质,而无法与之沟通,因此,他在诗中一再希望抛弃这虚幻的自我,而与整个大自然融为一体,在前述之《春》中,他宣称要抛开个体,投入大自然那"生气洋溢的大海",与"普在的生命"契合。在《在海浪的咆哮里……》一诗中,他更是指出:"万物都有条不紊,合奏而成/一曲丰盛的大自然的交响乐,/只有在我们虚幻的自由中,/我们感到和自然脱了节。"在这首《灰蓝色的影子融和了……》中,诗人表达了同样的主题:要遗忘自我,"和安睡的世界合而为一",进入庄严而又迷人的"静穆",进入"一切在我中,我在一切中"的美好境界。《生活中会有些瞬息……》则进而写出了人与自然和洽一体的动人境界(见本书第295页)。

人与自然融合为一、和洽一体的境界,是天人合一的最高境界,这种境界十分

---

① 《丘特切夫诗选》,查良铮译,外国文学出版社,1985年,第50页,个别地方有改动。

美妙，但往往极其短暂，只是那么一个如梦似幻并且难以言传的瞬间，我国晋代的陶渊明在"采菊东篱下，悠然见南山"的瞬间，与自然和谐一体，但旋即深感"此中有真意，欲辨已忘言"（《饮酒·其五》），宋代词人张孝祥在1166年将近中秋时经过湖南洞庭湖，面对着"玉鉴琼田三万顷"的平湖秋月的浩渺景色，霎时间觉得"素月分辉，明河共影，表里俱澄澈"，甚至"不知今夕何夕"，但也深感"悠然心会，妙处难与君说"（《念奴娇·过洞庭》）。和陶渊明、张孝祥一样，丘特切夫这首诗也十分生动地写出了在天人合一的瞬间自己的美妙感受：一切庸俗、虚伪的东西，远远离开了；一切神圣、可爱的东西，则显得更加亲切；此时此刻，诗人深感"世界就在我心中"，觉得欢愉、甜蜜，甚至忘乎所以，醺醺欲醉，并发出了类似于浮士德那样的高喊：你真美啊，请停一停！但他也指出，这美妙的瞬间，"难以言传，只能意会"。

在此基础上，丘特切夫认为人在根本上是与自然相通的，具有自然的非理性的因素，比较早地认识到潜意识的东西深藏在人的心灵底层。如《午夜的大风啊……》：

> 午夜的大风啊，你在哀号什么？
> 为什么怨怒得这样的疯狂？
> 你的凄厉的声音意味着什么？
> 忽而幽怨低诉，忽而大吼大嚷？
> 你以这心灵所熟悉的语言
> 在倾诉一种不可解的苦痛，
> 你朝它深深挖掘，从那里面
> 有时竟发出多狂乱的呼声！……
>
> 哦，是的，你的歌在对人暗示
> 他可怕的故乡，那原始的混沌！
> 夜灵的世界听到你的故事
> 正感到多么亲切，听得多凝神！
> 别再唱吧！不然，它就要从胸中
> 挣出来，与无极的宇宙合一！……
> 哦，别把这沉睡的风暴唤醒——
> 那下面正蠕动着怎样的地狱！……①

俄国现代宗教哲学家弗兰克指出："夜风的呼号与灵魂深处的忧伤的倾诉，都是同一种宇宙存在本质的表现。自然的杂乱无章——我们的母亲的怀抱——隐藏在我们自己的心灵深处，因此尽管它不可得见，却仍然在每个人心中引起反响。"②

---

① 《丘特切夫诗选》，查良铮译，外国文学出版社，1985年，第55页。
② ［俄］弗兰克：《俄国知识人与精神偶像》，徐凤林译，学林出版社，1999年，第19页。

午夜的大风是自然原始力量的象征,它在夜深人静的时候,唤醒了人对原始的故乡——混沌世界的记忆,搅醒了人心灵深处"沉睡的风暴"——潜意识,诗人对此感到害怕,请求它别唤醒那个蠕动着的"地狱"。在《庄严的夜从地平线上升起……》一诗中,他进而写道,当庄严的夜从地平线上升起后,无底的深渊显露在人们面前,心灵深处的一切涌动着,诗人发现,心灵底层那"那不可思议,幽暗和陌生的","原来是久远的继承"。而在《好似海洋环绕着地球……》一诗中,诗人更是明确指出生命被梦寐围抱,并写到无限、深渊、夜间的海洋,它们构成非理性的一切。关于丘特切夫诗歌中的非理性、无意识内容,俄中学者已多有论述。如弗兰克指出:"他的全部抒情诗都贯穿着诗人面对人的心灵的深渊所体验到的形而上学的颤栗,因为他直接感受到人的心灵的本质与宇宙深渊、与自然力量的混沌无序是完全等同的。"①飞白先生也认为,丘特切夫的"全部诗歌创作,仿佛就是一座沟通理性与非理性、意识与无意识的桥梁。他的诗中,汪洋梦境在生活的四周喧哗,混沌之世在我们的脚下晃动,无声的闪电在天边商议神秘的事情,秋景的微笑露除了'面临苦难的崇高的羞怯'……通过他的笔触,一切事物都获得新的神秘的光彩"②。正因为如此,诗人重视梦幻、直觉乃至想象,反对以理性剥夺自然的神秘,并且具有类似于现代生态保护的某些观念。在《致安·尼·穆拉维耶夫》一诗中,他写道:

> 对神奇的想象一味疑忌,
> 理性毁灭了一切,
> 它让空气、海洋、陆地,
> 全都遵从狭窄的法规,
> 就像俘虏——裸露得纤毫无缺,
> 又把生活搞得四分五裂,
> 啊,快给树木以思维,
> 快给无形以躯体。
>
> 你在那里,古代的人民!
> 你们的世界曾是天神的圣殿!
> 大自然母亲这个书本,
> 你们不用眼睛,也能了然心间!
> 不,我们并非古代的人民!
> 朋友啊,我们的世纪,早不是那般!
>
> 哦,被自己的学问所束缚,

---

① [俄]弗兰克:《俄国知识人与精神偶像》,徐凤林译,学林出版社,1999年,第18页。
② 飞白:《试论现代诗与非理性》,《外国文学评论》1987年第2期。

> 你这忙碌于深奥的奴隶！
> 批评家啊，你徒然想驱除
> 它们那金翅幻想的嗡嗡飞舞，
> 请相信——经验本身就是凭依——
> 美梦里，善之仙女魔幻般的
> 华丽宫殿，使人无比快乐，
> 而现实中，你那寒酸的陋室
> 却叫人苦闷难遏！①

安德烈·尼古拉耶维奇·穆拉维耶夫(1806—1874)，当时是丘特切夫的同学，他们同为诗人、翻译家拉伊奇的学生。穆拉维耶夫相信科学和理性，力求驱除神奇的想象，把大自然视为无生命的僵死东西，丘特切夫对此不以为然，创作了这首诗加以劝导。诗歌首先指出，理性排斥大自然的神秘——神奇的想象，让宇宙中的一切全都"遵从狭窄的法规"，把生活搞得四分五裂，毁灭了一切，因此，必须向古代人民学习，他们遵从神奇的想象，生活在大自然母亲的怀抱，熟悉大自然母亲的一切，在他们眼里，一切都是有生命的，诗人呼吁"快给树木以思维，快给无形以躯体"，并奉劝穆拉维耶夫不要徒然驱除金翅幻想的嗡嗡飞舞，想象中善之仙女魔幻般的华丽宫殿，远较理性的现实更为迷人，也更使人快乐！因而，丘特切夫在诗中一再主张像古代的人民一样，融入大自然，与自然和谐一体，同时，提出要爱护大自然的一切，如《难怪仁慈的上帝……》：

> 难怪仁慈的上帝会
> 造就出胆怯的小鸟——
> 赐予它以敏感的胆怯，
> 作为危险可靠的担保。
>
> 与人亲近，对这可怜的
> 小家伙不会有什么好处，
> 与人越亲，就越近劫运——
> 免不了要落入他们之手……
>
> 你看小姑娘养大一只小鸟，
> 从鸟巢一直到长出了绒毛，
> 她给它喂食，抚养它长大，
> 不论是抚爱，还是操劳，

---

① 曾思艺译自《丘特切夫选集》，顿河罗斯托夫，1996年，第17页。

她从不怜惜,从不计较。

但你,小姑娘,不管你怎样
爱它,为它焦虑,被烈日烘烤,
那不容怀疑的一天将会来到,
你的小鸟将会在你手中死掉……①

这首诗是诗人写给自己的一个女儿的。小姑娘爱鸟,养了一只鸟,诗人对此是不赞同的,他出于一切都须遵从自然的信念,认为这样做是违背自然的:仁慈的上帝赐予了小鸟"敏感的胆怯"来保护自己,落入人的手中,与人过分亲近,有悖于小鸟的天性——"敏感的胆怯",这会给它带来劫运,因此,无论小姑娘怎样为小鸟操劳,小鸟也将会被她弄死。在这首诗里,诗人一方面奉劝小鸟不要违背自己的天性,过分与人亲近,另一方面又委婉地劝说自己的女儿,最好顺应自然的规律,让小鸟自然成长。这首诗比较含蓄地表达了诗人类似于今天爱护动物、任其自然生长的生态保护思想。此外,诗人还有比较超前的某些生态观念,如《在乡村》一诗里,诗人写到一条狗突然追逐小河中的鹅群鸭群,使它们"四处乱飞乱撞","傻乎乎地乱叫乱嚷",并且认为,"这里面有它的目的":"懒散的群体之中有血液淤积……/于是,那至善至美的上帝,/揭开胡作非为之徒的锁链,/要使鹅鸭至死都不会忘记/自己那对生死攸关的翅翼。"②当今世界,人们普遍认为,由于人工饲养和环境破坏等原因,不少动物已丧失了自己固有的生存能力,必须让动物自然生长,以恢复其固有的生命活力和生存能力,丘特切夫的上述思想与当代的生态观念完全合拍。

丘特切夫还希求过一种时时与自然相处,不断追求精神升华的生活。如前述之《漂泊者》。漂泊者尽管物质生活极其贫穷,是"无家可归的流浪者",但他的精神生活却无比富足,他受到万物之父和众神之父宙斯的悦纳,村庄、田野、城市乃至整个大地都敞开在他面前,任随他步行,他的道路无比光明,他从众神手创的这美妙大千世界的千姿百态、万千气象中,随时获得"启示、教益和喜悦"。在此基础上,丘特切夫拒绝扰攘的现实,而向往永恒、纯净的天界,也就是说,他厌弃庸俗、忙碌的物质追求,向往高洁、宁静的精神世界,厌弃短暂、纷纭的现实,追求永恒、纯净的天国,力求登上山顶,飞向天空(而山顶、天空在丘诗中是纯洁、永恒与精神境界的象征),力求忘掉自我,融入世界的整体,融入永恒、普在的生命之中,甚至希望用艺术创造一个"人工的天堂",让自己的灵魂有所安顿。③

以上这一切思想观念,与西方传统的思想观念颇为不同。

众所周知,"二希"文化是西方文化的源头。整个古希腊文化的核心就是个体

---

① 《丘特切夫诗全集》,朱宪生译,漓江出版社,1998年,第279—280页。
② 详见《丘特切夫诗全集》,朱宪生译,漓江出版社,1998年,第471—472页。
③ 详见曾思艺:《丘特切夫诗歌研究》,湖南文艺出版社,2000年,第178—179页。

性。在社会关系上,古希腊人认为,凡是不能支配自己和由人摆布的人都是奴隶,在哲学上,则提出了以质点、个体为特征的原子论思想,力求探索自然的奥秘。这种重视个体性的思想随着文明的进步、科技的发展,在人与自然的关系上也必然表现出来,普罗泰戈拉宣称:"人是万物存在的尺度,是存在事物存在的尺度,也是不存在的事物不存在的尺度"①。这种思想确立了人在宇宙中的中心地位,强化了主客二分("主体—客体")的传统,把自然当作苦苦探究的客体对象。而古希伯来文化和基督教的经典《圣经·旧约》更是强调人类中心、人与自然的对立甚至人对自然的征服,如《创世纪》中上帝就公开宣布让人"管理海里的鱼、空中的鸟、地上的牲畜和全地,并地上所爬的一切昆虫",并明确指示人:"我将遍地上一切结种子的菜蔬和一切树上所结有核的果子,全赐给你们做食物","凡地上的走兽和空中的飞鸟,都必须惊恐、惧怕你们;连地上一切的昆虫并海里一切的鱼,都交付你们的手。凡活着的动物,都可以作你们的食物,这一切我都赐给你们,如同蔬菜一样"。因此,美国学者怀特指出:"与古代异教及亚洲各种宗教(也许拜火教除外)绝对不同,基督教不仅建立了人与自然的二元论,而且还主张为了其自身的目的开发自然是上帝的意志。"②因此,自"二希"文化合流的文艺复兴以后,人们普遍盲目自大地认为,人是"宇宙的精华,万物的灵长",形成了突出的人类中心观念,进而把古希腊开始的对自然的穷究发展为征服自然、主宰自然。张世英先生从哲学的角度曾经指出,在笛卡尔及其以后的西方哲学中,主客二分的关系模式,不仅仅是一般地指人与物的关系,而是以"我"为"主",以"物"为"对象"、为"客"的关系模式。在这一关系中,主客双方并非一种平等关系,而是一种"主动—被动"的关系,是一种"征服—被征服"的关系。在这里,只是主体(人)有主动性,客体是被动的;主体是征服者,客体是被征服者。这种关系是"客体""对象"为"我"所用的关系,有点类似黑格尔所比喻的"主人—奴隶"关系。由于主体与客体的这一不平衡的关系,就自然而然地产生出人类中心论的观点。所以,西方哲学中的主体性与人类中心论有着内在的联系。③ 值得一提的是,在西方传统思想尤其是自然观发展的过程中,启蒙运动更是进一步把人对自然的征服作为主要目标。启蒙时代又叫理性时代,正是因为启蒙运动的旗帜就是理性。而"理性的优先主导性的引申之一产生了一种含糊却广泛存在的对'进步'的设定。一般知识分子认定进步之为物,无非日益有效地运用理性,以控制自然与文化的环境"④。笛福《鲁滨孙漂流记》是极能体现启蒙精神的一部启蒙文学的典型作品,宣扬的主要就是流落荒岛的鲁宾逊不怕艰难,凭借自己顽强的劳动,征服自然,用自己的双手创造了一个取之于自然的新天地,极大肯

---

① 转引自北京大学哲学系外国哲学史教研室编译:《古希腊罗马哲学》,生活·读书·新知三联书店,1957年,第133页。
② 转引自余谋昌:《生态哲学》,陕西人民教育出版社,2000年,第168页。
③ 详见《哲学的问题与方向探讨——访张世英教授》,《哲学动态》1999年第7期。
④ [美]艾恺:《世界范围内的反现代化思——论文化守成主义》,贵州人民出版社,1999年,第9页。

定了人对大自然的征服。被斯宾格勒在其名著《西方的没落》中称为"西方近代文化的象征"的歌德的《浮士德》,更是高度赞扬了人对大自然的征服:浮士德一生五个阶段的探寻,前四个阶段均以悲剧而告终,但最终却找到了正确的途径——发动群众,移山填海,并且得出了智慧的最后的断案:"要每天每日去开拓生活和自由,然后才能做自由与生活的享受。"而这种开拓,在某种程度上就是对大自然的开拓与征服,是指人迫使大自然献出更大的空间、资源乃至财富供其占有,从而获得生活的享受,活得更加自由。

正是在上述一系列观念的影响下,人们普遍认为,自然只是一个没有生命的资源宝库,是人征服的客体,而人是自然的主人,主宰着并能随心所欲地享用自然的一切。这样,理性与自然科学、科技文明的辉煌胜利,使"人再也看不到世界和自然的奥秘和神秘性,人和最高的真实失去了接触。古人经由神秘知识,诗人经由想象,哲学家经由他们整体性的理解,都和这最高的真实有所接触。今天是有史以来人类头一回除了他自己和他自己的产品外无以所对。现代人甚至和他内在的自我都失去了接触,科学和技术不再帮助人更深入一层地去寻获世界和自我内心的度向。科学和科技用人自己的构式和发明,计划和目标来阻挡人,以至于现代人只能从理性的构思和实用性的观点来看自然。今天,一条河在人看来只是推动涡轮机的能源,森林只是生产木材的地方,山脉只是矿藏的地方,动物只是肉类食物的来源。科技时代的人不再和自然做获益匪浅的对话,他只和自己的产品做无意义的独白"①。这是人们更尽情甚至更疯狂地掠夺大自然,终于导致了现代社会的诸多病症,尤其是生态危机和环境恶化。

与这种传统观念大为不同的丘诗,在某种程度上可以说是现代生态文学的先声。它反对把人凌驾于大自然之上,强调人只是大自然的一个组成部分,大自然是一个有着自己的意志、灵魂、语言和爱情的活生生的生命机体,人必须顺应自然并尽力融入自然之中,这些与20世纪中后期兴起的大地伦理学和深层伦理学的观念完全一致。如大地伦理学的创立者利奥波德(1887—1948)在《大地伦理学》(1933)中提出:"大地伦理学改变人类的地位。从他是大地—社会的征服者,转变为他是其中的普通一员和公民。这意味着人类应当尊重他的生物同伴,而且也以同样的态度尊重大地社会。"②深层生态学更是认为,自然是一个有机的整体,整个生物圈乃至宇宙是一个生态系统,这一系统中的一切事物都是相互联系、相互作用的,人类只是这一系统也即自然整体中的一个部分,既不在自然之上,也不在自然之外,而在自然之中。③ 与此同时,人们也逐渐认识到,地球是有生命乃至灵性的。利奥波德在其论文《西南部资源保护的根本问题》(作者生前未发表)中指出:"地球——

---

① [德]孙志文:《现代人的焦虑和希望》,陈永禹译,生活·读书·新知三联书店,1994年,第67—68页。
② 转引自余谋昌:《生态哲学》,陕西人民教育出版社,2000年,第157页。
③ 详见雷毅:《生态伦理学》,陕西人民教育出版社,2000年,第165、157页。

它的土壤、山脉、河流、森林、气候、植物以及动物的个体特征,不仅从整体上把它看作是有用的东西,而且把它当作一个有生命的存在。"① 20 世纪 70 年代中期,英国生态学家洛夫洛克和美国生态学家马古里斯提出的"盖娅假说"更是明确宣称地球系统本身是"一个有机的生命体"②,我国著名的生态哲学家余谋昌先生赞成这一学说,并为之提出了六点理由:"1、地球经历了前生物阶段、生物阶段和人类阶段的演化,地球是'活的';2、世界有目的性,包括无机自然的目的性,动物、植物的目的性,人的目的性;3、世界有主动性,依主体的性质不同,可分为物质的主动性、生物的主动性、人的主动性;4、世界有'评价能力',明显表现在动、植物对于环境的评价上;5、自然万物都是有价值的,存在着统一的'价值进化'方向;6、自然中存在着'生态智慧',这是'仿生学'的基础。"③

而丘特切夫提出的热爱作为整体的大自然、爱护生物、尊重其自然成长规律等观念也是现代生态保护和动物保护所具备的,如大地伦理学明确宣称:"大地是一个共同体。大地是可爱的且应受到尊重。"认为人类应热爱、尊重和赞美大地,尊重它的生物同伴,尊重大地共同体,并提出大地伦理学的基本道德原则:一个人的行为,当有助于维持生命共同体的和谐、稳定和美丽这三个大地共同体不可分割的要素时,就是正确的;反之,就是错误的。④ 生物中心主义更是提出:人是地球生物共同体中的一个成员,人类生存依赖于其他生物,这是人的存在的最基本特点;人与自然是各种相互依赖的整体;所有有机体是生命目的的中心。⑤ 此外,丘特切夫在《漂泊者》等诗中倡导的时时生活于大自然之中,不断获得启示、教益与愉悦,以提升精神的思想,也与当前兴起的精神生态学合拍。当前,美国 19 世纪作家梭罗及其《瓦尔登湖》在美国乃至整个世界受到高度的推崇,原因在于他所倡导的人与自然沟通,简朴、自由地生活在自然之中,追求高度的精神生活。其实,丘特切夫早在梭罗之前几十年就已提出了类似的观念,只是没有梭罗那样多而集中而已。当前的精神生态学,深受梭罗的启发,把"信仰、简朴、自然"作为生活于艺术最高和谐的美。⑥

由上可见,丘特切夫的诗歌堪称现代生态文学的先声,表现了颇强的现代生态意识,对当前我们处理人与自然的关系不无启发性,具有很强的现代性甚至全球意义,这是其诗歌美学的现代意义的集中体现之一。

---

① 转引自雷毅:《生态伦理学》,陕西人民教育出版社,2000 年,第 130 页。
② 转引自马世骏主编:《现代生态学透视》,科学出版社,1990 年,第 321 页。
③ 转引自鲁枢元:《生态文艺学》,陕西人民教育出版社,2000 年,第 39—40 页。
④ 详见雷毅:《生态伦理学》,陕西人民教育出版社,2000 年,第 132—137 页。
⑤ 详见余谋昌:《生态哲学》,陕西人民教育出版社,2000 年,第 155 页。
⑥ 详见鲁枢元:《生态文艺学》,陕西人民教育出版社,2000 年,第 351 页。

第四节 独特的结构方式
——丘特切夫诗歌的多层次结构

丘特切夫被俄国象征派奉为祖师,其诗歌在艺术方面多有创新,其中最重要的一个特点,就是多层次结构。

象征派注重暗示、联想、对比、烘托等艺术手法,主张寻找"对应"(波德莱尔)、"对应物"(庞德)或"客观的关联物"(艾略特),认为人的精神、五官与世界万物息息相通,可见的事物与不可见的精神互相契合。丘特切夫的诗歌创作受德国古典哲学家谢林的"同一哲学"影响很深。谢林认为,自然是可见的精神,精神是不可见的自然,自然与人的智性和意识是一回事。这样,丘特切夫在创作中就能把自然与精神融为一体,从而在无意中与象征派的诗歌理论及诗歌创作暗合。

由于自然与精神是一回事,又重视直觉,丘诗跟象征派诗歌一样,出现了客观对应物,出现了象征,形成了多层次结构,并产生了多义性。

丘特切夫诗歌创作中的多层次结构大体通过三种方式体现出来:出现客观对应物,运用通体(又称通篇)象征,把思想巧妙地隐藏于风景的背后。这在当时的俄国诗坛,的确是前无古人的"绝对独特的创作手法"。

在"俄国文学之父""俄罗斯诗歌的太阳"普希金的笔下,大多是客观的白描和主观的抒情,即使在诗歌中运用某物作象征,也仅仅像一颗流星,在全诗中一闪即逝,并未构成通体象征,他的某些诗,如《致大海》《囚徒》《毒树》等,象征虽出现于全文,但象征手法不够成熟,过于显露,并未造成多层次结构。莱蒙托夫则有所发展,在他那里已有较好的通体象征或多层次的诗,如《帆》《悬崖》《美人鱼》等,但为数甚少。茹科夫斯基喜欢用象征,他的诗作充满了朦胧的幻想,但他的象征也很少构成多层次结构。只有到了丘特切夫,客观对应物与通体象征才大量出现,并形成多层次结构。

首先,丘特切夫在诗歌中让自然景物作为思想与情绪的客观对应物,平行地、对称地出现,从而使内心世界与外部世界互相呼应,可见的事物与不可见的精神相互契合,在诗歌结构中形成两条平行的脉络,出现两组对称的形象。两组平行的脉络的相互交错,丰富了诗歌的情感层次;两组对称形象的交相叠映,深化了诗歌的思想内涵。这种类似于音乐中的二重对位、电影中的平行蒙太奇的艺术手法,我们称之为"对喻"。它是诗人把"对喻式意象并置"发展推进到艺术结构上的结果,从而在俄国诗歌乃至世界诗歌史上,开创了一种独特新颖、别有韵味的丘式对喻结构。

丘诗中的"对喻"又表现为三种情况:

第一,前面整整一段写自然景物,后面整整一段则是思想感情,二者各自构成一幅画面,相互并列又交相叠映,互相沟通且相互深化,既描绘了特定的艺术画面,

又抒发了浓厚的思想感情,并使情与思达到水乳交融的境界。如《河流迂缓了……》:

> 河流迂缓了,水面不再晶莹,
> 一层灰暗的冰把它盖住;
> 色彩消失了,潺潺的清音
> 也被坚固的冰层所凝固——
> 然而,河水的不死的生命
> 这凛冽的严寒却无法禁闭,
> 水仍旧在流;那喑哑的水声
> 时时惊扰着死寂的空气。
>
> 悲哀的胸怀也正是这样
> 被生活的寒冷扼杀和压缩,
> 欢笑的青春已不再激荡,
> 岁月之流也不再跳跃,闪烁——
> 然而,在冰冷的表层下面,
> 生命还在喃喃,并没有止息,
> 有时候,还能清楚地听见
> 它那秘密的泉流的低语。①

前一节写河面上结了一层薄冰,但凛冽的严寒不能凝固全部的河水,水仍在冰层下面流,后一节则写生活寒冷的重压同样没法扼杀人内心的生命活力及求生的欲望。全诗以鲜明生动的画面,使自然中的严寒与生命之泉同生命中的严寒与生命的欢乐之泉相对举,深邃地表达了生命及生活的活力与欢乐是任何力量都无法扼杀的哲理思想。

又如《喷泉》第一节写自然的喷泉,第二节写思想的喷泉,两相对喻,更深刻地体现了人类的思想既强大又无能这一哲理。这种对喻手法的运用,较之单有一幅自然景物的描绘,或仅有一段思想感情的流露,显然是结构更匀称,层次更复杂,感情更深刻,哲理更深邃,艺术性也更高。

第二,前面整整一段写思想感情,后面整整一段写自然景物。它又分两种情况。

一是以情喻景,而又情景相生。既然自然是可见的精神,精神是不可见的自然,丘特切夫也就能够不仅以景写情,而且还可以以情喻景,这在当时乃至今天都无疑是大胆而独特的。如《在戍人的忧思中……》:

---

① 《丘特切夫诗选》,查良铮译,外国文学出版社,1985年,第54页。

在戕人的忧思中,一切惹人生厌,
生活像一堆堆石块重压着我们,
突然,天知道是从哪里,
一丝欢欣飘进我们的心田,
它以往事将我们吹拂和爱抚,
暂时消除了心灵那可怕的重负。

有时正是这样,在秋天,
当树枝光秃秃,田野空荡荡,
天空一片灰白,山谷更加阴暗,
突然袭来一阵风,温暖而润爽,
把落叶吹得东飞西旋,
使心灵仿佛浸泡于融融春光。①

前面一段描写生活的重压与突如其来的一丝欢欣所引起的人心情感的激荡,后面一段写大自然中有时秋天突如其来的一阵"温暖而润爽"的风所引起的恍如置身融融春光之中的瞬息感受,以前面的情喻后面的景,但又不仅仅如此。丘诗的妙处与深度也正体现在这里。如前所述,丘诗往往是前后两段对举出现形成"对喻"。"对喻"不同于一般的比喻,它的前后项并不仅仅构成简单的本体与喻体关系,前后项之间更多的是互相对比,互相衬托,前者烘托后者,后者深化前者,二者的关系如红花绿叶,交相辉映,构成一个立体的画面,并且缺一不可。《在戕人的忧思中……》一诗就是如此,前面的情衬托了后面的景,后面的景又使前面的情给人留下更深刻的印象。

二是以景写情,突出所要表达的思想。如《你看他在广阔的世界里……》:

你看他在广阔的世界里,
忽而任性快乐,忽而神情阴郁,
心不在焉,怪异,神秘,
诗人就是这样——而你竟对他鄙视!

看看月亮吧:整个白天
它在空中瘦弱不堪,奄奄一息,
黑夜降临——这辉煌的上帝,

---

① 曾思艺译自《丘特切夫诗歌全集》,列宁格勒,1957年,第167页;或见《丘特切夫哲理抒情诗选》,曾思艺译,《诗歌月刊》2009年第7期下半月刊(总第104期)。

>　　在昏昏欲睡的树林上银辉灿灿！①

以第二节的月亮衬托出诗人虽然怪诞、神秘但不可轻视，表达作者希望世人理解诗人的思想。

　　有时，丘特切夫把上述两种方法混合起来运用，《大地还是满目凄凉》就是如此。第一节写冬春之交大地满目凄凉中浮现的"春的气息"，第二节则写在麻木中欲醒的人心中所萌发的幻想，二者交相辉映，又互相深化，但最后四行笔锋一转，既写大自然，又写人心，使二者融合为一，分不清界限，似乎自然现象已转化为人的心灵状态了②——这，又具有了我们下面即将论述的对喻第三类的特色。

　　第三，思想感情与自然景物在全诗中同时平行而又交错地出现，巧妙自然地相互过渡，使人分不出是情是景，辨不清是自然现象还是心灵状态。如《世人的眼泪……》（见本书 299 页），在这首诗里，雨和泪构成二重对位，同时又使二者交织融合为一，是雨是泪，二者简直不可区分。《在郁闷空气的寂静中……》一诗，也同样如此把初恋少女激动的眼泪与酝酿已久而下的雨滴二者融为一体：

>　　穿过丝绒般的睫毛
>　　噗地落下来两滴……
>　　或许就这样开始了
>　　一直酝酿着的雷雨？……③

而《海浪和思想》一诗，不仅使波浪与思想二重对位，造成诗歌结构上的双重结构，而且也使波浪与思想仿佛都被解剖，被还原，成为彼此互相沟通的物质。

　　其次，丘特切夫采用通体象征造成诗歌的多层次结构，形成诗歌内涵的多义性。

　　丘诗中的通体象征一般造成双重结构。如《天鹅》一诗：

>　　休管苍鹰在怒云之上
>　　迎着急驰的电闪奋飞，
>　　或者抬起坚定的目光
>　　去啜饮太阳的光辉；
>
>　　你的命运比它更可羡慕，
>　　洁白的天鹅！神灵正以

---

① 曾思艺译自《丘特切夫诗歌全集》，列宁格勒，1957 年，第 109 页；或见《丘特切夫哲理抒情诗选》，曾思艺译，《诗歌月刊》2009 年第 7 期下半月刊（总第 104 期）。
② 见《丘特切夫诗选》，查良铮译，外国文学出版社，1985 年，第 64 页。
③ 《丘特切夫诗选》，查良铮译，外国文学出版社，1985 年，第 47 页。

和你一样纯净的元素
围裹着你翱翔的翅翼。

它在两重深渊之间
抚慰着你无涯的梦想——
一片澄碧而圣洁的天
给你洒着星空的荣光。①

  这首诗具有表层与深层双重结构。表层结构写的是天鹅比苍鹰的命运更可羡慕——它得到了神灵的爱护。而深层结构是：在欧洲古典诗歌中，鹰与天鹅是经常出现的一对形象，取得胜利的每每是鹰。丘特切夫在这里反其意而用之，通过两者对立的表层结构体现了自己的人生观——酷爱和平与宁静（天鹅），厌恶狂暴与斗争（鹰），情愿终生老死在纯净的美之王国中。

  又如《杨柳啊……》一诗，不仅具有双重结构，而且具有多义性。其表层结构是全诗极力在铺写杨柳，深层结构则具有多义性。首先，可以认为这是一幕落花有意、流水无情的单相思痴恋场面，进而可以隐喻人与人之间的某种关系；其次，更进一步考察，这里隐喻着个性的悲剧、人生的悲剧：一股溪流从身旁经过，杨柳俯身也不能触及它，可悲的是，并非杨柳想要俯身，而是某种外在的力量迫使它俯身，又使它够不到水流，在社会上、在人世间，人及人的个性不也如此？生活迫使你去渴望，迫使你去追求，而往往又注定你徒劳无功，这就是人生的悲剧！同时，这也是当时"一切办公室和营房都随着鞭子和官僚运转"、一切都"堕入铁一般沉重的梦里"的俄国以及当时工业文明飞跃发展、人已变成"整体中一个孤零零的断片"的欧洲社会里人的必然归宿。

  由于象征运用得巧妙，丘诗往往构成三重结构。如《海驹》一诗：

骏马啊，海上的神驹，
你披着浅绿的鬃毛，
有时温驯、柔和、随人意，
有时顽皮、狂躁、疾奔跑！
在神的广阔的原野上，
是风暴哺育你长成，
它教给你如何跳荡，
又如何任性地驰骋！

骏马啊，我爱看你的奔跑，

---

① 《丘特切夫诗选》，查良铮译，外国文学出版社，1985年，第12页。

> 那么骄傲，又那么有力，
> 你扬起厚厚的鬃毛，
> 浑身是汗，冒着热气，
> 不顾一切地冲向岸边，
> 一路发出欢快的嘶鸣；
> 听，你的蹄子一碰到石岩，
> 就变为水花，飞向半空！……①

初看，它描绘的是一匹真正的马，写了马的形体（"披着浅绿的鬃毛"），马的性格（"有时温驯、柔和、随人意，/有时顽皮、狂躁、疾奔跑"），马的动作（"不顾一切地冲向岸边，/一路发出欢快的嘶鸣"），这是第一层；可诗歌的结尾两句却使我们惊醒，并点明这是海浪（"听，你的蹄子一碰到石岩，/就变为水花，飞向半空"），从而由第一层写实的语言转入带象征意味的诗意的第二层次，使写实与象征两种境界既相互并存，又互相转化。但诗人的一大特点是把自然现象与心灵状态融为一体。因此，这首诗表现的是人的心灵与人的个性，这是第三层。而这第三层又具有多义性：这是一个满腔热情、执着追求的人，朝着理想勇往直前地猛冲，最后达到了理想的境界，精神升华到了另一天国；这也是一个强有力的个性，宁折不弯，一往无前，结果理想被现实的礁岩撞击成一堆水花与泡沫。这一切，都是借助于象征的魔力来实现的，丘特切夫不愧为俄国象征派的祖师。

其三，丘特切夫还通过把哲理思想完美地融合于美妙的自然景物之中来形成诗歌的双重结构。这类诗，往往表面但见一片纯美的风景，风景的背后却蕴含着颇为深刻的生命哲学。如《在那夏末静谧的晚上……》一诗：

> 在那夏末静谧的晚上，
> 天空中的星星淡红微吐，
> 田野身披幽幽的星光，
> 一边安睡，一边悄悄成熟……
> 它那无边无际的金色麦浪，
> 在夜色中渐渐平静，
> 那如梦的柔波也无声无息地
> 被月光染得洁白晶莹……②

乍看，这仅仅是自然风景的朴实描绘（表层结构），然而在短短的八行诗中，却蕴含着深邃的哲理、丰富的思想（深层结构）：这是一片普普通通的田野，在幽幽的星光下，已不见白日的劳作与匆忙，更不见阳光的热力与明媚，在这七月的夜晚，它

---

① 《丘特切夫诗选》，查良铮译，外国文学出版社，1985年，第16页。
② 曾思艺译自《丘特切夫诗歌全集》，列宁格勒，1957年，第167页；或见《丘特切夫哲理抒情诗选》，曾思艺译，《诗歌月刊》2009年第7期下半月刊（总第104期）。

静静地安睡着。然而,这人类生命的源泉——粮食的诞生地,并未停止生命进程,它一面安睡,一面在成熟中。人们辛勤劳动所培育的生命,已成为自然的一部分,它随时间的进展而时刻成长着。虽然从表面上看不到生命的顶点,也看不到它的运动,但自然和历史却隐藏在表面下一刻不停地向前运动。这不仅是对人的劳动、人与自然那平凡而伟大的日程的赞颂,而且是对世界、自然、历史、生命的某种深刻的哲理把握!这类诗在丘特切夫的诗集中俯拾即是,最著名的有《紫色的葡萄垂满山坡……》《恬静》《山中的清晨》……

综上所述,丘诗的多层次结构的确是他大胆独创的艺术手法,为俄国诗歌开拓了新的路子。

第五节　回归文化传统　激活诗歌艺术
——试论丘特切夫诗歌中的古语词

文学是一门语言的艺术。作家或诗人的思想、情感乃至某种朦胧或抽象的情绪,都必须借助语言才能体现出来,正像绘画必须通过线条与色彩、音乐必须通过音符体现出来一样。因此,语言是文学的第一要素。丘特切夫很早就认识到语言在诗歌创作中的重要性,他曾说过,诗歌创作的"全部事情只在于把语言解放开来,使语言不受束缚"①。俄罗斯当代学者格里戈里耶娃在其《丘特切夫诗歌的语言》一书中指出:"滑过通用的语言惯例,在丘特切夫那里,是一个普遍的特点。"②的确,丘特切夫终其一生几乎都在致力于诗歌语言的探索,达到了相当的水平和高度,成为俄国诗歌史乃至文学史上的一位语言艺术大师。当年,屠格涅夫在《略谈费·伊·丘特切夫的诗》一文里就称他创造了不朽的语言③,俄罗斯当代学者奇切林也认为:"丘特切夫的所有力量都体现在俄语中。"④

尽管丘特切夫终身致力于解放语言,但他并非单纯为创新而解放语言,而是由于对他来说,艺术的意义改变了。艺术的意义,即具体艺术作品传达的思想、情感及其所揭示的生命存在的价值。在此以前的俄国诗歌,一般或抒写内心的哲思或激情,或单纯地描写自然景物。而丘特切夫认为人与自然是一个整体,物与物之间相互沟通,自然与心灵的一切时时刻刻都在运动变化之中,同时他又主张诗必须植根于大地、诗是心灵的表现,试图通过探索自然来探索心灵和生命之谜,这样,其诗歌所传达的艺术的意义已大大不同于以往的俄国诗歌,表达这一艺术意义的诗歌语言也必须相应地加以改变。因此,丘特切夫试图通过多种方式的语言来表达自

---

① 转引自[俄]特尼亚诺夫:《文学史批评》,圣彼得堡,2001年,第213页。
② [俄]格里果利耶娃:《丘特切夫诗歌的语言》,莫斯科,1980年,第70页。
③ [俄]屠格涅夫:《略谈费·伊·丘特切夫的诗》,《屠格涅夫散文精选》,长江文艺出版社,2010年,第111页。
④ [俄]契切林:《俄国文学风格简史》,莫斯科,1977年,第404页。

己的情感与哲思,其中之一便是在诗中大量使用古语词。

对丘特切夫在诗歌中大量使用古语词,苏俄学者有不同的看法。特尼亚诺夫大力肯定,并宣称古语词是丘特切夫诗歌的主要特点乃至主要风格。他认为:"丘特切夫是起源于罗蒙诺索夫和杰尔查文的俄罗斯抒情诗古老支流的典范。他是连接18世纪雄辩的颂歌体抒情诗与象征主义者的抒情诗之链的一个环节。他以杰尔查文的词汇为出发点,使之与茹科夫斯基风格的某些成分融合起来,出色地柔化了庄重的哲学颂歌的古老外形。"①他进而指出,丘特切夫在杰尔查文的基础上,吸收了罗蒙诺索夫的雄辩特别是18世纪的政治颂歌和私密抒情诗(或个人抒情诗),同时他又在普希金的背景上,升起在德国浪漫主义的上空,并使之具有古老的杰尔查文形式,赋予它新的生命。② 他还具体地指出:"20年代初,按诗风特点和语言,丘特切夫是一个摹古主义者"③,"丘特切夫不仅在词汇中,而且在风格上,都是从18世纪出发的"④,尤其是在语言方面,"丘特切夫选择的是他找到的特殊的古老的语言"⑤,而这又受到他的老师拉伊奇很大的影响与启发:"拉伊奇力求创造一种特别的诗歌语言:把罗蒙诺索夫的风格与意大利的悦耳的音律结合起来。"⑥皮加列夫则赞同日尔蒙斯基的观点,认为古语词在丘诗中"充其量只居于第二位,而总的来看,从40年代末开始,它们的数量在其诗中大大减少"⑦。格里戈里耶娃基本同意他们的观点,并且认为这种古语词并非整个丘诗的普遍特征,而只出现于表现系列主题的部分诗歌中。⑧ 我们认为,皮加列夫等人的观点比较符合客观实际,但不可否认的是,即使古语词在丘诗中只居于第二位,它们也占据了一个相当重要的地位,对丘特切夫诗歌的风格产生了较大的影响,而且已经成为其诗歌风格的一个重要组成部分,因此,很有必要对之进行美学上的深入探讨。

那么,丘特切夫为什么要在自己的诗歌中较多地使用古语词呢?首先,这与18世纪诗歌(罗蒙诺索夫、杰尔查文等)的影响有关;其次,这与诗人的语言创新有关,用古语词的目的是为了以古语词的深奥、典雅、具有深刻的文化内涵,尤其是极富形象性来唤起人们的新鲜感;其三,更应该指出的是,这也是丘特切夫诗歌独有的宇宙意识、人类意识乃至全球意识决定的。因为古语词有以下几项绝对不可忽视的功能,它有助于诗人更生动、形象地表现自己的宇宙意识、人类意识乃至全球意识。

首先,古语词能使诗歌的风格更为典雅。如前所述,丘特切夫的诗歌是一种极

---

① [俄]特尼亚诺夫:《文学史批评》,圣彼得堡,2001年,第368页。
② 同上书,第371—378页。
③ 同上书,第381页。
④ 同上书,第391页。
⑤ 同上书,第390页。
⑥ 同上书,第382页。
⑦ 同上书,第275页。
⑧ 详见[俄]格里果利耶娃:《丘特切夫诗歌的语言》,莫斯科,1980年,第9页。

具独创性的哲理抒情诗,它思考的是人类的一些普遍问题,表现的是人类心灵共同的困惑,这些问题既是自古以来就存在而一直未能解决的,又是相当严肃和重大的,有着突出的宇宙意识、人类意识乃至全球意识,因此,它特别需要一种相应严肃、深沉、典雅的风格来加以表现。这样,丘特切夫便在其诗歌尤其是思考人类生存与心灵困惑、大自然的奥秘一类的诗歌中较多地使用带来崇高风格的古语词。对此,特尼亚诺夫在《论文学的演变》一文中已有所论述:"在罗蒙诺索夫的体系中,古语词引进高雅的风格,因为在这个体系中,词汇的色彩具有主要的作用(作者借助于教会语言的词汇组合使用古语词)。"①格里戈里耶娃更明确地指出,他早年比较喜欢在诗歌中使用斯拉夫教会古语词和各类今天已经很少见到的古语词,这是哲理性主题的需要②,其实还要补充一句,这也是表现宇宙意识、人类意识乃至全球意识的哲理抒情诗诗歌风格的需要。

其次,古语词能更好地表现诗人的文化意识。宇宙意识、人类意识乃至全球意识说到底在某种程度上就是一种文化意识,因为人的独特性在于他所创造的文化,人是一种文化的生物。丘特切夫本身是一个知识极其渊博的人,早在大学时期,他就广泛地阅读了自然科学、社会科学、人文科学的著作,到了被称为德国的新雅典——慕尼黑以后,他更是具备了广泛涉猎以上多方面书籍的条件,而且极其勤奋地阅读。他的朋友对其博学多有评论,如他的好友加加林公爵指出:"丘特切夫大量阅读,而且善于阅读,也就是说,他善于选择阅读什么,并从阅读中吸取有益的东西。"③德国著名哲学家谢林更是把他誉为"一个卓越的、最有教养的人,和他往来永远给人以欣慰"④。正因为如此,他十分热爱人类的文化。正是他对人类文化广泛的兴趣和非同一般的热爱,使得他终身关注人类的终极问题、思考人在宇宙中的位置、探索大自然的奥秘,从而使诗歌具有突出的宇宙意识、人类意识乃至全球意识。因此,可以说,他那强烈的文化意识正是其宇宙意识、人类意识的具体体现,而这又赋予其诗歌一种极其宏大、开阔的视野和相当的深度,从而达到具有全球意义的高度。他的文化意识在诗歌中又可以分为三种情况:第一,表现为用古语词来指称抽象概念(特尼亚诺夫指出:"在丘特切夫的体系中,古语词还有另外一种功能,就是常常用来代替抽象概念……"⑤),思考人类的本质问题,如《Фонтан》(《喷泉》):

  Смотри, как облаком живым
  Фонтан сияющий клубится;
  Как пламенеет, как дробится

---

① [法]托多罗夫编选:《俄苏形式主义文论选》,蔡鸿滨译,中国社会科学出版社,1989年,第103页。
② 详见[俄]格里果利耶娃:《丘特切夫诗歌的语言》,莫斯科,1980年,第41、157—158页。
③ 转引自[俄]皮加列夫:《丘特切夫的生平与创作》,莫斯科,1962年,第74页。
④ 转引自《丘特切夫诗选》,查良铮译,外国文学出版社,1985年,第170页。
⑤ [法]托多罗夫编选:《俄苏形式主义文论选》,蔡鸿滨译,中国社会科学出版社,1989年,第103页。

>   Его на солнце влажный дым.
>   Лучом поднявшись к небу, он
>   Коснулся высоты заветной—
>   И снова пылью огнецветной
>   Ниспасть на землю осужден.
>
>   О смертной мысли водомет,
>   О водомет неистощимый!
>   Какой закон непостижимый,
>   Тебя стремит, тебя метет?
>   Как жадно к небу рвешься ты!...
>   Но длань незримо-роковая,
>   Твой луч упорный преломляя,
>   Свергает в брызгах с высоты. ①

诗歌的第一节，描述的是人工的喷泉，因此诗人采用的是从外国引进的常用的、普通的工艺学名词"Фонтан"（"喷泉"）一词，第二节写的是思想的喷泉，因此诗人为了与这种抽象的东西协调，采用了俄罗斯民族的古语词"водомет"（"喷泉"）和"длань"（"手，手掌"）一词。全诗是对人类思想的一种哲学思考，诗人认为，人类的思想既强大又无力，尽管它不断飞腾，想要凌云上溯，但只能达到一定的高度，超过这一无形的预定高度，就会被一只无形的命运巨掌打落下来，就像喷泉达到一定的高度就变成水花洒落地面。这种思考是客观、深刻而独特的，具有普遍的哲学意义。第二，表现为对古老文化的敬重，《罗马之夜》一诗就用了好些古语词，如"град"（"城市"）和"прах"（"尘土，灰尘"）等等，是为了以此与罗马城市几千年的历史协调，造成一种悠远的时间感和历史感，而使用带敬重语气的古语词"почивать"（"安寝，睡觉"），则充分体现了诗人对罗马这一人类古老文化象征的敬重乃至热爱。第三，表现为喜欢使用原始意象（或原型意象）——神话、宗教中的古语词（或称典故性的词语），以更契合其诗歌总体对人类和自然、社会深层奥秘的探求：或者以这种原始意象的古语词代替日常习见的词，如以"Аврора"（阿弗罗拉，罗马神话中的司晨女神）代替朝霞（заря），以"слезы Авроры"（阿弗罗拉之泪）代替露珠（роса）；或者直接使用这类词，如 Геба、Пан、Атлас，这是古希腊神话中的青春女神赫芭、牧神潘、扛天的阿特拉斯，而 Перун 是古斯拉夫神话中的雷神别隆，Фея 是西

---

① 此诗见《丘特切夫诗选》，顿河罗斯托夫，1996 年，第 84 页。中译为："看啊，这明亮的喷泉，/像灵幻的云雾，不断升腾，/它那湿润的团团水烟，/在阳光下闪闪烁烁，缓缓消散。它像一道光芒，飞奔向蓝天，/一旦达到朝思暮想的高度，/就注定四散陨落地面，/好似点点火尘，灿烂耀眼。//哦，宿命的思想喷泉，/哦，永不枯竭的喷泉！/是什么样不可思议的法则/使你激射和飞旋？/你多么渴望喷上蓝天！/然而一只无形的命运巨掌/却凌空打断你倔强的光芒，/把你变成纷纷洒落的水星点点。"（曾思艺译）

欧神话中的仙女菲雅,Элизиум 是古代神话中的乐土,Эдем 则是《圣经》中的伊甸园。这些原型意象的使用,造成了深刻而悠远的文化感,更好地揭示了人类、自然、社会乃至心理的深层奥秘。

其三,使用古语词是为了回归词的本源。从人类语言的起源来看,原始语言在抒发情感的同时,还具有将经验构造成某种形象性的东西的功用。然而,随着人类抽象概括能力的提高,语言变得越来越抽象化、概念化,渐渐失去其与形象性的天然联系。使用古语词,就是为了回归词的本源,恢复语言与形象性的天然联系。具体来看,它有以下几方面的作用。

第一,可以使诗歌语言更生动更形象。古人在发明或创造一个词的时候,由于当时接近于原始思维,词语往往具有很强的形象性。然而在长期的运用过程中,一方面由于人们经常运用,对词语的形象性已经熟视无睹,十分麻木,另一方面也由于种种引申义的不断出现,使词语更多地转向抽象和概括,人们已习惯于抽象、概括的词义而慢慢忘却了其原初形象的本意。而在大家都对一个词语的引申义习以为常而对其本义颇感陌生的时候,使用古语词回归词的本源,是一个既能回归传统、造成悠远的文化感又能使诗歌的语言形象生动的行之有效的好办法。表面上看,这是一种复古,其实它是一种化过分抽象、过分概括的语言为形象的诗意语言的艺术创新。这样,丘特切夫便在诗歌中较多地使用古语词以恢复它的原始形象性。如"встать"这一动词在丘特切夫同时代人的观念中,是"начаться"(开始、起源、发端)、"подняться"(扬起来,升起来)之意,而且一般只用于风、暴风雨、波浪等现象,而丘特切夫却把它用于月亮:"месяц встал"(月亮站起来)。这就返回了该动词的原初意义[①],使这一同时代人们习以为常的动词显得形象而生动,同时也使诗歌生动而形象。

第二,由此更可以使人产生一种回归文化传统的深度感,从而体现一种真正的现代意识。1948 年诺贝尔文学奖获得者、现代派著名诗人艾略特指出:"诗人,任何艺术的艺术家,谁也不能单独地具有他完全的意义。他的重要性以及我们对他的鉴赏就是鉴赏他和已故诗人以及艺术家的关系。你不能把他单独地评价;你得把他放在前人之间来对照,来比较。"[②]这话说出了现当代有识之士的心声。当前,不少有识之士已认识到,作为一个文化的生物,任何一个人都无法摆脱文化传统,我们一生下来就呼吸着文化传统而长大,文化传统无时无刻不在影响我们,尤其是通过我们无法回避的、赖以传达思想的语言时时处处在深深影响我们。因此,从更高层次上回归传统进而发展传统,便成为当代人的一个追求方向。丘特切夫回归词的本源,也就是回归文化传统,在当时及以后一段时间里,尽管有人因此认为他是一个摹古主义者,但从今天的眼光来看,这无疑是很有远见、极富现代感的,

---

① 详见[俄]格里果利耶娃:《丘特切夫诗歌的语言》,莫斯科,1980 年,第 61—62 页。
② [英]艾略特:《传统与个人才能》,卞之琳译,赵毅衡编选:《"新批评"文集》,中国社会科学出版社,1988 年,第 26 页。

值得肯定。而且,丘特切夫从词的角度回归文化传统,为 20 世纪初的阿克梅派诗人尤其是其中的重要人物曼德尔施坦姆提供了可供效仿的榜样。曼德尔施坦姆写有论文集《词与文化》,并且宣称阿克梅主义就是对世界文化的眷念,这不仅是他对阿克梅派的解释,也是他给诗歌下的定义,他正是以此为指针来进行诗歌创作的。阿格诺索夫等俄罗斯当代学者对此有颇为详细的阐述:"1933 年,在列宁格勒自己的诗歌朗诵会上,曼德尔施坦姆给阿克梅主义下了一个广为流传的定义:'阿克梅主义是对世界文化的眷念'。'对世界文化的眷念'这样的定义,揭示出作家本人世界观的本质,并且在很大程度上阐明了他艺术世界的特点。这是透过历史文化的比较和联想,对各个文化历史时代、对现代及其前景进行思索。为此,曼德尔施坦姆积极地将他人的艺术世界引入自己的轨道,换言之,在他的诗中,读者会看见为数众多的借自其他作者(萨福、莎士比亚、拉辛、塔索、但丁、谢尼耶、巴丘什科夫、普希金、莱蒙托夫、丘特切夫、涅克拉索夫、陀思妥耶夫斯基、巴尔扎克、福楼拜、狄更斯),获取自某个文化历史时期(古希腊、古罗马、中世纪、文艺复兴时期、古典主义、浪漫主义)的形象和语句。诗人还经常使用圣经象征。"①

必须指出的是,丘特切夫所使用的古语词往往带有崇高体的特点。他的这一崇高体既是对杰尔查文等人崇高体的继承,又有着较大的发展。别尔科夫斯基指出:"他与献身于重大哲学问题的崇高体诗人杰尔查文相联系,同时又进行了有特色的变化。杰尔查文和他的同时代人的崇高体——其优越性是得到教会和国家赞美的官式崇高体。丘特切夫……庄严的崇高体就是生活的真实内容,它全部的热情,它的主要冲突,而不是激励着老一辈颂歌诗人们的官方提倡的信仰原则。俄国 18 世纪的颂体诗实际上是哲理诗,在这方面丘特切夫继承了它,并有一个非常重要的区别:他的哲学思想——是自由的,是间接地暗示事物本身的,而以前的诗人是服从从前留下的律令和众所周知的真理的。"②

第六节　诗与哲学在现代形式中的交融
——丘特切夫诗歌的现代意识

丘特切夫的诗是一种哲理抒情诗,它把深邃的哲理、自然的形象、丰富的感情,通过瞬间的境界,以精炼清新的形式表现出来,达到了相当的艺术高度,在俄国乃至世界诗歌史上,占据了一个独特的位置。苏联文艺学家指出:"作为当今最受欢迎的诗人之一,丘特切夫暂时还是 19 世纪最费解的诗人之一……其诗作费解的主要原因之一在于这位天才诗人绝对独特的创作手法。他的思想是那样明显地超越了自己的时代,以至他的作品已经与 20 世纪的诗篇产生共鸣,并积极参与了当今

---

① [俄]阿格诺索夫主编:《20 世纪俄罗斯文学》,凌建侯等译,中国人民大学出版社,2001 年,第 224 页。
② [俄]别尔科夫斯基:《丘特切夫》,《丘特切夫诗选》,莫斯科-列宁格勒,1962 年,第 19 页。

时代对世界和人的认识。"①这说明丘诗具有强烈的现代意识。的确,丘诗深刻、系统地探索了自然、生命、心灵的奥秘,充分表现了现代人骚动不宁的内心世界——它失去了平衡与和谐,混沌一团,充满了惊慌、不安与疯狂,进而积极参与了当今时代对世界和人的认识,这使得我们20世纪的读者读这位19世纪古典诗人的诗就像读同代人的诗一样。丘诗的现代意识体现在其诗歌的内容与形式两个方面。

文学是人学。随着社会的日益发展,文明的日益进步,人类对自身本质问题的思考也越发摆到议事日程上来了。文学是人认识自己的强有力的工具,对人的本质问题的思考更是列为重点。而哲学研究的正是人的本质问题,因此,现今世界各国文学与哲学的结合已呈现水乳交融之势。文学哲学化,可以说是20世纪以来世界文学现代性的一种标志。飞白先生指出,丘特切夫"用抒情诗回答着哲学的问题"②。丘诗与德国古典哲学家谢林的"同一哲学"密切相关。③ 丘特切夫以自己独特的个性气质与丰富的感情融合了谢林哲学,同时创造性地加以背离,以诗长期、系统地探索自然、生命、心灵等本质问题,从而形成了自己独特的诗与哲学的结晶品,实现了诗与哲学的圆满融合。丘诗的现代性不只是诗与哲学的结合,更重要的是这种诗与哲学的结晶品在思想内容方面所体现的现代意识,即:以诗对自然、心灵、生命之谜等人的本质问题进行执着、系统的探索,用抒情诗回答哲学的问题。它表现为以下几个方面:

第一,在永恒自然面前的矛盾与困惑。当自然作为部分,处于不断变化的过程中,诗人把自然当作美景欣赏,宣称自然像人一样,有着活的灵魂,有着自己的个性、语言、生命和爱情(《大自然并不是你们想象的那样……》),并从中看到人的生命的变化与自然变化的同一性(如《春雷》《山中的清晨》《恬静》);当自然故叶已坠、新芽方萌的新陈代谢作为一个整体呈现在作为个体的诗人面前,显示出永恒循环的特点,与个体的人那生命的一次完结性形成鲜明、强烈的对照时,诗人深感自然的强大、永恒与人生的脆弱、短暂,恐惧、悲哀袭上心头,随即渴望投入并融化于这永恒的普在之中(《灵柩已经放进墓茔……》《春》)。然而,人永远不能摆脱个体的"我",因此,只能永远处于惊慌、恐惧、迷惑、矛盾之中。矛盾、困惑的诗人继续矛盾、困惑地探索着人的本质问题。

一方面,他认为,尽管自然永恒,人生短暂,但人总不能在这世上白走一趟,他得证明自己生命的价值,因此,他渴望,他斗争,他力图以自己奋斗的成果来证明生,从而否定死,超越死。首先,他愤怒地否定那代表永恒的上帝:"在创造中,没有上帝!在祈祷中,没有理性!"(《你的眼睛里没有情意……》)在此基础上,诗人进一

---

① 吕进主编:《外国名诗鉴赏辞典》,河北人民出版社,1989年,第529页。
② 飞白著译:《诗海》,现代卷,漓江出版社,1990年,第804页。
③ 参看曾思艺:《丘特切夫的哲理抒情诗与谢林哲学》,《湘潭大学学报》(社科版)1989年第4期。亦可参见中国人民大学书报资料中心:《外国哲学与哲学史》1989年第11期。

步探讨人的生活目的及性格发展,在《两个声音》一诗中,他通过自我分裂、自我争辩的形式,表现了人生的目的在于不屈的斗争,他认为在这个意义上人高于神,从而对那些高踞于无差别境界的奥林匹斯众神表示了极大的蔑视:"让奥林匹斯的众神以羡慕的眼光/看着骁勇不屈的心不断奋战。/那在战斗中倒下的,只败于命运,/却从神的手里夺来胜利的花冠",体现了力求证明自我价值的现代意识,具有一定的积极意义。

另一方面,诗人又强烈地感到:人奋斗过了,老了,被证明了的生命的价值已随时间的流逝而渐渐模糊,甚至完全失去意义——成长起来的年轻一代,已把上一代连同他们的时代忘得干干净净(《不眠夜》)。在社会中这令人恐惧,在永恒的自然中,这更叫人揪心。人的一切努力都是徒劳的,人,"不过是——自然的梦":"不管人建立了怎样徒劳的勋业,/大自然对她的孩子一视同仁,/依次地,她以自己那吞没一切/和使人安息的深渊迎接我们"(《在这儿,生活曾经如何沸腾……》);人生则是瞬间的梦幻般短暂,甚至无所谓的,最后剩下的,只是自然那茫茫的无限与永恒:"一切随之消失,甚至痕迹!/有我或无我,有什么需要?/一切照旧,风雪依然悲泣,/仍是如此黑暗把草原笼罩"(《伴随我多少岁月的兄弟……》)。在这里丘诗已迥然相异于一般浪漫主义诗人对自然的无限倾倒与顶礼膜拜,而把自然作为人的对立面,让人产生强烈的压抑感,表现了人对此产生的空虚感乃至虚无感,表现了人内心的骚乱、惊慌、恐惧与矛盾,很有现代意识。

由此,诗人那颗"寻水者"的心灵对大自然产生疑惑:"大自然,这个古怪的司芬克斯,/老爱用自己的考验把人们折腾,/哦,也许自从世界第一日开始,/就没有什么谜语藏在它的心中"(《大自然,这个古怪的司芬克斯……》)。进而,产生了本体论上的非理性的神秘主义。在其代表作《沉默》一诗中,他表示:"沉默吧,隐匿你的感情,/让你的梦想深深地藏躲""思绪如何对另一颗心说?/你的心事岂能使别人懂得?/思想一经说出就是谎,/谁理解你生命的真谛是什么?"飞白先生对此诗曾进行过精辟的论析:"这首名作不仅表现了现代西方的异化主题,同时也深刻地表现了丘特切夫对'存在'的本体的态度。诗人认为:思绪之所以不能让人理解,不仅是由于社会的庸俗和肤浅,其更本质的原因是理性的词句在说明非理性世界(包括外在世界和内心世界)时的无能为力。能说明神秘的无底深渊的,唯有沉默,唯有心灵与宇宙的沉默的契合。"①

第二,人在宇宙中无所适从的尴尬局面。诗人终生热爱自然,研究自然,并透过自然去研究人、人的心灵和生命。可自然是如此的神秘深沉,充满了如此多的不解之谜,诗人越研究,越感到疑惑,以致不得不发出浩叹:"大自然,这个古怪的司芬克斯,/总爱用自己的考验把人们折腾。"由疑惑产生恐惧,进而发现人在宇宙中无所适从的尴尬局面。由于受谢林哲学的影响,丘特切夫的宇宙往往体现为"深渊"

---

① 飞白:《试论现代诗与非理性》,《外国文学评论》1987 年第 2 期。

与"混沌"。他既爱这个"深渊"或"混沌",又害怕它们。这种又爱又怕的矛盾充分体现了人在宇宙中无所适从的尴尬局面,并促使他一再去描写黑夜。在他看来,白昼是一幅金线编织的幕,而"夜"比白昼要真实而有活力得多,因为它来自那个神秘的"混沌"世界,显露了那个万物从中诞生的"无底的深渊",但诗人对此又深感恐惧,因为黑夜袒露了"混沌"世界的全部"恐怖与黑暗",而自己和黑夜之间却"没有遮拦"(《日与夜》)。在《午夜的大风啊……》一诗中,他对午夜更加明显地表现出自己这种无所适从的两难心境:一方面,午夜的大风唱着歌,在对人暗示着"那原始的混沌",人的心灵"感到多么亲切,听得多么凝神";另一方面,诗人又深感忧惧,请求午夜的大风"别把这沉睡的风暴唤醒/那下面正蠕动着怎样的地狱!"在《庄严的夜从地平线上升起……》一诗中诗人高度集中而又生动形象地展现了人在宇宙中无所适从的尴尬局面:"庄严的夜从地平线上升起,/可爱的白日啊,我们的慰安,/立刻像一幅金色的画帷/被它卷起,露出无底的深渊。/外在的世界梦幻似的消失……/而人,突然像孤儿,无家可归,/只有站在幽暗的悬崖之前/软弱无力,赤裸裸地颤巍。"这种在宇宙面前无家可归的"孤儿感"入木三分地表现了人无所适从的尴尬的局面。读惯了以各种荒诞手法来表现人在宇宙中无所适从尴尬局面的20世纪的读者,读到这些诗,自然倍感亲切,也许还感到某种稚拙与朴实。

第三,异化的主题。德国古典哲学以对工业文明的忧虑和反思为重要的标志,费希特、谢林在科学技术、工业文明对人的异化问题上作出了积极、深入的思考。诗人、戏剧家席勒对此更是作出了全面、深刻的反思,他指出"现在,国家与教会、法律与习俗都分裂开来,享受与劳动脱节、手段与目的脱节、努力和报酬脱节。永远束缚在整体中一个孤零零碎断片上,人也就自己变成一个断片了"。① 深受德国哲学与文学影响的丘特切夫在德国生活长达20多年,当时的欧洲经历了法国革命,一切旧的秩序已被粉碎,新的秩序正在建立,整个欧洲还处于动荡之中。作为一个天才的诗人,丘特切夫既深深感到工业文明所带来的人的异化,又敏锐地意识到社会现实秩序的脆弱,预感到社会巨变即将来临,从而产生一种空虚与孤独之感。这种空虚与孤独感,更进一步加深了诗人对异化的全面理解。

丘诗中的异化主题表现在两个方面。一方面,社会对人的异化。在诗人看来,当时的世纪是"犯罪的、可耻的世纪","病态的、没有信念的世纪"(《纪念M.K.波里特科夫斯基》),而当时的俄国社会,到处是死一般的沉寂,一切都"堕入铁一般沉重的梦里",生活的表现形式就像"热病患者的梦呓"(《在这儿,只有死寂的苍天……》),一切被监禁在贫困之中,"没有声音,色彩和运动"(《归途上》)。在这样一个严酷的社会里,人的一切都深深异化了:人的主动性、人的个性被异化了,因为一切都被预先规定好了——人的思想如此,尽管它"想要凌云上溯",但达到一定的高度,就会被一只无形的巨掌,打断"倔强的飞翔"(《喷泉》);人的活动也是如此,

---

① [德]席勒:《美育书简》,徐恒醇译,中国文联出版公司,1989年,第234—235页。

一般溪流从旁边经过,而杨柳俯身也不能触及它,并非杨柳想要俯身,而是某种外在的力量使它俯身又注定它够不到水流,人的个性不也如此(《杨柳啊……》)。在此基础上诗人进一步表现了异化主题的另一方面——人与人相互关系的异化,即人与人的疏远化、孤立化、无法沟通思想感情,而这,是20世纪文学尤其是现代派文学的中心主题。《沉默》《我的心是一群幽灵的乐土……》等诗深刻地展示了这一主题。飞白先生指出:"在哲学上,他(丘特切夫——论者)觉得社会的人际关系对人说来已成了异己的力量,人已无法与人沟通和实现感情交流。他终于发出了'沉默吧'的沉痛的呼吁:满腔感情已不能再托付给别人了,因为你的热忱将被看作伪善,你的忠诚将被讥为愚蠢,你的信赖将会受人欺骗,你的爱心将会换来冷酷。那么,把炽热而闪光的感情与梦想都深深地隐匿起来吧,让它们自生自灭吧。再没有别人来观赏它们了,只有你自己爱抚地观赏它们像美丽的星座一般冉冉升起,只有你自己默默地目送它们在西方徐徐沉没……"①

第四,矛盾的两重心理与生命的悲剧意识。笛卡尔说过:"古代世界站在宇宙的剧场,现代世界则站在灵魂内在的剧场。"②在20世纪文学特别是现代派文学中,人的本质问题得到高度重视,因而表现矛盾的两重心理与生命的悲剧意识便成为文学的重要主题。丘特切夫则由于意识到自然的强大、永恒与人生的脆弱、短暂,意识到人的异化,人与人关系的异化,而产生矛盾的两重心理,进而产生深刻的生命的悲剧意识。

丘诗中生命的悲剧意识主要通过矛盾的两重心理展示出来。诗人往往以矛盾对比的方式直接展现自己复杂的矛盾对立的内心世界,如《两个声音》之自我分裂,《沉默》之外界与内心的矛盾、个人与他人的无法沟通,在《海上的梦幻》与《哦,我的未卜先知的灵魂……》两诗中更是直接指出:"两个无极,两个宇宙,/尽在固执地把我捉弄不休",并使他终生"处于两重生活的门槛"。这样,他就能像现代派作家一样,由客观世界转到内心世界,充分展现出只有现代人才有的那一份内心的矛盾、不安、惊慌、恐惧和骚动,并由此而体现生命的悲剧意识。诗人一方面热烈地渴求和谐与平静,力图进入普在生命,以换来内心的平静(《春》《灰蓝色的影子融和了……》);另一方面,他又喜爱夜、风暴、雷雨、骚乱与混沌,他呼唤夜、呼唤混沌(《春雨》《夏天的风暴是多么快活……》);一方面,是对大自然美妙活力的歌颂,对生活的热爱,尽情歌唱鲜花烂漫的五月的欢乐、红红的光、金色的梦和美妙的爱情;另一方面,又对大自然的神秘力量深感疑惑与恐惧,对人世深感厌恶,公开表示"我爱这充沛一切却隐而不见的恶"(这个恶就是死亡)(《病毒的空气》)。

爱情,在思想成熟时期的丘特切夫那里,也成为混沌世界本源的外在表现形式之一——它作为一种自然初始便留下来的宿命的遗产,必然具有母体的种种特征,

---

① 飞白:《试论现代诗与非理性》,《外国文学评论》1987年第2期。
② 转引自[德]孙志文:《现代人的焦虑和希望》,生活·读书·新知三联书店,1994年,第35页。

是一种原始的、无法控制的力量,因为自然界本身总是处于敌对力量的从不间断的冲突之中。这样,诗人在其著名的"杰尼西耶娃组诗"中,不仅表现了这种原始性——"我认识她已经很久,还在那神话的世纪"(《我认识她已经很久……》),还表现了这种原始热情的盲目性和毁灭性——"我们的爱情是多么毁人!/凭着盲目的热情的风暴,/越是被我们真心爱的人,/越是容易被我们毁掉"(《我们的爱情是多么毁人……》),而且,从爱情的欢乐中看到不幸,从彼此的接近中看到彼此的敌对,"两颗心注定的双双比翼,就和……致命的决斗差不多"(《命数》),并发现"有两种力量——两种宿命的力量",一种是死,一种是人的法庭(《两种力量》),一种是自杀,另一种是爱情(《孪生子》),一种是幸福,另一种是绝望(《最后的爱情》)。在这方面,丘特切夫超过了此前、同时代及稍后所有歌颂、表现爱情的诗人、作家,对人性中的爱情心理层次作了更新、更深、更现代的开拓,向世界诗坛奉献了"杰尼西耶娃组诗"这一不可多得的瑰宝。半个世纪后,英国的劳伦斯才深入这一领域,作出了类似于诗人的探索。总之,在丘诗中,到处是矛盾、对抗、互相排斥以及正在形成的爆炸,以及各种情感的对立统一:喜气洋洋与毫无希望,强烈的兴奋与感情的麻木,满怀信心与悲观怀疑,感觉的丰富与心灵的空虚,春天的愉悦与秋天的忧愁,无忧无虑地把握世界的美与悲剧性地听天由命,脱离人群孤独地沉溺于内心生活与对人的爱与同情……这一切,深刻地展示了与一个现代人一样丰富复杂的内心世界,展示了类似西方现代派的生命的压迫感、异化感、幻灭感,体现了深刻的生命的悲剧意识。

第五,拒绝扰攘的现实世界,向往永恒、纯净的天界:厌弃庸俗、忙碌的物质追求,追求高洁、宁静的精神世界;厌弃短暂、纷纭的现实,追求永恒、纯净的天国。由于上述四方面原因,诗人也像许多现代派作家一样,厌倦扰扰攘攘的现实世界,渴望走出人世的"山谷",力图登上山顶,飞向天空(山顶、天空在丘诗中是纯洁与永恒的象征)(《尽管我在山谷中营着巢……》《啊,多么荒凉的山林峭壁……》),力求"忘掉自我,和瞌睡的世界合而为一"(《灰蓝色的影子融和了……》)。诗人还像波德莱尔一样,力求以自己的诗歌创造一个"人工的天堂",使自己的灵魂有所寄托,以尽情展示自己的内心隐秘,表现自己对人、自然、生命、心灵之谜等本质问题的探索。因此,他对发表诗歌几乎没有兴趣,而只是尽情地陶醉于自己以艺术创造的"人工天堂"之中,这是其诗长时期未能形成重大影响的原因之一,也是其诗现代意识的一种表现。

丘诗的现代意识在艺术形式方面也有鲜明的表现,包括非理性、潜意识、直觉、瞬间境界,多层次结构以及通感手法等几个方面。

费尔巴哈曾指出,谢林"将理性化为非理性"[①],谢林哲学中的非理性对现代非理性主义的形成,有重大影响,这已是众所周知的事实了。谢林的审美直觉强调通

---

① 《十八世纪末—十九世纪初德国哲学》,商务印书馆,1975年,第598页。

过事物本身,从事物的内部来认识事物,因此也是非理性的,它综合了自我中意识与无意识的东西的同一性以及对这种同一性的意识。深受谢林哲学影响的丘特切夫接受了这种非理性和这种审美直觉,在自己的诗作中探索混沌,探索心灵,表现梦,挖掘潜意识,因此,飞白先生指出,丘特切夫的"全部诗歌创作,仿佛就是一座沟涌理性与非理性、意识与无意识的桥梁。他的诗中,汪洋梦境在生活的四周喧哗,混沌之世在我们的脚下晃动,无声的闪电在天边商议神秘的事情,秋景的微笑露出了'面临苦难的崇高的羞怯'……通过他的笔触,一切事物都获得新的神秘的光彩"①。这方面,最著名的诗作主要有:《好似海洋环绕着地面……》《庄严的夜从地平线上升起……》《夜间的天空》《秋夜》等。丘特切夫把谢林的非理性与审美直觉变为自己把握世界、表达情感的艺术方式,从而实现了自己诗歌创作的大转变,创作出许多具有现代意识的作品,突破了早期的古典与浪漫式的风格。

丘特切夫运用这种非理性的审美直觉,通过"瞬间的印象"(或"永恒的瞬间")来领悟或把握自然的整体,直探自然、心灵、生命之谜,这样,其诗的抒情境界是瞬息即逝的,诗的表现形式是短小精悍的,大多在8—16行左右,显得凝练而含蓄,精致又深沉,优美而富有立体感,达到了相当的艺术高度。这种瞬间的印象极富现代感(现代派特别强调瞬间印象),在丘诗中俯拾即是,如《幽深的夜》:

　　是幽深的夜,凄雨飘零……
　　听,是不是云雀在唱歌?……
　　啊,你美丽的黎明的客人,
　　怎么在这死沉沉的一刻,
　　发出轻柔而活泼的声音?
　　清晰,响亮,打破夜的寂寥,
　　它震撼了我整个的心,
　　好像疯人的可怕的笑!……②

全诗抓住听到黎明时分云雀歌声的瞬间印象,一反对云雀歌声赞美的传统,而把它称作"好像疯人可怕的笑",特别突出了这幽夜死沉沉的气氛,突出了这种气氛中云雀歌声对自己心灵的震撼,这种手法本身就很有现代感。

由于重视直觉,自然与精神又是一回事,丘诗中自然而然地出现了客观对应物,出现了象征,形成多层次结构。而寻找客观对应物,寻找象征,运用暗示、烘托、联想等手法,造成多层次结构,这正是现代派诗人所致力追求的艺术效果。自波德莱尔强调"对应论",认为可见的事物与不可见的精神之间有彼此契合的关系,把山水草木当作向人们发出信息的"象征的森林",主张用有声有色的物象来暗示启发微妙的内心世界,这种"对应论"就成为现代派诗人的信条之一。丘特切夫形成这

---

① 飞白:《试论现代诗与非理性》,《外国文学评论》1987年第2期。
② 《丘特切夫诗选》,查良铮译,外国文学出版社,1985年,第49页。

种类似于"对应论"的观念与波德莱尔无关,主要受谢林哲学泛神论的影响,尤其是谢林《论自然哲学观念》中著名的论点:"自然应该是可见的精神,精神应该是不可见的自然",对他影响极大,使得他透过自然追索心灵、生命之谜,形成类似于"对应论"的观念和多层次结构。

丘诗的多层次结构主要表现为客观对应物或通体象征。丘特切夫往往让自然作为思想与情绪的客观对应物平行地、对称地出现,从而使内心世界与外部世界互相呼应,在诗歌结构中形成两条平行的脉络,出现两组对称的形象。两组平行脉络的相互交错,丰富了诗歌的情感层次;两组对称形象的交相叠映,深化了诗歌的思想内涵,如《波浪与思想》《世人的眼泪……》《喷泉》《在戕人的忧思中……》等诗。丘诗也常常运用象征。他的象征往往是通体象征,给人以丰富的暗示与联想。他的通体象征往往造成双层乃至三层结构,如《杨柳啊……》《天鹅》等诗具有表层与深层双层结构,表层结构是全诗极力铺写的杨柳与天鹅,深层结构在于表层结构所象征的人生哲理。《海驹》则构成三重结构。初看,它描绘的是一匹真正的马,它"身披浅绿的鬃毛","时而温驯、柔和、驯熟,/时而狂躁、疾蹦乱跳",甚至跑得"大汗淋漓","热气蒸腾",这是第一层——语言层;到结尾才点明是海浪——"听,你的蹄子一碰到岸岩,/就变为水花,响亮地飞升!"从而使写实中又多了一层象征,这是第二层——结构层;它写的不只是马与海浪,它主要表现的是人的心灵与人的个性,这是第三层——意义层。

由于外在世界和内心世界的互相呼应,又由于直觉的有意识与无意识的结合,自然与精神的统一,丘特切夫在诗歌创作中往往能自由地超越各种界限,而使用通感手法,把各种不同类型的感觉杂糅在一起,如:阳光发出了"洪亮的、绯红的叫喊",视觉与听觉沟通,又如:"她们以雪白的肘支起了多少亲切的、美好的幻梦",化无形为有形,而他的"沉静"是"敏感的","幽暗"是"恬静的""沉睡的""悄悄的""悒郁的""芬芳的"……自从兰波发展了波德莱尔的"交感论",提倡应成为"通灵者"以来,通感手法已成为现代派的一件法宝,丘特切夫的通感手法与波德莱尔、兰波等无关,与谢林哲学密切相连,但很有现代感。

由上可见,丘诗的确极富现代意识,他不愧为俄国象征派的祖师,也不愧为当今俄罗斯读者最多、对当今俄罗斯诗歌有着积极影响的古典诗人之一。

第五章

俄国现代派诗歌研究

本章主要对俄国白银时代现代主义诗歌的一些代表诗人及其诗歌进行了研究。

第一节 原始思维与现代观念的融合
——叶赛宁诗歌风格探源

俄国现代诗人叶赛宁(1895—1925)真正的创作时间大约为 10 余年(1914—1925),共出版了近 30 本书,重要的有:诗集《扫墓日》(1916)、《天蓝》《变容节》《乡村日经课》(均 1918)、《无懒汉的自白》(1921)、《丢丑者的诗》(1923)、《莫斯科酒馆之音》(1924)、《白桦树花布》(1925)、《波斯抒情》(1925)、《苏维埃俄罗斯》(1924)、《关于俄罗斯的革命》(1925),长诗或叙事诗《乐土》(1918)、《牝马船》(1919)、《普加乔夫》(1921)、《坏蛋们的国度》(1922)、《三十六个》(1924)、《安娜·斯涅金娜》《伟大进军之歌》(均1925)、《黑影人》(1922—1925),诗论或文论《玛丽亚的钥匙》(1919)、《生活的艺术》(1921)等。叶赛宁的创作大约可分为三个阶段:1916 年前为第一个阶段,比较单纯地歌颂农村的一切和大自然的美景,语言优美、清新,风格单纯而温柔;1916—1921 年为第二阶段,思想复杂,情感矛盾,在艺术上受现代主义影响较深,意象奇特、怪诞,语言优美而怪异,风格较为忧郁;1922—1925 年为第三阶段,感情比较深沉,内心仍然痛苦,诗歌富于从切身感受中得来的一种格外深切的哲理,在艺术上则融早年的民间传统与现代手法于一体,返璞归真,既活泼又现代,语言雅致、厚实,风格凝重。

叶赛宁的诗一向以人与自然的交融、层出不穷的奇特意象、色彩的象征、强烈的感情以及对自然与文明冲突的思索,为世界各国人们交口称赞,叶赛宁式的忧郁与哀愁也在人们心中余音袅袅,经久不灭。然而,几十年来,对于叶赛宁诗歌的整体风格,国内外学者虽各抒己见,作了一些有益的探讨,但总体性、本质性的研究,似还少见。我们认为,叶诗的独特风格,得益于原始思维与现代观念的有机融合。

所谓原始思维,原指史前人类的一种思维方式,这里借指处于尚未开化或很少受现代文明熏陶的自然状态中人们的思维方式,其突出特点是直观、形象、整体地认识世界,以互渗律来理解世上的万事万物,用泛生观或万物有生观把握对象,比较接近史前人类的思维。之所以如此认为,是因为原始思维本身具有以下特点:第一,直观、形象、整体地认识世界。这种思维方式完全凭感官能力认识、把握世界,世界就是看到、感到的那样,并且由于是以整个心灵和全部感受来直接捕捉对象,因而表现出认知的整体性和接受的全面性。第二,以互渗律来理解世上的万事万物。所谓互渗律,即"客体、存在物、现象能够以我们不可思议的方式同时是它们自身,又是其他什么东西。它们也以差不多同样不可思议的方式发出和接受那些在它们之外被感觉的、继续留在它们里面的神秘的力量、能力、性质、作用"①,也就是说,互渗律让不同的或对立的事物、性质及其灵性之间神秘地相互混合、相互渗入、相互感应,并与变幻的超自然相联系与混同。第三,以泛生观或万物有生观把握对象。这是在互渗律认为任何事物都是同一性质、人与万物平等并和谐相处的基础上形成的,认为一切外在的力物和形象都是有生命的。

竭力追求原始化,是现代文艺的一大特点。浪漫主义已高呼"回归自然",让人性向原初、质朴、纯真的本性复归,向人类的童年状态回归(华兹华斯甚至称"儿童是成人的父亲",因儿童纯朴、直率、纯真,接近人类的天然本性),但在艺术思维上还走得不远,主要是以中世纪的宗教文艺为楷模。现代文艺尤其是绘画,已把原始化变成一种潮流。高更直接反抗文明,接触原始人,他及蓬塔汶派从马克萨斯的原始艺术——木雕与骨雕中汲取养料,马蒂斯及野兽派则从非洲雕刻中获益匪浅,米罗也常常直接吸收土著原始艺术的图式或手法。现代文学受此影响,也竭力追求原始化。 方面,它力求与原始、古老的文化融为一体,直寻民族之根(如魔幻现实主义与印第安古老的传说、巫术、阿拉伯神话密不可分);另一方面,它通过对直觉、本能、潜意识等的追求,表现个体的无意识尤其是集体无意识,是一种更本质的原始化。现代文学与原始思维的密切关系是一个很有研究价值的领域,国内外对此尚未引起足够的重视。本节拟通过对叶赛宁诗歌风格成因的探讨,做一些抛砖引玉的工作。

高尔基1926年2月在致罗曼·罗兰的一封信中指出:"叶赛宁的悲剧是极有

---

① [法]列维-布留尔:《原始思维》,丁由译,商务印书馆,1987年,第69页。

代表性的。这是一个热爱田野和森林,热爱自己的乡村的天空,热爱动物和花朵的农村青年、浪漫主义者、抒情诗人的悲剧。他出现在城市中,为的是讲述自己对原始生活的强烈的爱,讲述这种生活的朴素的美。"①可见,叶赛宁对"原始生活"十分熟悉,"原始生活"在其诗歌中占有重要的地位。正是这种原始生活形成了叶赛宁的原始思维。这种原始生活包括三个方面:完整美丽的大自然,天性淳朴很少受现代文明熏陶的未开化的人们,充满活力的民间文学。

叶赛宁自称,他的"童年是在田野和草原中度过的",他是"呼吸着民间生活的空气长大的"。叶赛宁的家乡康斯坦丁诺沃村,坐落在高高的奥卡河河岸上,从河边的悬崖放眼望去,对岸那绵延无际的原野、被淹没的草地和多彩多姿的米歇拉森林尽收眼底。俄罗斯中部这广袤无垠的原野,未经污染的美丽、富饶的大自然,培养了叶赛宁童年的诗心,启迪了他的想象,使他"爱上这个世界所有使他心醉神迷的一切","在大自然母亲的怀抱里,谢尔盖的诗人气质逐渐形成,为他日后写下无数描绘俄罗斯大自然的美妙诗篇打下了非常好的基础"②。

未经污染的大自然中生活着未受现代文明污染的人们,他们及他们那淳朴自然的生活,对叶赛宁更是影响深远。如前所述,叶赛宁两岁即随母亲寄住在毗邻的外祖父家。他的外祖父拥有"未开化的心灵,可爱的天真"(《给外祖父的信》),他的三个舅舅是机灵勇敢的小伙子,充满了淳朴与野性,他们经常带小外甥下河游泳、林中打猎、原野骑马(《我的小传》)。这些少受文明熏陶的人们,以自然的人性、健全的心灵("未开化的心灵")、淳朴的生活、对大自然的热爱,为叶赛宁原始思维的形成提供了条件。

叶赛宁是从小就在民间文学之中泡大的。他生长在农村,从很小的时候起脑子里就装满了各种各样的民间故事、传说、民谚、歌谣和谜语等。外祖父知道许多歌曲和传说并能背诵许多歌谣,每每在冬天的晚上,给小外孙唱古老的歌谣,讲述《圣经》和神灵的故事。外祖母也是个讲故事的能手,常给他讲各种各样的民间故事,"这些故事所有农民的孩子都已听熟"。母亲"长得很出众(谢尔盖[即叶赛宁——引者]的外貌在很大程度上继承了母亲的美丽),而且能歌善舞,是全村有名的歌手",她会唱无数的民歌,"谢尔盖从小不知听过妈妈的多少歌儿。她那样爱唱,像一只夜莺,连讲故事的时候也要穿插着歌儿"③。诗人的妹妹亚历山大德拉·叶赛宁娜曾谈到:"我们全家都有良好的音乐听觉。歌曲是我们的伴侣。用它来表达我们的忧愁和欢乐。我们的母亲唱得格外好,她知道的民间歌曲不可胜数。我觉得没有哪一首俄罗斯民歌是我们的母亲所不知道的"④,叶赛宁长大后曾不止

---

① [俄]高尔基:《文学书简》,下,曹葆华、渠建明译,人民文学出版社,1965年,第70—71页。
② 龙飞、孔延庚编著:《叶赛宁传》,南开大学出版社,2015年,第6页。
③ 同上书,第2页。
④ [俄]库利尼奇:《谢尔盖·叶赛宁生平与创作》,《叶赛宁诗选》,王志刚译,春风文艺出版社,1994年,第237页。

一次地提到她唱的歌。此外,他在各种自传或自叙中一再谈到他开始写诗是模仿"一些民间流行的歌谣",而外祖父家"经常聚集着一些云游四乡的盲人,他们唱圣诗,唱美丽的天堂,唱《拉萨路》《米科拉》和一个新郎——一位从一个人所不知的城里来的光明的客人","从八岁起,外祖母就拖着我奔走于各个修道院。由于她的缘故,我们家永远是住着形形色色、男男女女的朝圣者,咏唱着各种各样的圣诗"①。这些都是典型的民间歌谣。叶赛宁的笔记本里抄录有近4000首短小精悍的民间杰作。据同时代人回忆,年轻的叶赛宁最"喜爱俄罗斯歌曲。他可以整晚上,甚至整天不停地唱它们……他熟悉的那些歌曲,现在恐怕很少有人会唱了,他喜爱那些听起来既忧伤又热情,既古老又年轻的歌曲"②。这些歌曲和民间故事大都是近乎原始生活的人们所创造,它们在无形中极其形象而深刻地培养了诗人的原始思维。③ 此外,俄国早期颇为接近原始思维的民间史诗《伊戈尔远征记》,后来也对诗人有较大的影响④。

按照荣格的心理学理论,每个人都可能因为历史的积淀而贮存"集体无意识",只是由于各种原因,隐显程度有所不同而已。叶赛宁身上本已具有这方面的"集体无意识",由于上述几方面的共同作用,他身上的"集体无意识"更是相当突出,表现为:具有一种少受现代文明污染的农民眼光。美国学者马克·斯洛宁指出,叶赛宁"以牧羊人天真浪漫的眼光"观察大自然的一切。⑤苏联学者科瓦廖夫等更具体地谈到:"农民观察世界时那目光中的盎然诗趣决定了叶赛宁创作中形象体系的特点","诗人不能(也不想)摒弃那个习惯了的形象和概念的世界,他的世世代代的先人就曾经生活在这个世界之中"⑥。在彼得格勒,"美"小组进一步强化了成年叶赛宁身上的原始思维。该小组由"山隘派"诗人戈罗杰茨基及列米佐夫、克留耶夫、克雷奇科夫等组成,他们醉心于宗法制农村、民间的神话创作、古老的民间口头创作,他们以仿古的辞书、地方方言和古俄罗斯文为支柱,歌颂"原始的""黑土地的力量、乡村的野蛮的自由",美化宗法社会的庄稼汉们。叶赛宁后来成为该小组成员,在《自传》中曾专门谈到克留耶夫等对他的影响。

所谓现代观念,在此指现代人所具有的思想与艺术观点,它主要包括两个方面。

现代观念一方面包括现代派的某些思想和艺术观念。当叶赛宁于1912年到

---

① [俄]叶赛宁:《玛丽亚的钥匙》,吴泽霖译,东方出版社,2000年,第109页、113页、120页。
② [俄]科瓦廖夫主编:《苏联文学史》,张耳等译,天津人民出版社,1982年,第137—138页。
③ 吴泽霖:《叶赛宁评传》,浙江文艺出版社,1999年,第1—14页,对这三方面的情形均有较为生动细致的描写,可参看。
④ 叶赛宁在其理论名作《玛丽亚的钥匙》中一再援引《伊戈尔远征记》作为例证,就是明证。详见[俄]叶赛宁:《玛丽亚的钥匙》,吴泽霖译,东方出版社,2000年,第1—36页。
⑤ [美]马克·斯洛宁:《苏维埃俄罗斯文学(1917—1977)》,浦立民、刘峰译,上海译文出版社,1983年,第9页。
⑥ [俄]科瓦廖夫主编《苏联文学史》,张耳等译,天津人民出版社,1982年,第135—136、144页。

莫斯科、1915年赴彼得堡时,正值俄国文坛上现代派盛行,王守仁指出:"叶赛宁在彼得堡期间,正值文学界存在着诸如象征派、阿克梅派、未来派、新民粹派等各种文学流派,他们都各自对叶赛宁发生过无形的影响"①,其中象征派对他影响最大。梅列日科夫斯基在其《论现代俄国文学衰落的原因及新流派》一文中确立了该派的三个主要因素:"神秘的内容,象征和感受性的扩充"(一译"神秘的内涵、象征和艺术感染力的扩展"②),不过,他也强调:"象征应该从现实深处自然而然地流露出来,如果每一个作者不是为了表达某种思想去艺术地构思出它,那它就会成为一种僵死的寓体。"③别雷也指出:"艺术是以现实作为基础的,在现实与艺术的关系上,现实仿佛是艺术的养料,没有它就不可能有艺术的存在。"④带有浓厚原始特点的叶赛宁,选择性地吸收了象征派的重视象征、强调技巧、注重扩大感受性以及注重艺术与现实的关系等特点,并在《自叙》中指出:"在当代的诗人之中,我最喜爱的是勃洛克、别雷和克留耶夫。别雷在形式方面教给了我很多东西,而勃洛克和克留耶夫则教会了我怎样抒情。"⑤其中,勃洛克对他影响最大:"叶赛宁很喜爱的波洛克的诗,经常背诵下来。"⑥因此,"叶赛宁在整个创作生涯中始终没有离开过勃洛克的形象。"⑦"意象派"也对他有一定的影响,他曾一度成为该派的领袖,他充分吸收了该派重视意象、善于营造奇特意象的特点。

现代观念还包括领一时风气之先的社会思潮,其中尤为突出的是风行世界的对现代社会中人的复杂性、心灵的矛盾性的剖析,对人自身的地位、价值、意义的探讨。

接受现代观念后,原始思维往往与之产生必然的矛盾与冲突,以致叶赛宁曾一度试图摆脱原始思维的影响,尤其是"美"小组的影响,他说:"1913—1914—1915年,我周旋于其中的那个文学界的情绪同我外祖父和外婆所处的那个时代几乎是一样的。所以,我在诗中便接受它们并津津乐道。现在,我正拼命地摆脱它们。"但不久,叶赛宁便以自己独特的个性气质,把原始思维与现代观念有机地融合起来,形成了独具魅力的艺术风格,在内容与形式方面均有明显的特征。

在内容上,主要表现为下述三个方面。

一是强烈的生命意识。生命意识是指在万物有生观基础上形成的对生命的热爱,并因之而产生死亡意识、孤独意识、悲剧意识,对生命问题进行哲理性思索。

---

① 王守仁:《天国之门——叶赛宁传》,湖南文艺出版社,1995年,第14页。
② [俄]梅列日科夫斯基:《论当代俄国文学衰落的原因及其新兴流派》,武晓霞:《梅列日科夫斯基象征主义诗学研究》,北京大学出版社,2015年,第323页。
③ 转引自朱宪生:《俄罗斯抒情诗史》,陕西人民教育出版社,1995年,第336页。
④ 同上。
⑤ [俄]叶赛宁:《玛丽亚的钥匙》,吴泽霖译,东方出版社,2000年,第120页。
⑥ [俄]科舍奇金:《叶赛宁传——同时代人回忆叶赛宁》,李视歧等编译,新华出版社,1993年,第54页。
⑦ [俄]阿格诺索夫主编:《白银时代俄国文学》,石国雄、王加兴译,译林出版社,2001年,第345页。

原始思维有着突出的万物有生观,认为人不过是万物之一,万事万物平等而沟通,象征派也强调人与自然的"应和",这样,叶赛宁就形成了自己的"万物有生观"。在《玛丽亚的钥匙》一文中,他强调:"一切来源于树木——这就是我们人民的思想哲学"①,树木是永恒的,是生命的象征。不仅是树木,大自然的一切都有生命,都是诗人的朋友,如《我是牧人;我的宫殿……》:

母牛同我侃侃谈心,
用点头示意的语言。
一片芬芳的阔叶树林,
用树枝唤我来到河边。②

苏联学者彼得·奥列申指出:"叶赛宁在他的诗歌里将自己洒向整个俄罗斯大自然,同它融为一体了。"③这样,"在叶赛宁的诗中,不仅花草虫鸟、风霜雪月都有了思想和感情,而且声光色味也都具备了肉体和灵魂,不仅空间成了生命的有形,而且时间也成了有形的生命"④。因此,他对世间的万事万物充满了一种兄弟姊妹的热爱。他爱花草树木,不仅因为它们充满生命,也因为"我们都是蓝色苹果园的苹果和樱桃"。他也爱各种动物:"我是动物的亲密朋友,每句诗能医治它们的心灵。"(《我不打算欺骗自己……》)

很少有人能像叶赛宁这样,充满真情、感人至深、生动灵活地描写动物。他为数九隆冬里在窗下避风、又冻又饿的麻雀叹息,如《寒冬在歌唱,也在高声呼唤……》:

寒冬在歌唱,也在高声呼唤,
枝繁叶茂的针叶林在哼唱
　　　雄浑的松涛催眠曲。
四周那灰苍苍的行云
满怀深深的苦闷,
　　　向遥远的国度飞去。

暴风雪把丝绒般的地毯
铺满了整个庭院,
　　　只是发出刺骨奇寒。
一群顽皮的麻雀儿,
仿佛孤苦伶仃的孩子,

---

① [俄]叶赛宁:《玛丽亚的钥匙》,吴泽霖译,东方出版社,2000年,第7页,所引文字有部分改动。
② 《叶赛宁诗选》,顾蕴璞译,译林出版社,1999年,第40页。
③ 《叶赛宁与当代》,莫斯科,1975年,第334页。
④ 岳凤麟、顾蕴璞编:《叶赛宁研究论文集》,北京大学出版社,1987年,第153页。

>   在窗边紧挨着取暖。
>
>   这些小鸟儿几乎都冻僵,
>   饥火烧肠,疲惫不堪,
>   相互挤得越来越紧。
>   暴风雪却仍在疯狂怒号,
>   把护窗的吊板痛击猛敲,
>   并且越来越起劲。
>
>   在阵阵风狂雪舞中,
>   柔弱的小鸟睡意蒙眬,
>   紧靠结满了冰的寒窗。
>   它们梦见一位美人,
>   一位靓丽的春美人,
>   沐浴着笑盈盈的阳光。①

在《母牛》一诗中,他以深挚的同情描写了一条"牙齿掉光"、牛崽被人夺走、自己也即将被送进屠场的母牛的悲惨命运:

>   它年老体衰,牙已脱光,
>   岁月的圈痕刻满了双角。
>   在轮作地的田垄上,
>   牧人的鞭打粗鲁而凶暴。
>
>   它对喧闹已感到心烦,
>   老鼠在墙角挠个不住。
>   它正愁戚戚地思念,
>   那只四蹄雪白的小牛犊。
>
>   不把娇儿还给亲娘,
>   生养的初欢就毫无意义。
>   在白杨树下的木桩上,
>   微风吹拂着小牛的毛皮。
>
>   不用多久,当荞麦飘香,

---

① 曾思艺译自《叶赛宁作品集》,莫斯科,1991年,第26页。

它也将有小牛一样的遭遇，
　　绳索也会套在它的脖子上，
　　然后便会在屠宰场死去。

　　它痛苦，悲伤，瘦骨嶙峋，
　　把双角刺进土地……
　　它梦见了白闪闪的树林，
　　和牧场的芳草萋萋。①

他那极其著名、众所周知的《狗之歌》更是洋溢着人性光辉的典范之作：

　　清晨，在黑麦秆搭成的狗窝里，
　　在一排金灿灿的蒲席上，
　　母狗生下了七只幼儿，
　　七只小狗全都毛色棕黄。

　　从早到晚母狗都在把它们亲舔，
　　用舌头一一把它们全身清洗。
　　在它那暖乎乎的肚皮下面，
　　淌流着融雪般的一股股乳汁。

　　可到了傍晚，当鸡群
　　纷纷蹲上了炉台，
　　走出了满脸愁云的主人，
　　七只小狗全都装进了麻袋。

　　母狗飞跑过一个个雪堆，
　　紧紧追踪着自己的主人……
　　而那还没有结冰的河水
　　就这样久久、久久地颤漾着波纹。

　　当它踉踉跄跄往回走，
　　边走边舔着两肋的热汗，
　　屋顶上空的新月一钩，
　　它也看成了自己的小小心肝。

---

① 曾思艺译自《叶赛宁作品集》，莫斯科，1991年，第91—92页。

> 它凝神望着幽蓝的高空,
> 悲戚戚地大声哀号,
> 纤纤月牙溜下天穹,
> 躲进山丘后田野的怀抱。
>
> 当人们嘲笑地向它投掷石头,
> 它却无声地接受,当作奖赏,
> 只是眼中潸潸泪流,
> 仿若一颗颗金星洒落在雪地上。①

这首诗生动、形象、深刻地描写了母爱:母狗对小狗崽的关爱;它在小狗被贫穷的主人装进麻袋带到河边去的路上飞跑追踪;小狗被扔进河里后它的久久凝望和内心震颤;它是如此深爱、想念它的幼子,以致天上的月牙都被它看成了自己的小狗。结尾尤其深刻:无知、愚昧的人们,不懂得母爱的伟大、母亲失去子女的深重悲伤,反而嘲笑地向它扔石头!人们的麻木、无情加倍反衬出母狗母爱的伟大及其悲伤的深重。无怪乎高尔基在《谢尔盖·叶赛宁》一文中回忆 20 世纪 20 年代初在一次同诗人的会见时听叶赛宁朗诵这首诗的情景,给予了如此之高的评价:"在我看来,在俄罗斯文学中,他是头一个如此巧妙地而且以如此真挚的爱来描写动物的。"②

对生命、对万物的热爱,使诗人珍惜生命,恐惧死亡,产生了强烈的死亡意识。诗人经常思索生与死的问题。他感叹人生的无常就像水滴一样,如《水滴》:

> 珍珠般的水滴啊,绚丽的水滴,
> 你们披着金色的阳光多么漂亮,
> 可在悲秋的时节,凄凄的水滴,
> 你们洒落在湿窗上又何等悲凉。③

进而感叹时序易变、人生短暂(《金色的丛林不再说话了……》《我们如今一个个地离去……》)④。他感到更可怕的是"人活在世上,生命难再","过去的一切永无法挽回",而自然年轻、永恒一如既往,在《我又回这里我的老家……》一诗里他温柔而又忧伤地写道:

> 我又回这里我的老家,
> 我的故乡,你沉思而温柔!

---

① 曾思艺译自《叶赛宁作品集》,莫斯科,1991 年,第 93 页。
② 《高尔基政论杂文集》,孟昌译,生活·读书·新知三联书店,1982 年,第 341 页;或见[俄]科舍奇金:《叶赛宁传——同时代人回忆叶赛宁》,李裸歧等编译,新华出版社,1993 年,第 272—273 页。
③ 《叶赛宁诗选》,顾蕴璞译,译林出版社,1999 年,第 18 页。
④ 同上书,第 188—189、171—172 页。

冥冥的黄昏满头卷发,
在山后挥动着雪白的大手。

阴晦的日子两鬓斑白,
从身旁飘过,披头散发,
夜晚的哀愁频频袭来,
搅得我心波平静不下。

在个个教堂头颅的圆顶,
晚霞投下了更低的光芒。
往昔曾一起欢娱的朋友们,
我再也见不着你们的脸庞。

年光沉入了忘怀的大海,
你们也跟随它不知去向,
只有那一泓清清的流水,
依旧在鼓翼的风车下哗哗喧响。

我常常全身被暮色笼罩,
耳听着香蒲折裂的声音,
朝烟雾缭绕的大地祝祷
一去不返的遥远的旅人。①

　　生命不仅短暂,还那样脆弱、孤苦、无助,以致诗人产生了孤独意识:"我在人们中间没有友谊,我已向另一王国归顺。"(《我不打算欺骗自己……》)这再加上现实生活中新与旧、进步与落后的冲突,引发了诗人心灵的分裂,使他具有浓厚的生命悲剧意识。这种生命的悲剧意识,在诗中往往通过人的精神世界中矛盾对立的心理——欢乐和悲伤、爱情和失恋、生存的幸福与死亡的恐惧等等永恒的斗争表现出来。抒情心理长诗《黑影人》②一向被认为是诗人创作中揭示其内心斗争悲剧性的一部最深刻的作品,早已众所周知,兹不赘述。《我不悔恨、呼唤和哭泣……》一诗,紧紧抓住内心的激烈搏斗,淋漓尽致地展示了忧伤与欣慰、挚爱与憾恨、负疚与留恋、追悔与期望等矛盾交织,体现了强烈的生命悲剧意识与隽永的生活哲理:

　　我不悔恨、呼唤和哭泣,
　　一切会消逝,如苹果树的烟花,

---

① 《叶赛宁诗选》,顾蕴璞译,译林出版社,1999年,第77—78页。
② 参见上书,第403—409页。

> 金秋的衰色在笼罩着我，
> 我不再有芳春的年华。
>
> 我这被寒意袭过的心哪，
> 如今你不会再激越地跳荡，
> 白桦花布编织的国家啊，
> 你不再引诱我去赤脚游逛。
>
> 流浪汉的心魂哪，你越来越少
> 点燃起我口中语言的烈焰。
> 啊，我失却了的清新、
> 狂暴的眼神和潮样的情感！
>
> 生活啊，如今是我倦于希望了，
> 还是你只是我的一场春梦？
> 仿佛在那回音尤响的春晨
> 我骑匹玫瑰色骏马在驰骋。
>
> 在世间我们谁都要枯朽，
> 黄铜色败叶悄然落下枫树……
> 生生不息的天下万物啊，
> 愿你们永远地美好幸福。①

《花》更是展示诗人矛盾复杂的心理和强烈生命悲剧意识的杰作，深入表现了花、人和钢铁等之间的关系，发掘了生与死、人与自然、爱与恨、忧与喜、强与弱等各种深邃的生命哲理。②

在此基础上，诗人从"自然与文明的冲突"的高度来探讨生命和谐（即"人与自然"和谐）的失去，展示更深刻的生命悲剧意识。诗人认为，工业文明（体现为城市化）不仅破坏了农村的自然风光，而且破坏了"人与自然"的和谐。面对"钢铁相撞发出的莫名铿锵声"及"皮带和闷声冒烟的烟囱"，农村和它的田野树木、诗意的传说、故事和诗歌，一筹莫展，孤苦无助，所以他诅咒那代表工业文明的火车、公路、钢铁。在《神秘的世界……》一诗中他无限感伤地写道：

> 神秘的世界，我古老的世界，
> 你像风一样，平息了，沉寂了，

---

① 《叶赛宁诗选》，顾蕴璞译，译林出版社，1999年，第151—152页。
② 诗详见上书，第223—228页。

瞧公路伸出石的手臂，
卡住了乡村的脖子……

在长诗《四旬祭》中，诗人以极大的艺术魅力描绘了工业和机器向俄罗斯田野进攻的画面，诗人让代表自然的小红马与象征工业文明的火车进行比赛，一决雌雄，结果是钢马战胜了活马，钢铁的客人成为农村诗意天地的无情摧毁者。①《我是最后一个乡村诗人……》更是乡村俄罗斯的一曲挽歌：

我是最后一个乡村诗人，
我歌唱简朴的木桥，
用白桦叶神香袅袅的清芬，
我伫立着做告别的祈祷。

用肉体的蜡燃起的烛灯，
即将燃尽金晃晃的火焰，
而月亮这木制的时钟，
也将嘶哑地报出我的十二点。

很快钢铁的客人将到来，
出现在这蓝色田野的小路上。
红霞遍染的茫茫燕麦，
将被黑色的掌窝一扫而光。

没有生命的、异类的手掌啊，
有了你们，我的歌就难以存活！
只有这一匹匹麦穗马，
还会因思念老主人而难过。

风儿将摆出迫荞舞蹈的阵容，
并吞噬麦穗马的声声嘶喊。
很快，很快，木质的时钟
就将嘶哑地报出我的十二点。②

这首诗从城乡关系、人与自然关系的角度，表现了城市的工业文明对农村美好大自然的扼杀。全诗可分为两部分。

---

① 诗详见《叶赛宁诗选》，顾蕴璞译，译林出版社，1999年，第145—148页。
② 曾思艺译自《叶赛宁作品集》，莫斯科，1991年，第190—191页。

第一部分是第一、二节,以哀婉的笔调抒写大自然的末日即将来临。开篇即点明"我是最后一个乡村诗人",在"我"的诗歌中,"木桥"虽然简朴,毕竟是自然之物(潜台词是:只怕以后连"木桥"也不会有了)。但现在,"我"不得不参加"白桦"神香般香烟袅袅的告别的祈祷。"告别的祈祷"以及即将燃尽的金晃晃的火焰,表示农村大自然的末日已来临,交代"我是最后一个乡村诗人"的原因。接着,以月亮这木制的时钟"将嘶哑地报出我的十二点",说明"我"及"我"的诗最终的时辰也将来到(午夜十二点表明该天结束,新的一天即将开始),含蓄深沉地申明"我是最后一个乡村诗人"。

第二部分为第三、四、五节,交代大自然末日将临的原因,是钢铁的客人即将到来。在天蓝色的田间小路上,钢铁的客人(即作为工业文明象征的机器)就要经过,它那粗大笨重、毫无生气的黑色铁腕将收割那映满黎明时绚丽朝霞的麦穗(毫无生气的非自然之物与充满诗意与活力的自然之物的对比)。而且,诗人还深切地预感到自己那"用木樨草和薄荷喂养过"的"兽性的诗篇"在工业文明这钢铁客人的"无生命异类的手掌"下难以生存,这陌生冷漠、毫无感觉、没有生命的巨掌,必将扼杀"我"美妙的诗歌。只有那些像奔腾的马群一样跃起层层麦浪的麦穗,会怀念它们昔日的主人。但这只是徒然,舞着丧舞的风儿会淹没它们悲怆的嘶声,月亮的木钟即将报道午夜的来临。正因为如此,高尔基对叶赛宁作出了高度的评价:"谢尔盖·叶赛宁与其说是一个人,倒不如说是自然界特意为了诗歌,为了表达无尽的'田野的悲哀',对一切生物的爱和恻隐之心……而创造的一个器官。"① 爱伦堡更具体地谈道:"叶赛宁首先是一个诗人,历史事件、爱情、友谊,——所有这些都要向诗让步。他具有罕见的歌唱才能。对于动物学家来说,夜莺只是雀形目鸟类的一种;但是,对鸟的喉头所作的任何记载都不能解释,为什么夜莺的歌声自古以来就使世界各地的人入迷。谁也不能解释,为什么叶赛宁的许多诗能打动我们的心弦。有一些诗人,他们具有高尚的思想、杰出的观察能力、热烈的情感,他们用几十年的时间去掌握如何将自己的精神财富传达给别人的艺术。然而叶赛宁写诗,只因为他生来就是诗人……"②

本诗的特点有二。一是笔触温柔,情调哀婉。诗人本来是在为即将被工业文明所扼杀的大自然作最后的"告别的祈祷",而大自然可以说是诗人的生命及其诗歌之根,但他并未大放悲声,也未激烈怒骂工业文明,只是以温柔的笔触,描绘一幅午夜将临,钢铁的客人即将到来,"我"和白桦、月亮一起在举行"告别的祈祷"的悲凉图景,含蓄哀婉地表达了"人与自然"永恒的和谐即将惨遭破坏,生命活力与诗意将荡然无存的悲痛情绪。二是意象奇特,联想怪诞。全诗充满了奇特的意象和怪诞的联想,如"白桦叶神香袅袅的清芬",把白桦摇曳的叶片想象成香火袅袅的烟

---

① 《高尔基文集》,第 22 卷,第 158—159 页,转引自李辉凡、张捷:《20 世纪俄罗斯文学史》,青岛出版社,1997 年,第 188—189 页。

② [俄]爱伦堡:《人·岁月·生活》,上,冯南江、秦顺新译,海南出版社,1999 年,第 379—380 页。

云,进而把整个白桦想象成挥动着的香炉,奇特而新颖;又如月亮是"木制的时钟",把月亮想象成一座木制的钟,进而又把它拟人化,不说它敲打出午夜的十二时,而说它将报出我的十二点,联想怪诞,但却相当生动有力地写出月亮这大自然的美好象征,而今也举步维艰,苟延残喘,徒自黯然神伤与悲痛不已;由大片麦穗荡起的麦浪想到奔腾的马群,进而合成"麦穗马"也是如此。这种奇特的意象,怪诞的联想,使全诗充满一种陌生化的艺术魅力——化熟视无睹的东西为令人兴奋的新鲜。

面对这种境况,诗人试图探寻大自然和生命的奥秘,在《谁能向我说出,向我开启……》一诗中他写道:

> 谁能向我说出,向我开启,
> 在那静谧之中,无语的草木
> 保藏着怎样的秘密,
> 那造物的手的痕迹又在哪里。
> 那一切神圣的事物,
> 那生动的语言的全能声响,
> 莫非真是他一手创造?①

二是突出的宇宙意识。叶赛宁有突出的宇宙意识,在一篇散文中他写道:"地球上的人类将不仅同相近的卫星星球相呼应,而且还将同广阔无垠的整个宇宙相呼应……我们时代的暴风雨也应当把我们从地球上的进步推向宇宙的进步。"②其诗中的宇宙意识是人与自然、宇宙交汇所形成的一种主体精神,是"天人合一"、历史意识、人类意识、未来意识等的深度综合,正因为如此,俄国文学史家叶尔绍夫指出:"叶赛宁的诗歌,是深刻思考历史与革命、农村与城市、生与死、国家与人民、人民与个人等许多社会哲学问题之源。"③

原始思维具有强烈的整体直观特征,并以万物有灵看待万事万物,强调人与自然、万事万物都是密切相关和谐统一的(叶赛宁在《生活与艺术》中就谈道:"看看俄罗斯日历上的民谚,那里每一句话都表现出是和事物,和自然力的地点、时间和作用相协调的。"④),象征派也强调人与自然的"应和",叶赛宁综合融化了这二者,并以自己的思想再加扩充,在创作中达到了西方诗歌中罕见的"天人合一"境界,让人与自然和谐地组成一个有机世界,物即我,我即物。因此,俄国当代批评家谢瓦斯季扬诺夫指出:"从哲学观点来看,诗人(叶赛宁)表达了自然与人和谐统一、有着根本联系这一'科学'思想……"⑤这样,他的诗总是把人与自然结合起来写,总是通

---

① [俄]叶赛宁:《玛丽亚的钥匙》,吴泽霖译,东方出版社,2000年,第144页。
② 王守仁:《天国之门——叶赛宁传》,湖南文艺出版社,1995年,序言,第2页。
③ 同上。
④ [俄]叶赛宁:《玛丽亚的钥匙》,吴泽霖译,东方出版社,2000年,第43页。
⑤ 转引自王守仁:《天国之门——叶赛宁传》,湖南文艺出版社,1995年,第180页。

过自然形象抒发情感(他自称"在诗中自然和人是息息相通的"),并且总是让自己置身于茫茫的时空之中。他的自然诗,在空间上往往从自身所处的位置,写到天空、森林、原野、河流等等,如《泥泞地和沼泽茫茫无边……》一诗:

> 泥泞地和沼泽茫茫无边,
> 头上是蓝手帕似的苍天,
> 森林用它镀金般的针叶,
> 给天穹佩带无数的花环……①

在时间上则往往从夜晚写到黎明或天亮(如《湖面上织出了红霞的锦衣……》《夜那么黑,怎睡得着……》)。夜间的景象最使叶赛宁着迷,他在诗中一再抒写,因为此时此刻,无论是黑夜漫漫,还是皓月千里,一切都在浓厚的黑色或清纯的银光中融为一体,宇宙的茫茫时空似已浓缩为浑然一体的黑色或银白,如《夜》:

> 河水悄悄入梦乡了,
> 幽暗的松林失去喧响,
> 夜莺的歌声沉寂了,
> 长脚秧鸡不再欢嚷。
>
> 夜来了。寂静笼罩周围,
> 只听得溪水轻轻地歌唱。
> 明月洒下它的清辉,
> 给四周的一切披上银装。
>
> 大河银星闪耀,
> 小溪银波微漾。
> 雨浇过的草原的青草,
> 也闪着银色的光芒。
>
> 夜来了。寂静笼盖周围,
> 大自然沉浸在梦乡。
> 明月洒下它的清辉,
> 给四下的一切披上银装。②

在浑然一体的宇宙里,人已成为大自然的一部分,大自然也是人的一部分,双方互渗,主客混合,物我一体,情景交融,构成一个"天人合一"的崭新世界。在《听,

---

① 《叶赛宁诗选》,顾蕴璞译,译林出版社,1999年,第46页。
② 同上书,第15页。

奔跑着雪橇,雪橇在奔跑……》一诗中他写道:

听,奔跑着雪橇,雪橇在奔跑。
偕恋人失落在田间好不逍遥。

欢快的微风羞答答胆儿小,
铃声却沿光裸的原野一路飘。

啊,你,雪橇! 我的浅黄色骏马!
沉醉的枫树在林间空地欢跳。

"这是怎么啦?"我们驶近它问道,
我们仨便跟着手风琴一齐舞蹈。①

诗人和恋人和沉醉的枫树,三人跟着手风琴声一齐舞蹈,人与树、与整个雪原世界融汇在一起,平等友爱,亲密无间,一同沉醉于"天人合一"的欢快境界。在叶赛宁笔下,人与自然是完全同一的。因此,他可以以物喻人,"我今天像只母鸡似的,生下一个金色的词蛋"(《乐土》),"你温柔袅娜,美丽动人/像鲜红的浆果汁透过肌肤,/你宛如玫瑰色的晚霞,/又好似白雪晶莹皎洁";也可以以人喻物,"我家的狗以拜伦的风度,在大门口吠着欢迎我"(《回乡行》),"彩霞似红色骑士驰骋"(《普加乔夫》)。

历史意识则不仅表现为创作了一系列历史题材的作品,如《关于叶甫巴季·戈洛夫拉特的歌》《乌斯》《玛尔法·波萨德尼查》、诗剧《普加乔夫》,并且大量采用古语和方言,更主要地表现为对俄罗斯文化传统、民族习俗的热情描绘。对此,普罗库舍夫指出:"自从柯尔卓夫以来,在俄罗斯土地上还未曾诞生过比叶赛宁更加土生土长的、自然的、应运而生的、继承先辈传统的诗人。"②为了突出历史意识,诗人在诗中一再用"罗斯"来代替"俄罗斯"("罗斯"是11—17世纪史书中对俄罗斯疆域的称谓),既增加了历史感,又添上一份民族传统的修辞色彩。他甚而用"木头的罗斯"进一步加强历史的悠远感和民族色彩,突出自己对历史的理解和对传统的继承:"我的罗斯,木头的罗斯啊! 我是你唯一的代言人和歌手。"(《无赖汉》)

人类意识则体现为对当时人类痛苦现状的关注和力求改变全世界现状的理想,这里既有共产主义思想的影响,也可见到原始思维中对爱情、忧伤、生死、悲哀等人类共同情感的描写,以及对善良、公正、忠诚、温情、人类之爱等人性美德的赞扬。在十月革命后不久,诗人创作了为数不少的宇宙诗,其中一些,如《天上的鼓手》《乐土》《八重赞美诗》《决裂》等,往往化宗教象征的"腐朽"为革命形象的神奇,

---

① 《叶赛宁诗选》,顾蕴璞译,译林出版社,1999年,第296页。
② 转引自顾蕴璞编:《叶赛宁评介及诗选》,北京大学出版社,1983年,第77页。

气吞六合，视通万里，或变人间为天国，驾革命长风去天国造反，或上天入地，要改变全世界的现状，或欢呼"庄稼汉的天堂"和普遍和解时代的即将到来，其目的只有一个：消除人类的不合理现象，让人类在和平、友爱中生存、发展。诗人把农村题材也看作具有全人类意义的东西，试图把"城市与农村的问题"作为"都市化与农村天地""工业进步与自然界"的问题来对待。在《四旬祭》等一系列抒情诗中，诗人站在全人类的哲学高度，描写了城乡矛盾的悲剧，揭示了自然与文明的冲突中人性和谐的失去。可以说，在都市化的不良后果（生态失衡、人的物化、传统精神文明的失落甚至被彻底抛弃）还不太明显时，叶赛宁是最先敏锐地感到"人与自然"永恒的和谐惨遭破坏者之一。

未来意识则是在对宇宙奥秘的探寻中所表现出来的高瞻远瞩，洞察未来。诗人很年轻时就对宇宙的奥秘着迷，试图探幽究底（如1911年的《星星》[①]），成年后更是宣称"心灵将天庭苦苦思念"，"我能把大地的语言领悟"（《心灵将天庭苦苦思念……》），并且明确主张："地球上的人类将不仅同相近的卫星星球相呼应，而且还将同广阔无垠的整个宇宙相呼应……我们时代的暴风雨也应当把我们从地球上的进步推向宇宙的进步。"[②]同时，高瞻远瞩，对自然、宇宙等许多问题作了极富预见性的思考，体现了鲜明的未来意识。对此，科瓦廖夫等指出："他的思考具有很大的预见性，这一点现在是看得越来越清楚了。比如诗人号召保护大自然，而今天环境保护已经成为现代文明的一个基本问题。还在1918年诗人就预见到宇宙航行的时代即将到来，那时候'空间将被征服'，'人类将在……无垠的宇宙中和其他所有星球取得联系'。"[③]

三是浓厚的公民意识。公民意识主要是指公民的责任感，具体表现为爱家乡、爱祖国，力求适应并跟上时代，尽一个公民应尽的义务，为国为民作出贡献。如果说爱家乡、爱祖国还主要是一种人所共有、较为原始自然的感情，那么，对祖国强烈的爱，并因之一再谴责自己落伍，力求赶上时代，则主要是现代观念的体现。勃洛克对此有一定的影响。他那关于抒情诗的自我表白性，关于抒情诗中个人因素和社会因素不可分割以及关于诗人的公民责任感等看法为叶赛宁所共有。叶赛宁对家乡一往情深，经常歌咏、赞美家乡。在《苏维埃俄罗斯》一诗中，他满怀热爱地把家乡的一切都诗意化了：

    荡漾着的迷蒙的月光，
    哭泣着的垂柳，絮语着的白杨。
    仙鹤的鸣叫声响彻霄汉，
    啊，谁能不爱自己的家乡。

[①] 详见《叶赛宁抒情诗选》，刘湛秋、茹香雪译，上海译文出版社，1982年，第14页。
[②] 转引自王守仁：《天国之门——叶赛宁传》，湖南文艺出版社，1995年，代序，第2页。
[③] [俄]科瓦廖夫主编：《苏联文学史》，张耳等译，天津人民出版社，1982年，第162页。

但在时代风潮的影响下,他对祖国的爱更刻骨铭心。他在《你多美,罗斯,我亲爱的罗斯……》中写道:

……假如天兵朝着我喊叫:
"快抛弃罗斯,住进天国!"
我定要说:"天国我不要,
只需给我自己的祖国。"①

在十月革命后,尽管他觉得"同胞的话像陌生的语言,在自己祖国我仿佛成了异国人"(《苏维埃俄罗斯》),甚至深感:"祖国原来是这样!/我为什么还在诗里大喊:/我同人民站在一道?/这里已不再需要我的诗歌,/或许连我这个人也已不需要。"(《斯坦司》)②他受到不公正待遇,但仍然宣称:"我的抒情诗以一种巨大的爱为生命,对祖国的爱,爱祖国的感情是我创作中基本的东西。"这种对家乡、对祖国的爱与对自然的爱基本上是同一的,在诗人心目中,家乡、祖国、自然往往是三位一体的,共同构成庄稼汉的天堂。当然,这种对祖国的赤子之心,对民族传统的一往情深,在诗人的创作中并非一成不变,而是随时代的向前有所发展的,正如顾蕴璞先生所指出的那样,是"从歌颂神香袅袅的俄罗斯到赞美烽烟滚滚的俄罗斯,从膜拜'木头的'俄罗斯到向往'钢铁的'俄罗斯,从沉迷于'庄稼汉天堂'的俄罗斯到喜爱'街灯比星星更美'的人间俄罗斯,从哀叹'无家可归的俄罗斯'到憧憬前程似锦的'苏维埃俄罗斯'"③。

对祖国的热爱,使诗人一再谴责自己落伍,力求赶上时代,为祖国作出贡献。他回首往事,悔恨莫及,痛切地责备自己不该"用沙哑的、不合时宜的歌声/搅扰了祖国的/睡眠"(《暴风雪》),同时悔恨自己虚度了青春年华:"我羡慕/那些捍卫伟大理想的人,/他们在战斗中度过了一生。/而我,虚度了自己的青春,/值得回忆的东西——一点没剩。"(《正在消逝的俄罗斯……》)因此,他发誓"要把忧郁的话语扔掉,像树儿轻轻地抖落叶子一样",并且唱出了响亮的战歌:"我要当一名歌手,/我要做一个公民,/在伟大的苏维埃联盟,/好为每一个人,/树个引以自豪的标兵。"(《斯坦司》)他自豪地宣称:"天空像一口大钟,/月亮是它的钟舌,/我的母亲是祖国,/我是布尔什维克。"(《约旦河的鸽子》)他进而把自己的命运与祖国的命运紧密相连,急起直追,创作了《给一个女人的信》《苏维埃俄罗斯》《波斯抒情》《给外祖父的信》《给母亲的信》《大地的船长》《安娜·斯涅金娜》等等大量结合现实、歌颂时代、赞美祖国的优秀诗篇。

在形式上,这种艺术风格的特征如下。

一、鲜明的直觉性。直觉也称直感,而所谓直感,就是"思维主体以其整全的

---

① 《叶赛宁诗选》,顾蕴璞译,译林出版社,1999年,第39页。
② 龙飞、孔延庚编著:《叶赛宁传》,南开大学出版社,2015年,第142—143页。
③ 见岳凤麟、顾蕴璞编:《叶赛宁研究论文集》,北京大学出版社,1987年,第25页。

心理力量,以其全部'人格''人性'对于外物的直接的感觉、知觉和感受"①。原始思维往往"凭借主体的感觉、知觉、表象、记忆、幻觉、情绪、欲望、体验、'信仰'等等,对外物进行直感"②。这样,直觉就是在某一瞬间对外物进行整体性的把握,具有瞬间性,它又调动了全部感官,动用了整个心灵,因而往往使各种感觉混一,出现通感。直觉把握世界,是原始思维的一大特点。俄国象征派则因法国象征派的影响和本国一脉相承的丘特切夫、费特文学传统而强化了诗歌中的直觉、瞬间境界、通感手法。叶赛宁本来因原始思维的作用已初具上述特点,象征派的影响使这些特点长足发展,马克·斯洛宁指出:"1913—1917年期间叶赛宁从象征派那里学到高超的诗歌技巧,又在这技巧中加上他的固有特性。"③叶诗鲜明的直觉性表现为瞬间境界与通感手法的大量运用。

瞬间境界有时表现为通篇作品由瞬间印象展开,如《暴风雪急急地漫天飞旋……》一诗,由见到暴风雪中飞驰的三套车这一瞬间印象展开联想,从他人的三套车想到自己曾驾过的三套车,又由此想到其"失落"的根源就是和眼前一样的暴风雪,思绪飘飞,融过去现在于瞬间,而又首尾呼应,一气贯注:

> 暴风雪急急地漫天飞旋,
> 他人的车马飞驰在田间。
>
> 陌生的青年驾着三套车。
> 哪里是我的幸福和快乐?
>
> 我也驾过同样疯狂的车,
> 一切在急旋的风下滚落。④

《天空澄清而又蔚蓝……》一诗,表现的也是旅人在旅途中的瞬间感受,诗神与爱神比翼齐飞,悦目的月色和悦耳的絮语,同时伴旅人度过劳顿的旅程。《碎银般铮铮作响的小铃铛……》一诗则由听到车铃声展开瞬间联想,表现对故乡和童年的追忆。

诗人有时也捕捉一两个瞬间画面来构成瞬间境界,如"棕黄的月亮像匹马驹,仿佛套进了我们的雪橇"(《收割的田野,光裸的丛林……》),"月亮像一只昏黄的乌鸦,在大地上空盘旋、回翔"(《来呀,吻我吧,吻我吧……》),展示了瞬间的幻觉或联想。著名的《狗之歌》表现了对动物深挚的爱与同情,它描写了一只母狗在七个子

---

① 苗启明:《原始思维》,上海人民出版社,1993年,第15—16页。
② 同上书,第10页。
③ [美]马克·斯洛宁:《苏维埃俄罗斯文学(1917—1977)》,浦立民、刘峰译,上海译文出版社,1983年,第9页。
④ 《叶赛宁诗选》,顾蕴璞译,译林出版社,1999年,第298页。

女被贫困无奈的主人丢入河水之后的绝望情态。结尾,诗人捕捉了两个瞬间画面:"人们嘲笑地向它投掷石头"和"只是眼中潸潸泪流,仿若一颗颗金星,洒落在雪地上",两相对照,以人们的无聊、丑恶,反衬出母爱的伟大与永恒。

叶诗大量的通感手法,表现为或使各种感觉相互沟通,如"耳畔响起浅蓝的星星","黄昏的飞雪纷纷扬扬,把星星般的铃声撒向耳际","但听得秋的脚掌的蓝色叮当",化听觉为视觉;"芳香的雾霭迷迷茫茫",视觉转为嗅觉;"浅蓝色的凉爽",感觉转为视觉;"苦艾发出黏糊糊的气味",嗅觉转为感觉;"花园里红山楂树燃起篝火",视觉转为温觉;"这银白的风",则化无形为有形。

二、复杂的形象性。原始思维的最大特点是互渗律。互渗律让意识在主体与客体、生与死、灵与肉、过去与现在及未来、内与外等相互对立的范畴中自由无羁地活动,甚至把一些客观上不同种类的事物等同起来,博厄斯指出:"原始文化的显著特征是截然不同类型的现象之间产生的数量众多的联想。如自然现象与个人情感、社会群体与宗教观念、装饰艺术与象征意义。"①叶诗中最能体现互渗律的奇妙联想当数《我踏着初雪信步向前……》一诗:

  我踏着初雪信步向前,
  心潮激荡如铃兰怒放。
  在我的道路上空,夜晚
  点燃了星星的蓝色烛光。

  我不知道,那是黑暗还是光明?
  密林中是风在吟唱还是鸡在清啼?
  也许,田野上并非冬天降临,
  而是无数天鹅落满了草地。

  啊,你多美,莹白如镜的大地!
  阵阵轻寒使我全身暖呼呼!
  多么想把我那火热的躯体,
  紧贴住白桦那裸露的胸脯。

  啊,遮天蔽日的森林绿雾!
  白雪轻笼的原野令人心旷神怡!……
  多想在柳树那木头的腿部
  嫁接上我的一双手臂!②

---

① [美]博厄斯:《原始人的心智》,项龙、王星译,国际文化出版公司,1989年,第113页。
② 曾思艺译自《叶赛宁作品集》,莫斯科,1991年,第158页。

尤其是其中的"多么想把我那火热的躯体,/紧贴住白桦那裸露的胸脯"和"多想在柳树那木头的腿部/嫁接上我的一双手臂",更是体现了人与物互渗且几乎已浑然一体的绝妙境界,这在西方文学中是罕见的。

象征派的"应和论"、通感手法也往往造成不同类型间奇特的联想,意象派更是强调营造一系列奇特的意象。戈罗杰茨基曾指出,叶赛宁在成熟时期"需要意象派的生活超过马雅可夫斯基对黄色毛衣的需要。这是他摆脱拎着手风琴的庄稼汉,以及身穿坎肩的牧童形象的办法"①。受上述观念的综合影响,叶诗中复杂的形象性表现为新奇的意象、怪诞的联想、丰富的象征。

叶诗中新奇的意象俯拾即是,如"阳光是一只活泼的小兔儿,在爷爷棕红的胡须里游戏"(《老爷爷》),"天空像母牛刚刚产仔,舔着可爱的红色的小牛"(《狂风啊,你没有白白地吹刮……》),"接吻是红蔷薇在颤动,花瓣溶化在唇边"(《我今天去问金币商……》)。

叶赛宁也常在诗中展开怪诞的联想,思维跳跃于不同类型的事物之间,如"月光爪子,请你们用个桶,把我的忧伤淘上天去"(《风啊,风啊,带雪的风……》),"香辣味的绿痕"(《稠李树》),"天穹像一只乳房,/繁星是奶头满天。/上帝的名字怀胎了,/在母羊腹中繁衍"(《乌云仿佛在产驹……》),"上帝啊,上帝,这深邃的天空/就是你蔚蓝无际的肚腹。/金色的太阳好像是肚脐"(《上帝啊,上帝,这深邃的天空……》),"天上的曙光像把老虎钳,像从黑暗的大嘴拔牙,/把星星一颗一颗摘下","奥伦堡的霞光像匹红毛骆驼,/往我嘴里倒进黎明的白乳。/黑暗中我把凹凸不平的冰凉乳头,/当块面包往衰竭的眼皮贴得紧紧"(《普加乔夫》)。

应该指出,叶诗中这种新奇的意象、怪诞的联想不只得益于意象派、象征派,民间文学(也属原始思维)也起了重大作用。叶赛宁在《玛丽亚的钥匙》一文中认为,俄罗斯文艺最主要而且是自古形成的一个特征,就是人民借以认识周围现实中的各种现象的形象性,而《伊戈尔远征记》是体现这一特征的经典作品,他对这部作品的形象体系赞叹不已,自称:"我的意象主义可能就是从这里开始的。"苏联有学者指出:"叶赛宁的形象体系植根于民间形象创造。他的很多诗歌形象来源于谚语、俗语和谜语。叶赛宁很喜爱这些东西,有时直接借用,有时对之进行复杂的诗艺加工。例如有一个关于太阳的民间谜语:'一只白猫,钻进小窗'。我们可以看到诗人直接采用了这一太阳的形象标志:'现在的太阳像白猫……'同时,他还用这种比拟创造了一种独具匠心的形象,来描写晚霞的情景:'在静静的时辰,晚霞来到了房顶,像幼小的猫咪,用前爪洗着嘴唇。'顺便说明一点,这是诗人早期作品中的例子,当时根本还不存在任何意象派。"②

由于吸收民间文学、象征派等之长,又往往通过自然物象来抒发自己的情感,

---

① [俄]库利尼奇:《谢尔盖·叶赛宁生平与创作》,《叶赛宁诗选》,王志刚译,春风文艺出版社,1994年,第288页。

② 转引自顾蕴璞编:《叶赛宁评介及诗选》,北京大学出版社,1983年,第49—50页。

叶诗中的自然物象往往成为心灵与情绪的对应物,具有一定的象征意义。例如,他从"树是生命的象征"的文化传统出发,把枫树用作燃烧着的生命的象征,把白桦用作充满生机的生命的象征,把白杨用作坎坷的生命的象征。叶诗中的象征丰富多彩,但最为人称道的是色彩的象征。如蓝色常用作宁静、温柔、美丽、幸福的象征,红色是美好、珍贵、崇高、革命的象征,黑色则是不祥、沮丧的象征。诗人在运用色彩象征时常常结合运用联想、比喻而展开,如他从初春的晨曦里看到"玫瑰色的骏马"在振蹄奔腾,从微风下浓密的树叶中看到"绿色的火苗"在闪烁跳跃,在水天一色的湖面上,看到晚霞像"红色的天鹅"在浮游流连……

三、独特的情感性。费尔巴哈指出,原始人"把一个自然对象在他身上激起的那些感觉直接看成对象本身的性态"①,这样,他们往往是感受与理解混一,进而导致主客混一。由此,原始思维不仅本身充满了情绪和情感,而且把世界也想象成富有情绪和情感的对象,并往往把情感和对象结合在一起,自然景象引发情感,情感包孕在自然景象之中。现代文艺特别是象征派诗歌,也强调人与自然的"应和",强调通过客观对应物来表达内心的情绪。叶赛宁综合这二者,形成了其诗歌独特的情感性的一个重要特点——自然景象与情感的紧密结合,总是通过自然物象来抒发自己的缕缕情思,而且往往把自然景物拟人化或动物化。如《早安》:

> 金灿灿的星星昏昏欲睡,
> 河湾的镜面颤起了涟漪,
> 霞光映照着河湾的碧水,
> 晨曦染红了渔网般的天际。
>
> 惺忪的小白桦嫣然微笑,
> 披散着丝绸一般的发辫,
> 嫩绿的荬荋花簌簌舞蹈,
> 银亮的露珠在闪烁变幻。
>
> 一簇簇荨麻丛生在篱笆边,
> 用五彩的珠链盛装打扮,
> 还淘气地点着头细语轻言:
> "你好啊,早安!"②

诗人对大自然美丽多姿而又充满青春活力的满腔柔情,通过自然景象的细致描写(金灿灿的星星昏昏欲睡、如镜的河湾颤起了涟漪、朝霞映红了河湾的碧水),更通过自然景物的拟人化(小白桦嫣然微笑、荬荋花簌簌舞蹈、用五彩的珠链盛装

---

① 《费尔巴哈哲学著作选集》,下卷,荣震华等译,商务印书馆,1984年,第458页。
② 曾思艺译自《叶赛宁作品集》,莫斯科,1991年,第39页。

打扮的荨麻像人那样点头打招呼:"你好啊,早安!"),巧妙地传达出来。又如《秋》:

> 陡坡上的刺柏林寂静无声,
> 秋这匹棕红母马在梳理马鬃。
>
> 在河岸上密密麻麻的草木丛中,
> 它那脚掌的蓝色叮当随风飘送。
>
> 苦行僧风小心翼翼地举步飞跃,
> 在陡峭的路面上轻踏片片落叶,
>
> 还在那花楸树丛中频频亲吻
> 看不见的耶稣身上那红色的伤痕。①

全诗把抽象的季节"秋"先是动物化(说它是棕红母马在梳理马鬃,脚掌在河岸的草木丛中发出蓝色的叮当),接着又把它拟人化(是苦行僧在小心翼翼地举步飞跃,并在花楸树丛中频频亲吻看不见的耶稣身上的红色伤痕),从而不仅把抽象的秋写活了,而且表达了诗人对秋的某种喜爱之情。

叶赛宁不像普希金那样直抒胸臆,飞流直下,也不像莱蒙托夫那样进行大段大段的内心独白,他的诗总"是和大自然联系起来的;是和土地、庄稼、树林、草地结合起来的。他的诗充满了生活的真实的气息。他的诗,和周围的景色联系得那么紧密、真切、动人,具有奇异的魅力,以致达到难于磨灭的境地。正因为如此,时间再久,也还保持着新鲜的活力"②。如著名组诗《波斯抒情》,一方面极力歌颂波斯美女,一方面又深深思念故乡,诗人巧妙地让波斯美女和美丽故乡的意象相互叠加与复合,将浓烈的思乡之情注入丰美的自然意象、美女意象,从而让真情与东方韵味、俄罗斯田野融合起来,回肠荡气,感人肺腑。

由于自然物象与情感紧密结合,诗人不仅能触景生情,借景抒情,而且能移情入景,景随情变,收到类似杜甫诗"感时花溅泪,恨别鸟惊心"的艺术效果。如诗人心境愉快时,白桦是美的化身,"毛茸茸的枝头/雪绣的花边潇洒,/串串花穗齐绽,/洁白的流苏如画"(《白桦》),甚至变成秀丽可爱、穿着白色裙子、垂着绿色发辫的少女,"绿茸茸的秀发,/少女般的胸脯,/啊,苗条的小白桦,/你为何对池塘凝眸?"(《绿茸茸的秀发……》);而当诗人情绪恶劣时,则是"林间的白桦穿着孝痛哭"(《白雪的原野,苍白的月亮……》)。月亮也是如此,当他欢欣时,"月亮浮在水里,像一只金色的青蛙";当他苦闷时,"月亮像一只昏黄的乌鸦,在大地上空盘旋、回翔"。白雪也不例外,在快乐的早期,它是纯洁、欢乐和美的化身,"有如丝绸地毯,把整个

---

① 曾思艺译自《叶赛宁作品集》,莫斯科,1991年,第42—43页。
② 岳凤麟、顾蕴璞编《叶赛宁研究论文集》,北京大学出版社,1987年,第5页。

院子都铺满",甚至怒放如潮的稠李花飞也似白雪飘舞;到晚期,诗人消沉、悲观,白雪也变成了尸衣:"白雪的原野,苍白的月亮,家乡覆盖着白布的尸衣。"

  体现原始思维的民间文学的一大特点是以高度的音乐性来传达强烈的情感,往往运用反复、回环等多种手法,把内心的思绪一唱三叹地传达出来,象征派的突出特点之一也是高度的音乐性,二者的综合影响使叶诗形成了独特的情感性的又一特点——抒情的音乐性。早期的诗,如《头戴野菊编的花冠……》《过去的一切无法挽回……》《拉起来,手风琴,绛红的风箱……》等等,主要是民间歌谣的音乐性特点——叙述句式、传统诗节、简单而准确的韵脚、反复、回环的手法。受象征派影响后,叶诗开始大量使用命令式的语调,采用三音节诗格的变体,写自由诗,以元音谐韵,或多层次用韵,采用谈说的手法,爱好随意落笔、夸张。进而,把民谣与现代特点融合起来,形成成熟的、特有的抒情的音乐性。它融奇特的意象、浓烈的情感、多层次用韵及民歌的技巧于一炉,以一种"甜蜜的怨诉"的调子,渗透、摇曳读者的心灵,具有极强的艺术感染力,对此,不少论者已有精辟论述(如马克·斯洛宁曾谈到,叶诗利用农民歌谣中的韵律、字眼与意象,具有一种民族性甚至于地方性的强烈色彩[①]),兹不赘述。

  几十年来,对于叶诗风格的成因,国内外学术界有两种对立的意见。一种认为完全得益于俄罗斯民间文学和文化传统,一种认为深受象征派、意象派的影响。从叶诗发展的实际来看,早期受民间文学和传统文化熏陶,是不争的事实,到彼得格勒后一段较长的时间受现代派诗歌的影响较多,到1922—1925年,叶赛宁强调简练和明朗,把中期已开始的融原始思维和现代观念与一炉的工作完成了,返璞归真,注重诗歌构思的明朗性、形象的生活性、技巧的朴实的现代性,使诗歌具有完整性乃至完美性,像水晶般透明。唯其如此,诗人在创作中不怕显得像个旧式的人,大量运用传统的韵律、古老的铿锵的诗韵、最简单的韵脚方式、方言古语、最生活化的细节,也不怕显得新潮,让怪诞得出奇的联想、多层次用韵、出人意料的意象、丰富的象征在笔下自由流畅地涌现。

  由于叶赛宁把原始思维与现代观念有机地融合一体,因此,在他的诗里,既有现实主义入微的观察、精细的摹写,也有浪漫主义非凡的想象、大胆的比喻,还有印象主义飘忽的印象、朦胧的光影,意象主义新鲜的意象、诡奇的联想,象征主义深刻的象征、多层的含义,甚至还时而闪现神秘主义的幻影。可以说,叶赛宁已预示了此后世界文学原始思维与现代观念、现实主义与现代主义合流的方向。在他笔下,一切是那样平凡得在日常生活中司空见惯,又是那样新奇得出人意料,获得了奇妙的生命力:"木房老太太用门坎的牙床,咀嚼香甜面包心——寂静"(《大路把红色的黄昏怀想……》),"山坡伸开自己的手指,去拽天庭裂缝的圈环"(《在天空的蓝色盘子上……》),"一团团乌云,扯碎在阳光的犁头"(《再见吧,家乡的密林……》),"太

---

① [美]马克·斯洛宁:《现代俄国文学史》,汤新楣译,人民文学出版社,2001年,第267页。

阳,宛如一只家猫,把线球拽到自己身旁"(《乐土》),"星光像解开的腰带,在一股股泡沫中飘荡"(《夜很黑,睡不着……》),"像只蓝色的天鹅,黑暗又从林中游出"(《山楂果又已红熟……》)……由于原始思维与现代观念的融合,叶赛宁既是民族的诗人,更是世界的诗人。俄国当代学者马姆列耶夫指出:"叶赛宁仅在一个层面上是乡村诗人,而在更深的层面上,他是全俄罗斯的诗人,民族—宇宙诗人……乡村,这个社会日常生活的宇宙在后工业时代可能消亡,但叶赛宁的乡村象征意义的影响却不会消失,因为它与俄罗斯心灵最原始层面的现实有着直接的联系。"①

　　叶赛宁曾在《花朵深深地垂着头……》一诗中这样描写自己和自己的诗:"或许她还会想起我,就像想起那不重开的花朵。"泰勒指出,原始人的生命"好像是理解整个大自然的一把钥匙"。体现了原始思维特点、反映了"原始生活"的叶诗,不仅是理解整个大自然的一把钥匙,而且是一朵永不重开的花朵!因为随着科技文明、城市文明的高速发展,人类活动的范围越来越大,自然的生存空间越来越小,贴近自然的生活即将被破坏殆尽,像叶赛宁这种"自然界特意为了诗歌,为了表达无尽的'田野的悲哀',对一切生物的爱和恻隐之心……而创造出来的一个器官"(高尔基语),这样充满人性光辉、通过原始与现代的融合来讴歌大自然的美,哲理性地探索生命奥秘的诗人,只能是"乡村的最后一位诗人",他的诗只能是一朵永不重开的花朵!这些永不重开的花朵,带着它们那美妙的芬芳、鲜丽的色泽、动人的姿影、浓郁的泥土气息,将永远铭刻在世世代代人们的记忆之中,时间越久,越是弥足珍贵,让人们惊喜、赞叹、惋惜、哀伤!

　　值得一提的是,原始思维与现代观念的有机融合,不仅使叶诗获得了独特的艺术魅力,具有一种格外动人心魂的艺术感染力,赢得了不同国家、不同种族的千千万万的读者,而且也使其诗新旧交织、好坏混杂,甚至把俄罗斯的一些落后的东西大加美化。由于叶赛宁既有原始思维,又具现代观念,他注定是一个矛盾的人,性格分裂的人,必然具有悲剧的命运。原始思维赋予他自然的人性,使他迷恋乡村,迷恋大自然,迷恋原始纯朴的生活,向往庄稼汉的天堂,而现代观念尤其是现代文明又使他陶醉于城市的文化艺术、灯红酒绿、美女妖姬,试图摆脱原始的一切。于是,自然与文明、新与旧、生与死等等的经常性斗争,再加上爱与失恋、不公正的待遇等等,搞得他痛苦不堪,精神迷茫……最后竟英年早逝,只留下这带着泥土芬芳、渗透现代观念的诗歌,让后人一代代地去欣赏、品味、评说……

第二节　双重革命的作品
——试论诗剧《普加乔夫》

　　诗剧《普加乔夫》是叶赛宁花了三年时间(1919—1921)精心创作的,被称为"诗

---

① 转引自李毓臻主编:《20世纪俄罗斯文学史》,北京大学出版社,2000年,第92—93页。

人创作发展上的重大里程碑"①,也是诗人最喜爱、最重视的作品。据同时代人回忆,叶赛宁1922年2月曾在罗斯托夫兴高采烈地讲述自己如何创作《普加乔夫》,并朗诵过其中的两个片段,受到热烈欢迎。面对知音的赞赏,他说:"《普加乔夫》是史诗,它最使我激动、激动……"亚历山德洛娃指出:"《普加乔夫》无疑是叶赛宁最喜爱的作品之一,他在这部作品里灌注了全部的创作热情……"②库利尼奇认为:"叶赛宁对于自己戏剧性的长诗《布加乔夫》(即《普加乔夫》——引者)(1921)很重视。"③施耐德进而谈道:"叶赛宁为写《普加乔夫》一诗花了很多精力,用了很长时间,态度十分认真。叶赛宁很喜欢《普加乔夫》,并为它沉迷。"④

然而,关于诗剧《普加乔夫》,国内研究者关注不多,仅有的一本《叶赛宁评传》对这部诗人最喜爱、最重视的作品,也只是在谈到叶赛宁认为他和邓肯艺术上有相通之处时才简单提了一句:"叶赛宁那时正在创作《普加乔夫》,对意象主义的狂热使他在寻求着鲜明、独特、绝无仅有的诗歌形象,他在求索着能够更完全、更充分、更自然地表现自己,表现自己的时代,表现俄国的过去和将来的艺术手段。而他在邓肯那创新的,充满灵感、大胆狂热的舞蹈造型中看到了和自己的诗歌艺术追求相一致的地方。"⑤

诗剧《普加乔夫》描写的是俄国18世纪后期普加乔夫领导的农民起义。普加乔夫农民起义是1773—1775年发生在俄国的一场农民群众反抗封建压迫的起义运动,席卷了俄国的广大地区(奥伦堡边区、乌拉尔、乌拉尔山区、西西伯利亚、伏尔加河中下游地区)。

叶梅连·普加乔夫(约1742—1775),生于顿河沿岸齐莫维斯克镇一个贫穷的哥萨克家庭。17岁起在哥萨克军队服役,参加过七年战争和俄土战争,由于作战勇敢,晋升少尉军衔。后因生病退伍回乡,在顿河、伏尔加河一带流浪。1773年,普加乔夫冒称莫名其妙去世、民间猜测颇多的彼得三世,聚集80名哥萨克人起义。他深知人民群众的苦难,宣布解放农奴,取消人丁税,给农民分土地、草原、森林、粮食,并允诺给人民自由,号召各族人民起来推翻俄国当时的女沙皇叶卡捷琳娜二世。广大群众群起响应,踊跃参战,起义者多达10万人,席卷了南乌拉尔、阿斯特拉罕和喀山两省的大部地区、西西伯利亚和西哈萨克斯坦各地,并且出现了许多杰出的军事首领领导的大的起义中心:金贾·阿尔斯拉诺夫和萨拉瓦特·尤拉耶夫

---

① [俄]库利尼奇:《谢尔盖·叶赛宁生平与创作》,《叶赛宁诗选》,王志刚译,春风文艺出版社,1994年,第299页。

② [俄]科舍奇金:《叶赛宁传——同时代人回忆叶赛宁》,李视歧等编译,新华出版社,1993年,第250页。

③ [俄]库利尼奇:《谢尔盖·叶赛宁生平与创作》,《叶赛宁诗选》,王志刚译,春风文艺出版社,1994年,第297页。

④ [俄]科舍奇金:《叶赛宁传——同时代人回忆叶赛宁》,李视歧等编译,新华出版社,1993年,第260页。

⑤ 吴泽霖:《叶赛宁评传》,浙江文艺出版社,1999年,第177页。

在巴什基尔,别洛博罗多夫在叶卡捷琳堡(即斯维尔德洛夫斯克),格里亚兹诺夫在车里雅宾斯克,阿拉波夫在萨马拉,杰尔别托夫在斯塔夫罗波尔,库兹涅佐夫、萨拉瓦特·尤拉耶夫在昆古尔和克拉斯诺乌菲姆斯克,托尔卡乔夫在亚伊克镇。普加乔夫统率的部队是起义军的主力,他们攻克了奥伦堡、喀山等地,并且挥师攻打察里津,直接威胁到莫斯科。1774年起义军屡败屡战,最终被彻底镇压:3月22日,在塔季谢瓦要塞附近与讨伐军交战,普加乔夫主力军被政府军击败;3月24日,起义军另一支队伍在乌法附近被击溃,不久,奇卡(扎鲁宾)和赫洛普沙(索科洛夫)被俘;4月1日,普加乔夫与讨伐军在萨克马拉镇附近再次交战,又遭失败,亲密助手希加耶夫、帕杜罗夫、维托什诺夫、戈尔什科夫、波奇塔林等被俘;8月25日凌晨,与苏沃洛夫的部队在萨尔尼科夫展开决战,起义军被彻底击溃;9月4日,起义军军事委员会成员特沃洛戈夫、炮兵长官丘马科夫等叛徒,把普加乔夫捆绑起来,交给了沙皇政府。1775年1月10日,普加乔夫、佩尔菲利耶夫、希加耶夫、帕杜罗夫、托尔诺夫在莫斯科博洛托广场被叶卡捷琳娜二世处决;同年2月,奇卡(扎鲁宾)在乌法被处以极刑。

普加乔夫起义时间长达两年,影响波及俄国的广大地区,事件繁多,战争不断,可歌可泣之处为数不少。但由于体裁的限制和主题的需要,叶赛宁只选取了普加乔夫起义的几个片段,巧妙地加以连缀,完成了这部出色的诗剧。

叶赛宁宣称,这是一部"真正革命的作品"①。《普加乔夫》写完后,叶赛宁在外地向大众朗诵了这部诗剧,受到热烈欢迎。诗人基里洛夫谈到:"这部长诗写得很成功。评论《普加乔夫》的人发言时,都指明了这部诗剧的艺术成就和革命性。我说,剧中的普加乔夫用意象派的语言说话,所以普加乔夫就是叶赛宁,叶赛宁有点生气地说:'你什么也不懂,这是真正的革命作品。'"②然而,关于这部"真正革命的作品"的"革命"特色,却至今似乎尚未得到俄国和中国学者充分的或应有的认识。

俄国学者受"定现实主义于一尊"的观念影响,对现代主义尤其是意象派颇多偏见,甚至彻底否定,因此,对《普加乔夫》的"革命"特色认识往往不够充分,叶赛宁专家库利尼奇就是突出代表。他充分认识到诗人自"十月革命"后向往革命、积极参加革命并且在诗歌中坚持不断表现革命、歌颂革命,对诗剧题材、主人公以及主题思想的"革命"特色也有较好的把握。库利尼奇指出:"在他创作发展历程上有充满革命激情和对祖国光明命运的热烈信念的作品:《同志》《颂诗》《宇宙鼓手》(又译《天国鼓手》《天上鼓手》——引者)、《苏维埃罗斯》《讴歌26位委员的叙事诗》《八节诗》《大地的船长》《安娜·斯涅金娜》《列宁》《关于伟大的长征之歌》。……他虽不是诗人—政论家,但是,就广义来说,他还是以自己的方式深刻地反映了革命骤变的时代,用抒情的方法表现了时代最重要的特征——如他所写的那样,革命的风暴

---

① 详见《叶赛宁诗选》,顾蕴璞译,译林出版社,1999年,第317页注释①。
② [俄]科舍奇金:《叶赛宁传——同时代人回忆叶赛宁》,李视歧等编译,新华出版社,1993年,第245页。

给他的命运,给他的诗歌编织了'金色的花边'。"① 而且,"叶赛宁在生命的最后几年里集中注意力于农村生活的新现象并且欣喜地欢迎国内进行的社会主义改造。1923年,诗人在《消息报》上著文,说他越来越倾心于共产主义建设;在1924—1925年间,他创作出自己最好的短诗和长诗,赞美苏维埃新事物,歌颂革命战争的英雄(《讴歌26位委员的叙事诗》《苏维埃罗斯》《关于伟大的长征之歌》《安娜·斯涅金娜》等)。"② 库利尼奇也认识到,在《普加乔夫》这部诗剧中,"诗人并没有为自己提出这样的任务:即描绘出在18世纪动摇了帝王宝座,使地主和大商人为之恐惧的布加乔夫运动可信的详尽的历史画面。在长诗里没有这种画面,描绘这一巨大历史画面也是抒情诗人所不能胜任的。这部作品只是在很小程度上与历史性相符。布加乔夫和他的某些战友的形象,哥萨克农民起义历史中的个别戏剧性情节吸引了诗人的注意。诗人只从丰富的历史中撷取了'一部分'。他以奔放的、大胆的笔触绘出了汹涌浪涛般的起义军及其首领布加乔夫、赫洛普沙、扎鲁宾等人的坚强有力的性格。诗中很少叙述布加乔夫的事业、他的征程以及战争的残酷。长诗的中心是热爱自由的和天才的人,寻求真理的幻想家领导了强大的运动,又处于孤独和被出卖的悲惨命运。布加乔夫的悲剧,表现于他那高尚意旨破灭后的深深痛苦,诗中以极大的艺术魅力来展示了这一主题"③。由上可见,库利尼奇在题材、人物、主题方面实际上已认识到叶赛宁的"革命"特色:诗剧抓住了农民革命的题材,描写了农民起义,歌颂革命,把农民起义领袖普加乔夫塑造成豪放、仁慈的革命者。然而,库利尼奇对诗剧艺术上的"革命"特色却缺乏认识,甚至可以说带有偏见:"但是,即便是在这部著名的史诗般的作品中也残留有某些意象主义的特点:多余的隐喻,创造奇特形象的追求。例如,在《更夫》一诗中让普通人说这样累赘的形象的语言是完全不真实的……"④ "叶赛宁在他已完成的作品中最大的一部——戏剧性长诗《布加乔夫》,花费了巨大的创作劳动。各种草稿的数量大大超过定稿,保存在苏联中央国家文学艺术档案馆里的许多诗篇和整个诗节的草稿有十五至二十种(其中最有意义的和有代表性的都收入六卷集的第三卷中)。诗人在揭示主人翁的悲剧命运时,力图使长诗'具备'极度鲜明的形象。与此同时,他不得不克服意象派对非常复杂形象的迷恋……"⑤ 这就使其对诗剧"革命"特色的认识不够充分。

受俄国学者的影响,目前可能是国内仅有的对《普加乔夫》谈论得最多也最为深入的一本《叶赛宁传》(也是我国第一本较大型的叶赛宁传),由于出版时间较早,较为意识形态化,观点大多沿袭苏联时代的观点,对诗剧"革命"特色的认识也较为

---

① [俄]库利尼奇:《谢尔盖·叶赛宁生平与创作》,《叶赛宁诗选》,王志刚译,春风文艺出版社,1994年,第230页。
② 同上书,第312页。
③ 同上书,第298页。
④ 同上书,第299页。
⑤ 同上书,第376页。

传统甚至保守。

该书认为,《普加乔夫》是叶赛宁此前一直关心的农民起义题材的合乎逻辑的发展和石破天惊之作。早在教会学校读书时,他就对俄国13世纪为抗击鞑靼人入侵而献身的梁赞勇士叶夫帕季·科洛弗拉特的传奇故事兴趣很高,几经修改,写成了诗歌《叶夫帕季·科洛弗拉特之歌》。1914年,他又创作了歌颂俄国中世纪农民起义英雄斯捷潘·拉辛的战友乌斯的长诗《乌斯》(又名《瓦西卡·布斯拉耶夫》)。同年,还创作了叙事诗《玛尔法·波萨德尼查》,描写15世纪下半叶诺夫戈罗德城在妇女领袖玛莎的率领下,反抗莫斯科强权吞并并与之浴血斗争的历史故事。1919—1921年则创作了诗剧《普加乔夫》,其中诗人首先重视的是再现人民起义的历史画面,展示俄罗斯农民的内心世界。具体表现为:就对待起义、革命的态度来说,世世代代与"三间破屋"有着血肉联系的农民常常是消极的,他们只关心自己的命运。普加乔夫想要推动社会前进,但要克服农民身上的这种小私有者自发势力的消极观念,似乎却无能为力。1921年是新经济政策开始的一年,而对叶赛宁来说,这一年首先是他完成诗剧《普加乔夫》的一年。诗人在俄罗斯历史上农民反沙皇的斗争中审视当前的形势和未来的前景。在叶赛宁笔下,普加乔夫既是农民起义的领袖,又作为一个富有人性的普通人出现在读者面前。诗人以独特的抒情笔触突出主人公普加乔夫对祖国的爱,对平民百姓的命运的关心,以及对贵族压迫者的满腔仇恨。即使在最终的悲剧时刻,普加乔夫所想到的依然不是自己,而是祖国的命运。《普加乔夫》还力图揭示起义的社会原因:农奴和贫苦的哥萨克备受压榨,流血流汗;边疆少数民族在俄罗斯官僚统治下呻吟;牛马不如的乌拉尔工人愤而反抗。凡此种种都构成了农民暴动的必然因素,烈火干柴的形势到了一触即发的局面。诗剧《普加乔夫》最初的名称是《关于叶米里扬·普加乔夫的伟大进军叙事诗》,这并非偶然。农民对沙皇统治的不满和仇恨,酝酿了这场具有人民运动性质的革命暴风雨,在当时堪称动摇了"帝国统治"的"伟大进军"。在故事情节的展开过程中,诗人注重人物的心理活动,把握了俄国农民性格的多面性和意识的自发性。其中既有力量的源泉,又有弱点和缺点的根源。在这一基础上,诗人注重对起义农民的心理分析,以便让读者看到:农民何以走上了革命的道路,而这条道路对农民来说又何以困难重重。联系叶赛宁早期诗歌创作的"农民倾向",我们可以看到诗人之所以对普加乔夫领导下的农民起义产生了兴趣,其主要原因在于探索这样一个问题的答案:革命的"风暴"要把作为一个农民国家的俄罗斯引向何处?诗人通过对这位18世纪农民起义领袖的歌颂,寄托了对广大农民的同情和希望:"在自己的国家里,你们并非无足轻重,而将成为主人。"①

综上可知,该书对诗剧在题材、人物、主题方面的"革命"特色有较好的认识,而且比较具体、深入,并充分体现了受苏联意识形态影响而极力正面肯定、歌颂甚至

---

① 王守仁:《天国之门——叶赛宁传》,湖南文艺出版社,1995年,第19—22页。

拔高农民起义("普加乔夫想要推动社会前进")、强调统治阶级的残暴和农民不得不挺身反抗的历史原因等,但在艺术方面对诗剧的分析则颇为传统甚至保守。如该书指出,从艺术性的角度来看,可说诗剧《普加乔夫》继承和发扬的是《伊戈尔远征记》的诗歌传统。其中有关情节之外的景物描写是相当突出的。诗人对自然景色的描写,紧紧扣住了剧情的发展,成为人物心理活动的背景和铺垫。例如,当普加乔夫被叛徒捆绑起来时,他的慨叹和回忆。《伊戈尔远征记》那沉郁而悲壮的基调时时体现在《普加乔夫》之中,请看主人公普加乔夫面对雅伊克河水的沉思和长叹:"雅伊克,雅伊克,你曾用着/受压的百姓的呻吟把我呼唤。/那晚照中沉入了忧思的村落,/气得鼓起了癞蛤蟆似的怒眼。/不过我知道,这里的农舍——只是一口口木头制的洪钟,/狂风布起阴霾把钟声吞咽。/啊,茫茫的草原,帮助我/实现我的图谋让敌人丧胆!"这情感沸腾的诗句会使读者情不自禁地联想起《伊戈尔远征记》里主人面对第聂伯河或顿涅茨河滔滔之水长叹的诗节。这都表明,继《伊诺尼亚》《约旦河的鸽子》《天国鼓手》之后,诗剧《普加乔夫》标志着诗人的创作是向反映人民斗争这一课题的现实主义概括的一个伟大转折。① 这是明显的受"定现实主义于一尊"的影响,对诗剧深受意象派影响只字不提,却把一切全都归因于古老的传统(其实,《伊戈尔远征记》的影响只是很小的一部分)和现实主义的胜利。

其实,在某种程度上可以说,没有俄国意象派,就没有诗剧《普加乔夫》,而且,诗剧艺术上的革命特色正是由此体现出来。

长期以来,俄、中学者对俄国意象派贬斥过多,而缺乏客观、公正的认识。俄国意象派是1919—1927年间的一个诗歌流派,主要成员有舍尔舍涅维奇、马里延果夫、伊夫涅夫、马林霍夫等,他们拥戴叶赛宁为领袖,发表《意象主义宣言》,提出"形象的韵律学""艺术形式吞噬思想内容",把意象作为形式的决定性因素,极力追求意象的奇特性,甚至把重视意象强调到几乎只重意象的程度,并把意象作为形式的决定性因素,与内容对立起来,彻底否定内容(不过,在创作实践中,他们又一定程度地突破了这一理论,而试图以诗反映较为广阔的生活)。尽管有其偏颇之处,但俄国意象派是一个具有自己的特色,既不同于英美意象派又在某些方面超越了他们,对自己提出的理论有所突破也有一定的艺术成就的诗歌流派②,值得肯定与研究。

俄国著名作家、评论家罗扎诺夫指出:"1920和1921年,在叶赛宁诗歌创作中之所以显得重要,是因他比以前更为突出地表现了他的诗歌的特色,发现了前所未有的、敏锐的新主题,表明自己是'温情的流氓'。与此同时,他抛弃了从前他所固有的,在他的读者中逐年失去激情的、大量的宗教形象,摆脱了来自旧教徒的外祖

---

① 详见王守仁:《天国之门——叶赛宁传》,湖南文艺出版社,1995年,第22—24页。
② 关于俄国意象派的艺术成就与不足,详见曾思艺:《"形象第一"的现代主义诗派——试论俄国意象派诗歌》,《湘潭大学学报》2003年第1期;或见曾思艺:《俄国白银时代现代主义诗歌研究》,湖南人民出版社,2004年,第461—482页。

父而在闭塞的教会师范学校读书时得到支持、并受到克留耶夫影响的传统观念。此外,叶赛宁的诗比以前具有更大的社会意义。在《四旬祭》(名字还有前期创作的特征)一诗中,他成功地塑造了一个与众不同而在概括能力与广度上无人企及的形象,即正在消逝的古老的、陈旧的罗斯(追赶火车的红鬃小马)的形象。"①罗扎诺夫独具慧眼,发现在1920、1921两年,叶赛宁诗歌有了更为突出的特色,但他只谈了其创作主题、形象的新颖,而没有谈到发生这种变化的原因,尤其是没有谈到叶赛宁诗歌这两年在艺术方面受意象派影响而出现的新特色。我国的吴泽霖对此颇有研究,他认为:"叶赛宁走入意象派的队伍绝不是偶然的迷途","作为一个日益名骚文坛的诗人,确立自己的诗学思想,建立相应的流派,在革命剧变中找到自己的社会位置和文坛上的位置,这对于叶赛宁来说是迫不及待的",他"在意象派那里找到了确立自己地位的可能",而"与意象派接近的时期正是叶赛宁努力进行理论思考的时期,他的最主要的三篇文学论文《玛丽亚的钥匙》《论无产阶级作家》和《生活与艺术》都是在这一时期写的",并且,"叶赛宁和意象派长期地保持着密切的联系,这是他与其他任何人(包括他的精神的导师克柳耶夫,唯一敬佩的知识分子伊万诺夫-拉祖姆尼克)之间所没有过的"②,因此,应该把叶赛宁"视为为开创俄国意象主义作了理论上的探讨和创作上的实践的自觉的创始人"③。意象派的同仁、叶赛宁的好友——诗人舍尔舍涅维奇则对此更有颇为具体、准确的论述。在《纪念谢尔盖·叶赛宁》的文章里,他指出:"在他领导意象派期间,谢廖沙(谢尔盖的爱称)创造了自己最重要的和最著名的诗篇,这里有《狗之歌》《面包之歌》《牝马的轮船》《变容节》和《四旬祭》,最后还有《布加乔夫》,至于许多小诗就不用说了。"④由此可见,叶赛宁这几年的诗歌创作,尤其是《普加乔夫》与意象派关系极为密切。

我们认为,《普加乔夫》是一部体现了双重革命的作品。

首先,这表现在题材、人物和主题上。这方面的革命,主要是描写农民起义的革命题材、歌颂农民起义的革命事迹、正面塑造农民起义领袖的人物形象,这更多的是受文学传统(普希金已开始正面肯定普加乔夫,创作了歌颂普加乔夫的长篇小说《上尉的女儿》,并曾写作《普加乔夫史》)和时代风潮的影响(尤其是列宁等充分肯定普加乔夫等农民起义)。不过,就在这方面,叶赛宁也有一些"革命"式的创新,即:把自己热爱自由、寻求真理但得不到理解因而颇为孤独的遭遇注入普加乔夫形象之中,从而出现了一如库利尼奇上述的"长诗的中心是热爱自由的和天才的人,寻求真理的幻想家领导了强大的运动,又处于孤独和被出卖的悲惨命运",而这在

---

① [俄]科舍奇金:《叶赛宁传——同时代人回忆叶赛宁》,李视歧等编译,新华出版社,1993年,第229页。
② 吴泽霖:《叶赛宁评传》,浙江文艺出版社,1999年,第118—135页。
③ 参见吴泽霖:《叶赛宁和俄国意象派关系的再思考》,《俄罗斯文艺》2001年第4期。
④ 转引自[俄]库利尼奇:《谢尔盖·叶赛宁生平与创作》,《叶赛宁诗选》,王志刚译,春风文艺出版社,1994年,第296页。

某种程度上区别于普希金的《上尉的女儿》中普加乔夫纯粹是正直善良、刚强果敢、憨厚豪放、知恩图报、深明大义、勇追自由、敢于反抗的农民起义领袖,而使普加乔夫这一形象变成了诗人叶赛宁自我的写照。

其次,更重要的是,这种"革命"突出地体现在艺术方面。它具体包括以下三个方面。

第一,风格上属于阳刚的男性诗。诗剧中没有一个女性,更没有绝大多数小说、戏剧(包括诗剧)中吸人眼球的儿女私情或男女爱情。对此,叶赛宁曾颇为自豪地宣称:"普希金作品里(指《上尉的女儿》——引者)写了些儿女私情,而且也未尽符合历史事实。我的作品里毫无儿女私情,难道这是作品中必不可少的吗?果戈理就善于避开这种情节。……在我的诗剧中一个女人也不写。根本不需要她们,普加乔夫起义也不是娘儿们造反。一个女角色也不要。大约有15个男角色(不算群众),没有一个女的。我不知道过去是否有过这样的戏剧。"①正因为如此,整个诗剧便于集中笔墨描写男子汉普加乔夫及其众多男人参加的农民起义,他们的揭竿而起、浴血奋战与惨烈失败,尤其是塑造了普加乔夫这位热爱自由的和天才的人、寻求真理的幻想家,揭示他的理想、宏大抱负以及强烈的孤独感与幻灭感,从而使这部诗剧充满阳刚之气,是真正的男性诗或男子汉之歌。

第二,没有重复出现的人物。诗剧《普加乔夫》在艺术上最为独特之处,在某种程度上也是最具革命色彩的创新之处是,整个作品除了以普加乔夫这位"英杰"为中心人物大加描写以揭示其远大的抱负和崇高的灵魂外,全剧不断出现新的人物塑造新的形象尤其是大量"伟大而光辉"的农民起义者,以致几乎没有一个重复出现的人物。对此,叶赛宁曾对照同样是写普加乔夫的《上尉的女儿》,颇为自信地加以阐述:"几年来,我研究过一些材料,确信在很多方面普希金是不对的。且不说他有自己的贵族观点。他的错误在小说里有,历史方面也有。例如,在他的作品里我们很少见到起义者的名字,却有许多镇压者或那些普加乔夫手下死去的人的名字。我为写诗剧曾经博览群书,我发现普希金描写的许多事实简直就是错误。首先是普加乔夫本人。要知道他几乎是一个英杰,就连他的许多战友也是一些伟大而光辉的人物,而在普希金的笔下不知怎的都不见了。我的诗剧还有一个特点,即除了普加乔夫之外,几乎没有一个人在剧中重复出现,每一场都是新人物。这使情节更为生动,并能突出主角普加乔夫。"②

第三,意象和语言相当奇特。可以说,正是这一点,使这部诗剧在艺术上成为真正"革命"的诗剧,甚至可以说是前无古人后无来者的"革命"诗剧。而这,完全得益于俄国意象派。俄国意象派的突出特点就是特别重视意象(我国一些译者把它译为"形象"),在叶赛宁曾参与写作的《意象主义宣言》中,俄国意象派宣称:"艺术

---

① [俄]科舍奇金:《叶赛宁传——同时代人回忆叶赛宁》,李视歧等编译,新华出版社,1993年,第234页。

② 同上。

的唯一法则,唯一无与伦比的方法就是通过形象和形象的韵律来显示生活","形象,也只有形象。形象(因类比和排偶而呈不同等级)、比喻、对照、简洁或扩展的修饰语、多主体多层结构的同位语——这才是艺术大师的生产工具","形象——是诗行的铠甲,是画幅的铁甲,是剧情的要塞炮"①,该派的理论家舍尔舍涅维奇更是一再强调意象的重要性:"意象派示威性的口号是:形象就是目的本身;形象就是题材和内容"②,"意象主义把形象作为它的学说基础,形象是词的最坚固的材料。诗歌纯粹是和词打交道的,而词本身联合着形象和概念这两个成分。意象主义把这个'并蒂莲'中的概念部分留在日常交谈和哲学中使用,而把形象交给了诗歌,形象是词所含有的首要而又纯贞的意思。"③他们尤其注重意象的奇特性,强调意象必须奇特,而要做到意象奇特,必须打破一切常规,为此,他们强调:"诗歌一条主要的和出色的规律在于'没有任何规律'。"④作为俄国意象派的领袖,叶赛宁在其最具意象派特色的诗剧《普加乔夫》中成功地实践了该派的理论。

诗剧描写的是农民起义,普加乔夫和参与起义的战友以及广大群众,乃至欺压人民的底层官兵,都是没有受过多少教育的粗人,按道理,依照一般的戏剧写作规程,语言必须符合人物身份,应该采用通俗易懂的生活口语。但作为现代派之一的俄国意象派,在艺术上刻意创新乃至极力发动革命,因此,往往会反其道而行之,极力追求诗剧意象与语言的奇特,叶赛宁在《普加乔夫》中正是这样做的,而且从艺术"革命"的角度来说,做得颇为成功,从而使这部作品成为真正的"革命"作品,也是俄国意象派最具代表性的一部经典之作。

在诗剧中,几乎所有的人说话都注意甚至可以采用奇特的意象和奇特的语言,而且奇特的意象和奇特的语言往往是结合在一起的。不仅起义军的重要人物说话如此,如基尔皮奇尼科夫说:"我们的马会伸长脖子,/像一群黑天鹅,/沿着黑麦的水流,/因勇猛而更好看,/拉我们到新地方过新的生活。""假如俄国是个大池塘,/大炮便会像黑青蛙下钢卵,/对准绿苔猛烈地射放。/让全国的上空传开消息:/哥萨克并非牲口道上的白柳,/哥萨克不会白白割人脑瓜,/装进盛满月光的青草袋口。"卡拉瓦耶夫则说:"棵棵赤裸裸的柳树挺立着,/消熔着自身肋骨上的金色,/好像只只瘦削仙鹤的骨骼。它们的木头肚皮无法焐暖/地上这一个个金色的叶蛋,/无法孵雏——绿色的嫩柳,/九月似刀把它们的喉管割断,/秋雨把翅骨折裂成一堆碎屑。"扎鲁宾也说:"为什么你的两只眼睛,/像两条拴着链子的公狗,/在盐水洼里不安地翻滚?""月亮似鹞鹰扑扇黄色的翅膀,/把灌木丛揪撕得破碎支离。"赫洛

---

① 《意象主义宣言》,顾蕴璞编选:《俄罗斯白银时代诗选》,花城出版社,2000年,第581页。
② [俄]舍尔舍涅维奇:《2×2=5》,张捷编选:《十月革命前后苏联文学流派》,下编,上海译文出版社,1998年,第281页。
③ [俄]舍尔舍涅维奇:《意象主义是否存在?》,张捷编选:《十月革命前后苏联文学流派》,下编,上海译文出版社,1998年,第316—317页。
④ [俄]舍尔舍涅维奇:《2×2=5》,张捷编选:《十月革命前后苏联文学流派》,下编,上海译文出版社,1998年,第282、285页。

普沙的语言和意象更是奇特:"奥伦堡的霞光像匹红毛骆驼,/往我嘴里倒进黎明的白乳。/黑暗中我把凹凸不平的冰凉乳头,/当块面包往衰竭的眼皮贴得紧紧。"逃亡的加尔梅克人的语言和意象也很奇特:"在镇压者的剑下,/哥萨克的头从肩上纷纷落地,/像黄毛的猫一只只跳下。"就连更夫说话都是奇特的意象主义者:"从天公的被割断的喉咙里,/流出霞光染红田野的上空","挂满点点白桦泪的大道","一种威严的呼喊声,/像吃癞蛤蟆似的把农舍鲸吞","月亮洪钟滚落得更低,/它像一只干瘪的苹果那样小,/月光似祈祷前的钟闷了声息"。

诗剧的主人公普加乔夫更是几乎一开口就是典型的意象主义口气:"月亮好比一只黄色的狗熊,/不停地翻滚在湿润的草上";"那晚照中沉入了忧思的村落,/气得鼓起了癞蛤蟆似的怒眼";"那黄瓜的独木舟是否仍在/卷心菜畦的浪花里滚滚向前";"天上的曙光像把老虎钳,/像从黑暗的大嘴拔牙,/把星星一颗一颗摘下";"阴霾的潮气驱赶着薄雾,/像赶着一群群绵羊过门串户";"我们的庄稼汉爱蹲下吸吮消息,/恰似牛犊把母牛的大奶头吮吸";"这个传闻像把犁,/把某地的十十巴翻刨";"灌木林好似一大群木马,/发出了落叶钉掌的声响";"利嘴恶舌像盛着腐烂食物的提筐,/用无耻的谎言打着臭烘烘的响嗝"。

综上所述,诗剧《普加乔夫》的确是诗人所说的一部"真正革命的作品"。

第三节 对传统的继承与创新
——叶赛宁与俄国19世纪诗歌传统

任何人都是在传统的浸泡中成长起来的,作家或诗人更是与传统文化和文学密不可分。1948年诺贝尔文学奖获得者、现代派著名诗人艾略特指出:"诗人,任何艺术的艺术家,谁也不能单独地具有他完全的意义。他的重要性以及我们对他的鉴赏就是鉴赏对他和已故诗人以及艺术家的关系。"① 俄国现代诗人叶赛宁也不例外。

叶赛宁虽然只是师范毕业,学历不高,但他一生酷爱读书,而且博览群书,堪称学识渊博,在俄国和西欧文学方面有深厚的素养,亚辛斯卡娅宣称:"叶赛宁文学上造诣很深。他读过许多书。"② 早在师范学校读书时,同学霍博切夫就发现,叶赛宁"总是书不离手"③;刚到彼得堡期间,他"把所有的业余时间都用在读书上,工薪都

---

① [英]艾略特:《传统与个人才能》,卞之琳译,赵毅衡编选:《"新批评"文集》,中国社会科学出版社,1988年,第26页。
② [俄]科舍奇金:《叶赛宁传——同时代人回忆叶赛宁》,李视歧等编译,新华出版社,1993年,第101页。
③ 同上书,第20页。

耗费在买书籍和杂志上"①，"他读了很多古典作品，有俄国的，也有外国的"②。然而，国内对他和传统文学的关系，更多地关注的是他与俄国民间文化和文学的密切联系，而对他与俄国古典诗歌传统和西欧文学传统论述甚少。其实，客观、公正地看，叶赛宁的文学成就，首先获益于俄国民间文学与文化，其次就当属俄国古典诗歌传统。正因为如此，"在关于苏联诗歌发展道路，对过去诗歌文化的态度问题，进行激烈争论的那些年代里，叶赛宁坚定地站在保卫经典作家诗歌传统方面；普希金、莱蒙托夫、涅克拉索夫诗作的明朗、睿智、简练、音调铿锵——这些特点是他异常珍视的，他在维护和发展这些传统形式方面很有成效，大概在他同时代的人中，没有哪一个能比他更有成效更彻底了"③。再次，还应有西欧文学传统的影响。限于篇幅，本文只谈叶赛宁与俄国古典诗歌传统的关系，而且谈的是他与俄国19世纪诗歌传统的关系（19世纪的小说、戏剧甚至绘画也对诗人有很大影响，如有学者指出："果戈理是叶赛宁最崇拜的作家。"他对其名作《死魂灵》十分熟悉，甚至能背诵著名的抒情结尾，而"叶赛宁完成了自己在国外就开始构思的长诗《黑影人》。他说这部作品是受了普希金的诗剧《莫扎特和萨列里》的影响"。在俄国绘画中，"叶赛宁最喜欢列维坦……叶赛宁认为列维坦同自己有血缘关系，是自己最嫡亲的前辈"④。），实际上，19世纪前的俄国诗歌传统对诗人也有颇大影响，如他宣称："哪部作品给我留下了特殊的印象？是《伊戈尔远征记》。我很早就读过这部作品，完全惊呆了，达到了神魂颠倒的程度。多么好的形象！多么美的语言！"⑤其创作也深受《伊戈尔远征记》的影响，因篇幅关系，留待以后论述。

　　叶赛宁十分热爱俄国19世纪诗歌，对其相当熟悉而且了解全面。他的老师希特罗夫谈到，早在师范学校读书的时候，叶赛宁就不仅"爱上了普希金的作品"，而且熟悉各派的作品，甚至还"模仿各派作家"，只不过"哪一派也为时不长"⑥。实际上，叶赛宁首先是通过熟读甚至翻译来精研俄国19世纪各派诗歌然后再加以模仿的，如他在1914年曾把大诗人塔拉斯·谢甫琴科的诗《乡村》从乌克兰文翻译成俄文：

　　　　乡村！安宁珍藏我心间。
　　　　亲爱的乡村，亲爱的乌克兰！

---

① ［俄］库利尼奇：《谢尔盖·叶赛宁生平与创作》，《叶赛宁诗选》，王志刚译，春风文艺出版社，1994年，第239页。
② ［俄］科舍奇金：《叶赛宁传——同时代人回忆叶赛宁》，李视歧等编译，新华出版社，1993年，第54页。
③ ［俄］库利尼奇：《谢尔盖·叶赛宁生平与创作》，《叶赛宁诗选》，王志刚译，春风文艺出版社，1994年，第319页。
④ 龙飞、孔延庚编著：《叶赛宁传》，南开大学出版社，2015年，第28、170、25—26页。
⑤ ［俄］科舍奇金：《叶赛宁传——同时代人回忆叶赛宁》，李视歧等编译，新华出版社，1993年，第236页。
⑥ 同上书，第25页。

你四周的森林绿意盎然，
无尽的童话和神异深藏。
花园鲜花怒放，农舍白光闪闪，
山上耸立着豪华宫殿，
白杨那绢丝般的绿叶间，
掩映着精心漆过的雕窗，
而在那边，在第聂伯河对岸，
是漫漫森林、田野、草原和群山……
就连上帝也走出那一片深蓝，
在这乡村上空流连忘返。①

具体来看，叶赛宁对俄国19世纪诗歌传统既有继承也有创新。概括地说，他对俄国19世纪诗歌传统的学习主要体现在两个方面。

一是学习其重视民间文学、民间口语以及描写乡村生活、反映现实社会问题、表现强烈的公民责任感的诗歌传统。具体又可细分为两个方面。

第一，继承柯尔卓夫、涅克拉索夫、谢甫琴科、尼基京、阿·康·托尔斯泰等学习民间文学、描写农村生活的传统。叶赛宁曾公开宣称自己"喜欢科利佐夫（即柯尔卓夫——引者）、涅克拉索夫和勃洛克"，并说"我只能向他们，向普希金学习"②。叶赛宁不仅喜爱柯尔卓夫等人，而且"更加爱戴A.K.托尔斯泰，甚至喜爱他所有的以俄罗斯战士为题材的歌剧和戏曲形式的抒情叙事诗"③。柯尔卓夫、涅克拉索夫、尼基京等借鉴民间文学、巧用民间语言，大量描写农村生活、乡村景象，这在叶赛宁的诗歌中得到了继承，如《在农舍》：

酥脆的烘饼扑鼻子喷香，
克瓦斯发酵桶立在门旁，
炉坑边长锈的凹处上方，
朝缝里正钻进几只蟑螂。

炉盖上缭绕着袅袅油烟，
炉膛里积存着条条灰烬，
在长板上的盐罐子后边，
新打的鸡蛋壳依然留存。

---

① 曾思艺译自《叶赛宁作品集》，莫斯科，1991年，第37页。
② [俄]科舍奇金：《叶赛宁传——同时代人回忆叶赛宁》，李视歧等编译，新华出版社，1993年，第316页。
③ 同上书，第395页。

母亲脊背已躬腰已弯，
炉叉她已经拿不起来，
老公猫悄悄溜近陶罐，
去偷喝热气腾腾的牛奶。

不安的母鸡咯咯叫着，
站在木犁的辕木上头，
公鸡在院子里唱起歌，
像给和谐的弥撒伴奏。

在开向穿堂的窗口，
挤着几只毛茸茸的小狗，
一听到顿觉恐怖的喧闹，
从屋角钻进了车轭里头。①

诗中俄罗斯农村的日常生活得到了细致入微的描写，甚至连炉坑边的缝里钻进蟑螂、老公猫偷喝牛奶、毛茸茸的小狗害怕喧闹钻进车轭里头等，都历历如在眼前。又如《赶车人》：

我在蜿蜒如带的荒原驰奔，
朝着凹凸不平的草地远去。
哎，你们，我亲爱的雄鹰，
快快把我拉出这个疆域！

远方那房屋低矮的小镇，
沉浸在一片薄暮的烟霭。
美人儿早也盼呀晚也等，
在迷人的闺房望我归来。

车轭新刷过了一层油漆，
黑暗中闪着镀金的光亮。
啊，你们，飞驰的雪橇，
和鹅毛大雪的纷纷扬扬！

铃声刺耳，铃声悠远，

---

① 《叶赛宁诗选》，顾蕴璞译，译林出版社，1999年，第36—37页。

皮马套摇响无数小铃。
我在小巷里一声高喊,
全镇人一齐走出相迎。

将走出小伙,将走出姑娘,
一齐赞美冬日的黄昏,
他们嘹亮圆润的歌唱,
通宵不停地响到清晨。①

则一方面描写了俄罗斯冬日黄昏的乡村景象,另一方面写出了俄罗斯人的好客、乐观、充满音乐美感的冬日生活。再如《在天空的蓝色盘子上……》:

在天空的蓝色盘子上,
黄云吐着蜜香的轻烟。
夜幻想着,人们入梦乡,
唯独我受乡愁的熬煎。

松林被划上云的十字,
深深吸着甜味的云烟。
山坡抻长自己的手指,
去拽天庭裂缝的指环。

沼泽里有只苍鹭在叫唤,
蹚得水噗嗤噗嗤直响。
一颗孤星从云背后窥探,
像一滴水掉落到地上。

我真想在这浑浊的烟里,
用那颗星去点燃森林,
随它们也在烈火中死去,
如闪电的反光进入天庭。②

译者顾蕴璞指出,叶赛宁继承柯尔卓夫、涅克拉索夫等人的传统,从农村日常生活中撷取富有活力的意象。你看"在天空的蓝色盘子上,黄云吐着蜜香的轻烟",多么质朴而又令人神往的意象啊!它能使你浮想联翩,仿佛要用家乡天空的星星

---

① 《叶赛宁诗选》,顾蕴璞译,译林出版社,1999年,第33—34页。
② 同上书,第27页。

点燃起森林来,自己也在这场烈火中死去,以熄灭自己恼人的乡愁。① 他进而指出,叶赛宁继承涅克拉索夫和柯尔卓夫的传统,大量从农民的日常生活中摄取新鲜活泼的形象,融入自己诗中,如"浓云在丛林里编了花边","在天空蓝色的盘子上"等都是。② 此外,《安娜·斯涅金娜》与涅克拉索夫传统有着紧密的联系:"叶赛宁勇敢地把活生生的口语、民间成语写进长诗,按照民间的惯常谈话来组织对话。"③

第二,继承了普希金、莱蒙托夫、涅克拉索夫等为代表的公民诗人的公民诗歌传统,注意表现社会现实问题,表现出强烈的公民责任感,为不幸的下层人民大声疾呼,甚至鼓动人民起来斗争。霍博切夫曾回忆,早在师范学校时,"我记得他经常看经典作品,主要是普希金、莱蒙托夫、涅克拉索夫等人的作品……"④这一点,后来更因革命的兴起和胜利而被大大强化。

俄罗斯诗歌有独特的公民诗歌传统,奠基于18世纪,康捷米尔是首创者,经过罗蒙诺索夫、苏马罗科夫、杰尔查文、拉吉舍夫等人的继承和发展,到19世纪,俄国公民诗终于形成蔚为壮观的局面,出现了普希金、涅克拉索夫以及雷列耶夫等为代表的"十二月党人"诗人的作品构成的公民诗歌,在社会上产生了巨大的反响。公民诗歌的最主要的内容是:关心民间苦难,抨击社会、宫廷乃至制度的专制与黑暗,甚至号召人民奋起推翻专制统治。俄国19世纪诗歌中,普希金的《致恰达耶夫》《乡村》等是代表之作;雷列耶夫在其诗《公民》中提出了公民诗歌的一个公式——"我不是诗人,而是一个公民",后来在涅克拉索夫那里发展成著名的诗句:"你可以不做诗人,但是必须做一个公民。"涅克拉索夫在此理念的指导下,不仅大量创作公民抒情诗歌,反映社会存在的各种问题,而且创作了一定数量的出色叙事诗,如叙事诗《严寒,通红的鼻子》(1863),反映了贫苦农民尤其是农村妇女的悲惨命运。代表作长诗《谁在俄罗斯能过好日子》(1863—1876),写七个刚从农奴制下获得自由的农民争论谁在俄罗斯能过好日子,有的说是地主,有的说是官僚、神甫、富商、沙皇等,相持不下,便决定一起漫游整个俄罗斯,亲眼看看到底谁能过好日子,是幸福的人。长诗借这一情节,广泛地描写了改革前后俄国的社会生活,特别是农奴制改革后农民的艰难生活,揭露了农奴制改革的欺骗性,表现了农民的觉醒和反抗,指出农民要生活得快乐而自由,只有走革命的道路。总而言之,涅克拉索夫诗歌的主题,用他自己的话来说,就是"人民的苦难"。他紧密结合俄国的解放运动,充满爱国精神和公民责任感,许多诗篇忠实描绘了贫苦下层人民和俄罗斯农民的生活和情感,与当时的政治斗争紧密结合,具有高度的思想性和战斗性,充满爱国主义精

---

① 《叶赛宁诗选》,顾蕴璞译,译林出版社,1999年,第42页。
② 同上书,第54页。
③ [俄]库利尼奇:《谢尔盖·叶赛宁生平与创作》,《叶赛宁诗选》,王志刚译,春风文艺出版社,1994年,第327页。
④ [俄]科舍奇金:《叶赛宁传——同时代人回忆叶赛宁》,李视歧等编译,新华出版社,1993年,第18页。

神和公民责任感,并且以平易口语化的语言表现社会底层生活和农民生活,代表了千百万人民的呼声,反映了广大劳动人民的苦难和愿望,开创了"平民百姓"的诗风,因此,他被称为"人民诗人",在当时很长一段时间里成为文学的主流,对当时的诗歌以及20世纪俄罗斯的诗歌都产生了重大影响。

受以上公民诗歌传统的影响,叶赛宁早在17岁时(1912年)就创作了宣言式的公民诗歌《诗人——献给挚友格里沙》:

> 诗人应当置敌人于死地,
> 真理就是他生身的母亲,
> 他爱人如爱自己的兄弟,
> 准备时刻为人茹苦含辛。
> 别人无法完成的事情,
> 他做起来却从容胜任,
> 他是诗人,人民的诗人,
> 他是祖国大地的诗人!①

在诗中,他像雷列耶夫、涅克拉索夫等一样,明确宣称,诗人应该是人民的诗人,祖国大地的诗人,要置敌人于死地,更要热爱真理,爱人——而且要像爱自己的兄弟一样爱人。

在此基础上,他像涅克拉索夫派的诗人一样描写下层贫困者的不幸乃至苦难。如深受涅克拉索夫影响的尼基京(他把当时的禁诗——雷列耶夫的诗歌和涅克拉索夫的《大门前的沉思》抄录下来,精心学习)创作有《乞丐》,描写了农村乞丐的不幸,更写了辛勤劳动者的苦难:

> 无论清晨还是傍晚,
> 许多老头,孤儿,寡妇,
> 带着口袋走到窗前,
> 以上帝的名义请求帮助。
>
> 是迫不得已拿起讨饭袋,
> 还是不愿意费劲劳心?
> 你的命运沉重而悲哀,
> 无家可归、衣衫褴褛的人们!
>
> 人们不会不给你施舍,
> 没有住处冬天你也不会冻死,

---

① 《叶赛宁诗选》,顾蕴璞译,译林出版社,1999年,第17页。

人们会可怜理性的佼佼者,
你这身背口袋、满身污垢的人儿!

但还有更不幸、更困窘的乞丐:
他不会走到窗下来乞讨,
整整一生,为了食物和穿盖,
他没日没夜地辛劳。

这无尽的不幸缠身的勇士,
睡在茅屋里肮脏的干草上,
在难忍的疲惫中,比石头还坚实,
在血红的苦难中,比钢铁还刚强。

一直到死,他在天地里春种秋收,
一直到死,他深受贫穷的折磨,
空中的云朵为他潸潸泪流,
暴风雨为他的苦难阵阵悲歌。①

受其影响,叶赛宁也创作了《女丐》,通过小女孩沦落为乞丐,更深刻地反映了民间苦难:

一个小女孩在大宅的窗外哀哭,
宅里的欢笑声银铃般不住流出。
她哭着,在秋霜冷风中没了热气,
用冻僵的小手抹去脸上的泪滴。

她泪涟涟地在乞讨一块干面包,
委屈和激动使她的声音咽住了。
大宅里的喧笑却压过了呻吟,
小女孩伴着欢笑声泣不成声。②

正因为如此,库利尼奇明确指出:"叶赛宁早期关于故乡自然景色的诗中的形象和主题,都是直接或间接取自科利佐夫、尼基京、涅克拉索夫、苏里科夫作品中的

---

① 曾思艺译自《尼基京作品选》,基辅,1956年,第331—332页;或见《俄罗斯抒情诗选》,曾思艺译,山西教育音像出版社,2006年,第122—123页。
② 《叶赛宁诗选》,顾蕴璞译,译林出版社,1999年,第59页。

形象和主题。"①他进而指出:"在叶赛宁早期的诗歌中,农村生活现实的具体画面占有主要篇幅。这些诗令人觉得与巡回展览派艺术家的画,与科利佐夫、尼基京、涅克拉索夫描写农村生活的诗非常相似。"②如《篱笆上挂着一圈圈小面包……》:

篱笆上挂着一圈圈小面包,
解冻天散发家酿酒的芳香。
蔚蓝的天空被蒙上一道道
像刨平的板条似的阳光。

集市戏台、树墩和木橛,
旋转木马上的你呼我喊,
天旋地转,无束无拘,
小草踩折腰,树叶被踏烂。

马蹄嗒嗒,女小贩喊哑嗓门,
蜂房块发出醉人的蜜香。
若是不灵巧,你可得当心:
旋风搅得尘土飞扬。

为了兜售鳊鱼制的染发药,
村妇们清晨吆喝般叫卖,
那莫不是你绣花边的披巾,
绿莹莹地在迎风摇摆?

啊,歌声豪放,纵情吟唱,
调门真欢快,木笛多和谐,
给我唱一曲斯杰潘·拉辛
怎样淹死他的公爵小姐。

罗斯,是你在小径和大道
四处抛扔你大红的盛装?
你切莫用那严峻的祈祷,
责怪我充满愠怒的目光。③

---

① [俄]库利尼奇:《谢尔盖·叶赛宁生平与创作》,《叶赛宁诗选》,王志刚译,春风文艺出版社,1994年,第241页。
② 同上书,第269页。
③ 《叶赛宁诗选》,顾蕴璞译,译林出版社,1999年,第61—62页。

全诗相当生动、形象地描写了俄罗斯农村的风俗、风情,展示了农村生活的具体画面。

此外,俄国科尔米洛夫等学者指出,叶赛宁的长诗《安娜·斯涅金娜》中的叙事内容循着涅克拉索夫的传统,关注人民生活、描绘大事件、人民领袖的题材、描写农民典型人物、叙述关于拉多沃和克里乌什乡村的故事、农民语言的词法修辞特点、由一种语言文化到另一种语言文化的过渡……①

二是学习费特、丘特切夫、波隆斯基等描写永恒题材的唯美主义诗歌,主要致力于表现自然、爱情、人生等主题(其中,自然景物的描写往往与柯尔卓夫、涅克拉索夫对乡村自然景象的描写相通,而描写爱情的诗歌也往往与普希金、莱蒙托夫等相通)。库利尼奇指出:"叶赛宁准确地牢记诗歌来丰富自己,他的诗歌知识,令亲近他的人惊叹不已。在学生年代他就能背诵《叶甫盖尼·奥涅金》和自己喜爱的《童僧》(莱蒙托夫)。格鲁津诺夫在他的回忆录里写道,叶赛宁有着异常的记忆力,他能背诵许多《卡列瓦拉》(卡累利阿,芬兰的民族史诗)中的很多诗和俄罗斯壮士歌里的一些大段落。叶赛宁比其他作家读得最多的作家是普希金、莱蒙托夫、果戈理、科利佐夫、涅克拉索夫、费特、勃洛克的作品,许多同时代人都谈到了这一点。"②马努伊洛夫更全面地谈道:"世界上所有诗人当中,叶赛宁最喜爱普希金。不仅喜爱他的诗歌、散文、戏剧,还喜爱普希金的为人。普希金是他最光辉、最敬重的理想。叶赛宁高度评价秋切夫(即丘特切夫——引者)、费特、波隆斯基。波隆斯基的《茨冈女人之歌》是叶赛宁最喜爱的歌曲之一。"③

费特是叶赛宁很喜爱的诗人之一,他很早就阅读、背诵费特的诗歌,并且还模仿过他的诗歌。如费特写有名诗《一棵忧郁的白桦》(见本书第 140 页),叶赛宁在 18 岁时(1913 年)模仿它创作了自己的《白桦》一诗(见本书第 141 页)。两首诗都是写冬天的白桦,都披着满身雪花,而且都写到霞光映照着白桦,何其相似乃尔!不过,费特的诗稍显忧郁,而叶赛宁的诗则充满朝气和活力。

在此基础上,他进而学习费特、丘特切夫的自然诗、爱情诗和哲理诗,大量描写自然、爱情,思考人生,表现哲理,尤其是借自然景象巧妙地表现哲理。限于篇幅,其他较为容易理解的就不赘述,此处只谈谈借自然景象表现人生哲理,如《金色的丛林不再说话了……》:

  金色的丛林不再说话了,
  听不见白桦的欢快的语言,

---

① [俄]科尔米洛夫主编:《二十世纪俄罗斯文学史——20—90 年代主要作家》,赵丹等译,南京大学出版社,2017 年,第 168 页。

② [俄]库利尼奇:《谢尔盖·叶赛宁生平与创作》,《叶赛宁诗选》,王志刚译,春风文艺出版社,1994 年,第 240 页。

③ [俄]科舍奇金:《叶赛宁传——同时代人回忆叶赛宁》,李视岐等编译,新华出版社,1993 年,第 360—361 页。

鹤群满怀哀伤地飞走了，
对谁也不会再依依眷恋。

眷恋谁啊？世人都是过客，
去了又来，再辞别家门。
伴着淡蓝色池塘上空的圆月，
大麻田梦怀所有的离人。

我独自兀立在光裸的原野，
风儿把鹤群送往远方，
我遥想欢快的青春岁月，
但对往事我毫不惆怅。

我并不惋惜蹉跎的年华，
我并不惋惜心灵的丁香。
园中那红似篝火的山楂，
温暖不了任何人的心房。

红透的山楂并不会烧焦，
发黄的小草并不会枯死。
我口中吐出忧伤的话儿，
像树木悄然落下了叶子。

倘若时光驰过像阵风，
把话儿当成废物收敛……
就请告诉它：金色的丛林
不再倾吐心爱的语言。①

全诗借树叶落尽的秋天景象，表现自己的人生哲理感慨：秋去冬来，季节变换，树叶凋零，鹤群悲离，而岁月易逝，时光不再，世人都是匆匆过客，着实令人伤感。这类诗，在诗人创作的后期较多，如《四旬祭》《我满怀忧伤地朝你凝望……》《我们如今一个个地离去……》，尤其是组诗《花》，更是一首出色的哲理诗，"诗人在这首诗中用拟人与象征混合的手法，描绘了花、人和钢铁几者之间的关系，发掘了生与死、人与自然、爱与恨、忧与喜、强与弱等多种深邃的哲理"②。正因为如此，库利尼

---

① 《叶赛宁诗选》，顾蕴璞译，译林出版社，1999年，第188—189页。
② 《叶赛宁诗选》，顾蕴璞译，浙江文艺出版社，1990年，第223页注释①。

奇指出:"对于生与死这个永恒的问题,是在对人类和一切有生物深为自觉的历经磨难的爱里找到明智的解决。他孜孜以求论证生活中对人类之爱的最高意义,把人类生活的奇妙置于高于一切的位置,叶赛宁在这方面首先更接近于普希金和撰写哲理抒情诗的那些巨匠们,如丘特切夫和费特。"①

值得一提的是,叶赛宁还深受普希金、莱蒙托夫的影响。

普希金一直是叶赛宁最热爱的诗人,直到生命的最后两年中,普希金依旧是"叶赛宁特别接近的作家并在他的创作探索方面占据重要位置"②。他曾写有《致普希金》一诗:

> 我站在特维尔街心花园,
> 对一个人的天才神往,
> 他已成为俄罗斯的命运,
> 我站着,这样自诉衷肠。
>
> 他头发淡黄,几近乳白,
> 在传说中他似迷雾一团,
> 啊,亚历山大,你曾是浪子,
> — 如我今日是个无赖汉。
>
> 但这些可心的开心解闷,
> 并没有暗淡你的形象,
> 在那光荣浇铸的青铜里
> 你把高傲的头颅昂扬。
>
> 我站在这里,如在圣餐前,
> 要说出回答你的话语:
> 如能获得你那样的命运,
> 我会幸福得立刻死去。
>
> 虽然命定要受到驱迫,
> 但我还将久久地歌唱……
> 好让我的草原之歌,
> 也能像青铜一样铿锵。③

---

① [俄]库利尼奇:《谢尔盖·叶赛宁生平与创作》,《叶赛宁诗选》,王志刚译,春风文艺出版社,1994年,第342页。

② 同上书,第356页。

③ 《叶赛宁诗选》,顾蕴璞译,译林出版社,1999年,第174—175页。

译者顾蕴璞指出,此诗系为纪念普希金 125 周年诞辰而作,写成后诗人曾将它在普希金铜像台座的台阶上朗诵过。在填写《书评集刊》杂志纪念周年活动而散发关于普希金的调查表时,叶赛宁写道:"普希金是我最喜欢的诗人。我正一年比一年更多地接受他的影响。"1925 年 10 月他在所写的一篇自传中曾指出:"从形式的发展而言,我越来越倾向于普希金。"他之所以喜爱普希金,在很大程度上是出自对普希金的崇敬的心意和借鉴的愿望,是要从他的榜样中汲取前进的力量,因此他才把自己的诗称作能与普希金的铜像一样历久不衰的"草原之歌"。如今,在诗人的祖国苏联,叶赛宁的诗受到全民的欢迎,发行量之大只有普希金的诗才可相比,完全证实了叶赛宁当年的预见。[1] 他的创作更是深受普希金的影响,此处仅举一例,以便管中窥豹——《这浅蓝色的欢快的国家……》:

> 这浅蓝色的欢快的国家!
> 我的名声已卖给了诗篇。
> 海上来的风,轻轻吹吧——
> 可听见夜莺把玫瑰呼唤?
>
> 你听,玫瑰在躬身弯腰——
> 这支歌回响在我的心间。
> 海上来的风,轻轻吹吧——
> 可听见夜莺把玫瑰呼唤?
>
> 你是个孩子,这毫无疑问,
> 然而我难道不是个诗人?
> 海上来的风,轻轻吹吧——
> 可听见夜莺把玫瑰呼唤?
>
> 再见吧,我亲爱的盖利亚。
> 路上常常有许多玫瑰花,
> 不少玫瑰花都躬身弯腰,
> 但只有一株会心地微笑。
>
> 我们一起笑吧,你和我,
> 为了这些可爱的地方。
> 海上来的风,轻轻吹吧——
> 可听见夜莺把玫瑰呼唤?

---

[1] 《叶赛宁诗选》,顾蕴璞译,浙江文艺出版社,1990 年,第 176 页。

> 这浅蓝色的欢快的国家。
> 我虽把一生交给了诗篇，
> 但在绿叶中，当作盖利亚，
> 夜莺把玫瑰搂抱在胸前。①

译者顾蕴璞指出，诗人在这里用了传统的夜莺与玫瑰的题材。甚至可能受普希金的抒情诗《夜莺与玫瑰》(1827)的启迪而写。普希金把夜莺比作诗人，而把玫瑰比作美人，慨叹美人不理解诗人的感情。叶赛宁采用了与一个不懂事的六岁小姑娘（原型取自他的朋友恰金之女盖利亚）对谈的形式，含蓄地抒发了诗人对爱情理想的执着追求，而别有一番情趣。②

科尔米洛夫等还谈到："20 世纪 20 年代的诗歌表明，叶赛宁尽力在形象创造方面克服意象派的标新立异，其后意象派时代诗歌中主要是普希金式的简洁、直白、严整的形象。总的说来，叶赛宁作品从普希金诗歌中借鉴了很多东西。"③

萨尔达诺夫斯基指出："青年时代，谢尔盖·叶赛宁在背诗方面的记忆力令人吃惊：他能背诵《叶甫盖尼·奥涅金》，也能背诵他心爱的莱蒙托夫的《少年修士》（即现在通译的《童僧》——引者）。"④库利尼奇进而谈到："叶赛宁是从仿效莱蒙托夫、科利佐夫、涅克拉索夫开始的。例如，少年叶赛宁即把莱蒙托夫的诗句'天上的行云，永恒的流浪者啊！'（引自莱蒙托夫《游云》）摹写成：'秋天的雨珠，你们带给/心瓣的碎落，情感的沉重，/雨珠悄然地在玻璃上游动，/仿佛在追逐着欢乐的行踪。不幸的人们啊，痛不欲生，你们怀着心头的痛楚了解一生。''明亮的星星啊，渺远的星座！/你们心里蕴藏着什么，隐含着什么？'效仿著名典范作品的，还有他的《沉思》《诗人》《十四行》等。"⑤马努伊洛夫也指出："叶赛宁把脍炙人口的莱蒙托夫的诗句'让她哭泣吧……她什么也不在乎……'略加改动后，用在自己的《手风琴，高声歌唱，勇敢地倾谈！……》(1925)一诗中：让她倾听，让她哭泣。/她对别人的青春毫不顾惜。"⑥而其《星星》也有模仿莱蒙托夫抒情诗《云》的痕迹（从对行云发问点化为向星星求索）⑦。晚期的诗《你对我不爱也不怜悯……》也与莱蒙托夫有关：

> 你对我不爱也不怜悯，

---

① 《叶赛宁诗选》，顾蕴璞译，译林出版社，1999 年，第 256—257 页。
② 《叶赛宁诗选》，顾蕴璞译，浙江文艺出版社，1990 年，第 167 页。
③ [俄]科尔米洛夫主编：《二十世纪俄罗斯文学史——20—90 年代主要作家》，赵丹等译，南京大学出版社，2017 年，第 160 页。
④ [俄]科舍奇金：《叶赛宁传——同时代人回忆叶赛宁》，李视歧等编译，新华出版社，1993 年，第 23—24 页。
⑤ [俄]库利尼奇：《谢尔盖·叶赛宁生平与创作》，《叶赛宁诗选》，王志刚译，春风文艺出版社，1994 年，第 241 页。
⑥ [俄]科舍奇金：《叶赛宁传——同时代人回忆叶赛宁》，李视歧等编译，新华出版社，1993 年，第 361—362 页。
⑦ 《叶赛宁诗选》，顾蕴璞译，浙江文艺出版社，1990 年，第 14—15 页。

莫非我长得不够漂亮？
情欲使得你茫然若失，
却把两手搭在我肩上。

露齿而淫荡的年轻女郎，
我对你不粗鲁也不温存，
告诉我，你抚爱过多少人？
挨多少臂膀？多少嘴唇？

我知道，它们消逝如阴影，
但没有把你的情火点起，
你坐过许多人的膝头，
如今又坐在我的怀里。

你尽可眯缝起你的眼睛，
去思念随便哪一位情人，
我反正并不怎么爱你，
尽想远方那位心上人。

别把这情焰称作共命运，
逢场作戏可轻率得很——
一如和你萍水相逢：
我会微笑着安然离分。

你也将会走自己的路，
打发走毫无乐趣的光阴，
可别去挑逗未吻过的汉子，
别勾引情窦未开的人。

当你同别人穿过小巷，
一边和他谈论着爱情，
也许我也走到小巷去，
我会和你再一次相逢。

你掉头偎依别人的肩膀，
把自己的头微微低垂，

> 你将轻声对我说:"晚安!"
> 我会回答说:"晚安,小姐。"
>
> 什么也不会撩乱我的心,
> 什么也不会使它颤跳——
> 恋过的人不可能再爱,
> 成了灰烬,无法再燃烧。①

译者顾蕴璞指出,这首诗的主题并非歌颂爱情的圣洁,而是对玷污爱情的轻浮举动的鞭挞和自责。诗人眼望着对坐的女郎,但心里却在"想远方那位心上人"(有人认为就是指尼斯拉夫斯卡娅),这和莱蒙托夫的《不,我如此热恋的并不是你……》采用的是同一种手法。但叶赛宁仍有自己的创新,对爱情作了形象而富于哲理的概括,使这首诗在柔情的领域里爆发出思想的火花。②

科尔米洛夫等还谈到,波斯抒情组诗中"北方男人与南方'腼腆女人'的浪漫爱情故事是叶赛宁从普希金和莱蒙托夫那里得来的"③。

叶赛宁与俄国 19 世纪诗歌的关系不只是继承,也有创新。他明确意识到:"我喜爱普希金的诗,但是现在俄罗斯需要别的诗,需要另一种诗歌。"④因此,他往往把俄国 19 世纪诗歌传统中的描写农村生活、反映民间疾苦、描绘自然景象、歌颂纯洁爱情、展示人生哲理等等综合融为一体,王守仁指出:"叶赛宁继承了 19 世纪俄罗斯诗人普希金、柯尔卓夫、尼基京、苏里科夫、费特、丘特切夫的诗歌传统,以感情真挚的抒情和人生哲理的探求,吟唱了俄罗斯农村和大自然朴素的美,抒发了对祖国无限的爱。"⑤库利尼奇也谈到:"自然界的美、民间形象化的语言在他的诗歌创作中与古典诗歌的精华这么巧妙地结合在一起……"⑥更重要的是,他使以上内容与 20 世纪的社会进步、时代变迁联系起来,发展、深化了俄国诗歌。

如其诗《山楂果又已红熟……》:

> 山楂果又已红熟,
> 河水变得蓝莹莹,
> 月亮,忧郁的骑手,
> 掉落手中的缰绳。

---

① 《叶赛宁诗选》,顾蕴璞译,译林出版社,1999 年,第 312—313 页。
② 《叶赛宁诗选》,顾蕴璞译,浙江文艺出版社,1990 年,第 247 页。
③ [俄]科尔米洛夫主编:《二十世纪俄罗斯文学史——20—90 年代主要作家》,赵丹等译,南京大学出版社,2017 年,第 165 页。
④ [俄]科舍奇金:《叶赛宁传——同时代人回忆叶赛宁》,李视歧等编译,新华出版社,1993 年,第 102 页。
⑤ 王守仁:《天国之门——叶赛宁传》,湖南文艺出版社,1995 年,第 174—175 页。
⑥ [俄]库利尼奇:《谢尔盖·叶赛宁生平与创作》,《叶赛宁诗选》,王志刚译,春风文艺出版社,1994 年,第 238 页。

像只蓝色的天鹅，
黑暗又从林中游出，
它用翅膀带来了
创造奇迹的圣骨。

故乡，生我的故乡啊，
永恒的耕者和战士，
如柳树下的伏里加，
你低头陷入了沉思。

起来吧，你痊愈在望，
救世主也把你访问。
那天鹅的最后一唱
抚慰你眼中的彩虹。

这日暮黄昏的祭奠，
已将全部罪过赎回，
这酝酿成熟的雪片
散发着凉风的芳菲。

但这隐身的酵母菌，
也越发温热了起来……
我，谢尔盖·叶赛宁，
细雨中将把你缅怀。①

　　译者顾蕴璞指出，此诗在继承普希金、莱蒙托夫等古典诗歌艺术传统的基础上，将民谣的韵味、传说的形象和诉之感官的象征主义手法融贯一起，另辟抒情诗的蹊径。仿佛民间英雄伏里加英灵犹在，救世主再度降临人间，月亮被赋予了同情农民悲苦命运的思想感情，黑夜具备了关怀人寰的心灵和智能。此刻，那美丽、忧郁、勤劳、坚强的"乡村罗斯"形象，便宛如一尊大理石浮雕清晰可见地浮现在读者眼前了。②

　　《我踏着初雪信步向前……》则在 19 世纪传统的"万物在我中，我在万物中"的基础上更推进一步，尤其是诗中的"多么想把我那火热的躯体，/紧贴住白桦那裸露的胸脯"和"多想在柳树那木头的腿部/嫁接上我的一双手臂"，更是体现了人与物互渗且几乎已浑然一体的绝妙境界，这不仅在俄国文学中，甚至在在西方文学中都

---

① 《叶赛宁诗选》，顾蕴璞译，译林出版社，1999 年，第 88—89 页。
② 《叶赛宁诗选》，顾蕴璞译，浙江文艺出版社，1990 年，第 97 页。

是罕见的。

叶赛宁不仅同情、深爱苦难的人民,甚至还对动物也充满深情,这也是他对俄国文学的重要贡献。在《母牛》一诗中,他以深挚的同情描写了一条"牙齿掉光"、牛崽被人夺走、自己也即将被送进屠场的母牛的悲惨命运。他那极其著名、众所周知的《狗之歌》更是洋溢着人性光辉的典范之作,诗歌生动、形象、深刻地描写了母爱:母狗对小狗崽的关爱;它在小狗被贫穷的主人装进麻袋带到河边去的路上飞跑追踪;小狗被扔进河里后它的久久凝望和内心震颤;它是如此深爱、想念它的幼子,以致天上的月牙都被它看成了自己的小狗。结尾尤其深刻:无知、愚昧的人们,不懂得母爱的伟大、母亲失去子女的深重悲伤,反而嘲笑地向它扔石头!人们的麻木、无情加倍反衬出母狗母爱的伟大及其悲伤的深重。

面对当时工业化、电气化的强劲发展,及其对农村传统文化乃至自然风光的破坏,诗人从"自然与文明的冲突"的高度来探讨生命和谐(即"人与自然"和谐)的失去,展示深刻的生命悲剧意识。诗人认为,工业文明(体现为城市化)不仅破坏了农村的自然风光,而且破坏了"人与自然"的和谐。面对"钢铁相撞发出的莫名铿锵声"及"皮带和闷声冒烟的烟囱",农村和它的田野树木、诗意的传说、故事和诗歌,一筹莫展、孤苦无助,更可怕的是,"公路伸出石的手臂,卡住了乡村的脖子……",所以,他诅咒那代表工业文明的火车、公路、钢铁。在长诗《四旬祭》中,诗人以极大的艺术魅力描绘了工业和机器向俄罗斯田野进攻的画面,诗人让代表自然的小红马与象征工业文明的火车进行比赛,一决雌雄,结果是钢马战胜了活马,钢铁的客人成为农村诗意天地的无情摧毁者。①《我是最后一个乡村诗人……》更是乡村俄罗斯的一曲挽歌,从城乡关系、人与自然关系的角度,表现了城市的工业文明对农村美好大自然的扼杀。

正因为叶赛宁博采俄国19世纪诗歌的众家之长而又加以在艺术上创新,并融合进时代的新内容,因而他能成为20世纪最有特色也最有魅力的大诗人之一。

第四节　俄罗斯诗坛的帕格尼尼
——巴尔蒙特及其诗歌

康斯坦丁·巴尔蒙特(1867—1942),出生于弗拉基米尔省的一个小贵族家庭,曾在莫斯科大学读书,因参加学生闹事被遣返原籍,1905年因写诗触怒当局被通缉,只好偷越国境,在国外飘零10年,云游了日本、澳洲、墨西哥、南非、埃及。他是俄国象征主义早期最杰出的代表,一生创作了35部诗集,还有大量的散文、批评和翻译著作。

巴尔蒙特的诗歌创作大体上可分为三个时期。早期(1894—1899),深受涅克拉索夫和后期民粹派诗歌的影响,这是其诗歌创作中的传统时期,内容上新意不

---

① 该诗详见《叶赛宁诗选》,顾蕴璞译,译林出版社,1999年,第145—148页。

多,形式上很少探索,主要有三部诗集:《在北方的天空下》(1894)、《无垠集》(1895)、《寂静》(1898)。中期(1900—1904),也包括三本诗集:《燃烧的建筑》(1900)、《我们将像太阳一样》(1903)、《唯有爱》(1903)。这个时期的创作是其全部创作的顶峰,勃洛克曾称《我们将像太阳一样》是"俄国象征主义最伟大的创造之一",巴尔蒙特也因此被称为"太阳诗人"。后期(1905—1942),这是漫长的衰退期,故也称"衰退期",诗集《美的弥撒》(1905)标志着这一时期的开始,此后,出版了不少诗集,总体水平已大不如前,但仍有一些较好的诗集,如《仙女的故事》(1905)、《复仇者之歌》(1907)、《花园》(1909)、《太阳、夜和月亮十四行诗》(1917)、《献给大地的礼品》(1921)、《海市蜃楼》(1922)、《我的——献给她》(1923)等。

在 20 世纪初的十几年里,巴尔蒙特赢得了崇高的文学地位,在俄国是名扬全国、备受尊敬的大师:没有一个大学生不知道他,是著名诗人勃洛克、别雷、勃留索夫学习的榜样,受到著名作家契诃夫、蒲宁、高尔基的喜爱;得到著名评论家沃隆斯基、卢那察尔斯基的高度评价。1912 年,为了庆贺他从事文学活动 25 周年,彼得堡大学举办了隆重的座谈会,来自科学院的院士们在会上竟纷纷称这位较为年轻的现代主义诗人为"伟大的俄国诗人"。不仅如此,巴尔蒙特在社会各个层面都有广泛的影响。著名作家苔菲写道,在当时,从上到下人们不仅知道巴尔蒙特,而且迷恋他:"从上层沙龙至城市的每一个角落,甚至像莫吉廖夫省某个偏僻的小城,没有不知道巴尔蒙特的。大家在舞台上朗诵他的作品、吟唱他的作品。热恋中的男人借用他的诗向女士们献殷勤,中学生们也抄录他的诗……演讲者在演说中引用他的话。"苔菲还满怀深情地讲述了巴尔蒙特诗歌的魅力如何拯救了自己生命的动人故事:"那是在革命热火朝天的年代。夜晚我坐在车厢里,周围挤满了半死不活的人们。他们有的一个摞一个地坐着,有的摇来晃去地站着,有的像死尸一样横七竖八地躺着。他们在梦里大声嚎哭着。有一位老头挤靠着我,压在我的肩膀上,他张着嘴,长着一双干枯的眼睛。车厢里闷热而腥臭,我的心脏猛烈地跳动着,后来又几乎要停止跳动。我感到我马上就会因窒息而死,甚至连早晨都活不到了,于是就闭上了眼睛。这时我的心中突然响起了诗,亲切、率真、无邪:'城堡里舞会欢乐正酣,/歌手们歌声悠扬……'于是嘈杂车厢内的腥臭消失了。音乐奏起,女士们旋转着,小溪中闪烁着神奇的小鱼。'正因为金鱼的魔力,/音乐才有这般动人的旋律……'读完一遍又从头读一遍,如同念咒语。'亲爱的巴尔蒙特!'凌晨我们的列车停了下来,人们把已经发青而且动弹不得的老头抬下了车。他好像已经死了,而我则得救于诗的魅力。"①

正因巴尔蒙特的诗歌如此富有音乐性,他被誉为"俄国诗坛的帕格尼尼"。

巴尔蒙特思想复杂,是多重思想的混乱组合。第一,是各种思想的大拼凑。既

---

① [俄]苔菲:《康·巴尔蒙特》,周启超主编:《俄罗斯白银时代精品文库·名人剪影》,中国文联出版公司,1998年,第 354—355、366—367 页,引诗已作了改动。

有印度式四大皆空、人生如梦的观念,如《印度人的祈祷》;又有颇为现代的反传统的思想,如《恶魔的声音》;也有既爱上帝也爱魔鬼的两种矛盾思想的共存,如《上帝和魔鬼》;而最能体现其多重思想矛盾的是其诗《致波德莱尔》。第二,乐观与忧郁交织。巴尔蒙特被称为"太阳诗人",他歌颂太阳,追求光明,如《我来到这世界……》《我们将像太阳一样……》;但他也有不少的诗歌,情调颇为忧郁,如《海洋》《忧伤》。第三,是同情民众与厌恶人世共存。巴尔蒙特曾经写诗谴责过沙皇专制的暴虐,对民众的疾苦深表同情,他也表示过对普遍意义上的人的爱,如他在《我是舒缓的俄语的典雅……》一诗中宣称,"我既爱自己,也爱别人";但另一方面,他又憎恨人类,如《我憎恨人类……》。因此,整个巴尔蒙特的诗歌世界昭示了其思想的混乱,时而是尼采的超人与个人主义,时而是丘特切夫式的人与自然合一,时而又是印度式的温顺,时而为了社会的公正而反抗专制,时而又憎恨人类要逃离人世……

作为俄罗斯诗坛的帕格尼尼,巴尔蒙特具有相当高的写诗技巧,其诗歌具有高度的音乐性。勃留索夫认为,"俄语诗歌中巴尔蒙特的诗句最富有音乐性"[1],诗人因此曾被人称为"俄罗斯诗坛的帕格尼尼"。他宣称:"诗歌是有韵律的语言表达出来的内在音乐"[2],"我总是在由语言的确定区域向音乐的不确定区域靠拢,我竭尽全力追求音乐性"[3]。在《我的歌曲》一诗中,他生动形象地指出自己音乐性的来源及其构成:

> 我的歌曲里有泉水淙淙涌流,
> 　发出清脆响亮的声音,
> 我的歌曲有女性热切的私语,
> 　还有少女清纯的亲吻。
>
> 我的歌曲里有寒冬凝结的冰,
> 　有琉璃水波一望无垠,
> 我的歌曲里有洁白华美的雪,
> 　还有片片金色的流云。
>
> 这清脆歌曲并非我自己创作,
> 　崇山峻岭教给我歌唱,
> 满怀恋情的风在琴弦上颤动,
> 　它给我传授旋律音响。

---

[1] 俄罗斯科学院高尔基世界文学研究所集体编写:《俄罗斯白银时代文学史(1890年代—1920年代初)》,三,谷羽等译,敦煌文艺出版社,2006年,第1页。

[2] 同上。

[3] 转引自《巴尔蒙特诗选》,序(列夫·奥泽罗夫撰),莫斯科,1983年,第1页。

飞扬灵动的歌曲闪耀着激情，
　　我从雨声中聆听节拍。
渐渐消融的余辉编织出花纹，
　　这让我领悟星球风采。

在人类当中，我和别人不同，
　　江河的春汛吸引着我。
但愿我的声音海洋一般辽阔，
　　我要唱万籁交响之歌。①

全诗反复交代了自己的歌曲之美，来源于大自然：清泉淙淙、白雪飘飘、万里冰封、碧波无垠、崇山峻岭、热恋的风、吟唱的雨、江河的春汛，大自然的一切，甚至还有社会中女性的私语、少女的亲吻，都给诗人以启迪，使他唱响万籁交响之歌。

因此，俄国学者指出："巴尔蒙特抒情诗的主要特点是音乐性，它以独特的音律和节律构成诗歌行如流水、声如丝弦的风韵。"②为了追求音乐性，形成高度的音乐性，巴尔蒙特运用了一系列的艺术手法。他所运用的修辞手法主要有反复、复沓、并列与对比、排比、蝉联、比喻等等。

反复手法在巴尔蒙特手中运用得出神入化，如《草原的悲伤——波洛维茨人草原上一个女俘唱的歌》：

铜管声声响亮，响亮，响亮，响亮，
羽茅草茎轻轻歌唱，歌唱，歌唱，
四季的弯月在梦中闪光，闪光，闪光，
含泪的呻吟凄凉，凄凉，凄凉，凄凉。

草原悠久，吞没时刻、昼夜、岁月，
草原宽广，但没有，没有大路、小道，
夜晚黑暗，星空沉默、沉默、沉默，
日子平淡，是谁在呼叫、呼叫、呼叫？

父母双亲家人今在何方？何方？何方？
春梦闪光然后沉寂不响，不响，不响，
远方呼唤离开草原还乡，还乡，还乡，

---

① 《太阳的芳香——巴尔蒙特诗选》，谷羽译，广西师范大学出版社，2014年，第73—74页。
② 俄罗斯科学院高尔基世界文学研究所集体编写：《俄罗斯白银时代文学史（1890年代—1920年代初）》，（一），谷羽等译，敦煌文艺出版社，2006年，第111页。

>　　铜管悲鸣,声声悲凉,悲凉,悲凉。①

　　全诗中每行几乎两次、三次乃至四次的词语重复所构成的反复,十分切合女俘思念家乡父母的悲愤、郁闷的心理,同时也是十足的空旷无垠、漫漫无尽的草原悲歌。又如《委身于我而不指责……》:

>　　亲吻,一句话不说,
>　　委身于我而不指责。
>　　——她像天上舒卷的云,
>　　她像大海深不可测。
>
>　　不会说"不"加以拒绝,
>　　她不期待什么允诺。
>　　——她像一清凉的风,
>　　她像破晓时刻的夜色。
>
>　　既不害怕报应惩罚,
>　　也不担心损失什么。
>　　她像星星永远闪光,
>　　她像神奇的一轮明月。②

　　诗中的"她像"用在每一节的最后两句,反复强调,构成突出的、韵律感很强的反复,突出了"她"的丰富的内心、深厚的感情和神秘莫测的美。再如《无比温柔》:

>　　你的笑声像清脆的银铃,
>　　但比银铃的声音更温柔——
>　　温柔如芳香的铃兰花朵,
>　　当铃兰萌生爱情的时候。
>
>　　温柔如倾心的目光顾盼,
>　　其中燃烧着幸福的渴望——
>　　温柔如细软的发绺闪亮,
>　　忽然垂落到温润的肩膀。
>
>　　温柔如水塘的粼粼波光,
>　　其中融入了溪流的低吟——

---

① 《太阳的芳香——巴尔蒙特诗选》,谷羽译,广西师范大学出版社,2014年,第150页。
② 同上书,第129页。

温柔如童年熟悉的歌声,
温柔如初恋的甜蜜亲吻。

温柔无比啊,无比温柔,
当神奇之火燃烧在心头——
温柔胜似那波兰的公主,
这也就意味着无限温柔。①

"温柔"在全诗中反反复复地出现,这种频繁的反复,构成了深情的倾诉,表现了诗人爱的柔情和深情。

复沓也是巴尔蒙特常用的修辞手法,如《生活的遗教》:

我问自由的风儿,
怎样才能够年少。
戏耍的风回答我:
"像风飞,似烟飘!"

我问强劲的大海,
哪是生活的遗教。
响亮的大海回答:
"永远像我这般咆哮!"

我问高高的太阳,
怎能比霞更昭昭。
太阳没答一句话,
但心儿听到:"燃烧!"②

全诗每节以"我问……"开头,并以"……回答"收结,运用了类似我国《诗经》的复沓手法,层层递进地表达了要自由、抗争、燃烧的生活斗志。而《心和心相撞……》一诗则运用了并列与对比手法:

心和心相撞,似刀和刀碰上,
眼和眼相对,像井和井相遇。
说我们在爱,我们在撒谎,
说我们不爱,人生成地狱。
我们相互窥探着秘密,

---

① 《太阳的芳香——巴尔蒙特诗选》,谷羽译,广西师范大学出版社,2014年,第126页。
② 顾蕴璞编选:《俄罗斯白银时代诗选》,花城出版社,2000年,第29—30页。

　　　　　我们却总是并肩站立。①

　　心和心相撞，似刀和刀碰上与眼和眼相对，像井和井相遇，是并列；而说我们在爱，我们在撒谎以下，则是对比。全诗通过并列和对比手法，形象、深刻地揭示了人与人既相依相爱又相互防范互相欺骗的复杂性。

　　排比手法在《有如那不发红的天空中的红色……》一诗中相当明显：

　　　　　有如那不发红的天空中的红色，
　　　　　有如彼此谐调的波浪间的争执，
　　　　　有如那光天化日里浮现的幻梦，
　　　　　有如明亮的火周围烟样的阴影，
　　　　　有如生息着珍珠的贝壳的折光，
　　　　　有如那入耳而不闻其声的音响，
　　　　　有如汹涌激流表面雪白的浪花，
　　　　　有如生在河底开在空中的荷花——
　　　　　这充满欢欣而显露迷惘的生活，
　　　　　也是你我另一梦境对梦的折射。②

　　一连八个"有如"，构成了排山倒海般的气势，相当有力地歌颂了多彩多姿、既充满欢欣又显露迷惘的生活，同时，八个排比句中的"幻梦""阴影""折光"等，也为最后把生活视为另一梦境对梦的折射做了铺垫。《给契尔克斯少女》一诗也出色地运用了排比手法：

　　　　　我想把你比为垂柳，柳丝轻柔，
　　　　　附身向流水，听水韵叮咚鸣奏。

　　　　　我想把你比为白柳，稚嫩水灵，
　　　　　凝视水面涟漪，仰望辽阔天空。

　　　　　我想把你比为百合，花朵摇曳，
　　　　　你的身姿苗条，步履轻盈和谐。

　　　　　我想把你比为印度舞女，姑娘，
　　　　　立刻就要翩翩起舞，星眸闪亮。

　　　　　我想把你比为……但比喻乏味，

---

① 顾蕴璞编选：《俄罗斯白银时代诗选》，花城出版社，2000年，第31页。
② 同上书，第31—32页。

因为世间的女子谁也不如你美！①

"我想把你比为"的排比运用,以及结尾的"比喻乏味"的大翻转,极为有力地表现了"世间的女子谁也不如你美"的主题,技艺高超地赞美了契尔克斯姑娘超凡脱俗的美。

《她像夜晚》运用了把反复和类似蝉联(又名顶针或顶真、连珠)的手法结合的艺术技巧：

　　她来到我身边,默默不语像夜晚,
　　她像夜晚凝视,一双眼睛紫罗兰,
　　温润的露珠闪烁着星星的幽光,
　　她来到我身边,惟妙惟肖像夜晚,
　　与静悄悄善解人意的夜晚一样。

　　在无言的镜子里有另外一个我,
　　她目光奇异把深邃的奥秘破解,
　　我像她的面容,她像我的影子,
　　望着非凡的河湾我们双双沉默,
　　河湾燃烧星光,深沉且又神秘。②

诗中"她来到我身边""夜晚""河湾"反复出现,构成独特的韵律,同时,"默默不语像夜晚""她像夜晚凝视"以及"惟妙惟肖像夜晚""与静悄悄善解人意的夜晚一样"紧连着出现,又有点类似于蝉联,表现了她的恬静、温柔、善解人意。组诗《离别的情人》中的一首则较好地运用了蝉联手法：

　　叮叮咚咚响在远方的铃铛,
　　铃铛叮咚消失于雾霭茫茫——
　　是否还有月亮躲藏在云后,
　　躲藏在云后,苍白而忧伤——

　　我躬身致意,满怀着悲戚,
　　满怀着悲戚,我无限惆怅！——
　　我站在河岸上,河水静寂,
　　河水静寂,没有一丝声响——

　　你浮现眼前,可爱的姑娘,

---

① 《太阳的芳香——巴尔蒙特诗选》,谷羽译,广西师范大学出版社,2014年,第153页。
② 同上书,第121页。

可爱的姑娘在我心中珍藏——
我突然发现,你永远难忘,
你永远难忘,苦命的姑娘!①

第一节中的"月亮躲藏在云后""躲藏在云后",第二节、第三节则每节的一、二行以及三、四行的结尾与开头,都是蝉联。名诗《我用幻想追捕消逝的阴影……》更是出色地运用了蝉联手法:

我用幻想追捕消逝的阴影,
消逝的阴影,熄灭白昼的尾巴,
我登上塔楼,台阶微微颤动,
台阶微微颤动,颤动在我脚下。

我登得越高,景色就越发鲜明,
越发鲜明地显露出远方的轮廓,
从远方传来隐约的和声,
隐约的和声围绕我袅袅起落。

我越往上攀登,风景就越发灿亮,
越发灿亮地闪现着昏睡的山巅,
它们仿佛正在用告别的柔光
用告别的柔光温存地抚慰朦胧的视线。

在我脚下,早已是夜色蒙蒙,
夜色蒙蒙安抚着沉睡的大地。
对于我,却还燃炽着白昼的明灯,
白昼的明灯在远方直燃到火尽灯熄。

我已领悟如何追捕消逝的阴影,
消逝的阴影,暗淡白昼的尾巴,
我越登越高,台阶微微颤动,
台阶微微颤动,颤动在我脚下。②

谷羽认为,这首诗"抒发的也是对太阳的依恋,是黄昏时刻登高望远的感受。脚下已是夜色茫茫,诗人却能在高塔顶层观赏落日。诗中蕴含哲理,但又流露出几

---

① 《太阳的芳香——巴尔蒙特诗选》,谷羽译,广西师范大学出版社,2014年,第131页。
② 曾思艺译自《巴尔蒙特诗选》,莫斯科,1990年,第24—25页;或见《巴尔蒙特诗选》,《中国诗歌》2011年第4卷。

丝孤独与凄凉,似乎有'高处不胜寒'的忧虑。从结构角度分析,这首诗相当别致,单行的后半句与双行的前半句相重复,巧妙运用顶珠手法,造成了音韵回环、流畅和谐的艺术效果,读起来朗朗上口,余味无穷"①。王彦秋则认为:"诗人一向以擅长传达瞬间感受而闻名,这就是一首描写瞬间的诗。在俄文原文中,我们看到贯穿于全诗的是顶针手法,由顶针所形成的余音绕梁之感,似乎表达了诗人想留住这瞬间,让瞬间永恒,然而'新'的瞬间来临,又将'旧'的瞬间吞没这样一种视觉推进。随着诗人脚步的运动,视象在逐渐变化,然而由'顶针'所形成的音象,却把'天国'的白昼和'人间'的黑夜联结起来。"②我们认为,"诗无达诂",两人说的都有道理。这首诗的艺术魅力就主要通过蝉联手法体现出来,当然还有象征。

比喻在巴尔蒙特笔下也相当独特而出色。如《风暴的马群》:

> 雷声隆隆响彻碧空,
> 风暴的马群争相嘶鸣,
> 等到一阵风暴袭来,
> 碧空变成了一片火红。
>
> 隆隆雷霆意欲摧毁
> 乌云构筑的壁垒高城,
> 雷霆向来喜欢游戏,
> 想凌空悬挂七彩长虹。
>
> 马群奔腾建立功勋,
> 滂沱的雨水哗哗不停,
> 遍地庄稼一派翠绿,
> 全都覆盖马鬃的黑影。
>
> 马群驰骋奔向远方,
> 彩虹的拱门渐渐消融,
> 天边传来阵阵雷鸣,
> 那是马群的踏踏蹄声。③

全诗奠基于"风暴的马群"这一隐喻上,尽情展开:雷声隆隆是风暴的马群的争相嘶鸣,滂沱的雨水哗哗不停是马群奔腾的功勋,一派翠绿的遍地庄稼在雨水中变暗了是覆盖着马鬃的黑影,风暴将息时天边的阵阵雷鸣则是马群踏踏的蹄声。《白

---

① 《太阳的芳香——巴尔蒙特诗选》,译序,谷羽译,广西师范大学出版社,2014年,第5页。
② 王彦秋:《音乐精神——俄国象征主义诗学研究》,北京大学出版社,2008年,第128页。
③ 《太阳的芳香——巴尔蒙特诗选》,谷羽译,广西师范大学出版社,2014年,第25—26页。

色火焰》则运用了双重比喻：

> 我屹立海岸，潮水如火焰，
> 高高的排浪翻卷起千堆雪，
> 恰似白马经过驰骋与征战，
> 在紧张的临终时刻奔向我。
>
> 白马后面有万千白马追随，
> 银鬃飘扬，跳荡奔腾如飞，
> 对于疯狂的追逐心怀恐惧，
> 匆忙间急于把自己烧成灰。
>
> 白马连续跳跃，左右奔突，
> 临死之前发出悲切的呜咽，
> 白色火焰的舌头软弱无力，
> 恼怒地颤动，在沙滩熄灭。①

全诗首先把海浪和潮水比作火焰、白色的火焰，进而继承俄国19世纪诗人丘特切夫《海驹》一诗把海浪比作海马的传统，构成第二重比喻，相当形象生动地写出了海浪拍岸终至停息的悲壮过程。译者谷羽认为，《白色火焰》展现了奔腾的海浪，既像万千匹白马，又像跳荡的火焰，联想大胆而奇特。但充满活力的波浪终归在岸边平息，像火焰一样渐渐熄灭。面对此情此景，诗人心中萌发出生死转化仅仅在瞬间的感悟。俄罗斯诗人丘特切夫写过一首诗，题为《海驹》，以骏马神驹比喻汹涌奔腾的海浪，巴尔蒙特显然借鉴了他的隐喻手法，但是他更侧重有关死亡的体验，而不像丘特切夫侧重哲理的探索与追寻。② 又如《安慰》：

> 傍晚时分平静的大海
> 和天边团团紫色云朵，
> 借空中雾气渐渐融合，
> 云朵正在梦乡里漂泊，
> 在这无边的空阔之中，
> 虚无缥缈的梦幻形象，
> 呼吸其间，随意遨游，
> 恰似芳香思绪在飞翔。

---

① 《太阳的芳香——巴尔蒙特诗选》，谷羽译，广西师范大学出版社，2014年，第36页。
② 同上书，译序，第7—8页。

这思绪诞生如同色彩,
如同明眸点燃的感情,
如同花香的甜蜜喜悦,
如同春水闪光而透明,
如同神话的明快构思,
如同云霞在列队巡行,
义无反顾地瞬间爆发,
只求仰望傍晚那颗星。①

诗歌写的是在傍晚宁静而梦想飘飞时分的一些美妙感触,非常清新、优美,让人思绪飘飞,主要在于其高超的艺术技巧,尤其是第二节六个比喻("如同")构成博喻,甚至有了排比的功效,大大拓展了情感空间。

此外,巴尔蒙特还运用了辅音同音法(一行诗中每个词的起首辅音相同)、元音同音法(一行诗中多次重复同一元音构成的音节)等手法。这方面的代表作品是著名的诗歌《苦闷的小舟》:

黄昏。海滨。寒风呼呼。
急浪激起惊天巨喊。
风暴飞临,反击魔力,
黑色小舟航奔海岸。

泯灭幸福的美妙魔幻,
苦闷之舟,狂乱之舟,
忽地离弃海岸,和风暴狠战,
迷醉于对明媚梦境中圣殿的追求。

飞驰过海滨,飞驰向海洋,
搏击着波峰波谷的簸荡,
阴暗的月亮隐隐张望,
抑郁的月亮满脸忧伤。

黄昏灰飞烟灭。黑夜黑幽幽。
海在哼唧,黑暗瀚漫,
酷黑困裹住苦闷之舟,

---

① 《太阳的芳香——巴尔蒙特诗选》,谷羽译,广西师范大学出版社,2014年,第38页。

　　　　暴风奔号在深渊上空。①

　　这是一首出色的象征诗,通过苦闷的小舟勇抗暴风追求理想而理想遥远、现实恶劣、暴风肆虐,写出了一代知识分子的痛苦与悲哀。诗歌更为出色的是,运用了极富魅力的同音手法,从而赋予诗句以魔笛般的魅力。全诗每一句都出现几个甚至全都是相同的辅音,并且与当时的环境气氛相当合拍,造成了非常奇妙的音乐效果,很好地表现了诗歌的主题。翻译中尽量表现这一效果,几乎每行都出现两个以上相同的辅音,如第一行出现了6个h音("黄昏""海""寒""呼呼"),第二行4个j音("急""激""惊""巨"),第十行4个b音("搏""波""波""簸"),第十六行两个b音("暴""奔"),两个sh音("深""上")。②

　　谷羽也深入分析了这首以运用同音法著称的诗:"《苦闷的小舟》是巴尔蒙特享有盛名的代表作,诗中抒发的是世纪末知识分子的苦闷,现实社会的动荡使他们惶恐,而理想境界又求之不得,就如同小舟难以弃水登岸。纵然梦中有闪光的圣殿,却找不到通往那里的途径。因此,被黑暗和风浪吞没便成了不可逃避的命运。抒情主人公以小舟自况,情境既压抑又消沉。而它的不同凡响之处恰恰在于诗人采用了奇妙的同音手法,赋予诗句以魔笛般的魅力。这首诗原作以四音步扬抑格写成,押交插韵,韵式为abab,这和传统的俄罗斯诗歌都保持了一致。而同音法的采用则显示出它的新奇。以第一个诗节为例,一、二两行七个词全部以相同的辅音开头,重读的元音有四个相同,而且排列有序。三行四行的词基本上也做到了开头的辅音相同。同音法并非巴尔蒙特的发明,但是他把这种艺术手法推向了极致,运用得十分成功,充分显示了诗人驾驭语言和韵律的功力与才气。看来,不仅词汇、音节,甚至细微到每一个音素,一切语言材料都俯首听命,甘愿听从诗人的调遣,这不能不让人折服和敬佩。译这样的诗自然十分困难,但也决非不可转译,因为汉语灵活、简练、词汇丰富,是世界上最适于写诗的语言,自然也是最适于译诗的语言。"③

　　科列茨卡娅更是从对比的角度分析了这首诗。她指出,这首诗中,小船无望地挣扎在大海的深渊,它是阴沉忧郁的象征。这首诗是针对莱蒙托夫的《帆》有意识地通过联想塑造的对比意象。小舟——体现着骚动不安,两条船都与普通人的向往追求格格不入,莱蒙托夫写道:"它并非在寻找幸福";巴尔蒙特则写道:"泯灭幸福的美妙魔幻"。但是,帆是英勇无畏的,它"祈求着风暴";黑色的小舟向往幻想的世界,"迷醉于对明媚梦境中圣殿的追求"。莱蒙托夫的诗采用了精确的抑扬格,调性属于意志坚强的大调;而巴尔蒙特的诗律是四音步扬抑格,调性是压抑哀伤的小调,伴有叹息一样的断续间歇。两首诗的色调也形成了鲜明的对比:伴随白帆的是

---

　　① 曾思艺译自《巴尔蒙特诗选》,莫斯科,1990年,第23页;或见《巴尔蒙特诗选》,《中国诗歌》2011年第4卷。
　　② 详见曾思艺:《俄罗斯诗坛的帕格尼尼——巴尔蒙特及其诗歌》,《中国诗歌》2011年第4卷。
　　③ 周启超主编:《俄罗斯白银时代精品文库·诗歌卷》,中国文联出版公司,1998年,第60—61页;或见《太阳的芳香——巴尔蒙特诗选》,谷羽译,广西师范大学出版社,2014年,译序,第8—9页。

"比蓝天更莹澈的碧波浩渺","金灿灿的阳光弄晴";黑色的小舟则被"酷黑困裹",四周是咆哮的无底深渊。莱蒙托夫的诗中的背景形象,"怒涌"的波涛,"劲呼"的狂风,"弓着腰喀喀直响"的桅杆,正好衬托诗歌不屈反抗的主题。巴尔蒙特描写自然景物则意在表明身处绝境无路可行:寒风呼呼,黄昏死亡,满脸忧伤的月亮静静观望,冷眼旁观抒情主人公的悲剧,目睹他与自然风浪徒劳无益的抗争。①

更为难能可贵的是,巴尔蒙特还善于把美妙的自然景物与某种音乐的旋律对应起来,并以极具音乐性的语言表现为音乐旋律般的诗,如曾经救了苔菲一命的诗歌《小金鱼》,就把月夜池塘的小金鱼和小提琴的旋律对应起来,使之产生一种神秘的联系:

城堡里舞会欢乐正酣,
　　歌手们歌声悠扬。
一阵微风吹拂进花园,
　　秋千随风轻轻晃荡。

城堡陶醉在甜蜜的梦境里,
　　小提琴不断地欢唱,欢唱。
而一条金灿灿的小金鱼
　　悠游在花园里清清的池塘。

一只只美丽的飞蛾,
　　仿若一朵朵精致的花瓣,
为春的气息沉醉着魔,
　　在溶溶月色下飘飘飞旋。

一颗星星在池水中轻轻荡漾,
　　茸茸绿草柔柔地曲曲弯弯。
小小金鱼悠悠嬉游在池塘,
　　时隐时现,金光闪闪。

尽管舞会上的乐师
　　看不见小小金鱼,
但正因为金鱼的魔力,
　　音乐才有这般动人的旋律。

---

① 俄罗斯科学院高尔基世界文学研究所集体编写:《俄罗斯白银时代文学史(1890年代—1920年代初)》,三,谷羽等译,敦煌文艺出版社,2006年,第6—7页,引用的诗句做了改动。

寂静刚一临降，
　　小小金鱼便会浮出水面，
客人们的脸上
　　重又笑容灿烂。

小提琴再次奏出动人的旋律，
　　歌声重又悠扬婉转。
爱情在心中喃喃细语，
　　春天又一次绽开笑脸。

秋波传语：我等着你！
　　如此亮丽辉煌又如此朦胧如梦——
只因为有一条小小金鱼
　　悠悠嬉游在清清池塘中！①

　　善于捕捉并描写瞬间。科列茨卡娅指出，巴尔蒙特的审美观念中渗透着夸张变形的"瞬间感受"（创作是"一挥而就的诗行"，其中凝聚着只有"刹那间"真实的内心体验），这几乎成了他的写作范式。巴尔蒙特抒情主人公所喜欢的形象一般都具有"瞬间"变化，难以持久的特征——比如朝生暮死的螟蛾，奔流的小溪，"既属于大家又很孤僻""一闪而过的"大海浪花。诗人认为，诗句的功能，艺术的手法就在于传达稍纵即逝、朦胧缥缈的印象。海湾上缭绕的雾气，草原针茅的脉络，秋天飘在空中的蜘蛛丝——所有这些都是朦胧感触的象征，都会引起抒情主人公"我"的情感震颤。这些印象的可贵之处就在于初次感受的莫名其妙，不能用通常的逻辑推理给予解释，而只能凭借联想加以感悟。② 因此，巴尔蒙特被评论家称为"瞬间的歌手"（有学者甚至认为他有一种瞬间哲学，在诗歌中"喜欢瞬间飘逝的语言和形象"③），就是因为他在诗歌中善于捕捉并描写瞬间（日本学者升曙梦早在 20 世纪初就比较具体地指出，巴尔蒙特"是被刹那间的生活所支配着的诗人，在俄国，乃是第一个歌咏都市人民的心的天才。他乃是把都市人民时时刻刻所受到的刺激的迅速，容易变化，都市人民的心的富于弹力性和动摇性写入他的匆忙的，没有余裕的，性急的诗作中去的第一个诗人。他的诗的主要的魅力，以及那伟大的历史的价值，

---

　　① 曾思艺译自《巴尔蒙特诗选》，莫斯科，1990 年，第 155—156 页；或见《巴尔蒙特诗选》，《中国诗歌》2011 年第 4 卷。
　　② 俄罗斯科学院高尔基世界文学研究所集体编写：《俄罗斯白银时代文学史(1890 年代—1920 年代初)》，三，谷羽等译，敦煌文艺出版社，2006 年，第 8 页。
　　③ 李明滨主编：《俄罗斯二十世纪非主潮文学》，北岳文艺出版社，1998 年，第 119 页。

也被包含在这特性之中。"①而这迅速、容易变化的都市人的心灵感受,主要通过瞬间性体现出来)。受丘特切夫瞬间观念的影响②,巴尔蒙特也善于捕捉并描写瞬间。瞬间的幻想可以激发人的无限思绪,展示广大无垠的新世界,因此,他高声《对瞬间说声:"停住!"》:

或许,整个大自然只是五颜六色的拼版?
或许,整个大自然只是千百种声音的混响?
或许,整个大自然只是数据加线段?
或许,整个大自然只是一种美的愿望?

没有工具能测量思想的深度,
没有力量能放慢飞驰的春光。
只剩下一种可能,对瞬间说声:"停住!"
砸碎思想的禁锢,听命于幻想。

于是我们忽然懂得了千百种声音的交响,
我们仿佛看到五彩的音乐、全部的财富,
如果思想的深度用幻想也无法测量,
我们索性用幻想创造一个春天在心灵深处。③

大自然的一切过于丰富多彩,但也显得过于凌乱,再加上思想深不可测,时光逝去不再复返,诗人索性抓住现在,抓住瞬间,听命于幻想,命令瞬间"停住",并在瞬间的幻想中突然间懂得了千百种声音的交响,仿佛看到了五彩的音乐、全部的财富,从而在心中拥有了大自然的全部深度和丰富多彩。因此,诗人在诗中不断地描写瞬间,抒写各种瞬间的感受,甚至在《我不知道……》一诗中公然宣称:

我不知道普遍皆宜的智慧,
只把瞬息的思念向诗行奉献。
我从每一个瞬间去认识世界,
它像霓虹的闪耀,富于变幻。

莫诅咒,贤哲。我与您有何相干?
我只是空中一片云,充满了火焰。
我只是空中一片云。瞧:听任沉浮。

---

① [日]升曙梦:《俄国现代思潮及文学》,许亦非译,上海现代书局,1933年,第457页。
② 关于丘特切夫的瞬间观念,请参阅曾思艺:《丘特切夫诗歌研究》,人民出版社,2012年,第173页。
③ 曾思艺译自《巴尔蒙特诗选》,莫斯科,1990年,第102页;或见《巴尔蒙特诗选》,《中国诗歌》2011年第4卷。

> 我只召唤幻想家。……不把您召唤!①

对于诗人来说,瞬间是宝贵的,它总是带来变换、带来新鲜,因而,他希图从每一个瞬间去认识这丰富多彩的大千世界,并把这一瞬间化成诗句。正因为如此,周启超指出:"早在1896年,勃留索夫就论及'巴尔蒙特学派',认为这位诗人的主要诗学特征在于'在每一瞬间里捕捉生命的全部光彩'。……可见,巴尔蒙特也是倾心于瞬间印象、'夜色'与'火光'所带来的心灵投影的歌手。"②

强调意义、色彩、声音等的结合,善于捕捉光影声色入诗。巴尔蒙特曾指出:"象征主义是一种巨大的力量,它力图猜测出思想、色彩和声音之间结合的新类型,而且它的猜测经常使人心悦诚服","总之,这就是象征主义诗歌的基本特征;它用的是自己的特殊语言,这种语言有丰富的语调;它像音乐和绘画一样,能使人产生复杂的心情——与另一类诗歌相比,更能触动人的听觉和视觉,迫使读者经历与创作相反的过程:使人在创作象征主义作品时,从抽象走向具体,从思想进到形象,而读他作品的人则从画面上升到它的灵魂,从直接的、因独立存在而显得十分美好的形象上升到隐藏于其中的精神的理想性,这种理想形式的形象具有加倍的力量",他甚至满怀自信地宣称:"如果你喜欢得到直接的印象,那么请你欣赏象征主义所固有的新颖的和丰富多彩的画面。如果你喜欢得到复杂的印象,那么请你注意字里行间——隐藏在那里的东西会出来和你进行娓娓动听的谈话。"③为了实现自己所提出的意义、声音、色彩等的结合,巴尔蒙特极力捕捉光影声色等入诗。如其诗《蓝玫瑰》:

> 斐尔瓦茨特湖——风的玫瑰,
> 风儿吹拂七片花瓣颤颤巍巍,
> 这朵玫瑰生长于雄伟的群山之中,
>   一身碧绿蔚蓝的斑纹。
>
> 绽开在亮晶晶的湖面上,花瓣多宽阔,
> 蓝色的幻想在里面摇晃,生活,
> 风儿吹拂着,做起了花的游戏,
>   迎接着银光的袭击。
>
> 水美人,你热烈开放对谁相许?
> 这一朵玫瑰永不会有人来摘取。

---

① 《俄国象征派诗选》,黎皓智译,浙江文艺出版社,1996年,第189页。
② 周启超:《俄国象征派文学研究》,社会科学文献出版社,1993年,第138—139页。
③ [俄]巴尔蒙特:《象征主义诗歌浅谈》,瞿厚隆编选:《十月革命前后苏联文学流派》,上编,上海译文出版社,1998年,第18页。

只是在水湿的花瓣上活脱脱映辉，
　　啊，这一朵举世诧异的奇玫瑰。

白雪覆盖着的群山为花儿愉悦，高高耸立，
那里唯有一座山，"年轻姑娘"即是它的名字。
你的命运与这位远方的"姑娘"休戚相关，
　　液态的玫瑰，蓝色的花瓣。

你们也同样沉耽于幻想着的山中春天，
你们的思绪一片蔚蓝，你们的生命一片洁白，
白皑皑的雪堆和蓝幽幽的冰川上的姑娘，
　　风的玫瑰向你吐露芬芳！①

　　这里，有碧绿蔚蓝的玫瑰（斐尔瓦茨特湖）、阿尔卑斯山少女峰（年轻姑娘指的是少女峰）顶的皑皑白雪、亮晶晶闪着银光的湖面、白皑皑的雪堆、蓝幽幽的冰川，可谓色彩纷呈。又如《她安眠着……》：

她安眠着，胸口是两只洁白的酒杯。
紧闭的眼睛是两个蔚蓝的天穹。
这能够说是她的过失：绿宝石的天空
时而在雷鸣中闪光，时而在寂静中瞌睡。……②

　　胸口是两只洁白的酒杯以及蔚蓝的眼睛、绿宝石的天空，色彩也颇为丰富。而在《音乐的诞生》一诗里，他捕捉到了大自然各种各样的声响：

大海冲着岸滩发出音响，
当世间万物正显得年轻，
编成各种碎浪的歌声，
有琴弦声潺潺，也有号角声震荡。

每座森林，每条小溪都是音乐，
鲜花盛开，如月亮一般硕大，
正当琴弦在清醒中拨拉。
可是另一种响声却抢先响起于梦的和谐。

风唱着歌儿把芦苇轻轻爱抚，

---

① 《订婚的玫瑰——俄国象征派诗选》，汪剑钊译，中国文联出版公司，1992年，第128—129页。
② 《俄罗斯白银时代诗选》，汪剑钊译，云南人民出版社，1998年，第52页。

通过它们一个个小孔复活了草地。
这样,第一只芦笛就成了一位公主——

她管辖着海岸、微风和意志。
为了使复仇与利剑唱出愤怒,
我以敌人的骨头做成了一支芦笛。①

这里,有大海冲击岸滩发出的印象,有淙淙的琴声,震天响的号角声,风儿轻拂芦苇的声音,更有芦笛的乐声。而他献给美国诗人爱伦·坡的诗《爱德加·坡》表面上写的是这位美国诗人,实际上借写他说出了自己的特点——听觉灵敏,甚至能"听到光与影的挪移"。一般人是看到"夜来临",而坡却是"听到"的,还能听到"命运女神的裙摆沙沙响"②。

作为俄罗斯诗坛的帕格尼尼,巴尔蒙特具有相当高的写诗技巧。勃留索夫认为,巴尔蒙特的诗在"轻盈"方面超过了费特,在悦耳方面超过了莱蒙托夫,只是在诗节的美妙匀称方面还及不上普希金③。勃留索夫甚至称:"在俄罗斯文学中,就艺术技巧而言,没有人能与巴尔蒙特比肩而立。"高尔基称巴尔蒙特是一位"天才的诗人,对形式把握得十分精湛出色"。勃洛克则认为巴尔蒙特是一位"无价的诗人",马雅可夫斯基称之为"杰出的诗人",维·伊万诺夫称他是"真正的一流诗人",曼德尔施坦姆则说:"巴尔蒙特留下的东西不多,但凡是留下来的,都是上乘之作。"

第五节 在荒诞的生存中创造神话
——试论索洛古勃的诗歌主题

费奥多尔·索洛古勃(1863—1927),俄国白银时代著名象征主义诗人、小说家。一生出版了《诗集》(1895)、《诗选》(1904)、《献给祖国》(1906)、《火圈》(1908)、《红罂粟》(1916)、《蓝天集》(1920)、《挚爱集》(1921)、《芦笛集》(1922)、《诱惑之杯》(1922)等十来部诗集,其中《火圈》被公认为是其代表作。索洛古勃的诗歌创作起点颇高,而且十来部诗集水平相近,都有相当高的艺术成就,勃留索夫曾指出:"初入文坛,索洛古勃就已是一位诗歌大师,最终他仍旧这样……无论是在早期的诗作还是在最后的诗作中,一直有只同样的铁腕在无误地把握着认定的路线。"④

目前,在我国,对索洛古勃的诗歌创作的成就,人们给予了充分的肯定,但对其诗歌的主题或基调的把握似还不够全面。学者们几乎众口一词,认定索洛古勃表

---

① 《俄罗斯白银时代诗选》,汪剑钊译,云南人民出版社,1998年,第49—50页。
② 《订婚的玫瑰——俄国象征派诗选》,汪剑钊译,中国文联出版公司,1992年,第137—138页。
③ 见许贤绪:《20世纪俄罗斯诗歌史》,上海外语教育出版社,1997年,第42页。
④ [俄]勃留索夫:《逝者与近人》,莫斯科,1912年,第109页。

现的是"噩梦和死亡的诗歌主题",①他"总是把死亡和人生几何的虚无观念加以诗化",其诗的"基调大抵是痛苦、悲哀、绝望,而描写死亡是常见的主题。他笔下的死亡,又渗透着社会必遭灭亡的宿命论思想"②。甚至认为:"他鄙视这低贱、庸俗、灰暗的生活,又无法摆脱这种生活,于是他把'恶'看作了生活的本质,以波德莱尔的恶魔主义来对待一切。"③我们认为,死亡、噩梦、虚无、宿命论、恶只是索洛古勃诗歌的部分主题。综观索洛古勃的诗歌创作,它更多地表现的是诗人对人生的现代思考——充分展示了现代人荒诞的生存,以及在此荒诞的生存中力图抗争,求取生的意义和价值(表现为创造神话)。

索洛古勃对世界有一种哲学式的把握。他认为人的生存状态颇为荒诞,因为恶是绝对的本原,人类社会没有进化,整个人类世界中只有恶魔横行、人性受压、性灵被异化。于是他全身心地投入对荒诞生存本身的透视与揭露。

首先,他深刻地揭示了现代社会里人的主体性的严重异化,如《我们是被囚的动物……》:

> 我们是被囚的动物,
> 会用各腔各调叫唤,
> 凡是门,都不供出入,
> 打开门吗?我们岂敢?
>
> 若是说心还忠于传说,
> 我们就吠,以吠叫自慰。
> 若是说动物园污臭龌龊,
> 我们久已不闻其臭味。
>
> 只要长期反复,心就能习惯,
> 我们一齐无聊地唱着"咕咕"。
> 动物园里没有个性,只有平凡,
> 我们早已不把自由思慕。
>
> 我们是被囚的动物,
> 会用各腔各调叫唤。
> 凡是门,都不供出入,
> 打开门吗?我们岂敢。④

---

① 刘文飞:《二十世纪俄语诗史》,社会科学文献出版社,1996年,第30页。
② 黎皓智:《俄国象征派诗选》,浙江文艺出版社,1996年,第62、63页。
③ 飞白:《诗海——世界诗歌史纲》,现代卷,漓江出版社,1990年,第998页。
④ 同上书,第1001—1003页。

在严酷的社会里，人处于种种高压之下，变成非常驯顺的被囚动物，丧失了主体性，不再有个性，变成了千人一面、万腔一调的平凡动物，循规蹈矩，恬然安于环境的污臭龌龊，完全放弃了对自由的追求，尽管有供出入的门都已不敢打开。

进而，诗人深刻地认识到在这日趋大工业化、机器化、一统化的时代里，人只不过如席勒在其《审美教育书简》里所说的那样，是运转的大机器上一个小小的螺丝钉，完全零件化了，所拥有的只是沉重的疲倦，尽管如此，为了生存下来，还是不得不继续漠视命运那嘲弄的眼神，继续进行单调无聊的机器零件所应做的工作：

> 我的命运会怎样？
> 幸福抑或不幸？
> 共同劳动的机器
> 正在运转不停。
>
> 我在那个机器上，
> 是颗小小螺丝钉。
> 傍晚我赤足而坐，
> 已经是筋疲力尽……
>
> 应该批改这些
> 乏味的练习本。
> 应该不去理会
> 那命运的眼神。①

其次，他描绘了现代社会中人与人关系的异化。在如此严酷的社会里，人与人之间不仅无法沟通，而且，更重要的是，人已丧失了对不幸者的同情与安慰，甚至变成女性般好探人隐私的窥视者和铁石心肠的仇敌，如《昨天悲伤使我疲惫无力……》：

> 昨天悲伤使我疲惫无力，
> 我的心情阴沉忧郁——
> 只听到那令人生厌的话语
> 和不知谁的沉重的步履。
>
> 在我背后的角落窥探我的
> 都是不知疲倦的女性的视线，
> 在我背后的街道上徘徊的

---

① 《俄国现代派诗选》，郑体武译，上海译文出版社，1996年，第101页。

都是那些铁石心肠的仇敌。①

因此,诗人深感在这世上已无人能爱,在生活中也再没有什么可以期待,自己拥有的只是"没有愿望的生活",如《假若我愿意爱……》：

假若我愿意爱,
假若我能够期待——
在世上我能爱谁？
在生活中我有何期待？

只有我的父亲和我,
再也举不出另一个。
没有愿望的生活属于我,
没有生活的意志属于他。②

因此,他宁肯像卡夫卡笔下的动物一样躲进窄小潮湿的地洞,远离尘世,远离这异化而冷酷的人寰：

我生活在黑魆魆的地洞里,
白夜的景观我从不曾看见。
在我的希望里,在我的信念中,
没有光辉,也没有光线。

通向地洞之路谁也不曾开辟,
保卫洞穴也无须用宝剑。
地洞的入口几乎看不见,
只有烛光照亮在眼前。

我的地洞窄小又潮湿,
没有什么能给它温暖,
远远地躲避开尘俗的世界,
我应当在这里离开人间。③

在这样一个社会里,诗人产生了一种强烈的宿命感——深感人一生下来就是不幸的,荒诞的,被命运捉弄的。在《命运》一诗里,他写了一个男孩在出生之时即被命运这恶婆施了巫术,结果,"在世上遇到了不幸",一生的"幸福、欢乐和爱情"全

---

① 《俄国象征派诗选》,黎皓智译,浙江文艺出版社,1996年,第83页。
② 同上书,第93页。
③ 曾思艺译自《索洛古勃文集》,第5卷,圣彼得堡,1910年,第81页。

被"断送",与之无缘:

> 穷人家里生了个男孩。
> 一个恶婆走进门来,
> 梳理着苍白的毛发,
> 干瘪的手骨瘦如柴。
>
> 她跟在接生婆背后,
> 悄悄凑到婴儿近前,
> 于是一只丑陋的手
> 突然触摸了他的脸。
>
> 她念叨些莫名其妙的话,
> 然后敲着拐杖离去。
> 谁也没明白这套巫术。
> 时光一年年地流逝——
>
> 神秘的谶语应验了:
> 那男孩在世上遇到了不幸。
> 而幸福、欢乐和爱情
> 全被晦气的占卜断送。①

在真正的生活中,人更是深深体会到生存的荒诞。在《魔鬼的秋千》一诗中,他极其形象地把这一生存的荒诞隐喻为这是和爱捉弄人的命运这个魔鬼荡秋千:

> 在毛茸茸的云杉树荫里头,
> 在水声潺潺的河岸旁,
> 魔鬼用毛蓬蓬的大手,
> 把我坐的秋千晃荡。
>
> 他一边晃荡,一边大笑,
> 向前,向后,
> 向前,向后。
> 秋千板晃荡得弓起了腰,
> 嘎嘎直响,紧缚的粗大绳条,
> 直磨到云杉稠密的枝头。

---

① 《俄国现代派诗选》,郑体武译,上海译文出版社,1996年,第104—105页。

发出拉得长长的吱吱嘎嘎，
秋千板在来来回回地晃荡，
魔鬼哈哈大笑，声音嘶哑，
笑得捧着肚子直喊娘。

我痛苦地紧抓绳索摇晃，
向前，向后，
向前，向后，
我万分紧张地晃荡，
极力把疲惫的目光，
从魔鬼的脸上挪走。

在黑压压的云杉上方，
林神也在哈哈大笑：
"你已陷身在秋千上，
荡吧，魔鬼伴你荡高。"

在毛茸茸的云杉荫幔，
树怪们转着圈尖叫：
"你已陷身在秋千上，
荡吧，魔鬼伴你荡高！"

我知道，魔鬼决不会放走
如飞晃荡的秋千板，
只要他还没挥动可怕的手，
把我整个儿彻底打翻。

只要秋千绳还在来回晃荡，
还没有哗啦磨成两段，
只要我还没有头下脚上，
狠狠撞到我的地面。

我会荡飞得比云杉还高，
最后啪的一声摔得嘴啃泥巴。
魔鬼呀，请把这秋千晃荡，

>   晃荡得更高,更高……啊呀!①

诗歌指出,在魔鬼的捉弄下,人不得不荡着秋千,并且在荡秋千的过程中得到一丝苦涩的乐趣,但这由魔鬼操纵的、不把你打倒绝不会罢休的无尽无休的运动不仅令人担忧,而且十分单调无聊。因而,人的生存是荒诞的,更是无可奈何的,被异己力量操纵的,全无自由可言。这首诗在当年曾轰动一时,广为流传,并成为索洛古勃的经典名作,就在于它极其形象、十分传神地把人的荒诞生存以及人在这一荒诞生存中的万般无奈揭示得淋漓尽致,入木三分,道出了现代人困窘于荒诞生存的共同心声。

在此情况下,人变成不可捉摸、不能行动、不能生活、无足轻重的怪物,既不能博得任何人的爱,又无法引起任何人的恨,只是徒然苟活于人世:

>   他说的话,似真又假,
>   他脸上的笑,似假又真。
>   他内心虚弱无力,判若死人,
>   他的思虑如闪电突发又捉摸不定。
>
>   他不能博得任何人的爱,
>   又无法引起任何人的恨。
>   他永远不可知——这是命中注定,
>   不能行动,不能生活,只供观瞻。②

这样的人,工作起来毫无意义,成熟起来只是为了死亡,生活没有任何目的:

>   我们倦于追踪目的,
>   为工作耗尽了精力——
>   我们成熟起来,
>   是为了死去。
>
>   进坟墓我们无需争议,
>   正像婴孩要放进摇篮里——
>   我们将在那里腐烂,
>   没有任何目的。③

这样,人只能放弃徒劳无益的挣扎,不要"和命运作对",而安于"锁链与锁链紧紧相连。你只能永远成为奴隶"的现状,"听天由命","在嘈杂的路面做驯服的人

---

① 曾思艺译自《索洛古勃文集》,第9卷,圣彼得堡,1911年,第17—18页。
② 《俄国象征派诗选》,黎皓智译,浙江文艺出版社,1996年,第74页。
③ 同上书,第72页。

梯",如《何等令人揪心的会见》:

> 何等令人揪心的会见!
> 何等的忧伤,徒劳无益!
> 为什么要和命运作对,
> 你总是忙于无畏的纷争?
>
> 锁链与锁链紧紧相连。
> 你只能永远成为奴隶。
> 铺垫着的是沉甸甸的石块,
> 在嘈杂的路面做驯服的人梯——
>
> 阶梯啊,且不要发泄怒气,
> 当人们踏着你的浓荫向上走去,
> 或者,跨越你下行到异地——
> 随风摆动的树叶啊,不要瞿嘴,
> 当某只罪恶的复仇之手
> 把你从树枝上摘下,向他人传递。
>
> 哦,听天由命吧,为时尚不算晚,
> 趁着晴朗的白天还没有过去,
> 趁着使大家心情平和的浓荫
> 尚未令人生畏地消失在山谷里。①

而"在死亡中——有腐烂也有安宁"(《在星辰的缄默里》)。因此,最好是看破红尘,投入死亡,厌弃卑微、胆怯而虚伪的生命,在死亡包罗天地的怀抱里,求得彻底的解脱,如《死神啊,我属于你!……》:

> 死神啊,我属于你!我满目
> 所见全是你——于是我憎恶
> 尘世间七情六欲的魅惑。
> 人生的欢乐我都已看破。
> 什么战斗、节日和交易,
> 这一切喧闹是云烟而已。
>
> 对于你那位不公道的姐妹,

---

① 《俄国象征派诗选》,黎皓智译,浙江文艺出版社,1996年,第104—105页。

> 卑微、胆怯而虚伪的生命，
> 我很久以来就拒绝受它支配。
> 你不同凡响的美色之谜，
> 把我的浑身上下都充溢，
> 我便决不会再对它陶醉。
>
> 我决不去赴豪华的酒宴，
> 因那里不可一世的灯焰
> 刺得我困倦的眼不舒服，
> 而此刻你那冰凉的泪珠，
> 比纯净的水晶还更耀目，
> 已一滴滴往我眼眶滚入。①

不过，正如李志强所指出的那样："如果说海德格尔的'死'主要指此在在现世对生的领悟，那么索洛古勃的'死'则不仅表达了对现世的否定，对生命的领会，对解脱的向往，它还具有创造的意义。'死终结所有生命现象，消灭所有的敌对和罪恶，解决所有的矛盾，摆脱不堪忍受之事，不仅让人领会生命的意义，而且使生命圣洁化。'不过，这种创造的意义不是在现世实现，而是在他臆想的新乐土。"②

但以上这些，只是索洛古勃诗歌创作的一个方面，颓废、虚无、宿命的一面。它不应掩盖或遮蔽其创作的另一面——抗争乃至超越的一面（他的抗争甚至以恶的形式出现，带有恶魔主义的色彩。对此，国内外学者多有论述，不再赘词）。他不甘就此默默无闻地死去，他奋起抗争，竭力追寻希望，哪怕这希望是有毒的火罂粟，只要它能带自己走出迷途就行，如《火红的罂粟》：

> 在阒然安谧的幽境里，
> 　　有一朵火红的罂粟，
> 一个人把这燃烧的花儿擎举，
> 在黑暗中趑趄行路。
>
> 它远近不定忽大忽小，
> 　　多像无言的灯标！
> 难道真是那红光闪烁的记号，
> 在我的视野中动荡飘摇？
>
> 在阒然安谧的幽境里，

---

① 顾蕴璞编选：《俄罗斯白银时代诗选》，花城出版社，2000年，第38—39页。
② 李志强：《索洛古勃小说创作中的宗教神话主题》，四川大学出版社，2010年，第150—151页。

>   有一朵火红的罂粟,
>   上帝啊,请赐给我这枝花吧,
>   它能拯救我走出迷途。①

于是,他渴望以艺术创作来显形自己的幻想、梦境,创造甜美的神话,以求超越尘世,抵达纯美的天界。面对平庸恶劣的生活,他信心十足,豪情满怀地宣称:"浑浊的日常生活,你尽管一味地平庸下去吧,或者喷吐出猖狂的大火——我,诗人,将超越你,在你身上构筑起我创造的富有魅力与美的神话","我取来一块生活……用它创造出甜美的神话,因为我是诗人"②。现实世界平庸、浑浊、令人窒息,唯有对奇迹的信仰才能使人在世上生存。奇迹便是诗人创造的甜美的神话,它能使人超越粗俗贫乏的现实,使世界的面目焕然一新。这样,在荒诞的生存中创造神话,便成为索洛古勃创作的主旋律。他写到心灵摆脱尘世的牵累,在短暂的梦幻中神游天宇所获得的超越与自由:

>   我被沉重的牵累禁锢在
>   我的大地,
>   我从短暂的梦幻之中
>   汲取慰藉。
>
>   获得自由的灵魂飞向
>   活生生的天宇,
>   那里的世界层出不穷,
>   灵魂惊讶不已。
>
>   它顺路显形在另外的
>   重重世界里,
>   它为在另一躯体获得新生
>   由衷地欢喜。③

而他写得更多的是,梦幻如何变成甜美的神话,使灵魂获得升华,如《她踏着朝霞向我走来……》一诗,便生动传神地写出了"我"的"白日梦"——一个清早,"她"翩然降临,把"我"带到一个"神奇郊外",那里有"我在梦中都未曾看见"过的"如此美丽的景物",鲜花烂漫,草儿青青,薄雾朦胧,阳光耀金,小溪叮咚歌唱,旋风婆娑起舞……一切,"我从来未曾领略",我的内心"无限欢快":

---

① 吕宁思译,见《俄苏文学》1988年第1期。
② 转引自[俄]阿·索科洛夫:《19世纪末20世纪初俄国文学史》,莫斯科,1988年,第142页。
③ 《俄国现代派诗选》,郑体武译,上海译文出版社,1996年,第114页。

她踏着朝霞向我走来，
　　　神采焕发地对我顾盼，
温柔地抚慰我，还拥抱着
　　　久久地把我亲吻。

然后，她把我带走
　　　清早就带我出家门，
趁林边的青草地上
　　　还荡漾着朦胧的雾霭。

她前面是一片鲜花，
　　　太阳也露出光华，
于是，万物苏醒过来，
　　　我内心也无限欢快。

她向我指着天空
　　　又向我指着山谷，
我在梦中都未曾看见，
　　　如此美丽的景物。

她微笑，她诧异，
　　　她俯身向我靠近。
霞光在我脸上燃烧，
　　　心也在怦怦地跳动。

她那和谐的话音
　　　我听来多么新奇。
似乎青草在向我耳语，
　　　空气和树林在向我致意。

小溪在我脚下流过，
　　　唱着丁冬的歌儿，
旋风卷起尘埃，
　　　在远处婆娑起舞。

我眼前见到的一切，

都在阳光下飞旋，
　　刚刚穿过漆黑的夜晚
　　　　还披着朝霞的光彩。

请你再次向我走来！
　　我急切地把你等待。
趁这清晨大好时光，
　　把我带到新的远方。

让我能再次欣赏
　　美丽的天空和山谷，
如此神奇的郊外，
　　我从来未曾领略。①

　　这是一向以冷色调出现的索洛古勃诗歌中为数不多但不容忽视的一种暖色调，它以梦幻创造了甜美的神话，以超越平庸严酷荒诞的现实生活。因此，俄国当代学者指出："(索洛古勃)是个用抽象的符号和用晦涩的寓言进行创作的作家，是竭力逃避现实世界去追求美的人，即使那只是一个幻想的世界。"②

　　这样，在索洛古勃的诗中便经常出现多种对比：生与死、美与丑、幻想与现实、月亮与太阳等等。值得一提的是，与巴尔蒙特等崇拜太阳的诗人不同，索洛古勃不喜欢太阳，他在诗中把太阳称为"凶恶的蛇"或"恶龙"，它是无处不在的恶之本原的体现：

天穹上凶猛的毒蛇
喷吐着令人难熬的灼热，
世界在它的光焰中颤抖，
屈服于狂暴的魔力。③

　　而他对月亮一往情深，在诗中一再抒写，著名的有《月光摇篮曲》等。他从苍茫夜海中疾驶的小船般的月亮身上获得力量，并渴望得到月亮的爱，如《寒冷的月亮，给我以爱……》：

寒冷的月亮，请给我以爱！给我以爱！
请在广寒宫为我吹响珍珠般的号角，
每当你玉容初展时，显得又明亮又严寒。

---

① 《俄国象征派诗选》，黎皓智译，浙江文艺出版社，1996年，第115—117页。
② [俄]阿格诺索夫主编：《白银时代俄国文学》，石国雄、王加兴译，译林出版社，2001年，第104页。
③ 转引自许贤绪：《20世纪俄罗斯诗歌史》，上海外语教育出版社，1997年，第38页。

在这块可恶的土地上,谁也未曾给我以爱。

让星球之夜都在你的寒光中闪现!
我是大地的弃儿,又忧愁,又温顺,
哦,在黑暗中我多次追随你的踪影,
观赏你这条苍茫夜海中疾驶的小船!

然后我又走向白昼中令人厌烦的喧嚣,
劳动使我疲惫,我的道路永远没有目标。
你的亮光在我的心中流泻,暗淡,湛蓝,
寒冷的月亮,请给我以爱,给我以爱。①

由上可见,索洛古勃的诗歌创作的主旋律是在荒诞的生存中创造神话,由比较矛盾的对立面构成:一方面,深感生存的荒诞、人生的无奈甚至无意义,有强烈的宿命感、虚无感和死亡意识;另一方面,又奋力抗争,甚至不惜以恶的形式抗争,竭力追求希望,哪怕是有毒的希望,试图以诗歌创造甜美的神话,守卫性灵、诗意和纯美,看护精神家园。这两个方面,既对立又统一,构成索洛古勃诗歌创作的立体画面。产生这一既对立又统一的立体主旋律的原因,大约有以下两个方面。

第一,是身世、遭遇、个性使然。如前所述,索洛古勃是俄国象征派中颇为独特的一个成员——其他象征派诗人大多出身于贵族家庭,而他出身于贫寒家庭,生活的贫寒使他饱尝世态的炎凉。偏偏他又才华横溢,这就使他倍感老天不公、命运弄人,从小就有一种荒诞的生存感。大学毕业后他在北方偏僻小城克利茨泽一家中学教书10年,生活颇为劳累、困窘。索洛古勃属早慧型诗人,12岁即开始写诗。但写诗近10年,到处投稿,却屡投屡退。生活与创作命运的坎坷,进一步加深了他对生存的荒诞感的认识。但贫寒的生活,坎坷的命运,也培养了他百折不挠、抗争到底的个性。这样,在揭示人的荒诞生存的同时,他又表现了自己的抗争与超越。

第二,是叔本华哲学和波德莱尔的影响。叔本华的哲学思想对索洛古勃影响极大。像叔本华一样,他认为人生只是无休止的痛苦,现实世界是无法认知的,人面对这一世界唯有恐惧。在这既无目的又无意义、恶泛滥成灾、生活只是极其令人厌恶的一个无限循环过程的现实世界里,只有死亡能解除人的一切苦难,只有死亡才具有真正的美。这样,他在诗中一再描写死,歌颂死。与此同时,叔本华的唯意志论哲学又使他认为世界只是"我"的表象,只有主观的"我"及其意识的内容才是真实的存在。他宣称:"一切即我,且只是我,一切中有我,且只有我,别无其他,过去没有,将来也没有……我创造了并且仍在创造着时间和空间……我之外没有存

---

① 《俄国象征派诗选》,黎皓智译,浙江文艺出版社,1996年,第85页。

在,没有存在的可能性。"①这使他有一种高扬自我、重视自我创作的力量,它与波德莱尔以艺术创造人工天堂的思想及以恶反抗恶的反抗方式结合,便出现了其创作中独特的以恶抗恶、以艺术抗拒荒诞现实,显形梦幻,创造甜美神话,复归未经污染的善与真的一面。

第六节　爱情诗艺术手法的创新
——试论阿赫玛托娃的早期诗歌

阿赫玛托娃(1889—1966),是俄苏20世纪的大诗人,普希金被称为"俄罗斯诗歌的太阳",她则被称为"俄罗斯诗歌的月亮"。其诗歌创作分为早晚两个时期,20世纪二三十年代以前为早期,此后为晚期。早期主要诗集有《黄昏》(1912)、《念珠》(1914)、《白色鸟群》(1917)、《车前草》(1921)、《耶稣纪元》(1922)、《芦苇》(1940,集中诗歌绝大多数为二三十年代创作)。

阿赫玛托娃的早期诗歌大多是爱情诗——帕甫洛夫斯基指出:"阿赫玛托娃早期几部诗集(《黄昏》《念珠》和《群飞的白鸟》)的抒情诗,差不多是清一色的爱情抒情诗。作为艺术家,她的爱情抒情诗的创新首先正表现在这一传统的、永恒的、被无数次表现过的而且似乎已开掘到山穷水尽地步的题材上。"②阿赫玛托娃以本人的切身经历为题材,咏叹身边发生的一切情况,展示女性心灵的隐秘,生动真挚,细腻感人,因而她的诗被称为"室内抒情诗",她本人也被称为"俄罗斯的萨福"或"20世纪的萨福"。

爱情是文学的永恒题材。几千年来,它在各国诗人们的笔下有着千差万别而又独具个性的变奏。在阿赫玛托娃以前的俄国诗歌中,爱情诗写得多而相当出色、且又著名的主要有三位诗人:普希金多写爱情的欢乐,即使是失恋,痛苦中也蕴涵着乐观醇厚的天性(如《我曾经爱过你……》《心愿》《给丽拉》);丘特切夫的"杰尼西耶娃组诗"22首是世界爱情诗的瑰宝,揭示了两性心理结合的复杂幽微,甚至发现,"两颗心注定的比翼双飞,就和……致命的决斗差不多",具有相当突出的现代性;费特的爱情诗最多,而且从青年写到老年,几乎涉及了从初恋、热恋乃至失恋的各个阶段、各种情景。但阿赫玛托娃与他们不同:第一,她是以女性的身份,大胆而且大量地倾诉自己的心曲,展示内心的隐秘,这在此前的俄国诗坛是罕见的(丘特切夫、费特曾设身处地代女性着想,写过一些爱情诗,但依然是男性写作)。第二,她主要写不幸的爱情(李辉凡、张捷指出,阿赫玛托娃的抒情诗有一个与众不同的特点,"她擅长写单相思,写失恋"③;李明滨等学者也认为,"阿赫玛托娃写的一般

---

① 转引自郑体武:《索洛古勃及其诗歌创作》,《外国文学》1998年第2期。
② [俄]帕甫洛夫斯基:《安娜·阿赫玛托娃传》,守魁、辛冰译,四川人民出版社,2000年,第42页。
③ 李辉凡、张捷:《20世纪俄罗斯文学史》,青岛出版社,1997年,第77页。

不是圆满的爱情,而常常是爱情带给人的痛苦、悲哀、折磨与复仇以及爱的奇特魔力"①;楚科夫斯基更具体地谈到阿赫玛托娃的爱情诗写的就是,"我爱他,但他不爱我;他爱我,可我又不爱他——这就是她的专长",因此,"新的未曾有过的题材由她带进了我们的诗歌创作中"②。)普希金、丘特切夫、费特等写过爱情的不幸,阿赫玛托娃则是结合自己的经历,专写不幸的爱情,马克·斯洛宁指出:"她所述的情爱是苦多甜少:女人由于遭受冷淡与背信,结果总是吃苦。她期望温柔时所遇到的只是兽性的贪婪,经过一番陶醉后她被遗弃,独自受苦。于是她开始放浪,玩弄感情以求麻醉,忘却她的失望。她饱经沧桑,身心备受摧残之后,于是乃在自然与祈祷中安慰;她爱好淡泊宁静的生活,喜欢独步于一个偏僻的小湖边或则在荒凉的田野上。"③用她自己的话来说,则是:"爱情的回忆啊,你多么沉重!/我歌唱和燃烧在你的烟云中!"④她后来也曾坦言,她的诗歌"出自爱情日记的样式"⑤。其创新之处在于,以女性的身份大量抒写爱情的不幸,着重描绘爱情的悲剧过程,并且极其坦诚地揭示自己具体、隐秘的内心活动和情感冲突。并且,"正如在普希金笔下那样,在她的创作中,整个人类世界的特征和文化学的特征同本民族的、俄罗斯的特色有机地结合了起来。充满悲剧色彩的苦恋,以及忧伤、惆怅这类主题正是通过女诗人所选配的各种不鲜艳的色调而得到加强的"⑥。

究其原因,主要与家庭悲剧及自身经历有关。如前所述,当阿赫玛托娃16岁时,她的父母离异,使她饱尝家庭拆散后的辛酸,也使她初次目睹了不幸的爱情,在心中留下了深深的阴影。她一家兄弟姐妹六人几乎都染有当时的难治之症——肺结核,大姐、二姐、大哥、小妹均死于此病,她本人也患有此疾,从小就时常受到死亡的威胁,对生命有一种悲剧感。

阿赫玛托娃一生经历了三段失败的婚姻,同时还跟不少男人有着亲密关系(如伊莱因·范斯坦指出:"1914年,阿赫玛托娃与几个在她的感情生活中占有重要地位的男人邂逅。1914年2月,她认识了阿图尔·卢里耶和艺术史家尼古拉·普宁。诗人、批评家尼古拉·涅多布洛沃已与她相恋,涅多布洛沃的挚友鲍里斯·安列普的信中充满对她的诗作的揄扬,也已对她产生了兴趣。所有这些男人都成了她的情人。"⑦)。

她的第一次婚姻在某种程度上来说是一种自我惩罚。当她在少女时代因病去

---

① 李明滨主编:《俄罗斯二十世纪非主潮文学》,北岳文艺出版社,1998年,第177页。
② 转引自辛守魁:《阿赫玛托娃》,四川人民出版社,2003年,第128页。
③ [美]马克·斯洛宁:《现代俄国文学史》,汤新楣译,人民文学出版社,2001年,第234—235页。
④ 《阿赫玛托娃诗选》,王守仁、黎华译,漓江出版社,1987年,第86页。
⑤ 详见[俄]阿格诺索夫主编:《白银时代俄国文学》,石国雄、王加兴译,译林出版社,2001年,第218页。
⑥ 同上书,第220页。
⑦ [英]伊莱因·范斯坦:《俄罗斯的安娜:安娜·阿赫玛托娃传》,马海甸译,上海译文出版社,2013年,第59页。

克里米亚休养时,竟在那里一厢情愿地爱上了彼得堡东方语言系的大学生弗·戈列尼舍夫-库图佐夫(1879—?),虽然她作为女性主动地狂热追求,但犹如凶猛的海浪遇到冷漠的礁石。而后,她在万般无奈下,突然决定嫁给疯狂追求自己多年并因遭到拒绝而四次试图自杀的诗人古米廖夫。古米廖夫虽然诗才出众但其貌不扬,更重要的是,她也许根本就不爱他(她在 1907 年 2 月决定嫁给古米廖夫前给姐夫的信中还说:"我爱不爱他,我不知道,我依稀感觉会爱他。"但过了不到十天,她又马上去信再次快快不乐地谈到她对库图佐夫的单恋。①),只是因为他代表了她"所渴望的文学世界",尤其是她想自我惩罚,而于 1910 年嫁给了他,其隐秘、痛苦的心境可想而知。而苦苦追求了她七年的古米廖夫,在得到了有血有肉的女人后,热情也开始冷却下来,再加上感觉到妻子与自己貌合神离,同床异梦,便到婚外寻找爱情的慰藉(伊莱因·范斯坦指出:"也许他的不忠无非是贵族常规的行为。他被阿赫玛托娃迷住已有七年,苦苦痴缠着直到她放软了心肠。现在他占有了有血有肉的女人,其热情便冷却了下来。"②)。1911 年,为了躲避丈夫,她远去巴黎,与意大利画家莫迪里阿尼(1884—1920)关系相当亲密,后者曾为其画了不少裸体画。1914 年,她先后遇到几个在其感情生活中占据重要地位的男人,如先锋派艺术家与音乐家阿图尔·卢里耶,艺术史家尼古拉·尼古拉耶维奇·普宁,诗人、批评家尼古拉·涅多布洛沃及其好友鲍里斯·安列普。她尤其迷恋安列普,她在 1915 年写的诗歌大都是围绕着这段感情而写,甚至说她会等他一辈子,说即使知道安列普有妻子以外的姑娘,她仍会忠实于他(果然,阿赫玛托娃直到晚年还对他念念不忘)。因此,她与古米廖夫的这桩婚姻注定只是一个悲剧,1918 年,他们最终离异。

1918 年秋天,她与弗拉基米尔·希列伊科(1891—1931)结婚。不过,这位著名的亚述学家兼诗人,需要的只是妻子兼秘书、女仆而非诗人,对妻子写诗以及与异性交往都醋意大发,他把她的诗集《车前草》手稿都扔到茶炊里付之一炬,以至使她深感:"对于我来说,丈夫是刽子手,夫家是牢狱。"③(不过,伊莱因·范斯坦指出,这可能事出有因:"与许多写作对象不明确的早期诗歌不同,当她写到'丈夫是屠夫,家庭如监狱'时,所指是希列伊科无疑。尽管如此,不能不提出希列伊科的妒忌并非全无道理。就在嫁给希列伊科之后,阿赫玛托娃既与阿图尔·卢里耶,也与剧院导演米哈伊尔·齐默尔曼时相往来。"④)女诗人不能忍受,1921 年夏天,就在写出上述诗句不久,她开始与女友同住,并庆幸摆脱了希列伊科。1928 年,两人正式离婚,于是她的第二次婚姻又告结束。

---

① 详见[英]伊莱因·范斯坦:《俄罗斯的安娜:安娜·阿赫玛托娃传》,马海甸译,上海译文出版社,2013 年,第 27 页。
② 同上。
③ 参见与阿赫玛托娃私交很深的英国学者阿曼达·海特所著的《阿赫玛托娃传》,蒋勇敏等译,东方出版社,1999 年,第 72—76 页。
④ [英]伊莱因·范斯坦:《俄罗斯的安娜:安娜·阿赫玛托娃传》,马海甸译,上海译文出版社,2013 年,第 103 页。

1922年9月,她与第三任丈夫、艺术史家尼古拉·尼古拉耶维奇·普宁(1888—1953)结合,搬进他的家中,那时普宁的原配、海军中将的女儿阿连斯还住在那里,女诗人成了一个名副其实的"第三者"。但这已并非她第一次这样做了,早在1922年夏天,她就在阿图尔·卢里耶家里,与另一个女人共享同一个情人。普宁也不欣赏阿赫玛托娃写诗,嘲讽她是"皇村级别的诗人",1938年两人的同居走到了尽头。

普宁之后,阿赫玛托娃和热爱文学艺术的病理解剖专家弗拉基米尔·格奥尔吉耶维奇·加尔申还有过一段恋情,但最终没有能走到一起。

当然,综观阿赫玛托娃早期的爱情诗歌,所包含的内容是相当丰富的,她不仅写不幸的爱情,也写爱情的幸福,以及爱情过程中的各种丰富的感受,因为爱情本身是相当丰富多彩的,而她的情感经历又颇为丰富。

她写过初恋的胆怯的惊喜、战栗的燃烧,如《致……》:

哦,嘘!这些不可思议、惊心动魄的话语
令我战栗,令我燃烧,
对我来说,这很可怕
以至于我无法将我温柔的目光撕开。

哦,嘘!在我正值妙龄的心里
你唤醒了某种奇妙的东西。
对于我生命似乎像一个非凡、神秘的梦想
在花儿——亲吻的地方。

为什么在我面前你把躬鞠得这样低?
在我眼中你读到了什么?
为什么我会战栗?为什么我会燃烧?
走开!哦,为什么你已经到来。①

这首诗写于1904—1905年间,此时女诗人正值十五六岁花季妙龄,而爱情突然袭来。这种初恋的感觉,一方面使她感到不可思议、惊心动魄,心灵中似乎被唤醒了某种奇妙的东西,有了非凡、神秘的梦想,情不自禁温柔地燃烧起来;另一方面又感到害怕,浑身战栗,甚至希望爱情走开。

她进而写爱带来的孤独、忧伤、绝望之情,如《风啊,埋吧,快快把我埋葬!……》:

风啊,埋吧,快快把我埋葬!
我的亲人没有来,

---

① 《我知道怎样去爱——阿赫玛托娃诗选》,伊沙、老G译,外文出版社,2013年版,第3页。

我头顶上只有迷途的夜暗
和静静的大地的呼吸。

曾经,我和你一样自由,
可是,我过于渴望生活。
风啊,你看,我的尸体冰凉,
也没有人把我收敛。

请你用夜暗的帷幕
盖住这沉重的伤痕!
吩咐那蔚蓝色的云雾
为我把圣歌唱颂!

为了使孤苦伶仃的我
轻松地进入最后的梦乡,
请你吹响高高的蒲苇,
把春天,把我的春天颂扬。①

  这首诗写于 1909 年,可能是因对库图佐夫无望的爱而激发的灵感,抒发了自己强烈的孤独、忧伤与绝望之情。第一节,开篇即请求风把自己埋葬,然后通过环境巧妙暗示自己极度的孤独与迷惘:头顶是迷途的夜的阴暗(隐喻着心灵的迷途与阴暗),身边是万籁俱寂、静静呼吸的大地,而"我"孤身一人,没有亲人,没有朋友,在呼唤死亡!第二节,回顾过去,交代原因,并进一步突出自己的孤独。曾经,"我"像风儿一样自由,但"我过于渴望生活",追求一些永远不可能得到的东西(如追求库图佐夫),因而导致了今天这种孤寂悲惨的局面。"我"的尸体都冰凉了,也没有人来收敛(潜台词是我多么孤苦无依)。第三、四节,情调由忧伤绝望转向高昂。既然在世上没有亲人没有朋友,那么,就在大自然中求得安慰吧。于是,请求风用夜的阴暗帷幕盖住心灵"沉重的伤痕",让蔚蓝色的云雾诵唱圣歌,并吹响高高的蒲苇,"把我的春天颂扬",使"孤苦伶仃的我"轻轻进入"最后的梦乡"。

  同样是表达爱的无望、爱的孤独、忧伤、苦闷,屠格涅夫的《致霍夫丽娜》只是一味地孤独、痛苦:

月亮,高高地浮荡
在大地上空的白云之间,
一片魔幻般的银光

---

① 《苏联三女诗人选集》,陈耀球译,湖南人民出版社,1985 年,第 19 页。

>犹如海浪从高空洒满人寰。
>
>啊,你就是我心海的月影!
>我的心骚动不安——
>只为你,我快乐欢欣,
>只为你,我痛苦不堪!
>
>爱的苦闷,默默渴望的隐痛,
>充满我的心胸,
>我的心情如此沉重……
>可你,就像那冷月无动于衷!①

阿赫玛托娃则在诗的结尾转向高昂,从而使忧伤糅杂着欢乐,绝望中闪烁着追求("春天"是充满希望的季节,也是爱情萌生及生命复活的季节,"我的春天"隐喻生命的复活与爱情的希望),体现了诗人忧伤而倔强的个性。

这首诗最大的特点是构思巧妙,情感复杂。诗人深感在人世间缺少亲人,绝无知音,因此,巧妙地采用与风对话的方式,尽情倾诉隐秘的心曲,展示了既孤独又与自然合一、既忧伤又不乏乐观、既绝望又有所追求的复杂情感。

她写过对爱的大胆、真诚的拥有,如《你别把我的信揉成一团……》:

>你别把我的信揉成一团,亲爱的,
>朋友,请你把它从头读到尾。
>我已厌倦做你的陌生人,
>在路上装得与你素不相识。
>
>不要那样看我,别恼怒地皱眉,
>我是你的所爱,你的心上人。
>我不是牧羊女,不是公主,
>更不是看破红尘的尼姑。
>
>穿着一件日常的灰色长裙,
>脚蹬后跟磨损的破鞋子……
>但我的拥抱比以往更加热烈,
>大眼睛还留有曾经的惊悸。

---

① 《俄罗斯抒情诗选》,曾思艺译,山西教育音像出版社,2006年,第84—85页。

你别把我的信揉成一团,亲爱的,
也不要为隐秘的谎言而哭泣,
还是请你把它放进寒碜的背囊,
将它塞进背囊的最底层。①

这首诗写于1912年,当时女诗人已与古米廖夫结婚。由于古米廖夫经常外出历险,并有婚外情,女诗人在家深感孤独、寂寞,于是,也发生了婚外之情,但为了掩人耳目,又只能和相爱的人在人前装作素不相识的陌生人。但大胆、真挚的女诗人不愿老是这样,她请爱人别把自己的信揉成一团,也不要恼怒不要皱眉,并且公开、热烈、坦诚地与自己相爱,因为"我是你的所爱,你的心上人"。

她写到爱情过程中的甜蜜,如《惊慌》之一:

燃烧似的阳光炙得人透不过气,
而他的目光就像灼热的光线。
这光能使我变得亲近驯顺,
我只觉浑身一颤。
他俯下身对我喃喃絮语……
血液从我的脸面猛然消失。
但愿爱情像一块墓石
永远压在我的生命之躯!②

这种感觉是真实的,也是独特的。人在许多极其幸福、极其甜蜜的时候,都有一种血液消失、身体失重、全身抽空、类似死亡的感觉。诗人在这里非常细腻、具体地展现了爱情的甜蜜中这一感觉的过程。她的独特之处在于:一般人不会写得如此具体,也不会写得如此富有现代感——把爱情与死亡联系起来。

她也写爱的幽会,如《傍晚》:

花园里响起了乐声阵阵,
是那样难以形容的忧伤。
盛在盘里的冰牡蛎
散发着新鲜、强烈的海腥味。

他对我说:"我是你忠实的朋友!"
接着就触动我的衣裙。
这些指头的接触
一点也不像恣情的拥抱。

---

① 《没有主人公的叙事诗——阿赫玛托娃诗选》,汪剑钊译,敦煌文艺出版社,2014年,第51页。
② 《阿赫玛托娃诗选》,王守仁、黎华译,漓江出版社,1987年,第53页。

> 仿佛随便抚摩小猫或者小鸟,
> 仿佛观看匀称端丽的女骑手……
> 只有他那平静的眼里闪露的笑
> 罩在轻佻的金黄色睫毛下。
>
> 提琴凄婉的清音
> 随着柔漫的薄雾悠悠飘荡:
> "感谢上苍的恩赐——
> 你初次独自同恋人幽会。"①

全诗没有写初次幽会的惊慌、激动,只是——写出周围的环境及少女未被满足的朦胧渴望,相当独特,结尾似点题又似反讽。她的另一首《不见有人下到台阶……》写的也是毫无激情的幽会②。这类诗总带有一种淡淡的悲哀、一份惆怅的失落感与不满感,这恐怕是世界上少有的、极为独特的写恋人幽会的爱情诗。当然,她的爱情诗也有写爱的陶醉的,如《1913 年 12 月 9 日》:

> 一年中最阴沉的时分
> 应当成为明媚的日子。
> 你的柔唇这样温存——
> 我找不到贴切的措词。
>
> 只是不许你抬起眸子,
> 保住我的性命。它们的
> 光彩犹胜初开的花枝,
> 对于我却如致命的一击。
>
> 我明白再不需要譬喻,
> 披着雪花的枝丫晃荡……
> 捕鸟者业已设下网罟
> 在那茫茫江河的岸上。③

这在阿诗中是难得一见的,但其结尾也和一般的爱情诗大不相同:她感觉自己已经像一只鸟,落进了别人的罗网。这种感觉使其爱的甜蜜增加了一份忧患。不过,阿诗更多地抒写的是不幸的爱情的方方面面。

---

① 《阿赫玛托娃诗选》,王守仁、黎华译,漓江出版社,1987 年,第 43—44 页。
② 见上书,第 47 页。
③ 《阿赫玛托娃诗文集》,马海甸、徐振亚译,安徽文艺出版社,1999 年,第 99—100 页。

她写爱情中的争吵与懊悔,如《当激情炽燃到白热……》:

> 当激情炽燃到白热,
> 相互剧烈地诅咒和斥责,
> 我们俩都还不明白,
> 地盘对双方多么狭窄,
> 狂怒的追忆折肺磨心,
> 精神上的极大痛楚仿佛如焚的疾患!——
> 在这夜阑人静时刻,心儿教问:
> 啊,离去的挚友现滞留何方?
> 而当唱诗班引吭高唱,
> 穿过缭绕香雾,显露威胁,欢欣,
> 也还是那咄咄逼人的目光
> 严峻、固执地直刺我的心房。①

当激情炽燃到白热的时候,热恋的双方因为都想居于主导地位,可这爱的地盘对双方又太过狭窄,于是,发生了剧烈的诅咒和斥责,导致男方愤而离去,女方夜深人静时追悔不已。

她也写婚姻的不谐和自己的移情别恋,如《丈夫把我抽得遍体鳞伤……》:

> 丈夫把我抽得遍体鳞伤,
> 用一根折叠成两重的花纹皮鞭。
> 为了你,我在两扇小窗的窗口里
> 守着灯火彻夜思念。
>
> 天光破晓。铁坊屋顶上
> 冒起缕缕青烟。
> 唉,跟我这个忧伤的女囚,
> 你又不能来片刻相见。
>
> 为了你,我忍受惨淡的生活,
> 忍受苦难的命运。
> 是你爱上了淡黄发女郎?
> 还是火红色头发的姑娘使你称心?
>
> 哦,一腔悲愤的呻吟我怎能吞声抑止!

---

① 《阿赫玛托娃诗选》,王守仁、黎华译,漓江出版社,1987年,第3页。

> 心中积郁着愁闷和令人窒息的醉意,
> 而铺叠齐整的被子
> 已笼罩着柔媚纤丽的晨曦。①

抒情女主人公与丈夫婚姻不太幸福,她移情别恋,嫉妒的丈夫便用鞭子把她打得遍体鳞伤。而她所爱的那个情人,似乎又是一个多情种子,不仅有淡黄发女郎引诱他,而且还有火红色头发的姑娘爱着他。抒情主人公在被丈夫鞭打的痛苦中,在对情人的思念和猜忌中,又度过了一个不眠之夜(铺叠齐整的被子罩上了晨曦)。

她写得更多的是爱的期盼与失望,如《在白夜》:

> 唉,我没有把房门关上,
> 也没有把蜡烛点亮,
> 我虽然已疲惫不堪,
> 可是我不想睡觉也不想上床。
>
> 我透过一簇簇的针叶,
> 望着光带在沉沉暮霭中熄灭,
> 我听到了好似你的声音,
> 这声音使我迷醉,使我喜悦。
>
> 我明白一切都已失去,
> 生活不过是万劫不复的地狱!
> 啊,我却一直深信,
> 你还会回来,重拾旧谊。②

所爱的人已离去,也许是两人吵架导致分手,也许是他已另觅新欢,但痴情的女诗人却仍在傻傻地等待,一直深信情人还会回来,重拾旧谊,为此她不关房门,彻夜不眠。

她也写自己在这种种失望中的无聊、放荡及忏悔,如《这儿我们全都是荡妇、醉汉……》:

> 这儿我们全都是荡妇、醉汉,
> 在一起我们多么郁郁寡欢!
> 连墙上的花卉鸟雀
> 也苦苦地思念流云飞泉。

---

① 《阿赫玛托娃诗选》,王守仁、黎华译,漓江出版社,1987年,第10页。
② 《阿赫玛托娃诗选》,戴骢译,四川文艺出版社,1985年,第12页。

你抽黑烟斗，
袅袅青烟是那样奇妙。
我穿窄短裙，
好使身姿显得更苗条。

小窗总是被牢牢钉住：
是用什么——雾凇还是雷电？
你的眼睛就如同
细心谨慎的猫眼。

哦，我的心啊多么忧伤！
莫不是在等待大限时刻的来临，
而此刻在跳舞的女流
必将在地狱里栖身！①

由于爱情的不幸，伤心痛苦的男男女女在一起狂欢，全都变成了荡妇、醉汉，尽管如此，在传统中长大成人的抒情女主人公心底还是有所顾忌，甚至感到害怕：如此无视道德戒律，将来必定在地狱里栖身。

她既写被爱的欣喜与担忧，如《冒着朔风和严寒归来……》：

冒着朔风和严寒归来，
我喜欢在炉边把火烤。
心儿被从怀里偷走了，
我没把它照管好。

元旦佳节豪华地持续，
节日玫瑰一枝枝湿润鲜红，
在我胸中却已听不见
双翅蜻蜓似地颤动。

唉，我不难猜到小偷是谁，
根据眼睛我就能把他认出。
可怕的只是，很快地、很快地
他将亲自送回自己的房获物。②

---

① 《阿赫玛托娃诗选》，王守仁、黎华译，漓江出版社，1987年，第45—46页。
② 同上书，第89页。

抒情女主人公自己在爱，也被爱人爱上了，感到自己的心不再属于自己，仿佛已被人偷走。她特别幸福，竟然感到元旦佳节一直在豪华地持续，节日玫瑰也一枝枝特别湿润鲜红。但她心里又满怀忧虑，担心很快被人遗弃。

她也写那即将死亡的爱，如《郊原闲游》：

> 翎毛轻碰马车的顶篷。
> 我看了看他的眼睛。
> 心上人闷闷不乐，他甚至还不清楚
> 自己何以心境苦痛。
>
> 在云彩舒展的苍穹下，微风发愣，
> 忧郁像是锁住了黄昏，
> 似乎在旧画册中
> 水墨画泼出了布伦森林。
>
> 难闻的汽油味，丁香的芬芳，
> 还有令人警觉的寂静……
> 他又触摸我的膝头，
> 那只手几乎一点也不颤动。①

当前国内形容相爱的两人爱的激情消逝，再也没有爱的感觉，是"拉着情人的手，就像左手拉右手"。实际上，早在20世纪初女诗人就已经形象地写出了这种情形：男方对女方的爱已经消逝，跟她在一起已经不再甜蜜快乐、如在天堂，而是闷闷不乐，甚至还不清楚自己为何闷闷不乐（这就更糟），并且深感忧郁像是锁住了黄昏，即便触摸情人的膝头，也不再有爱的柔情，更没有爱的火花，那只手已经一点都不颤动，几乎毫无感觉了！

面对这么多爱的不幸形成的不幸的爱情，诗人有时只能强作镇静，试图遗忘爱的一切，声称"没有任何人使我眷恋苦恼"，哪怕是"给我带来痛苦的那人"，如《我不知道你活着或已死亡……》：

> ……没有任何人深印在我心间，
> 因而没有任何人使我眷恋苦恼，
> 甚至给我带来痛苦的那人，
> 甚至爱抚并忘却了我的那人。②

遭遇了这么多的爱的不幸，诗人甚至希望从爱情中品尝痛苦："你不赏给我情

---

① 《阿赫玛托娃诗选》，王守仁、黎华译，漓江出版社，1987年，第55页。
② 同上书，第126页。

爱和安谧,那就赐予我痛苦的荣誉。"值得一提的是,诗人尽管婚姻不谐、常遭遗弃,但她从不怨天尤人,而是具有一种女性中少见的宽容,往往以宽厚的心肠涵纳一切,把痛苦默默地独自吞咽,并且从痛苦中学会了生活:"我学会了纯朴、鲜明地生活,学会了仰望苍空,祈祷上帝。"这不能不归功于宗教的作用。在她的诗里,宗教起着缓解紧张的精神,指引她忍耐,和爱的作用。因此,她才能如此平静地面对离别,如《新月挂上柳梢……》:

> 新月挂上柳梢,亲爱的朋友
> 跟我离别。离别就离别!
> 他戏谑地说:"踩钢索的艺人!
> 看你怎样挨到五月?"
>
> 我既不嫉妒,也不抱怨,
> 回答了他,像对自己的兄弟,
> 但顶替不了我孤寂的苦痛,
> 即使用四件崭新的雨衣。
>
> 尽管我的路途艰险、可怕,
> 思念的旅程将更令人断肠……
> 我的那把中国阳伞多美,
> 用白粉擦过的小鞋多亮!
>
> 乐队奏起欢快的乐曲,
> 人们嘴角挂着微笑,
> 可我的心儿懂得,心儿懂得
> 第五号包厢空了!①

亲爱的人在"月上柳梢头,人约黄昏后"的时候,与她离别。但她外表冷静地面对这一离别,既不嫉妒,也不抱怨,不过内心深处还是非常痛苦的:一是孤寂的痛苦,二是思念的痛苦。从此后他们常常约会的第五号包厢空了,真正地空了,只有相思的痛苦、孤寂的痛苦,在啃啮着她的心灵。

即使在失去爱的时候,她的风度依旧那样高贵,如《心同心无法拴在一起……》:

> 心同心无法拴在一起,
> 如果你愿意——那就离去。
> 为人生道路上的自由人

---

① 《阿赫玛托娃诗选》,王守仁、黎华译,漓江出版社,1987年,第35—36页。

已准备好累累的幸福果实。

　　我不悲泣,也不怨尤,
　　我注定不会成为幸福的女人。
　　别吻我吧,我已疲惫不已——
　　前来吻我的将是死神。

　　随着一片雪白的寒冷,
　　冬日伴我在极度的忧闷中度过。
　　你远远胜过所选择的人,
　　这到底是为什么,到底是为什么?①

尽管你远远胜过所选择的人,但由于心同心无法拴在一起,两人只能分手。抒情女主人公态度平静,风度高贵:你愿意,那就离去,人永远是人生道路上的自由人。她决不悲泣,也不会怨尤,因为她只会自我检讨,自己觉得自己注定不会成为幸福的女人,所以只有静静地等待死神的到来,已解脱一切。

　　在《我的声音微弱……》她声明:"我的声音微弱,但意志不弱,失去爱情我反而更加轻松"②;在另一首《在寥廓的苍空……》中,她也宣称:"无论苦痛还是报复,我都不希愿,让我随同最后一场白茫茫的风雪死亡。"③在这里,不仅有当代人互相尊重对方的选择的观念,而且更有一种宗教般的宽容心胸和某种特别强烈的死亡意识。因此,阿格诺索夫等指出:"女性的温良,以及对作为通向圣殿之路的英勇刚毅的典范的寻找,创作中浓郁的宗教色彩,这些都是白银时代的思想观念的具体体现,它们使得阿赫玛托娃成了一名伟大的民族诗人。"④

　　由上可知,阿赫玛托娃的爱情诗仿如她的爱情日记,忠实、具体、细腻、坦率地倾诉了自己爱情的不幸、婚姻的不谐,以及在这一过程中种种细微、隐秘的内心感受与情感冲突。这不仅在俄国诗歌史上,就是在世界诗歌史上也可谓前无古人——萨福也写自己种种爱的情感,但她未结婚,情感经历不及阿赫玛托娃丰富,且作品大多已散失;白朗宁夫人的《葡萄牙人十四行诗》也是爱的日记,从初恋写到婚后,但主要写爱的忧惧与爱的幸福,比较古典;阿赫玛托娃则在爱情诗的题材与内容方面,都进行了较之前人相当大胆的开拓与创新。这使得她的诗具有一个相当显著的特点——深刻入理的心理描写:"她比任何人都更成功地揭示了女性内心

---

① 《阿赫玛托娃诗选》,王守仁、黎华译,漓江出版社,1987年,第18页。
② 《没有主人公的叙事诗——阿赫玛托娃诗选》,汪剑钊译,敦煌文艺出版社,2014年,第52页。
③ 《阿赫玛托娃诗选》,王守仁、黎华译,漓江出版社,1987年,第17页。
④ [俄]阿格诺索夫主编:《白银时代俄国文学》,石国雄、王加兴译,译林出版社,2001年,第226页。

世界、情感、处境和情绪等最隐秘的深处。"①而且,更重要的是:"备受创伤的以及甚至是'鬼魂附体般'的良心这一主题使得阿赫玛托娃的爱情抒情诗具有明显的别具一格的特点,它,这一主题,以独特的方式极大地打破了传统的三角恋爱的框框,向我们揭示出在其不幸和痛苦中人的心灵,而这种不幸和痛苦与具体的生活情境实质上是无可比拟的。"②而另一位大诗人茨维塔耶娃在1917年春写的一段话更进一步指出阿赫玛托娃这类诗歌的普适性与永恒性:"阿赫玛托娃书写自己,也就是在书写永恒。她没有写一句有关国家、社会的诗行,但在其诗作的深处却向后辈们展示了自己生活的时代……"③

更重要的是,阿赫玛托娃在爱情诗的艺术手法方面也作出了相应的开拓与创新。她调动了诗歌、小说、戏剧乃至音乐节奏等等方面的一切适合运用的手法,加以综合,并独特地创造了另一些手法,从而使自己表现爱情的手法类似于电影的表现手法。这种手法主要是运用小说的情节、心理分析,戏剧的高潮与独白,独特的隐喻手段以及语言与节奏的创新等。具体表现如下:

第一,戏剧手法。阿诗一个突出的特点是其戏剧性,表现为总是有一定的情节,总是抓住事情接近高潮的时候展开(这是西方戏剧惯用的手法,从索福克勒斯的《俄狄浦斯王》到易卜生的《玩偶之家》,西方许多戏剧常用此法。)。展开的方法多种多样。有时,以内心独白展开,这种内心独白往往带有潜在的对话性质,仿佛诗人和恋人"你"对话,并且一般带有情绪上的逆转,如《这是明显的事实……》:

> 这是明显的事实,
> 任何人都一望而知,
> 你根本就不爱我,
> 从来就不曾爱过。
> 既然你对我毫无情意,
> 我为什么还要这样倾心于你,
> 为什么还要在每天夜里,
> 为你祈祷上帝?
> 为什么要丢下友人,
> 扔下头发鬈曲的婴孩,
> 离开我所爱的城市
> 和我亲爱的祖国,
> 沦落为一个肮脏的女丐,
> 去异国的首都行乞?

---

① [俄]阿格诺索夫主编:《20世纪俄罗斯文学》,凌建侯等译,中国人民大学出版社,2001年,第207页。
② [俄]帕甫洛夫斯基:《安娜·阿赫玛托娃传》,守魁、辛冰译,四川人民出版社,2000年,第76页。
③ 荣洁等:《茨维塔耶娃学术史研究》,译林出版社,2014年,第148页。

> 可是一想到也许还能见到你
> 啊！就止不住心底的欢喜！①

抒情女主人公仿佛在与恋人对话，说：尽管知道这是任何人都一望而知的明显事实——你根本就不爱我，她自己也在反复劝阻自己——为什么还要这样倾心于你，还要每天夜里为你祈祷，还要为了追随他而丢下友人甚至婴孩？读者满以为她会做出决断，与之分手。没想到结尾却是：一想到也许还能见到你，就止不住心底的欢喜！峰回路转，既增强了诗歌的艺术魅力，又真实地表现了热恋中女性的痴情心理。

有时，以对话的方式展开，这种对话往往具有一定的背景、动作、情节，如《深色披肩下紧抱着双臂……》：

> 深色披肩下紧抱着双臂……
> "你的脸色今天为何憔悴？"
> ——因为我用苦涩的悲哀
> 把他灌得酩酊大醉。
>
> 我怎能忘掉？他踉跄地走了，
> 痛苦得嘴角已经斜歪……
> 我奔下楼去，连扶手也没有碰，
> 跟在他身后，跑到了门外。
>
> 我急喘着高声喊道："这一切
> 都是玩笑。我会死去的，你若一走。"
> 他漠然而又可怕地微微一笑，
> 对我说："不要站在风口。"②

此处的对话经过"我"的急剧动作（急奔、连扶手也未扶）、"他"的表情特写的渲染，潜台词颇为丰富："我"既折磨他，又唯恐失去他；而"他"的回答更是绝妙——答非所问，是关心（这是一种外冷内热的表现，说明爱情还有希望），还是一语双关（不要老把自己置于激情的"风口"，否则会得病的，这与"漠然而又可怕"相连，说明他已心灰意冷，爱情的希望渺茫），抑或故意避而不答，顾左右而言他（那就毫无希望了）？

有时，这种对话以想象的方式展开，这是诗人的独创，如《片断》：

> 有个不露形迹的幻影，在昏暗的树荫里
> 沙沙作响，如同一簇凋落的黄叶，

---

① 《阿赫玛托娃诗选》，戴骢译，四川文艺出版社，1985年，第52页。
② 《爱——阿赫玛托娃诗选》，乌兰汗译，外国文学出版社，1991年，第10页。

并且高声叫唤:"你的情人同你干了些什么?
你的情人干了些什么?

"浓黑的水墨画似的阴影
仿佛使你沉滞的眼睑感动不已。
他让你完全陷入
毒杀恋情的忧伤的窒息。

"你早已不再点数频繁的注射——
胸脯在尖针下已不起动。
你白白地尽力显得快乐——
轻松地躺进灵柩反会使你栩栩如生!……"

对欺凌者我愤然回答:"你这狡猾的魔鬼,
简直没一点廉耻!
他温和,他温柔,对我百依百顺,
是永远钟情于我的恋人!"①

这里,诗人独特地把自我一分为二,那幻影代表怀疑的自我,愤然回答的则是肯定的自我,两者为恋人的可靠性展开了争论,从而形象地展示了情感的冲突和自己的心灵对恋人可靠与否的疑惑,无意中达到了心理分析的高度。帕甫洛夫斯基进而指出,"阿赫玛托娃式"最典型的特征,首先令人瞩目的就是形式的简洁、谨严和画面的准确性,特别是某种来自内心的几乎具有紧张戏剧性的情感,以及由此体现的纯阿赫玛托娃式的言不尽意。他更进一步谈到,阿赫玛托娃爱情抒情诗的这一特点——十足的言不尽意,暗语,言近意远,可以说,是海明威式的,具有一种潜台词的深度,这使她具有真正的独特性。阿赫玛托娃诗中那些好像经常处于激奋、半梦呓或神魂颠倒状态中自言自语的女主人公自然认为没有必要而且也无法向我们补充解释和说明所发生的一切。再现出来的只是感情的主要征兆,不须破译,不用解释,急急忙忙地穿行在爱情的字里行间。不言而喻,内心接近的程度奇迹般地帮助我们既理解了刚刚出现的变故的尚未交代的环节,也明白了它的总的意义。从这里我们得到了对这种抒情诗极端隐秘的、最大公开的和心灵探路的印象。②

第二,小说技巧。艾亨鲍姆指出:"阿赫玛托娃的诗歌创作——乃是复杂的抒情长篇小说。我们可以跟踪考察分析它所形成的叙事线索,可以谈它的结构,乃至

---

① 《阿赫玛托娃诗选》,王守仁、黎华译,漓江出版社,1987 年,第 40 页。
② [俄]帕甫洛夫斯基:《安娜·阿赫玛托娃传》,守魁、辛冰译,四川人民出版社,2000 年,第 17、119 页。

于个别人物之间的关系。"①曼德尔施坦姆更具体地指出:"阿赫玛托娃把19世纪俄罗斯长篇小说的全部规模雄伟的复杂性和丰富性引进了俄罗斯抒情诗中。没有托尔斯泰和他的《安娜·卡列尼娜》,没有屠格涅夫和他的《贵族之家》,没有陀思妥耶夫斯基的全部著作和列斯科夫的部分著作,也就不会有阿赫玛托娃的诗。阿赫玛托娃起源于俄罗斯小说,而不是起源于诗歌。她是在注目于心理小说的基础上发展了自己那尖锐而又独特的诗歌形式的。"②楚科夫斯基也认为阿诗突出的艺术特点是小说性,关键在于其情节极为浓缩,浓缩到了莫泊桑小说的十分之一,这样,把抒情诗和小说结合起来这一最艰巨的任务在她的诗里得到了出色的解决。③ 诚然,小说对阿赫玛托娃有很大影响,但如果仅仅是小说,阿诗的创新成就不会有如此之大,她还综合了戏剧等因素。因此,曼德尔施坦姆等人的话过于绝对。但他的眼光真是诗人由现象透入本质的眼光,抓住了问题的主要点。的确,在阿诗的一切创新因素中,小说因素所占比重最大。它具体包括:

其一,具有发散性的情节。阿赫玛托娃的诗不少具有紧张的情节,往往剪取临近高潮前最为重要的一个镜头,这一镜头往往使人推测事情的原委,想象事情的结局,具有极大的发散性,如《灰眼睛的君主》:

光荣属于你,无穷尽的痛苦!
昨天死了那灰眼睛的君主。

秋天的傍晚闷热,天边泛红,
丈夫回家平静地讲给我听:

"要知道,是从打猎的地方将他运回的,——
在一棵老槲树旁找到他的躯体。

"君主那么年轻!……王后多么可怜,
她变得白发苍苍在一夜之间。"

丈夫在壁炉上找到烟斗,
于是为上夜班他离家而走。

我这就到床边把女儿唤醒,
凝眸观赏她那灰色的小眼睛。

---

① 转引自[俄]帕甫洛夫斯基:《安娜·阿赫玛托娃传》,守魁、辛冰译,四川人民出版社,2000年,第45页。
② 转引自《爱——阿赫玛托娃诗选》,乌兰汗译,外国文学出版社,1991年,第7页。
③ 详见辛守魁:《阿赫玛托娃》,四川人民出版社,2003年,第128页。

窗外的白杨却在簌簌作响:
　　"你的君主已不再活在世上……"①

　　全诗仅交代了灰眼睛的君主被杀这一事实,而由这一事实引发的不同人物的反应,则通过多种方式表现出来:丈夫是漠不相关的叙述者,他对此十分"平静";王后则像伍子胥一样,一夜之间头发全变白了;"我"默默无语地倾听,但丈夫一走,马上叫醒女儿,仔细观赏着女儿"那对灰色的小眼睛"——由此,暗示出"我"与死去的君主间非同一般的私情关系(伊莱因·范斯坦明确指出:"一开始丈夫无意中告诉妻子国王死了,就像我们从诗中读到的,妻子的痛苦和女儿的灰眼睛暗示出国王是孩子的父亲,而这个男人一直以为自己是女儿的亲爹。"②)。全诗由多重对照衬托构成:"平静"的丈夫与头发变白的王后——事不关己与切"夫"之痛;外表冷静的"我"与"平静"的丈夫——外冷内热与无动于衷;"我"与王后——一个是名正言顺的妻子,悲痛尽情迸发,一个是隐秘的情人,只能强压悲痛,默默怀念。如此丰富的心理内涵,如此错综复杂的情感关系,这样整整一部长篇小说的内容竟在短短的14行诗中生动含蓄传神地描绘出来!无怪乎日尔蒙斯基要极力称道阿赫玛托娃:"每首诗都是一篇浓缩的小说,它描述的是小说情节发展到最为紧张的时刻,由此便可能想象到事情的前因后果。"③

　　其二,简洁生动的人物肖像。一般而言,抒情诗是不作肖像刻画的。由于借鉴了小说手法,阿赫玛托娃在抒情诗中擅长勾勒人物肖像,往往寥寥数笔即勾勒出某一人物在特定时期的简洁而又典型的肖像特征,如《慌乱》之三,就勾勒了一位半是温柔半是慵懒、有着古老圣像般的脸和费解的眼睛的恋人形象:

　　　　你向我走来笑一笑,
　　　　半是温柔,半是慵懒——
　　　　接过手来吻了一吻。
　　　　用费解、古老圣像的
　　　　脸的眼睛审视着我……④

　　她尤其善于描写那些著名诗人和作家的肖像特征,如《在皇村》之三,栩栩如生地写出了皇村中学时期普希金的特征:

　　　　一位黝黑的少年在林荫道上徘徊,

---

① 《阿赫玛托娃诗选》,王守仁、黎华译,漓江出版社,1987年,第5页。
② [英]伊莱因·范斯坦:《俄罗斯的安娜:安娜·阿赫玛托娃传》,马海甸译,上海译文出版社,2013年,第41页。
③ [俄]日尔蒙斯基:《文艺理论·诗学·文体学》,列宁格勒,1977年,第116页。
④ 《阿赫玛托娃诗文集》,马海甸、徐振亚译,安徽文艺出版社,1999年,第48页。

在湖畔沉吟,满脸堆着愁云……①

其三,显示心理特征的细节。阿赫玛托娃从俄国长篇小说中学会了以细节来揭示人物心理的方法,并把它运用于抒情诗中,往往以人物的动作、手势或表情巧妙地揭示人物的心理状态,如《吟唱最后一次会晤》:

我的脚步仍然轻盈,
可心儿在绝望中变得冰凉,
我竟把左手的手套
戴在右边的手上。

台阶好像是走不完了,
我明明知道——它只有三级!
"和我同归于尽吧!"枫叶间
传递着秋天乞求的细语。

"我被那变化无常的
凄凉的厄运所蒙蔽。"
我回答:"亲爱的,亲爱的!
我也如此。我死,和你在一起……"

这是最后一次会晤的歌。
我瞥了一眼昏暗的房。
只有寝室里的蜡烛
漠漠地闪着黄色的光。②

这里,脚步的"轻盈"与把左手的手套戴在右手上似有矛盾,然而它像台阶好像走不完,却明明知道"只有三级"一样,生动传神地展示了一位风度高雅而要强(被遗弃后在情人乃至人们面前力保风度、不失态),头脑昏乱但又清醒(因她意识到手套戴错了而且记得台阶"只有三级")的女性那种激动、惊惶、痛苦、悲哀而又要强的复杂心理状态,而结尾的"瞥了一眼",既是最后一次深情留恋,也是一种凄然告别。俄国有学者认为:"她把平平常常的感受(来自俄罗斯心理小说)'转换'为抒情主体的心理状态,用肢体语言表达出来,这是一种创新。"③黄玫更具体地谈到,这首诗是一个爱情故事的片断,其情节与一般触景生情的抒情诗有所不同。诗人着力描

---

① 《苏联三女诗人选集》,陈耀球译,湖南人民出版社,1985年,第7页。
② 《爱——阿赫玛托娃诗选》,乌兰汗译,外国文学出版社,1991年,第14—15页。
③ 俄罗斯科学院高尔基世界文学研究所集体编写:《俄罗斯白银时代文学史(1890年代—1920年代初)》,一,谷羽等译,敦煌文艺出版社,2006年,第125页。

写的不是景物和由此引发的各种感受联想,女主人公的心情主要是通过她的动作和心理活动刻画出来的,这些动作连续起来就像放电影一般,而读者似乎能够从银幕上看到女主人公的形象:从男友的房子中走出时的激动而慌乱,徘徊在秋的槭林中悲痛绝望,再回望来处时的平静和清醒。这个活动的画面多是借助于对动态的辞象的选择表现出来的。她进而对这首诗分节进行了详细论析。①

第三,"隐喻"方式。俄裔诗人、1987年诺贝尔文学奖获得者布罗茨基指出:"她(即阿赫玛托娃——引者)的做法是内容上作有如现代拼贴画般的变化。她在一个诗节里铺排若干表面上似无关联的事物。"②这是阿赫玛托娃独创的一种艺术手法,具体方法是将情与景加以多种方式的并列组合,以表达细腻复杂的思想感情。这种方式极似电影中的"隐喻"——法国电影理论家马赛尔·马尔丹指出:"所谓隐喻,那就是通过蒙太奇手法,将两幅画面并列,而这种并列又必然会在观众思想上产生一种心理冲击,其目的是为了便于看懂并接受导演有意通过影片表达的思想。"③这种情与景的蒙太奇式组合构成的隐喻在阿诗中可以分为:

其一,情景并列,景为背景。虽然情与景是并列出现的,但仔细品味,你会发现,实际上景为情创造了一个悲剧性环境,情出现在景的大背景里,如《心灵减弱着对太阳的记忆……》:

> 心灵减弱着对太阳的记忆。
> 野草更加黄萬。
> 寒冷的风轻轻吹动,飘起
> 最初的雪片。
>
> 狭窄的沟渠都在冰冻,
> 不会再流。
> 这里永远不会有什么事情发生,
> 啊,永远不会有。
>
> 一株柳树在空旷的天空铺成
> 一把剔透的扇子。
> 也许,好在,我没有成为
> 您的妻子。
>
> 心灵减弱着对太阳的记忆。

---

① 黄玫:《韵律与意义:20世纪俄罗斯诗学理论研究》,人民出版社,2005年,第171—173页。
② [美]布罗茨基:《哀泣的缪斯》,《从彼得堡到斯德哥尔摩》,王希苏、常晖译,漓江出版社,1991年,第445页。
③ [法]马赛尔·马尔丹:《电影语言》,何振淦译,中国电影出版社,1980年,第70页。

> 这到底是什么？夜黑吗？
> 很可能！……再过一夜，冬季
> 就要到啦。①

这首诗是一首失恋诗，表现的是失恋后的强自镇静和自我安慰。但这种感情是与冬天寒冷、萧条的景致，尤其是太阳的渐渐变黑（既可能是夜下来了，也可能是一种感情降温的象征）的景象并列出现的，在如此寒冷、萧条、渐渐变黑的背景下，"我没有成为你的妻子"的失恋之歌就显得格外含蓄，格外令人感到痛苦。

其二，情景并列，景反衬情。这是让情景同时出现，而情已逝，景依旧，此情此景，人何以堪，如《离别》：

> 黄昏中一条斜坡小路
> 展现在我的前方。
> 昨天哪，我的恋人儿，
> 还对我央求："别把我忘。"
> 而此刻唯有晚风，
> 牧人的吆喝声，
> 和伫立在清泉两旁
> 那激动的雪松。②

昨天，我的恋人还在央求我，别把他忘记；今天，可他却已离我而去，但景物依旧：晚风、牧人的吆喝以及伫立在清泉两旁的激动的雪松，以及黄昏中那条斜坡小路。此情此景，人何以堪？旧景更反衬出离别的痛苦。

其三，情景并列，各自独立。如《仿佛用麦秆你吮吸我的魂魄……》：

> ……灌木丛上醋栗开花了，
> 篱墙外车马在运送砖瓦。
> 你是谁呢：是我的兄弟还是情侣，
> 我记不起了，也不必记得啦……③

灌木丛上的醋栗开花了，篱墙外车马在运送砖瓦，与我记不起你是我的兄弟还是情侣虽然是情景并列出现，但各自独立，没有什么关系，这越发凸显了抒情女主人公感情的绝望与冷静。又如《我同醉酒的你十分愉快……》：

> 我同醉酒的你十分愉快——
> 你的绵绵情话已没有什么意义。
> 初秋已经在榆树枝头

---

① 《苏联三女诗人选集》，陈耀球译，湖南人民出版社，1985年，第11页。
② 《阿赫玛托娃诗选》，王守仁、黎华译，漓江出版社，1987年，第101页。
③ 同上书，第22页。

　　　　挂满了一面面黄昏小旗……①

　　我同醉酒的你相处已经十分愉快,你的绵绵情话因而显得多余,没有什么意义,而这与初秋已经在榆树枝头挂满了一面面黄昏小旗是各自独立的。情景各自独立,反而更好地衬托了这种愉快是无需任何东西来说明的。

　　这些手法,都是阿赫玛托娃的独创,有点类似于我国古代诗歌中的"兴",但"兴"一般只出现在开头或中间,阿赫玛托娃则随兴所之,任何地方都可用,而且情景之间意义多样。

　　以上手法的动态运用,使阿诗大度跳跃,时间悠远,空间广阔,容量颇大,很有现代感,同时景物、事件、感情之间的直接组合,也给予读者更丰富的联想。日尔蒙斯基对此十分欣赏:"她不直接讲述自己,而是讲述内心表现的外部环境,讲述外部生活的事件和外部世界的物件,而且只是在对这些物体的独特选择中,在对它的不断变化的认识过程中,才表现出诗人真正的心绪,表现出词语所包含的独特的情感内容。……她所说的并不多于物体本身所告诉我们的。她从不硬向你灌输什么,也从不站出来向你作任何解释说明。"②楚科夫斯基也认为,阿赫玛托娃的抒情诗具有含蓄、意在言外和言不尽意的特点,"她的抒情诗的主要魅力不在于说出了什么,而在于没有说出什么","她善于使用沉默、暗示、空白……"③这是此前俄国诗歌中罕见的,而与20世纪小说创作的主导倾向——客观叙述暗合。

　　第四,语言创新。阿赫玛托娃在诗歌语言方面的创新,主要体现在两个方面。

　　一是大量运用矛盾修辞来揭示矛盾的内心活动。如"瞧,她愉悦地忧思,/那样美丽地裸露着"(《皇村雕像》),又如"我抒写快乐的诗篇歌颂生活——腐朽,腐朽而美好的生活"(《我学会了纯朴、贤明地生活……》)。她甚至还把这种矛盾修辞运用到比喻中:"我会像接受礼物一样接受分离,/我会像接受恩赐那样接受遗忘。"(《终于分手……》)矛盾修辞是一种用反义词相互修饰的手法,也是西方文学惯用的手法,文艺复兴时期,莎士比亚就已大量使用,而且用得出神入化,如"美丽的丑事""甜蜜的痛苦""幸运的不幸者""美丽的暴君,天使般的魔鬼""灼热的冰,发烧的雪""正大光明的小人""悦耳的噪音",等等。阿赫玛托娃运用这种手法,揭示了现代女性幽微、隐秘、复杂的心理,更具现代性。

　　二是大胆使用散文语句。普希金较早在俄国诗歌史上大量使用民间的、生活的词语入诗,但主要是在叙事诗中。阿赫玛托娃则不仅把民间的、生活的词语用之于抒情诗,更大胆地把散文语句引入诗中,其意义类似于我国韩愈的以文入诗,苏东坡、辛弃疾的以文入词。王守仁指出:"阿赫玛托娃的诗歌语言极其精炼,短短的几行诗便能容纳许多微妙起伏的细节。她总是有意回避文字的华彩,追求日常生

---

① 《阿赫玛托娃诗选》,王守仁、黎华译,漓江出版社,1987年,第24页。
② 转引自王加兴:《阿赫玛托娃诗艺术风格探幽》,《当代外国文学》1995年第1期。
③ 辛守魁:《阿赫玛托娃》,四川人民出版社,2003年,第128页。

活中通俗易懂的平淡、朴素、散文式的语言：

> 二十一日。夜阑人静。星期一。
> 首都的轮廓模糊不清。

这种散文式的语言,仿佛是漫不经心地写来,但实际上显然是经过精心选择的。这样的诗歌语言,固然谈不上辞藻的华丽,但与格律严整的古典诗歌相比,却同样能触发读者的生活联想,似乎更能引起读者感情上的共鸣。"①

第五,节奏变革。阿赫玛托娃的诗歌在语言的节奏方面进行了大胆变革。许贤绪指出:"她和其他阿克梅派诗人最终完成了从茹科夫斯基和莱蒙托夫就尝试过的革新——使诗行中的音步多样化和'前添音节'多样化,使诗行中两个重音之间可以有数量不等的音节,亦即在同一诗行中把双音节的音步(扬抑格、抑扬格)和三音节的音步(扬抑抑、抑扬抑、抑抑扬格)结合起来。从此,在诗行中划分音步和计算重音不等于研究节拍,产生了要考虑词的划分、重读处的不同力度、诗行和句子的关系、语调和节拍的关系等问题,节拍成了一个复杂的概念。在诗行结构、诗行和句子的关系方面,茨维塔耶娃的主要特点——句子移行也是阿赫玛托娃的特点,评论界早就注意到阿赫玛托娃常常把句号打在一行的中间,她尤其喜欢把一个句子的第一个词放在上一行的末尾,如:

> 我只播种。收获
> 别人会来。那有什么!

或

> 我从门缝中看着。偷马贼
> 在小山脚下点燃篝火。

这样就把行末(或句首)的一个词从整个节奏行列中突出了。"②诗人布罗茨基从另一个角度谈得更内行、更深刻,也更知其个中奥秘:"……当人物以同样的节奏谈论她感情的波澜,醋栗的开花,把左手套戴上了右手,这就淡化了节奏——诗里称作格律——使人忘却它的由来。换句话说,节奏的重复变成了不断变化的内容的附庸,为所描写的事物提供一个共同的特点;它不再是某种形式,而成为表达方式的一种规范。"并进而指出:"节奏的重复和内容的多变之间的关系或迟或早总会发生——在俄国诗歌领域,它是由阿赫玛托娃,或者更精确地说,是占有这个姓名的那个人实现了。人们很自然地会想到,这个人物的内在部分可以听见语言的节奏而感受到这些各不相同事物之间的关联,她的外在部分则可以从她实际高度的有利视点向下俯瞰这些事物之间的关联。她将原本已结合在一起的两个部分融汇起

---

① 《阿赫玛托娃诗选》,王守仁、黎华译,漓江出版社,1987年,第20—21页。
② 许贤绪:《20世纪俄罗斯诗歌史》,上海外语教育出版社,1997年版,第61—62页。

来:在语言里,在她的生活环境中……"①

综上所述,阿赫玛托娃是一位在爱情诗的内容与形式方面均有大胆创新的女诗人,不愧为"20世纪的萨福",堪称"俄罗斯诗歌的月亮"。

第七节 独特的"长诗"
——也谈阿赫玛托娃的《安魂曲》

如前所述,阿赫玛托娃的早期诗歌大多是爱情诗,她以本人的切身经历为题材,咏叹身边发生的一切情况,展示女性心灵的隐秘,生动真挚,细腻感人。因而她的诗被称为"室内抒情诗",她本人也被称为"俄罗斯的萨福"或"20世纪的萨福"。②但20世纪20年代以后,诗人经历了苏联的"大清洗"、第二次世界大战、苏联的"解冻"等重大历史事件,见证了俄罗斯历史的发展过程,亲历了人民的苦难和时代的悲剧,因此,诗歌内容从早期的吟唱爱情更多地转向反映社会问题、人间苦难,而最能反映人间苦难的诗歌,则是其著名的《安魂曲》。这是一首独特的"长诗",其独特之处体现在以下几个方面。

一、篇幅与体裁独特

《安魂曲》虽然被称为长诗,但篇幅并不长:它由4行题诗、代序、献辞、序曲和12首(或13首)短诗——写于不同年代的10首短诗(第10首又包括2首四行短诗)以及2首短诗组成的尾声——构成。全诗的诗行全部加起来,还不到200诗行,代序则是只有不足100字的散文,因此,历来被称为"小长诗",堪称独特。更为独特的是,学界对其体裁看法不一,有人认为它是抒情长诗,有人则称之为叙事长诗,另有人把它当成组诗。

如上所述,《安魂曲》诗歌部分主要由题诗、献辞、序曲和12(或13)首短诗构成。逐一考察,这些诗每首都可以说是抒情诗,此处略举一例便可见一斑,如长诗之五:

　　整整十七个月,我都在高喊,
　　千呼万唤喊你回家。
　　我曾跪倒在刽子手脚前,
　　你是我的儿子,我的惧怕。
　　一切都已永远颠倒混乱,
　　究竟谁是野兽,谁是人,

---

① [美]布罗茨基:《哀泣的缪斯》,《从彼得堡到斯德哥尔摩》,王希苏、常晖译,漓江出版社,1991年,第445页。
② 详见曾思艺:《爱情诗艺术手法的创新——试论阿赫玛托娃的早期诗歌》,《邵阳师专学报》2001年第4期;或见曾思艺:《俄国白银时代现代主义诗歌研究》,湖南人民出版社,2004年,第312—341页。

> 而今，我已无法分辨，
> 判处死刑还要等待多少时辰。
> 只留下落满尘土的鲜花，
> 香炉叮当的声响，还有那
> 不知去向的足迹。
> 一颗巨大的星星
> 直逼逼地瞪着我的眼睛，
> 用压顶的毁灭把我威逼。①

这首诗就是面对唯一而又心爱的独子在人妖颠倒的时代无辜被捕，而且面临着死亡的威胁，几乎是直抒胸臆般地表达了自己的恐惧之情。再加上长诗所运用的一些艺术手法，如耐曼指出的，"另外一个人"代替"我"或者和"我"一起的人称转换手法，在诗人早期诗歌中已经出现过，《安魂曲》诞生前诗人就掌握了在抒情诗绝对完整和统一框架内创造这种对话的高超的艺术技巧，只是《安魂曲》中这种艺术手法不仅以诗人先前所掌握的炉火纯青的形式被展现出来。而且又以另一种完全崭新的形式被展现出来。而且诗人为长诗取名《安魂曲》，也具有浓厚的抒情意味，首先是大众文化的意义，其次才是宗教的意义，按作者的意图，读者在接受它时大概会联想到音乐演出中的安魂乐曲（莫扎特、威尔第），而不是联想到教堂中的安魂弥撒。② 此外，后文所说的大量的宗教用典、象征手法，则使长诗更富抒情色彩。

但也有学者认为，这是一首叙事长诗，如辛守魁称之为"叙事长诗《安魂曲》"③，阿曼达·海特虽没有直接称之为叙事长诗，但显然认为它是这类诗："《安魂曲》不单单是串在一根轴上的一系列诗歌，而且是某种有机的整体，它以纪实般的准确性刻画出苦难历程中的所有阶段，诗人用这些阶段标识自己的生活和创作状况。"④

另有学者干脆认为它就是"组诗"："这种精神的压抑与痛苦，糅合成俄语最伟大的组诗《安魂曲》。"⑤汪剑钊也认为《安魂曲》是"组诗"⑥。

其实，《安魂曲》的独特性就在于它既可看作抒情长诗，也可称为叙事长诗，更可视为组诗——它本身确实是由一首首短诗构成。正因为如此，俄国一些学者在论述中有比较模糊的表达，如帕甫洛夫斯基，一方面声称"三十年代的阿赫玛托娃

---

① 本节所引《安魂曲》中的诗句，均由曾思艺译自[俄]阿赫玛托娃：《安魂曲》，纽约，1969年，并参考了莫斯科，2002年；或见顾蕴璞、曾思艺主编：《俄罗斯抒情诗选》，商务印书馆，2017年，第542—554页。
② [俄]阿纳托利·耐曼：《哀泣的缪斯：安娜·阿赫玛托娃纪事》，夏忠宪、唐逸红译，华文出版社，2002年，第294、297页。
③ 辛守魁：《阿赫玛托娃》，四川人民出版社，2003年，第416页。
④ [英]阿曼达·海特：《阿赫玛托娃传》，东方出版中心，1999年，第134页。
⑤ [英]伊莱因·范斯坦：《俄罗斯的安娜——安娜·阿赫玛托娃传》，马海甸译，上海译文出版社，2013年，第207页。
⑥ 汪剑钊：《阿赫玛托娃传》，新世界出版社，2006年，第139页。

不论作为诗人,还是作为公民,她的主要成就就是她的叙事长诗《安魂曲》的创作,它直接地反映了'大清洗'的年代——描写了深受迫害的人民的苦难",另一方面又认为它是抒情长诗:"她写出了类似于赞美诗般的《安魂曲》。"①

二、写作与发表独特

20 世纪 30 年代,斯大林为了清除政敌、巩固个人的独裁统治,在全国范围内采取了大范围的大清洗——恐怖的"肃反运动"。他擅自破坏社会主义司法制度,以"莫须有"的罪名,将大量红军军官、政治委员、知识分子和艺术家等处决、流放或者驱逐出境。在叶若夫任内务部委员时,肃反尤为凶残。举国上下陷入巨大的恐慌中,正常的社会生活几乎崩溃,逮捕、流放、处死的人数极其惊人。一种说法是,从 1930 年至 1950 年的 20 年间,据统计共有 78 万人被处以死刑,377 万人遭到政治迫害。另一种说法是,光是 20 世纪 30 年代的"大清洗",被逮捕、流放、处决的人数高达 500 万以上,其中大多数都是党、政、军的高级领导干部、知识分子和社会精英,仅 1937—1938 年间被处死的,据赫鲁晓夫承认,就有 681692 人,对这次大清洗死亡人数的最保守估计也有 140 万之多,而这几年被捕的作家约有 6000 人,占作家协会成员的三分之一。②

1935 年,阿赫玛托娃唯一的儿子列夫仅因在大学就读时私下里读过讽刺斯大林的诗,就被逮捕,关进监牢。虽经多方努力,最后被释放,但这种逮捕先后持续了三次——1935 年、1938 年、1949 年,被流放共计 14 年。1938 年,她的第三任丈夫普宁又无端地被认为是"反苏分子"而被捕。因此,英国哲学家以赛亚·伯林指出:"当时,她丈夫和儿子都被逮捕并被送往劳改营流放……棺材高悬在苏联各城市上空,这里几百万无辜的人遭到严刑拷打和枪杀。"③

就是在这么一种黑云压城城欲摧的"肃反运动"背景下,阿赫玛托娃面对自己和人民的苦难,不吐不快,写诗悼念无辜的受害者。但在当时严酷的环境下,这样的诗歌不仅无法出版,即使传抄手稿也会惹来杀身之祸。特定时代于是产生了独特的写作方式:阿赫玛托娃构思成熟,就把诗写在小纸片上,然后把其中的单独几行诗给信得过的朋友看,让他们帮助记忆,当她确定读诗的人记住了这些诗句时,就把纸片烧掉。莉季娅·丘科夫斯卡娅对此有颇为具体生动的记载:"安娜·安德烈耶夫娜来看我时,同样不敢小声向我朗诵《安魂曲》中的诗句,可是在喷泉街她自己的家里时,她甚至连悄声细语也不敢。说着说着话,她会猛不丁地打住话头,用

---

① [俄]帕甫洛夫斯基:《安·阿赫玛托娃传》,守魁、辛冰译,四川人民出版社,2000 年,第 161—162、158 页。
② 以上材料综合参考了以下著作的数据材料:陈启能:《苏联肃反内幕》,社会科学文献出版社,1998 年,第 1—23 页;辛守魁:《阿赫玛托娃》,四川人民出版社,2003 年,第 207 页;[俄]帕甫洛夫斯基:《安·阿赫玛托娃传》,守魁、辛冰译,四川人民出版社,2000 年,第 3 页。
③ 转引自辛守魁、阮可之:《伟大诗人的惊人勇气——初读阿赫玛托娃的〈安魂曲〉》,《沈阳教育学院学报》2008 年第 4 期。

眼睛向我指指天花板和墙壁,抓起一张纸和铅笔,然后又大声说一句上流社会常说的话:'喝茶吗?'或是:'您晒得可真黑呀。'随后,疾速在那张纸上写满了字,把纸递给我。我把那纸上的诗句默读了一遍又一遍,直到背会了,才默默地还给她。'今年秋天来得早。'——安娜·安德烈耶夫娜大声说着,划了根火柴,凑着烟灰缸把纸烧掉。这都成了一种模式:手、火柴、烟灰缸,全都是一套美好而又可悲的程式。"她还具体谈道:"安娜·安德烈耶夫娜抄写了《疯狂已如翅膀一般》(即《安魂曲》第九首《疯狂早已振翅猛抖……》——引者),待我读完,即就着烟灰缸烧掉了。"①就这样,全部诗作仅仅保存在诗人和七个密友(一说十个)的记忆中,绝不留一点儿文字记录。这种独特的写作方式,的确不是一般人可以做到的。

《安魂曲》的发表也比较独特。全诗主体部分于1935—1940年完成,诗人在"解冻"后相对不那么严酷的年代里,于1962年把几位密友先后约来,让他们共同回忆《安魂曲》的诗句,把密友们和自己记忆中的诗歌加以核对、认定,亲自把它们写到了纸上,形成一部长诗《安魂曲》。但代序却写于1957年,而第一首短诗则写于1961年。据诗人好友列沃尔德·班丘科夫说,序曲是在1962年列入《安魂曲》的;据另一女友柳鲍夫·达维多芙娜·波尔申卓娃说,尾声是阿赫玛托娃在1964年刚刚写出并给她吟诵过的。也就是说,《安魂曲》在1962年已基本定型:"基洛夫被杀后,在斯大林策划的政治暗杀最激烈的时候,阿赫玛托娃创作了30首诗歌来悼念无辜的受害者,同时揭露杀害他们的刽子手。一些没有政治倾向性的诗歌(如《一句话像石头落了地》《疯狂张开了翅膀》[即《疯狂早已振翅猛抖……》——引者])甚至发表在刊物上。从这30首诗歌中,她挑选出创作于1935—1940年间的14首诗歌②,1957年在此基础上增加了散文体的《代序》,1961年增加了《我们没有白在一起过穷日子》一诗中的一节做为题词。……《安魂曲》的打印稿在1962年被介绍给了更多的朋友和熟人,其中包括新朋友和一些年青的朋友,同时被推荐给《新世界》杂志③。在那儿由于多种原因它没有出版,但是1963年在'预先没有通知作者也没有征得作者同意'的情况下,它却被慕尼黑的'外国作家协会'以单行本的形式出版了。"④而它在俄国与广大读者见面,则"直到诗人死后二十二年,它才首次问世——这已是1988年了,而且一下子出版了两次:在《十月》杂志(1988年第三期)和《涅瓦》杂志(1988年第六期),1989年它才收入在列宁格勒出版的一卷

---

① [俄]莉季娅·丘科夫斯卡娅:《诗的隐居·阿赫玛托娃札记》,张冰、吴晓都译,华夏出版社,2001年,第7、90页注释②。
② 此处作者计数有误,并非14首短诗,而是12(或13)首短诗。
③ 之所以投给《新世界》杂志社,是因为该杂志主编是诗人特瓦尔多夫斯基,他思想比较开放,且是阿赫玛托娃诗才的崇拜者。然而,1962年12月16日,书刊检查官戈洛万诺夫看过《安魂曲》的校样后在自己的日记里指出:"它不适合出版。"因而未能面世。
④ [俄]阿纳托利·耐曼:《哀泣的缪斯:安娜·阿赫玛托娃纪事》,夏忠宪、唐逸红译,华文出版社,2002年,第292—293页。

本的阿赫玛托娃集中"①。

三、思想与内容独特

如前所述,《安魂曲》包括题诗、代序、献辞、序曲和 12(或 13)首短诗,它们反映了与当时歌功颂德的作品截然不同的独特内容——表现"大清洗"时代人们的苦难。

《安魂曲》的题记是四行短诗:"不,既不是在异国的天空下,/也不曾受他人的翅膀遮庇,/在人民遭受不幸的国家,/我曾与我的人民站在一起。"表明了自己在极其艰难的年代,没有背弃自己的祖国,更没有到异国他乡寻求庇护,她选择了留下,与不幸的人民站在一起,共同经受和承担苦难。

《代序》则用散文交代了创作这首诗的原因。1938 年 3 月 10 日,诗人的儿子列夫·古米廖夫无辜被捕,被关押在列宁格勒的监狱中。诗人极力营救未果,只能一次次地排队探监送东西,就这样在监狱外等候探望儿子,排过 17 个月的队,站立了整整 300 个小时。有一天排在她身后的一个嘴唇发青的妇女认出了她,便在她耳边悄声问道:"这情景您能描写吗?""能。"诗人毅然决然地承担了诗人的天职,肯定、有力地答道。这简单的承诺,给了黑暗中探索正义、追求真理的人民最后的希望,她看到这位妇女的脸上掠过了曾经有过的一丝笑意。

《献辞》描写了探监的母亲们沉痛的心情,并以其作为《安魂曲》的抒情主人公,从而以所有妇女巨大的悲剧命运为全诗开头并且定下全诗的基调。尽管群山为此低下头颅大河为此停止流动,但监狱的大门紧关,只听到钥匙可恶的哗哗响声和士兵重压压的脚步声。"我们"像奔赴晨祷一样赶早去监狱门口守候,希望之歌在远方吟唱。回忆当时听到判决,"我"泪飞如雨,心似刀绞,步履踉跄。由此联想到两年来结识的、失去自由的姐妹们,不知她们如今在哪里?"我"想给她们送上临别时的致意。诗人对她们的致意,源于她们共同承受的这份苦难。

《序曲》描写了被判罪者的悲惨情形。在鲜血淋淋的皮靴践踏下和囚车黑污污的车轮的压碾下"无辜的俄罗斯在抽搐挣扎"的大背景中,那些被判罪的人们走在一起,痛苦把他们折磨得痴呆笨拙,火车还要把他们带到远方。

正义的前几首写道,就在拂晓的时候,"我"的儿子也被抓走。"我要以射击兵的妻子们为楷模,到克里姆林宫塔楼下长号悲啼。"这哭声,曾经响彻在 1695 年彼得一世处决射击兵的红场;这哭声,也暗含着诗人在 1935 年奔赴克里姆林宫找斯大林请求赦免儿子。"我"身患疾病,孤苦伶仃,丈夫已死,儿子在坐牢,不再是富有个性的女人,也不再是朋友们的宠儿,更不是皇村学校那个快乐的叛逆者,而是第 300 号前来给犯人送点衣物的探监者。"我"知道,大墙背后有多少无辜生灵涂炭。

---

① [俄]帕甫洛夫斯基:《安·阿赫玛托娃传》,守魁、辛冰译,四川人民出版社,2000 年,第 161—162、163 页。

"我"呼唤着儿子,盼望他回家,甚至不惜给刽子手下跪。但是黑白已经颠倒,人兽难以分清,"我"只有忐忑不安地等待判处死刑的消息。死亡之星似乎时时都在发出威吓,"我"不能不日日夜夜牵挂儿子的生死安危。

1939年8月17日是母子俩离别的日子,列夫被流放到北极圈内的诺尔斯克劳改营,阿赫玛托娃心如刀割,写下了《判决》。判决终于来临,如一块巨石落在"我苟延残喘的胸口"。但"我"早已准备就绪,不论怎样"我"都能承受。从今以后,"我"有很多事情要做:要连根拔除记忆,要把心儿变成石头,要学会独自一人重新生活。

《致死神》表明:"我"在等待死亡,无论是毒气弹、惯偷、伤寒病菌还是瞎编的故事,不管死神以何种面目出现,都不能吓倒"我"。"我"心中只留下儿子那双蓝光闪闪的眼睛,它们遮住了种种恐怖的场面。"我"向死神乞求,哪怕让我仅仅带走儿子那恐惧而沉默的眼神,或是那来自远方的温馨慰语,但它什么也不允许我随身带走。这一部分中有两种声音。一种声音充满疯狂、苦难和焦虑不安;而另一种声音却神秘、静默而又安详,那是让母亲"大彻大悟"的神启。两种不同的声音、力量,相互对抗、冲撞,形成一股强劲的张力,一起将诗歌推向高潮——《钉上十字架》。

《钉上十字架》附有《题词》:"别为我哭泣,母亲,在我入殓的时分。"它摘引自教堂圣歌,奠定了诗节庄严肃穆的基调。这是用儿子的口吻写成的两个篇章。"我",作为被钉在十字架上的儿子,忍受着地狱般的折磨,听天使在颂扬伟大的时刻,并看见烈火熔化了天穹,"我"埋怨父亲:"为什么把我抛舍!""我"劝慰母亲:不要为我泪下如雨。然而,"母亲默默站立之处,没有谁敢投去自己的目光"。

《尾声》的第一部分用音乐的旋律再现了"我"观察到的监狱高墙下排队等候的人们形象:憔悴的面容、惊恐的神色、骤然从浅灰和乌黑变成银白的鬓发和凋萎的微笑。"我"并非为自己一个人祈祷,"而是为和我一起站立的所有人"。第二部分则进一步升华。"我"多么希望——报上她们每个人的姓名,"但名单已被夺去,早已无从查清"。但无论何时何地,"我"都不会忘记她们,我的嘴巴"曾为亿万人民的苦难而大声疾呼",即便有一天被封堵,她们也会怀念"我",倘若有那么一天有人想为"我"建立纪念碑,请不要把它建在"我"出生的海滨,也不要建在皇村,而是建在"我站立过三百小时的地方"。

《安魂曲》在思想上的独特之处主要有二。

一是在那样一个可怕的年代,诗人竟然大胆地把斯大林暗喻为专制独裁、残酷镇压的彼得大帝和尼古拉一世。长诗在《序曲》中写道:"我要以射击兵的妻子们为楷模,到克里姆林宫塔楼下长号悲啼",这里,借用历史——1695年彼得大帝镇压发动政变的射击军,四千人中被绞死于莫斯科红场和流放的近一半,他们的妻子、父母在等待判决时,曾在莫斯科克里姆林宫的塔楼下痛哭。随后,诗人在《献辞》中借用普希金《致西伯利亚囚徒》一诗的语典"我自由的歌声,会传进你们苦役犯的洞窟",并在《致死神》中用"北极星"象征十二月党人,进而影射斯大林是专制暴君尼古拉一世。

二是独特地用个人的苦难来代表人民乃至人类的苦难。如上所述,在《安魂曲》中,诗人直接或间接地反映她作为社会一分子所经历的社会事件,思考由这一事件的悲剧性引发的社会问题,表现整个环境内的人们对公正和正义的祈求。诗人将这一有广泛影响的社会事件作为自己创作的主题,并积极关注遭遇不幸的人们和同他们相关的一切,思考在这样残酷的现实社会中生命的卑微和脆弱、国家的前途和命运,从而努力使自己的创作包含丰厚的社会内容和深刻的思想内涵。诗歌中反映的事实和表达的情感不仅属于阿赫玛托娃一人,而且属于遭遇不幸的所有受难者和整个俄罗斯,具有深刻的社会意义。因此,汪剑钊指出,《安魂曲》的主题是以个人的苦难来折射民族的灾难和不幸,在谴责刽子手的卑鄙和残暴的同时,歌颂了受难者的崇高与尊严。① 林咏进而指出,诗人超越了自我的局限,将自传性的诗章赋予了千千万万的母亲们,赋予了整个受难中的人民大众,使得诗歌代表了最大多数人的心声,具有了普遍性。《安魂曲》的《献辞》,以所有妇女心头巨大的痛苦起笔,记述了她们探监的沉痛,并将她们定格为《安魂曲》礼赞的直接对象,诗人"要把临别的那一份敬意给她们捎去"。诗人对她们的敬意,源于她们对这份苦难的担当和不假辞色的承受。诗人与她们也因这共同遭遇的命运而融为一体。《尾声》中诗人更是站在俄罗斯民族历史的高度,代表亿万人民,为大清洗中的被迫害者,为人类劫难中所有无辜者、牺牲者建造纪念碑,以宗教奠祭的仪式悼念和追忆亡魂。②

正因为如此,多年以后,当诗人把《安魂曲》读给俄罗斯当代著名作家亚历山大·索尔仁尼琴听时,后者叹息道:"遗憾的是,您的诗中只写了一个人的命运。"女诗人立即反驳道:"难道通过一个人的命运就不能表现出千百万人的命运吗?"③也正因为如此,在逝世不久前写的小传《我的简历》中,阿赫玛托娃自豪地宣称:"诗歌连结着时代,连结着我的人民的新生活。我写诗的时候,我生命的节奏与我国英勇的历史的节奏是一致的。我很幸福,因为曾经生活在这样的年代,亲眼目睹了那些无与伦比的事件。"④

四、结构与手法独特

如前所述,《安魂曲》主要是在 1935—1940 年间创作的,它的献辞、序诗、代序等等,更是创作于不同的时期,这就决定了其结构的独特性。第一,这是一首由不同时间创作的诗歌构成的组诗;第二,这是由不同时期创作的诗歌乃至散文构成的独

---

① 汪剑钊:《阿赫玛托娃传》,新世界出版社,2006 年版,第 145—146 页。
② 林咏:《俄罗斯悲剧命运的承担者——幸福的阿赫玛托娃》,《宜宾学院学报》2005 年第 5 期。
③ [俄]莉季娅·丘科夫斯卡娅:《诗的蒙难·阿赫玛托娃札记(1952—1962)》,林晓梅等译,华夏出版社,2001 年,第 500 页;亦可见辛守魁:《阿赫玛托娃》,四川人民出版社,2003 年版,第 418 页。
④ [俄]阿赫玛托娃:《我的简历》,《阿赫玛托娃诗文集》,马海甸、徐振亚译,安徽文艺出版社,1999 年,第 292—293 页。

特长诗(其代序是散文体的)。可以说,这首独特的长诗具有异常明显的片断性。不过,《安魂曲》虽然各首诗分别写于不同的时间年代,由不同的片段组成,具有明显的片断性,但整组诗是围绕大清洗下人们的苦难这同一事件展开的,在时间上有内在的先后顺序,同时全诗的整个感情基调是统一的,此外,开头的献辞部分和结尾部分在内容上的一致,使得整首诗首尾呼应,结构严密。

长诗的手法也颇为独特。

首先,它借用宗教内容作为象征,使诗歌内涵更深广,含义更丰富。安魂曲是一种特殊的基督教弥撒曲,是其在悼念死者、超度亡灵的祭奠仪式中,演唱的圣乐套曲。安魂作品以抚慰和祈祷为主。诗人选用安魂曲作为诗歌的标题,使得这首组诗包含了浓厚的宗教色彩。更重要的是,诗人在长诗中运用宗教形象、借用宗教的普世观反衬极权专制的残酷,以受难者与耶稣对照,暗示这不是一个人的苦难,而是全民族的苦难乃至整个人类的苦难。从而将个人的不幸升华为国家民族乃至人类的不幸,把母亲的形象从个体的母亲升华到全俄罗斯、全人类的母亲,颂扬了母性的伟大与崇高,同时反衬整个民族的不幸是人类无可估量的悲剧。从而使这首安魂曲不仅是倾诉诗人个人的不幸遭遇,同时也是对所有在大清洗中无辜牺牲者们的悼念,深刻地体现了诗人的爱国主义情操和人道主义情怀。尤其是长诗的第十首《钉上十字架》中,出现了一系列的宗教意象:十字架、天使、天穹、耶稣、耶和华、玛丽亚、玛格达琳娜和门徒等等,用《圣经》中耶稣、圣母玛丽亚来隐喻灾难中的儿子与母亲,充满了神圣悲壮的气氛。诗歌以耶稣隐喻"儿子",以圣母玛丽亚献出耶稣,隐喻母亲为时代的罪孽献出儿子的壮举。抒情主人公形象由一个母亲上升到了成千上万的母亲们,诗歌代表了受苦受难的广大民众,代表了人民大众的心声,具有了普遍性和人类性。因此,帕甫洛夫斯基指出:"在阿赫玛托娃笔下,扩大所描写事件意义的艺术方法之一就是采用《圣经》的情节、类比和联想","《圣经》中的形象和基调使诗人有可能极大地拓宽作品的时间和空间,以便表现在国内占上风的恶的力量,它同全人类的最大悲剧完全相关"①。

对此,金洁有颇为具体而又全面的论述。金洁指出,诗人选择了"安魂曲"来命名,使得这首组诗包含了浓厚的宗教色彩。东正教中的安魂曲是救赎的歌谣,给死去的人唱安魂曲,使他们能够在地下安息长眠。诗人在诗中直接面对死亡,用声音抚慰尘世中的受难者。面对国内大清洗中很多的受害者,诗人选择了"安魂曲"为他们安魂祈祷。诗中的抒情主人公是一个虔诚的正教徒,是一个饱经沧桑的妇女,但她代表的则是俄罗斯千千万万受苦受难的母亲和妻子的形象。她像耶稣一样肩负着救赎的沉重使命。背负十字架的路途是何等的艰辛,耶稣每走一步都是为了救赎人类、洗去人类犯下的沉重的罪孽。在第十章节《钉上十字架》中,诗歌中的女主人公肩负着救赎的使命,她忍受着所有的苦难与不幸,她代表了俄罗斯民族的所

---

① [俄]帕甫洛夫斯基:《安·阿赫玛托娃传》,守魁、辛冰译,四川人民出版社,2000年,第157、144页。

有妇女:"玛格达琳娜颤栗着悲恸不已,仁爱的信徒如同一具化石,母亲默默地站立的地方,谁也不敢向那里看上一眼。"她的坚守表达了坚定的信念:女主人公依旧每天站在监狱门前,她虔诚的信仰和坚定的信念,甚至把仁慈的圣母玛丽亚也感动得悲痛万分。而每天都有很多妇女默默地在监狱门前排队,这分明就是一个无声的控诉,以至于谁也不忍心去看如此悲壮的场景。

金洁进而指出,《安魂曲》的抒情女主人公是一个失去亲人的母亲,她很痛苦,就像玛丽亚因耶稣,俄罗斯因她成千上万个牺牲了的孩子。在这部巨作中,阿赫玛托娃笔下所有人物,已不再是具体的人物,我们所能感受到的只是一个清晰的概念,那就是俄罗斯所有的母亲,俄罗斯的全体人民。阿赫玛托娃诗歌的抒情主人公已经由一个心怀祖国的爱国主义战士成长为一个胸怀祖国胸怀天下的神圣的母亲,这不是一个普通的母亲,是心怀俄罗斯未来的母亲,是心怀俄罗斯全体人民命运的伟大母亲。因此,《安魂曲》"是俄罗斯的,是时代的,是所有人的安魂曲",这首长诗的主题则是以个人的苦难来折射民族的灾难和不幸,在谴责刽子手的卑鄙和残暴的同时,歌颂了受难者的崇高和尊严。诗人以《圣经》的内容为写作的主要表现形式,让虔诚的女信徒作为诗中的抒情主人公,从而使整个诗歌像一部控诉没有人道主义的社会的历史小说。有的批评家指出,阿赫玛托娃的《安魂曲》"是具有最崇高的痛苦力量的诗篇,同时也是人类的文献"。阿赫玛托娃从母性心理角度出发,把东正教中的"圣母"形象与蕴含着母性因素的祖国大地联系在一起,使民族命运的悲剧意义更加浓厚,其悲壮色彩显得更加庄严,突出地表达了一个虔诚信仰东正教的女诗人的爱国主义情怀尤其是人道主义情怀。①

其次,《安魂曲》借用了俄罗斯民间文学的一些手法。这主要表现在俄罗斯民间古代哀悼题材文学形式的运用、口语体的运用,大量拟人、比喻、对比、设问等民间常用修辞手法的运用,以及一些富含一定象征意义的颜色、数字的运用,等等。对此,帕甫洛夫斯基有颇为精到的论述。他指出,阿赫玛托娃的《安魂曲》是真正具有人民性的作品,这不仅是指这一意义的:它反映和表达了伟大的人民悲剧,而且也在于其诗的形式:接近于民间的送别曲。由平平常常的,如阿赫玛托娃写到的、"听到的"话语所"编织起来的"叙事长诗以极大的诗和公民的力量表现出了自己的时代和人民的苦难心灵。②

再次,人称不断转换。俄国学者耐曼指出,长诗中抒情主人公的人称时常转换,阿赫玛托娃时常变换观察女主人公的立场,在一首诗那浓缩的空间里时而称女主人公为"我",时而称之为"她"(Ⅱ),在接下来的三首中(Ⅲ、Ⅳ、Ⅴ)从"我"转为"你",再重新转为"我"。准确地说——跟在诗人后面的——既是"我"又是"另外一个人"(Ⅲ)。"另外一个人"也是站到探监队伍中成为队伍一分子,与"我"站在同等

---

① 金洁:《阿赫玛托娃组诗〈安魂曲〉中的东正教思想》,《内蒙古师范大学学报》(哲学社会科学版),2007年第6期。
② [俄]帕甫洛夫斯基:《安·阿赫玛托娃传》,守魁、辛冰译,四川人民出版社,2000年,第177、158页。

地位上的一个人。① 在一首不到 200 行的小小长诗中，人称有如此多次的转换，这种艺术手法不仅新颖而独特，具有极大的创新性，而且相当出色地借此使抒情主人公成为普通人和大多数备受灾难的人民群众的代言人，表达了受苦受难民众的普遍心声。

综上所述，《安魂曲》的确是一部相当独特的长诗。

第八节　20 世纪的苦难：诗的见证
——也谈《没有主人公的叙事诗》

《没有主人公的叙事诗》是阿赫玛托娃晚期也是其整个创作的代表作，全诗分为三部：第一部《彼得堡故事》（也叫《一九一三年》），第二部《硬币的背面》，第三部《尾声》。这部叙事长诗的创作时间主要是 1940—1946 年，但对长诗的修改一直延续到 1965 年，"总计起来，这持续了 25 年的时间，即贯穿诗人创作生涯的后半部"②。

这部虽然不是太长的长诗（除散文文字外，只有 750 余行）内容颇为丰富，理解颇为不易，人们有不太相同的理解，以致早在 1944 年诗人就写下以下文字："关于《没有主人公的叙事诗》的一些曲解和谬读经常传入我的耳中，甚至还有人劝我把这首长诗改得更明白易懂一些。我拒绝这样做。这首长诗并不包含任何第三种、第七种和第二十九种含义。"③但实际上，由于长诗的创作和修改的时间长达 25 年，再加上诗歌独特的艺术手法（大度跳跃、象征等等——诗人在诗中也明确说自己采用显影的密写墨水写作，而且自己的这个"首饰锦匣可有双层底"），使得这部被称为诗人最长也最重要的作品想象和理解的空间很大，人们尽可见仁见智，提出各种不同的主题解读。这也是时至今日，人们对这首长诗仍有不同看法的原因。正因为如此，有学者指出："《没有主人公的叙事诗》是阿赫玛托娃篇幅最大的一部作品，它构思绝妙，但同时又难以理解和极为复杂。"④

阿赫玛托娃的好友图霞睿智地指出，《没有主人公的叙事诗》中有两个主人公——时间和记忆。⑤ 莉季娅·丘科夫斯卡娅也认为："阿赫玛托娃的缪斯所特有的历史感在这儿庆祝自身的庆典。这是记忆的节日和盛宴。我们这个时代人的记忆塞满了死尸，这是非常自然的；阿赫玛托娃一代人经历了 1914、1917、1937、1941

---

① ［俄］阿纳托利·耐曼：《哀泣的缪斯：安娜·阿赫玛托娃纪事》，夏忠宪、唐逸红译，华文出版社，2002 年，第 294 页。
② 同上书，第 306 页。
③ 本节中引用的《没有主人公的叙事诗》中的文字，大多由曾思艺译自《阿赫玛托娃抒情诗和长诗选》，莫斯科，1986 年，第 273—300 页。
④ ［英］阿曼达·海特：《阿赫玛托娃传》，东方出版社，蒋勇敏等译，1999 年，第 200 页。
⑤ ［俄］莉季娅·丘科夫斯卡娅：《诗的蒙难·阿赫玛托娃札记（1952—1962）》，林晓梅等译，华夏出版社，2001 年，第 327 页。

年等岁月,作者经历了历史——这就是《叙事诗》力量的源泉。"①楚科夫斯基进而认为:"这部作品贯穿着非同寻常的敏锐的历史感,它写的是主要的东西,这是一部时代的悲剧。"②

俄国学者帕甫洛夫斯基认为,长诗的主题是时代、良心(记忆)。他指出,《没有主人公的叙事诗》的最主要的旋律之一,是重新审视时代的旋律,重新评价有价值的东西,揭露令人艳羡的美满生活的浮华外表的旋律。③ 他进而谈道,时代是长诗的真正主人公,尽管这主人公没有名字;作为阿赫玛托娃许许多多作品的主要心理内容的"无法平静的良心",在长诗中构成了作品的全部情节、全部意义和全部的起承转合。女诗人不仅要为同1913年一道被她所再现出来的年轻时代的迷误承担罪责和没有完成的义务,而且认为自己必须以那些由于时代和环境的原因同她曾联结在一起的人们的名义"付清账目"。因此,这也就形成了长诗结构的多面镜特点。④ 我国学者汪剑钊也认为,长诗的主题是时间,诗人自觉地以一个见证人兼审判者的身份,用冷静、理性和严厉的目光打量着消逝的时间和正在消逝的时间。正是这种特殊的视角,使阿赫玛托娃以更克制的口吻(有时似乎是冷酷地)叙述着人类因放纵、愚昧和疯狂造成的悲剧,瞩目未来,指向人性与良知。⑤

诗人、学者阿纳托利·耐曼更具文化特色地指出:"《叙事诗》是一部20世纪大事件的编年史,是'白银时代'审美原则的体现,是世界文化的一个整体。《叙事诗》还是阿赫玛托娃的诗歌本身的题材、情节和手法的汇编。这里如同目录,她的某些诗集、《安魂曲》、所有大型组诗、某些独立的作品、研究普希金的作品和生平的文献,都以相应的方式重新编码,并且《叙事诗》还为格谢夫式的'穿珠游戏'提供了独一无二的场地。"⑥

受以上观点的启发,我国学者张冰对这首诗进行了颇为深入而详细的论述。他指出,正如阿赫玛托娃的所有诗作一样,她的诗,无论长篇还是短篇,都充满了戏剧性、情节性、故事性,语体多为抒情主人公的内心独白。而在长诗中,就连"心灵独白"也很少见到,全诗几乎都是由一帮说不出姓名的死者和将死未亡之人组成的一个化装舞会、一出闹剧、宛如白银时代艺术界布尔乔亚们的一次欢会:人们来来去去,场景不断变幻,这就给解读这首诗造成了一定难度。其实,这首长诗最重要的主题是回忆。而且回忆的不是什么别的,正是当年曾经轰轰烈烈的"白银时代"。长诗的两个真正的主人公,是"时代"和"记忆"。长诗实际上不是"没有主人公",而

---

① [俄]莉季娅·丘科夫斯卡娅:《诗的蒙难·阿赫玛托娃札记(1952—1962)》,林晓梅等译,华夏出版社,2001年,第115页。
② 转引自辛守魁:《阿赫玛托娃》,四川人民出版社,2003年,第411页。
③ [俄]帕甫洛夫斯基:《安娜·阿赫玛托娃传》,守魁、辛冰译,四川人民出版社,2000年,第207页。
④ 同上书,第226—232页。
⑤ 汪剑钊:《阿赫玛托娃传》,新世界出版社,2006年,第198—203页。
⑥ [俄]阿纳托利·耐曼:《哀泣的缪斯:安娜·阿赫玛托娃纪事》,夏忠宪、唐逸红译,华文出版社,2002年,第320—321页。

是没有特定的主人公。如有,则这个"主人公"不是别人,就是阿赫玛托娃的同时代人及第一次世界大战前的彼得堡文化。长诗的主旨不在于刻画特定人物,而在于表现一个时代,即用艺术手法,再现一个早已不再的文化时代。从这个意义上说,这首诗是文化的"访古"和"怀旧",是一声叹惋和一声悠长的叹息。长诗的回忆时间有三种,它们也是三个时代,分别都有隶属其下的各类符号:第一个时代是白银时代,是"幽灵"们参加化装舞会时共同召唤到诗人意识中的时代。第二个时代,是世界文化的乡愁理念,具现这一时代的符号散见于全诗:浮士德、唐璜、狄安娜、哈姆雷特、铁面具、戈雅、约萨法特山谷、利齐斯卡、马姆夫里亚橡树、梭伦、所多玛的罗得、桑丘·庞沙、卡尔纳瓦王子、科伦宾娜、唐安娜、《骑士的脚步》《彼得鲁什卡》、对马地狱、加百列、靡菲斯特、塔玛拉、马耳他小教堂、波提切利、卡麦农游廊、玛斯广场等等。长诗第三种时间是现在,即阿赫玛托娃开始执笔写作的战火纷飞的年代。以"寂静"为主题词的"第四章——最后一章",其主人公便是"寂静的现在"。此时,欧洲上空已经笼罩了浓重的战争阴云,隆隆炮声似已隐隐在耳,为什么阿赫玛托娃偏偏要说它为"寂静"所辖制呢?什么声音到此归于"寂静"了呢?是文化。而且可以断言:"世界文化的余脉"归于"寂静"了。然而如诗中所说,"正像未来成熟于过去,/过去也在未来中消融"。长诗是文化的悼亡曲,是白银时代的一曲挽歌,是文化的怀乡曲,也是自由的挽歌;是一个真正的诗人在"万马齐喑究可哀"的时代写下的文化悼亡曲,也是万籁俱寂中的一声浅草的低吟。①

笔者翻译了这一著名的长诗后,深有感触,觉得以上说法都有道理,但也不够全面,因为长诗的三个部分虽然都有各自的内容,却都共同表现一个主题:20世纪的苦难。长诗多次写到20世纪,在第三献词中写到"二十世纪为之羞愧的事物",第一部的第三章更是写道:"沿着传奇般的滨河街,/走来了非日历上的——/货真价实的二十世纪。"因而,长诗的三部以不同的内容从不同的角度表现了20世纪的苦难。

第一部《一九一三年》(《彼得堡故事》)主要写知识分子的悲剧:孤独与死亡。这一部有三个题记共四章。三个题记在某种程度上都为这一部定下了死亡、命运虽被注定但前路迷茫的调子,尤其是引自莫扎特歌剧的第一题记"在黎明之前你将停止你的欢笑",更是定下了死亡的基调。

第一章通过新年之夜喷泉屋中的化装舞会,尤其是通过女主人公的内心独白式的抒情叙事,表现了人的孤独寂寞和死亡的主题。女主人公坐在镜子前,也许是在做梦,也许是在按照俄罗斯民间习俗,在对着镜子占卜算命,她虽然深受大家的宠爱,但却深感孤独寂寞。镜子中出现了她1913年朋友们的幻影,他们都化了妆,戴着假面具,来参加非常时尚也很有文化品味甚至具有世界文化特色(不仅有当时

---

① 张冰:《白银挽歌——安娜·阿赫玛托娃〈没有主人公的叙事诗〉简析》,《当代外国文学》2002年第1期。

俄国著名的戏剧理论家梅耶荷德,而且有英国的莎士比亚、王尔德作品中的人物,挪威的哈姆生作品中的人物,更有西班牙塞万提斯作品中的人物,以至希腊、罗马神话中的人物及《圣经》中的人物)的新年化装舞会。其中有两个人物颇为神秘,一个是"没有面孔,也没有名字"的人,另一个是"来自未来的客人"。这一章不仅表现了人的孤独寂寞,也一再表现了死亡的主题,不仅写到象征着人类一代代死去又延续的"枯叶们可怕的节日",而且写到"他们当中只有我一个人活着",更通过神秘的声音表现女主人公将成为寡妇。

第二章通过女主人公的寝室,展现其生活环境与生活方式,更通过其孪生姐妹花科伦宾娜的情爱生活,展示彼得堡的文艺生活,进一步表现人的孤独与死亡主题。女主人公尽管如今声名显赫,但出身平凡,是普斯科夫农奴的后代,她现在有两个追求者,一个是带着塔玛拉的笑容的恶魔式人物(有学者认为这是指勃洛克),一个是龙骑兵皮埃罗。然而,尽管追求者甚众,周围的文艺生活也很高雅、丰富,有巴甫洛娃的芭蕾舞,有夏里亚宾的歌声,还有斯特拉文斯基的舞剧,但女主人公仍旧很孤独,以致往往"只能独自跳舞没有舞伴"。同时,死亡也如影随形般地出现,不仅有皮埃罗"揣着一颗僵死的心灵,带着僵死的目光与骑士团长相逢",还有对马海战中死者的幽灵,更有"宫廷的白骨在起舞婆娑"。

第三章通过1913年彼得堡的情形,展示第一次世界大战前彼得堡的面貌,从更广的角度表现孤独与死亡这一主题。整座城市陷身浓雾,十分孤独,似乎传来死刑前的嘭嘭击鼓声,已预感到明日动荡、战乱、死亡的危机,整座城市成为送葬的城市,只想赶快离开自己的坟墓。

第四章通过克尼雅泽夫的自杀,直接表现死亡主题和人的苦难,或者说20世纪的苦难。引自克尼雅泽夫的题记"爱情消逝了,死的征候开始明晰,正在临近",为这一章定下了基调。龙骑兵少尉克尼雅泽夫因为孤独,更因为无法竞争过声名远振、地位显赫的情敌(勃洛克),就鲁莽地放弃自己未来在第一次世界大战中为国立功、建功立业的可能(波兰的马祖里沼地、蔚蓝的喀尔巴阡高地的战争),而在科伦宾娜的门前开枪自杀了。

整个第一部的四章,通过彼得堡文艺人士的生活,尤其是通过科伦宾娜、克尼雅泽夫的事件,写出了20世纪的苦难:人们都无比孤独,爱情绝望,生活放荡(如科伦宾娜在床上接待客人),最后只有走向死亡。正因为如此,诗人后来声明:"要知道这不完全是她(指苏杰伊金娜——引者),而只是她外现出的轮廓,这是时代的代表人物,而不是她。"① 然而,与此同时长诗也写出了当时文化的活跃性、开放性、包容性乃至世界性(女诗人的同时代人科尔涅伊声称,这首诗使他呼吸到1913年的

---

① [俄]莉季娅·丘科夫斯卡娅:《诗的蒙难·阿赫玛托娃札记(1952—1962)》,林晓梅等译,华夏出版社,2001年,第456页。

空气①），更写出了当时的人还能保持自己的个性，按自己的方式活着或选择死亡，正如英国学者阿曼达·海特所说的那样："第一部分《一九一三年》中所描写的事件与以后发生的一切是相对立的，因为1913年是个人行为就其本身而言还具有某种意义的最后一年，而从1914年开始'真正的20世纪'越来越深地闯入每个人的生活，显然，列宁格勒围困是这种时代闯入人类命运的至深点。如果说，在《尾声》中阿赫玛托娃能够以列宁格勒全市的名义说话，那么这是因为那些与她关系密切的人们的苦难与围困城市的居民的苦难融合在了一起。"②

第二部是《硬币的背面》。标题具有象征意义，按照抛硬币的游戏规则，正面代表赢，背面代表输，由此也可以引申正面代表光明、正面，背面代表黑暗、负面，证之于整个第二部，信然。整个第二部，写的就是苏联30年代社会生活的负面。整个第二部由20多首六行诗构成。前四首表现了第一部给编辑看后，编辑感到太复杂、无法理解，及诗人对此的解释。第五首至第九首，首先指出梦也是一件作品，并以具有梦幻色彩的济慈的诗句（"温柔的慰藉品"）、梅特林克的戏剧《青鸟》以及莎士比亚名剧《哈姆莱特》中老国王鬼魂的出现另加深化，进而指出，昔年的盛况不再："罗马式的午夜狂欢盛景，早已散若云烟"，现在神圣的东西也已不复存在，人们沉入另一种静默与孤独之中："只有明镜梦着明镜，只有寂静守护着寂静。"从第十首开始，揭露社会生活的负面。社会的高压彻底控制了人，甚至时时刻刻在毁灭人："判处公民死刑的盛典，/我已饱览得不愿再览——/请相信，我夜夜都梦见这些"，而我们只能"在磨灭记忆的恐怖中"想方设法"存活下来"，并且把子女抚养成人，但这最大的可能是，只是"为断头台，为刑讯室，为监狱"，也就是说这些被镇压者的子女，长大成人后不会有好的命运，极可能也会被镇压。因此，我们这些20世纪的"疯狂的赫卡柏和卡桑德拉们"只能带着耻辱的冠冕，咬紧发青的嘴唇，以沉默的合唱发出轰响："我们到了地狱的彼岸……"个人完全无法表现自己的个性，要么向官方彻底投降，迎合其需要，"融化于官方的颂歌"，完全泯灭个性，要么让什么事都归罪于敢于不服服帖帖的人，"惨遭禁剿，远胜七重非同小可的罪孽"。在"如此恐怖的景象中我无法歌唱"。但现实的惨状和记忆又使诗人无法沉默，尤其是发源于19世纪浪漫主义的叙事长诗这个"百岁老妖女"，紧缠不放，迫使"我"不能不歌唱。于是"我"只能使用"显影的密写墨汁"，运用"反射镜的原理写作"，亦即运用隐晦、象征、多层次的方法进行写作，而且坚信，像雪莱、拜伦的叙事诗一样，二十年后甚至遥远的未来，会得到承认并获得崇高的奖赏。

由上可知，如果说第一部主要写20世纪的人在精神上的苦难（孤独、自杀），那么第二部则主要写其在一个不正常的社会里的苦难（动辄被剥夺公民权，甚至被处死，没有任何言论乃至人身自由，甚至把子女抚养成人都只是为了监狱、审讯室、断

---

① ［俄］莉季娅·丘科夫斯卡娅：《诗的蒙难·阿赫玛托娃札记（1952—1962）》，林晓梅等译，华夏出版社，2001年，第106页。

② ［英］阿曼达·海特：《阿赫玛托娃传》，东方出版社，蒋勇敏等译，1999年，第206页。

头台)。这就拓宽了长诗描写的生活面,也更深入地写出了人的苦难。

第三部《尾声》,写战争导致人们流离失所,背井离乡,尤其是带来了死亡和毁灭。一开始,就写到被德军围困的列宁格勒,已成为一片废墟,经久不熄的大火还在燃烧,人们被迫离开自己心爱的家乡,疏散到各地:塔什干、纽约……以致"'家'这个让人欢乐的名称,/现在已没有一个人不感到陌生,/所有人都凝望着别人的窗口"。诗人也对哺育了自己的心爱城市彼得堡恋恋不舍。但与此同时,社会的残酷像过去一样依旧在进行,继续把人送进集中营,并严加审讯。这一部分更深入一层,主要进一步写20世纪全人类的苦难——战争给所有人带来的不幸、死亡和毁灭。正因为如此,科尔涅伊认为,这首诗中渗透着一种非凡的、强烈的历史感,涉及重要的事件。这是过去和当今时代的悲剧。①

阿曼达·海特对比了第一部、第二部、第三部,并且指出,为了找到生活的谜底,阿赫玛托娃像往常一样,使用的是自己的生活的原料:她所熟悉的朋友和地方、她自己便是见证人的历史事件,而现在她把这一切置于更为广阔的前景之中,她拿年轻诗人自杀作为新年演出的内容并将年轻诗人这一形象与另一位诗人的形象联系起来。这另一位诗人便是她的密友曼德尔施坦姆,这位有幸成为"真正的20世纪"诗人的人却惨死在这个世纪所发明的劳改营中。阿赫玛托娃从大体上研究诗人这一角色,其中包括自己的角色。克尼雅泽夫在1913年还不能按自己的意志支配命运——他宁愿死去,这是他个人的事。"真正的20世纪"的诗人们,自己国家疯狂和苦难的奴隶,没有可供的选择——就连自愿死亡现在都带上了另一层并非纯个人的目的。他们本人不愿意那样,他们将自己化为国家的"声音",或者是国家的"不言症"。毕竟,他们不顾一切苦难,不舍得拿个人残酷和苦难的命运去换取另一种"平凡的"生活。②

她进而指出,在《叙事诗》的第二和第三部分,阿赫玛托娃叙述了学会生存所需的代价。在《硬币的背面》这一部分中,她说的是那种还不可能被打破的不言症,因为"敌人"等待着的正是这个……在《尾声》中长诗的主人公是彼得堡-列宁格勒,这座彼得大帝之妻"阿芙多季娅皇后"诅咒的城市,陀思妥耶夫斯基的城市,在围困中受难的城市,被阿赫玛托娃视为贯穿"真正的20世纪"这一概念的象征。就像诗人的角色具有全人类的意义那样,个人的苦难和整座城市的苦难连在了一起。当火力扫射之下市民们由于饥饿和寒冷相继死去时,这种苦难达到了极点。然而战争的可怕是所有人共同经受的,大家始终在一起,而不是像镇压时那样,处于孤独之中。直到可怕的悲剧接近疯狂,阿赫玛托娃才离开自己的城市,她能够把一切连接在一起,打破可耻的沉默,成为时代的声音、城市的声音、留在城市中的人和疏散在

---

① [俄]莉季娅·丘科夫斯卡娅:《诗的蒙难·阿赫玛托娃札记(1952—1962)》,林晓梅等译,华夏出版社,2001年,第106页。
② [英]阿曼达·海特:《阿赫玛托娃传》,东方出版社,蒋勇敏等译,1999年,第206—207页。

纽约、塔什干和西伯利亚的人的声音。①

长诗中20世纪的苦难,是通过诗歌来表现的,所以在长诗的代前言中,诗人十分形象生动地用拟人化的手法,写到"叙事诗"在1940年12月26日深夜的不期而至。而要消解20世纪的苦难,需要的是:记忆(如第二部分的题词取自普希金的作品,提出饮忘川水的必要性,"因为我被医生禁止悲苦忧愁"。阿赫玛托娃很钦佩普希金,但在这儿她讽刺性地引用他,她相信人的责任是铭记而不是遗忘。② 铭记即深刻在心牢牢记住,是深深的记忆。)、人性(包括良心或良知、责任)和文化,对此已有众多学者从不同角度进行了颇为全面、深入的论述,兹不赘述。

阿赫玛托娃认为:"所有人即使不读诗也懂得应爱善良,但要让善良使人的心灵震撼,就需要诗歌,而诗歌没有技巧不行。"③在此认识下,诗人既注意诗歌的思想性,更注意诗歌的艺术性,并且不断探索新的艺术技巧,这在《没有主人公的叙事诗》中表现尤为突出。莉季娅·丘科夫斯卡娅指出,这首诗本身非常新颖,新颖到不知这是叙事诗的程度;不只对安娜·阿赫玛托娃的诗歌来说是全新的,对整个俄罗斯诗歌也同样。(也许对世界来说也是全新的……)诗中一切都是首创的:构成某种形式新结构、诗句及对待词语的态度:安娜·安德烈耶夫娜运用了阿克梅派精确、具体、有实物感的词语再现了抽象、神秘的彼岸精神。当然,这是阿赫玛托娃的缪斯固有的特点,但在《叙事诗》获得了新的性质。《叙事诗》太庞杂了,正如诗人说的《黑桃皇后》——环环相扣,层层连接。④

具体来看,这首长诗具有以下新颖、独特的艺术特点。

第一,大度跳跃。如前所述,长诗共三部,第一部写的是1913年的彼得堡,第二部写的是苏联20世纪30年代社会生活的残酷的负面,第三部写的是1942年被德军围困的彼得堡,而且诗人往往从1940年的高度,甚至从未来的高度,就像从塔顶观看一样,俯瞰往昔与过去,这样全诗不仅三部之间时空大度跳跃,而且每一部中也往往在过去、现在、未来之间穿梭(诗人曾在诗中这样宣称:"恰似未来在过去中成熟,过去也在未来中朽腐。"),经常出现大度跳跃。此外,诗歌还在现实与梦幻之间自由切换(尤其是第一部),这也往往构成某些大度跳跃。

第二,文本间性,或曰文本间的暗示。对此,张冰有颇为详尽的论述。他指出,长诗的一个重要的诗学特征,是文本间的暗示。阿赫玛托娃承认,她是彼得堡诗派的传人,晚年更强调她始终都是一个阿克梅派。她的诗歌如考古发掘一样,包含着许多层次。诗中"没有什么是直截了当说出来的"。长诗以许多暗示手法揭示其与

---

① [英]阿曼达·海特:《阿赫玛托娃传》,东方出版社,蒋勇敏等译,1999年,第207—209页。
② [英]伊莱因·范斯坦:《俄罗斯的安娜:安娜·阿赫玛托娃传》,马海甸译,上海译文出版社,2012年,第291页。
③ [俄]莉季娅·丘科夫斯卡娅:《诗的蒙难·阿赫玛托娃札记(1952—1962)》,林晓梅等译,华夏出版社,2001年,第129页。
④ 同上书,第115页。

古希腊罗马悲剧之间的联系。这种手法首先是"陌生化"手法，它具体入微地展示了彼得堡及其城市文化的灭亡和濒临灭亡前的阵痛。长诗以丰富的戏剧术语——听众、朗诵、合唱队、哀乐、舞曲、化装舞会、台词、幕间曲、舞台、山羊腿女人、乐队、第五幕、跳舞——暗示其与戏剧、与芭蕾、与古希腊悲剧的亲缘性。长诗的所有动作，都仿佛是在一出由梅耶荷德执导的现代剧中的演出。可以说此诗是一部模仿和戏拟诗人所度过的白银时代——彼得堡和俄罗斯文化——的舞台剧。长诗的诗句——"我需要的倒竖琴，/不是莎士比亚而是索福克勒斯的竖琴。/命运正在门口，命运已经在临。"在这里，阿赫玛托娃和古希腊悲剧大师一样相信人都受命运的拨弄。悲剧一词的希腊文原意即指"羊人歌"。古希腊人在向狄奥尼索斯祭台上献祭的羊前，歌唱的抒情赞美诗即悲剧的前身。古希腊悲剧多表现神话题材。特洛亚城及其文化的毁灭，即长诗中用以暗示彼得堡及其文化命运的语意载体。阿赫玛托娃又说过："对于那些对彼得堡环境一无所知的人来说，这部长诗既不可解也毫无意趣。"表明时间运行之轨迹的，是象征未来（历史过去时之未来）的"新年的客人"的出现，他注定将取代白银时代诗歌的英雄——亚历山大·勃洛克（"这个人站在那里，是一座/本世纪之初的丰碑"）。由于作者的意图不是塑造特定主人公或人物，而是再现整整一个历史和时代的精神氛围，所以把狂欢化与节庆剧结合起来的萨狄尔剧形式，成为作者革新旧的长篇叙事诗体裁而采取的方向。巴赫金所说梅尼普体的诸要素在此都有所显现——化装舞会、哑剧、狂欢庆典、阴阳对话，等等。比如：与死者的阴间对话（"作为回答的，一声号啕，妹妹，我的小鸽子，我的太阳！让你一个人活在世上，不过，将是我的遗孀，在……是分离的时光！"）；女主人公自始至终处于阴阳两界的交界线和门槛之上（"为了片刻的宁静，/我要把死后的宁静牺牲。"）；女主人公与自己（旧我）的对话关系（"我，一个最安静而纯朴的女人……/可以作证……朋友们，是吗？"）；以及女主人公对死者的批评态度（"我倒不是害怕张扬……对于我/哈姆雷特的袜带勋章算得什么……/……我比他们坚强……"）。文本的自我关涉性，即作者引用文本和文本间的相互呼应。这其中还包括有：一、文本间性，包括作者的自我引用。二、他者话语。三、公众性引文，即一段话语多种出处，但有一种是最主要的，其目的在于提醒读者关注诗的某种背景或氛围，从而走向"潜文本"或"潜台词"。他者话语和人物原型，引导读者深入诗歌文本的"元诗层面"。四、故留空白的写法，为了强化诗的隐喻性、象征性，阿赫玛托娃在诗中故意采用了留空白的写法。五、抒情插笔和离题反溯。长诗中核心情节所占篇幅小到不能再小的地步。可以说，全诗都是采用"迂回"笔法写成。仅从其主要"部件"，即可见出。如构成全诗的，有"两封信""代前言""三则题词""引言""过场""抒情插笔""后记""皇村回忆""尾声""注释""题铭"、省略的情节、日期、散文体独白、地名、历史文化名词，等等。在多处地方，直接描写被零位描写所取代。阿赫玛托娃力求加大历史的信息量，在一块很小的地上，收获尽可能多的粮食。长诗通篇洋溢着浓烈的对过去的怀乡病气息，是一次浪漫主义和感伤主义的神游，她提出了一个严肃的主题,那就是记忆和良心的主题。长诗多数是在文化专制主义盛行时代写下的,是一个诗人对自由的向往。长诗在提醒人们不要忘记过去,似在告诫人们文化传统的中断。这也是人道主义的一声呼求,是人之为人的一个保障。"这就是我,你古老的良心,/在寻找一段故事——它已然烧成灰烬。"这才是构成全诗的核心和促使作者不倦追求的创作内驱力。①

第三,多样合一。这首长诗的确堪称独特,它把戏剧性、抒情性、叙事性熔为一炉。作为叙事长诗,其叙事性当然是不言而喻的,在第一部里尤为明显(最典型的是克尼雅泽夫因为竞争不过情敌而自杀)。叙事长诗的抒情性,是俄罗斯叙事诗,也是19世纪浪漫主义叙事诗的一个显著特征,这首诗歌更为突出,其第二部的20多首六行诗,乃至整个第三部,可以说基本上都是由一首首抒情诗构成。长诗最为独特的是第一部,几乎全是戏剧式的写法,既有大量的内心独白,也有某种潜对话性,还有情敌之间的冲突,甚至还出现了戏剧的幕间曲。全诗非常独特地把戏剧性、抒情性与叙事性融合起来,从而独具艺术魅力,也极为新颖。

第四,史诗特征。对此,汪剑钊有相当深入的论述。他指出,《没有主人公的叙事诗》最具史诗的特征。这部长诗有着非凡的实验性和广阔的沉思域。在徐缓的语调中,诗人不时插入题词、札记和回忆录,让它们散布在抒情的韵脚与节奏中,刻意把文字的艺术含量焊接在历史的现实脊背上。它从1913年的鬼魂假面舞会开始叙述,一直延展到1942年德国法西斯对列宁格勒的围困,反思了世纪初的思想狂欢,分析了文明与暴力的关系,指出包括自己在内的同时代人也应该对世纪的悲剧承担的责任。这部作品充满了时代感和历史感,体现了一种"抒情的历史主义风格"。俄罗斯著名文艺理论家日尔蒙斯基认为:"《没有主人公的叙事诗》实现了象征主义诗人的理想,完成了他们在理论上的鼓吹,而在创作实践上未能做到的东西。"正是这种对史诗艺术的探索,辅之以纯抒情的天性,让阿赫玛托娃得以跻身于20世纪世界诗歌最杰出的大师行列。②

正因为上述几方面的有机结合,使这首长诗内蕴复杂,层次丰富,极富隐喻性和象征性,也充分展示了女诗人晚年的大胆创新和天才的艺术想象。因而英国学者伊莱因·范斯坦宣称:"这是她少有的长诗:复杂,多层次,多隐喻,不像《安魂曲》那样由有联系的抒情诗组成,整体上是想象和虚构的。"③

由于这首诗的复杂丰富深刻的内容和独特、新颖的艺术成就,莉季娅·丘科夫斯卡娅宣称:"没有了《叙事诗》,没有了《安魂曲》及其他若干首抒情诗,还算什么阿

---

① 张冰:《白银挽歌——安娜·阿赫玛托娃〈没有主人公的叙事诗〉简析》,《当代外国文学》2002年第1期。
② 《没有主人公的叙事诗——阿赫玛托娃诗选》,译序,汪剑钊译,敦煌文艺出版社,2014年,第11—12页。
③ [英]伊莱因·范斯坦:《俄罗斯的安娜:安娜·阿赫玛托娃传》,马海甸译,上海译文出版社,2012年,第286页。

赫玛托娃。作为一个真正伟大的诗人,她走过了所有屈辱的年代,慷慨地回应这个时代。"①

第九节 浪漫的灵魂 客观的形式
——试论古米廖夫的诗歌创作

尼古拉·斯捷潘诺奇·古米廖夫(1886—1921),俄国"白银时代"阿克梅派的创始者、领袖、理论家、诗人。短短的一生中,创作15年,留下了《征服者之路》(1905)、《浪漫的花朵》(1908)、《珍珠》(1910)、《异国的天空》(1912)、《箭囊》(1916)、《篝火》(1918)、《篷帐》(1921)、《火柱》(1921)、《蔚蓝的星》(1923)、《遗诗集》(1923)等10本诗集,许多评论、诗剧、长诗、散文和译作。然而,至今我国似还未有一篇研究古米廖夫诗歌的论文发表,只是一些俄苏诗歌史有所介绍,这不能不说是一个遗憾。

综观古米廖夫的整个诗歌创作过程及其诗歌创作,我们认为,古米廖夫并非如一般所说的那样,创作实践与其创作理论不符,倒是以诗歌创作较好地实践了自己的理论主张。在其阿克梅派理论名篇《象征派的遗产与阿克梅派》中,他提出了阿克梅派师法的四位大师——莎士比亚、拉伯雷、维雍和戈蒂耶,并且指出:"这几个名字不是随便选择的。他们每个人都是阿克梅派大厦的一块基石,都是它某个元素的高度张力。莎士比亚向我们展示了人的内心世界;拉伯雷向我们表现的是肉体及其欢乐、睿智的情欲;维雍向我们讲述的是毫不怀疑自己的人生,虽然它无所不晓,既知上帝也知劣迹,既知死亡也知不朽;戈蒂耶在艺术中为这人生找到了几乎无可挑剔的合适衣衫。把这四种成分结合到自身之中,这便是正在把敢于自称为阿克梅派的人相互联合起来的那个理想。"②古米廖夫以其好奇、冒险、幻想的浪漫气质,融合以上四者与法国象征主义和俄国象征派的影响,铸成自己独具一格的阿克梅主义诗歌——既有浪漫主义特色,又有现实主义表征,还有象征主义色彩,更有唯美主义对形式的精雕细琢。具体而言,古米廖夫这种独特的阿克梅主义诗歌,在内容方面表现为浪漫的灵魂,在形式方面则表现为客观的形式。二者本是水乳交融的,为论述方便,特分开阐析。

浪漫的灵魂又包括以下四个方面的内容。

一、心灵的激情。这种心灵的激情在古米廖夫早期和后期的诗中有所区别。早期是一种崇高的、带有梦想色彩的浪漫激情,幻想以征服者的身份历险、征服,如《十四行诗》:

---

① [俄]莉季娅·丘科夫斯卡娅:《诗的蒙难·阿赫玛托娃札记(1952—1962)》,林晓梅等译,华夏出版社,2001年,第74页。
② 《复活的圣火》,理然、肇明译,广州出版社,1996年,第22—23页。

> 如同身穿铠甲的征服者，
> 我走出家门，欢快地上路，
> 有时在快活林中休息投宿，
> 有时则被无底深渊阻隔。
>
> 天空有时朦胧不见星辰，
> 雾很浓……我仍然期待，仍旧欢笑，
> 我总相信我的福星高照，
> 我这个征服者有铁甲护身。
>
> 此生此世如若在劫难逃，
> 如若卸不掉最后一个扣套，
> 那么，怎么死都行，我不挑选！
>
> 我将同它作殊死的搏斗，
> 可能，我会用一只垂死者的手，
> 采撷百合花，它天空般蔚蓝。①

这是一种少年男性渴望征服、向往建功立业的浪漫激情，一种少年式的渴望探索未知、神秘、进行冒险的浪漫激情，它贯穿于古米廖夫的前七部诗集中。

在《我和您》一诗中，他进而写道：

> 是的，我知道我配不上您，
> 我来自另外一个国度，
> 我喜欢的不是弹拨吉他，
> 而是用唢呐吹奏粗野的乐曲。
>
> 我不是在大厅，不是在沙龙
> 向身穿黑色夜礼服的人献技——
> 我朗诵诗篇，是对着天龙，
> 对着山间瀑布和天上的云彩。
>
> 我喜欢像沙漠中的阿拉伯人
> 俯身向着水面，贪婪地汲饮，
> 而不愿做图画中的骑士，

---

① 《当今世界——古米廖夫诗选》，李海译，外国文学出版社，1991年，第5页。

只会望着星空长叹息。

即便我要死去，也不躺在床上，
不在公证人和医生的身边，
而在某处荒野的缝隙，
用茂密的常春藤盖满身躯。

为的是不升入尚未完全开放
只为新教徒收拾整齐的天堂；
而是升入为强盗、为税吏、
为卖淫妇可以高喊"起来"的圣地。①

这首诗在少年式浪漫激情的基础上，表现了一种对无拘无束、自然自由的野性生命力的向往。诗人宣称："我喜欢的不是弹拨吉他，而是用唢呐吹奏粗野的乐曲"，"我朗诵诗篇，是对着天龙，对着山间瀑布和天上的云彩"，而且不愿安安逸逸地老死在床上，而愿四处冒险，死在富有野性生命力的野外。

诗集《火柱》代表后期的变化。卡尔波夫指出："诗集除显露出古米廖夫向现实主义生活的转变（他第一次如此认真地达到了这一步）外，还突出表现了他的满腔热情。这激情在他以前的诗中也能感觉到，可那是某种艺术上的、浪漫主义的激情，而现在，古米廖夫发出的是心灵深处的激情，毫无想象成分的激情，在这里，古米廖夫是痛苦的，实实在在是痛苦的。"②这是一种饱受婚姻家庭之苦、历经时代沧桑、久尝生活酸辛的成年人彻悟后的一种心灵激情，它不再少年气盛，为赋新诗故作态，而是以一种睿智的眼光放眼人间宇宙，领悟生活哲理。他仍想有所作为，有所追求，但不再剑拔弩张，而是外表平和，内心澎湃，一如平静的海面下蕴藏着激流，达到了一种颇高的人生境界，如《第六感觉》：

醇酒美妙地眷恋我们，
上等面包，炉火为我们烘烤香汤，
还有女人，先使我们备尝酸辛，
再让我们享受温柔的欢情。

但面对冷峭天穹玫瑰红的朝霞，
那里有赏心的安谧和超人间的宁静，
我们又能有什么作为，什么造化？
面对不朽的诗行，我们又何以应鸣？

---

① 《俄国象征派诗选》，黎皓智译，浙江文艺出版社，1996年，第521—522页。
② ［俄］弗·卡尔波夫：《诗人尼古拉·古米廖夫》，周舟摘译，《俄苏文学》1987年第1期。

来不及饮食,也来不及亲吻,
一切转眼飞逝,绝不停歇,
我们茫然无措,命中注定此身
错过一切,并一再蹉跎岁月。

像个暂时忘却游戏的小男孩,
在一旁悄悄窥视沐浴的少女,
尽管丝毫不懂什么是情爱,
却仍在隐秘的欲望中痛苦不已。

像曾经有过的那种光溜溜的小动物,
躺在枝繁叶茂的荆棘丛中,
感觉到双翼尚未长出,
意识到自己的无力而长号悲鸣。

世纪复世纪——上帝,不太快了吗?
灵魂大声呼喊,肉体疲惫不堪,
在大自然和艺术的解剖刀下,
正在诞生一个第六感觉的器官。①

著名诗人叶甫图申科指出:"在思想浓度和诗的质感上,像古米廖夫的《第六感觉》一诗这样强有力的杰作,无论在谁那儿都很难找到,只是在极少数人的诗中才可找到。它不仅属于俄罗斯诗歌,而且属于世界诗歌……在这里,古米廖夫的诗有一种丘特切夫,甚至是普希金的力量。是思想化成了音乐,抑或是音乐化成了思想?"②这里仍有激情,但已融合于对世界与人生哲理而诗意的思考之中。

与此同时,对现实的贴近,使古米廖夫力图看清世界,而时代的急剧变化又使他头晕目眩,感到无法理解这一世界。往昔的生活和旧日的世界化作美梦时常诱惑他,于是他万分苦恼,深感生活、时代、世界和自己都是一辆"迷途的电车",脱离了轨道:"电车如黑色风暴展翅疾飞,/它迷失在时代的无底深渊……"但他仍然在追求精神生活:"你看见车站吗?那里出售/开往精神上的印度的车票。"但迷途的电车是不管你的精神追求的,它只是呼啸向前,所以诗人那追求精神生活的心变得

---

① 曾思艺译自《尼古拉·古米廖夫抒情诗与长诗选》,莫斯科,1990 年,第 350 页。
② [俄]叶甫图申科:《古米廖夫诗的归来》,1986 年 7 月 2 日苏联《文学报》,曾思艺译,《俄苏文学》1987 年第 1 期,个别地方文字有改动。

十分"郁闷",既爱着又"这样郁悒"(《迷途的电车》)①,心灵的激情在重重矛盾中显现。

二、刚强的个性。冒险、建功立业、征服者都必然面临重重险阻,必须具有刚强的个性,于是,古米廖夫在诗中一再歌颂刚强的个性。在《新浪漫主义童话》一诗里,他塑造了不惧死亡、勇敢闯入嗜血成性的吃人魔怪住处、最终征服恶魔的王子这一英雄形象。《在途中》一诗更是明确宣称,尽管行进的路上有崇山峻岭的浓重阴影,面临着"忧伤与眼泪之乡",但也决不后退,"宁肯要盲目的未知数,/也不要黄金般的过去",而要拔出宝剑,勇往直前,去实现理想:

若要我们的理想得以实现,
要想得到鲜花常开的园林,
就让我们拔出仙赐的宝剑,
拔出这慈悲女河神的赠品。②

在《带锁链的骑士》《船长们》《珀耳修斯》《进攻》等一系列诗中,他同样塑造了征服自然与社会、在艰难中获胜的刚强个性。即使到了晚期,深感自己是辆迷途的电车,对生活茫然不知所从,他仍然保持一种绅士式的男子汉的刚强,如《无题》:

我对当代生活彬彬有礼,
　　但我们之间深沟横陈;
让傲慢的生活变得惬意,
　　只有这样我才其乐无穷。

胜利、光荣、功勋——这些辞令
　　如今都是失去意义的空谈。
可是,我心中仍然金鼓雷鸣,
　　如同主的声音响彻荒原。

平静总是毫无必要地
　　径直闯进我的屋子;
变成阿喀琉斯的弃箭,这是
　　我的心愿,我曾发过誓。

不,我不是一个悲剧主人公,
　　我辛辣、古板、义愤填膺,

---

① 《安魂曲——苏联探索诗选》,王守仁等译,漓江出版社,1992年,第47—51页;亦可参见《心灵的园囿——古米廖夫诗选》,黎华译,上海译文出版社,1996年,第180—183页。
② 《当今世界——古米廖夫诗选》,李海译,外国文学出版社,1991年,第36—37页。

在那众多的瓷器偶像中
　　　　我无疑是一件金属制品。

　　记得在他的座前低低地
　　　　匍匐在地上的那些头颅,
　　记得祭司们庄严的祈祷词,
　　　　还有战栗的森林中的雷雨。

　　脸上掠过苦笑的影子,
　　　　看见从不荡起的秋千,
　　牧人为贵妇吹奏芦笛,
　　　　她的胸脯丰盈美满。①

　　抒情主人公无法与平庸的当代生活水乳交融,因为他的个性与当代生活之间深沟横陈。尽管胜利、光荣、功勋——这些辞令如今都是失去意义的空谈,但他心中仍然金鼓雷鸣。他深感自己在安于现状、一潭死水的当代生活中仍然辛辣、古板、义愤填膺,绝不是一个悲剧主人公;在当代众多的瓷器偶像中,自己无疑是一件金属制品。

　　关于古诗中具有刚强个性、渴望建功立业的主人公形象,国内学者已有所论述,如许贤绪曾谈道:"诗人只写他自己,写自己的'功勋'和'胜利'。诗集中许许多多的主人公——征服者、疯狂的猎手、航海家、神枪手等等——都是诗人的'我'的化身和面具,他勇敢,骄傲,站在群众之上向世界发出挑战……用古米廖夫自己的话来说,他诗中以各种面目出现的主人公都是'强壮的、凶恶的、愉快的、能杀人宰象的',并且是'忠于我们强大、愉快、凶恶的星球'的人。"②古诗中刚强的个性,即是其浪漫想象、心灵激情的体现,同时,也是一种掩饰——因为生活中的古米廖夫是一个孩子气十足、颇为腼腆、柔弱的人,而越是柔弱越是缺乏自信,就越是向往刚强(这一点不仅为当代心理学证明,而且在日常生活中也常常可以看到——越是柔弱、越是手无缚鸡之力的男性,越是较强健的男性更喜欢武侠小说、枪战片),不惜在生活中甚至诗中一再略带夸张地加以表现。对此,马克·斯洛宁指出:"古米廖夫之崇拜力量、战斗及雄壮,很可能是克服他的敏感及腼腆本性的一种办法。"③叶甫图申科更有较为详细的论析④,兹不赘述。

　　三、异国的天空。古诗有一个显著特点:写异域多于写俄国,写历史神话多于

---

① 《当今世界——古米廖夫诗选》,李海译,外国文学出版社,1991年,第112—113页。
② 许贤绪:《20世纪俄罗斯诗歌史》,上海外语教育出版社,1997年,第69—70页。
③ [美]马克·斯洛宁:《现代俄国文学史》,汤新楣译,人民文学出版社,2001年,第229页。
④ 详见[俄]叶甫图申科:《古米廖夫诗的归来》,1986年7月2日苏联《文学报》,曾思艺译,《俄苏文学》1987年第1期。

写现实。这使他看起来像个异国异时的人。这一特点,用其一本诗集名——"异国的天空"来概括十分贴切,它包括以下两个方面。

其一,是异域题材。古米廖夫性好猎奇、冒险,曾在欧洲、非洲到处周游,他的诗抒写的大多是异域题材。刘文飞指出:"古米廖夫曾将自己诗的灵感称为'远游的缪斯',他一生不安分的游历,为他的诗歌提供了大量新鲜、神奇的素材。非洲的沙漠,北欧的雪景,罗马的名胜古迹,东方的宫廷秘史,纷纷成了古米廖夫诗作的对象或主题。值得一提的是,不懂汉语、也没有到过中国的古米廖夫与中国也有过诗的联系,他曾从法文转译了一本中国诗集,其中收有李白、杜甫的诗十余首,这部诗集于1918年在彼得格勒出版,他还写过几首'中国题材'的诗,如《珍珠集》中的《中国行》、《箭囊集》中的《中国姑娘》等。可以说,古米廖夫的多数诗作,都是以异国他乡的风土人情为灵感源泉的。"①俄国学者日尔蒙斯基也指出:"在古米廖夫的抒情叙事短歌中,他为故事所选用的题材都是游历意大利、列凡特、阿比西尼亚和中非的印象。然而,更经常的是,他讲述那些不为人知的国度。在那里土地还是原始的土地,植物、野兽、鸟类以及与鸟无异的人都是从它肥沃的、取之不尽的资源中成长起来的。这些资源极其丰富,其色彩、线条也极其多样别致,这在北方寒冷贫瘠的大自然中是没有的。"②勃留索夫在评论他的《珍珠》集时,也曾称他:"生活在一种臆想的,差不多是虚幻的世界中。诗人仿佛对现实生活格格不入,而自己为自己创造了一些国度。安排在这些国度里栖息的也是他所创造的生物:人、野兽、恶魔。在这些国度中,也可以说,在这些世界中,各种现象所遵循的并非通常的自然法则,而是诗人授意实行的那些新的法则;在这些世界中,人们也不是按照通常的心理法则生活和行事,而是按照作者这位台词提示人告知的那种奇特的、令人大惑不解的想入非非的主意生活和行动。"③

其二,是神话与历史。古米廖夫善于从《圣经》、神话、古代文学、欧洲及非洲民间传说、历史中汲取题材,创造作品。或借用其中的人物形象,通过联想而铸成新意,如《贝雅特丽齐》,借用了贝雅特丽齐的形象,自拟为类似但丁的人,饱经生活的折磨,对之忏悔,祈求宽恕,同类作品还有《亚当的梦》《基督》《奥德赛回乡》《唐璜》《奠基者》(建立罗马城的罗穆路斯和瑞穆斯)。或以古代英雄及其功业来反衬现代人的平庸与卑微,如《当代生活》(又译《当今世界》或《现代生活》):

> 我合上《伊利亚特》,坐到窗户旁,
> 最后的诗句还在嘴唇上萦绕不去,
> 亮如白昼——是灯火还是月亮,
> 哨兵的身影在慢慢慢慢挪移。

---

① 刘文飞:《二十世纪俄语诗史》,社会科学文献出版社,1996年,第48页。
② [俄]日尔蒙斯基:《尼古米廖夫》,《当今世界——古米廖夫诗选》,李海译,外国文学出版社,1991年,附录,第211页。
③ 转引自《当今世界——古米廖夫诗选》,李海译,外国文学出版社,1991年,前言,第3页。

> 我常常投出审视的目光，
> 也同样迎来回应的目光，
> 轮船昏暗账房中奥德修斯的目光，
> 小饭馆台球记分员中阿伽门农的目光。
>
> 在那暴风雪肆虐的遥远西伯利亚，
> 剑齿象被冻结在银灿灿的冰层中间，
> 它们那荒凉的忧郁徐徐轻拂着雪花，
> 正是它们——用鲜红的血点燃了地平线。
>
> 书本使我忧伤，月亮使我苦闷，
> 也许，我根本不需要什么英雄……
> 瞧，那林荫小径上，如此温柔如此情深，
> 像达夫尼斯与赫洛娅，男中学生挽着女生。①

全诗以荷马史诗中奥德修斯、阿伽门农重视生命的价值、追求荣誉、敢于为集体和民族牺牲自己、建功立业，来反衬出"我"及"当代生活"中人们的缺乏英雄气概，甚至渺小、阴暗和易于满足。因此，可以说，这首诗在手法与艺术效果上与乔伊斯的著名意识流小说《尤利西斯》异曲同工。

古米廖夫之所以极力表现异国的天空，主要原因在于，"异域情调的描绘不仅是创建'他人'世界的一种方式，而且还是与象征主义进行争论的一种手段"。"古米廖夫之所以将笔触伸向异域的天空，是想给俄罗斯注入新的情调；他所倡导的并不是逃避熟悉环境中的现实，而是接近陌生环境中的现实。"②

值得一提的是，古诗中异国的天空和冒险英雄往往是紧密相连的，因此，俄国有学者指出："毋庸置疑，古米廖夫多年以来对异国他邦兴味甚浓，渴求再塑英武壮士的形象。"③

四、传奇的情节。由于上述三方面的原因，古诗具有一种与当时的抒情诗大不相同的特征，即在抒情诗中加入具有传奇性的情节因素，日尔蒙斯基正是因此而称其诗为"抒情述事诗"："他将叙事成分揉进自己的诗作并赋予它以半叙事诗的性

---

① 曾思艺译自《尼古拉·古米廖夫抒情诗与长诗选》，莫斯科，1990年，第174页；亦可见《当今世界——古米廖夫诗选》，李海译，外国文学出版社，1991年，第75—76页；或见《心灵的园圃——古米廖夫诗选》，黎华译，上海译文出版社，1996年，第118—119页。
② [俄]阿格诺索夫主编：《白银时代俄国文学》，石国雄、王加兴译，译林出版社，2001年，第201页。
③ 俄罗斯科学院高尔基世界文学研究所集体编写：《俄罗斯白银时代文学史（1890年代—1920年代初）》，四，谷羽等译，敦煌文艺出版社，2006年，第74页。

质——即抒情叙事短歌的形式。"① 有学者甚至因此而认为,古米廖夫与其说是一位抒情诗人,不如说是一位叙事诗人。② 这种独特的形式既有较强的抒情成分,也有传奇的情节,两者相结合,别具动人心弦的艺术魅力。古米廖夫有一种化平淡为传奇的本事,无论什么题材的诗,他都能变出一段故事、一段传奇来,就是爱情诗,他也能写得别出心裁,不落俗套,富有传奇色彩。如《爱情》:

> 骄傲如同少年的抒情诗人,
> 不敲门就闯进了我的家,
> 不经意他就看出我的忧愁,
> 这世界唯有他让我牵挂。
>
> 他啪的一声合上我的书本,
> 摆一副任性诡异的做派,
> 跺了跺那一双亮丽的鞋子,
> 勉强地发出声:我不爱。
>
> 他怎么敢如此地使着性子,
> 那样粗鲁地玩宝石戒指!
> 他怎么敢把朵朵花儿撒满
> 我的写字台和我的床笫!
>
> 我又气又恼地走出了家门,
> 可他却撵上我紧随其后,
> 用那一根令人吃惊的拐杖
> 当当地敲打路面的石头。
>
> 我从那会儿变得疯狂起来,
> 我怯于回到自己的房间。
> 就刚发生的事情念念不停,
> 用他的那种无耻的语言。③

本是日常生活中司空见惯、平淡无奇的青年男女相爱,诗人却写得独特甚至"诡异":抒情诗人明明深爱着诗中的抒情女主人公,却不像西方常见的绅士一样,

---

① [俄]日尔蒙斯基:《尼古米廖夫》,《当今世界——古米廖夫诗选》,李海译,外国文学出版社,1991年,附录,第210页。
② 郑体武:《俄国现代主义诗歌》,上海外语教育出版社,1999年,第304页。
③ 《钟摆下的歌吟——阿克梅派诗选》,杨开显译,北京十月文艺出版社,2013年,第14—15页。

手捧鲜花,跪下求爱,而是骄傲地闯进门去,摆出一副任性诡异的做派,啪的合上女方的书本,并故意欲擒故纵地轻声说自己不爱她,还粗鲁地玩弄宝石戒指,把鲜花撒满其写字台和床笫。当女方气恼地走出家门,他却紧撵着她走,但并不说话,而只是用拐杖当当地敲打路面的石头。这种别出心裁的粗鲁做法反而深深打动了抒情女主人公的芳心,使文雅的她也变得疯狂起来。又如《长颈鹿》:

> 今天我发现你的眼神特别忧伤,
> 抱膝的双手特别纤美。
> 请听我说:在遥远、遥远的乍得湖旁,
> 一只美丽绝伦的长颈鹿在缓缓徘徊。
>
> 它体态匀称秀美风姿卓绝,
> 全身饰满了魔魅的斑纹,
> 能与之媲美的只有一轮圆月,
> 和空蒙湖面摇漾的重重月影。
>
> 远处长颈鹿恰似轮船的彩色船帆,
> 它那轻盈的奔跑就像鸟儿欢快的飞翔,
> 我知道,在地球上能看到许多异象奇观,
> 当日落时它躲进大理石岩洞里深藏。
>
> 我知道神秘国度许多快乐的故事,
> 讲那黑姑娘,讲那年轻酋长的激情,
> 但你太久地呼吸这沉浊的雾气,
> 除了雨,你不愿相信任何美景。
>
> 而我多么想给你讲讲那热带花园,
> 讲讲那挺拔的棕榈,讲讲那奇花异草的香味,
> 你哭了?请听我说……在遥远的乍得湖边,
> 一只美丽绝伦的长颈鹿在缓缓徘徊。①

全诗通过描述奇异的非洲乍得湖畔的风景、美丽绝伦、体态匀称、风姿卓绝的长颈鹿以及黑姑娘与年轻酋长的热恋故事等等,使抒情与述事浑然一体,让极易落入俗套的爱情表白带有异国情调与传奇色彩,以优美、新奇的东西蕴含爱慕之情的传达。

---

① 曾思艺译自《尼古拉·古米廖夫抒情诗与长诗选》,莫斯科,1990年,第84页;亦可见《心灵的园圃——古米廖夫诗选》,黎华译,上海译文出版社,1996年,第56—57页。

题赠应酬诗是最不好写,也最易写得单调乏味的。然而,古米廖夫却能写得有滋有味,引人入胜。如赠献勃留索夫的《神奇的小提琴》:

可爱的孩子,你那样快乐,笑容清澈,
不要追求这种使人世受折磨的幸福,
你还不懂,不懂这小提琴是什么玩意儿,
弹奏的首倡者要受多么忧郁的恐怖!

谁一旦把它交到发号施令的手中,
他眼里就会永远失去安详的光,
地狱的魔鬼专爱听这庄严的声音,
疯狂的恶狼常出没在琴手的道上。

响亮的琴弦就该永远哀泣、欢唱,
发疯的弓子就该永远挣扎、飞旋,
不管烈日下,暴风中或浅滩浪花上,
也无论燃着了西陲,还是烧红了东天。

你一累,一迟疑,歌唱顿时一中断,
你便无法叫喊、动弹和叹息——
疯狂的恶狼便在嗜血成性的狂怒中,
用利齿抓喉咙,用爪朝胸口扑去。

你便会恍悟:唱过的一切都在笑你,
迟到然而威慑的恐怖对你逼视。
撩人愁绪的严寒像衣服裹住身体,
新娘失声痛哭,朋友陷入沉思。

孩子,走下去! 这里见不着欢欣和瑰宝,
但我看见你在笑,两道视线如两道光。
给,掌握这神奇的提琴吧,正视那魔爪,
做个小提琴手光荣而可怖地死亡!①

诗歌讲述了一个"神奇的小提琴"的故事,淋漓尽致地表达了献身艺术者的酸

---

① 《国际诗坛》第3辑,顾蕴璞译,漓江出版社,1987年,第130—131页;或见顾蕴璞编选:《俄罗斯白银时代诗选》,花城出版社,2000年,第123—124页;亦可参见《心灵的园圃——古米廖夫诗选》,黎华译,上海译文出版社,1996年,第60—61页。

甜苦辣及在艺术魔力中撕心裂肺的甜蜜的折磨与痛苦,化平淡为神奇,而且寓意深刻,耐人寻味。至于那些本身取自传说的诗,如《童女鸟》《豹》等,传奇色彩就更是不言而喻了。

古米廖夫在《象征派的遗产和阿克梅主义》这篇阿克梅派的创作宣言中,强调阿克梅派是接替象征主义的新流派,呼吁人们回到周围世界的"物质性",提出要摆脱象征主义对世界神秘、朦胧的暗示及由此带来的艺术表现的模糊性,而追求对具体、客观现象的把握,追求描写的准确性、清晰性、客观性。他承认象征的重要作用,但不能因此影响其他一切表现手法,也不能影响作品结构组织的逻辑性。在这一理论的指导下,古诗在艺术形式方面最显著的特征是客观的形式。它也包括以下四个方面。

一、清晰的物象。由于注重周围世界的"物质性",追求描写的准确性与清晰度,古米廖夫一方面沉浸于浪漫的激情中,另一方面又对现实世界仔细观察,力求以具体可感的形象来传达自己的感受,表现浪漫的激情。这样,他的诗中便出现了大量清晰的物象,表现出具体人或物的浮雕感、可触摸感。为了达到这一目的,他主要使用了以下几种艺术手法。

第一,细节描写。如《工人》:

> 这位身材不高的老人
> 站立在通红的熔炉之前,
> 目光显得安闲而温顺,
> 不时地眨着红色的眼睑……

通过身材不高、通红的熔炉、红色的眼睑等细节,清晰可感地写出了熔炉前劳动的工人形象。

第二,浓墨重彩。如《雨》:

> ……只是草木油绿有种无名的阴郁,
> 上面仿佛涂了一层硫酸盐,
> 玫瑰花丛却鲜血一样殷红夺目,
> 看起来轮廓也显得格外圆……

草木过于油绿,浓得过于厚重,仿佛涂了一层硫酸盐,有一种无名的阴郁之感;而玫瑰花却像鲜血一样殷红夺目,轮廓看起来也因此显得格外圆,从而浓墨重彩地写出了雨中草木、鲜花的清晰可感的色泽。

第三,巧用奇喻。为了使物体具有浮雕感,成为清晰的物象,古米廖夫巧妙地大量运用奇喻。王守仁指出:"他那奇特的比喻,给人留下的印象极深,如:'大海竖起白色的鬃毛'(《原始记忆》,1917)、'海浪像群蛇扭动着躯体'(《在海上》,1920)、'野兽眼睛似的路灯'(《梦》,1918)、'坐骑宛如带鳞片的装甲'(《老处女》,1916)、

'宇宙跟空壳的坚果一样'(《你我拴在同一链条上》,1920)等。"①

第四,虚实相生,如《长颈鹿》:

　　它体态匀称秀美风姿卓绝,
　　全身饰满了魔魅的斑纹,
　　能与之媲美的只有一轮圆月,
　　和空蒙湖面摇漾的重重月影。……

用水中的月影之虚来实写长颈鹿之美,而长颈鹿之美益发突出。

第五,夸张描写。如:

　　金光闪闪无与伦比的蜂房,
　　心脏就是装满蜂房的蜂箱!
　　漩涡翻滚,泡沫随波逐浪,
　　我在同它们搏斗,一争长短。
　　我驾驶一艘尖胸三层巨舰,
　　风浪中被弄得疲惫不堪。
　　但是,顶着风暴驶回故土,
　　就不再受折磨,不再痛苦。②

全诗用夸张的手法,首先写心胸的复杂一如装满蜂房的风箱;接着写精神漂泊则一如巨舰被风浪弄得疲惫不堪,只有顶着风暴、战胜风暴,回到故土,才有心灵的安宁。

二、客观的抒情。古米廖夫追求描写的客观性,往往对具体物体精雕细绘,甚至经常不用第一人称,回避那些具有抒情自白性质的因素,并且把有传奇性的故事带进诗中,不仅使主观与客观、抒情与叙事和洽地融合于一首诗中,而且使不少诗避免了浪漫主义的直抒胸臆和象征主义的模糊朦胧,反倒具有戈蒂耶唯美主义的冷静与客观。如《壁炉前》一诗:

　　浮现出一个阴影……炉火渐熄。
　　双手交叉在胸前,他独自站立,

　　呆定定的目光投向远方,
　　他痛苦地讲述自己的忧伤:

　　"我深入一些无名国度的内地,
　　我的考察队跋涉了八十多个时日;

---

① 王守仁:《古米廖夫的诗才与悲剧命运》,《苏联诗坛探幽》,社会科学文献出版社,1990年,第204页。
② 《当今世界——古米廖夫诗选》,李海译,外国文学出版社,1991年,第212页。

"险峻的连绵群山，森林，
有时远处还有怪异的城镇，

"深夜的寂静里，不止一次，
莫名其妙的号叫从那里传到营地，

"我们砍伐森林，我们挖掘沟壕，
狮子常常在夜间把我们搅扰，

"但没有胆小鬼在我们这群人里，
我们瞄准狮子的眼睛射击。

"我在沙土下发现了一座古代的神殿，
还用我的名字命名了一条大川。

"在一个湖泊之国有五大种族，
他们都听命于我，敬守我的法律。

"但现在我已衰弱无力，一如被梦魇操控，
病入心灵，日渐加重，万分疼痛。

"我懂得了，懂得了，什么是恐怖，
活活埋在这四壁之中就是恐怖。

"即便枪弹的闪光，即便浪涛的飞溅，
如今也无法挣断这一锁链……"

眼里隐藏着幸灾乐祸的狠毒，
一个妇人在角落里听着他讲述。①

全诗表现的是，在炉火暗淡的壁炉前，男人独自站立着，像个阴影，痛苦地讲述自己的忧伤。他讲述怎样深入那些不为人知的无名国家内地，怎样与狮子搏斗，怎

---

① 曾思艺译自《尼古拉·古米廖夫抒情诗与长诗选》，莫斯科，1990年，第193页；亦可见《当今世界——古米廖夫诗选》，李海译，外国文学出版社，1991年，第90—91页；或见《心灵的园圃——古米廖夫诗选》，黎华译，上海译文出版社，1996年，第129—131页。

样命名河流,怎样征服五大种族;但现在病魔侵入心灵,软弱痛苦之极。结尾是神来之笔:"眼里隐藏着幸灾乐祸的狠毒,/一个妇人在角落里听着他讲述。"戛然而止,余味无穷。作者只是客观地叙述这样一件事情,而把许多的联想留给读者。这位妇女是讲述者的什么人?妻子?情人?女仆?不得而知。① 但细加分析,至少可以肯定,他们曾经非常亲密,甚至相爱,不然,女性眼里不会有一种"幸灾乐祸的狠毒"。但他们为何弄到这个境地?是男性渴望冒险,在外东征西闯,建功立业,而女性只能困守"家"的四壁之中;而今英雄业绩已成明日黄花,男人为病痛所缠,使女性幸灾乐祸?还是因为此时感情已完全破裂,女性对男性只有憎恨,男性那些"轻别离"的故事,既令她嫉妒又使她怨恨,从而眼里有一种"幸灾乐祸的狠毒"?读者从这客观的叙述中,可想的很多很多。其他如《当代生活》《长颈鹿》等名作也是客观抒情的范例。

三、史诗的风格。由于上述两方面的影响,再加上古米廖夫创作了不少虽然篇幅不长,但是场面阔大,情绪激昂,而且或者描写了出色的英雄人物,或者涉及一个异域民族的历史的长诗,因而,他的不少诗具有明显的史诗风格。如以哥伦布发现美洲为题材的《发现美洲》,场面宏大,塑造了哥伦布这一英雄形象,史诗色彩颇浓。描写非洲的诗歌中这类作品最多,如长诗《米克》通过描写在阿比西尼亚的一个小部族"米克"的游历生活,规模颇大地体现了史诗风格。《篷帐集》中这类史诗风格的作品最多。

四、精致的形式。几乎所有评论家一致指出,古米廖夫的诗结构完整,形式短小,在艺术上颇为完美、精致,就是史诗也抒情化、精致化了。其精致的形式具体表现在两个方面。

其一,前后呼应,逻辑贯穿,结构完整,即使长诗也是如此。如《豹》,根据阿比西尼亚的迷信传说"如果击毙一只豹,而不立即烧尽它的触须,它的灵魂就将追迫猎取它的人"而结构全篇:抒情主人公违反了这一传说,杀死了豹却未曾烧掉其触须,从此再也不得安宁,最后只好结束自己的生命②,有因有果,前呼后应。《神奇的小提琴》以演奏者与小提琴的关系结构全篇,逻辑感颇强地写出了艺术家与艺术的奇异关系。短诗,即使是抒情短诗,古米廖夫在写作时也很注重逻辑联系,如《手套》:

> 我手上戴着 只手套,
> 我不愿摘下它并非偷懒,
> 谜底要在手套上寻找。
> 甜蜜的回忆倏然进入大脑,

---

① 从苏联杂志《新世界》1986 年第 9 期可知,这首诗写于 1911 年,是献给阿赫玛托娃的,从中也可窥见两人的关系之一斑。

② 《当今世界——古米廖夫诗选》,李海译,外国文学出版社,1991 年,第 185—187 页。

并把思想引进悠悠黑暗。

在这手套上存有
可爱小手那纤纤玉指的触摸,
就像我的听觉记住了节奏,
这弹性的手套,忠实的朋友,
就这样一直把那感觉保留着。

每个人都有自己的谜语,
它引领人进入悠悠黑暗,
我的手套就是我的谜语,
让我甜蜜地把伊人忆起,
我不会摘下手套,在新的欢会前。①

  诗一开头即造成悬念——戴着手套不愿摘下却并非偷懒,然后,娓娓道明原因,结尾再次呼应开头,声明在新的欢会前不会摘下手套。全诗不仅极富逻辑性,引人入胜,而且相当巧妙地传达了自己的爱慕之情,堪称爱情诗中的精品。又如《童年》一诗,先写童年喜爱大自然的树林、草地、牛,并与它们游戏,大自然的这一切培养了抒情主人公那人只是大自然中一员的思想,所以尽管后来萧萧秋风越刮越猛烈,中止了他"同树木的游戏",但有一天,他"突然有所领悟":"比起草木汁液的碧青,人血也并未见得神圣到哪里。"②

  其二,形式短小精悍。古米廖夫的诗大多不长,即使具有史诗风格的作品也往往只有几十行,但其所蕴涵的内容却颇为丰厚深广,因而,显得又短小又精悍,别具迷人的魅力。

  的确,正如郑体武指出的那样:"浪漫主义的刚毅与目光的清晰和节奏的灵活相结合,使崇尚力量、意志和希望的古米廖夫在当时的俄国诗坛上显得与众不同。"③

  综上所述,古诗在当时确实是一个独特的文学、文化现象,具有颇为典型的文学与文化意义,以往对其艺术性及文化深度几乎很少涉及,今后这方面还大有可为。

---

① 曾思艺译自《尼古拉·古米廖夫抒情诗与长诗选》,莫斯科,1990年,第66页。
② 《当今世界——古米廖夫诗选》,李海译,外国文学出版社,1991年,第128页。
③ 郑体武:《俄国现代主义诗歌》,上海外语教育出版社,1999年,第310页。

第十节　如火的激情　大度的跳跃　灵活的修辞
——试论茨维塔耶娃抒情诗的艺术特色

玛丽娜·茨维塔耶娃(1892—1941),是20世纪俄国最出色的诗人之一,也是与阿赫玛托娃并称20世纪俄国最伟大的两位女诗人之一。茨维塔耶娃自我意识强烈,而且具有十分突出的个性。诗如其人,茨维塔耶娃的诗歌也具有相当鲜明而突出的特点。她一方面注重借鉴、学习此前与同时代的各种文学经验,另一方面又大胆创新,形成了适合自己独特个性的独特艺术风格。可以说,其诗歌成就是俄国与外国传统多种流派尤其是现代主义流派手法的综合。对此,外国学者已经多有论述。

伊瓦斯克认为其特点是:"古典中含有浪漫,'逻辑'中含有'自发力',日神(阿波罗精神)中含有酒神精神,理性中含有爱欲,秩序中含有自然力……"[①]阿格诺索夫认为:"茨维塔耶娃的诗中,复活了后浪漫主义的传统及其特有的高昂雄辩的技法。"[②]

俄国侨民诗人兼文学批评家莫扎伊斯卡娅在题为《玛丽娜·茨维塔耶娃——象征主义者》的文章中指出:"她最重要的作品都是用象征主义的语言写成,对那些不懂这种语言的人,它们失去了意义",进而宣称其"每一个象征不只是有一两种解释,而是可以有多达七种解释"[③]。

巴耶夫斯基则认为她"是未来主义的旁系继承人",斯克里亚宾娜更是结合《山之诗》指出,诗中交错出现的典型的茨维塔耶娃式的主题:感情的极度无限性,创作冲动的迸发,心灵的裸露极其丰富等,以及文本充斥着难以预料的形象和想象,最大限度地使得文本的表现力达到超乎寻常的效果,十分接近以马雅可夫斯基为代表的未来主义的审美观。[④]

利莉·费勒更全面地谈到:"尽管培育她的是18和19世纪的价值观,茨维塔耶娃创新的诗歌表现的却是她自己革命的时代。她成为现代的诗人,有节制地使用动词,创造自己的句法,把祀神语和日常话搅和在一起。语言是她的伙伴,她的主人和奴隶。她宁愿牺牲一切去寻找恰如其分的语词,恰如其分的声调。诗人、批评家马克·鲁德曼捕捉到她的特点:'她的意义属于她声音的调子,她呼吁的方式,她怎么说或不说。她是经典的、快捷的、省略的,就像站在绷索上。'"[⑤]

[①] 转引自徐曼琳:《白银的月亮——阿赫玛托娃与茨维塔耶娃对比研究》,四川人民出版社,2011年,绪论,第13页。
[②] [俄]阿格诺索夫主编:《20世纪俄罗斯文学》,凌建侯等译,中国人民大学出版社,2001年,第250页。
[③] 《同时代人批评视野中的玛丽娜·茨维塔耶娃》(两卷本),莫斯科,2003年,第368—370页。
[④] 详见徐曼琳:《白银的月亮——阿赫玛托娃与茨维塔耶娃对比研究》,四川人民出版社,2011年,第183页。
[⑤] [美]利莉·费勒:《诗歌 战争 死亡——茨维塔耶娃传》,马文通译,东方出版社,2011年,第4页。

在《诗人论批评家》一文中,茨维塔耶娃提出了一个天才般的公式:"诗人——是千手千眼的人——再者——心灵天赋和语言达到平衡者——才是诗人。"① 因此,她一方面似乎是任凭如火激情喷涌而出,另一方面又极其重视诗歌的技艺尤其是语言的筛选和锤炼。她称艺术为手艺,她在一封信中解释了"手艺"的含义:"当然是歌唱的技巧。是对语言和事业(不,不是事业),是对'艺术'的调配与挑战。除此之外,我说的手艺意思其实很单纯:就是我怎么样生活,是我平常日子的思考、操劳与欢欣。是我这双手日常的操劳。"② 马克·斯洛宁指出:"她细心地筛选整段的诗以及单独的语句,多次反复推敲改写。她不止一次地重复说,她喜欢'咀嚼单词,挖出它的内核,找到它的根',她非常重视手艺,难怪给她的一本诗集命名为《手艺集》。她笔下的一切都经过仔细打量和检验——就连散文也不例外。……总的来说,在她的创作中,恰恰是诗歌的内心激昂和旋风般的结构同形式的技巧和把握,风暴同加工精细的这种结合,使人叹服。"③

正因为如此,其诗歌是茨维塔耶娃式的诗歌,具有相当独特的特点,具体包括以下三个方面的内容。

第一,如火的激情。利莉·费勒指出:"她被赋予的不仅有天生的诗歌才华,还具有激情的天性和耀眼的理智,这造成了她独一无二的悲剧。"④ 马克·斯洛宁指出,她的诗歌有着狂暴的激情,以及与此相应的惊呼、感叹、上气不接下气的喘息的整个风格,还有节奏的"左轮手枪式回旋的急促的响声"⑤。这在其诗歌中,便出现了一个显著的特点,那就是如火的激情。她现存第一首诗,17岁创作的《祈祷》,就有着如火的激情:

> 基督和上帝!目前,此刻,
> 一天刚开始,我渴望奇迹!
> 全部生活对于我就像书本,
> 噢,倒不如让我就此死去。

> 你明智,你不会严厉地说:
> "忍耐吧,还不到死亡日期。"
> 你亲自赐予我的已经太多!
> 我渴望立刻出现万千机遇!

---

① [俄]安娜·萨基扬茨:《玛丽娜·茨维塔耶娃:生活与创作》,中,谷羽译,广西师范大学出版社,2011年,第568页。
② 同上书,第452页。
③ [俄]利季娅·丘可夫斯卡娅等:《寒冰的篝火——同时代人回忆茨维塔耶娃》,苏杭等译,广西师范大学出版社,2012年,第37页。
④ [美]利莉·费勒:《诗歌 战争 死亡——茨维塔耶娃传》,马文通译,东方出版社,2011年,第6页。
⑤ [俄]利季娅·丘可夫斯卡娅等:《寒冰的篝火——同时代人回忆茨维塔耶娃》,苏杭等译,广西师范大学出版社,2012年,第82页。

像茨冈人那样,渴望一切:
唱着歌儿抢劫东西东奔西走,
冒着炮火厮杀为所有人受苦,
像亚马孙女人投入战斗,

在黑色塔楼上推算星象,
穿过黑夜,带领孩子潜行……
愿昨天能变成传奇故事,
愿每一个日子都疯狂放纵!

我爱十字架、丝绸、盔形帽,
我的心倍加珍惜瞬间的遗迹……
你赐给我童年,美好的童话,
就让我死去吧——死在十七!①

在这首诗里,诗人如火的激情表现为渴望奇迹,强调把一切包括自己都变形(诗人的诗歌中大量出现夸张甚至极度夸张以及变形,这是随处可见的艺术特点,兹不赘述,值得一提的是,这也是诗人后来十分赞赏有同样特点的马雅可夫斯基的原因),希望像茨冈人那样渴望一切——唱着歌儿抢劫东西东奔西走到处流浪,更希望像传说中的亚马孙(一译亚马逊)女战士那样投入激战——亚马孙女战士源自公元前13世纪古希腊特洛伊战争中的传说,希罗多德的历史中记载了她们来自黑海边的草原撒玛丽亚(今乌克兰境内)。根据习俗,男人是不能进入亚马孙人的国境的,但亚马孙人每年都会到高加索的戈尔加利安斯参加联婚盛会,为的是传宗接代。在这个联婚盛会上生下来的女婴,都会交由亚马孙一族养大成人。每一个亚马孙女战士长大成人时都会烧掉或切去右边乳房,以便投掷标枪或拉弓射箭,她们不只负责保卫国家,而且还入侵相邻的国家。荷马史诗讲述了亚马孙女战士的传奇故事,使之流芳百世。如火的激情甚至使诗人只要得到美好的童年和童话,愿在十七岁的青春妙龄死去,充分表现了诗人注重生命的质量和美好瞬间的特点。在《两种光》中,这如火的激情表现为爱矛盾对立的一切或者说爱不可能出现的一切:

阳光?月光?何处可见
智慧之园?无力探访!
我祈求银色的月光,
我热爱明亮的阳光!……

---

① 《我是凤凰,只在烈火中歌唱——茨维塔耶娃诗选》,谷羽译,上海译文出版社,2014年,第5—6页。

> 阳光？月光？徒劳的争执！
> 心灵，捕捉每个光斑！
> 每次祈祷包含爱，而祈祷
> 在每次爱心中蕴涵！……
>
> 我只知道，烛光可怜，
> 逝去的人难以生还！
> 别无选择，我只能爱——
> 爱两种光线！……①

诗人的妹妹阿霞指出："一方面是难以置信的、狂暴的、爆炸式的感受，另一方面是同样难以置信地强烈的、渗透一切的、尖利的思想。这好像是两个互相对立、互相排斥的原则，然而，在茨维塔耶娃的诗里，两者却交织成为不可分割的整体。这不仅是她的创作特点，而且是她整个精神秩序的甚至外表的特点。"②这首诗就是鲜明的例证：火热的阳光与冰冷的月光、金色的阳光与银色的月光，本来是截然相反的，也是很难统一的，但诗人如火的激情却使她同时爱这两种光。

即便失眠，她也能写得热情似火，如《今天夜晚我独自过夜……》：

> 今天夜晚我独自过夜——
> 穿黑衣的修女，失眠未睡！——
> 今夜我有很多把钥匙，
> 能打开这唯一首都的所有门扉！
>
> 失眠催促我动身上路，
> "你真美，暗淡的克里姆林宫！"
> 今天晚上我要亲吻大地，
> 亲吻她骚动的、圆鼓鼓的心胸！
>
> 竖起来的不是头发，是皮毛，
> 闷热的风径直吹拂灵魂。
> 今天夜晚我怜悯世间所有的人——
> 可怜的人，被人亲吻的人！③

---

① 《我是凤凰，只在烈火中歌唱——茨维塔耶娃诗选》，谷羽译，上海译文出版社，2014 年，第 8—9 页。
② [俄]利季娅·丘可夫斯卡娅等：《寒冰的篝火——同时代人回忆茨维塔耶娃》，苏杭等译，广西师范大学出版社，2012 年，第 272 页。
③ 《我是凤凰，只在烈火中歌唱——茨维塔耶娃诗选》，谷羽译，上海译文出版社，2014 年，第 88—89 页。

抒情主人公想象自己是黑衣修女,并且拥有很多把钥匙,能够打开首都所有的门,同时激情满怀、同情心盈溢:要亲吻大地,并怜悯世间所有的人。

在本来就富于激情的爱情诗中,这种激情表现的就更为突出也更加强烈了,如《我在石板上写……》:

> 我在石板上写,
> 在褪色的扇页上写,
> 在河滩上写,在海滩上写,
> 用冰鞋在冰上写,用戒指在玻璃上写,
>
> 在经历了数百个冬天的树干上写……
> 最后,为了叫大家都知道:
> 我爱你!爱你!爱你!爱你!
> 我用天上的彩虹尽情地写。
>
> 我多么希望每个人都受我抚爱,
> 和我一起永远鲜花一样开放!
> 而后来,我把头俯在桌上,
> 把名字一个一个勾去。
>
> 可是你,被紧紧握在我这个出卖灵魂的
> 作家手里!你蜇痛着我的心!
> 你没有被我出卖!你在我的指环里面
> 你安然无恙,刻在我心底的碑上!①

这首诗是1920年写给久无音信的丈夫谢尔盖的,表达了对丈夫如火激情和一片深爱。诗歌开头就用一连串的排比句,表达对丈夫的爱情,接着由这深厚的、激情似火的爱而遍及每一个人,渴望抚爱每一个人,最后表明:尽管按照19世纪的说法俄国有人认为作家发表作品换取稿费是出卖灵魂(美国女诗人狄金森也有类似看法,她说:"发表作品,就等于拍卖灵魂。")但我绝不会出卖你,你只会安然无恙地藏在你买给我的订婚戒指的指环里,尤其是刻在我心底的碑上!

当然,诗人的如火激情并不全都变成如火燃烧的诗行,有时因为这种感情太过激烈尤其是太过深厚,反而使诗人获得一种人性或母性的高度,自然地站在哲学的高度,直抒胸臆但又较为客观地表现出来,如《我知道真理……》:

> 我知道真理!从前的所有真理统统滚开!

---

① 《苏联三女诗人选集》,陈耀球译,湖南人民出版社,1985年,第207—208页。

> 大地上这帮人跟那帮人不应当连续打仗。
> 看吧：天近黄昏，看吧：很快就是夜晚。
> 诗人们，情人们，统帅们，作何感想？
>
> 风已经刮起来了，田野上蒙上了露水，
> 但愿夜空里这场星星的风暴尽快结束，
> 我们没有必要彼此搅扰对方的睡眠，
> 用不了多久我们一个个都将长眠入土。①

译者谷羽指出："茨维塔耶娃并非一直生活在自己的内心世界，这首诗表明了她对外部事件的关注，凸显了诗人反对战争的态度。她以女性的、母性的视角看待战争，又像哲学家一样，站在历史的高度，指出战争的荒谬。短短八行，内涵厚重、丰富，耐人思考，给人启发，不愧为诗中的杰作。"②

第二，大度的跳跃。茨维塔耶娃的诗歌往往相当简洁有力，意蕴丰富，让人颇费心思。帕斯捷尔纳克早就指出："她的诗必须精读。当我做到这一点之后，我就为展现在我面前的那种深不可测的纯洁和力量而发出了一声惊叹。……我一下子就被茨维塔耶娃的诗歌形式的抒情魅力征服了，这形式是呕心沥血地锤炼出来的，不是软绵绵的，而是极其简洁凝练的。"③这在某种程度上，应主要归功于其大度跳跃的艺术手法。她的诗歌经常出现大度的跳跃，如《战争！战争！……》：

> "战争！战争！神龛前摇炉散烟"，
> 马刺碰撞的咔哧声。
> 然而我并不关心皇室的开销
> 以及民众的纷争。
>
> 我是小小的舞蹈者。脚踩着
> 出现裂纹的钢丝绳。
> 我是影子的影子。两个黑月亮
> 使我患了梦游症。④

这首诗写于1914年7月16日，在此前一天（即15日）奥匈帝国向塞尔维亚宣战，第一次世界大战爆发。因此，这首诗表明了诗人对战争的感受。诗歌的第一节，前两句跳跃性地点明战争：人们尤其是皇室和官员们在祈求上帝的保佑，教堂

---

① 《我是凤凰，只在烈火中歌唱——茨维塔耶娃诗选》，谷羽译，上海译文出版社，2014年，第41页。
② 同上。
③ [俄]利季娅·丘可夫斯卡娅等：《寒冰的篝火——同时代人回忆茨维塔耶娃》，苏杭等译，广西师范大学出版社，2012年，第25页。
④ 《我是凤凰，只在烈火中歌唱——茨维塔耶娃诗选》，谷羽译，上海译文出版社，2014年，第23页。

里祈祷的香烟袅袅,而军队正在调动;后两句表明自己的态度:作为普通百姓,诗人并不关心皇室为了祈祷尤其是为了战争所花费的钱财,也不关心民众为此产生的纷争。对于前两句来说,这是一个转折,也是一个跳跃。第二节进一步跳跃,但在逻辑上又紧承第一节,前两句写明自己从事的是个人化而且难度极大也极富挑战性的艺术事业(小小舞蹈者,在出现裂纹的钢丝绳上跳舞,也可隐喻战争导致了生活的危险,连从事艺术这都被波及了);后两句更是大度跳跃,由于"我"从事工作的纯精神性和艺术性,远离现实远离战争,因此显得仿佛是"影子的影子",然而,战争来临,天空的月亮被战争的硝烟熏黑,心中艺术和人性的月亮也无可避免地被熏黑了,不只是如此,战争还搅动了"我"心灵深处的恐慌,让"我"患上了梦游症。这是诗人诗歌创作早期跳跃的牛刀小试,但已颇为简洁、形象、生动、深刻地写出了战争对人们心灵的巨大影响。

她也善于运用富于戏剧性的细节来构成大度跳跃,如《他瞅了一眼……》:

他瞅了一眼,像头几次
仿佛视而不见。
乌黑的眸子吞噬着视线。

睫毛闪烁,我稳稳站立。
"怎么样,亮丽?"
我不说,畅饮就要见底。

眼珠儿吸尽了最后一滴。
我一动不动。
你的心流进了我的心里。①

译者谷羽指出:"这是一场有人物、有情节、有形体动作、有心理对白的爱情独幕剧。情节围绕一男一女两个人物的目光展开,四目交织,从佯装视而不见,到吞噬目光,到畅饮见底,让对方的心流进自己的心里。展现人物的内心世界,有层次,有步骤,有分寸,逼真而又传神。读者往往称赞阿赫玛托娃的抒情诗富有戏剧性,擅长利用生活细节,其实茨维塔耶娃在这一方面毫不逊色,这首诗就是有力的证明。"②其实,还应补充最重要的一点,这首诗尽管有层次、有步骤、有分寸地表现了男女的爱情,但三个诗节之间构成了大度的跳跃,留下了广阔的想象空间,因而在短短九行里,表现了一部爱情独幕剧的丰富内容。《峡谷》这首写世俗的肉体之爱

---

① 《我是凤凰,只在烈火中歌唱——茨维塔耶娃诗选》,谷羽译,上海译文出版社,2014年,第90页。
② 同上。

的诗歌,更是以大度的跳跃表现了强烈的情感和爱欲。①

即便是短短几行的诗,诗人也能写得很是跌宕跳跃,如《女友》:

> "我不离开！……永无尽头!"紧紧依偎……
> 而在胸中——暴涨
> 可怕的洪水,
> 音符……希望:仿佛秘密
> 定而不移:必将分——离！②

这首诗是写给丈夫的朋友、诗人的恋人罗泽维奇的,全诗短短五行,第一行是爱的表白和爱的行动(紧紧依偎),第二、三行则突然跳跃到胸中暴涨的可怕洪水(这一象征颇为含糊,既可指强烈的情欲抵死的缠绵,也可指极其强烈的不祥预感),最后两行再次跳跃,在最缠绵的时刻预感到日后必将分离。更典型的大度跳跃是其某首《四行诗》:

> 戴满几许的手——我的指环,
> 挂满几许的口——我的歌曲,
> 挂满几许的眼睛——我的泪……
> 到过所有的地方——我的青春！③

四句四个意象四件事情并列出现,相互之间几乎没有任何因果关系,构成大度跳跃,但却很好地表达了诗人的博爱、才华和自豪感。而最具跳跃特色的又数《领袖的归来》一诗:

> 马儿——跛足,
> 宝剑——生锈。
> 这人——是谁?
> 民众的领袖。
>
> 脚步——时辰。
> 叹息——世纪。
> 眼睛——朝下。
> 一切——在那里。
>
> 敌人——朋友。

---

① 《我是凤凰,只在烈火中歌唱——茨维塔耶娃诗选》,谷羽译,上海译文出版社,2014年,第284—285页。
② 同上书,第293页。
③ 马海甸主编:《茨维塔耶娃集》,花城出版社,2014年,第87页。

黑刺李——月桂。
一切——如梦……
——他——马儿。

马儿——跛足。
宝剑——锈蚀。
斗篷——陈旧。
身躯——挺直。①

全诗众多意象纷至沓来，大度跳跃，很好地营造了一种物是人非、如梦似幻的领袖归来的幻灭感，尽管这领袖身躯依旧挺直。这种大度跳跃在诗人20世纪30年代后期的诗中极为常见，如1935年的《天空——比旗帜更蓝……》：

天空——比旗帜更蓝！
棕榈——一大捆火焰！
海洋——比乳房更丰满！
我不想用自己的

名字与此岸相连。
竖琴——贫穷的遗言；
山峰——比头顶更稀落，
海洋——比时间更灰白。②

一连串意象大度跳跃地拼接在一起，想象的空间十分广大，但其含义也因此颇为模糊，能从多方面理解。又如1938年的《噢，我阴沉沉的语言……》：

噢，我阴沉沉的语言，
失手掉下的珍珠串！
噢，我乳白色的河流，
果子冻也似的河岸！③

阴沉沉的语言像失手掉下的珍珠串，还可理解（这语言虽阴沉沉，但很美很圆润），但后两句跳跃式并列的"乳白色的河流""果子冻也似的河岸"与语言有何关系就颇费解。这类诗已经带有超现实主义的下意识成分在内。

第三，灵活的修辞。诗人大量而且灵活地使用多种修辞手法，使诗歌富有动人的艺术魅力，其中使用最多的是奇特的比喻、对比、排比、反复、象征。

---

① 马海甸主编：《茨维塔耶娃集》，花城出版社，2014年，第91页。
② 同上书，第120页。
③ 同上书，第121页。

奇特的比喻在茨维塔耶娃的诗中随处可见,既有明喻,如《爱情》:

似尖刀?像烈火?
谦虚点儿,何必夸张形容!

熟悉的疼痛,像眼睛熟悉巴掌,
像嘴唇——
熟悉亲生子的乳名。①

爱情本就是一种复杂的感情,由于诗人的独特个性和复杂的爱情经历,其爱情的感受更为丰富复杂,因此,诗人首先用"似尖刀""像烈火"这两个比较奇特的明喻来揭示爱情既给人带来快乐的痛苦,又带来熊熊燃烧的激情,这些都使人产生疼痛的感觉。在此基础上,诗人指出,这种疼痛是一种熟悉的疼痛,并进而用两个极其常见而又极其奇特的明喻表现出来:像眼睛熟悉巴掌,像嘴唇熟悉亲生子的乳名。

诗人也大量使用暗喻,如《你难以解脱……》:

你难以解脱。我是囚犯。
你是解差。命运与共。
一同走过空旷的荒原,
持有同一张道路通行证。

我的秉性还算得上安稳!
我的眼睛还算得上明亮!
在走到那棵松树之前,
解差,请你把我释放!②

这是女诗人献给阿赫玛托娃的诗歌之一,一方面表达了对她的尊敬,另一方面也表达了同样作为诗人,她们有着共同的追求和共同的命运。这种较为复杂的感情,通过相当奇特的比喻(阿赫玛托娃是解差,而女诗人自己则是囚犯,她们一同走过空旷的荒原,持有同一张道路通行证),生动形象而又言简意赅地表现了出来。

更多的时候,是把明喻与暗喻结合起来,如《乌黑,像瞳孔,像瞳孔……》:

乌黑,像瞳孔,像瞳孔,吮吸
光明——敏锐的夜啊,我爱你。

让我放声赞美你,歌曲的祖先,
你执掌大权,八面来风任调遣。

---

① 《我是凤凰,只在烈火中歌唱——茨维塔耶娃诗选》,谷羽译,上海译文出版社,2014年,第299页。
② 同上书,第73页。

我是贝壳,我把你呼唤、歌颂,
我贝壳里的大海汪洋尚未平静。

我看够了人的瞳孔!夜色昏黑!
黑太阳之夜,请你把我烧成灰!①

全诗灵活运用了奇特的明喻与暗喻,说黑夜乌黑像瞳孔并且吮吸光明,是极其独特的明喻,而直接称其为歌曲的祖先、说"我是贝壳"且里面藏着汪洋恣肆的大海、称夜是黑太阳之夜等,都是非常独特的暗喻。这些奇特的比喻一方面使诗歌充满独特的艺术魅力,另一方面也相当简洁而深刻地表达了对满蕴原始生命力和巨大创造力的黑夜的由衷喜爱和深情歌颂。又如《给他的女儿》:

几只燕子飞来的时候,
你也在同一时刻诞生,
小小身体带来欢欣,
新生婴儿的眼睛,

就在三月份降生——
请听子民的赞颂,上帝!
这就仿佛是一只鸟儿
翩翩飞舞落在大地。

空中的燕子呢喃,
房子里乱得像底朝天:
婴儿的哇哇哭泣声,
鸟儿在窗外鸣啭。

第一朵春天的花蕾,
格外雅嫩的树丁,
你是第一个女孩儿,
你是第一只春燕!

十一月的白昼短暂,
十一月的黑夜漫长,

---

① 《我是凤凰,只在烈火中歌唱——茨维塔耶娃诗选》,谷羽译,上海译文出版社,2014年,第92页。

黑翅膀的燕子飞走了——
飞越了大海汪洋!

压挤着幼小的胸脯,
北方的泥土寒冷。
是燕子带走了婴儿,
飞得不见踪影……

可怜的小小花环,
摆在永世不变的地方。
睡吧,孩子,上帝的小鸟,
愿你安眠在梦乡。①

这首诗写的是埃夫隆的哥哥彼得的小女儿之死。全诗采用巧妙的比喻,把小女儿的出生和死亡,与燕子的飞临和离去对照起来描写,仿佛这燕子成了小女儿的象征,随着燕子的到来带来了春天,随着燕子的离去带来了冬天。《我种了棵小苹果树……》则采用了类似中国诗歌比兴的隐喻手法:

我种了棵苹果树,
给孩子带来欢乐,
给老人带来青春,
给园丁带来喜悦。

我把一只白色斑鸠
引进了我的堂屋:
让小偷儿感到烦恼,
而主妇得到安抚。

我生了一个女儿——
一双蓝盈盈的眼睛,
头发明亮像太阳,
声音清脆如百灵。

让少女们心怀嫉妒,
让小伙子们体验痛苦。②

---

① 《我是凤凰,只在烈火中歌唱——茨维塔耶娃诗选》,谷羽译,上海译文出版社,2014年,第 22 页。
② 同上书,第 49—50 页。

这首诗是为女儿阿莉娅而写的。全诗前两节分别以种了小苹果树、把一只白色斑鸠引进堂屋及其给人们带来的愉悦作为比兴,在某种程度上构成隐喻,然后在此基础上,突出女儿阿莉娅的美丽可爱,并以反衬的手法进一步突出这种美丽可爱:她会使少女们心怀嫉妒,小伙子们体验痛苦。

对比也是诗人常用的修辞手法之一,如《高傲和怯懦……》:

  高傲和怯懦——是对亲姊妹,
  她们在摇篮边友好地相会。

  "脑门昂起来!"高傲感到快乐。
  "目光要下垂!"怯懦悄悄地说。

  我就这样走过:低垂着眼睛,
  高扬其前额——高傲又胆怯。①

诗歌建立在高傲与怯懦这一对矛盾对立的概念上,两者形成鲜明的对比:高傲要求昂首阔步,旁若无人;怯懦则要求低眉俯首,战战兢兢。诗人在灵感勃发时在艺术的王国里仿若君王,豪气万丈,睥睨人世;可一回到世俗的生活中,面对世俗的人和事,就显得笨拙不堪,无用武之地,因而显得畏畏缩缩,胆怯不已,但因为自己才华横溢,心底里又有所不甘,颇有点李白那种"仰天大笑出门去,我辈岂是蓬蒿人"的感觉。这首诗表现的就是诗人这种既高傲又胆怯的矛盾复杂心理。诗人的女儿阿莉娅的话"妈妈拥有百万富翁的精神,过的却是乞丐的生活",在某种程度上也是这首诗很好的一个注解。又如《安德烈·舍尼埃》其一:

  安德烈·舍尼埃登上断头台。
  而我还活着——这骇人的罪孽。
  这段时间——对于大家像块铁。
  站在火药上唱歌的不是歌者。

  站在门槛上,打儿子的身上
  扯下护身甲胄的不是父亲,
  这段时间,太阳——致命的罪孽。
  在这个时代——活着的不是人。②

全诗是以安德烈·舍尼埃作为对比而展开的。安德烈·舍尼埃(1762—1794),法国 18 世纪末诗人,其诗歌把现代的科学内容和古希腊的形式美结合起

---

① 《我是凤凰,只在烈火中歌唱——茨维塔耶娃诗选》,谷羽译,上海译文出版社,2014 年,第 222 页。
② 马海甸主编:《茨维塔耶娃集》,花城出版社,2014 年,第 64 页。

来，被浪漫派尊为始祖。安德烈·舍尼埃对古希腊、拉丁古典文学有很深的造诣，醉心进步思想，崇尚理性。法国大革命后他主张君主立宪制，但1792年8月10日的革命彻底推翻了君主制，所有同情国王的人都遭到追捕，他被迫先后躲避在诺曼底、凡尔赛等地。1794年3月7日他在朋友家被捕，囚于圣拉萨尔狱。在被囚禁的140天里，他创作了不少诗歌，其中有最著名的诗篇《青年女囚》。在罗伯斯庇尔的"革命恐怖"期间，7月25日，他被送上断头台。不过，舍尼埃死后三天，罗伯斯庇尔本人也被推上断头台，从而结束了"革命恐怖"。安德烈·舍尼埃在极端恐怖的年代敢于坚持己见，敢于用自己的诗歌反抗暴政。相比之下，这使抒情主人公深感自己在同样的时代同样的情形下还活着，是苟且偷生，苟延残喘，这是骇人的罪孽，甚至深感在这样的时代"活着的不是人"，因此就连普照人世使生命富有活力的太阳的行为都是致命的罪孽。

诗人如火的激情更是让诗人经常运用排比的修辞手法，如《平和的游荡生活……》：

> 平和的游荡生活在雾霭中开始：
> 这是树木在夜晚的大地上漂移，
> 这是葡萄串浮动如金色酒浆，
> 这是星星漫游挨门挨户寻访，
> 这是江河奔腾流到头想要回返！
> 这是我渴望依着你的胸口睡眠。①

抒情主人公在游荡生活中开始感到厌倦并产生了强烈的渴望，这种感情通过五个排比句"这是"突出而有力地表现出来。其中前四个"这是"在某种程度上还构成了与第五个"这是"的反衬，一如李白的《越中览古》："越王勾践破吴归，战士还家尽锦衣。宫女如花满春殿，只今惟有鹧鸪飞。"前面极力铺垫，后面一句则与之相反，从而更见力度，也产生了更加强烈的艺术效果（李白的诗是铺垫胜利者的奢华，以之反衬今日的荒凉，茨诗则接连以四种近乎奇想的现象来反衬抒情主人公强烈愿望的定要实现）。又如《我感谢你，噢，上帝……》：

> 我感谢你，噢，上帝，
> 为海洋，为大地，
> 为充满诱惑的肉体，
> 为永生不灭的灵魂，
>
> 为热腾腾的鲜血，
> 为冷冰冰的流水。
> 我为爱情感激你。

---

① 《我是凤凰，只在烈火中歌唱——茨维塔耶娃诗选》，谷羽译，上海译文出版社，2014年，第99页。

我为晴天感谢你。①

短短的八行诗，一连用了五个"为"（如果加上最后两句的"我为"则是七个），构成了气势宏大的排比，充分表现了诗人对上帝创造并操纵整个宇宙的一切的感情，同时也由此展现了诗人视野之开阔、胸襟之博大。《八月——菊花开放……》一诗更是几乎由八个"八月"排比构成全诗②。

反复，也是诗人常用的手法之一，而且往往用得出神入化，如《哪儿来的这似水柔情？……》：

> 哪儿来的这似水柔情？
> 我并非初次把卷发抚弄，
> 发绺蓬松，吻过的嘴唇
> 比你的更红、味儿更浓。
>
> 星星升起来又熄灭，
> 哪儿来的这似水柔情？
> 眸子亮了随即暗淡，
> 我瞳孔里的那双眼睛。
>
> 我还不曾在沉沉黑夜，
> 侧耳聆听这样的歌声，
> 哪儿来的这似水柔情？
> 我依在歌手的怀抱中。
>
> 远来的歌手，无人可比，
> 睫毛修长，调皮的后生！
> 这情怀你教我如何了结？
> 哪儿来的这似水柔情？③

这是献给诗人曼德尔施坦姆组诗中的一首，表达对他的一片深情，其中"哪儿来的这似水柔情"在诗中反复出现四次，而且在四个诗节中的位置依次下移，第一诗节是第一行，第二诗节是第二行，第三诗节是第三行，第四诗节则为第四行，工整中显出变化，实属匠心巧构，而且很好地表达了自己心中的似水柔情。《我瞅着黑眼睛的你——离别……》同样独特而巧妙：

---

① 马海甸主编《茨维塔耶娃集》，花城出版社，2014年，第80页。
② 《我是凤凰，只在烈火中歌唱——茨维塔耶娃诗选》，谷羽译，上海译文出版社，2014年，第102—103页。
③ 同上书，第55—56页。

我瞅着黑眼睛的你——离别！
高个子——离别！孤独——离别！
面带微笑，目光如刀锋——离别！
完全不像我的笑容——离别！

跟很多早年丧母的孩子一样，
你像母亲也像我——离别！
你突然出门成了过路的行人，
你是安娜守着睡觉的谢廖沙——离别！

意想不到——家里闯进来个人，
黄眼睛的茨冈女人——离别！
摩尔多瓦女人，不敲门——离别！
暴风猛烈刮得我们冷彻骨髓——离别！

你燃烧，呼叫，跺脚，吹口哨，
你哭嚎，咆哮，像撕碎的丝绸，
像灰狼——离别！顾不上祖孙——离别！
像飞鸟——离别！像草原母马——离别！

你可是拉辛的后代——宽肩膀，红头发？
我看见你成了杀人凶手——离别！……

现在玛丽娜呼唤你的名字——离别！①

这是1920年诗人思念丈夫谢尔盖时创作的，其时谢尔盖已经一年多杳无音信了。刻骨的思念，加上锥心的担忧——担忧他成为杀人凶手，也担忧他被杀，化作狂飙般的激情，这激情通过短短19句诗中反复出现的18个"离别"，以及大度跳跃的各种意象，椎心泣血地表现出来。其中，反复的艺术手法运用得尤其出神入化：不但连用18次，而且巧妙地放在句末，每次都像重锤一击，一次更重于一次地击打心灵击打痛苦的神经，从而产生震撼心灵深处的独特艺术效果。

象征也是使诗歌简洁、含蓄、深沉的修辞手法之一，其《两个太阳结了冰……》由隐喻而构成象征：

两个太阳结了冰——啊，上帝保佑！

---

① 《我是凤凰，只在烈火中歌唱——茨维塔耶娃诗选》，谷羽译，上海译文出版社，2014年，第183—184页。

一个悬在天空,另一个就在我心头……

两个太阳怎么办?能否饶恕我的罪行?
两个太阳怎么办?我可会因此而发疯?

两个太阳冷漠了,它们的光不带来疼痛!
哪一个太阳更温暖,哪一个会更快变冷。①

　　这是 1915 年写的诗,表现的是对战争的恐惧与为亲人担心。因为当时政府提出了动员大学生上前线,她的丈夫谢尔盖很可能上前线,这"心中的太阳"很可能因此送命。这种强烈的恐惧与担心,变成了象征,通过太阳表现出来,而且两个太阳对举出现,更增加了作品的层次感和感染力。
　　又如《贪婪的烈火——我的骏马……》:

贪婪的烈火——我的骏马!
它不爱嘶鸣,马蹄也不蹬踏。
我的骏马呼吸之地,泉水不再汹涌。
我的骏马奔驰之处,青草不再滋生。

哦,烈火,我的骏马,永远吃不饱!
哦,骑士跨上烈火骏马愿永远奔跑!
头发与火红的马鬃一起飘扬……
在辽阔天空划出了一道火光!②

　　"烈火"和"骏马"两个意象先是单独并列出现,后来干脆合成一个意象"烈火骏马",这又是女诗人独创的一个意象,并且在全诗中形成了独特的象征:一种激情似火、义无反顾、勇往直前、永远追求的象征。
　　《航海者》更是直接运用象征:

大海把我的独木舟摇晃!
头脑厌倦了汹涌的波浪!

奢望在码头长久地停靠,——
头脑因情感起伏而疲劳:

颂歌、桂冠、英雄、祸患——

---

① 《我是凤凰,只在烈火中歌唱——茨维塔耶娃诗选》,谷羽译,上海译文出版社,2014 年,第 42 页。
② 同上书,第 125 页。

头脑因钩心斗角而疲倦!

您处在青草与针叶之间——
头脑厌烦了无谓的争端……①

航海者是诗人的象征,世俗生活的大海以错综复杂的人际关系的汹涌波浪无休无止地摇撼着他,以种种钩心斗角和形形色色的无谓争端使他深感疲倦和厌烦,他渴望休息,更渴望在青草与针叶所象征的大自然中寻得安宁。《两棵树……》②则借两棵树作为象征,表现人世间的爱情。而《普叙赫》③一诗通篇由普叙赫构成整体象征,普叙赫是灵魂和精神的象征。《接骨木》④一诗中,接骨木是生命的象征,并象征性地展示了生命的发展、成熟,生命灵气的突然爆发,以及生命的苦难、厄运乃至不可避免的死亡等等。这种象征在其长诗更为常见也更复杂,如《山之诗》中的"山"既是爱情的象征,又意味着苦难⑤。

值得一提的是,在茨维塔耶娃的诗歌中,众多修辞手法往往是结合在一起运用的,如《你的名字……》:

你的名字是手中的小鸟儿,
你的名字是舌尖上一块冰,
你的名字是嘴唇唯一的动作,
你的名字由五个字母构成……
飞行的皮球忽然被人接住,
又像是含在嘴里的银铃。

石头沉入平静的清水塘,
鸣溅的水声仿佛把你呼唤。
夜深人静轻轻的马蹄声
呼唤你的名字如雷鸣一般。
扣动的扳机对准太阳穴,
喊你的名字,高声呐喊。

你的名字——噢,不可能!
你的名字——是亲吻眼睛,

---

① 《我是凤凰,只在烈火中歌唱——茨维塔耶娃诗选》,谷羽译,上海译文出版社,2014年,第270页。
② 详见上书,第150—151页。
③ 同上书,第115—116页。
④ 同上书,第321—323页。
⑤ [俄]安娜·萨基扬茨:《玛丽娜·茨维塔耶娃:生活与创作》,中,谷羽译,广西师范大学出版社,2011年,第499页。

凝滞的眼帘里温柔已趋寒冷。
你的名字——是亲吻白雪，
是一口冰凉的泉水咽下喉咙。
想你的名字，沉入香甜的梦。①

全诗深深地表达了对诗人勃洛克的炽烈热爱，而这是通过大量出人意料的新奇的暗喻(你的名字是手中的小鸟儿、你的名字是舌尖上的一块冰)、明喻(你的名字像飞行的皮球被人接住、像含在嘴里的银铃)，特别是排比(第一诗节"你的名字"排山倒海般连续四次出现，第三诗节则出现三次)达到的神奇艺术功效。又如《亲亲额头……》：

亲亲额头——消解忧愁。
我亲吻额头。

亲亲双眼——治疗失眠。
我亲吻双眼。

亲亲嘴唇——如同冷饮。
我亲吻嘴唇。

亲亲额头——消解忧愁。
我亲吻额头。②

全诗四节用四个"亲亲"构成排比，而最后一节与第一节又构成重复(反复)，形成环形结构，使之既欢快活泼又首尾呼应，既流畅又规整，相当生动、有力地表达了恋爱的欣悦。又如《礼拜六与礼拜天之间……》：

我像一只柳莺，悬挂在
礼拜六与礼拜天之间。
一个翅膀有银色花纹，
另一个翅膀有金色斑点。

开心娱乐和忙碌操劳
一对一分成了两半——
我的白银是礼拜六！

---

① 《我是凤凰，只在烈火中歌唱——茨维塔耶娃诗选》，谷羽译，上海译文出版社，2014年，第63—64页。
② 同上书，第109页。

我的黄金则是礼拜天!

既然忧郁渗入了血管,
皮肤粗糙不合心愿——
意味着我从右侧羽翼
撕下羽毛血迹斑斑。

既然血液已再次苏醒,
悄悄地在体内循环,
就是说我该转向世界,
展示金黄色的一面。

尽情享乐吧,不用多久
鸟儿消失在遥远的天边——
你们的鸟儿有七彩羽毛,
我的柳莺有金箔银片。①

全诗把对比和象征融为一体:礼拜六与礼拜天、黄金与白银在全诗中构成对比,这种对比进而又形成象征——表现诗人心中的双重矛盾冲突。对此,谷羽论析道:"茨维塔耶娃喜欢礼拜六,不喜欢礼拜天,在生活中看重银子,蔑视黄金。礼拜六、银子、右翼(右手——是天堂)、操劳、忧愁、心灵、普叙赫——都属于诗人推崇的事物。而礼拜天、金子、左翼(左手——是地狱)、娱乐、血液、尘世女人、有罪的夏娃——则受到诗人的轻蔑。两种因素相反相成不可分割。我们还记得:'宛如一左一右两只翅膀,我们相濡以沫温馨欢畅。'这首诗表达了抒情主人公心中两相冲突的两重性。"②

此外,从一开始,茨维塔耶娃就对语音十分敏感,而且富于联想,并能通过文字游戏般的诗句来表达自己的思想观念,如《磨面与磨难》:

"越磨越细,才有白面!"
这种本领让人喜欢。
有了白面,何必忧烦?
不,最好是有磨难!

请相信,我们活得苦闷!

---

① 《我是凤凰,只在烈火中歌唱——茨维塔耶娃诗选》,谷羽译,上海译文出版社,2014年,第162—163页。
② 同上书,第162页注解。

只有苦闷能驱走厌倦。
越磨越细？会有白面？
不，最好有磨难！①

在俄语中 muká 与 múka 两个单词，字母完全相同，读音也根本一样，只是重音在后面的，意为"面粉、白面、面包"，重音在前面的，则意为"苦难、磨难"。诗人充分利用这一音同而意异的特点，非常巧妙地甚至像玩文字游戏般地表达了自己在苦闷的生活中渴望磨难，增加对生活感知的愿望和观念。亨利·特罗亚还进而谈到，她发明了一种新诗，很多字的语音财富在前辈作家那里，没能全部利用起来，她却全拿了过来，像耍戏法一般，抛上去，接下来，眼花缭乱，目不暇接。她的诗，常常音韵骤变，跨行隔句，语音对撞，创造出了具有个人特色的音乐，她在文学形式上很大胆。他更具体地谈到，读茨维塔耶娃，你首先就会联想到，她自始至终都用语言的杂技来表情达意。玛丽娜每个诗句都是铤而走险。她追求怪词怪字，甚至古字，来与音近但意异的词匹配和对偶，目的是让这样的词语撞在一起，正好撞出来一个令人难忘的隐喻。由于她寻求语汇的奇特，诗的双关语音韵有欠和谐。她把句法和诗律都打乱了，把音乐变成了一连串的喧嚣。玛丽娜常常在句子里不用动词，听起来，就好像气喘吁吁地大呼救命、上气不接下气地当众忏悔。或许，看到两个俄文字相似，她就让这两个字互相呼应，押韵，炸响。这样写出来的诗，文字简洁，用词新颖，省去很多冗言，时常欲言又止，屡现惊人之语，令人耳目一新，不过有时候读者抓不住其中隐含的意思，避又避不开。②

俄侨诗人、小说家、评论家布里奇认为，茨维塔耶娃的作品具有标志性的特征：古旧词语与随机词并存；诗歌充满激昂的情绪和西卜拉的语气；截短的诗句；没有动词；把诗行的末尾移到下一诗行；富有表现力的节奏；具有特殊意义的破折号，等等。另外，她不注重韵律的平缓性，没有大量使用元音。相反，在她的作品中经常出现违反发音法，并因而造成朗读障碍的诸个辅音连缀现象。作品中声音相合或是语法相近的词语经常对称出现。茨维塔耶娃也有信手拈来的、能产生音响联想的词语建造其诗歌殿堂。除注重音响的联想这一特点外，茨维塔耶娃还擅长"玩"文字游戏。③ 马克·斯洛宁曾这样总结茨维塔耶娃诗歌的特点："她的文体是精确、清晰、轮廓分明，她喜欢铜管乐器胜过长笛，她的诗才的特征是激烈、活泼、有力，诗歌的节奏是快速剧烈的断奏，有强烈的重读，分散的词和音节顿挫合拍，就这样从一行或一个对句转到另一行或另一个对句(连行)。诗人强调的是表达和词的重读，而不是悦耳的曲调。"并进而指出，这是一种"简洁的、几乎是电报式的文体"，其中，"她精心修饰的句子如同闪烁的火花，像电流一样穿过人的全身。往往省略

---

① 《我是凤凰，只在烈火中歌唱——茨维塔耶娃诗选》，谷羽译，上海译文出版社，2014年，第7页。
② [法]亨利·特罗亚：《永远的叛逆者：茨维塔耶娃的一生》，李广平译，花城出版社，2014年，第109、114—115页。
③ 荣洁等：《茨维塔耶娃学术史研究》，译林出版社，2014年，第56—57页。

了短语之间的语法连接,不断破坏了词语的连贯;同时,互不联系的词语被用来作为跟上诗人越来越快的步伐的路标"①。的确,对诗歌艺术技巧的高度重视使得茨维塔耶娃的诗歌具有十分鲜明的个性特征,其作品节奏铿锵,意象奇诡,充满了大量的破折号、问号、惊叹号和省略号,并且常常使用不完整的句,往往在词与词、句和句之间造成很大的跳跃性,如《我的大都市里一片黑夜……》:

> 我的大都市里一片黑——夜。
> 我从昏沉的屋里走上——街。
> 人们想的是:妻,女——
> 而我只记得一个字:夜。
>
> 为我扫街的是七月的——风。
> 谁家窗口隐约传来音乐——声。
> 啊,通宵吹到天明吧——风,
> 透过薄薄胸壁吹进我——胸。
>
> 一棵黑杨树,窗内是灯——火,
> 钟楼上钟声,手里小花——朵,
> 脚步啊,并没跟随哪一——个,
> 我是个影子,其实没有——我。
>
> 金灿灿念珠似的一串——灯,
> 夜的树叶味儿在嘴里——溶。
> 松开吧,松开白昼的——绳。
> 朋友们,我走进你们的——梦。②

译者飞白对此分析道:"《我的大都市里一片黑夜》的形式十分新奇别致,其格律是抑扬格 4 音步外加一个重音单音节韵……在破折号处本来是应当有一个弱音节填充的(那样就成了一般的抑扬格 5 音步),然而诗人把它空缺了,造成了一个节拍的延宕,从而突出了寂静氛围中的那个单音节韵,使它在一片黑夜中轻轻荡漾。"③

这种大胆的创新、独特的艺术个性,再加上很高的艺术成就,使茨维塔耶娃的诗歌赢得了极高的评价。帕斯捷尔纳克在晚年回答外国记者采访时说:"我认为茨

---

① [美]马克·斯洛宁:《苏维埃俄罗斯文学(1917—1977)》,浦立民、刘峰译,上海译文出版社,1983年,第 276—277 页。
② 飞白著译:《诗海——世界诗歌史纲》,现代卷,漓江出版社,1989年,第 1529—1530 页。
③ 同上书,第 1528—1529 页。

维塔耶娃是属于高层次的——她从一开始便是一个已经成熟的诗人。在那笨嘴拙舌的年代,她已经发出了自己的声音——人的,经典的声音。这是一个有着男性心灵的女人。同日常的事情的斗争赋予她以力量。茨维塔耶娃寻找并且达到了完美的清晰度。较之我经常对其朴素和抒情性表示赞赏的阿赫玛托娃,她是一位更伟大的诗人。"1987年诺贝尔文学奖得主、大诗人布罗茨基则一再宣称:茨维塔耶娃是20世纪最伟大的诗人或是20世纪的第一诗人[①],他甚至反复强调说:"20世纪的第一诗人是茨维塔耶娃,当然是茨维塔耶娃!"[②]

[①] [美]布罗茨基、沃尔科夫:《布罗茨基谈话录》,马海甸、刘文飞、陈方编译,东方出版社,2008年,第47页。

[②] 荣洁编选:《茨维塔耶娃研究文集》,译林出版社,2014年,第72页。

第六章

俄国诗歌纵横谈

本章纵横探讨了俄罗斯诗歌的多方面问题,其中重点是俄罗斯诗歌与中国现当代诗歌的关系。

第一节 积累 成熟 深化 衰落
——俄罗斯抒情诗的发展历程

抒情诗是文学作品中与叙事类、戏剧类并列的一种类型,一般以主观的方式表达诗人个人的情感和思想。抒情诗这一概念源自古希腊,本是由竖琴伴奏演唱的一首歌曲。这一概念现今指任何较为简短、抒发强烈情感的非叙事形式的诗歌。其突出特点是:强烈的音乐性、丰富的情感、主观的因素、灵动的想象、较短的篇幅(一般是二三十行,偶尔也有一百多行甚至更多的),或者直抒胸臆,或者借景抒情,或者象征寓意,但都通过抒发诗人的思想感情来显形灵感,表达强烈的个人欢乐、忧伤和沉思默想乃至矛盾复杂的心理情绪,反映生活思考人生甚至把握时代脉搏。按照其内容的不同,抒情诗可以分为颂歌、情歌、哀歌、挽歌、牧歌等;根据其形式的不同,则更是可以分为多种多样的类型,如罗曼斯、嘎扎勒体、十四行诗、民谣、回旋诗、戏剧独白等。正因为如此,《俄罗斯抒情诗选》[①]没有选入俄国成就很高的寓言诗(如克雷洛夫以及被布罗茨基评价极高的德米

[①] 顾蕴璞、曾思艺主编:《俄罗斯抒情诗选》,商务印书馆,2017年。

特里耶夫的寓言诗①)、成就不俗的讽刺诗,而选入的是上面论述中颇为纯粹的抒情诗。

如果从俄国第一位职业诗人谢苗·波洛茨基算起,至今俄国诗人创作的抒情诗已有三百多年历史。纵观三百多年俄国抒情诗的发展历程,大约可以分为四个阶段。

一是积累阶段(19世纪以前)。在这一阶段,俄国诗人们从模仿、学习、吸收西方诗歌,逐渐走向创作具有俄罗斯民族特色的抒情诗,为19世纪俄国诗歌的黄金时代的来临,积累了丰富的经验,打下了坚实的基础,做出了相当充分的铺垫。

17世纪中后期,俄国第一个职业诗人谢苗·波洛茨基(1629—1680)最早使诗歌与神学分离,创造了俄国的音节诗,并出版了俄国文学史上第一部诗集《多彩的花园》(1678),其主题多种多样,富于人生哲理,但最主要的内容是对王权和宗教的颂扬,句法结构则精巧复杂。谢苗·波洛茨基抒情诗的贡献主要在两个方面:第一,借鉴西欧的诗歌,创造了俄国的音节诗;第二,创作了俄国诗歌史上较早的哲理诗,尽管这些哲理表达得比较简单(如《俄罗斯抒情诗选》中选入的《酒》),还只是停留于人生经验的简单总结或表面的哲理思索,说教过多,诗味不足,但这种哲理诗具有开拓意义,对以后也有一定的影响(如19世纪著名哲理抒情诗人丘特切夫的《致反对饮酒者》的风格与此近似②),更重要的是他开创了俄国诗歌史上的哲理诗,是后世哲理诗乃至著名的哲理抒情诗的滥觞。

18世纪的俄国文学尤其是其中的抒情诗,取得了相当不俗的独特成就。而这一成就,在我国至今没有得到应有的认识,译介很少,研究更是滞后,以致人们一如既往地认为19世纪的俄国文学似乎是从地底突然冒出来的喷泉一样风景了人们的视线。其实,没有18世纪作家、诗人的诸多探索和走向独创的颇高艺术成就打下良好的基础,作为坚实的铺垫,也就不可能有19世纪俄国文学尤其是诗歌的黄金时代。

18世纪30年代,由于17世纪彼得大帝的改革和俄国的日趋强大,俄罗斯民族开始觉醒,俄罗斯开始发展自己的新文学(当时的文学主要就是诗歌和戏剧)。向西欧学习,使俄罗斯人意识到了自己的落后,他们开始如饥似渴地学习西方的文化、翻译、模仿西欧的文学,并渴望创作自己的作品。到18世纪后期,具有俄罗斯民族特色的诗歌渐渐形成。在这一过程中,产生了几位值得一提的诗人。

康捷米尔(1708—1744),创作过爱情诗、讽刺诗等等作品,其中有九首讽刺诗为其代表作品。他是俄国的启蒙主义者,奠定了俄国公民诗歌或者说俄国诗歌强烈的公民精神的基础。俄国的公民诗歌实际上包括两个方面:一是强调履行公民

---

① 布罗茨基指出:"德米特里耶夫……的寓言诗,那是一些多好的诗啊!俄罗斯的寓言绝对是一种令人感到震惊的东西。克雷洛夫,天才的诗人,他诗里的声响能和杰尔查文的相媲美。"详见[美]约瑟夫·布罗茨基、所罗门·沃尔夫夫:《布罗茨基谈话录》,马海甸、刘文飞、陈方译,东方出版社,2008年,第38页。

② 详见曾思艺:《丘特切夫诗歌研究》,人民出版社,2012年,第191页。

职责,歌颂尽忠报国,描写有益于国家和人民的重大事件;二是"和一切阻碍祖国顺利前进的东西作斗争",具体表现为关心人间苦难,抨击社会乃至宫廷里的专制与黑暗。康捷米尔强调两方面,但其诗歌主要偏向于讽刺和揭露。此后,经过罗蒙诺索夫、苏马罗科夫、杰尔查文、拉吉舍夫等人的继承与发展,到19世纪,俄国公民诗终于形成蔚为壮观的局面,出现了普希金、涅克拉索夫以及雷列耶夫等为代表的"十二月党人"诗人的作品构成的公民诗歌,在社会上产生了巨大的影响。此外,康捷米尔在诗歌格律和诗与生活的结合方面也有颇大的贡献,别林斯基指出:"康捷米尔是第一个开始用固定音节的格律写诗的,他的诗在内容、风格和目的上已经完全不同于他在诗坛上的前辈。康捷米尔通过自己开创了世俗的俄国文学的历史……他在罗斯第一个让诗与生活结合起来……"①米尔斯基则认为:"康捷米尔完全有理由被视为俄国文学中第一个有意识的、艺术上自觉的现实主义者。"②

特烈佳科夫斯基(1703—1769),是一位把古典主义和启蒙思想结合起来的诗人,他创作过哀歌《悼念彼得大帝逝世》、颂诗《赞美俄罗斯颂诗》、哲理叙事诗《费奥普基亚》,也写过小巧精致的爱情小唱,并且把法国作家费纳隆(1651—1715)的传奇小说《忒勒马科斯》翻译成叙事诗。他最大的贡献是,最早研究西欧其他民族的诗歌格律,提出了建立俄语重音音节诗歌格律的主张,发表了理论文章《新俄文诗律简论》《俄罗斯诗歌之阿波罗书简》。别林斯基指出:"即使康捷米尔和特列佳科夫斯基不是俄国文学的奠基人,他们的作品在某种程度上也似乎是奠定俄国文学基础的一篇序言。"③

罗蒙诺索夫(1711—1765),是俄国著名的科学家、学者、诗人和文艺理论家。他的诗歌体现了俄国公民诗歌歌颂尽忠报国的一面,歌颂英雄业绩,为国家的重大事件而创作,颂扬俄国的内外政策,谈论战争与和平,表达对祖国的热爱,主要作品有颂诗《攻打霍丁颂》《与阿那克瑞翁对话》《伊丽莎白女皇登基日颂》。他还创作了著名的哲理诗《晨思上帝之伟大》《夜思上帝之伟大》,在俄国哲理诗的发展上有所推进。米尔斯基认为,这两首诗是罗蒙诺索夫哲学诗歌非常出色的代表,同时亦体现了他这样一种力量,即以广阔宏大的笔触描绘自然之庄严宏伟的画面。④ 罗蒙诺索夫所写的理论文章《论俄语诗格律》完成了由特烈佳科夫斯基开始的诗体改革,正式确定了俄国诗歌重音诗格律。别林斯基称他为"俄国诗歌之父""俄国文学之父",并宣称:"俄国文学史是从罗蒙诺索夫开始的……罗蒙诺索夫的确是俄国文学的奠基人。他作为一个天才人物,赋予了俄国文学以形式,以倾向。"⑤

苏马罗科夫(1718—1777),是一位戏剧家、诗人,创作过9部悲剧,写下了一定

---

① 《别林斯基选集》,第五卷,辛未艾译,上海译文出版社,2005年,第639页。
② [俄]米尔斯基:《俄国文学史》,上卷,刘文飞译,人民出版社,2013年,第55页。
③ 《别林斯基选集》,第五卷,辛未艾译,上海译文出版社,2005年,第639—640页。
④ [俄]米尔斯基:《俄国文学史》,上卷,刘文飞译,人民出版社,2013年,第61页。
⑤ 详见《别林斯基选集》,第五卷,辛未艾译,上海译文出版社,2005年,第188、640、639页。

数量的颂诗、哀歌、寓言诗和讽刺诗,其主要成就在于发展了歌谣(песня)这一文学体裁。他打破古典主义强调用理智克服感情的传统,而强调爱情是一种真挚而强烈的感情,不屈服于理智,对个人有重大的作用,从而开创了俄罗斯诗歌中重视爱情的新局面,影响深远。

赫拉斯科夫(1733—1807),是苏马罗科夫的学生,侧重写个人的感受,写爱情小唱,把爱情诗写得深情款款,无比温柔,被称为"温柔心灵的抒情诗"。

卡拉姆津(1766—1826),俄国著名的历史学家、小说家和诗人,俄国感伤主义的代表和领袖。其小说《可怜的丽莎》是俄国感伤主义的典型代表,影响很大,其诗歌《百合花》《秋》《忧郁》等语言优美,忧伤而哀怨,体现了感伤主义的特点——捍卫个人的权利,关心普通人的不幸,描写人的内心世界,崇拜大自然。别林斯基指出:"卡拉姆津在年轻的、因而还很粗野的社会里唤醒了并培养了作为感觉来看的多情善感,通过这一点,使社会有准备去接受感情,后者是茹科夫斯基在这个社会里唤醒和培养起来的。"[1] 米尔斯基则认为:"卡拉姆津的诗歌是模仿性的,但很重要,如同他的其余作品一样,其诗歌亦为一个新时期之标识。他是俄国第一人,诗歌于他成了表达'内在生活'的手段。他在俄语诗歌的技术范畴也留下清晰痕迹,如他对传统法语诗歌形式的改进以及对德语诗体新形式的引进。在所有这些领域,他都是茹科夫斯基的先驱,但也仅此而已,他并未替茹科夫斯基彻底松绑,因为后者才是现代俄语诗歌的真正父亲。"[2]

德米特里耶夫(1760—1837),俄国感伤主义文学的重要代表和奠基人之一,卡拉姆津的挚友,善用口语入诗,语言优美,格律严谨,擅长抒情诗、讽刺诗、寓言诗、诗体故事各种体裁。其诗歌对巴丘什科夫、茹科夫斯基、巴拉丁斯基、维亚泽姆斯基等有一定的影响。别林斯基指出,德米特里耶夫的歌柔和到了发腻的程度,可是当时一般的口味就是这样,而"一般地说,在德米特里耶夫的诗作中,照它们的形式和趋势来说,俄国诗歌在向朴素和自然,总之——向生活和现实的接近方面迈过了很大的一步"[3],并且在谈到茹科夫斯基的贡献时高度评价了卡拉姆津和德米特里耶夫在发展俄罗斯民族文学语言和形式上的功绩:"茹科夫斯基也是个非凡的诗人;他已经是在杰尔查文之后出现的,当时的语言本身经过卡拉姆津和德米特里耶夫,已经取得很大的成就;茹科夫斯基本人推动了语言的前进,他为诗歌做了许多工作。"[4] "在德米特里耶夫和卡拉姆津的诗里,倾向上、形式上,俄国诗歌都迈进了一大步。"[5]

18世纪俄国诗歌的泰斗是杰尔查文(1743—1816),其贡献主要体现在以下几

---

[1] 《别林斯基选集》,第三卷,满涛译,上海译文出版社,1983年,第6页。
[2] [俄]米尔斯基:《俄国文学史》,上卷,刘文飞译,人民出版社,2013年,第84—85页。
[3] 《别林斯基选集》,第四卷,满涛、辛未艾译,上海译文出版社,1991年,第36页。
[4] 《别林斯基选集》,第五卷,辛未艾译,上海译文出版社,2005年,第195页。
[5] 《别林斯基选集》,第四卷,满涛、辛未艾译,上海译文出版社,1991年,第43页。

方面。

第一，公民诗歌。其创造性在于，把公民诗歌的两种倾向结合起来，一方面，极力歌颂当时俄国社会的一切重大事件，尤其是俄国的军事胜利，歌颂重要历史人物，赞扬俄国英勇的士兵；另一方面，以强烈的公民责任感，揭露官吏的无能、政府的腐败。如其名作《致君主与法官》的锋芒直指神圣的帝王，先是教诲他们善待民众，保护弱小，但他们置之不理，于是诗人愤怒地宣称他们跟卑微的奴隶没有区别——同样会被死亡带走，并且祈求正义的上帝显灵，审判惩处奸佞，以致叶卡杰琳娜二世称本诗为"雅各宾党人的话"。这样，杰尔查文就独创性地把颂诗变成了公民诗，并且与现实生活紧密相连，就像别林斯基指出的那样，把康杰米尔的讽刺与罗蒙诺索夫的颂歌结合起来："俄国诗歌从它一开始，假如容许这样说的话，就是顺着两条彼此互相平行的河床而向前流动，它们越是往下流，越是时常会合成一股洪流，随后，又分成两股，一直到我们今天它们又汇合成一条大河为止。通过康捷米尔，俄国诗歌表现了对于现实，对于如实的生活的追求，让力量立足于忠于自然的基础上。通过罗蒙诺索夫，俄国诗歌表达了对理想的追求，把自己看作一种神圣而高翔的生活的神谕者，一切崇高伟大事物的代言人。……在杰尔查文这种天才人物身上，这两种倾向经常合流在一起。"①杰尔查文的这种极具创造性的公民诗，对当时和后世产生了颇大的影响。"拉吉舍夫、十二月党诗人雷列耶夫，以及18世纪末和19世纪初俄罗斯社会及文学界的一切进步与优秀的人物，都很尊崇杰尔查文的高度的公民精神，和表现这些精神时的勇敢态度。拉吉舍夫曾经把自己的著作《从彼得堡到莫斯科旅行记》寄给杰尔查文，雷列耶夫也曾经把自己的一篇《沉思》献给他。杰尔查文的公民诗歌对克雷洛夫和普希金创作中的公民主题都起了影响"②。

第二，哲理抒情诗。俄国的诗歌有表现哲理、探索生命意义的传统，这就是俄国哲理诗。其源头在文人创作中可追溯到波洛茨基。把俄国哲理诗推进一步的，是罗蒙诺索夫。他的名诗《晨思上帝之伟大》《夜思上帝之伟大》，试图把科学知识、激越的感情与哲理诗结合起来，探究自然的规律、宇宙的奥秘，对波洛茨基始创的哲理诗有较大的推进，但情感与哲理还未能很好地融合一体。从杰尔查文开始，把生命的思索与饱满的激情较好地结合起来，并把哲理诗由向外探寻自然规律转向通过人自身的生命来追寻宇宙生命的奥秘。他强调，在卓越的抒情诗中，每句话都是思想，每一思想都是图画，每一图画都是感情，每一感情都是表现，或者炽热，或者强烈，或者具有特殊的色彩和愉悦感。这样，他就不仅从理论上，而且从实践上，把俄国的哲理诗发展成为哲理抒情诗，并初步奠定了俄国哲理抒情诗的基础。杰尔查文的哲理抒情诗最关注现实生活中人的生死问题，感叹人生短暂，青春不再，

---

① 《别林斯基选集》，第六卷，辛未艾译，上海译文出版社，2006年，第566—567页。
② [俄]布罗茨基主编：《俄国文学史》，上卷，蒋路、孙玮译，作家出版社，1957年，第141页。

试图思考生死的奥秘。但他不是像波洛茨基似的直接说出自己的思考,而是把感情与形象灌注于哲理诗中,透过感情与形象显示哲理,写出了现实生活中人人共同感知却又十分害怕的问题,生动形象,攫人心魂,如《悼念梅谢尔斯基公爵》。别林斯基称这首诗是一首出色的颂诗:"把思想表现得那么完整、明朗,声调表达得那么端庄,幻想表现得那么奔放,用语又是那么铿锵嘹亮。……有多少雄壮、力量、感情,多少真诚肺腑之言!……是时代的忏悔,时代的哀号,时代的见解和信念的象征……"①米尔斯基也称这首诗为"最伟大的道德颂诗"②。杰尔查文的哲理抒情诗对后来的俄国哲理诗,尤其是丘特切夫的诗歌,有着颇大的影响,对此,笔者在《丘特切夫诗歌研究》一书中已有论述③,此处不赘。

第三,自然风景的描写。俄罗斯的大自然有一种独特的非同寻常的美,法国作家莫洛亚指出:"俄罗斯风景有一种神秘的美,大凡看过俄罗斯风景的人们,对那种美的爱惜之情,似乎都会继续怀念至死为止。"④然而,18 世纪很长一段时间里,由于俄国古典主义统治文坛,而俄国古典主义深受法国古典主义影响,主要描写义务与情感的冲突,表现公民精神,对自然很少关注。即使描绘到自然景物,也往往是古典主义的假想风景,最多也只能像罗蒙诺索夫一样,把它当作科学认识的对象。18 世纪后期兴起的俄国感伤主义的一大贡献,便是重视自然风景,并且以一种审美的眼光欣赏大自然的一切,同时把它与人的心灵结合起来。该派的领袖卡拉姆津认为:"大自然和心灵才是我们该去寻找真正的快乐、真正可能的幸福的地方,这种幸福应当是人类的公共财物,却不是某些特选的人的私产;否则我们就有权利责备老天偏心了……太阳对任何人都发出光辉,五光十色的大自然对于任何人都雄伟而绚丽……"⑤俄国感伤主义以此为指针,在诗歌创作中把自然景物的变化(自然的枯荣)与人的生命的变化结合起来,对生命进行思索。如卡拉姆津的《秋》,把自然的衰枯繁荣与人心的愁苦欢欣联系起来,并面对自然的永恒循环,深感人之生命的短暂。不过,他们的自然风景一般还是普遍的风景,俄国的色彩不太明显。受俄国感伤主义,尤其是卡拉姆津的影响,杰尔查文在后期的创作中大大增加了对俄国自然风光的描绘,以致自然风景描写在其晚期乃至整个创作中占据一个显要的位置。杰尔查文的自然风景描写,往往和日常生活的描绘结合起来。别林斯基指出:"在他的诗中,常常碰到以俄国的才智和言辞的全部独创性所表现出来的纯粹俄国大自然的形象和图画。"⑥库拉科娃更具体地谈到:"杰尔查文最先把真正实在的自然景色放到诗歌中,用真正实在的俄罗斯风景来代替古典主义的假想的风景。

---

① 《别林斯基选集》,第五卷,辛未艾译,上海译文出版社,2005 年,第 234—235 页。
② [俄]米尔斯基:《俄国文学史》,上卷,刘文飞译,人民出版社,2013 年,第 68 页。
③ 参见曾思艺:《丘特切夫诗歌研究》,人民出版社,2012 年,第 191—194 页。
④ [法]莫洛亚:《屠格涅夫传》,江上译,台湾志文出版社,1975 年,第 26—27 页。
⑤ 转引自[俄]布罗茨基主编:《俄国文学史》,上卷,蒋路、孙玮译,作家出版社,1957 年,第 152 页。
⑥ 《别林斯基选集》,第四卷,满涛、辛未艾译,上海译文出版社,1991 年,第 28 页。

杰尔查文看到全部色彩和自然界的全部丰富的色调，他听到各种声音。在描写乡村的早晨时，他听到牧人的号角、松鸡的欢悦的鸣声、夜莺的宛转娇鸣、奶牛的鸣声和马的嘶叫。……杰尔查文不仅最先在俄罗斯诗歌中描述了真实的风景，而且他还让风景具有极为鲜明的色彩。……当杰尔查文谈到自然景色时，他的诗歌中经常闪耀着珍珠、钻石、红玉、绿宝石、黄金和白银。"①

杰尔查文在诗歌内容和形式上的革新，对俄罗斯诗歌的发展产生了很大的影响，为19世纪的诗歌铺展了道路，因而，别林斯基说他燃起了俄罗斯新诗的"灿烂的彩霞"②："罗蒙诺索夫是杰尔查文的先驱者，而杰尔查文则是俄国诗人之父。如果说普希金对他的同时代的以及在他以后出现的诗人有强大的影响，那么，杰尔查文对普希金也有强大的影响。"③普希金则称杰尔查文为"俄罗斯诗人之父"④。值得一提的是，杰尔查文还主动向民间文学学习，把民间的谚语、生动的口语等等带进了俄国文学。可以说，在杰尔查文这里，已初步具备了后来俄罗斯诗歌发展的各个方向，他的确不愧为普希金所说的"俄罗斯诗人之父"。

二是成熟阶段（约19世纪）。19世纪初，法国大革命后欧洲蓬勃开展的民主革命和民族解放运动影响巨大，西方的民主思潮强劲地吹进俄国，影响了各个阶层。尤其是1812年在卫国战争中俄国打败了横扫欧洲的拿破仑法国大军，进而攻入巴黎，成为神圣同盟的盟主。在这火热的政治文化气候中，俄罗斯的民族自尊心、自信心和爱国热情被空前激发了，俄罗斯人的才气和灵感或者说创造性也因此而热烈地喷发出来，这在文学艺术方面表现得尤为突出——反法战争的胜利空前地激发了俄罗斯民族的激情，同时也空前激发了作家们创作的才情，茹科夫斯基、普希金等一批诗人、作家应运而生。与此同时，一批青年贵族也因此看到了俄国与欧洲的巨大距离，致力于改变现状，奠定了日后发动"十二月党人"起义和不断要求改革的历史基础。在某种程度上可以说，正是反法战争的胜利激发了俄罗斯民族的自信心与创造力，使得他们创造了许多世界一流的文艺作品，也促使他们自立自强，锐意改革，成为世界强国。而兴起于三四十年代的"西欧派"与"斯拉夫派"之争，进一步推进了俄罗斯人对自己民族文化的认识；平民知识分子登上历史舞台，更是带来了激进的革命思想和"到民间去"的"民粹派"运动。这些，都是俄国诗歌成熟和繁荣的肥沃历史文化土壤。

19世纪俄国诗歌一方面继续学习、吸收西欧文学之长，另一方面在18世纪诗歌成就的基础上进一步开拓，形成了独特的俄罗斯诗歌和文学，并且在诗歌上开始走向多元：紧接着注重情感、关注自然的感伤主义，出现了注重自我、强调天才、重

---

① ［俄］库拉科娃：《十八世纪俄罗斯文学史》，北京俄语学院科学研究处翻译组译，北京俄语学院印，1958年，第194—195页。
② ［俄］季莫菲耶夫主编：《俄罗斯古典作家论》，上，人民文学出版社，1958年，第87页。
③ 《别林斯基选集》，第五卷，辛未艾译，上海译文出版社，2005年，第284页。
④ ［俄］布罗茨基主编：《俄国文学史》，上卷，蒋路、孙玮译，作家出版社，1957年，第147页。

视自然与文明对照的浪漫主义,随后又从浪漫主义慢慢嬗变到注重描写客观现实、从人道主义高度关心人民苦难的现实主义,最后出现了对革命民主主义和现实主义矫枉过正的唯美主义以及象征主义。具体而言,在19世纪最初10年的俄国文坛,是感伤主义诗歌盛行一时,紧接着是浪漫主义诗歌。20年代中期,现实主义小说和戏剧的发展,也引出了现实主义诗歌。30—40年代,俄罗斯诗歌呈现出浪漫主义与现实主义等流派并存的多元局面。40—60年代,由于政治的高压、平民知识分子的重大影响以及西方观念的影响,俄国诗坛形成了"为人生而艺术"的革命民主主义诗派和"为艺术而艺术"的唯美主义诗派。革命民主主义诗派以涅克拉索夫为代表,他们坚持现实主义和民主主义,直面黑暗的社会现实,提出尖锐的社会问题,批评专制暴政,创作了大量呼唤革命甚至号召消灭农奴制、推翻专制的诗篇。唯美主义诗派则以费特等为代表,他们把现实和艺术对立起来,不赞同艺术反映苦难生活,而更多思考人与自然、艺术使命、哲学和诗歌的技巧等问题。这种局面一直延续到19世纪末。在此过程中,俄罗斯诗歌真正走向了成熟,并且空前繁荣,出现了俄国诗歌的"黄金时代"。俄国当代著名学者科日诺夫指出:"俄罗斯诗歌有过黄金时代,它是由普希金、丘特切夫、莱蒙托夫、巴拉丁斯基、费特等等诗人的名字来标志的。有过白银时代——这就是勃洛克、安年斯基、叶赛宁、古米廖夫、别雷、勃留索夫等等诗人的时代。"①

不过,在谈上述著名诗人之前,有必要好好谈谈茹科夫斯基(1783—1852),这是又一位其突出贡献在我国没有得到应有研究和承认的俄国古典大诗人。他是公认的俄国浪漫主义诗歌的奠基人,米尔斯基称他为俄国诗歌黄金时代的"先锋和公认的主教"②。他的诗在某种程度上把英国感伤主义,尤其是"墓畔派"诗歌对生命的重视、对感情的推崇,与德国浪漫派,尤其是耶拿派(如诺瓦利斯)对宗教的热爱、对生命的哲学探索,以及俄国东正教重视信仰等等结合起来,形成了自己诗歌独具的特点:生命的信仰。他从宗教的高度关注人的生存和生命的意义和价值,探索生命的哲理,强调人的精神生活,着重描写内心生活、梦幻世界、对自然的感受,进一步深化了俄国的哲理抒情诗。茹科夫斯基还是一位描写大自然的出色诗人,《黄昏》就是出色的例证。别林斯基指出:"如果我们不提一提这个诗人在生动地描绘大自然图画以及把浪漫主义生活放到它们中间去的奇妙的艺术,那我们就会忽略茹科夫斯基诗歌中最典型性的特征。或者是早晨,或者是中午,或者是傍晚,或者是夜里,或者是晴朗天气,或者是暴风雨,或者是风暴——所有这一切通过茹科夫斯基的灿烂的图画散发出一种神秘的、充满着奇妙力量的生活……"③

因此,茹科夫斯基在俄罗斯文学史上占有独特的地位,他是俄罗斯第一个真正

---

① [俄]瓦·科日诺夫《俄罗斯诗歌:昨天今天明天》,张耳节译,《外国文学动态》1994年第5期。
② [俄]米尔斯基:《俄国文学史》,上卷,刘文飞译,人民出版社,2013年,第103页。
③ 《别林斯基选集》,第四卷,满涛、辛未艾译,上海译文出版社,1991年,第181页。

的抒情诗人。别林斯基说他"赋予俄国诗歌以精神,以心灵"①。茹科夫斯基发展了卡拉姆津的感伤主义,并把浪漫主义对个性的推崇引入俄国诗歌,在诗歌中由此前的侧重外在描写,转向内心情绪的宣泄,尽情地写自己的希望与失望、欢欣快乐与忧愁悲哀等等心绪。他首先在俄罗斯诗歌中极力表现自己的个性和情感,展示自己的内心感触和心理印象,淋漓尽致地写出自己的喜怒哀乐。米尔斯基指出:"以卡拉姆津的改革为基础,他锻造出一种新的诗歌语言,他的格律手法和语汇始终是整个19世纪的标准……除这些形式创新外,茹科夫斯基还革新了诗歌这一概念本身。经他之手,诗歌在俄国首次成为情感的直接表达……他的原创作品数量很小,包括一些幽默献诗、哀歌偶作和抒情诗。然而,仅仅那几首抒情诗便足以使茹科夫斯基跻身一流诗人之列。其诗作之飘逸的轻盈和悦耳的音调,其语言之优雅的纯净,均达到高度的完美……"②可见,茹科夫斯基在发挥诗歌的音乐性、扩大诗歌的表现力、拓宽诗歌的题材方面也做出了独特的贡献。正因为如此,别林斯基宣称:"如果没有茹科夫斯基我们也就不会有普希金"③,"茹科夫斯基的功绩在于他把浪漫主义引进了俄国诗歌","这位诗人对于俄国诗歌和文学有着多么无比伟大的意义!"④茹科夫斯基的创作不仅对俄国浪漫主义的形成起了重要作用,而且对普希金、丘特切夫、费特乃至此后的诗歌创作有很大的影响——日尔蒙斯基指出:"俄国象征派与普希金的诗歌遗产没有关系,象征派的根在俄罗斯抒情诗的浪漫主义流派之中,应归属于茹科夫斯基。从茹科夫斯基开始,经过丘特切夫、费特与费特流派(阿·康·托尔斯泰、波隆斯基,尤其是弗拉基米尔·索洛维约夫),传递到象征派手中"⑤,因此他被誉为第一位俄国抒情诗人,普希金曾把他称为"北方的俄耳甫斯",并把他看作"培育和庇护"自己的"诗歌的恩人"。

巴丘什科夫(1787—1855),和茹科夫斯基一起为俄国诗歌开创了一个新的世界,打开了人的内心世界。别林斯基指出:"巴丘什科夫是一个古典主义者,正像茹科夫斯基是一个浪漫主义者一样:因为确定和明了正是巴丘什科夫的诗歌的首先的和主要的品质……在作品中充分地发挥了表现典雅优美的古代的光辉的明确的世界……他是以艺术因素为主要因素的第一个俄国诗人。在他的诗句里,有许多造型之美,许多雕塑性……","茹科夫斯基为了俄国诗的内容尽了力,而巴丘什科夫则是为了它的形式而效劳:前者在俄国诗歌中激发起活跃的灵魂,后者则给了它形式的理想的美"⑥。别林斯基进而谈到:"巴丘什科夫在俄国文学中拥有重要的意义……独创的意义"⑦,"杰尔查文、茹科夫斯基和巴丘什科夫对于普希金有着特

---

① 《别林斯基选集》,第四卷,满涛、辛未艾译,上海译文出版社,1991年,第190页。
② [俄]米尔斯基:《俄国文学史》,上卷,刘文飞译,人民出版社,2013年,第104—106页。
③ 《别林斯基选集》,第四卷,满涛、辛未艾译,上海译文出版社,1991年,第192页。
④ 同上书,第65页。
⑤ [俄]日尔蒙斯基:《文学理论·诗学·文体学》,列宁格勒,1997年,第202页。
⑥ 《别林斯基选集》,第四卷,满涛、辛未艾译,上海译文出版社,1991年,第194、242页。
⑦ 同上书,第66页。

别强大的影响,他们是他的诗歌方面的老师……凡是杰尔查文、茹科夫斯基和巴丘什科夫诗歌中一切根本的和重大的东西,在经过独创的因素加工之后,都是普希金的诗歌所具有的。普希金是这三位俄国诗歌大师的诗歌财富的直接继承人",而"巴丘什科夫对普希金的影响,比茹科夫斯基的影响更为显著些"①。实际上,巴丘什科夫的诗歌创作手法与诗学主张不仅对普希金,而且对费特和迈科夫,乃至20世纪的曼德尔施坦姆等,都有较大的影响。而今,俄罗斯认为他是堪与普希金并称的大诗人。布罗茨基则认为:"总的来说,巴丘什科夫根本就没有得到过足够的评价,无论是在他自己的时代还是现在。"②

普希金(1799—1837)一生创作了800多首抒情诗,举凡生活中的一切均能入诗,但基本主题是抨击专制与暴政,追求自由,弘扬个性,讴歌友谊、爱情和美,洋溢着生命的欢乐,题材广泛,内容丰富,感情真诚热烈,形象准确新颖,情调朴素优雅,语言丰富简洁,风格自然明晰,有一种"深刻而又明亮的忧伤"。其抒情诗的形式也多彩多姿,哀歌、颂诗、赠诗、讽刺诗、罗曼斯、歌、独白、对谈、三韵句,以往俄罗斯诗歌中已有的形式,他几乎都娴熟地加以运用,而且使之发展与完善。普希金的抒情诗富于朝气,圆润和谐,常采用对称结构,反复、回环手法,史朗宁(即通译之斯洛宁或斯洛尼姆)指出:"有些批评家认为,普希金抒情诗的成就已经臻至巅峰了。他沉思自然与死亡,将爱情坦然陈述出来,追忆已逝的过去。他采用抑扬格诗体,在韵律与意象两方面皆达到了无懈可击的领域,朴素自然,深撼动人,而且简洁明朗。"③正因为如此,普希金被称为"俄国诗歌的太阳",更被称为"俄国文学之父"。在他身边及其死后,如拱月的众星般出现了一大批诗人,他们以自己在艺术上的独特追求及独特贡献,和普希金共同创造了俄罗斯诗歌史同时也是文学史上的"黄金时代"。

维亚泽姆斯基(1792—1878),著名的批评家、诗人,善写各种体裁的诗歌——公民诗、风景诗、颂诗、民歌体诗,从早期的优美甚至华丽走向晚期的朴实、深沉。布罗茨基认为,他是普希金诗群中一个最伟大的现象④。

巴拉丁斯基(1800—1844),是一位杰出的抒情哲理诗人,擅长于写哀歌体抒情诗,既抒发感情,又有心理分析和哲理沉思,力求写出人的精神世界、人的复杂的内心活动,简练而富有内涵,是一位思想诗人。别林斯基认为:"巴拉丁斯基君值得赞扬之处是……他的诗歌的哀歌调子是由于思想,由于对生活的看法,而产生出来的,他正是以这一点区别于同普希金一起从事文学写作活动的许多诗人。""在跟普

---

① 《别林斯基选集》,第四卷,满涛、辛未艾译,上海译文出版社,1991年,第194,199页。
② [美]约瑟夫·布罗茨基、所罗门·沃尔科夫:《布罗茨基谈话录》,马海甸、刘文飞、陈方编译,东方出版社,2008年,第37页。
③ [美]史朗宁:《俄罗斯文学史(从起源至一九一七年以前)》,张伯权译,台湾枫城出版社,1977年,第46页。
④ [美]约瑟夫·布罗茨基、所罗门·沃尔科夫:《布罗茨基谈话录》,马海甸、刘文飞、陈方编译,东方出版社,2008年,第38页。

希金同时出现的诗人中间,首要的位置无疑属诸巴拉丁斯基君……他负有使命要成为思想的诗人。"①普希金曾评论道:"巴拉丁斯基属于我们的优秀诗人之列。他在我们当中独树一帜,因为他善于思考。他处处显示出匠心独运,因为当他的感受强烈而又深刻的时候,他能按自己的方式正确地、独立不羁地进行思考。他的诗句之和谐,文笔之清新,表达之生动准确,应该会使每个哪怕稍具情趣的人都为之倾倒。"②巴拉丁斯基的诗歌对后来的"纯艺术派"有较大的影响,因此,他被称为"纯艺术的先驱",并对20世纪的一些诗人产生过较大影响,如布罗茨基指出:"巴拉丁斯基的水流在曼德尔施坦姆的身上是如此的强烈,如巴拉丁斯基,他是很有效的诗人。"③

莱蒙托夫(1814—1841),著名诗人、小说家、戏剧家,短短的一生创作了长篇小说《当代英雄》、5部戏剧、20多首叙事诗、445首抒情诗。与主要表现生命的欢乐的普希金相反,莱蒙托夫的诗歌表现的是生命的忧郁,过强的生命力被压抑,深感苦闷又极度孤独,渴望自由,渴望冲出桎梏,尽情抒发生命的激情,但又不能够,因此倍感痛苦,甚至经常想到死亡,极其渴望与人对话,但由于高傲,又不成功,因此采用诗歌的形式,或者在假想中与人对话,或者自我对话——内心自白。后期则渐渐由主观走向客观,但前期的艺术手法继续采用,只是一些诗歌增加了客观对应物,甚至出现了成熟的象征(如《帆》《美人鱼》)。其出色的艺术成就,使他成为与普希金、丘特切夫相提并论的俄国三大古典诗人。米川正夫指出,作为同样从浪漫主义出发的独创的天才,莱蒙托夫的确是普希金的继承者,但假如说普希金是个以平静温和的客观的观照态度,去如实地再现生活现象和人类心理诸形相的调和的天才,即日神型的艺术家的话,那么莱蒙托夫则是在主观上想要把自己内心的混沌的苦闷、不安和焦躁,强有力地表现出来的叛逆者型的艺术家,即酒神型的诗人;假如普希金的创作是有博大的饱和力的肯定人生的艺术的话,那么莱蒙托夫的,就可以说是对于人生的诅咒和挑战的艺术。从普希金的源流出发的艺术,得到屠格涅夫、冈察洛夫、托尔斯泰和契诃夫等伟大的后继者,就形成了俄国文学主流的洋洋的现实主义大河;莱蒙托夫的精神,则传给果戈理和陀思妥耶夫斯基等天才,而现出了并不弱于前者的猛烈的奔湍,形成了俄国文学强有力的另一翼。④

"十二月党人"诗人包括雷列耶夫(1795—1826)、拉耶夫斯基(1795—1872)、丘赫尔别凯(1797—1846)、奥陀耶夫斯基(1802—1839)等。其诗歌充满公民的责任感和浪漫主义的激情,揭露社会的黑暗,抨击政府乃至沙皇的专制,力图改变乃至推翻现存社会,是俄国公民诗歌的出色成就之一。雷列耶夫是其代表。其成名作

---

① 《别林斯基选集》,第三卷,满涛译,上海译文出版社,1982年,第531、552页。
② 《普希金论文学》,张铁夫、黄弗同译,漓江出版社,1983年,第129页。
③ [美]约瑟夫·布罗茨基、所罗门·沃尔科夫:《布罗茨基谈话录》,马海甸、刘文飞、陈方编译,东方出版社,2008年,第217页。
④ [日]米川正夫:《俄国文学思潮》,任钧译,正中书局,1947年,第57—58页。

是诗歌《致宠臣》(1820),代表作是诗歌《公民》(1824)和 21 首《沉思》(1821—1823)。《公民》提出了公民诗歌的一个公式——"我不是诗人,而是一个公民",后来在涅克拉索夫那里发展成著名的诗句:"你可以不做诗人,但是必须做一个公民。"

丘特切夫(1803—1873)的诗歌在普希金的抒情诗之外,另辟蹊径,把深邃的哲理、独特的形象(自然)、瞬间的境界、丰富的情感完美地融为一体,达到了相当的纯度和艺术水平,形成了独特的"哲理抒情诗",对俄苏诗歌的发展,产生了较大的影响,在俄国诗歌史乃至俄国文学史上,占有相当重要的一席地位。丘特切夫是一位具有相当思想深度的诗人,他的诗歌思考人在宇宙中的位置,表现永恒的题材(自然、爱情、人生),挖掘自然和心灵的奥秘,探索人与自然的关系、个体(含个性)在社会中的命运等等本质性的问题,达到了哲学终极关怀的高度。因此,他在国外被称为诗人哲学家、哲学诗人或思想诗人、思想家诗人,他的诗歌被称为"哲学抒情诗"(философская лирика,我国一般译为"哲理抒情诗")。他还在瞬间的境界、多层次结构及语言(古语词、通感等)方面进行了新探索,形成了显著的特点:深邃的哲理内涵、完整的断片形式、独特的多层次结构、多样的语言方式。①

19 世纪 40 年代出现了俄国的民间诗人柯尔卓夫(1809—1842),这是一位自学成才的诗人。他遵循普希金和莱蒙托夫的道路,大量吸取生动的民间语言,学习俄国民歌的优点,加工提升了俄罗斯民间歌谣的形式,广泛真实地反映了俄罗斯的自然风光、俄国农民的生活风习、思想情感尤其是精神面貌,具有极大的独创性和很高的艺术成就,在俄国诗歌史上占据了独特的一席地位。屠格涅夫宣称:"柯尔卓夫是地地道道的人民诗人,——是当代真正的诗人。……柯尔卓夫有二十来首小诗,它们将与俄语一起流传千古。"②诗人的艺术实践客观上有助于后来的尼基京、涅克拉索夫、伊萨柯夫斯基和特瓦尔多夫斯基的创作,在他们的创作中,回荡着柯尔卓夫诗歌的抒情曲调。

"纯艺术派"诗歌出现于 19 世纪 50 年代,延续到 80 年代。一般认为,该派由七人组成:费特、迈科夫、波隆斯基(当时被称为"友好的三人同盟"),以及阿·康·托尔斯泰、丘特切夫、谢尔宾纳(1821—1869)、麦伊(1822—1862)等。纯艺术诗歌在艺术上进行了诸多探索,形成了自己的特色,取得了很高的艺术成就。

费特(1820—1892)是"纯艺术派"诗歌的代表人物,其诗歌中美的内容主要包括四个方面:自然、爱情、人生、艺术。这些都是人类永恒的主题,能够体现永恒的人性。这些反映人生、爱情、自然、艺术诸方面的杰作和美的艺术精品,为俄国乃至世界各国古今千千万万的读者提供了具有高尚情感、突出美感的精神食粮。由于长期对艺术形式的探索与追求,费特在其诗歌创作中形成了独具的艺术特征,达到

---

① 详见曾思艺:《丘特切夫诗歌美学》,人民出版社,2009 年;曾思艺:《丘特切夫诗歌研究》,人民出版社,2012 年。

② 《屠格涅夫选集》,第 11 卷,莫斯科,国家文学出版社,1956 年,第 362 页。

了较高的境界,并且有突出大胆的创新:情景交融,化景为情;意象并置,画面组接;词性活用,通感手法。费特还充分探索了诗歌的音乐潜力,达到了很高成就,被柴可夫斯基称为"诗人音乐家"。费特的诗歌深深影响了俄国象征派、叶赛宁、普罗科菲耶夫以及"静派"等大批诗人。①

"纯艺术派"诗歌的其他各位代表诗人也有各自的创新。作为诗人兼画家的迈科夫(1821—1897),其诗歌的显著特点是古风色彩——往往回归古希腊罗马,以典雅的古风来表现人与自然的和谐,雕塑特性和雅俗结合。② 曾在梯弗里斯和国外生活多年的波隆斯基(1819—1898)的诗歌突出的艺术特色是:异域题材,叙事色彩,印象主义特色,并且具有突出的现代色彩,对勃洛克等产生了很大的影响。阿·康·托尔斯泰(1817—1875)善于学习民歌,把握了民歌既守一定的格律又颇为自由的精髓,以自由的格式写作民间流行的歌谣般的诗歌,并在抒情诗中大量运用象征、否定性比喻、反衬、对比、比拟等民歌常用的艺术手法,因此,他的很多富有民歌风格的抒情诗(70余首)被作曲家谱成曲子。③

涅克拉索夫(1821—1878),一生创作了不少叙事诗,如《严寒,通红的鼻子》(1863)、《俄罗斯女人》(1872),以及长诗《谁在俄罗斯能过好日子》(1863—1876),还有大量的抒情诗。其诗歌的主题,用他自己的话来说,就是"人民的苦难"。他紧密结合俄国的解放运动,充满爱国精神和公民责任感,许多诗篇忠实描绘了贫苦下层人民和俄罗斯农民的生活和情感,与当时的政治斗争紧密结合,具有高度的思想性和战斗性,充满爱国主义精神和公民责任感,并且以口语化的平易语言表现社会底层生活和农民生活,代表了千百万人民的呼声,反映了广大劳动人民的苦难和愿望,开创了"平民百姓"的诗风,使过于诗化和贵族化的俄罗斯抒情诗走向散文化、平民化。米尔斯基认为,他最为出色、最为独特的诗作之意义,恰在于他大胆创作出一种不受传统趣味标准之约束的新诗歌,因此,就其独创性和创造力而言,他位居一流俄国诗人之列,堪与杰尔查文媲美。在19世纪所有俄国诗人中,只有他能够真正地、创造性地接近民歌风格。④ 因此,他被称为"人民诗人",在当时很长一段时间里成为文学的主流,形成了"涅克拉索夫流派",对当时的诗歌以及20世纪俄罗斯的诗歌都产生了重大影响。

19世纪后期,由于小说慢慢占据了主流地位,诗歌尤其是抒情诗出现衰落的局面。不过,也有一些颇有特色的诗人,如斯卢切夫斯基(1837—1904)、阿普赫京(1840—1893)等,甚至有些诗人一度还产生过较大的影响,如纳德松(1862—1887)

---

① 详见《自然·爱情·人生·艺术——费特抒情诗选》,曾思艺译,中国友谊出版公司,2013年,译者序,第1—28页。
② 详见《译后记:唯美主义诗人迈科夫及其抒情诗》,《迈科夫抒情诗选》,曾思艺译,中国友谊出版公司,2014年,第109—201页。
③ 关于阿·康·托尔斯泰抒情诗的艺术特色,详见曾思艺:《阿·康·托尔斯泰:民歌风格的唯美主义者》,《中国诗歌》2012年第7卷。
④ [俄]米尔斯基:《俄国文学史》,上卷,刘文飞译,人民出版社,2013年,第317—319页。

以真诚的态度表达了灰暗年代中知识分子苦闷、悲观与绝望的情绪,曾被称为反映了"一代人的心声"。

三是深化阶段——"白银时代"(19世纪90年代初至20世纪20年代中后期)。

19世纪末20世纪初,俄国社会经历了从19世纪的启蒙现代化向20世纪的审美现代化的过渡,从罗曼诺夫王朝向社会主义革命的剧变时期。这是俄国历史上最多彩多姿的时期,一方面是西欧的各种思想纷纷涌入俄国,另一方面俄国也开始形成自己形形色色的宗教哲学观念;一方面是工业化、都市化轰轰烈烈地展开,另一方面革命运动也蓬蓬勃勃地发展。文学方面更是思潮迭起,流派众多,各种文学流派如雨后春笋纷纷涌现。光是1920年,莫斯科一个城市就涌现了30多个文学团体或派别,诗歌创作相当繁荣,其中以"列夫""构成主义文学中心""现实艺术协会"等为代表的文学团体,对诗歌进行了多方面的艺术探索。在这个时期,现实主义、自然主义、新浪漫主义、印象主义、象征主义、表现主义多种艺术倾向相生共存,但文坛最主要的还是现实主义和现代主义两大思潮,这两大思潮既相互斗争又互相渗透。现代主义开始占据文坛的主流地位,象征主义、阿克梅主义、未来主义、意象派等纷纷登上历史舞台,引领一时风骚;现实主义作家们也思想空前活跃,一方面继承19世纪现实主义的优良传统,一方面吸收其他文学思潮尤其是现代主义的手法,并且更多地接受俄国和西方宗教、哲学的影响,创造了多彩多姿的现实主义文学新景象。

19世纪90年代至20世纪20年代中后期,俄罗斯民族的现代意识觉醒,一批具有现代主义特色的作品开始出现。俄国象征主义、阿克梅主义、未来主义、意象主义、"新农民诗歌"以及具有自然主义倾向的作家纷纷相继登上历史舞台,同变化发展了的现实主义一起,构成一个多种思潮和流派并存发展的文坛新格局,在思想和艺术两个方面都对黄金时代进行了发展和深化,登上了俄国文学发展过程中又一个高峰,这就是大家非常熟悉的"白银时代"。

"白银时代"是俄国文学中一个短暂的辉煌时期,它那巨大的文学成就不仅无愧于黄金时代,而且更以其现代观念、现代手法推进了俄国文学的发展,并使俄国文学更广阔、更深刻地走向世界。但"白银时代"更主要的是俄国诗歌史上的"白银时代",而且主要是现代主义诗歌的"白银时代"。此时,现代主义诗歌占据了主流地位,出现了象征主义、阿克梅主义、未来主义和意象主义等重要诗歌流派,涌现了一大批著名的诗人。

象征派是"白银时代"崛起最早、人数最多、成就最高、影响最大、时间最长的一个现代主义文学流派,产生于19世纪90年代初,在19世纪末20世纪初掀起过两次浪潮,其基本的美学原则是:艺术以非理性方式透过外部表征豁然领悟内在本质;诗是诗人心灵活动的表现;象征是表达现象实质的诗歌形象,具有隐含无尽的多义性；音乐精神是世界本质和创作原动力，是达到完美境界的重要手段。① 最具代表性的象征主义诗人有：弗·索洛维约夫（1853—1900）、梅列日科夫斯基（1866—1941）、吉皮乌斯（1869—1945）、索洛古勃（1863—1927）、勃留索夫（1873—1924）、别雷（1880—1934）、巴尔蒙特（1867—1942）、勃洛克（1880—1921）等。

弗·索洛维约夫是俄国19世纪具有世界影响的宗教哲学家、伦理学家、政论家和诗人，梅列日科夫斯基也是作家、诗人、宗教哲学家、文学批评家。他们两人的主要成就不在诗歌艺术上，而在哲学思想上，并且对象征派诗人产生了很大的影响。

吉皮乌斯是俄国象征主义中杰出的女诗人，她的诗具有深厚的哲学、宗教内容，传达了现代人心灵的全部感受，外表理智，却又感情激越，展示了理性的思维与如火的激情的完美融合以及形式美与内容的复杂性的和谐融合，在艺术上也取得了颇高的成就。安年斯基认为，她的诗有着"我们抒情现代主义的整整15年历史"②；勃留索夫宣称，"作为诗人，作为语言考究、思想深邃的诗歌的作者，吉皮乌斯女士当属优秀的文艺家之列"③，她的诗"仿佛是以浓缩、有力的语言，借助清晰、敏感的形象，勾画出了一颗现代心灵的全部感受"④；勃洛克认为，她的诗歌"在俄国诗歌中是独树一帜的"⑤。

索洛古勃对世界有一种哲学式的把握。他认为人的生存状态颇为荒诞，因为恶是绝对的本原，人类社会没有进化，整个人类世界中只有恶魔横行、人性受压、性灵被异化。于是他全身心地投入对荒诞生存本身的透视与揭露，深刻地揭示了现代社会里人的主体性的严重异化。在严酷的社会里，人处于种种高压之下，丧失了主体性，不再有个性，变成了千人一面、万腔一调的平凡动物，循规蹈矩，恬然安于环境的污臭龌龊，完全放弃了对自由的追求，如《我们是被囚的动物》。《魔鬼的秋千》则写到在魔鬼的捉弄下，人不得不荡着秋千，并且在荡秋千的过程中得到一丝苦涩的乐趣，但这由魔鬼操纵的、不把你打倒绝不会罢休的无尽无休的运动不仅令人担忧，而且十分单调无聊，因而，人的生存是荒诞的，更是无可奈何的，被异己力量操纵的，全无自由可言。这首诗在当年曾轰动一时，广为流传，并成为索洛古勃的经典名作，就在于它极其形象、十分传神地把人的荒诞生存以及人在这一荒诞生存中的万般无奈揭示得淋漓尽致，入木三分，道出了现代人困窘于荒诞生存的共同心声。在艺术上，其更具独创性的艺术特色是抒情与反讽、怪诞、简朴。

---

① 王树福：《俄罗斯诗歌流派的百年风云》，《中国社会科学报》第186期13版"域外"（2011年）。
② 转引自汪剑钊：《诗歌是一种祈祷——吉皮乌斯与"存在"主题的艺术》，《吉皮乌斯诗选》，汪剑钊译，河北教育出版社，2003年，第3页。
③ 俄罗斯科学院高尔基世界文学研究所集体编写：《俄罗斯白银时代文学史（1890年代—1920年代初）》，二，谷羽等译，敦煌文艺出版社，2006年，第334页。
④ 见《金羊毛》1906年第11—12期，第154页。
⑤ 转引自［俄］阿格诺索夫主编：《白银时代俄国文学》，石国雄、王加兴译，译林出版社，2001年，第81页。

勃留索夫曾在自己一部诗集的前言中自称:"我同样喜爱普希金和迈科夫对自然的真实反映,丘特切夫和费特表现超感官、超尘世内容的激情,巴拉丁斯基富有思想的沉思,以及像涅克拉索夫那样公民诗人热情的言语。我把这些创作统称作诗,因为艺术的最终目的就是表达艺术家的全部心灵。我认为'新艺术'的使命……就是要给创作以全部自由。"①由上可知,他在自己的诗歌创作中达到了真正的创作自由(甚至较多地探索了诗歌的音乐性和视画性,如《沙沙声》《三角形》),并且比较妥帖地把自己论述的上述多方面的特色融合在一起,取得了相当的艺术成就,从而成为俄罗斯象征主义诗歌中一员卓有成效的主将,并产生了颇大的影响。别雷称他是一位"大理石及青铜般"的诗人,其诗句有如"金属之声,高亢铿锵",其语言像"锤击一般分量无穷"。卢那察尔斯基认为,勃留索夫创造的形象具有突出的鲜明性,每一行诗都具有足够的分量,结构都十分优雅。②叶赛宁更是宣称:"我们都应向他学习。学习他诗歌创作的技巧,诗的修养以及献身于创作事业的一丝不苟的忘我精神。"③"我们所有人都向他学习过。我们所有人都知道,他在俄罗斯诗歌发展史上起过怎样的作用。"④

别雷尤其重视艺术形式的探索,这突出地体现在两个方面。一是极其重视作品的音乐性,声称作品的核心"在于语言的音乐性",并在这方面进行了诸多探索。二是非常强调象征的运用,而其象征又是与其二元论联系在一起的,史蒂文·卡西迪指出,"二元论在别雷的象征主义阶段表现得尤为突出"⑤,张杰、汪介之也指出,"对于别雷来说,艺术的象征主义是'巫术'的手段,是联系瞬间与永恒、过去与未来、无意识与'超意识'之间的桥梁,它具有包罗万象的驱逐鬼神、改造生活的作用"⑥。象征取自自然,又经作者主观改造,它是联结着诗人的感受和自然特征的形象,它沟通了未来与过去、瞬间与永恒、意识与无意识乃至超意识,具有极大的艺术功效和改造现实的力量,无怪乎别雷对之十分重视。

巴尔蒙特诗歌的独特贡献主要在艺术形式方面,表现为高度的音乐性。勃留索夫甚至认为,"俄语诗歌中巴尔蒙特的诗句最富有音乐性"⑦,俄国当代学者也指出,"巴尔蒙特抒情诗的主要特点是音乐性,它以独特的音律和节律构成诗歌行如流水、声如丝弦的风韵"⑧。为了追求音乐性,形成高度的音乐性,巴尔蒙特运用了

---

① 转引自李明滨主编:《俄罗斯二十世纪非主潮文学》,北岳文艺出版社,1998年,第128—129页。
② 详见方圆:《勃留索夫简论》,《象征派诗人勃留索夫诗选》,方圆译,中国文联出版公司,1989年,第12页。
③ 转引自上书,第20页。
④ [俄]叶赛宁:《瓦·亚·勃留索夫》,《玛丽亚的钥匙》,吴泽霖译,东方出版社,2000年,第96页。
⑤ 《西方视野中的白银时代》,上,东方出版社,2001年,第275页。
⑥ 张杰、汪介之:《20世纪俄罗斯文学批评史》,译林出版社,2000年,第67页。
⑦ 俄罗斯科学院高尔基世界文学研究所集体编写:《俄罗斯白银时代文学史(1890年代—1920年代初)》,三,谷羽等译,敦煌文艺出版社,2006年,第1页。
⑧ 同上书,第111页。

一系列的艺术手法。他所运用的修辞手法主要有：反复、复沓、并列与对比、排比、蝉联、比喻等等。马克·斯洛宁称他的诗具有"写作技巧之精致、音调之铿锵、幻想之堂皇瑰丽"的特点，在俄国诗歌的革新运动中占有"重要地位"①。俄罗斯当代学者也认为："由于诗作出色的音乐性和语言上的高深造诣，巴尔蒙特被誉为'俄国诗坛的帕格尼尼。'""归根结底，白银时代没有一个诗人不直接或间接受到巴尔蒙特的艺术的影响。"②

勃洛克（一译布洛克）是俄国象征主义的集大成者，其诗歌创作是先锋精神与公民精神的融合。先锋精神主要指当时最前卫的哲学思想（主要是索洛维约夫的哲学思想）、文学思潮（主要是象征主义）。公民意识在俄国根深蒂固，它具体体现为爱国热情、人道情怀、个性独立。先锋精神与公民意识的交织与融合具体表现为：第一，向往彼岸与关注现实的并存与融合；第二，沉入自我心灵和思考知识分子与人民的命运相互交织融合；第三，革命与道德的交织与融合。这种先锋精神与公民意识的交织与融合，在艺术形式上则表现为象征主义与现实主义的交织与融合。其象征不仅有总体象征贯穿全篇，而且能对日常生活的情景、事物随时点化，构成缥缈、朦胧的意境，从而使一切均构成象征的因素，形成一个大的象征；更有大量的个人象征，如星星象征希望，独活草象征着美好未来；他还赋予各种颜色以固定的象征：白色象征纯洁、安谧，红色象征着激情、不安，蓝色象征着和平、幸福、美、浪漫主义理想……其现实主义手法也包括三个方面：一是对现实的精细描写，二是戏剧化的抒情手法，三是白描的语言和口语。勃洛克在俄国诗歌史乃至文学史上拥有相当重要的地位："他的名字是应与俄国五大诗人普希金、莱蒙托夫、涅克拉索夫、费特与邱采夫（即丘特切夫——引者）并列的……他不仅是个写出美妙诗句的人，他且代表俄国文化。倘如我们说普希金奠定俄国文明之新阶段且表示出其未来的发展，则继承普希金的勃洛克可以说是此阶段之最后一位人物。"③

总体看来，俄国象征主义形成了自己的特色：具有浓郁的宗教神秘色彩却又相当关注现实社会，强调"应和"，重视多义性，在诗歌语言、音响、造型方面进行了大胆探索，取得了突出的艺术成就，具体表现为象征性与探索性的结合。

象征性是俄国象征派的本质特点之一。它包括两个方面。一是强调"应和"。大量运用通感和隐喻手法，善于以具体性展示普遍性的功能，他们从而使隐喻成为象征的代名词。二是重视多义性。自然与内心都丰富而神秘，因此，表现它们的物象必须具有象征的丰富性，表现它们的语言也必须具有多义性。为了达到语言的多义性，象征派对语言或用其转义，或加以歪曲变形。其常用手法有：第一，以反常的词语搭配构成矛盾修饰语，如"冰雪篝火"（勃洛克）、"宏亮的寂静"（勃留索夫）；第二，事物抽象特征与形象本体的颠倒，如勃洛克《陌生女郎》中的诗句"在郊外别

---

① ［美］马克·斯洛宁：《现代俄国文学史》，汤新楣译，人民文学出版社，2001年，第98页。
② ［俄］阿格诺索夫主编：《白银时代俄国文学》，石国雄、王加兴译，译林出版社，2001年，第37页。
③ ［美］马克·斯洛宁：《现代俄国文学史》，汤新楣译，人民文学出版社，2001年，第206页。

墅的寂寞无聊之上";第三,抽象词汇与具体事物的意外组合,如勃留索夫的《创作》一诗便把抽象的创作活动与自然及生活中的一些具体事物结合起来,以具体事物使抽象的创作过程形象生动地展现在读者眼前。

探索性主要指俄国象征派在诗歌语言、音响、造型方面所作的大胆探索。这主要包括音乐性和视画性两个方面。

音乐性是俄国象征主义的最高追求,为实现这一最高追求,他们大胆地探求了语言文字本身的音响与语言意义的音响,试图以语言文字本身音响的巧妙组合或语言意义音响的灵活运用,来构成独具风韵的音乐性。如巴尔蒙特运用了辅音同音法(一行诗中每个词的起首辅音相同,如其中的"в""ч")、元音同音法(一行诗中多次重复同一元音构成的音节,如"e")等手法。这方面的代表作品是其名篇《苦闷的小舟》,这是一首出色的象征诗,通过苦闷的小舟勇抗暴风追求理想而理想遥远、现实恶劣、暴风肆虐,写出了一代知识分子的痛苦与悲哀。诗歌更为出色的是,运用了极富魅力的同音手法,从而赋予诗句以魔笛般的魅力。全诗每一句都出现几个甚至全都是相同的辅音,并且与当时的环境气氛相当合拍,造成了非常奇妙的音乐效果,很好地表现了诗歌的主题。① 又如勃留索夫的《沙沙》,诗中辅音字母 Ш 位居每行诗的起首,加上与它音近的辅音 Щ 和 Ж,每行诗中相似的音响至少出现三次以上。诗以同音法构成,即每行诗开头一个词音节相同或相近:"Шорох""Шопот"是象声词(沙沙),"Шоло"本义就是"沙沙"的拟音。因此,整首诗读起来犹如一支以"沙沙沙"为主旋律的协奏曲。难能可贵的是,这首诗中字母、音节、单词模仿的音响和诗的题目、诗歌的整体意境达到了有机的统一。诗中语言文字的音响具有丰富的象征含义。通过译文我们可以看出,诗的第一节描述了自然的音响,第二节引入了人的精神灵魂的声响,第三节似乎是第一节的重复,但其意境却意味深长。沙沙声具有多重含义。它可以理解为风吹芦苇响,风在高山绝顶的呼啸和在谷地密林的欢唱。结合第二节诗中的意象来看,沙沙声又有生命,它象征着水中(芦苇丛)、陆地、高山和山谷密林都有生命体在繁衍生息。沙沙声还可以理解为人类活动的象征,联想到社会现实生活,说它是人类对美、善、真理和美好未来的追求也未尝不可。它孕育于世界各个角落,存在于社会各个领域和每一个体之中。它使灵魂颤抖、呐喊,冲破社会旷野的寂静。无论沙沙声象征什么,是无机界的自然现象,还是有机物的生命力,或是人类永不竭止的追求,这首诗都在向读者暗示:不论环境如何,它都顽强地生存发展,从小到大,由弱到强,永不停息。第三节诗是第一节诗在更高一层次的升华。春天的沙沙声既表现了它本身具有的任何外在力量都不能扼制的生命力,同时又暗示了它的绚丽多彩的前景。高声朗读这首诗,在一片沙沙声中领略回味诗歌的深刻的意蕴,好像在欣赏一首迷人的生命抒情曲,从中感受到一种不可名状的音乐美。这是语言文字本身音响妙用的典范。

---

① 详见曾思艺:《俄罗斯诗坛的帕格尼尼——巴尔蒙特及其诗歌》,《中国诗歌》2011 年第 4 卷。

视画性也包含两层意思。一是指俄国象征派对色彩的高度重视。诸如"红色""白色""蓝色""黄色"等等色彩及其复调一再出现在俄国象征派诗人笔下。这比较容易理解,兹不赘述。视画性的第二层意思,也是最具独创意义的,是俄国象征派较多地、超前地创作了具象诗(一译图像诗)。相对于以具象诗闻名的超现实主义者、立体未来主义者法国著名诗人阿波里奈尔(1880—1918,他的具象诗集《美文集》出版于 1916 年后)而言,俄国象征派在这方面的探索要早(1894—1895)。不过,俄国在这方面实际上早有传统,如杰尔查文 1809 年就创作过《金字塔》、阿普赫京 1888 年也创作过倒三角形诗《生活的道路穿过贫瘠荒凉的草原向前延伸……》。这种具象诗有意别出心裁地让诗歌语言所代表的色彩、形状和诗行,排列成与诗歌内涵相统一的画面。这画面一般有两个层次:一为由诗歌语言表示的色、光、影经过读者形象思维想象出的画面层次;另一则为由诗行排列构成的直接作用于读者视角的画面层次。两个层次的画面均暗含有象征意义,它们同时对读者发生作用,从而增强诗歌的感染力和审美效应。如玛尔托夫的《棱形》一诗,从语言文字表示的意义来看,生活在黑暗中的"我们",眼睛看不见,心灵却在跳动;夜是朦胧的,但不寂静,有心灵的呼吸和星星的低语;黎明来临了,人们感受到了浅蓝色彩;露水在星光里闪烁,"我们"忘记了黑暗中的一切,燃起希望的火花,去追求甜蜜的爱。诗中的色彩有黑、半明半暗的闪光(星星)、浅蓝、白(露水的闪光)等,读者经过想象可以在脑海中重现诗人用这些颜色描绘的一幅由黑夜到黎明的变化图。无论是图中的每一色彩,还是整幅图景都有和诗歌内涵一致的象征意义。黑色象征着丑陋的现实,但这种黑暗不是绝对的,其中还有星星的闪光和低语,有心灵的呼吸,夜是活跃的,这一切都暗示着黑暗中还有希望的光亮和被压抑的生机。这就隐喻着丑陋的现实不是永恒的,它孕育着不可遏制的力量和希望。浅蓝色是明快的浅色调,露水闪光为白色,更加耀眼,象征着光明、幸福、爱情和美好的未来。整幅画面象征着黑暗即将过去,光明必将来临,希望的曙光已经出现。如果我们充分调动联想和想象,还可以发现诗中某些色彩具有双重象征意义。"浅蓝的感觉狠狠压迫着芸芸众生",这个意象似乎不好理解:既然浅蓝象征光明,它是即将来临的黎明,为什么还要压迫芸芸众生呢?俄国象征派领袖人物勃留索夫在其纲领性的理论文章《打开奥秘的钥匙》中,曾借用费特的诗句"浅蓝色的监狱"来比喻禁锢人的个性的现实世界。在这个意义上理解"浅蓝的感觉狠狠压迫着芸芸众生",就意味着现实环境造成的对人的精神压抑。这样,浅蓝色除了是光明来临的象征外,还象征着俄国的社会现实。一种色彩具备了双重象征意义。这样的联想并不牵强,诗歌题目《菱形》和直接呈现在读者面前的菱形状的诗行排列的象征寓意也是如此。现实中的俄国苦役犯背上都有一块红色菱形标记,诗歌题目为《菱形》,诗行排列成菱形,其象征寓意就在于俄国社会本身就是一座大监狱。"我们"都是渴望改变现状,早日获得自由看到光明的囚犯。心理科学实验证明,菱形有动感和不牢固感,诗行呈菱形状排列还隐含着象征俄国社会动荡和变革发展的意思,曲折地表达了作者对改变现实的心愿。菱形本身即已具备了多重含义。综上所述,《菱形》一诗的色、光、影及诗行排列外形所构成的两个层次的画面和诗的内涵意蕴形成了和谐的统一。作者用语言文字表达的色彩及诗歌外形暗示了诗歌的深层意蕴,巧妙地表现了自己的情感感受,扩大了诗歌的美学内容。① 勃留索夫也创作有《三角形》。这种具象诗传统一直到当代仍得到继承,如布罗茨基 1967 年创作的《Фонтан》:

    Из пасти льва
     струя не журчит и не слышно рыка.
    Гиацинты цветут. Ни свистка, ни крика.
    Никаких голосов. Неподвижна листва.
   И чужда обстановка сия для столь грозного лика,
     и нова.
     Пересохли уста,
    и гортань проржавела: металл не вечен.
   Просто кем-нибудь наглухо кран заверчен,
    хоронящийся в кущах, в конце хвоста,
   и крапива опутала вентиль. Спускается вечер;
     из куста
     сонм теней
    выбегает к фонтану, как львы из чащи.
   Окружают сородича, спящего в центре чаши,
   перепрыгнув барьер, начинают носиться в ней,
   лижут лапы и морду вождя своего. И чем чаще,
     тем темней
     грозный облик. И вот
    наконец он сливается с ними и резко
   оживает и прыгает вниз. И все общество резво
    убегает во тьму. Небосвод
   прячет звезды за тучу, и мыслящий трезво
     назовет
     похищенье вождя
   -так как первые капли блестят на скамейке -
   назовет похищенье вождя приближеньем дождя.
    Дождь спускает на землю косые линейки,

---

① 以上关于象征主义音乐性和视画性的某些阐析,参考了韦建国:《俄罗斯象征主义》,广西民族出版社,1995 年,第 62—70 页。

строя в воздухе сеть или клетку для львиной семейки

без узла и гвоздя.

Теплый

дождь

моросит.

Как и льву, им гортань не остудишь.

Ты не будешь любим и забыт не будешь.

И тебя в поздний час из земли воскресит,

если чудищем был ты, компания чудищ.

Разгласит

твой побег

дождь и снег.

И, не склонный к простуде,

все равно ты вернешься в сей мир на ночлег.

Ибо нет одиночества больше, чем память о чуде.

Так в тюрьму возвращаются в ней побывавшие люди,

и голубки-в ковчег.

该诗翻译成中文是《喷泉》（曾思艺译）：

从狮子嘴里喷出水雾蒙蒙

既不淙淙作响，也听不到怒啸声声。

风信子花盛开。没有喊叫，也没有笛鸣。

没有任何声音。树叶纹丝不动。

这情景真是格格不入——面对如此威严的面孔，

却又无比新鲜。

嘴唇已干得发痛，

喉咙已经锈穿：金属难以不朽。

不过某人已牢牢拧紧了龙头，

它藏匿在尾巴根部，叶簇之中，

荨麻紧紧缠绕着开关。夜晚取代了白昼，

从那灌木丛

一团团一团团阴影

纷纷奔向喷泉，恰似狮子跑出密林。

它们团团包围着沉睡在圆形中心的亲人，

它们飞越过栅栏，开始在圆形中心忙碌奔腾，

它们舔吻着自己首领的脚掌和口鼻。它们的动作越快，

首领威严的面孔

就越发暗淡。终于
它与它们融为一体,并且
猛然生气勃勃,向下跳跃。接着整伙儿相偕
冲进了黑暗里。
天空用乌云遮盖了星星,思考者
会冷静地评判
绑架首领的行径
——因为最先落下的雨滴在长凳上闪闪发光——
他会把绑架首领说成是山雨欲临。
倾斜的雨一行行落到地上
在漫漫空中为狮子家族织成笼子或罗网,
不用榫接也无须铁钉。
暖呼呼的
细雨
一片迷蒙。
像狮子一样,你的喉咙也不会因它而受凉,
不会有人再爱你,但你也不会被遗忘。
在末日审判的时候,你将从大地上复活,
既然你曾经是是巨大的奇迹,无数的奇迹。
你的逃脱
伴随那
雨雪交加。
而你,生来不会弱不禁风,
一定还会重回这个世界过夜居留,
因为没有什么比关于奇迹的记忆更为寂寥。
因此,那些曾经住过监狱的人一定会重返监牢,
而放出去的鸽子——也会飞回方舟。

阿克梅主义是来自象征主义又因反对象征主义的朦胧抽象而形成的诗歌流派,其最具代表性的诗人是古米廖夫(1886—1921)、阿赫玛托娃(1889—1966)、曼德尔施坦姆(1881—1938)等。

古米廖夫是阿克梅派的创始者、领袖、理论家、诗人,其诗歌在内容方面表现为浪漫的灵魂,包括心灵的激情、刚强的个性、异国的天空、传奇的情节;在形式方面则表现为客观的形式,包括清晰的物象、客观的抒情、史诗的风格、精致的形式。①

---

① 详见曾思艺:《浪漫的灵魂　客观的形式——试论古米廖夫的诗歌创作》,《湘潭大学学报》2001年第6期。

阿赫玛托娃的爱情诗仿如她的爱情日记,忠实、具体、细腻、坦率地倾诉了自己爱情的不幸、婚姻的不谐,以及在这一过程中种种细微、隐秘的内心感受与情感冲突。更重要的是,她在爱情诗的艺术手法方面也作出了相应的创新。她调动了诗歌、小说、戏剧乃至音乐节奏等等方面的一切适合运用的手法,加以综合,并独特地创造了另一些手法,从而使自己表现爱情的手法类似于电影的表现手法。这种手法主要是运用小说的情节、心理分析,戏剧的细节、高潮与独白,独特的隐喻手段,以及语言与节奏的创新等。①

曼德尔施坦姆的诗歌,主题大体可以概括为文化与时间中人的现代生存。关心人、人的生存是曼德尔施坦姆诗歌创作的中心主题,也是他一生致力探索与为之奋斗的崇高目标。但人是文化的人,在时间中生存的人,于是他就在文化与时间之中探索人的生存——当然是现代人的生存。他借助于文化,并通过时间来对此加以考察和表现。而最能使人在永恒的时间长河中,留下痕迹,永垂不朽的,则是艺术。建筑艺术存留着历史、文化、过去的精华,它矗立于现在,唤醒人们的美与文化意识,提升人们的精神,使人去奋斗,去创造未来,这样,它就把过去、现在、未来沟通了。文学也是如此。因此,他的诗大量抒写建筑、戏剧、音乐,把历史文化与现在完全沟通,构成多层次的时间。其诗在艺术形式方面的特点则是古典风格与现代特色的融合,包括:一、古典风格:格律严谨,语言庄重;二、现代色彩:独特的隐喻,大度的跳跃。由于他无论就内容还是形式而言都很有开拓,并且达到了很高的艺术成就,阿赫玛托娃认为他是20世纪的第一诗人②。

阿克梅诗派虽因各人的创作个性不同而各具特点,但也具有一些较为明显的共同的特征。其一,原始性,力求表现生活、感受乃至语言方面的原始性;其二,物象性,包括客观明确的现实物象、抽象情感物象化、注重诗歌的造型功能;其三,唯美性,超脱尘世,神游于美,十分注重艺术形式——布局严整,结构精谨,技巧有力,同时也十分注重创新,在诗歌语言方面,尤其重视锤炼,强调力度。所以他们的诗大多格律严谨,形式完美,结构和谐,语言简练,带有相当鲜明的唯美色彩。因此,俄国当代学者指出:"这一流派带来的,与其说是崭新的世界观,不如说是新的审美趣味,像修辞上的和谐、形象的生动鲜明、严谨的布局结构、精微的细节等,这些形式因素受到了重视。在阿克梅派的诗歌中,似乎一些微小之处也审美化了,欣赏'招人喜爱的琐细事物'这种'家庭'氛围被肯定了下来。"③尽管阿克梅派重视眼前的物质世界和世俗存在,但他们并未放弃精神追求。他们的精神追求表现为对文化的追求和维护文化价值。"在阿克梅派的价值等级中,文化占据了最高地位。曼

---

① 详见曾思艺:《俄国白银时代现代主义诗歌研究》,湖南人民出版社,2004年,第312—343页。
② 详见[美]约瑟夫·布罗茨基、所罗门·沃尔科夫:《布罗茨基谈话录》,马海甸、刘文飞、陈方编译,东方出版社,2008年,第47页。
③ [俄]阿格诺索夫主编:《20世纪俄罗斯文学》,凌建侯等译,中国人民大学出版社,2001年,第28页;亦可见[俄]阿格诺索夫主编:《白银时代俄国文学》,石国雄、王加兴译,译林出版社,2001年,第192页。

德尔施坦姆把阿克梅派艺术称作'对世界文化的眷念'。如果说象征主义用外在于文化的目的来解释文化(文化对他们而言是改造生活的手段),而未来主义者追求文化的实际应用(以物质上有用与否这一尺度来接受文化),那么对阿克梅派作家来讲,文化本身就是目的。与此相关联,他们对记忆(память)这个范畴持有特殊的态度。阿赫玛托娃、古米廖夫与曼德尔施坦姆是阿克梅派影响最大的三位艺术家;在他们作品中,记忆是最重要的伦理成分。在未来主义起来反叛传统的年代,阿克梅派却挺身维护文化价值,因为世界文化在他们看来,等于是人类的全部记忆。"①

未来主义诗人包括"自我未来主义"和"立体未来主义",前者以谢维里亚宁(1887—1941)为代表,主要成员有伊·瓦·伊格纳季耶夫(1892—1914)、康·奥利姆波夫(1889—1940)、格涅多夫(1890—1978)、格·弗·伊万诺夫(1894—1958)等;后者的组织者是诗人兼画家大卫·布尔柳克(1882—1969),理论家是诗人克鲁乔内赫(1886—1968),参加者有布尔柳克的弟弟尼古拉·布尔柳克(1890—1920)、叶莲娜·古洛(1877—1913)(这是未来主义中唯一的一位女诗人,也是一位女画家)、卡缅斯基(1884—1961)、马雅可夫斯基(1893—1930)、赫列勃尼科夫(1885—1922)等。未来主义的特点是:第一,强调叛逆,强调斗争,重视作品的进攻性;第二,主张绝对自由的类比,进而形成画面组合拼贴;第三,强调语言加工;第四,倾向国粹原始主义,独具人道情怀。该派的杰出代表是马雅可夫斯基和赫列勃尼科夫。

马雅可夫斯基诗歌的主题是对人的关注,人的主题成为其创作的核心。而对人的关注又表现为:其一,揭露·讽刺·革命;其二,爱情·社会·人类——一是通过个人的爱情来关注人的生存,二是通过个人的遭遇,表现人的个性权利和尊严,反思人的生存。在艺术上则表现为对艺术形式的高度重视与极力探索,试图以全新的艺术来表达自己的思想,主要表现在以下三个方面。一是新颖的语言,往往从绘画角度选取语言,创造新词,口语色彩;二是奇异的形象,以极度的夸张或怪诞的方法描写形象,从而形成了怪诞的形象,以出人意料的比喻造成奇异的形象,以反衬的手法突出奇异的形象;三是独特的韵律,适应现代城市生活的节奏,并最终发展成"楼梯诗"以及独具特色的韵脚。②

赫列勃尼科夫诗歌的主要内容是思考现代人如何挣脱将把人带向毁灭的现代物质文明,而回到原始化、自然化的生活之中的问题。所以,他在诗中反对现代物质文明,十分超前地表达了物对人的反抗,并且强调回归原始的自然。其独特的艺术形式,具体表现为:一是大量采用民间口头文学的最古老形式,并主要写叙事性的诗。二是革新诗歌的语言与形式。其一,是探索字母的内涵,并灵活加以运用。

---

① [俄]阿格诺索夫主编:《20世纪俄罗斯文学》,凌建侯等译,中国人民大学出版社,2001年,第28—29页;亦可见[俄]阿格诺索夫主编:《白银时代俄国文学》,石国雄、王加兴译,译林出版社,2001年,第192—193页。

② 详见曾思艺:《俄国白银时代现代主义诗歌研究》,湖南人民出版社,2004年,第410—440页。

其二,自创新词,或把两个词叠加起来,构成一个新词,或从某一词根出发,在该词根的基础上添加不同的前、后缀,创作出由该词根的派生词所构成的诗歌。因此,马克·斯洛宁宣称:"他研究每一个词的根源,造成新语、新名词,他不但利用俄文,而且借用俄国各民族语言。这位深爱斯拉夫神话与民谣的真正斯拉夫派诗人,作风大胆,丝毫不管文法及成语之习惯用法。"①

意象主义包括舍尔舍涅维奇(原未来派成员,1893—1942)、留里克·伊夫涅夫(1891—1981)、马里延果夫(1897—1962)、库西科夫(1896—1977)、格鲁齐诺夫(1893—1942)、罗伊兹曼(1896—1973)等诗人,叶赛宁是其领袖。该派的特点是:其一,把重视意象强调到几乎只重意象的程度,并把意象作为形式的决定性因素,与内容对立起来,彻底否定内容;其二,更注重意象的奇特性。意象主义的突出代表是叶赛宁(1895—1925)。

叶赛宁以自己独特的个性气质,把原始思维与现代观念有机地融合起来,形成独具魅力的艺术风格,使他既是民族的诗人,更是世界的诗人。这种原始思维与现代观念的融合,在内容与形式方面均有明显特征。

在内容上,主要表现为下述三个方面。一、强烈的生命意识。生命意识是指在万物有生观基础上形成的对生命的热爱,并因之而产生死亡意识、孤独意识、悲剧意识,对生命问题进行哲理性思索。诗人从"自然与文明的冲突"的高度来探讨生命和谐(即"人与自然"和谐)的失去,展示更深刻的生命悲剧意识。诗人认为,工业文明(体现为城市化)不仅破坏了农村的自然风光,而且破坏了"人与自然"的和谐。二、突出的宇宙意识。宇宙意识是人与自然、宇宙交汇所形成的一种主体精神,是"天人合一"、历史意识、人类意识、未来意识等的深度综合。宇宙意识指人与自然和谐地组成一个有机世界,物即我,我即物。叶赛宁的诗总是把人与自然结合起来写,总是通过自然形象抒发情感(他自称"在诗中自然和人是息息相通的"),并且总是让自己置身于茫茫的时空中。历史意识则不仅表现为创作了一系列历史题材的作品,如《关于叶甫巴季·戈洛夫拉特的歌》《乌斯》《玛尔法·波萨德尼查》、诗剧《普加乔夫》,并且大量采用古语和方言,更主要地表现为对俄罗斯文化传统、民族习俗的热情描绘。人类意识则体现为对当时人类痛苦现状的关注和力求改变全世界现状的理想。诗人把农村题材也看作具有全人类意义的东西,试图把"城市与农村的问题"作为"都市化与农村天地""工业进步与自然界"的问题来对待。在《四旬祭》等一系列抒情诗中,诗人站在全人类的哲学高度,描写了城乡矛盾的悲剧,揭示了自然与文明的冲突中人性和谐的失去。可以说,在都市化的不良后果还不太明显时,叶赛宁是最先敏锐感到"人与自然"永恒的和谐惨遭破坏者之一。未来意识则是在对宇宙奥秘的探寻中所表现出来的高瞻远瞩,洞察未来。三、浓厚的公民意识。公民意识主要是指公民的责任感,具体表现为爱家乡、爱祖国,力求适应并跟

---

① [美]马克·斯洛宁:《现代俄国文学史》,汤新楣译,人民文学出版社,2001年,第240页。

上时代,尽一个公民应尽的义务,为国为民作出贡献。

在形式上,这种艺术风格的特征如下。一、鲜明的直觉性,表现为瞬间境界与通感手法的大量运用。二、复杂的形象性,表现为新奇的意象、怪诞的联想、丰富的象征。三、独特的情感性,表现为自然景象与情感的紧密结合,总是通过自然物象来抒发自己的缕缕情思,以及抒情的音乐性。①

"新农民诗派"包括九人:克留耶夫(1884—1937)、克雷奇科夫(1889—1937)、卡尔波夫(1887—1963)、叶赛宁(1895—1925)、甘宁(1893—1925)、西里亚耶维茨(1887—1924)、奥列申(1887—1938)、拉吉莫夫(1887—1967)、瓦西里耶夫(1910—1937)。该派继承俄罗斯民间口头文学和古典文学,同时吸收象征主义、意象主义乃至阿克梅主义、未来主义等现代主义诗歌之所长,结合东正教和某些多神教的传统,醉心于宗法制农村、民间的神话创作、古老的民间口头创作,认为自己与有生命的世界之间存在着不可分割的关系,有着动物和自然的拟人观,极力描写自己的故乡——乡村的罗斯,缅怀旧式乡村生活,美化农民的劳动和农村的日常生活,使城市人认识了罗斯农村的世界及其信仰、诗篇和当今的种种悲剧,并且通过"乡村与城市""土地与铁"的对立等来揭示"自然与文明"之间的矛盾。他们以仿古的辞书、地方方言和古俄罗斯文为支柱,倡导人与自然的和谐与统一,抵制机器文明对自然和文化传统的冲击,歌颂"原始的""黑土地的力量、乡村的野蛮的自由",美化宗法社会的庄稼汉们,顽强守护着心中的民族根脉和精神家园——古老罗斯的"农夫的天堂"。其中,克雷奇科夫的诗歌为俄罗斯农村披上了神秘幻想的面纱,展示了大自然独特的美。奥列申被称为"贫农的歌手",其诗歌彻底揭露了俄国农村赤贫的一面。希里亚耶维茨则歌颂造反求生存的穷人,并让伏尔加河的古老传说中的神话人物形象成为其作品中渴望自由的代言人。该派成就最高的是叶赛宁和克留耶夫。

克留耶夫是该派的奠基人之一,他在诗中美化宗法制的旧农村,描写了俄国古色古香的传统农村和原生态的大自然,在艺术上则把象征主义、现实主义等融为一体,达到了相当的艺术高度,对叶赛宁早期诗歌有很大影响——叶赛宁在《自叙》中指出:"在当代的诗人之中,我最喜爱的是勃洛克、别雷和克留耶夫。别雷在形式方面教给了我很多东西,而勃洛克和克留耶夫则教会了我怎样抒情。"② 20 世纪 80 年代以来,克留耶夫在俄国受到重新评价,人们公认他为杰出的大诗人。在西方他也得到了颇高的评价,如大诗人布罗茨基认为:"克留耶夫有很强烈的公民因素……他像所有俄国人一样,你不断感到他在力求判断世界。克留耶夫的抒情风格和音

---

① 详见曾思艺:《原始思维与现代观念的融合——叶赛宁诗歌风格探源》,《湘潭大学学报》1998 年第 6 期。

② [俄]叶赛宁:《玛丽亚的钥匙》,吴泽霖译,东方出版社,2000 年,第 120 页。

乐别成一体。这是教派的抒情风格。"①

由上可见,象征主义在音乐性、视画性、多义性(隐喻和象征)方面,阿克梅主义在物象性、雕塑性、文化性方面,未来主义在打破语法大胆联想、用尽方法创造新词以及反思现代文明和物的造反方面,意象主义在奇特的意象方面,"新农民诗派"在充分发掘俄国民间文学的精华并吸收现代主义之所长、抵制机器文明对自然和文化传统的冲击方面,各有创新和贡献。然而,除此之外,还有一些独立于流派之外的诗人,也获得了独特的艺术成就,其突出代表是蒲宁(一译布宁)和茨维塔耶娃。

蒲宁(1870—1953),是著名的小说家,也是出色的诗人。在其一生艺术创作(包括诗歌和小说)中,他始终如一地探索着人与社会、人与自然、美与爱、生与死、爱与死、精神与肉体等具有永恒性的主题,具体体现为从社会、自然、民族慢慢走向生、死、爱等永恒的问题,探索美与永恒的结合。在艺术上,则以现实主义为主,但又吸收了自然主义尤其是象征主义的艺术手法。

绝对独创的大诗人茨维塔耶娃(1892—1941),其诗歌最基本的四个主题是:自我、爱情、艺术和死亡。在艺术上,她一方面注重借鉴、学习此前与同时代的各种文学经验,另一方面又大胆创新,形成了适合自己独特个性的独特艺术风格,是俄国与外国传统多种流派,尤其是现代主义流派手法的综合,艺术特色是:如火的激情、大度的跳跃、灵活的修辞。② 此外,布罗茨基还指出:"从纯技巧的层面上看,马雅可夫斯基是一个非常有吸引力的人物。他的那些韵脚,那些停顿。更为突出的,在我看来,就是马雅可夫斯基诗句的宏伟和自如。茨维塔耶娃也有这样的倾向,但是,玛丽娜从来都不会像马雅可夫斯基那样撒开缰绳。对于马雅可夫斯基来说,这是他唯一的话语方式,但是,茨维塔耶娃却能够以各种不同的方式写作。总的说来,不管茨维塔耶娃的调性诗句是多么的自如,但毕竟还总是追求和谐的。她的韵脚比马雅可夫斯基的更加准确,即便在他们的诗体非常接近的时候。"他进而宣称:"我认为,茨维塔耶娃才是 20 世纪的第一诗人。"③

此外,侨民文学是 20 世纪俄罗斯文学不可或缺的一个重要组成部分。1917 年十月革命胜利后,俄国作家队伍发生剧烈分化和重新组合,约有一半在革命后迁居国外,20 世纪俄罗斯文学由此分为两大板块:"国内俄罗斯文学"(苏联文学的主体部分)和"国外俄罗斯文学"(侨民文学)。侨民文学还出现了三次浪潮——"第一浪潮",十月革命后到第二次世界大战前;"第二浪潮",第二次世界大战期间及战后;"第三浪潮",20 世纪 70、80 年代。其中,侨民诗歌取得很高的成就,突出代表是茨维塔耶娃、霍达谢维奇、维·伊万诺夫、波普拉夫斯基、叶拉金。

---

① [美]约瑟夫·布罗茨基、所罗门·沃尔科夫:《布罗茨基谈话录》,马海甸、刘文飞、陈方编译,东方出版社,2008 年,第 85 页。
② 详见曾思艺:《俄罗斯文学讲座》,下,北京师范大学出版社,2015 年,第 317—365 页。
③ [美]约瑟夫·布罗茨基、所罗门·沃尔科夫:《布罗茨基谈话录》,马海甸、刘文飞、陈方编译,东方出版社,2008 年,第 36、47 页。

霍达谢维奇(1886—1939),诗人、小说家、文学评论家、翻译家,其诗歌创作曾受到俄国象征派、阿克梅派以及以普希金为代表的俄国古典诗歌的影响,并逐渐形成自己独特的个性和创作特色。尽情抒发自己的忧郁悲愁之情,表现爱情,思考人生,描写自然,揭示哲理。在艺术上,文辞匠心独具,想象大胆且感情真实,抒情与心理描写相糅合,诗行满载哲理与寓意,并且力求诗句具有古典的明畅,语言的纯正,思维表达的精确,这样,其诗歌追求的是传统的现代化,现代的传统化,充分体现出两个世纪最优秀传统的完美结合。因此,纳博科夫不止一次地称他为"二十世纪最伟大的俄罗斯诗人"。如果说纳博科夫的褒词源于对诗人的偏爱,那么埃特金德则是言之公允:"严格说来,俄罗斯早期流亡诗应用三个人的名字来界定,即:维·伊万诺夫、霍达谢维奇、茨维塔耶娃。"别雷更是认为霍达谢维奇继承了巴拉丁斯基、丘特切夫、普希金的抒情诗传统,是当代最大的俄罗斯诗人之一。①

维·伊万诺夫(1866—1949),早年是俄国象征派中的学者诗人,被称为"象征主义者中最具象征意味的"诗人,1924年定居意大利成为侨民诗人。其诗崇尚玄理的参悟,渗透着浓厚的神话取向,句式冗长,音韵滞重,把渊博的知识、玄学的思想、原型的意象等等结合起来,深刻而费解。

波普拉夫斯基(1903—1935),早期诗歌带有比较明显的未来主义色彩,歌颂城市的崛起,对机械文明进行诗意的渲染,宣传自我中心和强力主义。后期诗歌关注现代社会的发展与个性的危机之间的冲突,表现出明显的超现实主义写作倾向,主张用非逻辑的手段来反映世界之偶然性和荒诞性,努力发掘梦幻与潜意识的合理性,把日常生活中看似无法结合在一起的事物相联结,寻找出世界隐秘的同一性。

叶拉金(1918—1987),20世纪40年代侨居德国慕尼黑,1950年迁居美国纽约。其诗主要表现公民性、流民主题以及对机械文明的恐惧等,带有超现实主义色彩。1981年,在回答爱荷华《现代俄苏文学百科全书》编辑部的问卷时,诗人关于自己的创作特点进行了这样的概括:"1、公民性;2、流亡主题(战争);3、阿赫玛托娃式的安魂曲主题;4、对机械文明的恐惧主题;5、部分的——超现实主义(荒诞)意味,城市幻想;6、避世主义;7、同一心灵在双重世界中的分裂主题;8、艺术的透射性主题;9、叙事情节向抒情结构的转换。"他曾受到蒲宁、格·伊万诺夫的赞赏,并被批评界认定为俄罗斯侨民文学"第二浪潮"的头号诗人。有人甚至认为,他可以跻身于与阿赫玛托娃、曼德尔施坦姆、帕斯捷尔纳克等诗歌大师并肩的行列。

四是衰落阶段(20世纪30年代至今)。文学最需要自由的空气,然而,1934年8月,苏联作家第一次代表大会在莫斯科召开,从思想上、组织上对作家和文学创作实行政治性的一统化,结果使各种文学团体、思潮、运动和不同流派荡然无存。这次大会通过了《苏联作家协会章程》,确立了基本的文学创作与文学批评方法——社会主义现实主义,并且明确规定:"社会主义现实主义,作为苏联文学和文

---

① 王立业:《妙笔点处尽华章——论霍达谢维奇和他的文学创作》,《俄罗斯文艺》1998年第2期。

学批评的基本方法,要求艺术家从现实的革命发展中真实地、历史具体地去描写现实。同时艺术描写的真实性和历史具体性必须与用社会主义精神从思想上改造和教育劳动人民的任务结合起来。"由于规定过分强调文学的政治作用,再加上此后执行过程中社会主义现实主义由基本方法变成唯一的方法,甚至以此来排斥、打击其他艺术方法,因此苏联文学在较长时间里深受压抑,完全一元化了,不少甚至沦为简单、粗糙的政治宣传品。尽管50年代以后反个人崇拜、提倡人道主义思想,在一定程度上使人们的思想"解冻",但很快在60至70年代政府两次提出反对"两个极端"。俄国当代文化长期单一化,俄国人的思想也长期单一化,文学创作因此也长期较为单一化。除了"白银时代"造就的一批老作家(如阿赫玛托娃、帕斯捷尔纳克等)和一部分深受"白银时代"影响的诗人(如布罗茨基),俄国现当代的诗歌总体来看,跟"黄金时代"和"白银时代"相比,趋向衰落,缺乏真正的属于自己时代的诗歌大师。

当然,这个时期也有一些颇有特色的诗人和诗歌流派,在此择要加以简介。

"大声疾呼派"(一译"响派"),崛起于20世纪50年代末60年代初,50年代兴起于莫斯科的"诗歌日"活动是"大声疾呼派"形成的重要基础。该派以涅克拉索夫、马雅可夫斯基为榜样,对政治主题和社会问题反应敏感,情绪激昂热烈,激烈反对教条主义和官僚主义,强调个人的尊严和价值,不愿再做螺丝钉和小卒子。他们强调诗歌要使听众易于立即接受听懂,要用词语和语调立即点燃起听众的感情,他们往往带着铿锵有力的新诗,走向人头攒动的广场和舞台,在游艺舞台和晚会的庄重场合里激昂慷慨地朗诵,大声疾呼宣告理想,触及社会敏感问题,是典型的外向型社会意识诗歌,因此又被称为"响派""群众舞台派"。该派诗歌以政论性和"大题材"见长,成就主要表现于政治抒情诗和史诗性叙事诗的繁荣。代表诗人主要有叶甫图申科(1933—2017)、沃兹涅先斯基(1933—2010)、罗日杰斯特文斯基(1932—1994)、卡扎科娃(1932—2008)、阿赫玛杜琳娜(1937—2010)、奥库扎瓦(1924—1997)等。其中,颇为突出的是沃兹涅先斯基。他是"大声疾呼派"的最具探索性、艺术成就也最高的诗人,他宣称:"诗歌未来的出路在于各种联想。比喻反映各种现象的相互联系,反映它们之间的相互转化。"因此,他的诗富于时代感,偏爱非理性形象化手段,并进行复杂的韵律结构探索,特别讲究诗的音响(听觉)效果。他既醉心于科技进步,后期也倾向于与自然和谐,因而其诗联想复杂,隐喻繁多,不易理解,1978年获苏联国家奖和国际诗人代表大会诗歌杰出成就奖。

"悄声细语派"(一译"轻派""静派"),20世纪50年代末、60年代初已开始发声,但成名却比"大声疾呼派"晚十年左右,在60年代后半期和70年代"大声疾呼"派渐趋消沉后才声名鹊起,受到人们重视。可以说,"悄声细语派"在某种程度上是作为"大声疾呼派"的反面而出现的,从外部世界转向对自己内心世界的关注,回归自我,企求内心的宁静,拒绝长篇叙事和政论体裁,回避社会生活的动荡,青睐于自然风光、故乡回忆和童年时光以及由此产生的哀婉之情。他们以普希金、丘特切夫、费特、叶赛宁为榜样,宣称:"求静不求响,求情绪上的天然和谐而不求理念上的强烈共鸣,求对内心情绪的倾吐而不求对社会主题的把握。"①因此与"大声疾呼派"不同,"悄声细语派"不是在游艺舞台和晚会的庄重场合里激昂慷慨地朗诵,而是在知音者的"小圈子"里柔声慢语地低吟,是典型的内向型自我意识诗歌,因而有"室内抒情派"的戏称,或称为"轻派"("静派")。它不以政论性见长,而以抒情性见长;不热衷于"大题材",而热衷于"小题材";注重内心世界的展现和细腻刻画,精巧地表现了科技革命时代的现代人的复杂的心理感受,所反映的是日常生活场景、身边小事、自然风景、故乡以至爱情、回忆等等。主要代表诗人有索科洛夫(1928—1997)、鲁勃佐夫(1936—1971)、日古林(1930—2000)、齐宾(1932—2001)等。该派的突出代表是鲁勃佐夫,他在创作中把丘特切夫传统和叶赛宁传统结合起来,在心灵中寻求大自然所体现的和谐,回忆往昔、眷恋故乡、怀念母亲、讴歌爱情、描写大自然,思考人的生死问题,笔调细腻,格调清新,诗风纯净、优美、婉约,表现了高科技时代人们心灵的渴求。

俄国当代哲理诗派,则以扎鲍洛茨基(1903—1958)和马尔蒂诺夫(1905—1980)为代表,受其影响的有奥尔洛夫(1921—1977)、维诺库罗夫(1925—1993)、索洛乌欣(1924—1997)、库利耶夫(1917—1985)等诗人。他们继承丘特切夫、巴拉丁斯基、费特等的哲理抒情诗的传统,围绕着人与自然、生与死、自然界与文明等主题,努力探索人生的意义、社会的道德风尚和科学发展的作用等问题,寓哲理于抒情,情理并茂,注重将哲理性、抒情性或戏剧性熔为一炉。但创新稍显不足,深度也有所欠缺。

20世纪60、70年代形成了以普里戈夫(1940—2007)、鲁宾施坦(1947—)等人为代表的概念派(一译观念主义),这是当时的一个非官方文艺流派,该流派主要活动方向有雕塑、绘画、写作等,诗歌创作是其中的一个重要方面,其诗歌被称为"最极端的俄罗斯后现代主义"。这一诗歌流派主要代表人物,除上述两人外,还有基比罗夫(1955—)、甘德列夫斯基(1952—)、伊万·日丹诺夫(1948—)、叶莲娜·施瓦尔茨(1948—2010)等。他们出版的一些诗集获得了文学大奖,例如甘德列夫斯基的《节日》(1995)和基比罗夫的《诗译》(1997)先后获得反布克奖,伊万·日丹诺夫的《禁区的摄影机器人》(1997)获得了格里戈里耶夫奖。

此外,还有一些诗人颇具特色,如伊萨科夫斯基(1900—1973)把民歌特色与新生活结合起来,创造了劳动加爱情的抒情诗模式(曾影响了中国当代诗人闻捷的诗歌),尤其善于表现恋爱中少女的感情,不少诗被谱成曲并成为经久传唱的名歌和民歌,如《红莓花儿开》《喀秋莎》《有谁知道他》等。特瓦尔多夫斯基(1910—1971)、卢戈夫斯科依(1901—1957)等诗人则真诚地袒露内心,探索人生真理,语言自然凝练。布罗茨基还曾谈到:"鲍里斯·斯卢茨基有一些战争的好诗,非常好!

---

① 刘文飞:《二十世纪俄语诗史》,社会科学文献出版社,1996年,第237页。

阿尔谢尼亚·亚历山大罗维奇·塔尔科夫斯基也写过五六首好诗。"①他们的创作给俄罗斯现当代诗坛增加了几许斑驳的色彩,由此,他们和上述流派形成一个众声喧哗的俄国当代诗歌图景,有人称之为俄国诗歌的"青铜时代"。

　　这个时期,最出色的诗人是帕斯捷尔纳克和布罗茨基。前者本身就是"白银时代"的出色诗人,后者则是"白银时代"哺育出来的诗人②。

　　帕斯捷尔纳克(1890—1960),著名诗人、作家、翻译家,早期的创作深受未来主义、象征主义等现代主义思潮的影响,致力于把物主体化,或把自然界的万物拟人化或社会化,特别关注诗歌的比喻、意象、语言的出奇制胜,充满了对大自然的描绘和礼赞,以及表现内心世界的变化,抒发对人的命运、爱情的感受,立意于语言革新,文字奇诡莫测,句法灵活多变,隐喻新鲜离奇。顾蕴璞指出,从第三部诗集《我的姐妹,生活》(1917)开始,诗人便以艺术家多维触觉的敏感、普通人的真诚和哲人的深邃毕生遵循着三条艺术逻辑:瞬间中的永恒、变形中的真实和繁复中的单纯。这也就是帕诗的纯诗意境、帕诗的意象结构和帕诗的风格特征,它们共同组成了帕斯捷尔纳克与众不同的诗美体系。③

　　布罗茨基(1940—1996)把俄罗斯诗歌的传统格律和西方现代诗的技巧融为一体,韵律优美,充满现代感性和内在张力,内容丰富多样,富有现代意识,有丰厚的文化底蕴,显示了高超自然的艺术技巧,成为现代诗坛的开拓者和20世纪后期最具世界影响力的俄罗斯诗人之一,1987年因诗歌天赋和"为艺术献身的精神"而获诺贝尔奖。值得一提的是,布罗茨基也是俄国20世纪侨民文学"第三浪潮"的代表。

　　女诗人阿赫玛托娃这位白银时代阿克梅派的代表诗人,到晚年在这个阶段也创作了不少反映人的苦难、揭露独裁者的恶行和战争的毁灭人性的罪恶的好诗,其中最著名的是长诗《安魂曲》和《没有主人公的叙事诗》。

第二节　"我的俄罗斯啊,我爱你的白桦!"
　　　　——谈谈俄罗斯诗歌中的白桦形象

　　在俄罗斯广袤的国土上,生长着一种平凡得极不平凡的树。它是如此的平凡,田野里山林中,随处可见,触目尽是;它又是如此的不平凡,既有杨柳的娇柔与婀娜多姿,也有青松的秀直与刚劲挺拔,阴柔美与阳刚美是如此罕见地和谐完美地统一于它一身!它那秀劲挺拔的树干上,诗意般地围裹着一层厚厚的、白光闪闪的银

---

①　[美]约瑟夫·布罗茨基、所罗门·沃尔科夫:《布罗茨基谈话录》,马海甸、刘文飞、陈方编译,东方出版社,2008年,第40页。
②　详见刘文飞:《诗歌漂流瓶——布罗茨基与俄语诗歌传统》,浙江文艺出版社,1997年。
③　顾蕴璞:《代译序　循着独特的艺术逻辑解读帕诗》,《帕斯捷尔纳克诗歌全集》,上卷,顾蕴璞等译,上海译文出版社,2014年,第12—26页。

色。多么纯洁的银色！它使你联想到纯真的爱、圣洁的爱、晶莹的诗、神圣的理想……它的根须深深地扎入脚下的土地，在这喧闹的尘世，尽情地默默地蓬勃着自己那葱茏的绿意。它的枝丫节节向上，戏掬流云，似乎沟通了另一个灵的世界！它植根于这一世界，却又像神游于另一个世界。它似乎属于另一世界，这更使它闪烁着一种神秘又迷人的光芒！这种平凡而神奇的树，它的名字叫——白桦！就像中国人喜欢松竹梅，日本人热恋樱花，加拿大人钟情红枫，俄罗斯人酷爱白桦。俄罗斯人热爱脚下的土地，热爱现实生活，但又有一种强烈的超越意识，他们关注未来，冥思彼岸，热心地探索人类的命运之谜；他们刚中有柔，柔中有刚，集阳刚美和阴柔美于一身。这，只要看看众所周知的俄罗斯文化的著名代表人物列夫·托尔斯泰、陀思妥耶夫斯基、叶赛宁、艾特玛托夫及柴可夫斯基、列维坦，就一目了然。白桦，这一平凡而又极不平凡的树，仿佛俄罗斯民族精神的写照，因此，俄罗斯人极其喜爱白桦。他们在文学艺术中从各个方面、不同角度一再地描绘白桦，歌咏白桦，赞美白桦，让白桦成为美的象征，成为俄罗斯的象征，成为具有多重人生意蕴的丰美形象。限于篇幅，本节谈谈俄罗斯诗歌中，而且是名家或大家有代表性的名篇佳作中的白桦形象。

直到19世纪前期，由于自然景物尚未在诗中占据独立地位，白桦在诗歌中也往往只是作为众多意象中的一种出现。如莱蒙托夫的诗《祖国》，在充分展示我爱祖国"那冷漠不语的茫茫草原"，"那迎风摇曳的无边森林"，"那宛如大海的春潮漫江"，及"那谷茬焚烧后的袅袅轻烟"，"那草原上过夜的车队成串"之后，才出现这样两句诗：

> 我爱那两棵泛着银光的白桦，
> 在苍黄田野的小丘上呈现。①

但莱蒙托夫在这里首次把白桦与对祖国的爱联系起来，为白桦日后成为俄罗斯的象征打下了坚实的基础，功不可没。

大约从费特开始，白桦作为独立形象在俄罗斯诗歌中出现，其名诗《一棵忧郁的白桦……》(见本书第140页)使白桦这一形象在俄诗中熠熠生辉。在这里，本来既娜娜多姿又秀劲挺拔的白桦经过严寒着手成春的装扮，再加上朝霞的锦上添花，更是美不胜收，以致诗人深恐鸟儿飞降，破坏了这一份难得的俏丽。全诗以自然清新的笔调充分表现了白桦的美，以及诗人的爱美深情。从此，白桦成为美的化身，频繁地出现于俄罗斯诗歌之中。诗人们或者直接歌咏白桦之美，或者让它作为一种象征，既美又富于人生意蕴。

著名诗人叶赛宁继承了费特的传统，用充满柔情的笔触，直接歌咏白桦，如其名作《白桦》(见本书第141页)。

---

① 《莱蒙托夫全集》，第二卷，顾蕴璞译，河北教育出版社，1996年，第289页。

也许对前述费特一诗有所借鉴,也许是出于观察,兴之所至,偶然巧合,叶赛宁的白桦诗与费特诗内容大体相同——冰雪把白桦打扮得更美,朝霞再锦上添花,地点则都在"我的窗前"。不过,本诗一扫费特诗中白桦的"忧郁",情调更乐观,笔触也更细腻入微,更富生活气息。在此基础上,叶赛宁推进一步,用拟人化的手法来描绘白桦,让白桦化身为一位娇柔的少女,使白桦这一形象更活泼可爱、明媚动人,如《早安》一诗:

梦中初醒的小白桦露出笑脸,
梳理着它那轻柔如丝的发辫。

又如《绿茸茸的秀发……》一诗:

绿茸茸的秀发,
少女般的胸脯,
啊,苗条的小白桦,
你为何对池塘凝眸?①

在俄国诗歌中,白桦这一形象更经常地作为一种象征出现。如阿·康·托尔斯泰的诗《白桦被锋利的斧头砍伤……》(见本书第 189 页):白桦受伤,眼泪直淌,但伤口很快就会痊愈,而人心一旦受了伤害,却无法医治。诗中拟人化的白桦不仅成为生命力强盛的永恒大自然的象征,而且还成为人心的反衬,从而深刻地表达了人与人之间应互相敬爱而不要相互伤害的哲理,使全诗含蓄耐读。

诺贝尔文学奖得主蒲宁也在诗中一再写到白桦。如其诗《一株白桦》:

寥廓的天际,
远方的山口,
有一株白桦:
几经风狂雨骤,
那树干已变得
弯弯曲曲,
向四面八方
平展着疏枝。
我伫立着
欣赏光秃焦黄的田野、
独树的英姿。
荒漠的大地
仿佛已经死去,

---

① 以上所引叶诗均出自《叶赛宁诗选》,顾蕴璞译,浙江文艺出版社,1990 年,第 47 页,88 页。

背阴处，
铺着一层盐似的霜雪。
低低的阳光
没有一点送暖之意。
在灰红色的秃枝上
没有一片残叶，
它卸了翠绿的衣饰，
只余下了白得耀眼的干枝……

然而，
秋天是宁静的世界，
悲怆、憧憬的季节，
它勾起我去思索流过的时光
和伤逝的怅惘。
衬托在光秃秃的田野背景上的
远方山口处那株白桦
显得多么寂寥、孤单！
不，它觉得舒畅、怡然，
因为它的春天——
正路长而任远。①

  诗中的白桦一改过去优美的形象，树干弯弯曲曲，疏枝伸向四面八方，而且光秃秃的，没有一片残叶，它虽"寂寥、孤单"，但却"舒畅、怡然"，因为春天是它永恒的信念和五彩的希望，而且，"它的春天——正路长而任远"，因此，它独立在荒漠的大地，置身于远方的山口，抗严寒，斗风雨，成为战胜恶劣环境的孤傲生命力的象征。又如蒲宁的《在北方，有棵白桦树……》：

在林子里的小河湾旁，濒临那湖上，
有一棵漂亮的绿莹莹的白桦，
"呵，姑娘！春天里多么冷，
风雪严寒冻得我浑身直哆嗦！"

时而骤雨，时而冰雹，时而雪花飘飘，像乳白的绒毛，
时而又是烈日当空，蓝天闪耀，时而又陡起飞瀑……
"呵，姑娘们，森林和草原多么热闹！

---

① 《夏夜集——蒲宁抒情诗选》，赵洵译，四川文艺出版社，1985年，第122—123页。

> 春天的原野,春装绚烂妖娆!"
>
> 忽儿,天空又被、又被乌云笼罩,
> 雪花闪闪,松林咆哮……
> "我浑身直哆嗦,只是永远不改绿色的丝绦!
> 因为我相信,太阳会重新把人间临照。"①

在这里,白桦成为变幻不定的世界里心中具有坚定信念、无论环境如何恶劣也不改初衷("永远不改绿色的丝绦")者的象征。

白桦不仅可以作为永恒大自然强盛生命力的象征,作为意志坚定者的象征,而且可以作为爱情的象征。《红莓花儿开》《喀秋莎》的作者伊萨科夫斯基写有《白桦》一诗:

> 在离好奇的眼睛很远的地方,
> 一株稚嫩的白桦沙沙地作响。
> 在春天,我不止一次来到这里,
> 在这棵树下,把你盼望。
>
> 整整几个星期,我都拿着一本诗集
> ——它的封面蔚蓝蔚蓝;
> 我们曾一同开始读它,
> 而且想两人一起把它读完。
>
> 我总以为你会来这里,但日复一日
> 你却再也不曾在这里露面。
> 现在,白桦早已被砍去烧掉,
> 但那本诗集还没有读完。②

稚嫩的白桦,既是青年恋人的约会处,也是稚嫩爱情的隐喻。白桦"被砍去烧掉",含蓄、委婉地暗示了爱情的永逝,因为白桦既是爱情悲剧的见证者,也是那失去的爱情的象征。全诗哀而不伤,回味无穷,可谓失恋诗的精品。有趣的是,同一白桦,在诗人施企巴乔夫的《小白桦》一诗中,形象迥然不同:

> 暴风雨把小白桦压倒地面,
> 把它摧残得不留一叶,
> 但小白桦死命挣扎,默默凝视,

---

① 《苏俄抒情诗十杰》,葛崇岳译,长江文艺出版社,1992年,第14页。
② 《俄罗斯抒情诗选》,曾思艺译,山西教育音像出版社,2006年,第183页。

直到窗边雨声静息。

一个阴沉沉的冬夜，
风雪事前抱着必胜的心理，
它攫住小白桦的双肩，
抓住它白嫩的纤手。

暴雨和风雪用尽气力
吹折小白桦的纤条细枝……
可是小白桦啊，看来秉性耿直，
对另一个永远忠实。①

面对暴雨的淫威、风雪的肆虐，白桦坚贞不屈，毫不畏惧，拼死抗争，从而使这一形象成为忠于感情、宁死不屈的象征。

而"悄声细语派"的代表人物——诗人鲁勃佐夫的《白桦树》一诗内涵更为丰富，可谓集白桦形象多重涵义之大成的佳作：

我爱白桦树落叶缤纷，
我爱白桦树沙沙作响。
谛听着这样的声音，
泪水就盈满了我难得流泪的眼眶。

一切都不由地浮现于脑际，
激起我心儿和血液的跳荡。
仿佛谁在悄声倾诉着爱情，
使人既喜悦又悲伤。

只是愁思经常袭上我的心头，
就像阴暗日子里的冷风一样。
须知我母亲的墓旁
也有这么一棵白桦树如泣如唱。

枪弹使父亲死于沙场，
而在我们村舍的院墙旁，
凄风苦雨里也是这么落叶萧萧，

---

① ［俄］施企巴乔夫：《爱情诗》，梦海等译，安徽文艺出版社，1984年，第16页。

那声音酷似蜂房发出的嗡响……

我的俄罗斯啊,我爱你的白桦!
从童年起我就同它们一起生长。
正因为如此泪水才盈满了
我难得流泪的眼眶……①

在众多描绘和歌颂白桦的诗歌中,本诗有着非同一般的意义。首先,它使白桦全然植根于现实,并与现实生活的苦难联系起来("枪弹使父亲死于沙场"),变以往的空灵为凝重;其次,它与蒲宁的《一株白桦》一样,从新的角度,展示了白桦的另一种美——落叶缤纷、凄凉萧索的秋季美,凸现了白桦阳刚美的一面;其三,诗中白桦形象的涵义颇为丰富,它与爱情密切相关——"仿佛谁在悄声倾诉着爱情,使人既喜悦又悲伤";它也渗透着对亲人的怀念之情——"我母亲的墓旁也有这么一棵白桦树如泣如唱",它与诗人更有着深厚的情谊——"从童年起我就同它们一起生长",而它更是祖国俄罗斯的象征——"我的俄罗斯啊,我爱你的白桦!"在此,前述莱蒙托夫诗句中的同一思想更加明确化了,白桦成为俄罗斯的化身。因此,称本诗为集白桦多重形象之大成的佳作实在是名副其实。

由上可知,白桦的确是一种平凡又神奇的树。一代代俄罗斯人的钟爱,一代代俄罗斯诗人的歌颂,使这一形象越发深入人心,进而成为俄罗斯的象征。而我们这些俄罗斯文学的异国爱好者,在掩卷之余,久久地玉立于脑海中的,首推这既优美又刚劲、既平凡又神奇的诗一般的银色白桦……

第三节　从冷落走向热潮
——俄国白银时代现代主义诗歌在中国

俄国白银时代现代主义诗歌在中国译介较早,但经历却比较坎坷。我国的俄苏文学翻译,曾出现四次热潮②。然而在前三次热潮中,俄国现代主义诗歌都没有受到应有的重视。

第一次热潮出现在1919—1927年。在这次热潮中,由于多方面的原因,整个外国文学翻译的数目不是太多,但在这不多的数目中俄苏文学占据绝对优势:"据《中国新文学大系·史料索引(1919—1927年)》中《翻译总目》的统计,'五四'运动以后八年内翻译的外国文学作品共有187部,其中俄国为65部,占三分之一强。

---

①　《苏联抒情诗选》,王守仁译,湖南人民出版社,1984年,第296—297页。
②　北京大学的李明滨先生认为20世纪俄苏文学在中国的翻译形成了20年代和30年代末至40年代两次热潮,50年代和80年代两次高潮,颇为精辟,此处采用其说但个别时间段的处理稍有差异,详见李明滨:《中国与俄苏文化交流志》,中华文化通志编委会编:《中华文化通志》,姜义华主编第10典《中外文化交流典》,上海人民出版社,1998年,第253、297页。

其他依次为法国 31 部,德国 24 部,英国 21 部,印度 14 部,日本 12 部……,均大大低于俄国。"① 然而,俄国现代主义诗歌在 65 部译著中所占比重极小,根据现有资料,似乎还只有勃洛克的《十二个》被译成中文,首译者为饶了一,1922 年发表。

尽管如此,仍然值得一提的是,我国当时几乎是同步关注俄国白银时代的现代主义诗歌的。当时的一些俄国现代主义诗人,如巴尔蒙特、勃留索夫、索洛古勃、勃洛克等则作为象征派诗人得到介绍,而马雅可夫斯基作为无产阶级诗人得以译介,叶赛宁作为农民诗人出现在中国读者眼前(当然,这些都是报纸杂志上或俄国诗歌选中的零星译介)。我国学者所写的俄国文学史,也开始介绍俄国现代主义诗歌,即便是瞿秋白的《十月革命前的俄罗斯文学》也花了一定的篇幅,介绍了俄国颓废派诗人(即象征主义诗人)明斯基、阿·托尔斯泰、索洛古勃、梅列日科夫斯基、勃洛克、维·伊万诺夫。② 更为重要的是,我国出版了日本的俄国文学专家升曙梦所著《俄国现代思潮及文学》,作者自述:"本书乃是我过去的著作中所最倾注心力的一部,乃是综合了过去长时间的研究的东西。网罗进本书中的时代,主要乃是近代象征主义时代,这时代于种种的意义上,是我所最感到魅惑的时代,所以能抱着非常的兴味而埋首于研究。那研究的结晶,便出现成为本书,所以,此后像这样的著作,我究竟还能不能写出,几乎连自己也不确切知道。虽然像是自称自赞,但关于这时代的研究,如同本书那样完备的,就连俄国本国也没有……"③ 由这段话,可以看出三点:其一,这是作者最热爱也倾全力长时间完成的一部集大成的力作;其二,它主要是研究俄国象征主义时代文学的;其三,在当时就连俄国本国也没有这样完备的著作。该书花了大量的篇幅介绍、评析俄国现代主义诗人,如象征主义的索洛古勃、阿·托尔斯泰、梅列日科夫斯基、巴尔蒙特、勃留索夫、维·伊万诺夫、勃留索夫、吉皮乌斯,阿克梅派及阿赫玛托娃、戈罗杰茨基,俄国未来派的彼得格勒派(即自我未来主义)、莫斯科派(即立体未来主义),同时还介绍了不属于任何流派的独创性现代主义诗人茨维塔耶娃。尽管该书写于 20 世纪 10、20 年代,离俄国现代主义时间太近,不少资料难以掌握,但至今看来,仍然显得资料翔实,眼界开阔,很有概括性,而且很少受意识形态影响,比较客观公允,升曙梦不愧为一个很有史家眼光和独到见解的出色的俄国文学专家。这样的著作避免了当时苏联学者和中国学者受意识形态影响过大或对俄国现代主义诗歌了解不够的不足,使我国的文学爱好者能比较全面、公正地了解俄国现代主义诗歌。

第二次热潮是 1937—1949 年。在这次热潮中,翻译出版的俄苏文学作品骤

---

① 李明滨:《中国与俄苏文化交流志》,中华文化通志编委会编《中华文化通志》,姜义华主编第 10 典《中外文化交流典》,上海人民出版社,1998 年,第 253 页。
② 详见《瞿秋白文集》,二,人民文学出版社,1953 年,第 521—525 页。
③ [日]升曙梦:《俄国现代思潮及文学》,许亦非译,上海现代书局,1933 年,写给中译本的序,第 2 页。

增,多达数百部。① 然而,由于多方面的原因,在相当长的时间里,俄国现代主义诗歌的译介近乎销声匿迹,仅仅在 30 年代出版了郭沫若译的《新俄诗选》(收入了马雅可夫斯基、叶赛宁、勃洛克等的一些诗歌),40 年代重译并出版了勃洛克的《十二个》(戈宝权译,上海时代书报出版社,1948 年)。

中华人民共和国成立后,我国出现了第三次俄苏文学译介高潮,俄苏文学在各国文学翻译中占据重要地位,得到了较为系统的介绍。中华人民共和国成立以后,面对西方帝国主义的政治颠覆、经济封锁、外交孤立、文化渗透,与苏联建立了"中苏友好同盟",在各个方面都大力引进、积极学习苏联老大哥的经验,形成了"一边倒"的局面。在此情势之中,俄苏文学受到特别推崇和极端重视,俄苏文学的翻译形成了较之前两次热潮远为壮观的第三次高潮,这可以从俄苏文学作品单行本翻译出版的数字统计看出。在第三次高潮期间,"仅从 1949 年 10 月到 1958 年 12 月止,我国出版的苏联(包括俄国)文学艺术作品三千五百二十六种,占这个时期翻译出版的外国文学作品总种数的 65.8%;总印数八千两百万零五千册,占整个外国文学译本总印数的 74.4%强"②。然而,由于历史的原因,俄国现代主义诗歌在此热潮中受到了空前的冷遇,只有马雅可夫斯基作为无产阶级诗人的杰出代表得到了比较全面的介绍,除多种单行本诗选外,还推出了《马雅可夫斯基选集》(1—5卷)(多人译,人民文学出版社,1957—1961 年)。勃留索夫、叶赛宁则偶尔有零星的译介,如《诗刊》1957 年第 10 期发表了勃留索夫的诗《一九一七年十月》,《译文》1957 年第 11 期发表了勃留索夫的《寄知识分子们》和叶赛宁的《大地的船长》。其他现代主义诗人及诗歌则被打入冷宫,毫无译介,基本上不为人们所知。

1979 年至今,是俄苏文学翻译的第四个高潮,俄苏文学的翻译出现了较之第三个高潮更为全面、更加系统的局面。在这一高潮中,俄国现代主义诗歌逐渐受到重视,不仅有较多的翻译,而且出现了一批研究著作。

首先,是俄苏文学方面的专业刊物和其他文学刊物,开始介绍俄国现代主义诗歌。1980 年,中国几乎同时出现了至少 4 家俄苏文学方面的专门刊物。武汉大学主办、十余所高校合办了《俄苏文学》,山东大学也兴办了同名刊物《俄苏文学》,北京师范大学苏联文学研究所则创办了《苏联文学》,北京外国语学院办起了《苏联文艺》(1985 年更名为《当代苏联文学》,1991 年起改由北京师范大学、北京外国语学院、武汉大学合办,改名《苏联文学》,1994 年北京外国语学院退出该刊编辑工作。同年,《苏联文学》更名为《俄罗斯文艺》由北京师范大学主办至今)。这些刊物较多介绍了俄国现代主义诗人叶赛宁、吉皮乌斯、勃留索夫、巴尔蒙特、阿赫玛托娃、古

---

① 李定在其《俄国文学翻译在中国》一文中统计,自 1919 年 6 月至 1949 年 10 月,我国共出版俄苏文学译作 1045 部,详见智量等:《俄国文学与中国》,华东师范大学出版社,1991 年,第 364 页;因此,除去第一次热潮期间的 65 部及 1928—1936 年间的翻译作品,第二次热潮期间俄苏文学作品的翻译多达几百部当不成问题。

② 卞之琳等:《十年来外国文学翻译和研究工作》,《文学评论》1959 年第 5 期。

米廖夫、曼德尔施坦姆、马雅可夫斯基等等诗人的诗作,还发表了一些介绍、研究俄国现代主义诗歌的文章,产生了较大影响,其他文艺刊物也纷纷效法,零零星星地译介了不少俄国现代主义诗人的诗歌。

其次,各种外国诗选或世界诗选开始选入俄国现代主义诗歌,一些苏联诗选或俄国诗选更是增加了现代主义诗歌的内容。由于俄国现代主义诗歌的译介增多,这时期出版的各种外国诗选或世界诗选,甚至是一些外国爱情、风景诗选等等,都选入了一定数量的俄国现代主义诗歌。而俄国现代主义诗歌更是成为一些苏联诗选或俄国诗选吸引读者的亮点,如《苏联当代诗选》(乌兰汗编选,外国文学出版社,1984年)、《苏联抒情诗选》(王守仁译,湖南人民出版社,1984年)、《俄诗精粹》(李家午、林彬译,安徽文艺出版社,1987年)、《俄国诗选》(魏荒弩译,湖南人民出版社,1988年)、《苏联诗萃》(王育伦主编,四川文艺出版社,1990年)、《俄国抒情诗选》(上、下册,张草纫译,上海译文出版社,1992年)、《安魂曲——苏联探索诗选》(王守仁等译,漓江出版社,1992年)、《苏俄抒情诗工杰》(葛崇岳译,长江文艺出版社,1992年)、《俄罗斯名诗300首》(谷羽译,漓江出版社,1999年)等,都花了一定的篇幅来介绍俄国白银时代现代主义诗歌。在此基础上,出版了一系列俄国现代主义诗歌选集,如《跨世纪抒情——俄苏先锋诗选》(荀红军译,工人出版社,1989年)、《订婚的玫瑰——俄国象征派诗选》(汪剑钊译,中国文联出版公司,1992年)、《俄国象征派诗选》(黎皓智译,浙江文艺出版社,1996年)、《俄国现代派诗选》(郑体武译,上海译文出版社,1996年)、《俄罗斯白银时代精品文库·诗歌卷》(中国文联出版公司,1998年)、《俄罗斯白银时代诗选》(汪剑钊译,云南人民出版社,1998年)、《俄罗斯白银时代诗选》(顾蕴璞译,花城出版社,2000年)等等。这些专门译介白银时代俄国现代主义的较大型诗选,或集中介绍了俄国象征主义诗歌,或比较全面地介绍了俄国白银时代现代主义诗歌的主要流派(象征主义、阿克梅主义、未来主义、意象主义)以及流派之外的现代主义诗人的诗歌。

不同流派现代主义诗人的专门译介(个人诗选)也逐渐增多,已经出版的主要有:《叶赛宁抒情诗选》(刘湛秋、茹香雪译,上海译文出版社,1982年)、《叶赛宁诗选》(蓝曼等译,漓江出版社,1983年)、《叶赛宁评介及诗选》(顾蕴璞等译,北京大学出版社,1983年)、《叶赛宁诗选》(顾蕴璞译,浙江文艺出版社,1990年;译林出版社,1999年)、《叶赛宁抒情诗选》(丁鲁译,湖南文艺出版社,1991年)、《白桦——叶赛宁诗选》(郑铮译,外国文学出版社,1991年)、《叶赛宁诗选》(王志刚译,春风文艺出版社,1994年)、《吉皮乌斯诗选》(汪剑钊译,河北教育出版社,2003年)、《象征派诗人勃留索夫诗选》(方圆译,中国文联出版公司,1989年)、《勃留索夫诗选》(黎皓智译,上海译文出版社,2000年)、《十二个》(戈宝权译,漓江出版社,1985年)、《献给美人的诗》(清容译,北岳文艺出版社,1988年)、《青春·爱情·畅想——勃洛克诗选》(王意强、李四海译,陕西人民出版社,1990年)、《勃洛克抒情诗选》(丁人译,湖南文艺出版社,1991年)、《勃洛克 叶赛宁诗选》(郑体武、郑铮译,人民文学出版社,1998年)、《勃洛克抒情诗选》(汪剑钊译,河北教育出版社,2003年)、《当今世界——古米廖夫诗选》(李海译,外国文学出版社,1991年)、《心灵的园圃——古米廖夫诗选》(黎华译,上海译文出版社,1996年)、《贝壳——曼德尔施坦姆诗选》(智量译,外国文学出版社,1991年)、《曼德尔施塔姆诗选》(杨子译,河北教育出版社,2003年)、《曼德尔什坦姆诗全集》(汪剑钊译,东方出版社,2008年)、《苏联三女诗人(阿赫玛托娃、茨维塔耶娃、英蓓尔)选集》(陈耀球译,湖南人民出版社,1985年)、《阿赫玛托娃诗选》(戴骢译,四川文艺出版社,1985年)、《阿赫玛托娃诗选》(王守仁、黎华译,漓江出版社,1987年)、《爱——阿赫玛托娃诗选》(乌兰汗译,外国文学出版社,1991年)、《阿赫玛托娃诗文集》(马海甸、徐振亚译,安徽文艺出版社,1999年)、《回忆与诗》(阿赫玛托娃著,马海甸译,花城出版社,2001年)、《温柔的幻影——茨维塔耶娃诗选》(娄自良译,上海译文出版社,1990年)、《致一百年以后的你——茨维塔耶娃诗选》(苏杭译,外国文学出版社,1991年)、《茨维塔耶娃文集·诗歌》(汪剑钊译,东方出版社,2003年)、《马雅可夫斯基诗选》(上、中、下,飞白译,上海译文出版社,1981年)、《马雅可夫斯基选集》(诗歌卷,人民文学出版社,1984年),等等。

与此同时,国外学者撰写的涉及此时期俄国文学(也包括现代主义诗歌)的一些重要文学史也译成了中文,如《苏维埃俄罗斯文学(1917—1977)》(马克·斯洛宁著,浦立民、刘峰译,上海译文出版社,1983年)、《现代俄国文学史》(马克·斯洛宁著,汤新楣译,人民文学出版社,2001年)、《20世纪俄罗斯文学》(阿格诺索夫主编,凌建侯等译,中国人民大学出版社,2001年),尤其是翻译了俄国学者关于白银时代现代主义文学的最新文学史《白银时代俄国文学》(阿格诺索夫主编,石国雄、王加兴译,译林出版社,2001年)。还编译了包括白银时代现代主义诗歌流派在内的言论资料《复活的圣火——俄罗斯文学大师开禁文选》(广州出版社,1996年)、《十月革命前后苏联文学流派》(上、下编,上海译文出版社,1998年),出版了西方学者论述白银时代思想文学方面的论文集《西方视野中的白银时代》(林精华主编,东方出版社,2001年)。

一些现代主义诗人的传记也得到了翻译出版,如《叶赛宁传——同时代人回忆叶赛宁》(科舍奇金著,李视歧等编译,新华出版社,1993年)、《光与善之子——勃洛克传》(图尔科夫著,郑体武译,知识出版社,1993年)、《阿赫玛托娃传》(阿曼达·海特著,蒋勇敏等译,东方出版中心,1999年)、《安·阿赫玛托娃传》(阿·帕夫洛夫斯基著,守魁、辛冰译,四川人民出版社,2000年)、《阿赫玛托娃札记》(包括《诗的隐居》《诗的蒙难》《诗的朝圣》,莉·丘科夫斯卡娅著,方珊、张冰译,华夏出版社,2001年)、《哀泣的缪斯:安娜·阿赫玛托娃纪事》(阿纳托利·耐曼著,夏忠宪、唐逸红译,华文出版社,2002年)、《梅列日科夫斯基传》(季·尼·吉皮乌斯-梅列日科夫斯卡娅著,施用勤、张以童译,华夏出版社,2001年)、《最后一颗子弹——马雅可夫斯基的一生》(阿·米哈依洛夫著,冯玉芝译,华夏出版社,2001年)等等。

涉及现代主义诗人的文章以及现代主义诗人们写的有关自传性文章(包括日记、回忆录等)也出版了一些,如《人·岁月·生活》(爱伦堡著,冯难江、秦新顺译,花城出版社,1991年)、《俄罗斯白银时代精品文库·名人剪影》(中国文联出版公司,1998年)、《俄罗斯白银时代精品文库·文化随笔》(中国文联出版公司,1998年)、《往事如昨——吉皮乌斯回忆录》(郑体武、岳永红译,学林出版社,1998年)、《我的灵魂的历史——沃洛申日记》(许贤绪译,学林出版社,1998年)、《永恒的旅伴——梅列日科夫斯基文选》(傅石球译,学林出版社,1998年)、《窗外即景——勃留索夫自传和回忆录》(朱志顺译,学林出版社,1998年)、《大墓地——霍达谢维奇回忆录》(袁晓芳、朱霄鹏译,学林出版社,1998年)、《彼得堡的冬天——格·伊万诺夫回忆录》(贝立文、章昌云译,学林出版社,1998年)。

在此基础上,我国的学者开始积极介绍、研究白银时代现代主义诗歌。首先是各种俄罗斯文学史(乃至文化史),尤其是20世纪俄罗斯文学史,开始介绍白银时代的现代主义诗人,如李辉凡《二十世纪初俄苏文学思潮》(社会科学文献出版社,1993年)、叶水夫主编《苏联文学史》第1卷(中国社会科学出版社,1994年)、李辉凡、张捷《20世纪俄罗斯文学史》(青岛出版社,1998年)、李毓臻主编《20世纪俄罗斯文学史》(北京大学出版社,2000年),都介绍了俄国现代主义诗歌;而汪介之的《现代俄罗斯文学史纲》(南京出版社,1995年)和《远逝的光华——白银时代的俄罗斯文化》(译林出版社,2003年)、李明滨主编的《俄罗斯二十世纪非主潮文学》(北岳文艺出版社,1998年)、刘亚丁的《苏联文学沉思录》(四川大学出版社,1996年),更是花较大的篇幅介绍白银时代的现代主义诗歌,黎皓智的《20世纪俄罗斯文学思潮》(北京大学出版社,2006年)也花了一定篇幅介绍、研究白银时代现代主义诗歌。我国学者所著俄国诗歌史以及有关俄苏诗歌的著作,也开始较多地介绍俄国现代主义诗歌,如朱宪生的《俄罗斯抒情诗史》(陕西人民教育出版社,1993年)、刘文飞的《二十世纪俄语诗史》(社会科学文献出版社,1996年)、许贤绪的《20世纪俄罗斯诗歌史》(上海外语教育出版社,1997年);王守仁的《苏联诗坛探幽》(社会科学文献出版社,1990年)、顾蕴璞的《诗国寻美——俄罗斯诗歌艺术研究》(北京大学出版社,2004年)也大力介绍了俄国现代主义的诗人及诗歌。研究俄国白银时代诗人及诗歌的论文,在各种文艺刊物和学术刊物上时常出现,专著也渐渐多了起来,比较重要的有岳凤麟、顾蕴璞编《叶赛宁研究论文集》(北京大学出版社,1987年)、王守仁《天国之门——叶赛宁传》(湖南文艺出版社,1995年)、吴泽霖《叶赛宁评传》(浙江文艺出版社,1999年)、辛守魁《阿赫玛托娃》(四川人民出版社,2001年)、周启超《俄国象征派文学研究》(社会科学文献出版社,1993年)、韦建国《俄罗斯象征主义》(广西民族出版社,1995年)、郑体武《危机与复兴——白银时代俄国文学论稿》(四川文艺出版社,1996年)、郑体武《俄国现代主义诗歌》(上海外语教育出版社,1999年)、曾思艺《俄国白银时代现代主义诗歌研究》(湖南人民出版社,2004年)、荣洁《茨维塔耶娃的诗歌创作研究》(黑龙江人民出版社,2005年)、王彦秋《音乐精神——俄国象征主义诗学研究》(北京大学出版社,2008年)。而刘文飞的《诗歌漂流瓶——布罗茨基与俄语诗歌传统》(浙江文艺出版社,1997年),则探讨了诺贝尔文学奖获得者——俄裔美籍诗人布罗茨基与白银时代现代主义诗人曼德里施坦姆、阿赫玛托娃、茨维塔耶娃的关系。张冰的《白银时代俄国文学思潮与流派》(人民文学出版社,2006年)、李辉凡的《俄国"白银时代"文学概观》(中国社会科学出版社,2008年)虽然都是全面研究白银时代现代主义文学的专著和力作,但其主要篇幅集中于研究白银时代的现代主义诗歌。国内不少硕士研究生、博士研究生开始选择俄国现代主义诗歌作为毕业论文的研究对象。

纵观俄国白银时代现代主义近百年来在我国的译介、研究,有以下几个特点。

受社会、政治影响很大。首先,是受中国社会政治的影响很大。近百年的时间里,尽管俄苏文学的译介在中国曾掀起过四次热潮,然而,俄国白银时代现代主义诗歌在前三次热潮中没有受到应有的重视,译介很少,研究更是近乎零。这与当时中国的社会政治形势密切相关。20世纪初,由于救亡图存的民族意识和中国知识分子固有的责任感的影响,中国翻译界更多关注的是现实主义尤其是苏联的社会主义现实主义文学。俄国现代主义诗歌的翻译在当时还能受到一点关注,主要是当时中国尚未形成一统的政治思想,人们的思想相对来说较为自由;而且,现代主义在西方和俄国当时正处于辉煌时期,俄国现代主义诗歌在国内外有较大的影响。但是,与法国象征主义诗歌在我国受到高度重视不同,俄国现代主义诗歌只得到零星的介绍。其原因主要在于当时中国的翻译界,精通俄语的大多是左翼人士,他们的兴奋点主要在马列主义和社会主义现实主义文学,俄国现代主义诗歌难以引发他们的兴趣,而法国象征主义则有李金发、戴望舒、穆木天、王独清等一批精通法文且自己是诗人又热爱法国象征主义诗歌的翻译者。随着抗日战争的开始,救亡图存成为时代的最强音,俄国现代主义诗歌的介绍已基本停止。中华人民共和国成立后,由于我国向苏联老大哥一边倒和此后的一系列政治运动,重视的是批判现实主义和苏联的社会主义现实主义文学。因此,马雅可夫斯基这样一位现代主义诗歌主将,是作为无产阶级诗人的代表被译介到中国来的,我国读者长时间只知道他是《列宁》《好》等政治诗歌的作者,根本不知道他曾经是一位未来主义大师。随着政治形势的变化,政府渐渐把外国文学的引进导向政治化、单一化。经过"现实主义与反现实主义""社会主义现实主义""革命浪漫主义与革命现实主义相结合"三大范式的规范,批判现实主义作家完全变成被批判的对象,不能译介,只剩下社会主义现实主义文学还可介绍。在"文化大革命"中,西方文学成为资产阶级的毒草,苏联文学也成为修正主义的东西,被完全否定,彻底批判,俄国现代主义诗歌更是无法介绍了。其次,这也受到苏联文学界与学术界一定的影响。从20世纪20年代末开始,苏联逐渐加紧了对文学艺术界的控制。1934年确立了"社会主义现实主义"创作原则后,现代主义被彻底打入冷宫,长期遭到苏联官方的否定与批判,以至在文学史、教科书中,俄罗斯古典文学往往只写到契诃夫为止,即使写到90年代,如布罗茨基主编的《俄国文学史》,也不介绍兴起于这一年代、后来在白银时代文学中占主导地位的象征主义诗歌;苏联部分则往往只描述十月革命后接近革命或转向革命的部分现代主义诗人(如勃洛克、勃留索夫),即使写到白银时代的重要现代主义诗歌流派,也往往称之为"文学中的反动倾向"和"渗透着各种反动思想和反民主主义、个人主义的情绪以及各种资产阶级、小市民的理想,公开宣传宗教信仰和神秘主义"的"颓废主义"①。我国受苏联影响,对此也是长期亦步亦趋。

新时期以来,俄国白银时代现代主义诗歌在我国逐渐受到重视,译介、研究都出现了可喜的局面。原因主要有二。其一,是随着政治的开明、思想的开放,西方文学尤其是现代主义文学在中国产生了巨大影响,俄国现代主义诗歌随着这股强劲的西风在中国引起了较大的关注。其二,是苏联"回归文学"热对中国产生的影响。继西方冷战时期就已关注并积极评价所谓"白银时代"文学(尤其是现代主义诗歌)后,这股"热"随着政治形势的变化和文艺政策的调整而在 80 年代中后期开始全面回归苏联(实际上 20 世纪 60—70 年代时,除古米廖夫、梅列日科夫斯基与吉皮乌斯夫妇等少数特殊作家,从维·伊万诺夫、巴尔蒙特、索洛古勃、别雷、茨维塔耶娃、阿赫玛托娃、谢维里亚宁等绝大多数"白银时代"现代主义诗人的诗文集就已在苏俄重新流传开来了),历来对苏俄动态密切关注、反应敏感的中国俄苏文学界自然闻风而动,于是开始了从 80 年代中期的零星译介,到 90 年代中期以后"白银时代热"的出现(光是 1998—1999 年,我国就先后出版了四套以"白银时代"为名的文学丛书:云南人民出版社出版的刘文飞主编的七卷集"俄罗斯白银时代文化丛书"、学林出版社出版的郑体武主编的五卷集"白银时代文丛"、作家出版社出版的严永兴主编的六卷集"白银时代丛书"、中国文联出版公司出版的周启超主编的四卷集"俄罗斯白银时代精品文库")。当然,这种译介也经历了一个渐变过程。起初,在译介俄国现代主义诗歌时,往往要写点文字,小心地指出某人或某作品的非现实主义性质与特色,点明其"腐朽性""反动性"或"颓废性",有些诗人如勃洛克、马雅可夫斯基,则常常会指出他们创作现代主义作品时的客观原因、他们现代主义作品中的现实色彩以及他们最终摆脱"颓废色彩"向光明的现实主义的胜利转变。随着思想的进一步开放,西方和俄国现代主义作品的大量涌入,白银时代现代主义诗歌的译介一时之间颇为兴旺,研究工作也逐渐走向全面、深入。

总体译介、研究较多而流派尤其是单个诗人的译介、研究较少。在俄国现代主义诗歌的译介中,总体译介较多,如《跨世纪抒情——俄苏先锋派诗选》(荀红军译)、《俄国现代派诗选》(郑体武译)、《俄罗斯白银时代精品文库·诗歌卷》(周启超主编)、《俄罗斯白银时代诗选》(汪剑钊译)、《俄罗斯白银时代诗选》(顾蕴璞译),而流派译介较少,主要集中在象征派诗歌译介,如《订婚的玫瑰——俄国象征派诗选》《俄国象征派诗选》,阿克梅派、未来派还没有系统全面的译介,重要诗人的译介更

---

① [俄]科瓦廖夫主编:《苏联文学史》,张耳等译,天津人民出版社,1982 年,引言,第 4 页。

是很不完善,译介最多的是叶赛宁,其次是勃洛克和阿赫玛托娃,然后是茨维塔耶娃、古米廖夫、曼德尔施坦姆、勃留索夫、吉皮乌斯和作为未来主义诗人的马雅可夫斯基,但许多相当重要的诗人,如维·伊万诺夫、别雷、巴尔蒙特、索洛古勃、赫列勃尼科夫等,都还没有中文单行本。此外,苏俄学者撰写的权威性研究著作、重要诗人传记等等的译介,也极为薄弱。研究的情况也和译介一样,已有的学术著作,如郑体武《危机与复兴——白银时代俄国文学论稿》《俄国现代主义诗歌》、曾思艺《俄国白银时代现代主义诗歌研究》、顾蕴璞《诗国寻美——俄罗斯诗歌艺术研究》等,都更多地关注白银时代现代主义各诗歌流派及其诗人;韦建国《俄罗斯象征主义》、周启超《俄国象征派文学研究》、王彦秋《音乐精神——俄国象征主义诗学研究》主要介绍和研究象征主义文学(包括诗歌),阿克梅派诗歌、未来主义诗歌还没有研究专著;岳凤麟、顾蕴璞编《叶赛宁研究论文集》、王守仁《天国之门——叶赛宁传》、吴泽霖《叶赛宁评传》、辛守魁《阿赫玛托娃》、荣洁《茨维塔耶娃的诗歌创作研究》在单个诗人研究方面做出了一定的贡献,但许多相当重要的诗人,如索洛古勃、勃洛克、勃留索夫、古米廖夫、曼德尔施坦姆、赫列勃尼科夫等等,尚未得到应有的研究。

　　研究方法逐渐多样,研究的中国特色正在形成。近些年来,我国涌现出相当一批全方位、多层次、多手段的解读、阐释和述评"白银时代"现代主义诗歌的研究论文,或者对现代主义诗歌的艺术世界进行多维观照,或者进行跨文化、跨学科角度的比较文学研究。在俄国现代主义诗歌的艺术研究方面,比较重要的文章有:刘文飞《论俄国象征诗派》(《外国文学评论》1992年第3期)、陈松岩《白银时代俄罗斯诗歌的总体美学、诗学特征》(《国外文学》1997年第4期)、曾思艺《浪漫的灵魂 客观的形式——试论古米廖夫的诗歌创作》(《湘潭大学学报》2001年第6期)、《"形象第一"的现代主义诗派——试论俄国意象派诗歌》(《湘潭大学学报》2003年第1期)、《象征性与探索性的结合——试论俄国象征主义诗歌的艺术成就》(《重庆邮电学院学报》2003年第5期)、王加兴《阿赫玛托娃诗艺术风格探幽》(《当代外国文学》1995年第1期)等;在现代主义诗歌与俄国文化方面的重要文章有:汪剑钊《俄国象征派诗歌与宗教精神》(《外国文学》1996年第6期)、《诗歌是一种祈祷——俄国女诗人吉皮乌斯简论》(《国外文学》1997年第3期)等;而顾蕴璞《千年万里两心通——阿赫玛托娃与李清照的比较》(《俄罗斯文艺》1995年第5期)是较早对现代派诗人进行个案比较的文章,汪介之《阿赫玛托娃等诗人与中国诗歌文化》(《俄罗斯文艺》2002年第3期)涉及阿赫玛托娃、古米廖夫、布罗茨基等人对中国文化的认识及他们因翻译或阅读中国作品而受到的一定影响,李逸津《俄罗斯白银时代文化精英对中国文化传统的吸纳》(《文艺理论与批评》2003年第3期)主要以索洛维约夫、别雷、阿赫玛托娃等为例,谈现代派诗人对中国文化的接受。象征主义诗歌一直是现代派诗歌研究的重点,尤其是其中的音乐性似乎格外引人关注。张冰《艺术的杂交与融合——白银时代俄国诗坛诗歌与音乐的联姻》(《四川外语学院学报》2005年第6期)主要阐述了俄国当时诗坛尤其是象征主义诗人们受席卷整个欧洲的浪漫主义美学观念和俄国自身传统美学观念的影响,而出现的一种值得注意的艺术潮流——以具有宇宙精神特点的音乐精神来统一各类艺术形式的倾向(或曰艺术的综合化)。王彦秋《"悦耳的象征雨"——试谈俄国象征派诗歌的音乐性》(《中国俄语教学》2003 年第 2 期),也以实例分析(勃留索夫、巴尔蒙特、索洛古勃等)为基础,从音乐、诗歌共有的元素出发,探讨象征派诗歌的音乐性这一重要的诗学特征。这方面的具体研究还有袁顺之《论勃洛克的诗歌语言编码艺术》(《解放军外国语学院学报》2005 年第 1 期)、王彦秋《"世界乐队"的鉴赏家——论勃洛克的诗歌创作与音乐》(《国外文学》2005 年第 2 期)等。与此同时,我国学者在白银时代现代主义诗歌研究中,逐渐形成了中国特色。其中最突出的是周启超。他的《俄国象征派文学研究》虽然是全面系统研究俄国象征主义文学的著作,但象征主义诗歌的研究也占了较大的比例。他把西方文艺学的深厚功力、精准细腻的艺术鉴赏力与自己良好的中国美学素养结合起来,善于用中国的文学批评的方式研究俄国现代主义诗人。如他指出,总体看来,完整的俄国象征派诗歌艺术体系,应当包容从索洛维约夫到维·伊万诺夫共十大诗人的创作。如果说,索洛维约夫与梅列日科夫斯基的诗歌艺术属于俄国象征派诗的境界中的初级品位——其象征意境尚处于萌芽状态,那么,安宁斯基与巴尔蒙特的诗歌艺术就构成其第二品位——象征已然生成,但尚未脱去寓言;只有勃留索夫、勃洛克、别雷、维·伊万诺夫、索洛古勃、吉皮乌斯的诗歌艺术才呈现出地地道道的象征境界,它们构成象征诗的第三级品位,其中,维·伊万诺夫的诗崇尚玄理的参悟,渗透着浓厚的神话取向,也可视为特别的现象,可以看作象征派诗的最高级品位①。这种研究,既有自己独到的美学眼光,又有中国传统文学批评和研究的特色,十分难得。曾思艺的《俄国白银时代现代主义诗歌研究》,也以其全面系统性(首次全面研究了象征派、阿克梅派、未来派、意象派四个流派及其代表诗人,总结了现代主义诗歌的总体特征并挖掘了其成因)、诗人论诗的切实性及对文化艺术背景的宏阔观照等个性化特色受到普遍肯定。可以说,在白银时代现代主义诗歌的研究上,中国学者正逐步超越西方和俄国学者的束缚,而形成自己独特的见解和研究特色。

第四节 翻译与评述
——郭沫若与俄罗斯诗歌

郭沫若与外国文学关系密切,这不仅表现在他翻译了大量的外国文学作品,而且其思想和创作也受到外国文学很大的影响,国内对此已经进行了大量深入、细致的研究。即便对其影响相对较小的俄罗斯文学,国内学界也有一定的研究,但主要集中在其小说的翻译方面,对其与俄罗斯诗歌的关系迄今尚无一篇文章进行系统

---

① 周启超:《俄国象征派文学研究》,社会科学文献出版社,1993 年,第 123—124 页。

的研究。本节拟对此进行初步的探讨,以期抛砖引玉,深化这方面的研究。

纵观郭沫若与俄罗斯诗歌的关系,主要包括两个方面:翻译俄罗斯诗歌;评述俄罗斯诗人及诗歌。

郭沫若很早就认识到:"读外国作家的东西很要紧,无论是直接阅读或是间接阅读负责的译文,都是开卷有益的,据我自己的经验,读外国作品对于自己发生的影响,比起本国的古典作品来要大得多。"① 因此,他不仅大量阅读外国作品,而且有数量相当可观的译著,据谢保成先生统计:"自1917年8月辑《泰戈尔诗选》英汉对照、1918年夏译《海涅诗选》始,至晚年出版《英诗译稿》,郭沫若翻译、出版各类著作30种,包括诗歌8种、小说9种、戏剧5种、艺术2种、科学1种、理论4种、其他1种,涉及10多个国家的60多位作者,总页码约10300页,超过《郭沫若全集》文学编总页码。这些译著,除极少数外,绝大多数是在20世纪20年代、30年代的20年间翻译出版。"② 在这数量庞大的翻译中,俄罗斯诗歌的翻译数量较小,对其创作的影响也相对较小,这可能是国内学界对其不太关注的重要原因吧。

郭沫若对俄罗斯诗歌的翻译集中在其青年时代。作为著名的翻译家,"五四"前后是郭沫若译作收获最大的时期。有人统计,郭沫若一生翻译了300万字左右的著作,而这个时期约占一半。他自己也说过:"单是说翻译,拿字数的多寡来说,能超过了我的翻译家,我不相信有几个。"(《我的作诗的经过》)他主要的译作有《茵梦湖》《少年维特之烦恼》《鲁拜集》《社会组织与社会革命》《新时代》《雪莱的诗》《约翰沁孤戏剧集》《异端》《斗争》《法网》《银匣》《德国诗选》《浮士德》(第一部)、《查拉图斯屈拉》……它们属于不同国家、不同风格和流派的作品。就体裁而言,有小说、诗歌、戏剧、理论等。其中有大部头的杰作,也有许多珍贵的短制。③ 这些翻译作品中,当然也包括俄罗斯诗歌。

在青年时代,郭沫若对俄苏文学很感兴趣,不仅阅读较多,而且动手翻译。有学者指出:"他对俄罗斯文学和苏联文学也很有着浓厚的兴趣,早在1921年就写出《屠尔格涅浦之散文诗》,并将其《自然》等散文诗名篇译成中文。1924年,他翻译了屠氏的名著《新时代》(现译名为《处女地》)。"④ 接着,他在1929年翻译出版了《新俄诗选》;1931年至1933年又由德文转译了托尔斯泰的巨著《战争与和平》。⑤

郭沫若不懂俄文,他的俄国文学作品都是转译。他所翻译的俄罗斯诗歌,不言而喻,同样也是转译。这些诗歌实际上包括两部分。

一是1921年1月29日前翻译的一组"屠格涅夫散文诗"。这组诗共六首:《睡

---

① 郭沫若:《如何研究诗歌和文艺》,转引自李保均:《郭沫若青年时代评传》,重庆出版社,1984年,第86页;亦可见《郭沫若全集》文学编第19卷,人民文学出版社,1992年,第428页。
② 见石燕京:《掠影·聚焦·回眸——郭沫若与外国文学》,光明日报出版社,2008年,序,第1页。
③ 卜庆华:《郭沫若评传》(修订本),湖南文艺出版社,1986年,第92页。
④ 吴定宇:《抉择与扬弃——郭沫若与中外文化》,中山大学出版社,2004年,第198页。
⑤ 龚济民、方仁念:《郭沫若传》,北京十月文艺出版社,1988年,第98、177页。

眠》《即兴》《齐尔西时》《爱之歌》《遗言》《自然》。他还写了短文《〈屠尔格涅浦之散文诗〉序》介绍翻译的原因,表明自己的重译观和翻译上的抱负:"屠氏文艺业已介绍于我国者已不少。余兹所译乃其自1878年至1882年四年间之小品文,连载于杂志《欧洲报知》Wjastnik Jewropy中者,'散文诗'之名即为该报编辑者所肇赐。此诗集最脍炙人口,或者国内已有译品亦未可知,但是余意以为翻译不嫌其重出,译者各有所长,读者尽可自由选择。歌德所著《浮士德》一剧之英译,便单就第一部而言,已有二十余种之多。即此屠氏诗集之东译,亦不下四五种。此(一)足以证明原作之可珍,(二)足以征考国民读书之能率,所以重译一事决不能成为问题;不过在译者自身须存一'崔颢在上李白不敢题诗'之野心,——故意用野心二字,我想这是当具的野心,莫有罪过的野心——不译则已,即家肇译书总要前不负作家,后不负读者,总要使自提的译品成为典型的译品。余今即抱此野心,从事此诗集之移译。"①

这六首诗其实绝大多数并非散文诗,而是作家写于晚年且比较松散的一些抒情诗,因此在翻译时,译者除把《自然》翻译成散文诗外,其他五首均翻译成诗体,并且收入后来出版的《沫若译诗集》中。细查中译本《屠格涅夫全集》及手头的多种屠格涅夫诗选,大多数诗都无法找到是由哪一首(篇)翻译过来的,只有《自然》和《睡眠》两首比较明显。不知是转译的原因,还是译者抓住原作的神韵意译为主的缘故,译诗与原作有较大的出入,但不愧为诗人译诗,才气横溢,神采焕发,诗意盎然,韵味丰厚,甚至较原作更集中生动,如《睡眠》(即屠格涅夫的抒情诗《梦》)一诗就是如此:

  离别故乡已有几多年头……
  今番回去,它却什么变化也没有。
  仍然是那种毫无生气的停滞与空虚,
  未见颓垣残瓦、泥泞恶臭、满目
  凄凉与贫窭!还有那些既萎靡又放肆的
  奴隶的眼神,故我依旧。
  我们的人民说是已得到了自由;可是,在
  色厉内荏的鞭子下,照样垂拢着他们自由的手。
  一切的一切全都一仍其旧……就这点而言,
  欧洲、亚洲乃至全球均无出其右……
  不!可怕的噩梦啊,
  我的亲爱的同胞还从未有过如斯感受!

---

① 《时事新报·学灯》1921年2月16日,收入《郭沫若集外序跋集》,四川人民出版社,1982年,第213页。

周围的一切都在睡大觉:乡村、城市、大车、雪橇;
无论白天黑夜,不管是站是坐……
商人、官吏在睡觉;数九寒天、炎炎溽暑,
放哨的守卫在睡觉!被控者在睡大觉,
法官也在睡大觉;农人睡着了:收割耕耘
睡着了,脱粒也睡着了;父亲睡觉,
母亲睡觉,全家没有一个不睡觉……
一切的一切都在睡大觉!
打手去睡了,挨打者也睡了!
唯独皇帝的酒馆没合眼、没睡着;
你前额顶着极地,脚跟抵住高加索,
张开巴掌将一俄升的伏特加瓶子紧握,
你烂醉不醒了,神圣的罗斯,祖国!①

郭沫若译为:

我已久离了我的故乡,
我看它,俨然和昨朝一样:
旧态依然;时辰好像未转,
依然是污秽的街市,蒸湿的肆廛!
无顶的颓屋依然高耸在空中,
山积着的灾难哟,壁上的苔藓蒙茸。
上面浮泛着死尸般的腥气,
下面蠕动着斯拉夫民族的游尸。
民族诚是自由,祖国也诚是自由,
这些自由人可只是冷眼地锁在穷愁;
自由的两臂无力地在肩下鞸垂,
伫立在命运之前,只是低头缩尾。
旧态是全部依然!只有一特长可见:
五洲的民族再没有这般深熟的睡眠。

都市,乡坊,都深深沉入睡中,
昼夜无分,坐立都在做梦,
农车中,橇中,一切都在酣睡;
高山上的迷雾,幽谷里的翠微;

---

① 《屠格涅夫诗选》,黄成来、金留春译,上海译文出版社,2000年,第101—102页。

守夜的立睡在悄静的哨房，
严霜不能冻醒，烈日不能烧伤；
商人睡着在他的货旁窜走，
官僚睡着在发挥他的优游；
法官睡，罪人睡；主人和奴婢，
乡里的农民不怕在耕耨着朝辉——
一切都在睡中，一切都在做梦，
只有酒店里的喧嚣睁着眼睛凶凶，
从北极以至高加索斯，全俄罗斯的地土，
万岁哟，万岁，睡眠的皇图！①

二是《新俄诗选》。郭沫若对十月革命成功后的作品，也十分重视，经常向中国读者介绍。1929年10月，他推出了《新俄诗选》，其用意是：这本诗选只是革命后四五年间初期的作品，虽然还"不足以代表苏联的精神"，但读者从中还足可以看出"一个时代的大潮流和这潮流所推动着前进的方向"。当国内读者渴望读到十月革命后苏联的崭新的文学作品时，人们如果把这本《诗选》同"旧时代的诗比较"，那么，"除诗的鉴赏外总可以得到更重要的一个什么"。因此，虽然译诗是一件很难的事情，重译更有不能令人满意的地方，但国内读者很渴望苏联文学的翻译，所以只好暂时以重译的办法来疗慰读者的渴望了。②

《新俄诗选》先由李一氓翻译成中文，再由郭沫若认真修改后出版，共收入15位苏联诗人的诗歌24首：布洛克（今译勃洛克）一首，柏里（今译别雷）一首，叶贤林（今译叶赛宁）一首，马林霍夫二首，爱莲堡（今译爱伦堡）一首，佛洛辛（今译沃洛申）一首，阿克马托瓦（今译阿赫玛托娃）二首，伊凡诺夫一首，阿里辛（今译奥列申）二首，嘉斯特夫二首，吉拉西摩夫一首，白德宜（今译别德内）三首，马亚柯夫斯基（今译马雅可夫斯基）三首，柏撒门斯基一首，喀辛二首。尽管收入诗歌的数量不多，仅仅24首，但其包容量却很大——几乎包容了当时具有代表性的所有流派和非流派的诗人：象征主义诗人勃洛克、别雷、伊凡诺夫，阿克梅派诗人阿赫玛托娃，意象派诗人马林霍夫，农民诗人叶赛宁、奥列申，未来派诗人马雅可夫斯基，还有无产阶级诗人别德内、喀辛和其他各种小流派甚至无流派的诗人。郭沫若在该书的《小序》中说明：这部诗选是由好友李一氓译编的，他则对照英译本细细核对，大多加了"很严格的改润"，只有"柏里的一首，叶贤林的一首，以及《缝衣人》《工厂汽笛》，'Nepmen'，《农村与工厂》《砌砖人》《木匠的刨子》等几篇我差不多一字都没有改易，那完全是一氓兄的"，因为"一氓兄的译笔很流畅，造语也很有精妙的地方，读

---

① 《沫若译诗集》，建文书店，1947年，第93—95页。
② 同上书，第279—280页。

他的译诗多少总可以挹取一些原作的风味"。①

这些诗歌的翻译同样由于是转译,再加上郭沫若意译为主的译法,与原作有较大的出入,但有些诗歌翻译得也颇为出色,如马雅可夫斯基的《我们的进行曲》:

让暴动者群的脚步敲打广场!
人海中骄傲的头颅更加高扬!
我们要使第二次泛滥的洪水,
把一切星球上的城市重新洗荡。

时日的公牛毛色斑驳。
岁月的大车蜗行徐步。
我们的上帝是飞跃前进。
心脏是我们的一面大鼓。

什么能比我们的黄金更珍贵?
黄蜂似的子弹怎敢螫伤我们?
我们的武器是我们的歌。
我们的黄金是嘹亮的声音。

草地啊,摊开你碧绿的绒毡,
让岁月踏着绿荫前进。
长虹啊,把你的彩带作马轭,
让岁月的快马飞奔。

看那星空是多么寂寞!
没有它我们的歌声也在回响。
大熊星啊,你提出强烈要求吧,
让我们活着也能升入天堂。

尽情欢乐!放声歌唱!
我们的血管里充满春色。
心儿啊,快将战鼓敲响!
我们的胸膛是一面铜锣。②

郭沫若译为:

---

① 《沫若译诗集》,建文书店,1947年,第279页。
② 《马雅可夫斯基选集》第一卷,人民文学出版社,1984年,第47—48页。

争斗的兽街上有反叛的进军！
骄傲的头脑比连山更要峥嵘！
我们要激起第二次的洪水
来洗净一切行星的各座荒城。

这些斑斓驳杂的日脚，
迂徐地拖着岁月的马车。
我们的偶像是迅速
我们的心脏是大鼓。

谁能与我们黄金的光明相配？
难道蜂腰形的枪弹可以咬人？
我们以歌曲的武器唱着回去，
大块的黄金——我们如雷的声音。

把日子覆上草茵，
把草地漆成碧绿；
把流年饰以青天！
在彩虹之下结缚。

望着上天，打着呵欠：
已经赶出了我们的笙歌。
哎，北斗七星
要抓起我们到天上去过活。

满饮着快乐哟！狂叫！
春光融解了我们的血潮。
心脏哟，你高兴罢，你跳！
我们的胸廓是古铜的坚牢。①

虽然与原作有较大的出入，有些诗句甚至不太好理解，但在风格、气势等方面却很好地传达了马氏原诗的神韵。

郭沫若对俄罗斯诗人及诗歌的评论，则主要见于翻译时所写的介绍文字和序言，以及他后来作为著名诗人和文化名人在不同地方的谈话、发言等。

在译诗发表或出版时所写的评价一般都是介绍性的，比较简短，主要是向读者

---

① 《沫若译诗集》，建文书店，1947年，第373—375页。

介绍俄国公认的定评,如关于屠格涅夫的散文诗,他在其序中的评价是"此诗集最脍炙人口"。关于《新俄诗选》,他也谈到:"这些诗都不足以代表苏联的精神。手法未脱陈套,思想亦仅是感情的冲动,没有真正的 Marxo-Leninism(现称 Marxism-Leninism——引者)来做背景,这在俄国方面的批评家已经都是早有定评的。"①

在郭沫若论及的俄罗斯诗人中,谈得最多的是普希金和马雅可夫斯基。当然,由于时代政治风云使然,他谈得更多的是诗人的人品和思想政治方面的内容。

1946 年,他在"为纪念普希金逝世 110 周年题词"中写道:"普希金是人民诗人的伟大的前驱。他以献身的热情歌颂人民,唤醒人民,而反对封建思想和专制暴政,终于遭受牺牲。不仅他的灿烂的诗章是世界的瑰宝,他那公正而勇敢的生活态度实我辈作人之模范。"②

1947 年 2 月,他写文章号召《向普希金看齐》。首先,他呼吁全国的文艺工作者向普希金看齐:"一点也不错,我们应该向普希金看齐!不仅作为诗人,作为文艺工作者,在写作诗文上应该向普希金看齐;就在做人上,在立身处世上,我们尤其是应该向普希金看齐。普希金和我们相隔虽然已经一百多年了,但我们今天所处的时代和普希金的时代很相仿佛。他所走过的路,他在文艺上和人格上的光辉的成就,的确是值得我们学习的。"接着他指出了普希金在文学史上的重要地位:"作为诗人,作为文艺作家,普希金是俄罗斯新文学的开山,他在俄国文学史上的地位等于意大利的但丁、英国的莎士比亚、德国的歌德。同这些光辉的名字一样,他也不仅是俄国的大诗人,而且是超越了国境了。"进而具体谈到普希金的多方面贡献、严谨的写作态度清新俊逸的风格特征,并指出这一切主要得益于其做人的努力:"他的成就是很宏大而且广泛的,他写诗,写小说,写剧本,写历史研究,在各方面的成绩不仅多而且精。他是有名的博学多能的作者。他的写作态度非常谨严,手稿要经过四五次修改,一点也不肯苟且。但他已经写定之后,就是沙皇的命令要叫他改变,他也是不听从的。他的作品的风格异常清新俊逸,有莫查特小曲中的跳跃,拉斐罗绘画中的生动的气韵,这些当然是值得我们学习的东西。但这些并不是专靠他的天才得来,而是主要地靠着他做人的努力上得来的。"由此自然地转到当前文艺工作者特别要学习普希金的几点:"他的做人的态度,在我认为有几点特别值得我们注意学习:第一是他的为人民服务的精神;第二是他的为革命服务的志趣;第三是在这两种生活原则之下,他发挥尽致了'富贵不能淫,贫贱不能移,威武不能屈'的大丈夫的气概。"③

关于马雅可夫斯基,他从 20 世纪 40 年代到 60 年代都有简短的评述。

---

① 《沫若译诗集》,建文书店,1947 年,第 279—280 页。
② 转引自戈宝权:《谈郭沫若与外国文学问题》,《四川大学学报丛刊》1979 年第 2 辑《郭沫若研究专刊》,第 168 页。
③ 以上三段均见孙绳武、卢永福主编:《普希金与我》,人民文学出版社,1999 年,第 500 页。亦可见《郭沫若全集》文学编第 20 卷,人民文学出版社,1992 年,第 231—232 页。

1945年6月,他访苏参观马雅可夫斯基博物馆时,在参观中不断想到诗人的名句,尤其是:"对于诗人并不是八小时,/而是十八小时的白天。/诗歌也就像镭的开采。/开采一克镭,/要一年的劳动。/你用尽气力/采了一千吨的字块,/只为了/一个字。"并谈到诗人的多才多艺:"能画","生前曾担任五十种报章杂志的记者","曾经三次外游,自称'诗人大使'"。①

1959年,他谈到:"马雅可夫斯基的某些诗,就带有革命的现实主义和革命的浪漫主义相结合的成分。"②

1962年,他进而谈到中国诗坛可以学习并借用马氏的楼梯式诗歌形式:"我认为:'楼梯式'也可以试一下。任何形式都可以试,但音乐性要强。要使人喜闻,听起来好听。马雅可夫斯基的诗,据说音乐性很强。"③

此外,郭沫若的诗歌创作也受到俄罗斯诗歌一定的影响。当然,对其创作影响最大的,还是泰戈尔、海涅、惠特曼、歌德、雪莱、席勒等人的诗歌。但大量阅读并翻译俄罗斯诗歌,对其诗歌创作也不无促进。1921年翻译屠格涅夫的散文诗,再加上泰戈尔等的影响,促使郭沫若从1924年开始较多写作散文诗,并且其《路畔的蔷薇》与屠格涅夫的《玫瑰》《幽会》有共同之处,《墓》与屠格涅夫散文诗的多写生死之感相近。其抒情诗《瓶》第31首与屠格涅夫的抒情诗《致霍芙丽娜》的构思、表意也多相通之处。

1945年6月郭沫若赴苏访问,参观了马雅可夫斯基博物馆后,依照马氏诗型(即模仿马雅可夫斯基"楼梯式"诗型)在博物馆纪念簿上写下自己的感想,赞美这位传播真理的使徒和"诗人大使",这也可算是马雅可夫斯基对其诗歌的一点小影响吧:

革命的
  诗人,
   "进攻阶级"的
    儿子。

中国人
 早就知道
  你的名字。
你的歌声
 如像风暴
飞进了

---

① 郭沫若:《洪波曲·苏联纪行》7月25日《日记》,《郭沫若全集》文学编第14卷,人民文学出版社,1992年,第395—396页。

② 郭沫若:《就目前创作中的几个问题答〈人民文学〉编者问》,《郭沫若论创作》,上海文艺出版社,1983年,第128页。

③ 郭沫若:《关于楼梯式》,《郭沫若论创作》,上海文艺出版社,1983年,第341页。

中央亚细亚。
　任何的
　　山岳
　　　沙漠
　　　　海洋
　　　　　都阻挡不了
　　　　　　你！

你，
　坦克车
　　快速度飞机，
　　　真理的使徒
你的时代
　是
　　永远的世纪！①

第五节　自然风光与农民的命运
——彭燕郊早期诗歌与俄罗斯诗歌

　　彭燕郊的早期诗歌是这位年轻诗人以自己独特的个性、飞扬的才情提炼现实生活、展开生动想象、融合中西诗歌之长并逐渐形成特有风格的一种结晶。限于篇幅，中国诗歌传统、中国现代诗歌和西方其他国家诗人的影响，此处从略，而专谈诗人早期诗歌与俄罗斯诗歌的关系。因此，这更多的是一篇影响研究的文章，而影响研究必须讲究事实关系，为避免篇幅太大，更为了避免想当然地泛泛而谈，本文仅拟谈谈年轻的彭燕郊能阅读其一定数量的翻译作品的普希金、涅克拉索夫、叶赛宁三位俄国诗人对其的影响②。综合来看，这三位俄国诗人对彭燕郊早期诗歌创作

---

① 郭沫若：《洪波曲·苏联纪行》7月25日《日记》，《郭沫若全集》文学编第14卷，人民文学出版社，1992年，第396—397页。

② 从事实关系来看，20世纪50年代以前，普希金的作品较多地被翻译成中文，尤其是1936至1937年，为纪念普希金逝世一百周年，我国文学界翻译界掀起了普希金译介出版的一个高潮；涅克拉索夫的作品在当时也有较多的介绍，尤其是文化生活出版社1936年出版了孟十还翻译的其叙事诗名作《严寒，通红的鼻子》、商务印书馆1937年出版了楚图南翻译的其代表作长诗《在俄罗斯谁能快乐而自由》(今译《谁在俄罗斯能过好日子》)；叶赛宁的诗歌，则从1929年郭沫若等翻译的《新俄诗选》一直到1945年的重庆《诗文学》丛刊第2辑和1947年的《苏联文艺》，十余年间只有郭沫若、李一氓、戴望舒、戈宝权等翻译的约二十多首诗歌。然而，有论文已经全面谈论俄罗斯文学对彭燕郊早期诗歌创作的影响(如《彭燕郊诗歌创作与俄罗斯文学》)，殊不知在三四十年代，由于民族存亡的主旋律，再加上当时条件限制，许多俄国作家尤其是诗人(如叶赛宁)的作品只有很少一部分被翻译成中文。因此，谈论某位作家，尤其是某位诗人对彭燕郊早期诗歌的影响，就必须落在实处，有事实依据，否则，很多作品都未被译成中文，诗人连看都没看过，哪来全面影响？

有如下三方面的影响。

一是描写农民生活,表现农民苦难的命运。这类诗在彭燕郊早期创作中占有较大的比例,聂绀弩因此称他为"农民之子"。其原因有二。第一,是现实的影响。诗人来自福建莆田的农村,从小熟悉农村,更重要的是,这是中国现实的典型表现——中国是一个农业大国,绝大多数人口是农民,而诗人在战斗的生活中接触最多、接受帮助与关怀最多的也是农民。第二,是文学作品的影响。中西除了以杜甫、白居易为代表的关心民间疾苦、反映农民问题的传统诗歌,十分关注下层人民尤其是农民的命运,写有《大堰河——我的褓姆》《死地》《雪落在中国的土地上》《北方》《农夫》等诗的艾青,以及比利时诗人凡尔哈伦的影响外,俄国诗人涅克拉索夫、叶赛宁对诗人的影响颇大。

涅克拉索夫的影响更多表现为,他描写农民的悲惨命运尤其是农村妇女的悲惨命运,展现他们的善良而美好的心灵,同时也真实地描绘了俄罗斯农民的生活与日常风习。涅克拉索夫被称为"革命的农民民主主义者",一生创作了许多关于俄国农民的诗,尤其善于表现俄国农村妇女的悲惨命运,充满了对妇女命运的深厚同情,因而被称为"妇女命运的歌手"。除了许多抒情诗,他这方面的作品还有代表作长诗《谁在俄罗斯能过好日子》、叙事诗《严寒,通红的鼻子》。

《谁在俄罗斯能过好日子》写七个刚从农奴制下解放出来获得好日子的农民争论谁在俄罗斯能过好日子,有的说是地主,有的说是官僚、神甫、富商、沙皇等,相持不下,为寻求答案,便决定一起漫游整个俄罗斯大地,去访问地主、官吏、神父、富商、大臣以至沙皇等人,亲眼看看到底谁能过好日子,是幸福的人。长诗借这一情节,广泛地描写了改革前后俄国的社会生活,特别是农奴制改革后农民真实的境况:"干活的时候只有你一个,等到活干完,看哪,站着三个分红的股东:上帝、沙皇和老爷!"农民的命运则是:"男子汉面前三条路:酒店、苦役、坐监牢;妇人面前三根绳套:第一条是白绫,第二条是红绫,第三条是黑绫,任你选一条,把脖子往里套!"并通过农妇的典型玛特辽娜这一形象,表现了农民的愤怒与觉醒:"黑夜我用眼泪来洗脸,白天我像小草把腰弯,每天我低头过日子,怀着愤怒的心!"①从而揭露了农奴制改革的欺骗性,表现了农民的觉醒和反抗,指出农民要生活得快乐而自由,只有走革命的道路。

《严寒,通红的鼻子》颇为集中、生动、深刻地反映了贫苦农民的悲惨命运,并塑造了一个勤劳、勇敢、诚挚、谦虚、美丽的农村妇女达利雅形象。它既写俄罗斯农民尤其是妇女普遍的悲惨命运:"命运有三条艰苦的道路——/第一条道路:同奴隶结婚,/第二条道路:做奴隶儿子的母亲,/第三条道路:直到死时做个奴隶之身;/所有这些严酷的命运,/罩住俄罗斯土地上的女人";更通过女主人公达利雅和丈夫朴洛

---

① 以上与长诗有关的译文,均见[俄]涅克拉索夫:《谁在俄罗斯能过好日子》,飞白译,上海译文出版社,1979年。

克因为贫寒的生活在寒冬腊月外出劳动而相继惨死,生动、典型地以具体事例展示俄罗斯农民的悲惨命运和非人的苦难;与此同时,也写了各种俄罗斯劳动生活尤其是民间生活风习,如朴洛克在外奔忙又冻又累身体发烧,贫寒的农民无钱看病,只能采用非常简单而带民间色彩的治疗方法:或者"用冷水把他冲洗,/足足灌了九纺机管,/又用热浴使他出汗",或者"把巫婆们找来,/她们搓捏、她们唱,她们念——……/她们又把他/通过汗湿的'马颈圈'拖拉三遍"。正因为如此,译者孟十还在后记中写道:"俄国人民,尤其是农人和他们的痛苦,就是涅克拉索夫的诗歌的主要题材。他对于下层人民的爱,好像一条绳子拴系住他的全部的作品;他一生对这种爱始终是忠实的。但我们在涅克拉索夫笔下所看到的人物,并不是常流泪的,而是沉静、善良,有时候且是极愉快的工作者,他很少用自己的想象去渲染他们,他只依照原样,从生活本身里,取出他们来。这个诗人对于俄国人民和农人的魄力,是怀着坚固的深信。'再给一些儿呼吸的自由',他说,'俄国将要显示出它是有"人"的,它有一个"未来"在前面等着呢!'"①魏荒弩进而指出,涅克拉索夫是革命的农民民主主义者,他把自己一切对光明未来的希望都同农民紧紧联系在一起。他肯定和歌颂劳动人民是一切物质财富和精神财富的创造者。他创造了许多关于农民特别是农村妇女的诗,充满对妇女命运的同情。在其诗歌里,只要一提起俄罗斯妇女的命运,便使人感到他忧心忡忡、郁愤难平,所以他被称为"妇女命运的歌手"。长诗《严寒,通红的鼻子》(1863)便是杰出的一篇。全诗非常真实地反映了农民的心理和生活,并以其对劳动的礼赞和对劳动人民苦难的同情,创造了一个"庄严美丽的斯拉夫妇女的典型"②。

受其影响,彭燕郊早期创作了不少反映农村的不幸生活和农民的苦难命运的作品,并在诗歌中描写了农民的善良和农民的爱,如《山国》《村庄被阴风虐待着》的主要部分、《殡仪》《安宁婆婆家》《磨》《村庄》《小牛犊》《陌生的女客》《送租鸡》《菜畦》《路亭》《看亲》《抓壮丁》《扒薯仔》《牝牛的生产》等。其中,《安宁婆婆家》依稀有涅克拉索夫描写农村妇女不幸命运的影子,同时也有涅克拉索夫笔下俄罗斯农村妇女的善良("这个人世上心地最好的人")。《村庄》描写了农夫们由于饱受穷困的折磨,变得暴躁,"常常殴打自己可怜的女人泄愤"则明显与涅克拉索夫的名作《三套马车》中"爱找碴儿的丈夫会来打你"及《谁在俄罗斯能过好日子》中"庄稼汉呵,你为什么打老婆"一脉相承。而《殡仪》一诗综合各种影响,既写了农民的悲惨生活,更写了农民对家人刻骨铭心的爱,初步体现了彭燕郊的独特风格:

  在冬天的郊外我遇到一队出殡的行列
  凄凉地,悲哀地向着空漠的荒野移行

---

① 以上与《严寒,通红的鼻子》有关的所有文字,均见[俄]涅克拉绍夫:《严寒,通红的鼻子》,孟十还译,文化生活出版社(上海),1936年。
② 《涅克拉索夫文集》,第一卷,魏荒弩译,上海译文出版社,1992年,译序,第8页。

四个土夫抬着一部单薄的棺材
麻木地,冷淡地吆喝着无感触的吆喝
好像抬的不是一个刚才消没的生命
而是一块石头,或是一段木料

跟随在那后面,一个女人絮絮地啼泣着
独自哭诉死者的苦难的生前和身后的萧条
一个披麻戴孝的孩子,恐怖地,慌乱地
用干黄的小手牵住了母亲的衣角

在那里等待死者的是冰冷的墓穴
在那里他将无主意地任别人摆布
那些土夫将在他的棺材下垫四块砖头
让他的脸朝向生前的住宅
而他的亲人——像两只悲哀的毛虫
匍匐着,那女人嘶哑的喉咙已顾不上号哭
将要忙乱地教教孩子跟着她一起
撒一把沙土在那黑色的永恒的床上

他将成为此地的生客,人世的过来人
残忍地撇下孱弱的母子俩
私自休息去了
到不可知的土地上流浪
他已完成了一场噩梦
和一场无结果的挣扎……

今天晚上,他将化为一阵阴风
回到乍别了的熟识的故居
像往日从田野里耕罢归来一样
他将用他那紫色的手
抚摸那还没有编好的篱笆
他将用那鱼肚白的眼珠审视
那菜畦里的菜是不是被夜霜打蔫了菜心
他将用那寂灭了的耳朵谛听
畜棚里那条病了的老牛是否睡得安稳
那些老鼠是不是又在搜索瓮底的余粮

他将用他那比雨滴还要冰冷的嘴唇
去亲吻那蒙着被睡觉的孤儿
和在梦里呼唤他的小名的
那脸上被悲哀添刻了皱纹的妻子

他将向写着自己名字的灵牌打恭
他将向灵堂上素白的莲花灯礼拜
他将感谢那对纸扎的很好看的金童玉女
——代替我，你们来热闹我的贫寒的家了
草叶之下的地阴里，我可爱的妻和孩子呵
什么事都不像你们此刻安排的这样如意呢

但是，因为我是死了
我已经知道了许多你们无法知道的事情……
他将托梦给他的无法维生的家属
用神秘的、黑色的、哑哑声音说话：
那边，在屋后的山坡上
古松树下，几十年前，曾经有一个行商
埋了一瓮银子在那里……

你们必须按照我的嘱咐行事
不要有半点迟疑：
八月十五夜，子时
当月亮稍偏向西的时候

你从倒地的树影的梢头，挖下三尺深
你就可以得到那一瓮银子
此后的生活
就不用愁了……

  全诗在描写了农民极其穷困的凄凉境况后，进而以非常大胆而独特的手法，写到死去的农夫的魂魄"化为一阵阴风"回到家里，关爱着家中一切，并向寡妻托梦，什么时候于什么地点，可以挖到一瓮银子，母子俩此后的生活"就不用愁了"。这就入木三分地写活了农民那恋家爱家的灵魂，人所难及地写出了农民死后也不得安宁的深深悲哀！这是彭燕郊式的细腻深刻——想人所未曾想，言人所不敢言，细入毫发，深入灵魂，让你读后心灵发麻发痛！
  叶赛宁善于描绘农村生活的画面，既表现了农村与农家生活的美，展示农民美好的精神世界,又表现农村的贫穷与落后、农民的不幸与苦难,尤其善于通过动物的悲惨遭遇来揭示农民的悲苦命运,最典型的有《狗之歌》《母牛》等诗,这些诗相当成功,极其感人,以致高尔基在《谢尔盖·叶赛宁》一文中给予了如此之高的评价:"在我看来,在俄罗斯文学中,他是头一个如此巧妙地而且以如此真挚的爱来描写动物的。""听过这些诗句,我不由得想到,谢尔盖·叶赛宁与其说是一个人,不如说是大自然专门为了诗歌、为了表达无尽的'田野的哀愁'、为了表达对世上一切动物的爱和恻隐之心而创造的一个器官,而这种恻隐之心比其他一切都与人更为相称。"①《母牛》是年轻的彭燕郊当时能够阅读到并对其创作产生了影响的作品(见本书第340页)。

叶赛宁以深挚的同情描写了一条"牙齿掉光"、牛崽被人夺走、自己也即将被送进屠场的母牛的悲惨命运,从而通过对其生存和悲惨命运的关注,表现了俄国农民的现实生存状况,因此实际上它象征了俄罗斯农民的普遍悲惨命运:一辈子辛勤劳动,最后全部被剥夺,自己也往往死于非命。受其影响,彭燕郊创作了与叶赛宁的《母牛》手法相似的抒情诗《小牛犊》:

这里闻闻一下
又往那里跑去了
你忙些什么呢
你这小傻瓜?

当你还没有长大
你是美丽而可爱的
小小的四蹄和小鹿一样玲珑
初生的皮毛
绢缎般平滑、水波般发光
没有长过角的头部
像小孩子的
没有皱纹的前额

到你已经长大了
到你已经长出角了
你知道吗——
你将有很繁重的工作
性情暴躁的农人

---

① 《高尔基政论杂文集》,孟昌译,生活·读书·新知三联书店,1982年,第341页;或见[俄]科舍奇金:《叶赛宁传——同时代人回忆叶赛宁》,李视歧等编译,新华出版社,1993年,第272—273页。

由于悲愤,由于对生活的无奈何
将会像鞭打自己的爱子般
把细韧的柳鞭挥起
抽到你拖着笨钝的犁铧的
肥大的背上……
之后,命定中的事
也终于来临了
会有一个孔武有力的屠夫
从你背后,猝不及防地
把大的,铁硬的杵锤
朝你的囟门
敲去……
饕餮者流
将用细巧的牙签
悠闲地挑剔着,从齿缝里
挖出你那曾经酿造过辛酸的汗的
肉的纤维……

搬运夫的肩上
将扛起用竹竿挑着的
你那被剥下来的皮
那带有污血和泥浆的标记的
就像军士扛着他们的大旗
偃息的旗,受伤的旗
沉重的旗,连风也不能掀动……

随着被委弃的骨
你将把你的整个的灵魂
(那是刀所不能割,手所不能剥的)
化入到你所钟爱的土地里去……

全诗描写了小牛犊短短的一生,既写了其没长大时的美丽可爱与天真,更写了长大后繁重的工作以及遭受鞭打,尤其是到年老干不动活了遭遗弃被屠宰,在表现对动物热爱的同时,借动物的悲惨命运象征农民的命运,从而表达对农民的深深同情,与叶赛宁的《母牛》的确有一脉相承之处。

二是描绘自然风光及农村风俗画。这类诗往往通过对美丽的自然风光及淳朴的农村生活风俗画的描绘,表现对美的向往与追求。除中国古典诗歌特别是宋词的影响外,主要受俄国诗人普希金、叶赛宁的影响。彭燕郊年轻时曾熟读普希金的不少诗篇,如《自由颂》《致大海》《秋天》《致西伯利亚的囚徒》及《茨冈》《欧根·奥涅金》等长诗,也读过当时翻译介绍的叶赛宁生平与创作尤其是其诗歌。普希金描写农村及自然风光的诗,如《乡村》《高加索》《雪崩》及叙事诗《高加索俘虏》中的写景部分,以清朗、朴素、优美的风格影响了彭燕郊。叶赛宁则以对自然、田园的无比热爱及温柔细腻给诗人以启迪。其中,普希金影响的面更大,影响也更深,除描写自然风光外,还有追求个性、向往自由、反抗压迫、推翻暴政等方面的影响,彭燕郊曾指出:"在当时的历史条件和文化氛围下,中国需要浪漫主义。长期的帝制禁锢,沉重的礼教枷锁,甚至使人不敢有表情,喜怒哀乐都有忌讳,男人必须道貌岸然,不苟言笑,女人必须遵守的'四德',至少有一半是对感情流露的严厉限制,所谓的'笑不露齿,行不动裙',把人性紧紧地捆绑住了,人们只好习惯于做假,真诚就是罪过,必然招致杀身之祸,这时,忽然传来了普希金、拜伦个性鲜明、毫无顾忌的自由之声,人们不向他们奔去,才奇怪呢!"①他进而谈道:"1936年,普希金逝世100周年,我国举行了盛大的纪念活动,出版了一大批普希金作品的译本,自那以后,甚至在物资匮乏、生活艰苦的抗日战争相持阶段,桂林和重庆还出版了《叶夫盖尼·欧涅金》《青铜骑士》等等名著,爱诗的朋友们宁愿少吃一餐饭也要购阅这些被认为不可缺少的精神营养。为什么普希金能够赢得中国读者的倾心和依恋,一接触他的作品就把他看作知己,看作心中人?大量介绍普希金作品的30年代中期,正是民族危机严重,中国人民奋起投身救亡运动之际,普希金反抗压迫、争取自由的崇高品格,在那风雨如晦、鸡鸣不已的年代,更能激起我们的共鸣,更使我们仰慕……普希金的《致西伯利亚》也很快就传诵一时。"②由于这方面相当明显,而且已有诗人自述,此处不赘,而主要谈谈普希金写景诗的影响。

普希金写景诗的影响,主要表现在两个方面。第一,是简洁清朗。彭燕郊的诗歌,从早期到晚年,一向以洋洋洒洒铺得很开为特征,唯独早期有一些诗歌特别是描写自然风光的诗歌,写得简洁清朗,如《晴朗》《岩石》《清晨》《炊烟》《西照的阳光斜斜地……》《掳鱼排》《扒薯仔》《牝牛的生产》《河》等诗,普希金的影响十分明显。如《晴朗》:

> 雨把岸边的杂草
> 和滩石上的苔藓
> 都冲洗过了
> 甚至溪水
> 也像洗过的一样明净
> 蓬松的成团的云块

---

① 彭燕郊:《普希金,我的心上的诗人》(未刊手稿)。
② 同上。

>奔跑着，逃避着太阳
>一朵朵水雾，飘荡着，散开了
>太阳以加倍的热力
>焙烤着地上的万物
>万顷的广大的光的幅员
>无限地扩展开去……
>忽然——
>一片熠亮的光波，照射到
>岸边一株高大的槲木上
>如同一个来到溪边汲水的农妇
>它显得这样新鲜、这样嫩绿、这样丰满
>好像从前
>此地不曾有过这样一棵树
>而现在，它是存在着
>而且被照耀得更加美好了①

更有意思的是，普希金特别喜欢秋天，写了不少关于秋天的诗，在《秋》之五中，他明确表示对秋天的喜爱：

>人们常常诅咒秋季临末的日子，
>然而我，亲爱的读者，却不能同意：
>我爱她静谧的美，那么温和而明媚，
>就像个孩子。虽然不讨家里人欢喜，
>却偏使我疼爱。让我坦白地说吧：
>一年四季中，只有秋季和我相宜。
>她有很多好处：而我像不虚荣的恋人
>执拗地想象她有些什么称我的心。②

《秋》之七进而描写了秋天之美以及自己喜欢秋天的原因：

>啊，忧郁的季节！多么撩人眼睛！
>我迷于你的行将告别的容颜；
>我爱大自然凋谢的万种姿色，
>树林披上华服，紫红和金光闪闪——
>在林荫里，凉风习习，树叶在喧响，

---

① 本文引用且未注明的彭燕郊诗歌，均出自《彭燕郊诗文集》诗卷上，湖南文艺出版社，2006年，不一一注出。

② 《普希金诗选》，查良铮译，译林出版社，2000年，第297页。

天空笼罩着一层轻纱似的幽暗，
还有那稀见的阳光，寒霜初落：
苍迈的冬天远远地送来了恫吓。①

《秋天的早晨》更是写了秋天萧瑟的美：

秋季以寒冷的手
剥光了白桦和菩提树的头，
它就在那枯谢的林中喧响；
在那里，黄叶日夜在飞旋，
一层白雾笼罩着寒冷的波浪，
还时时听到秋风啸过林间。
啊，我熟悉的山冈、树林和田野！
神圣的幽静的守护！我的欢欣
和相思的见证！我就要忘却
你们了……直到春天再度来临！②

青年彭燕郊从普希金的写景诗中深受启发，并用之于自己的诗歌创作中，尤其是受其喜欢秋天的影响，创作关于秋天的诗歌，普希金的影响显而易见。他曾自述："早期，除艾青、田间外，普希金的影响是最大的，《秋天·其一》和后来的《旅途上的插话》是较明显的例子。"③如《秋天·其一》不仅像普希金一样明确表示喜爱秋天，秋天能带给自己以幸福，而且，一些写法也与普希金近似：

忖度着切身的眷念
而沾恋起羸瘦的太阳的秋天
是从阡陌纵横的边远处，委蛇地潜行过
濯濯的山丘和萧萧的林莽
而来到此间了……
素艳的冰花已经放苞
薄霜也弥漫过
锯齿形的连山，而向
无涯际的郊外流洒了
秋天到底是好的呵！
我看到她，被从波心捧出
如同未绽的蓓蕾

---

① 《普希金诗选》，查良铮译，译林出版社，2000年，第298页。
② 同上书，第63页。
③ 见曾思艺：《从现实关怀到终极关怀——中西融合的彭燕郊诗歌》，《湘潭大学学报》1999年第4期。

> 含苞于季候的瓶里
> 缄默地 有情地
> 温存着游子的心……
> 到更远的所在去呀
> 承恩于秋之纠缦的乡云
> 我将永远额手着
> 自称我是一个最幸福的孩子……①

此外,《杂木林》等诗受到叶赛宁的影响,限于篇幅,此处从略。

三是揭露城市对农村的侵扰。这类诗既是中国当时社会发展中新情况的及时反映,又深受叶赛宁的影响(此外,还有比利时诗人凡尔哈仑的影响)。受世界现代化进程的影响,20世纪30、40年代,中国的城市、工厂逐渐增多,城市给农村带来了许多的负面影响,深深侵扰了农村。当时中国诗人对此感受尚不分明。而西方诗人则反应强烈。叶赛宁自称"我是最后一个乡村诗人",在《我是最后一个乡村诗人……》、长诗《四旬祭》等作品中以极大的艺术魅力描绘了农村在"城市化"的过程中一筹莫展的情景。诗人认为,工业文明(体现为城市化)不仅破坏了农村的自然风光,而且破坏了"人与自然"的和谐。面对"钢铁相撞发出的莫名铿锵声"及"皮带和闷声冒烟的烟囱",农村和它的田野树木、诗意的传说、故事和诗歌孤苦无助,所以他诅咒那代表工业文明的火车、公路、钢铁。在《神秘的世界……》一诗中他无限感伤地写道:"神秘的世界,我古老的世界,/你像风一样,平息了,沉寂了,/瞧公路伸出石的手臂,/卡住了乡村的脖子……"在长诗《四旬祭》中,诗人以极大的艺术魅力描绘了工业和机器向俄罗斯田野进攻的画面,诗人让代表自然的小红马与象征工业文明的火车进行比赛,一决雌雄,结果是钢马战胜了活马,钢铁的客人成为农村诗意天地的无情摧毁者。②《我是最后一个乡村诗人……》更是乡村俄罗斯的一曲挽歌(见本书第345页)。③ 这首诗从城乡关系、人与自然关系的角度,表现了城市的工业文明对农村美好大自然的扼杀。全诗可分为两部分。第一部分是第一、二节,以哀婉的笔调抒写大自然的末日即将来临。开篇即点明"我是最后一个乡村诗人",在"我"的诗歌中,"木桥"虽然简朴,毕竟是自然之物(潜台词是:只怕以后连"木桥"也不会有了)。但现在,"我"不得不参加"白桦"神香般香烟袅袅的告别的祈祷。"告别的祈祷"以及即将燃尽的金晃晃的火焰,表示农村大自然的末日已来临,交代"我是最后一个乡村诗人"的原因。接着,以月亮这木制的时钟"将嘶哑地报出我的十二点",说明"我"及"我"的诗最终的时辰也将来到(午夜十二点表明该

---

① 《新蜀报》1941年9月25日。
② 诗详见《叶赛宁诗选》,顾蕴璞译,译林出版社,1999年版,第145—148页。
③ 这首诗戴望舒1936—1937年首次翻译成中文,发表在其主办的《新诗》杂志第7期上。该诗的译文,收入《戴望舒译诗集》,湖南人民出版社,1983年,第338—339页;或见《戴望舒诗全编》,浙江文艺出版社,1989年,第685—686页。

天结束,新的一天即将开始),含蓄深沉地申明"我是最后一个乡村诗人"。第二部分为第三、四、五节,交代大自然末日将临的原因,是钢铁的客人即将到来。在天蓝色的田间小路上,钢铁的客人(即作为工业文明象征的机器)就要经过,它那粗大笨重、毫无生气的黑色铁腕将收割那映满黎明时绚丽朝霞的麦穗(毫无生气的非自然之物与充满诗意与活力的自然之物的对比)。而且,诗人还深切地预感到自己那"用木樨草和薄荷喂养过"的"兽性的诗篇"在工业文明这钢铁客人的"无生命异类的手掌"下难以生存,这陌生冷漠、毫无感觉、没有生命的巨掌,必将扼杀"我"美妙的诗歌。只有那些像奔腾的马群一样跃起层层麦浪的麦穗,会怀念它们昔日的主人。但这只是徒然,舞着丧舞的风儿会淹没它们悲怆的嘶声,月亮的木钟即将报道午夜的来临。

敏锐地捕捉住现实生活中的新情况,并以叶赛宁和凡尔哈伦为师,彭燕郊在40年代创作了《荒原上的独立屋》《倾斜的原野》等诗。他曾谈到:"凡尔哈伦和叶赛宁的影响在40年代中期似乎占主要地位,艾青的影响减退了,从《倾斜的原野》和《杂木林》似乎可以较清楚地看到这一点。"《倾斜的原野》描绘的是"一片毗邻城市"的原野,在城市的各种侵扰下"慌慌忙忙地下坠着":各种噪音破坏了原野的宁静,由城市的灰土、烟囱的浓烟、路面的黄色尘埃混合成的"特有的不散的雾",悬挂黏附于原野上空,气味恶劣的小山般的垃圾堆兀立着,破坏了原野单调的平衡,颜色各异的污水缠绕着原野,原野更加贫困、更加倾斜了,到处泛滥的是无用的、"妨碍绿色滋生"的种种废物!

综上可见,在彭燕郊早期诗歌创作中,俄罗斯诗歌特别是普希金、涅克拉索夫、叶赛宁诗歌对其影响颇大,不过,他是以自己独特的才气和个性,综合中国古典诗歌现代诗歌以及西方和俄国诗歌之长,而自成一格的,对此,拙文《从现实关怀到终极关怀——中西融合的彭燕郊诗歌》有专门论述,请读者参看。

第六节 复制原诗韵脚的重要性
——也谈俄语诗歌翻译中的格律问题

当前国内翻译界在译诗的格律方面,有三种倾向。一是严谨派,不仅要复制原诗韵脚,而且力图还原原诗每一句的节奏;二是自由派,在某种程度上把诗用分行排列的散文翻译出来,不过比较注意语言的诗意表达;三是中间派,既不完全复制韵脚,也不太过随意,能押韵尽量押韵,而且一般是偶句押韵,遇到自己觉得难以顾及韵脚的地方,也可以适当地放弃一些韵脚。然而,韵脚的作用不容低估。

一般认为,韵脚的作用有三。第一,使诗歌集中统一,共同叙述一个思想,正如马雅可夫斯基指出的:"没有韵脚……诗歌就会分散,韵脚能使你回到上一行,使你回想起前一行,使叙述一个思想的所有诗行都能发挥作用。"①第二,韵脚与诗行末尾的主要停顿有关,它可以帮助诗人把诗行的语调、节奏和音响联系起来。第三,在俄罗斯诗歌的韵脚与节奏的密切联系中,韵脚不是简单地服从于节奏,而是积极地促进节奏的构成,同时用以押韵的词的相互呼应,既能突出诗歌的分行,又能将诗行连接起来。②

正因为如此,笔者在俄语诗歌翻译中基本上走的是严谨派的路子,但因为能力所限,再加上中国表意系统的语言尤其是四声的讲究和西方表音系统的语言特别是轻重音的讲究,差别极大,节奏很难复制,所以只致力于复制韵脚。这样,多年来,在从事诗歌翻译的过程中,笔者一直遵循复制原诗韵脚的原则。在长期的诗歌翻译实践过程中,笔者认识到,韵脚尤其是复制原诗韵脚,除了上述三大作用外,还有两大好处。

第一,原作的韵脚具有丰富性,可以为中国新诗的格律化提供成功的借鉴。当前,中国诗歌创作的天地颇为广阔,在形式上也相当自由,既可采用最传统的格律诗或近体诗进行创作,也可运用最自由的自由诗畅抒情怀,还可运用格律化的新诗并在创作过程中对此逐步加以完善。纵观一部中国文学史尤其是诗歌史,最初都是从民间颇为宽松、自由的形式,逐步走向严谨、规范的格律化形式,唐诗、宋词、元曲等莫不如是。因此,尽管中国新诗是否会完全走向格律化可以存疑,但至少中国新诗在自由化的自由诗之余,另外探索一条格律化的道路,也是"百花齐放,百家争鸣"的具体表现,这种探索是十分有意义的,值得肯定。为了中国新诗的格律化更具活力更富艺术性,就得在继承传统的基础上,广泛吸收外国诗歌的特长,使之更加丰富、灵活,尤其是在韵律方面。而俄语诗歌的韵脚往往采用多种多样的形式,因而很是丰富,具有突出的丰富性,限于篇幅,本文仅以四行诗或四行诗节,和六行诗或六行诗节为例,稍作说明。

俄语四行诗,一般有以下四种韵脚形式。

一是交叉韵,也就是第一、三行押韵,第二、四行押韵,韵式为 abab,如费特的《傍晚》:

> 明亮的河面上水流淙淙,
> 幽暗的草地上车铃叮当,
> 寂静的树林上雷声隆隆,
> 对面的河岸闪出了亮光。
>
> 遥远的地方朦胧一片,
> 河流弯弯地向西天奔驰,
> 晚霞燃烧成金色的花边,

---

① 转引自[苏]毕达可夫:《文艺学引论》,高等教育出版社,1958年,第392页。
② 详见郭天相主编:《俄罗斯诗学研究》,河南大学出版社,1999年,第61页。

又像轻烟一样四散飘去。

小丘上时而潮湿,时而闷热,
白昼的叹息已融入夜的呼吸,——
但仿若蓝幽幽、绿莹莹的灯火,
远处的电光清晰地闪烁在天际。

Вечер

Прозвучало над ясной рекою,
Прозвенело в померкшем лугу,
Прокатилось над рощей немою,
Засветилось на том берегу.

Далеко, в полумраке, луками
Убегает на запад река.
Погорев золотыми каймами,
Разлетелись, как дым, облака.

На пригорке то сыро, то жарко,
Вздохи дня есть в дыханье ночном,-
Но зарница уж теплится ярко
Голубым и зеленым огнем.

这种韵脚形式在俄语诗歌中最为常见,为绝大多数诗人广泛采用。
二是临近韵(也叫贴行韵),即第一、二行押韵,第三、四行押韵,韵式为 aabb,如费特的《给一位女歌唱家》:

把我的心带到银铃般的悠远,
　那里忧伤如林后的月亮高悬;
这歌声中恍惚有爱的微笑,
　在你的盈盈热泪上柔光闪耀。

姑娘!在一片潜潜的涟漪之中,
　把我交给你的歌是多么轻松,——
沿着银色的路不停地向上浮游,
　就像蹒跚的影子紧随在翅膀后。

你燃烧的声音在远处渐渐凝结,
　　　如同晚霞在海外溶入黑夜,——
却不知从哪里,我真不明白,
　　　一片响亮的珍珠潮突然涌来。

把我的心带到银铃般的悠远,
　　　那里忧伤温柔如微笑一般,
我沿着银色的路不停飞驰,
　　　仿佛那紧随翅膀的蹒跚的影子。

Певице

Уноси мое сердце в звенящую даль,
　　　Где как месяц за рощей печаль;
В этих звуках на жаркие слезы твои
　　　Кротко светит улыбка любви.

О дитя! как легко средь незримых зыбей
　　　Доверяться мне песне твоей:
Выше, выше плыву серебристым путем,
　　　Будто шаткая тень за крылом...

Вдалеке замирает твой голос, горя,
　　　Словно за морем ночью заря, -
И откуда-то вдруг, я понять не могу,
　　　Грянет звонкий прилив жемчугу.

Уноси ж мое сердце в звенящую даль,
　　　Где кротка, как улыбка, печаль,
И всё выше помчусь серебристым путем
　　　Я, как шаткая тень за крылом.

这种韵脚形式也颇为常见,很多诗人也喜欢采用。

三是包韵(也叫环行韵),即第一、四行押韵,第二、三行押韵,韵式为 abba,如丘特切夫的《在这一大群人民的头上……》:

在这一大群人民的头上——
　　　他们愚昧无知,沉睡不醒……
自由啊,你何时倏然升空,

闪耀你那金灿灿的光芒?

这灿灿金光振奋人心,
驱散浓雾和迷梦……
然而,那腐烂的旧日创痛,
那暴力和凌辱的伤痕,

那灵魂的堕落和精神的空虚,
那智慧的痛苦和心灵的烦闷,——
谁来疗治它们,谁来保护它们?……
只有你,基督纯洁的法衣……

Над этой темною толпой...

Над этой темною толпой
Непробужденного народа
Взойдешь ли ты когда, Свобода,
Блеснет ли луч твой золотой?..

Блеснет твой луч и оживит,
И сон разгонит и туманы...
Но старые, гнилые раны,
Рубцы насилий и обид,
Растленье душ и пустота,
Что гложет ум и в сердце ноет,-
Кто их излечит, кто прикроет?..
Ты, риза чистая Христа...

  这首诗表达了作者试图让人民挣脱蒙昧获取自由的强烈愿望,但又面临着一时难以实现的现实困境。这种困境通过每一诗节的第二、三行尽管变韵,力求更新,但最终还是被第一、四的韵脚包围在中间,无法挣脱的闭锁式的韵脚形式表现出来,与诗歌的内容十分和谐。这种韵脚形式也颇为诗人们喜爱。
  四是全韵或叫一韵到底,也就是说四行诗每行都押同一个韵,韵式为 aaaa,如丘特切夫的《我们紧跟当今时代前进……》:

我们紧跟当今时代前进的步伐,
恰似紧跟埃涅阿斯的克列乌莎,
才走一会儿——就浑身筋疲力乏,

步子越来越慢——最后只能停下。

За нашим веком мы идем...

За нашим веком мы идем,
Как шла Креуза за Энеем:
Пройдем немного-ослабеем,
Убавим шагу-отстаем.

由于这种一韵到底的押韵方式颇为单调,因此这是四种韵脚中被诗人们用得最少的一种。

六行诗的韵脚形式,因其六个韵脚的各种排列组合,显得非常丰富,无法一一罗列,光是颇为常见的,就至少有七种。

一是第一、二行押韵,第三、六行押韵,第四、五行押韵,韵式为 aabccb,如费特的《致列·尼·托尔斯泰伯爵——值长篇小说〈战争与和平〉出版之际》

辽阔的大海啊,曾几何时,
你以自己那银灰色的法衣,
自己的游戏,使我心醉神夺;
无论波平浪静还是雨暴风横,
我都珍惜你那溶溶蔚蓝的美景,
珍惜你在沿岸礁岩上溅起的飞沫。

但如今,大海啊,你那偶然的闪光,
就像一种神秘的力量,
并不总使我感到喜欢;
我为这倔强刚劲的美惊奇,
并面对这自然的伟力,
诚惶诚恐地浑身抖颤。

Графу Льву Николаевичу Толстому.
(При появлении романа "Война и мир")

Была пора, своей игрою,
Своею ризою стальною
Морской простор меня пленял,
Я дорожил и в тишь и в бури
То негой тающей лазури,

То пеной у прибрежных скал.

Но вот, о море! властью тайной
Не все мне мил твой блеск случайный
И в душу просится мою;
Дивясь красе жестоковыйной,
Я перед мощию стихийной
В священном трепете стою.

二是第一、四、六行押韵，第二、三、五行押韵，韵式为 abbaba，如费特的《东方的主题》：

可爱的朋友，该用什么来把我俩形容？
我们是两只冰鞋，在河面上唰唰轻滑，
我们是两个桨手，驾驶着破旧的木筏，
我们是两颗谷粒，住在同一狭小的硬壳中，
我们是两只蜜蜂，采撷着生活之花，
我们是两粒星星，闪耀在巍峨的苍穹。

Восточный мотив

С чем нас сравнить с тобою, друг прелестный?
Мы два конька, скользящих по реке,
Мы два гребца на утлом челноке,
Мы два зерна в одной скорлупке тесной,
Мы две пчелы на жизненном цветке,
Мы две звезды на высоте небесной.

三是第一、二行押韵，第三、四行押韵，第五、六行押韵，韵式为 aabbcc，如丘特切夫的《沉默吧！》：

沉默吧，隐匿并深藏
自己的情感和梦想——
一任它们在灵魂的深空
仿若夜空中的星星，
默默升起，又悄悄降落，——
欣赏它们吧，——只是请沉默！

你如何表述自己的心声？

别人又怎能理解你的心灵？
他怎能知道你深心的企盼？
说出来的思想已经是谎言。
掘开泉水，它已经变浑浊，——
尽情地喝吧，——只是请沉默！
要学会只生活在自己的内心里——
那里隐秘又魔幻的思绪
组成一个完整的大千世界，
外界的喧嚣只会把它震裂，
白昼的光只会使它散若飞沫，
细听它的歌吧，——只是请沉默！

Silentium

Молчи, скрывайся и таи
И чувства и мечты свои-
Пускай в душевной глубине
Встают и заходят оне
Безмолвно, как звезды в ночи,-
Любуйся ими-и молчи.
Как сердцу высказать себя?
Другому как понять тебя?
Поймет ли он, чем ты живешь?
Мысль изреченная есть ложь.
Взрывая, возмутишь ключи,-
Питайся ими-и молчи.
Лишь жить в себе самом умей-
Есть целый мир в душе твоей
Таинственно-волшебных дум;
Их оглушит наружный шум,
Дневные разгонят лучи,-
Внимай их пенью-и молчи!..

四是第一、四行押韵，第二、五行押韵，第三、六行押韵，韵式为 abcabc，如丘特切夫的《致一位俄罗斯女人》：

远离阳光和大自然，
远离光明和艺术，

远离生活和爱情,
你青春的岁月将一去不返,
感情的春天会慢慢荒芜,
你的梦想也会消逝如风……

你的一生毫无踪迹地过去,
在这荒凉而无名的地方,
在这片无人发觉的土地,——
你恰似云烟缓缓消逝,
消逝在暗沉沉雾蒙蒙的天上,
消逝在秋日漫漫无边的烟雾里……

Русской женщине

Вдали от солнца и природы,
Вдали от света и искусства,
Вдали от жизни и любви
Мелькнут твои младые годы,
Живые помертвеют чувства,
Мечты развеются твои...
И жизнь твоя пройдет незрима,
В краю безлюдном, безымянном,
На незамеченной земле,-
Как исчезает облак дыма
На небе тусклом и туманном,
В осенней беспредельной мгле...

五是第一、三、五押韵,第二、四、六押韵,韵式为 ababab,如阿普赫京的《生活的道路穿过贫瘠荒凉的草原向前延伸……》:

生活的道路穿过贫瘠荒凉的草原向前延伸,
　　偏僻,黑暗……没有屋舍,没有灌木……
　　　心灵沉睡;理性,嘴唇
　　　　仿佛都被枷锁锁住,
　　　我们的远方无垠,
　　　　却一片空无。

忽然间路途显得不再难以忍受,
　　歌儿振翅欲飞,思想转动。
　　　星星在天空烈燃不休,
　　　　血液狂热奔涌……
　　　　　幻想,惊忧,
　　　　　　爱情!

哦,那些幻想何在? 在哪里,快乐,悲伤?
　　它们这么多年如此亮丽地为我们照明!
　　　由于它们,在雾气弥漫的远方,
　　　　能勉强看见隐约的火星……
　　　　　这一切,都已消亡……
　　　　　　它们也失去踪影。

Проложен жизни путь бесплодными степями...

Проложен жизни путь бесплодными степями,
　　И глушь, и мрак... ни хаты, ни куста...
　　　Спит сердце; скованы цепями
　　　　И разум, и уста,
　　　　　И даль пред нами
　　　　　　Пуста.

И вдруг покажется не так тяжка дорога,
　　Захочется и петь, и мыслить вновь.
　　　На небе звезд горит так много,
　　　　Так бурно льется кровь...
　　　　　Мечты, тревога,
　　　　　　Любовь!

О, где же те мечты? Где радости, печали,
　　Светившие нам ярко столько лет?
　　　От их огней в туманной дали
　　　　Чуть виден слабый свет...
　　　　　И те пропали...
　　　　　　Их нет.

六是第一、四行押韵,第二、三行押韵,第五、六行押韵,韵式为 abbacc,如丘特切夫的《就这样,我又和您见面……》:

就这样,我又和您见面,
这地方令人憎恶,即使是故乡,
在这里我曾经初次感受和思想,
而今,就在这里,我的童年
正借着渐渐消失的黄昏余光,
用蒙眬的目光向我凝望。

啊,虚弱无力而朦朦胧胧的可怜幻影,
已被遗忘而又神秘莫测的幸福的幻影!
啊,如今我是多么缺乏信仰和同情,
我注视着你,我转瞬即逝的客人,
你在我眼里显得多么陌生,
就像我那弟弟,夭折在襁褓中……

唉,不,不是这里,不是这人烟稀少的地方,
当年竟是我满心爱恋的故乡——
不是在这里曾到处鲜花怒放,
不是在这里曾把美妙青春的伟大节日颂扬。
唉,我曾赖以生存、极其珍爱的一切,
也不会在这样一片地方安歇!

Итак, опять увиделся я с вами...

Итак, опять увиделся я с вами,
Места немилые, хоть и родные,
Где мыслил я и чувствовал впервые-
И где, теперь, туманными очами,
При свете вечереющего дня,
Мой детский возраст смотрит на меня.
О бедный призрак, немощный и смутный,
Забытого, загадочного счастья!
О, как теперь без веры и участья
Смотрю я на тебя, мой гость минутный,
Куда как чужд ты стал в моих глазах-

Как брат меньшой, умерший в пеленах...

Ах нет, не здесь, не этот край безлюдный
Был для души моей родимым краем-
Не здесь расцвел, не здесь был величаем
Великий праздник молодости чудной.
Ах, и не в эту землю я сложил
Все, чем я жил и чем я дорожил!

七是第一、三行押韵,第二、四行押韵,第五、六行押韵,韵式为 ababcc,如杰尔查文的《各种美酒》:

这是灿丽着玫瑰红的美酒,
让我们为两颊绯红的女子干杯。
喝了它心里真是其乐悠悠,
恰似亲吻着红嘟嘟的小嘴!
　　你也那么红艳,美若天仙,
　　——快来吻吻我吧,心肝!

这是灿亮着西班牙黑的美酒,
让我们为黑眉毛的女子干杯。
喝了它心里真是其乐悠悠,
恰似亲吻着红丹丹的小嘴!
　　黑姑娘啊,你也美若天仙,
　　——快来吻吻我吧,心肝!

这是灿闪着塞浦路斯黄的美酒,
让我们为金发的女子干杯。
喝了它心里真是其乐悠悠,
恰似亲吻着美得醉人的小嘴!
　　金发的姑娘,你也美若天仙,
　　——快来吻吻我,心肝!

这是名叫天使之泪的美酒,
让我们为柔情似水的女子干杯。
喝了它心里真是其乐悠悠,
恰似亲吻着多情的小嘴!
　　你也柔情似水,美若天仙

——快来吻吻我，心肝！

Разные вина

　　Вот красно-розово вино,
　　За здравье выпьем жен румяных.
　　Как сердцу сладостно оно
　　Нам с поцелуем уст багряных!
　　　　Ты тож румяна, хороша,—
　　　　Так поцелуй меня, душа!

　　Вот черно-тинтово вино①,
　　За здравье выпьем чернобровых.
　　Как сердцу сладостно оно
　　Нам с поцелуем уст пунцовых!
　　　　Ты тож, смуглянка, хороша,—
　　　　Так поцелуй меня, душа!

　　Вот злато-кипрское вино,
　　За здравье выпьем светловласых.
　　Как сердцу сладостно оно
　　Нам с поцелуем уст прекрасных!
　　　　Ты тож, белянка, хороша,—
　　　　Так поцелуй меня, душа!

　　Вот слезы ангельски вино②,
　　За здравье выпьем жен мы нежных,
　　Как сердцу сладостно оно
　　Нам с поцелуем уст любезных!
　　　　Ты тож нежна и хороша,—
　　　　Так поцелуй меня, душа!

第二，更重要的是，原作的韵脚往往还有一定的传情达意性，如不复制，可能会

---

① *Вот черно-тинтово вино*-красное испанское вино, vino tinto.
② *Вот слезы ангельски вино*-измененное название итальянского вина Lacrimae Christi（«Слезы Христа»）.

有损原作思想和情感的表达。实际上，原作的韵脚不仅有良好的音韵和分行等方面的作用，有时还确实能更好地传情达意，因而，具有一定的传情达意性。最为典型的例子是但丁的《神曲》。众所周知，《神曲》在艺术上最显著的特点是具有严整完美的艺术结构。其成因主要有二：其一，是采用基督教神学中具有象征意义的数字作为结构框架的依据，以"三"和"十"为基数来精心安排作品，整部作品分为《地狱篇》《炼狱篇》《天堂篇》三部，每部 33 歌，加上序曲共 100 歌，从而构成匀称、严整、完美的三棱形宫殿结构；其二，更重要的是采用了三行连锁包韵。三行连锁包韵是但丁根据民间诗歌格律而创造的一种新格律，其韵法是：每三行为一节，第一节的一、三两行押韵，第二行与下一节的一、三两行押韵，第二节的第二行又与第三节的一、三两行押韵……依次顺延，到最后一节完毕时，再加一行与倒数第二节的第二行押韵，也就是说其押韵形式是：aba, bcb, cdc, ded, efe,…… xyx, y。这种格律，使诗句前后勾连，一环紧扣一环，而且不断变化，同时又在不断变化中一气贯注，连锁成有机而严整的长链条。尤为难得的是，这种运动的三行连锁包韵与但丁采用的梦游地狱、炼狱、天堂的形式相谐相成，随着节奏的不断进展，承载着不断的发现，形成一种严整有序的渐进式结构，赋予全诗一种运动的旋律，仿佛地狱可以一层层走下去，炼狱可以一层层往里游，天堂可以一层层升上去，从而把抽象的人类精神由卑至高的发展过程生动形象地展示出来，使内容与形式水乳交融，达到了相当的艺术高度。作为诗人，黄国彬深知三行连锁包韵对于结构甚至整个作品的重要性，他直接从意大利原文翻译《神曲》，并且煞费苦心，出色地复制了原作的韵脚，首次很好地体现了但丁的艺术匠心。[①]

在俄语诗歌中，也有不少诗歌具有非常突出的传情达意性。这种传情达意性又包括以下几个方面。

一是韵脚与内容相和谐，更好地表达了情感和思想。如费特晚期所写的《这清晨，这欣喜……》一诗被誉为"印象主义最光辉的杰作"，它大胆创新，技巧圆熟，举重若轻，游刃有余，不愧为大师的力作：

> 这清晨，这欣喜，
> 这白昼与光明的伟力，
> 　　这湛蓝的天穹，
> 这鸣声，这列阵，
> 这鸟群，这飞禽，
> 　　这流水的喧鸣，
>
> 这垂柳，这桦树，
> 这泪水般的露珠，

---

① 详见曾思艺：《传神之作——评黄国彬译〈神曲〉》，《名作欣赏》2010 年第 5 期。

这并非嫩叶的绒毛,
这幽谷,这山峰,
这蚊蚋,这蜜蜂,
　　这嗡鸣,这尖叫,

这明丽的霞幂,
这夜村的呼吸,
　　这不眠的夜晚,
这幽暗,这床第的高温,
这娇喘,这颤音,
　　这一切——就是春天。

Это утро, радость эта...

Это утро, радость эта,
Эта мощь и дня и света,
　　Этот синий свод,
Этот крик и вереницы,
Эти стаи, эти птицы,
　　Этот говор вод,

Эти ивы и березы,
Эти капли-эти слезы,
　　Этот пух-не лист,
Эти горы, эти долы,
Эти мошки, эти пчелы,
　　Этот зык и свист,

Эти зори без затменья,
Этот вздох ночной селенья,
　　Эта ночь без сна,
Эта мгла и жар постели,
Эта дробь и эти трели,
　　Это всё-весна.

在这里,各种意象纷至沓来,并置成一个个跳动的画面,时间、空间融为一体,无一动词,却展现了一幅幅春天的活动画面,使读者感觉到如行山阴道中,目不暇接。那急管繁弦的节奏，一贯到底的气势，充分展示了春天丰繁多姿、新鲜活泼的种种印象对人的强烈刺激以及诗人在此刺激下所产生的类似"意识流"的鲜活心理感受。"这……"一气从头串连至尾，既形成大度的、频繁的跳跃，又使全诗的意象以排比的方式互相连成一体，既是内在旋律的自然表现，又是从外部对它的加强。最重要的是，本诗的押韵极有特色（译诗韵脚悉依原作）：每一诗节变韵三次（第一、二句，第三、六句，第四、五句各押一种韵，韵式为 aabccb），体现了全诗急促多变的节奏，而第三、六句的韵又把第四、五两句环抱其中，则又在急促之中力破单调，相互衔接，使多变显得有序（试换成一二、三四、五六各押一韵，即 aabbcc 的韵式，则过于单调多变）。全诗三节，每节如此押韵，就更是既适应了急管繁弦的节奏，又使诗歌音韵在整体上多变而有规律，形成和谐多变的整体动人韵律，并对应于充满生机与活力、似多变而和谐的大自然的天然韵律，使音韵、形式、内容有机地融合成完美的整体。这首诗充满了光明与欢乐，充分表现了自然万物在春天苏醒时欣欣向荣的生机、活力与愉悦，格调高昂，意境绚丽，意象繁多而鲜活，画面跳跃又优美，韵律多变却和谐，是俄国乃至世界诗歌中不可多得的瑰宝之一。费特的《黎明》也是如此：

> 从黑夜的前额，
> 柔软的烟雾轻盈地降落，
> 一条阴影从茫茫田原
> 蜷缩到附近的房舍下面；
> 燃烧起一片亮丽的渴望，
> 朝霞却羞羞答答不肯亮相；
> 冰凉，明亮，银白，
> 鸟儿把双翅抖开；
> 太阳虽不曾升起，
> 心里却早已幸福盈溢。

На рассвете

> Плавно у ночи с чела
> Мягкая падает мгла;
> С поля широкого тень
> Жмется под ближнюю сень;
> Жаждою света горя,
> Выйти стыдится заря;
> Холодно, ясно, бело,
> Дрогнуло птицы крыло...
> Солнца еще не видать,

А на душе благодать.

采用了邻近韵的韵式,每两句一换韵,在韵脚上构成了一种运动感或跳动感,从而相当合拍地表现了从黑夜到黎明的自然运动和变化的过程,如果不复制韵脚,换成每两句一押韵,则会完全失去这种与内容完全合拍的运动感。费特的《人们已入睡……》也是如此:

人们已入睡;我的朋友,让我们走进绿树荫浓的花园。
人们已入睡;只有星星在把我们窥探。
不过它们看不见躲在繁枝密叶中的我们,
它们也听不见我们——能听见的只有夜莺……
甚至夜莺也听不见我们——它声若玉石,
也许能听见我们的只有心灵和手儿:
心灵听见,大地是多么心满意足,
我们给这儿带来了何等的幸福;
手儿听见,并告诉心灵,
那人的手发热发抖在自己掌中,
自己这手也因此而发抖发烫,
一个肩膀情不自禁地贴向另一个肩膀……

Люди спят...

Люди спят; мой друг, пойдем в тенистый сад.
Люди спят; одни лишь звезды к нам глядят.
Да и те не видят нас среди ветвей
И не слышат-слышит только соловей...
Да и тот не слышит,-песнь его громка;
Разве слышат только сердце и рука:
Слышит сердце, сколько радостей земли,
Сколько счастия сюда мы принесли;
Да рука, услыша, сердцу говорит,
Что чужая в ней пылает и дрожит,
Что и ей от этой дрожи горячо,
Что к плечу невольно клонится плечо...

这首诗写的是一对刚刚进入热恋的恋人深夜花园相会的情景。有一点点心跳的紧张,于是不断地用话语来安慰自己和对方,这种复杂细腻的动感心理,也通过邻近韵韵式的每两句一换韵,十分形象、生动、传神地表现了出来。

丘特切夫的名诗《海浪和思想》也同样如此，甚至更为出色：

绵绵紧随的思想，滚滚追逐的波浪——
同一自然元素的两种不同花样：
一个，小小的心胸，一个，浩浩的海面，
一个，狭窄的天地，一个，无垠的空间——
同样永恒反复的潮汐声声，
同样使人忧虑的空洞的幻影。①

Дума за думой, волна за волной...

Дума за думой, волна за волной-
Два проявленья стихии одной:
В сердце ли тесном, в безбрежном ли море,
Здесь-в заключении, там-на просторе,-
Тот же все вечный прибой и отбой,
Тот же все призрак тревожно-пустой.

全诗也是无一动词，主要以名词性词组构成意象，让"绵绵紧随的思想，滚滚追逐的波浪"两个主导意象动荡变幻——时而翻滚在小小的心胸里，时而奔腾在浩瀚的海面上，时而是涨潮、落潮，时而又变为空洞的幻象。丘特切夫深受德国哲学家谢林的影响。谢林的"同一哲学"认为，自然是可见的精神，精神是不可见的自然，自然与人的心灵是一回事。这样，丘特切夫在本诗中就让自然与心灵既对立又结合——"海浪"与"思想"这两个意象的二重对立，造成诗歌形式上的双重结构，二者的结合则使"海浪"与"思想"仿佛都被解剖，被还原，成为彼此互相沟通的物质，从而含蓄地表达了诗人对人的思想既强大又无力的哲学反思：像海浪一样，人的思想绵绵紧随，滚滚追逐，潮起潮落，变幻万端，表面上似乎自由无羁，声势浩大，威力无比，实际上不过是令人忧虑的空洞幻影。为了与意象组合的跳跃相适应，这首诗采用了邻近韵的韵式，短短六行的诗竟然三次换韵——每两句一韵，构成一重跳跃起伏。第一重开门见山，写出"海浪"与"思想"两者的对立与沟通，第二重则分写其不同，第三重绾合前两重，指出其共通之处，从而使这首小诗尽变幻腾挪之能事，极为生动深刻。

二是通过韵脚的变化使用，更好地突出思想感情。如丘特切夫的《两个声音》：

一

振奋精神，朋友们，奋勇作战，

---

① 本文所引俄语诗歌都是作者曾思艺译。

哪怕这战斗力量悬殊,毫无胜算!
你们头上是灿灿繁星,在高空默默无言,
你们脚下是座座坟墓,它们也一声不响。

让奥林匹斯山上的众神快乐逍遥,
他们是不朽的,全然不知忧虑和操劳,
忧虑和操劳专为凡人的心而设计,
对于他们来说,只有死亡永无胜利。

二

振奋精神,奋勇作战,勇敢的朋友们!
无论战斗是多么持久,又多么残酷!
你们头上,是一大群默默无言的星辰,
你们脚下,是一声不响、一片荒凉的坟墓。

让奥林匹斯山上的众神以羡慕的眼光,
凝神观看那顽强不屈的心奋勇作战。
谁仅仅被命运击败而倒在战场,
谁就可以从神的手里夺下胜利的花冠。

Два голоса

I

Мужайтесь, о други, боритесь прилежно,
Хоть бой и неравен, борьба безнадежна!
Над вами светила молчат в вышине,
Под вами могилы-молчат и оне.
Пусть в горнем Олимпе блаженствуют боги:
Бессмертье их чуждо труда и тревоги;
Тревога и труд лишь для смертных сердец...
Для них нет победы, для них есть конец.

II

Мужайтесь, боритесь, о храбрые други,
Как бой ни жесток, ни упорна борьба!
Над вами безмолвные звездные круги,

Под вами немые, глухие гроба.
Пускай олимпийцы завистливым оком
Глядят на борьбу непреклонных сердец.
Кто ратуя пал, побежденный лишь Роком,
Тот вырвал из рук их победный венец.

  第一首主题表现的是对人的肯定和对奥林匹斯山上众神的不满，因而采用邻近韵的韵式，每两行一换韵，以变化的韵脚表现人的思想的灵活及对神的质疑与不满，而非死板地拘泥于对神的崇敬；第二首则既要服从于命运，又要发挥人的主观能动性，知其不可为而为之，所以用较为严谨的交叉韵，两种不同的韵脚既相互交叉又互相环抱，既有变化又守规则，从而更好地表现了诗歌的主题。
  三是韵脚与内容在某种程度上构成一种反讽关系，从而从反面着力更好地表现诗歌的主题，如丘特切夫的《致 N. N.》：

你喜欢装假，也善于装假——
在人群中，避开人们的视线道道，
我偷偷地用脚触碰你的小脚——
你作出回应，脸上毫无羞愧的红霞。

依旧是那样若无其事，无情冷漠，
高耸的乳房，目光，微笑也毫无二致……
而你的丈夫，这可恶的卫士，
纵情赏玩着你温顺的秀色。

既由于人们，也由于命运，
你体验了隐秘欢乐的珍贵，
知悉了上流社会：它给我们厚馈
背叛的所有快乐……背叛使你欢欣。

无法再现的羞愧的红晕，
已从你水嫩的脸颊飞逝——
恰似光带着盈盈清纯和袅袅香气，
从阿芙洛拉初绽的玫瑰飞快消隐。

可那又何妨！在如火的夏季酷热中，
瞧那深红深红的葡萄串，
在绿荫间闪烁红光点点，
感觉更为愉快，也更吸引人的眼睛。

K N. N.

Ты любишь! ты притворствовать умеешь:
Когда в толпе, украдкой от людей,
Моя нога касается твоей,
Ты мне ответ даешь-и не краснеешь!

Все тот же вид рассеянный, бездушный,
Движенье персей, взор, улыбка та ж...
Меж тем твой муж, сей ненавистный страж,
Любуется твоей красой послушной!..

Благодаря и людям и судьбе,
Ты тайным радостям узнала цену,
Узнала свет... Он ставит нам в измену
Все радости... Измена льстит тебе.

Стыдливости румянец невозвратный,
Он улетел с младых твоих ланит-
Так с юных роз Авроры луч бежит
С их чистою душою ароматной.

Но так и быть... В палящий летний зной
Лестней для чувств, приманчивей для взгляда
Смотреть, в тени как в кисти винограда
Сверкает кровь сквозь зелени густой.

内容写一位上流社会的妇女内心极富叛逆性，而且正在体验背叛的欢乐，是一个开放的女性，但并未采用两句一换韵的带有开放、跳跃性的韵脚，反而采用颇为保守的包韵（韵式为 abba），这样，韵脚就与女主人公的心态、思想乃至整首诗歌的内容都暗暗形成了某种反讽关系，表现了诗人对这位女性的复杂态度。丘特切夫的另一首《从林中草地腾起一只大鸢……》与此类似：

从林中草地腾起一只大鸢，
盘旋向上，高高飞向蓝天；
它越飞越高，身影越来越小，
终于慢慢消失在茫茫碧霄。

大自然母亲恩赐它一双
有力而又灵活的翅膀——
而我这大地的君王,却只能
黏在大地,汗流满面,满身灰尘!……

С поляны коршун поднялся...

С поляны коршун поднялся,
Высоко к небу он взвился;
Все выше, дале вьется он-
И вот ушел за небосклон!

Природа-мать ему дала
Два мощных, два живых крыла-
А я здесь в поте и в пыли,
Я, царь земли, пророс к земли!...

  诗歌表现的是,人自以为是"大地之王",却连一只大鸢都不如——不能飞起,无法获得自由,只能紧贴在地上,忙忙碌碌,搞得汗流满面,满身灰尘。这样一种低落、沮丧的思绪,并未采用交叉韵或包韵的方式,反而采用了动感十足的邻近韵,也很有反讽意味。
  四是韵脚与创新手法结合使用,起某种规整、收束作用。如费特的名诗《呢喃的细语,羞怯的呼吸……》:

呢喃的细语,羞怯的呼吸,
夜莺的鸣唱,
朦胧如梦的小溪
轻漾的银光。

夜的柔光,绵绵无尽的
夜的幽暗,
魔法般变幻不定的
可爱的容颜。

弥漫的烟云,紫红的玫瑰,
琥珀的光华,
频频的亲吻,盈盈的热泪,
啊,朝霞,朝霞……

Шепот, робкое дыханье...

Шепот, робкое дыханье,
Трели соловья,
Серебро и колыханье
Сонного ручья,

Свет ночной, ночные тени,
Тени без конца,
Ряд волшебных изменений
Милого лица,

В дымных тучках пурпур розы,
Отблеск янтаря,
И лобзания, и слезы,
И заря, заря!...

费特在艺术上一个最大的创新，就是大胆地舍弃动词（苏霍娃指出："费特常常不只是避免行为的动词表达，直至进行了完全无动词的'实验'。"①），而以一个个跳动的意象或画面，组接成一个完整的大画面，让时间、空间高度浓缩，把思想、情绪隐藏在画面之中，以便读者自己去捉摸、去回味，然后甜至心上，拍案叫绝！这种大胆的艺术创新，从费特创作伊始即已出现，并且保持终生。这首《呢喃的细语，羞怯的呼吸……》最引人注目的是全诗12句，却一个动词也没有，有15个主语，却无一个谓语！一个短语构成一个画面，一个个跳动的画面构成全诗和谐优美的意境！这是一首怎样的杰作呀！列夫·托尔斯泰称之为"大师之作"，是"技艺高超的诗作"，"诗中没有用一个动词（谓语）。每一个词语——都是一幅画"。② 俄国文学史家布拉果依曾写专论《诗歌的语法》特别论述这首诗。他认为本诗是俄国抒情诗的珍品，全诗未用一个动词，却写出了动的画面。全诗是一个大主格句，用一系列名词写出了内容丰富的画面：诗人未写月色，但用"轻漾的银光""夜的柔光""阴影"让读者体会到这是静谧的月夜。进而指出，费特写爱情也像写月光，不特别点明，但读来自然明白。全诗意境朦胧，但一切又十分具体。小小一首诗，从时间角度看，仿佛只是瞬间，而实际上却从月明之夜一直写到晨曦初露，包括入夜到黎明整个夜晚，这正流露恋人的心情：热恋的人沉醉于爱河，不觉得时光的流逝。他论定费特

---

① ［俄］苏霍娃：《俄罗斯抒情诗大师》，莫斯科，1982年，第87页。
② 转引自徐稚芳：《俄罗斯诗歌史》，北京大学出版社，1989年，第294页。

的技巧高超在于"什么也没有说,又一切都已说出,一切都能感觉到"①。这种每句一个镜头,大度跳跃的诗歌,如果一味跳跃,就会显得凌乱,没有那种古典的和谐,因此费特特意运用了交叉韵的韵脚方式(abab),对之加以收束,从而使跳跃显得规整、富有节奏,不显半点凌乱,使这首诗具有相当独特的艺术魅力。

　　由上可见,复制原诗韵脚的确能更好地体现原作的思想感情,展示原作的神韵,因此,在译诗的过程中应尽量复制原诗韵脚,这一点颇为重要,不可过于等闲视之。

---

① [俄]布拉果依:《从康捷米尔到我们今天》,转引自徐稚芳:《俄罗斯诗歌史》,北京大学出版社,1989年,第294—295页,文字稍有改动。

后 记

　　看看目录，翻阅书稿，要写后记的时候，竟然感到心情有点沉重和失落！

　　这本书可以说是我的第十一本书，也可以说是我的第十三本书——因为《俄罗斯文学讲座》上下两册多达将近120万字，而且上册是《十九世纪文学》，下册是《二十世纪文学》，可以算两本书，而《俄国白银时代现代主义诗歌研究》经过增订后分为《俄国象征派阿克梅派诗歌研究》《俄国未来派意象派诗歌研究》两本书出版。但这本书的写作时间，堪称我所有著作中最长的，从20世纪80年代后期至2016年冬天，整整三十来年！三十年，从一个满头青丝的青年教师，变成了一个头有二毛的"前辈"（现在参加学术会议，青年学者竟有不少人称我为"前辈"）学者，却仿佛弹指之间。生命流逝真是白驹过隙！

　　20世纪80年代后期读硕期间研究俄罗斯诗人丘特切夫，拉开了我这一辈子研究俄罗斯诗歌的序幕。三十年来，我写作并发表了好几十篇从《伊戈尔远征记》到现当代俄国诗歌的论文，一些关心我的朋友提议，精选一下，可以编成一本颇有系统的俄罗斯诗歌研究著作，而且较一般性的诗歌史可能还要深入一点。我觉得这建议不错，于是，就对自己三十年来的论文进行了精心挑选，编成了现在这本《俄罗斯诗歌研究》。书稿编好后，得到了天津师范大学学术出版基金的资助。在外审专家的意见中，王志耕教授认为，这部书稿是国内一部高水平的俄罗斯诗歌研究著作，有以下几个特点：

　　一是它的系统性。这部书稿的论述内容包括了从《伊戈尔远征记》开始直到20世纪俄国诗歌的有代表性的重要现象，因此，它可以作为一部俄罗斯诗歌史来看待，可以为研究者和一般读者提供一个完整的俄罗斯诗歌发展脉络，并且帮助读者掌握俄罗斯诗歌发展过程中显现的内在规律性。

二是它的文化批评与文本分析相结合的研究方法。曾思艺的诗歌研究历来既重"外部"考察，也重"内部"分析，即把文化、社会批评与形式解读相结合，这种方法既研究了诗歌发展的外部动因，解答了诗歌与社会、文化之间的关系，也体现了诗歌作为一种特殊体裁的文学史价值。

三是该作的独特性，这也是曾思艺本人最具独特性的一面，是他作为一个诗歌翻译家来进行俄罗斯诗歌研究。曾思艺在多年的研究工作中，也同时翻译了大量俄罗斯诗歌作品，这使得他对俄罗斯诗歌的理解较之一般仅通过译文来研究诗歌的学者有了更进一步的深度，其分析更为细致，阐释更为准确。

这本书中的文章，几乎全部发表过，衷心感谢发表这些文章的《外国文学研究》《俄罗斯文艺》《名作欣赏》《江苏师范大学学报》《邵阳学院学报》《景德镇学院学报》等刊物！更要衷心感谢的是天津师范大学社科处处长赵雅文教授，他眼光长远，很有魄力，大力支持有分量的学术著作的出版。还要衷心感谢北京大学的张冰主任、朱房煦编辑，她们高度重视学术研究，满腔热情、认真细致地支持学术著作的出版，我的国家社科基金结项成果《19世纪俄国唯美主义文学研究》就是在她们的帮助和支持下问世的，现在这本《俄罗斯诗歌研究》在她们的支持下又快出版了。感谢我的妻子姜小艳女士，几十年来，她兢兢业业、任劳任怨，料理好家庭里里外外的一切，让我安心于学术研究和论文写作，没有她的大力支持，就没有我今天的这些成果！

2017年5月15日
天津市南开区华苑新城揽旭轩